MASSIMILIANO COLOMBO nació en Bérgamo en 1966 y en la actualidad vive en Como. Apasionado por la historia antigua y los temas militares, en 1988 sirvió en la Brigada de Paracaidistas Folgore-II, una experiencia que fortaleció su carácter y su gran admiración por aquellos que, en varias épocas históricas, vistieron uniforme. Colabora con varias revistas especializadas, italianas y extranjeras. *La legión de los inmortales* es su primera novela y el gran éxito de público y crítica que ha cosechado lo ha afianzado como una de las voces más interesantes del panorama europeo de ficción histórica. Massimiliano Colombo es autor de dos novelas más: *El estandarte púrpura* (Ediciones B, 2015) y *Draco l'ombra dell imperatore*).

www.massimilianocolombo.eu

D0061610

Título original: *La legione degli immortali*
Traducción: Juan Carlos Gentile Vitale
1.ª edición: abril, 2015

© 2010 Edizioni Piemme Spa by Edizioni Piemme S.p.A., Milano
www.edizpiemme.it
Publicado por acuerdo con Ute Körner Literary Agent, S.L., Barcelona
www.uklitag.com
© Ediciones B, S. A., 2015
para el sello B de Bolsillo
Consell de Cent, 425-427 - 08009 Barcelona (España)
www.edicionesb.com

Printed in Spain
ISBN: 978-84-9070-061-7
DL B 6494-2015

Impreso por NOVOPRINT
Energía, 53
08740 Sant Andreu de la Barca - Barcelona

La legión de los inmortales

MASSIMILIANO COLOMBO

A Susanna, Federico y Alessandro.
Sin vosotros mi vida habría sido
un libro escrito a medias.

Introducción

Finales de agosto del 55 a. C., sudeste de Inglaterra; la flota romana que ha de invadir Britania se halla a merced de la mar gruesa. Doce mil hombres, a bordo de noventa naves, están bloqueados frente a las costas de Kent. Las olas rompen con vehemencia en la playa, donde miles de guerreros britanos han acudido para defender su tierra. Las condiciones del mar y el escaso conocimiento de los fondos obligan a los pilotos a mantenerse a distancia de la orilla. No obstante, los centuriones ordenan a los legionarios que se echen al agua y avancen. Es preciso desembarcar, combatir y tomar posiciones en tierra firme antes del anochecer: no solo hay que luchar contra los enemigos, también contra el tiempo. El agotamiento de una noche insomne en las aguas de la Mancha, la violencia del mar y la vista de tantos aguerridos combatientes provocan una especie de pánico colectivo que se propaga de nave en nave. Los mejores soldados del ejército más poderoso del mundo vacilan, tiemblan. Contravienen las órdenes de sus superiores, negándose a echarse entre los remolinos con el peso de las corazas. La invasión de Britania planificada por el gran César está naufragando aun antes de empezar...

Luego ocurre algo que cambia el curso de los acontecimientos y que ni siquiera las fuerzas de la naturaleza consiguen detener.

Un hombre se arroja al mar y avanza, solo, hacia el enemigo, elevando el símbolo más precioso de su civilización, el más poderoso: el águila de plata de la Décima Legión. En cuestión de instantes, miles de legionarios se lanzan al mar, dispuestos a combatir y morir con tal de no perder ese símbolo: la conquista de Britania ha empezado.

Este episodio no es fruto de la fantasía del autor de una superproducción histórica, sino un hecho realmente ocurrido, documentado en el Libro Cuarto de *De Bello Gallico*. El gesto de ese soldado y sus consecuencias permanecen indeleblemente impresos en uno de los documentos más importantes de todos los tiempos. Quizá para César era superfluo citarlo. Era simplemente el aquilífero de la Décima Legión, y basta. Era el más valiente entre los valientes.

En el Libro Quinto de *De Bello Gallico*, casi un año después del episodio del desembarco en Britania, César relata brevemente el heroico fin de otro portaestandarte de su ejército, que llevaba el águila de una legión recién constituida. Esta vez detalla su nombre y llega hasta nosotros a través de los siglos. La fama de Lucio Petrosidio se acuña en apenas un par de líneas, pero permanece impresa para siempre en la Historia.

Esta novela se inspira, precisamente, en Lucio Petrosidio y en los hombres que lo acompañaron. Hombres de una raza extinta, caídos uno tras otro, un día tras otro, en nombre de Roma. Hombres unidos por el sentido del deber y la fraternidad, a la vez víctimas y verdugos.

Si bien las páginas de *De Bello Gallico* sirven de telón de fondo para las vicisitudes, aquí los protagonistas no son los grandes nombres que han hecho la Historia, sino aquellos desconocidos y extraordinarios *milites* perdidos. Sus nombres han caído para siempre en el olvido, pero sus gestas forman parte de la leyenda que les otorga la inmortalidad.

Personajes

(en cursiva los que realmente han existido)

Cayo Julio César: General, estadista, excelente orador y gran escritor, como testimonian sus *Commentarii*. Excepcional estratega, con la conquista de la Galia extendió el dominio de Roma hasta el océano Atlántico y el Rin. Antes de conducir los ejércitos romanos en Britania y Germania, fue también un político genial capaz de conseguir que los romanos aceptaran su dictadura.

Tito Labieno: General de la República romana y lugarteniente de Julio César en la Galia, donde supo mostrar sus dotes de hábil comandante militar. Durante la guerra civil tomó partido por Pompeyo Magno, convirtiéndose en uno de los más acérrimos enemigos de César. Murió en la batalla de Munda, asesinado por los mismos legionarios a los que había guiado en la campaña de la Galia.

Lucio Petrosidio: Aquilífero mencionado en *De Bello Gallico* en referencia a la batalla de Atuatuca.

Gwynith: Esclava britana de noble ascendencia, hija de Imanuencio, rey de los trinovantes y hermana de Mandubracio.

Cayo Emilio Rufo: Primípilo de la Décima Legión.

Máximo Voreno: *Optio* y brazo derecho de Cayo Emilio Rufo.

Valerio: Veterano de la Décima Legión, compañero de armas de Lucio Petrosidio.

Quinto Planco: Legionario de la Décima Legión, compañero de armas de Lucio Petrosidio.

Tiberio Luiolo: Ayudante de Lucio Petrosidio.

Cayo Voluseno Cuadrado: Tribuno que sirvió a César durante la conquista de la Galia. En el 55 a. C. fue enviado de reconocimiento a Britania con una nave de guerra, para recabar informaciones sobre esa isla.

Marco Alfeno Avitano: Vástago de buena familia, mandado a la Galia para servir a César con el grado de tribuno.

Arminio: Anciano esclavo de Marco Alfeno Avitano.

Bithus: Guardia de corps de Marco Alfeno Avitano.

Quinto Lucanio: Comandante mencionado en *De Bello Gallico*, caído en combate en Atuatuca mientras socorría a su hijo herido.

Lucio Aurunculeio Cota: Legado que sirvió bajo César en la Galia. Murió en la batalla de Atuatuca.

Quinto Titurio Sabino: Legado que sirvió bajo César en la Galia. Murió en la batalla de Atuatuca.

Tito Balvencio: Comandante mencionado en *De Bello Gallico*, caído en la batalla de Atuatuca.

Cayo Arpineo: Caballero romano pariente de Quinto Titurio Sabino, enviado como intérprete ante el rey Ambiórix.

Quinto Junio: Mercader hispano enviado como intérprete ante el rey Ambiórix.

Mandubracio: Hijo del rey Imanuencio, soberano de los trinovantes, que fue asesinado por Casivelauno, señor de la guerra que capitaneaba la coalición antirromana británica. Según *De Bello Gallico*, Mandubracio se dirigió a la Galia para pedir la protección de César. Fue devuelto al trono paterno por César al final de la segunda expedición en Britania.

Comio: Rey puesto en el trono de los atrebates por César, durante la conquista de la Galia, en el 57 a. C. Antes de invadir Britania, en 55 a. C., el general romano, creyendo que Comio tenía cierta influencia en Britania, lo envió allí para convencer a las tribus locales de que no opusieran resistencia. Pero, a su llegada, el galo fue apresado. Al no haber conseguido impedir el desembarco romano, los britanos devolvieron a Comio a César, como acto de buena voluntad para favorecer las negociaciones.

Grannus: Guerrero atrebate, primo de Comio.

Ambiórix: Rey de la tribu de los eburones, capitaneó la revuelta de Atuatuca y desapareció durante la posterior represalia romana contra su pueblo.

Catuvolco: Rey de los eburones, capitaneó la revuelta de Atuatuca con Ambiórix. Según *De Bello Gallico*, Catuvolco, demasiado viejo para huir, se quitó la vida con veneno durante la represalia romana.

Epagatus: Mercader de esclavos griego.

Tara: Prostituta al servicio de Epagatus.

Chelif y Hedjar: Guardias de corps de Epagatus.

Casivelauno: Primer britano que se menciona en la escena histórica. En *De Bello Gallico*, César habla de él como jefe de la resistencia armada de los britanos, aunque sin especificar la tribu de pertenencia. No obstante, afirma que su reino se extendía en el territorio al norte del río Támesis, por tanto, las tierras de los catuvelaunos. Antes de la invasión romana, Casivelauno había combatido contra las demás tribus y se había convertido en el soberano más poderoso de la isla.

Breno: Mercader véneto, población de grandes navegantes establecidos en la actual Britania.

Nasua: Esclavo de Breno.

Avilón: Esclava y mujer de Máximo.

I

718 Ab Urbe Condita

35 a. C.

Tengo el don, a menudo doloroso, de una memoria que el tiempo no consigue ofuscar. Los recuerdos de mi larga existencia, y de todos aquellos que han formado parte de ella, están siempre presentes y vivos en mí, a pesar del transcurso de los años. Solo puedo estar agradecido al destino, que me ha permitido conocer a grandes hombres y tomar parte en acontecimientos que serán transmitidos a los siglos futuros, pero el precio ha sido alto. Si es verdad que el hado me ha dado tanto que recordar y el tiempo para hacerlo, no es menos cierto que cínicamente me ha arrancado, uno tras otro, a todos aquellos que ha ido poniendo en mi camino, dejándome sumido en la tristeza más profunda, aunque llena de grandeza.

Creía que, con la edad, conseguiría resignarme, podría encerrar melancólicamente en mi corazón rostros y sensaciones, para custodiarlos como tesoros preciosos. Pero la coraza sólida y compacta que los protegía ha quedado severamente marcada por los sacrificios y las luchas que he afrontado y que ahora, pasado el tiempo, me parecen aún más nobles y magníficas. No podría ser de otro modo, porque pertenezco a la generación que ha convertido Roma en dueña del mundo conocido, para luego arrastrarla a una sangrienta guerra civil detrás de un hombre extraordinario, en lo bueno y en lo malo, que la Historia recordará como Cayo Julio César.

La sabiduría adquirida en años de batallas libradas y peligros evitados me aconsejaría volver al lugar de donde he venido y disfrutar finalmente de un merecido reposo. Pero hay una batalla comenzada hace veinte años, cuyo eco ensordecedor aún atruena en mis oídos, que me espera solo a mí para concluir de una vez por todas. Así, como buen y viejo soldado, me dispongo a emprender este largo viaje, para alcanzar el punto donde se entrelazaron los destinos de las personas más queridas y cumplir con mi deber.

La ondulación de las velas al viento y el chirrido del mástil me evocan el pasado. Cerrando los ojos casi me parece volver a oír, con el chapoteo de las olas, los gritos de mis compañeros, pero no es así. El tiempo ha transcurrido, el mar es el mismo, también su olor, pero yo he cambiado. Cuando abro los ojos me doy cuenta de que estoy solo y viejo, el único testigo de un mundo que ya no existe, el último de una raza de gigantes que se ha extinguido para siempre, un hombre tras otro.

—Esta tarde desembarcaremos. El tiempo no es el más propicio, pero al menos el viento es favorable.

La voz del propietario de la embarcación me devolvió al presente. Al mirarlo vi que escrutaba el cielo mientras mordía una manzana. Era el consabido comerciante usurero y mezquino, una figura que había visto muchas veces en la vida; bajo, regordete, pelo largo y ralo, y dos ojitos astutos y oscuros, encajados en un rostro abotargado por una vida de vicios. En el dorso de las manos rosadas y carnosas, muy bien cuidadas, se entreveían a duras penas los nudillos de los dedos rechonchos, listos para aferrar cualquier cosa que pudiera aportarle dinero. Yo las había observado detenidamente en el momento del embarque, mientras contaban las monedas con las que pagaba el viaje. Una suma que no era exagerado definir como un robo, casi todo lo que había obtenido de la venta de mi magnífico semental en el mercado del puerto, el día anterior. Una concesión obligada, visto que el armador se había negado a transportar el caballo. Había intentado negociar con él, pero al ver que no cedía, finalmente decidí aceptar, más que nada por falta de otras embarcaciones dispuestas a zarpar en aquellos días de Puerto Icio.[1]

Sus ojos me habían escrutado durante toda la travesía y, a juzgar por su comportamiento, deduje que ya había contenido su curiosidad durante demasiadas horas a lo largo del trayecto. El tipo solo estaba esperando la ocasión adecuada para husmear, quizá con la intención de conseguir más dinero. Por lo demás, yo era el único en aquel barco con el que podía intercambiar algunas palabras, excluyendo evidentemente a los sirvientes que se ocupaban de las velas y el timón, y a su hijo, un joven de rostro arrogante que viajaba con nosotros.

—Eres un hombre muy extraño y reservado. ¿Puedo saber adónde te llevan tus asuntos?

—¿Y qué tengo de extraño?

—Oh, muchas cosas —dijo el hombre, masticando ruidosamente—. Tu acento, tu vestimenta... Un poco todo, en resumen.

—¿Y qué tienen de extraño mi acento y mi indumentaria?

El hombre rio con la boca aún llena y arrojó el corazón de la manzana al mar, limpiándose los labios con la manga.

—Bien, para empezar eres romano, o tal vez de la Narbonesa.[2] Estás de viaje desde hace bastante tiempo y, considerando el estado de tu ropa, se ve que vas deprisa.

Me observó con una media sonrisa y, al ver que yo no lo rebatía, continuó con sus deducciones:

—Quizá seas un mercader, de seguro no un hombre de mar, se ve por cómo te mueves, pero lo que me causa mayor perplejidad es ese anillo.

Me miré la mano.

—Amigo mío —prosiguió—, llevas un anillo que por sí solo vale una fortuna, si esa esmeralda es realmente lo que parece. Y por si ello no bastase tienes también un *torques*[3] de oro macizo. Son joyas de excelente factura, es más, si me permites...

Me cogió la mano, para examinar de cerca el anillo que había atraído su ávida atención.

—¡Vaya! Se diría que eres muy rico, pero...

—¿Pero...?

—Pero estas joyas son propias de gente de cierto rango...,

exactamente lo contrario de lo que sugiere tu ropa sucia. No puedes ser un mercader, porque no tienes mercancías ni sirvientes y viajas sin escolta. Lo único que llevas contigo es ese saco que cargas al hombro. Parece pesado, pero desde luego no puede estar lleno de joyas. ¿O me equivoco?

Antes de responder miré hacia el horizonte, donde había aparecido una franja oscura. La costa de Britania, eternamente custodiada por sus nieblas. Por fin la etapa marítima estaba llegando a su fin.

—En este saco hay buena parte de mi vida.

El mercader se me acercó bajando el tono de voz, con aire confidencial:

—Precisamente aquí, en el Cancio, conozco a una persona muy importante, alguien que podría darte un buen pellizco por esas joyas. Si lo deseas te conduciré donde él y...

—Te lo agradezco, pero no están en venta.

—Acepta mis excusas, entonces. Quizá sea un anillo de familia, o tenga un valor afectivo que no conozco...

Tenía razón. No podía saber la larga historia de aquel anillo, que parecía quemarme entre los dedos.

—Sí, tiene un enorme valor afectivo.

—Comprendo. Imagino, por tanto, que no tiene precio.

Asentí y me acerqué de nuevo a la borda para escrutar la costa. Después de tantos años, se me aparecieron de nuevo las grandes escolleras, surgiendo como entonces de la bruma. El mercader advirtió mi comportamiento evasivo y permaneció en silencio durante un momento, antes de reanudar su interrogatorio.

—¿Puedo saber al menos adónde te diriges?

Supe que había entrado en el torbellino de la conversación y que la única manera de salir de él era darle el mínimo de respuestas necesarias para satisfacer su indiscreción.

—Al norte, a las tierras de los trinovantes.[4]

Su rostro se iluminó.

—Si quieres saberlo, después de haber descargado parte de la mercancía me dirigiré a septentrión y remontaré la desembocadura del Tamesim.[5] Allí ya es territorio de los trinovantes; si quieres puedo llevarte.

Respondí sin apartar los ojos de la costa:

—Te lo agradezco, pero no me agrada demasiado viajar por mar. Además, no creo tener suficiente dinero para pagar un nuevo pasaje. Tu precio es caro.

—En eso podemos ponernos de acuerdo. No querrás hacer solo todo ese camino... Te llevará mucho tiempo, y con esa carga tendrás que comprar un caballo.

Lo miré de reojo.

—Si no me hubieras obligado a vender el mío, ahora no sería preciso. De todos modos, aún me queda lo suficiente para comprarme un rocín.

Enseguida me recriminé mi estupidez. Acababa de revelarle que tenía más dinero.

—Como quieras —dijo—. Mi hijo desembarcará mañana y se detendrá en el Cancio para comprar las pieles que luego revenderemos en Novalo.[6]

Aquel nombre me recordaba algo. Me vino a la mente una bahía, y poco a poco regresaron también los hechos. Volví a ver nuestra flota enfrentándose a la de los vénetos. Naves cuya enorme envergadura hacía minúsculos nuestros trirremes. Lo repetí para mis adentros, mientras las imágenes corrían por mi memoria.

—Sí, Novalo, ¿la conoces?

Asentí.

—Estuve allí hace bastante tiempo, cuando mi cabello era de otro color.

El mercader se detuvo un instante y me examinó de arriba abajo, antes de continuar.

—Yo debería proseguir solo y volver en unos veinte días. Bordearemos el litoral, nada peligroso.

—¿Nada peligroso?

Esta vez fui yo quien estalló en una carcajada.

—En estas aguas he visto olas tan altas como para aplastar contra los escollos los navíos más grandes, como si los hubiera arrojado Neptuno en persona.

El mercante estalló a reír y batió la mano sobre el borde de la embarcación, para mostrar su solidez.

—Mira aquí: madera de encina capaz de resistir los embates más violentos, clavijas de hierro de una pulgada y velas de cuero. Recuerda que nosotros, los venecianos, navegamos por este mar desde la noche de los tiempos, con las mejores naves jamás construidas.

Inspiré profundamente el aire salobre y miré al norte, hacia la costa ya cercana.

—Sí, conozco vuestras naves. Se maniobran solo con el viento.

Su rostro se ensombreció de golpe y dio un paso hacia mí.

—¿Qué quieres decir?

—Lo que he dicho, que se maniobran solo con el viento: no tienen remos.

Su voz se volvió nerviosa.

—Conoces Novalo, nuestras naves y mencionas a Neptuno. ¿Acaso combatiste en la batalla de la bahía, hace veinte años, quizás en la flota romana?

—No, presencié la batalla desde la costa, con el resto del ejército.

El hombre se volvió hacia mar abierto antes de observarme nuevamente. Llevó de nuevo la mirada más allá de la proa y bajó la cabeza.

—Mi padre estaba en una de esas naves y fue golpeado por esas largas hoces que usabais para cortar las cuerdas de las velas. No he vuelto a verlo.

Esta vez fui yo quien se acercó a él. Le puse la mano en el hombro.

—He combatido durante más de treinta años en las legiones de Roma y aún no he terminado. Lo lamento, sé qué se siente. También yo tengo una larga serie de amigos que llorar.

Me apartó la mano con un gesto de rabia.

—Si os hubierais quedado en Italia, no estaríamos aquí llorando a nuestros muertos.

Me alejé de él y me senté sobre un montón de sacos bastos, que contenían las finas pieles de vela por las cuales los vénetos eran famosos.

—Eso no es verdad y tú lo sabes. Os degollabais entre vosotros mucho antes de nuestra llegada, y seguís haciéndolo incluso ahora. Habéis estado siempre divididos y en guerra entre vosotros. Y quizás el único momento en que hallasteis la forma de colaborar en paz fue precisamente para combatirnos a nosotros.

No replicó, farfullando algo en su incomprensible dialecto. Sin duda estaba despotricando contra mí, o contra los romanos en general. Luego, mientras acomodaba un cabo, me examinó.

—¿Qué es lo que llevas encima? ¿El botín de una vida? ¿Acaso ese anillo se lo has quitado a un muerto, eh? De buen seguro que alguien debe de ir pisándote los talones. Tus ropas de mendigo y esa barba desaliñada no cuadran con el caballo que tenías en el puerto, ni con el oro que llevas encima.

Le sonreí instintivamente.

—No, aún no estaba muerto cuando se lo quité.

—Bien, de modo que he embarcado a un asesino, un asesino romano. Probablemente, considerando tus años, formabas parte de la legión que exterminó a la gente de mi ciudad.

Estaba visiblemente turbado, pero debo admitir que comenzaba a resultarme simpático, ahora que lo veía en dificultades. De pronto, me sentí a gusto. Había tomado la iniciativa, hecho muy importante para un militar. Aquella figura desgraciada casi me inspiraba ternura.

—Amigo, has embarcado a un viejo, a un soldado viejo y cansado que ya no tiene intención de empuñar la espada, sino solo un bastón para sostenerse. Y además en Novalo... —no me salía la palabra— prendimos, eso, prendimos solo al Senado y a algunos otros políticos.

Su rostro se puso morado y empezó a gritar:

—¡Los crucificasteis a lo largo de toda la costa de la bahía!

—Habíais retenido a nuestros embajadores a traición, ¿no te acuerdas?

No respondió. Continuaba caminando arriba y abajo, alternando las miradas al amarre, ya próximo, con ojeadas hostiles dirigidas a mí. Farfullaba sin cesar, para hacerse oír:

—Un viejo, sí, un viejo ladrón y asesino... y romano, por añadidura.

—Oye —dije, acomodándome sobre los sacos, con las manos detrás de la nuca—, he pagado generosamente por la travesía, no pienso permitir que un mercader gruñón me sermonee. Veamos, ¿dónde estabas en aquellos días?

—Estaba en los muros de mi *oppido*,[7] rompiendo la cabeza de los romanos que se atrevían a trepar por ellos.

Estallé a reír, batiendo palmas, sin poder detenerme.

—¿Qué te parece tan divertido? Tus camaradas no son en absoluto divertidos y...

—¡Mentiroso! —lo interrumpí. Me levanté y me situé frente a él—. Eres un mentiroso, no hubo batallas en los *oppida*, en aquellos días —declaré, golpeándole el índice sobre el pecho—. Huíais como conejos; por eso tuvimos que usar la flota, para reteneros en vuestros escollos.

—Padre, ¿este viejo te está importunando? —dijo el hijo del mercader, viendo que nuestra discusión se iba acalorando—. Ya me ocupo yo de enseñarle buenos modales —continuó, con todo el ímpetu y la estupidez propias de la juventud, apartando la capa de piel para dejar a la vista el puñal que llevaba en el cinto.

El padre, de inmediato preocupado, se interpuso entre el hijo y yo, tratando de calmarlo y asegurándole que era una discusión sin importancia, que solo teníamos puntos de vista diferentes.

«Cuántos como tú he visto caer, muchacho.» Le di la espalda y me dirigí hacia mi saco, lo abrí y extraje una enorme espada con vaina, de la cual sobresalía la empuñadura finamente elaborada. Los dos retrocedieron, con los ojos desorbitados.

—El hombre que blandía esta espada pesaba al menos el doble que tú —afirmé, dirigiéndome al muchacho—. Montaba un enorme caballo negro que lo hacía aún más gigantesco. Sigue los pasos de tu padre, muchacho, y hazte mercader. —Extraje el puñal de su funda, dejándolo de piedra, y lo miré a los ojos—: Mejor acostúmbrate al oro. El hierro no es para ti. —Y arrojé el arma a las olas, ante su mirada atónita—. Nunca te fíes de quien se pare delante de ti, hijo; incluso un pobre viejo como yo puede reservarte sorpresas. —Aparté a su vez la capa y mostré el *cingulum*[8] con la marca de la Décima Legión, del cual colgaban una daga y un gladio.[9]

Solo entonces me di cuenta de que el pobre hombre estaba pálido como la luna y tenía los ojos aureolados de rojo. Le sonreí al tiempo que le ponía la mano en el hombro.

—Venga, no riñamos por historias de hace veinte años.

Regresé junto a mi saco, envolví en un paño de lino la espada con la vaina y después de haberlo guardado todo me acerqué a él, tendiéndole la mano. Pero el padre no la estrechó.

—Somos dos viejos combatientes, eso debería aproximarnos más que alejarnos. Sería mejor que nos contáramos cómo hemos logrado sobrevivir, y no obstinarnos en recordar contra quién luchamos, ¿no crees?

Al ver que no respondía comprendí que nunca había sido un combatiente.

II

Cantium

Cuando han transcurrido muchos años desde el desarrollo de los hechos y estos se analizan con frialdad, los peligros pasados parecen más grandes. Solo entonces se experimenta el peso de la angustia, algo en lo que no se pensó durante la acción.

Con esta impresión me encaminé hacia la playa después de desembarcar. Sentía aún en el cuerpo el balanceo del mar, aunque los pies estaban finalmente bien plantados en la tierra. Desde el muelle me volví y alcé la mano en una señal de saludo al mercader, que me observaba apoyado en el mástil. No respondió, pero continuó mirándome largamente.

En la playa estaban varadas algunas embarcaciones de pesca, cuyos propietarios se afanaban en desplegar unas gruesas redes. Evidentemente el intercambio de mercancías con el continente debía de haber crecido en los últimos tiempos, porque había bastante movimiento de personas que iban de los muelles al interior. Miré entonces hacia la peña donde antaño habíamos situado nuestro campamento y vislumbré una torre de vigilancia que se elevaba sobre los tejados de paja de algunas viviendas.

Me dirigí al promontorio y, en cuanto me adentré por la vegetación y el terreno comenzó a subir, me percaté con una pizca de orgullo que los britanos continuaban usando el sendero que habíamos construido durante la primera expedición y que aún resistía, impávido, a años de desgaste y desidia. Llegado a la cima del collado vi que precisamente donde se había montado el campamento surgía una pequeña aldea rodeada por una rudimentaria empalizada, junto a la torre de vigilancia. Me dirigí hacia ella con la cabeza gacha, oponiéndome al viento, deteniéndome de vez en cuando para mirar la rada desde lo alto. Nunca la había visto tan despejada de naves. La subida comenzaba a hacerse sentir y a lo largo del camino que conducía a la aldea divisé a lo lejos, a la izquierda, una roca clara que asomaba del terreno. Me pareció reconocerla, así que me desvié del sendero para alcanzarla. Caminaba contra el viento por la hierba alta, entre el olor del mar y el chillido de las grandes gaviotas que planeaban sobre la escollera. Llegado al sitio me incliné, dejando caer el saco al suelo.

La inscripción esculpida en la roca permanecía clara y legible como si hubiera sido grabada pocos días antes. Pasé la mano sobre ella y me senté para coger aliento. Tuve una punzada en el estómago y mientras observaba aquella roca batida por el viento volví a ver los rostros de mis muchachos. Bajé la cabeza; en aquella soledad habría podido permitirme llorar. En el fondo, había contenido las lágrimas durante toda una vida.

—Escapé.

Me volví de pronto, casi espantado. El mercader me había alcanzado sobre el promontorio. Me observaba, ceñudo, jadeando, como a la espera de una pregunta que no llegó. Me limité a palmear la roca para invitarlo a sentarse. Así lo hizo, y miró hacia el sol que despuntaba entre las nubes antes de ponerse en el mar.

—Escapé de Novalo cuando vi que vuestras legiones construían los diques para detener las mareas y así llegar a nuestras ciudades. —Bajó la mirada y sacudió la cabeza, mientras su respiración se normalizaba—. Me pregunté qué podíamos hacer contra hombres que tenían fuerza suficiente para detener el mar. —Inspiró hondo, luego resopló—. No tuve el valor de volver hasta años después, cuando la edad ya me había hecho irreconocible y podía hacer algunos buenos negocios.

Cogí del saco una horma de pan y de queso que corté con la daga, ofreciéndole un buen trozo al mercader. Después del primer bocado, tragué y lo miré. Se había quitado un peso, confiándome un tormento que lo roía desde hacía años y que probablemente nunca se había atrevido a revelar a nadie.

—El hecho de que lo admitas te honra.

—Quizá, pero mi comportamiento no fue en absoluto honorable.

Mastiqué otro bocado antes de dirigirle de nuevo la palabra.

—Veo que tienes una nave, una tripulación, un hijo, mercancías. Quizá tu decisión de entonces te ha llevado a conseguir cosas que de otro modo nunca habrías alcanzado.

El mercader asintió.

—Sí, es verdad, he rehecho mi vida.

—¿Sabes? —dije con un suspiro—, quizá todos formamos parte de un libro ya escrito y nuestras acciones siguen el recorrido que dictan los dioses. Yo mismo no debería estar aquí. Es más, continuamente me pregunto qué hago con estos harapos, lejos de mis seres queridos.

—¿Estás huyendo de algo?

Apreté los labios sacudiendo la cabeza y corté otro trozo de pan para él.

—Estoy aquí para hacer honor a un hombre, el último de un grupo de los mejores hombres que jamás haya conocido. Un hombre que sacrificó su existencia al honor y que fue al encuentro de la muerte, despreocupado por su propia vida, para preservar su dignidad.

Permanecí un instante en silencio mirando la lápida con la inscripción.

—El destino ha querido que yo fuera quien los enterrara a todos, uno tras otro. —Me volví hacia el interior, señalando las colinas—. En alguna parte más allá de esas tierras el hado tiene una respuesta que darme, una explicación para mi decisión de seguir combatiendo e ir a la cita con el destino.

El hombre bajó la mirada.

—¿Estás seguro de que encontrarás una respuesta? ¿Tan importante es para ti saber eso? Porque a veces las cosas siguen su curso, simplemente, sin una explicación.

Me levanté y envainé la daga, mientras mi capa se agitaba al viento.

—Sí, sin duda. —Lo miré—. Muy importante.

—Entonces —prosiguió él, después de un instante de silencio—, quizás el destino haya querido ponerte aposta sobre mi nave, para que hagamos juntos la última etapa de tu viaje.

—Es posible, pero en tal caso el destino se ha olvidado de darme dinero suficiente para pagarte.

El mercader rompió a reír y se levantó.

—Esta vez serás mi huésped, servido y reverenciado. Lo prometo.

—Si es lo que quieres... ¿Cuándo zarpamos?

—En cuanto el viento sea favorable. El que se ha levantado ahora es contrario a nuestra ruta. Estaremos cómodos en la nave, esperando el momento propicio.

Volvimos hacia el sendero. El cielo se estaba encapotando y el aire resultaba cada vez más frío. Miré hacia la aldea.

—¿Te parece que estos bárbaros tendrán algo parecido a una posada? Esta tarde quisiera comer un bocado en tierra firme.

—¿Bárbaros? Los habitantes del Cancio son los más civilizados de toda Britania, amigo mío.

—Perfecto, entonces.

Esta vez nuestras carcajadas se elevaron al unísono.

—No me has dicho tu nombre, romano.

Permanecí un instante en silencio. Hacía poco que había enterrado a la última persona que me había llamado por mi nombre, y me había jurado a mí mismo que solo volvería a ser el que era después de haberle hecho honor.

—Si quieres, puedes llamarme Romano. No es mi nombre, pero me complace ser llamado así. Al menos me recordará quién soy durante el viaje por estas tierras en los confines del mundo.

—Así sea, Romano —dijo el mercader, dándome una palmada en el hombro—. Mi nombre es Breno —añadió, dándome la mano—. Olvídate de la posada, uno de mis sirvientes cocina muy bien el pescado, es más, a esta hora las brasas ya estarán listas. —Se acercó a mi oído y bajó la voz—. Y tengo un buen vino.

—Vosotros, los mercaderes, os regaláis mucho.

—Algún vicio de vez en cuando no está mal.

Alcanzamos la embarcación al oscurecer, justo cuando el aire comenzaba a hacerse punzante. Afortunadamente la nave se encontraba en una ensenada protegida del viento, y así, después de habernos acomodado en la tienda de Breno, comenzamos a cenar. El hijo del mercader se sentaba con nosotros, pero estaba claramente molesto por la confianza entre su padre y yo. Comimos un excelente pescado, acompañado con una salsa a base de cebollas y abundantemente regado con un magnífico Falerno, que no tardó en traer un poco de buen humor a aquel rincón del mundo.

—Venga, Romano —dijo Breno, hundido entre sus mullidos cojines provenientes del lejano Oriente—. ¿Por qué no me dices qué vas a hacer en las tierras de los trinovantes?

—Es una larga historia que habría de contar desde el principio, de lo contrario no entenderías el porqué de semejante viaje. ¿Y si te dijera que estoy buscando a una persona que ni siquiera sé si existe?

El mercader alzó la copa.

—Amigo mío, tenemos comida, vino y tiempo a voluntad, podrías hablar durante diez días sin ser interrumpido y, además... —Se levantó lo necesario para hacerse servir más vino—. Tengo una enorme curiosidad y he vivido toda una vida en el mar preguntándome qué estaría sucediendo en tierra firme.

Mis ojos, en aquel punto de la velada, debían de ser dos rendijas aureoladas de rojo. Estaba saciado y el vino comenzaba a producir sus efectos, así que me recosté cómodamente, con la mirada perdida.

—Mira, Breno, nosotros, los romanos, decimos que en el vino se esconde la verdad. —Tendí, a mi vez, la copa al sirviente, me la apoyé sobre el vientre y observé la superficie del vino, que brillaba como sangre negra al resplandor de la lámpara de aceite—. Es preciso volver atrás en los años, Breno, muchos años. —Inspiré a fondo, oliendo el contenido del vaso—. No sé si en este momento mi memoria está en condiciones de asistirme lo suficiente.

El mercader rio:

—Entonces estás en buena compañía —replicó el mercader, riendo—, porque no sé si la mía estará tan lúcida como para captar algún error.

Sonreí y miré de nuevo el vino en el vaso. Luego mis labios

comenzaron a moverse, como si fueran independientes del resto del cuerpo.

—Es la historia de un grupo de hombres valientes. Hombres capaces de sacrificarse en nombre del sentido del deber, Breno. Totalmente, hasta la muerte.

Frunció el ceño, mirándome con atención. Ahora estaba pendiente de mis palabras. Bebí un último sorbo, paladeando aquel sabor embriagador.

—Eran otros tiempos. En Roma el ambiente bullía por un hombre que había conquistado una gran popularidad en la Galia. En el Senado había quien apoyaba el genio militar de aquel hombre, a quien consideraban un defensor de las instituciones romanas, mientras que otros lo acusaban de moverse solo por ambición personal. Para nosotros eso carecía de importancia: amábamos a aquel hombre y lo habríamos seguido a cualquier parte. Éramos sus soldados, los legionarios de César. Cuando llegábamos, nuestro paso hacía temblar el mundo. —Levanté la copa con los ojos brillantes, quizá no solo por el vino—. *Ave Caesar.*

Los instantes de silencio que siguieron fueron interrumpidos por la débil voz de Breno.

—Para ser un gran hombre, no duró mucho en Roma.

Irritado por sus palabras, levanté la voz.

—Aquellos malditos cobardes lo asesinaron a traición, en un lugar sagrado. Unos miserables que juntos no valían ni un día de su vida. —Intenté contener la rabia y controlar la respiración, que entre tanto se había agitado—. Por suerte, la muerte no es igual para todos —añadí, mirándolo profundamente a los ojos—, porque si para algunos significa el fin de la existencia, para otros es solo el camino a la inmortalidad. Querían librarse de él y, en cambio, Bruto, Casio y los demás fueron pasados a espada por su fantasma, que vivirá eternamente. —Bebí otro sorbo—. La vida es ingrata, amigo Breno. Dime, ¿qué quedará de todos estos años en que he pagado con sangre el pan que comía? —Le sonreí, mientras él me miraba con atención—. La muerte, querido Breno. Nuestros afanes serán correspondidos con la muerte.

Su mirada se ensombreció, como si reflexionara sobre aquellas palabras mientras yo me recostaba sobre los cojines y abandonaba la copa. Retrocedí con la memoria, hasta que las imágenes aparecieron nítidas. Y comencé a recordar aquel año memorable, el seiscientos noventa y ocho de la fundación de la Urbe.

III

Oceanus

698 Ab Urbe Condita (55 a. C.)

Acabábamos de levar el ancla y ya los fuegos de Puerto Icio desaparecían lentamente a nuestras espaldas, entre las voces de los legionarios y las órdenes de maniobra de los pilotos. Gritos que se perdían en el ruido de la resaca y la lobreguez de la noche, transportados por una leve brisa que en aquella época del año comenzaba a ser punzante. El verano llegaba a su fin y en aquellas tierras orientadas a septentrión el frío no tardaría en hacerse sentir.

En la gran nave de transporte, botín de la guerra contra los vénetos del año anterior, estaba mi centuria al completo y una parte de la Segunda. Esta vez no tendríamos que caminar para alcanzar nuestro destino, pero los hombres habrían preferido andar durante millas a marchas forzadas antes que dejarse mecer sobre aquel madero que olía a pescado, algo que se deducía por el silencio que había caído sobre todos nosotros en cuanto salimos a alta mar. Recuerdo que seguíamos mirando más allá de la proa, convencidos de que ya veíamos algo. En realidad, ni siquiera se vislumbraba el horizonte: todo era negro como la pez, y solo por momentos se conseguía distinguir la silueta de la nave que nos precedía. Tras un verano muy intenso habíamos llegado a las tierras de los morinos[10] directamente desde el Rin, después de quince días de marchas y una odiosa masacre que más valía olvidar. Estábamos convencidos de que podríamos disfrutar de los últimos días de sol y de calor antes de encerrarnos en los alojamientos invernales. Nadie sospechaba que habría que embarcarse hacia Britania ni imaginábamos que una flota se hubiera reunido en Puerto Icio.

Britania: sabíamos que era una isla y que sin duda había de tratarse de un lugar olvidado por los dioses, pero apenas teníamos una idea concreta de dónde quedaba. Algunos sostenían que había ricos yacimientos de oro, pero solo unos pocos mercaderes habían llegado tan lejos como para confirmarlo, y aquellos pocos informes carecían de utilidad alguna desde un punto de vista militar. Solo conocíamos las zonas de la costa que daban a la Galia, pero lo ignorábamos todo de puertos o de ciudades. Nadie tenía conocimiento acerca del tamaño de la isla y qué encerraba. Incluso se estimaba que los mercaderes nos escamoteaban la información deliberadamente, para mantener alejado de Roma algún lucrativo comercio. En aquella época pensé que el objetivo de la expedición era poner finalmente el pie sobre aquella isla para descubrir qué se escondía en ella y, de paso, visto que el fin de la estación cálida nos dejaba a disposición poquísimos días de tiempo favorable, proporcionar una sencilla pero eficaz prueba de fuerza, como había ocurrido más allá del Rin el mes anterior. Esto habría servido para desalentar a los britanos y para evitar que en el futuro mandaran contingentes de refuerzo a los galos. Por un lado, sin embargo, dos legiones no eran suficientes para una invasión y una ocupación permanente; por el otro, llevar más hombres a un terreno desconocido habría podido causar enormes problemas desde el punto de vista del suministro de víveres. No obstante, y al margen de todo ello, en aquel momento nos encontrábamos balanceándonos entre los brazos de Neptuno, con las miradas fijas en el vacío.

Entre nosotros y la costa, César nos esperaba con una decena de naves de guerra repletas de arqueros y escorpiones,[11] dispuestas a sostener el primer choque contra eventuales defensores bárbaros. A nuestras espaldas, ochenta naves de transporte estaban siguiendo nuestra misma ruta, cargadas de infantería pesada, mientras que apenas a septentrión quinientos jinetes auxiliares, embarcados en dieciocho *onerarias*[12] como la nuestra, se dirigían al punto de encuentro de toda la flota, fijado para el alba cerca de la costa.

No creo que aquel mar, ni menos los britanos, hubieran visto nunca semejante despliegue de fuerzas, pero a pesar de ello no estábamos en absoluto tranquilos y la tensión era palpable. Había quien continuaba comprobando el equipo, quien aún no se había quitado el yelmo y quien, embobado, escrutaba el cielo en busca de estrellas, consciente de que en aquellos lugares las tempestades eran repentinas y desastrosas para los navegantes. La luna asomaba fugazmente por entre las nubes, rasgando las tinieblas con sus colores blanco azulados que centelleaban como surtidores luminiscentes sobre los yelmos. De vez en cuando un legionario se levantaba y, a la carrera, se acercaba a la borda para vaciar el estómago.

El balanceo lo movía todo, ni siquiera las estrellas parecían sustraerse a aquel vaivén, y solo una figura se erguía entre todos, caminando como si estuviera sólidamente plantada sobre tierra firme, recorriendo la nave con paso decidido. Su coraza musculada era tan reluciente que parecía no reflejar la claridad lunar, sino resplandecer con luz propia, mientras que su manto de color púrpura, azotado por el viento, proyectaba una sombra inquieta sobre la vela. Era el *centurio prior* de la legión, el *primus pilus* de la Décima, cargo que César abreviaba afectuosamente en primípilo. En otras palabras, el mejor de todos. No era alto de estatura, y sus movimientos y ademanes resultaban decididamente poco agraciados. En el rostro anguloso cubierto por una barba leonada brillaban, bajo las severas cejas, dos pupilas incandescentes como tizones, que hacían su mirada cortante como una cuchilla. Su voz era como el chasquido de un látigo. Se trataba de un hombre duro pero justo, cuya fuerza nacía del ánimo y desde allí se transmitía a quien estaba a su mando. Era el más viejo, había sudado sangre para llegar a aquel grado y lo había obtenido sin intrigar ni implorar recomendaciones de tribunos o legados. Se llamaba Cayo Emilio Rufo, y siempre me he preguntado si había sido la naturaleza la que había forjado a aquel soberbio combatiente, o si ese hombre era lo mejor que había producido el ejército más poderoso de todos los tiempos. Probablemente se debía a una combinación de ambas cosas.

Los reclutas le temían más que los mismos enemigos, sus maniobras eran devastadoras y la espaldas de todos los hombres a su mando conocían sobradamente su bastón. Los mismos oficiales le tenían el máximo respeto. Sobra decir que pretendía una disciplina férrea y una obediencia ciega: todos aquellos que pasaban bajo su fusta lo odiaban hasta el primer enfrentamiento con el enemigo, luego lo amaban para siempre.

El centurión se detuvo un instante para contemplar la centelleante estela de la luna en el mar antes de volverse hacia los hombres como si quisiera escrutarlos uno por uno. Por último, sus ojos se posaron en una siniestra silueta envuelta en una piel de oso, cuyas fauces abiertas se apoyaban sobre el yelmo del hombre que la llevaba. En la marcha, en el combate o en la contienda, los legionarios nunca perdían de vista el estandarte que él portaba, un águila de plata, símbolo de la legión misma. Donde estaba él, estaban también los mejores hombres de la Décima Legión, los inmortales. Donde estaba el aquilífero, estaba Roma.

—¿Tú no sufres el mar, Lucio Petrosidio? —preguntó el primípilo, acercándose.

—Por suerte no, Cayo Emilio, pero debo admitir que no veo el momento de descender de este madero.

Bajo la barba apareció una sonrisa apenas esbozada, luego el oficial continuó su vagabundeo, distribuyendo miradas de complicidad a quien limpiaba las armas, y sonrisas y palmadas en los hombros a los desventurados que asomaban la cabeza fuera de borda, víctimas de las náuseas. Su continuo movimiento no era fruto de la tensión, sino de la impaciencia por entrar en acción. El aquilífero lo sabía perfectamente, porque su puesto en la centuria era justo al lado de Cayo Emilio Rufo.

El primípilo volvió junto a Lucio Petrosidio y observó la reverberación de la luna entre las olas. El aquilífero se acomodó la piel de oso y contempló a su vez el *oceanus* al lado de su comandante.

—Estuve presente en el consejo de guerra que se celebró ayer en el campamento —dijo el primípilo en un tono de voz tan bajo que apenas superaba el rumor del mar—. Escuché con mucha atención el informe del tribuno Cayo Voluseno, mandado en misión de reconocimiento a las costas de Britania la semana pasada.

La inflexión del centurión no presagiaba nada bueno, así que Lucio sonrió, interrumpiendo el largo silencio que siguió a las palabras del primípilo.

—¿Qué quieres decir? ¿Que hago mal en querer descender de esta nave?

—Ellos no han descendido. Se han cuidado mucho de hacerlo.

—¿Y cuál es el motivo que ha impedido al tribuno adentrarse más allá de la playa?

—Según parece, donde el mar está más en calma no hay playa, sino una altísima pared de roca. En cambio, donde el litoral es bajo, las corrientes son violentas y pueden arrastrarnos sobre escollos capaces de destrozar la quilla de las naves. Además, da la impresión de que nos están esperando.

—Sí, eso es sabido; los pueblos de la costa ya han enviado mensajeros, prometiendo entregar rehenes y...

El centurión sacudió la cabeza con un movimiento nervioso.

—No tenemos rehenes, solo nos han sido garantizados, y los mensajeros de que hablas han vuelto a Britania.

—Junto a Comio —puntualizó Lucio.

—Comio es solo un rey fantoche que César ha puesto en el trono después de haber subyugado a su pueblo —dijo el centurión en tono cortante.

—Pues en mi opinión Comio es la persona adecuada en el lugar adecuado, es muy estimado por César y, según parece, disfruta de prestigio incluso en ultramar. Además, tiene demasiado que perder, si se enfrenta con quien lo ha hecho rey.

Los labios de Emilio se torcieron en una mueca sarcástica mientras el viento agitaba las correas de cuero rígido sobre sus hombros.

—En ese caso, quién sabe qué compromiso le habrá impedido recibir con los honores debidos a una autoridad romana como Voluseno, visto que para dar la bienvenida al tribuno con los rehenes en la playa, en vez de Comio, estaban algunos centenares de celtas enajenados.

—Sé que en la nave de Voluseno había pilotos reclutados en Puerto Icio, es probable que tomaran una ruta equivocada que los llevara...

—Eso queda descartado —lo interrumpió Emilio, tajante—. Voluseno ha estado en el mar durante cinco días. Al no haber encontrado amarres útiles a occidente ha invertido la ruta, siguiendo la costa hasta encontrar una lengua de tierra practicable a septentrión. Pero no ha conseguido sondear los fondos e intentar el desembarco debido a los britanos que seguían su nave desde la orilla. En aquel punto, zarpó nuevamente hacia Puerto Icio.

La expresión de Lucio cambió, su rostro se ensombreció. Estaba observando, pensativo, una gran nube ya próxima a oscurecer la luna, cuando una ola más violenta que las otras lo cubrió de salpicaduras saladas. El aquilífero se secó el rostro, sosteniéndose con una mano en la barandilla. El mar se estaba embraveciendo y comenzaba a ser difícil permanecer de pie sin agarrarse.

—Si este viento no amaina —dijo el centurión—, cuanto más nos acerquemos a la costa, peor será. Mañana por la mañana las olas nos sacudirán a su antojo. Los hombres llegarán cansados al desembarco.

Después de aquella consideración la voz del centurión cambió, recuperando el vigor como si despertara.

—Esta vez las naves son un centenar y los hombres más de diez mil, y no es un espectáculo bonito de ver aunque estés con los pies secos en tierra firme. Además, como tú mismo has subrayado, nuestra fama nos precede. César ha barrido a cualquiera que se le haya puesto delante en estos tres años, y en la última temporada hemos aniquilado a los usipetos y a los téncteros,[13] luego en poquísimos días hemos construido el puente de madera sobre el Rin y hemos entrado en territorio de los germanos. A los pueblos de toda la región les ha bastado con ver el puente para que el terror les haya impedido combatir.

El centurión se interrumpió, estiró los brazos, apretando con fuerza la barandilla, e irguió la espalda.

—Si fuera un bárbaro me cuidaría mucho de enfrentarme a semejantes hombres.

El tono del primípilo volvió a ser el de siempre.

—Aquilífero, mi deber es llevar a estos hombres a la playa y pienso cumplirlo, aunque tenga que llevarlos a hombros de uno en uno. Mañana estas botas pisarán el suelo de esa isla y tú plantarás en ella el estandarte de Roma. Solo debes preocuparte de ser el primero. No querrás que el águila sea la última en llegar, ¿verdad?

Tal como se había presentado, Cayo Emilio Rufo desapareció entre los hombres de la tropa, volviendo a ser el gran soldado de siempre. Lucio siguió contemplando la luna, ahora oculta tras las nubes, que, empujadas por los vientos fríos del norte, proyectaban siniestras sombras sobre las aguas. Lo mejor que podía hacer era dormir, aunque no le resultaría fácil hacerlo. La jornada había sido larguísima y el día siguiente sería aún peor. Encontró un espacio vacío junto a su equipaje, al lado de Tiberio, su asistente, que ya estaba durmiendo como un niño con la cabeza apoyada en su saco de lino lleno de semillas. Aflojó el cinturón y se acurrucó en un rincón, cubriéndose con la capa. Se obligó a cerrar los ojos dejando de lado las nubes, la luna y las estrellas, y todo lo que sucedería al día siguiente. Una fragorosa carcajada le hizo levantar la cabeza. Era Emilio en medio de un grupo de incansables veteranos, que estaban disfrutando del viaje con alegría. Quién sabía si lograría conciliar el sueño.

No fue exactamente un sueño, sino una especie de inquieto duermevela y cuando le pareció que había encontrado la posición adecuada y la calma necesaria para dejarse ir percibió en torno a él algunos movimientos, acompañados de un vocerío que le hizo abrir los ojos. Estaba amaneciendo y el mar seguía agitado. Se dio cuenta de que el sopor lo había alejado de su triste situación solo por poco tiempo y la realidad, el hecho de encontrarse en una nave a merced del Atlántico, volvía a presentarse cruda y despiadada con el despertar. Vio que algunos soldados se ponían de pie y se asomaban por la borda, tratando de divisar algo en la luz mortecina. El centurión, envuelto en su capa con los brazos cruzados, estaba de pie en la proa con una pierna apoyada en un montón de cabos, mirando más allá del casco. Ahora Lucio se había despertado y decidió acercarse a Emilio, saltando como podía sobre los soldados que aún dormían.

—Dame buenas noticias.

El centurión de volvió y le sonrió, fresco como una rosa. Tenía en la mano el bastón de vara de vid, símbolo de mando de su grado, y lo apuntó derecho delante de ellos.

—Cita al alba con las naves de guerra, cerca de la costa. Aquellas son las naves, aquí está el alba. ¡Perfecto!

Lucio asintió, complacido y aliviado por aquella visión. Estaban alcanzando a César, no se habían perdido en la noche y su nave parecía resistir bien el mar agitado. La oscuridad y las preocupaciones se desvanecían y el aquilífero se sintió de repente hambriento como un lobo. Batió con fuerza las manos y luego las refregó para quitarse definitivamente de encima la modorra, se volvió a los hombres y comenzó a exhortarlos:

—Entonces, ¿en esta centuria ya es costumbre desayunar al despertarse?

Fue como dar un azote de energía a los soldados, que retomaron sus hábitos y sus tareas de siempre. Quien aún no lo había hecho se despertó y se unió a aquellos que preparaban de comer u ordenaban el equipo para hacer espacio. Mientras Emilio daba la orden al *tubicen*[14] de que tocara diana, Lucio se acercó a Tiberio, que finalmente estaba abriendo los ojos.

—¡Ánimo! ¡Despiértate! Se avanza con la fatiga y se retrocede con el ocio.

El muchacho parpadeó y miró a su alrededor guiñando los ojos. Lucio se inclinó sobre él.

—Sí —dijo en un susurro—, también hoy estás rodeado por un centenar de fornidos y vulgares legionarios, pero si la suerte te sonríe y no mueres antes del atardecer, podrás encontrar a tus ávidas jóvenes esta noche, entre los brazos de Morfeo.

El muchacho lo miró, con los ojos aún hinchados de sueño, y con un hilo de voz pronunció las primeras palabras de la jornada, que eran las mismas de cada despertar:

—¡Quisiera morir!

Luego sonrió y señaló a Emilio, que estaba golpeando su bastón en la cabeza de un piloto ocupado en desplegar una vela. Lucio encontró un sitio entre los soldados y se sentó, llevándose finalmente el pan negro a la boca. Tiberio era un joven de diecisiete años que un día habría de convertirse en aquilífero, pero de momento el *aquilifer* era su predecesor y la tarea se estaba revelando bastante ardua, porque en realidad se había convertido en su hermano mayor, con todo lo que ello implicaba. Era un muchacho diligente, pero seguía siendo un muchacho, como tantos en el ejército. Por el momento, de su juvenil inconsciencia aún no había emergido el ademán de un verdadero soldado. En otras palabras, tenía más fuerza que cerebro, lo cual no cuadraba con la principal enseñanza del ejército: «Matar sin que te maten.» En ese momento, su misión era más que nada la vigilancia del templete que custodiaba las enseñas y el águila en el interior del campamento. No era una tarea sin importancia, porque en el mismo lugar estaba depositado el dinero de los soldados, sus pagas futuras, además de su pensión, que se guardaba en las arcas del tesoro bajo la responsabilidad del aquilífero y de Quinto Planco, el otro ayudante, fiable y más maduro, además de excelente cocinero. Su tarea en la legión era más que nada administrativa: era un buen matemático que se ocupaba de la contabilidad, la vigilancia y la superintendencia de los mercados donde se abastecían los militares. Provenía del Sanio y su latín tenía ese desagradable acento del que tanto se mofaban los romanos puros, a los que afirmaba odiar aún por el asunto del rapto de las Sabinas. A pesar de provenir de tan despreciada región, el destino que lo había llevado hasta allí lo había unido al resto de la tropa y los hombres lo respetaban y admiraban. Precisamente mientras Quinto hablaba de la belleza de las mujeres de su tierra al incrédulo y siempre enardecido Tiberio, el grito de un marino sobresaltó a toda la centuria.

—¡Britania! ¡Britania!

Todos se levantaron para acudir a la borda. Otros alcanzaron la proa, tratando de distinguir la costa. Detrás de las naves de guerra, en la lejanía, se extendía una tenebrosa y larguísima franja de tierra que se confundía con la calígine del alba. Britania existía de verdad.

Instintivamente, Lucio recorrió el horizonte con la mirada y en aquel momento reparó en que el mar no bullía de naves como habría debido. Veía tres a sus espaldas, una a proa y otra más muy lejos a la derecha. Encerrados en aquella nave, sumidos en la oscuridad y atentos solo a la mar gruesa, habían perdido la visión de conjunto, pensando que todo estaría en orden una vez alcanzadas las naves de guerra de César, que en efecto estaban cada vez más cerca de su embarcación. Delante de ellas, también la costa se revelaba como lo que era realmente, no una franja de tierra llana, sino un acantilado, una pared de roca vertical que se prolongaba durante millas y millas hasta donde alcanzaba la vista en un espectáculo imponente e impresionante. La roca parecía tallada con precisión por Júpiter en persona y su conformación hacía muy difícil un amarre en aquella estrechísima franja de arena que discurría bajo el farallón, incluso con el mar en calma.

El timonel gritó que echaran el ancla: ya estaban cerca de las naves de guerra, pero debían mantener una distancia de seguridad debido a las olas. Eran unas embarcaciones maravillosas, que con su tonelaje y las hileras de remos infundían temor. Tenían el fondo más plano que las onerarias y el mascarón de proa, no resistían bien la mar gruesa, pero eran muy maniobrables, porque además de la vela, tenían a los remeros. En el puente se veían bien los poderosos escorpiones, en condiciones de lanzar grandes flechas a larga distancia. Junto a las máquinas de guerra estaban alineados también arqueros y honderos, que habrían hecho llover encima de cualquiera que se atreviera a acercarse diversos tipos de dardos y de proyectiles. Ya estaban en orden de guerra, con los yelmos y las mallas de hierro brillando a pesar de que el sol estaba oculto por las nubes. Un legado situado a proa gritó algo a los soldados, quienes como un solo hombre elevaron al aire un brusco alarido. El legado hizo una señal de saludo desde su nave y Emilio le respondió. Inmediatamente después, la poderosa voz del centurión atronó:

—¡Primera Centuria, quitad las protecciones de los escudos! ¡Preparaos!

Mientras los hombres sacaban los escudos del envoltorio de protección de piel de ternera engrasada, Lucio alcanzó su equipaje, se ajustó el cinturón, sujetó el yelmo y lo cubrió con la cabeza de oso. Comprobó el gladio y acomodó el puñal antes de embrazar el escudo mientras Tiberio le tendía el águila de plata. Sujetó con fuerza el estandarte, bajando los ojos en señal de reconocimiento, e intercambió una mirada de complicidad con Tiberio.

—¿Estoy bien?

El muchacho asintió, colocándole las patas de la piel de oso. Delante de él ya no estaba Lucio, sino el aquilífero. El portaestandarte levantó el asta, manteniéndola firmemente con las manos, y se encaminó hacia el centurión entre el balanceo de las olas. Al llegar a su lado, se volvió hacia los soldados, que lo observaban inmóviles y en silencio.

La voz del primípilo rasgó el aire con potencia:

—¡Décima Legión, Primera Cohorte, Primera Centuria!

Los hombres se pusieron firmes de inmediato, con el mentón intrépidamente hacia delante, sosteniendo el escudo con el brazo izquierdo y empuñando el gladio que llevaban colgado en ese mismo lado con la otra mano.

—¡Honor al águila!

Como un solo hombre, ciento veinte soldados desenvainaron el gladio con el brazo derecho, lo hicieron girar en la palma de la mano y aferrándolo firmemente lo apuntaron hacia el águila, ofreciendo al unísono, en un alarido, su honor por Roma. Permanecieron inmóviles en aquel gesto, con el brazo extendido y el gladio apuntando hacia la enseña, que algunos observaban con orgullo mientras otros rezaban con los ojos cerrados. Desde su posición, mirando más allá de la punta aguzada de sus armas el símbolo de Roma, veían finalmente las blancas escolleras de Britania. Cayo Emilio hizo un cuarto de giro hacia el águila y ofreció los honores del comandante de la centuria, llevándose la mano derecha al yelmo. Rindió honores al águila, a Marte, a Venus y a la Victoria. Luego volvió a ponerse en posición, mirando a sus hombres, y aulló con todo su aliento, hinchando las venas del cuello.

—¡Legión!

Los hombres le respondieron, aullando a pleno pulmón:

—¡Décima! ¡Décima! ¡Décima!

Luego comenzaron a batir rítmicamente los gladios sobre los escudos, de plano, cada vez más fuerte, hasta que el centurión aulló de nuevo.

—¿Quiénes somos?

—La Décima.

—¿A quién tememos?

—¡A nadie!

—¿Al enemigo?

—¡La muerte!

—¿Y a la muerte, le gritamos?

—¡Décima! ¡Décima! ¡Décima!

El rito continuó, y cuanto más aullaba el centurión, más los hombres se concentraban y respondían. Todo esto formaba parte de la legión, unía a los hombres, expulsaba sus miedos, reforzaba el valor y el orgullo, al tiempo que atemorizaba al enemigo. Una horda que avanzara vociferando no hacía el mismo efecto que cien hombres que gritaran unas pocas y secas palabras al unísono. El suyo ya no era un alarido, sino un rugido que atravesaba escudos y cuerpos, y hacía temblar el espíritu. La sensación de poder e invulnerabilidad que les proporcionaba el hecho de oír su propia voz, su propio paso, el ruido de las propias armas multiplicado por cien, mil, diez mil era inigualable. Se sentían parte de la energía que liberaban y que se elevaba hacia el cielo.

—¿Estáis listos?

—¡Estamos listos! ¡Estamos listos! ¡Estamos listos! —respondieron a voz en cuello los legionarios.

En ese mismo instante, idénticas arengas se propagaban de nave en nave, así que los lemas de las diversas centurias empezaron a multiplicarse en una especie de eco llevado por el viento, que los hacía sentir aún más unidos y más fuertes. Los hombres habían perdido la palidez debida al mareo y a la noche insomne, y estaban listos para hacer todo aquello que se les ordenara.

Cuando concluyó el rito y los soldados fueron dejados en libertad, un centelleo proveniente de la costa, a lo lejos, reclamó la atención de Lucio. Se acercó a la barandilla y empezó a observar atentamente el acantilado. Conocía bien aquel brillo metálico que se articulaba, como una serpiente, a lo largo de todo el litoral. Los esperaban hombres armados, y debían de ser muchos. De pronto sintió la boca seca, la lengua presionada contra el paladar y el rostro contraído por una mueca, como una máscara. La visión del enemigo siempre le producía una increíble tensión. Él, que conducía a los hombres a la guerra, le tenía un secreto horror.

—¡Es bueno para los hombres! —sentenció una voz cavernosa a sus espaldas.

Lucio reconoció de inmediato el tono y sonrió antes aun de volverse para mirar al recién llegado:

—¿Qué es bueno para los hombres?

—¡La visión del enemigo! —respondió Valerio, inseparable amigo del aquilífero y experto veterano de la Décima Legión; quintaesencia del soldado, columna de la centuria, tanto por envergadura como por experiencia. Los había combatido a todos, de los helvecios a los germanos, y llevaba en su rostro rudo curtido por la intemperie, como recuerdo de una espada belga, una cicatriz que iba de la comisura de la boca hasta debajo de la oreja derecha.

En aquel tiempo la Décima aún no había sostenido todos los enfrentamientos que habían de hacerla eterna, por eso la mayor parte de los rostros de sus efectivos mantenía aún un aspecto humano, con todos los dientes, las orejas y la nariz. Valerio, pues, era un precursor del devenir, un hombre impresionante, valiente y arrojado, y Lucio tenía el presentimiento de que mientras Valerio estuviera cerca de él, nunca le ocurriría nada grave.

—Dentro de unas horas los nuestros se habrán habituado a la visión de esos bastardos en la orilla y ya no tendrán tanto temor —concluyó con toda tranquilidad el coloso.

—Espero que tengas razón, viejo león, porque aquí falta más de la mitad de la flota y no veo cómo podremos acercarnos a la costa, con este mar.

—¿Dices que no desembarcaremos?

—No aquí —intervino el primípilo, que estaba a pocos pasos de ellos y había seguido el breve coloquio—. Creo que continuaremos anclados hasta la llegada de la mayor parte de las otras onerarias, luego iremos a buscar un lugar más adecuado para el amarre.

Valerio se volvió hacia él y esbozó un saludo con la cabeza, apretando los ojos sin mover los labios. Era su modo de sonreír.

—Lo principal es que no me hayan metido en esta bañera para nada —farfulló antes de volverse de nuevo hacia el acantilado, donde las siluetas de los enemigos comenzaban a recortarse a lo lejos contra el cielo gris azulado.

—Quédate tranquilo, Valerio, que no daremos media vuelta.

Retroceder equivaldría a una derrota y no creo que César haya venido hasta aquí para hacer el ridículo delante de los britanos.

Los tres se volvieron a la vez y saludaron al recién llegado, Máximo Voreno, *optio* de la Primera Cohorte; en otras palabras, la sombra de Emilio, su brazo derecho, en muchos casos la prolongación de su espada y de su bastón de vid. No era viejo, pero llevaba tantos años de servicio que podía ser considerado un veterano. Se ocupaba especialmente del adiestramiento de los hombres del primípilo y Emilio había hecho de todo para que ascendiera al grado de centurión. A diferencia de sus camaradas, era muy discreto y silencioso, y tenía unos modales muy educados.

Al pequeño grupo no tardaron en sumarse otros soldados, cada uno de los cuales comentaba la situación a su manera, haciendo entender a Emilio que había llegado el momento de poner orden en las cabezas de sus combatientes, ya agotadas por la mar gruesa y por cuanto veían en la orilla. Se dirigió, por tanto, hacia el puente y con un par de rugidos dio orden de sentarse, restableciendo inmediatamente jerarquías y posiciones. El comandante permanecía en pie con sus ayudantes, lo cual contribuía a aclarar la cadena de mando, distinguiendo las cabezas que debían pensar de los brazos que debían ejecutar. El centurión dio algunos pasos entre sus hombres, lentamente, con las manos a la espalda y la cabeza gacha. Por la serenidad que transmitía resultaba fácil deducir el valor que otorgaba hasta al más mínimo gesto, con el que pretendía conquistar a sus hombres aun antes de hablar. Cuando pronunció las primeras palabras, su voz llegó con claridad incluso a los soldados situados al fondo de la nave.

—Creo que deberemos esperar un poco antes de poner los pies en tierra. El mar y las nubes no nos han sido favorables y, como veis, no todos han llegado a la cita. —Hizo una pausa y dirigió la mirada hacia las naves de guerra donde estaban embarcados los altos oficiales y el jefe supremo. Luego continuó—: Seguro que en este momento, en aquellos maderos, algún envidioso de la Séptima estará suplicando a César que no nos deje conquistar Britania solos.

Todos estallaron en una carcajada liberadora y una sonrisa apareció también en el rostro de Emilio, aunque el primípilo enseguida la transformó en una mueca sarcástica y amenazante, haciendo callar a la multitud:

—Veremos si reís tanto cuando os encontréis frente a esos bárbaros en la playa, ¡o si tengo que empujaros a patadas para haceros combatir!

El discurso había comenzado y era preciso dirigirse correctamente a la ruda audiencia.

—¿Los habéis visto? —continuó, levantando el tono y señalando a los britanos a sus espaldas.

—¿Cómo podríamos no verlos, si son miles...? —aventuró a media voz uno de las primeras filas.

La voz del centurión restalló como un latigazo:

—Marte, Marte, ¿dónde estás? ¿Por qué me has dado unas temblorosas cabras en vez de hombres?

Con una mueca de disgusto escrutó al legionario que había hablado y abrió los ojos:

—El número de bestias que están allí le interesa a César —prosiguió, mostrando los dientes como una fiera—, no a ti, porque tu misión no es contar. Tu misión es matar, y no importa cuántos te toquen, porque acabarás con todos ellos. Pero eres un hombre afortunado, ¿sabes por qué? —Hizo una pausa, consciente de la atención que concitaba—. Porque aquellos hombres de allí ya están prácticamente muertos. —El primípilo exhortó a los soldados a aguzar la vista—. Observad bien al enemigo, legionarios. ¿Veis lo mismo que yo? —Con un alarido, se volvió a su vez hacia la orilla, señalando las siluetas de los enemigos que de vez en cuando se vislumbraban—. Yo veo espadas enormes y escudos pequeños. Nuestro único problema, mientras estemos lejos, es desviar sus armas de tiro, sus jabalinas y sus flechas, y con nuestros escudos no es tan difícil. Una vez que los hayamos alcanzado no tendrán salvación, porque no serán capaces de sostener un cuerpo a cuerpo con nosotros. —Avanzó un paso hacia la tropa—. La longitud de sus espadas les impide golpearnos de punta. —Otros dos pasos y continuó—: Nuestros grandes escudos protegen la mayor parte del cuerpo. Para arremeter con el filo deben levantar el brazo, dejando el costado indefenso. Cuando eso ocurra, no tenéis más que elegir dónde meter la punta de vuestro gladio, como ya habéis hecho miles de veces, en los entrenamientos y en las batallas. —Empuñando firmemente su bastón de vid, repitió el movimiento que tan familiar era para los soldados—. Recordad que somos afortunados: un golpe de filo rara vez mata, estamos protegidos por el yelmo, por el escudo y, mal que nos pese, por los huesos. Pero un golpe de punta que penetra cinco centímetros en el cuerpo, no deja salvación posible.

Gracias a esas palabras los hombres adquirieron seguridad hasta el punto de que algunos, olvidando el trecho de mar y el acantilado que los separaban del enemigo, comenzaron a levantarse y a desenvainar las armas, aullando injurias contra los britanos. Bastó una simple mirada de Emilio para que se sentaran de nuevo en silencio.

—Mientras no estemos en la playa no podremos marchar en formación contra el enemigo. Nuestro punto débil es el mar, tratad de permanecer unidos y alcanzar la orilla deprisa. —Se volvió hacia Lucio y señaló con el dedo el águila que sostenía este—. Seguid al águila, nunca la perdáis de vista. No os dejéis distraer por el enemigo, levantad la mirada, cualquier cosa que suceda en torno a vosotros, y buscad el águila. —Los escrutó con la mirada casi uno por uno—. Buscad el águila y alcanzadla lo más deprisa que podáis. Bajo la enseña de Roma encontraréis a vuestros compañeros.

Desde la centuria se elevó un estruendo, una mezcla de burla por los enemigos y aclamaciones a Emilio. El centurión sonrió satisfecho de sus muchachos, luego se volvió nuevamente al enemigo y siguió observándolo con los brazos cruzados. Sabía que tenía una clara desventaja. Si no desembarcaban directamente junto al acantilado se produciría una masacre. Pero esto se lo guardó para sí, preguntándose entre tanto cuál sería el calado de aquella nave pestilente.

Pasaron la mañana anclados a la espera de órdenes, en la nave zarandeada por las olas. Lucio comió un bocado con los demás y luego, casi sin darse cuenta, cabeceó exhausto hasta sumirse en un profundo sueño.

Cuando volvió a abrir los ojos ya anochecía y muchas naves

habían alcanzado a la flota. Los britanos seguían en el acantilado, pero, como había dicho Valerio por la mañana, ya no producían el mismo efecto. La voz de Emilio llegó en pleno bostezo.

—¿Entonces, se ha despertado nuestro portaestandarte?

—He dormido bien. Sabía que un despiadado centurión velaba mi sueño.

—Estamos a punto de partir, Lucio, una chalupa acaba de traernos a Cayo Voluseno, que nos ha comunicado la intención de César de desembarcar antes de que anochezca.

El aquilífero miró el cielo e interrumpió al centurión.

—Faltan pocas horas para que oscurezca y parece que el tiempo anuncia tormenta.

—En efecto; por eso mismo no podemos permanecer otra noche en el mar y es impensable regresar a la Galia. Es mejor que te prepares, dentro de poco nos tocará a nosotros, porque seremos los que abran el camino a los demás. Nuestra nave debe ocupar la primera posición en la formación, inmediatamente después de las de guerra.

Tales palabras bastaron para despertarlo del todo. Lucio fue hacia su equipaje, preguntándose en qué podía consistir el prestigio de formar parte de la Primera Centuria de la Décima, si luego su misión se reducía indefectiblemente a ser la cabeza de ariete. Se acomodó el cinturón con los tachones y la hebilla de plata. César incitaba a los hombres de la Décima a adornar el equipo con metales preciosos. Se decía que resplandecían en la batalla atemorizando al enemigo, pero en realidad Lucio pensaba que era un modo de impulsar a los hombres a vender cara la piel, en el terror de perder su equipo.

Oyó que el timonel daba la orden de levar anclas mientras todos los demás en torno a él se preparaban en silencio; llamó a Tiberio y Quinto. El muchacho, radiante, lo alcanzó a la carrera mientras se ajustaba el yelmo, pero Lucio no tardó en apagar sus ardores:

—Tú permanecerás de guardia en el tesoro junto con Quinto —dijo, poniéndole fraternalmente una mano sobre el hombro—. Solo descenderéis cuando yo lo diga. ¡Es una tarea importante, Tiberio, confío en ti!

El muchacho asintió de mala gana. Lucio le quitó la mano del hombro y la batió un par de veces sobre la piel de oso que lo cubría.

—¿Quién manda aquí?

—Tú, aquilífero.

—Te abrirás camino, Tiberio. Un día podrás contar que viste el desembarco de la Décima en Britania.

—Sin tomar parte en él —respondió el joven, irritado.

—¿Y qué? Diría que tampoco César se arrojará al agua empuñando la espada contra los bárbaros. Los hombres más importantes deben preservarse, por el bien de todos.

Tiberio acogió aquellas palabras con una sonrisa de circunstancias. Luego Lucio se dirigió a Quinto, en un tono mucho menos confidencial:

—En cuanto la situación en tierra firme se haya estabilizado, mandaré a alguien a avisarte.

—¿El material?

—Sí, claro, os reuniréis conmigo solo cuando el prefecto de campo haya dado las disposiciones para la construcción del campamento. Mandaré a algunos hombres para que te ayuden a traer todo lo necesario para montar el templete.

Quinto asintió y Lucio estrechó la mano de ambos.

—Que la Victoria acompañe tu camino —añadió Quinto en tono inspirado, tras un instante de silencio—. ¡Nos vemos en el campamento!

—Nos vemos en el campamento —asintió el aquilífero.

Llegado a la proa se apoyó en el flanco de la nave. El espectáculo era imponente. Un centenar de embarcaciones cabalgaban las olas a toda vela manteniendo la costa a la izquierda en dirección a septentrión, en busca de un amarre más seguro. Comprobó una vez más el equipo, desenfundó y envainó varias veces el gladio, para asegurarse de que el agua y el salitre no lo habían dañado, y contempló la escollera, contento de dejar atrás semejante lugar. También allí arriba había movimiento: los bárbaros se estaban desplazando como si quisieran seguir las naves por tierra.

El mar y el cielo no presagiaban nada bueno y los pilotos tenían dificultades para mantener la ruta. Alcanzó a Emilio y se vio obligado a levantar la voz para hacerse oír por encima del rumor del viento y el mar.

—¿Cuáles son las disposiciones?

El centurión, que se hallaba en un lugar más elevado, se agachó hacia el aquilífero gritándole al oído.

—Debemos seguir la ruta de las naves de guerra. Ellas nos conducirán hacia la costa.

A causa del mar y del viento irregular las naves no podían mantener una disposición ordenada y el control del navío quedaba en manos de los pilotos. Finalmente, avanzada la tarde, después de otras dos horas de navegación y cuando la luz comenzaba a declinar verdaderamente, la costa se hizo más baja, extendiéndose en un promontorio que menguaba hasta disolverse en una larga y llana playa. Pero parecía que el enemigo había sido más veloz que las naves, porque a lo lejos se distinguían algunos jinetes que ya habían ocupado la rompiente. Lucio reclamó una vez más al centurión y le señaló a los britanos en la orilla. El primípilo miró atentamente hacia la costa, luego se agachó de nuevo, gritándole al oído.

—Serán los primeros que han llegado al lugar. No es posible que estén todos aquí, el viento ha soplado a nuestro favor durante todo el trayecto.

Se levantó, volviendo la mirada en dirección a la playa. Ahora las naves de guerra estaban a punto de virar hacia la costa.

—¡Primera Centuria! —aulló Emilio a voz en cuello—. Listos —continuó, desenvainando el gladio para señalar la playa con la punta del arma—. ¡Preparaos!

Los hombres ya estaban dispuestos y observaban, concentrados, al centurión y la costa, mientras compensaban con la fuerza de las piernas las sacudidas que el mar transmitía al puente. En ese punto la playa era claramente visible y estaba fuertemente vigilada por guerreros a caballo, milicias a pie y pequeños carros de dos ruedas, arrastrados por parejas de caballos. También la oneraria viró de golpe y, con la fuerza del viento y de las olas que la empujaban hacia el objetivo, enfiló derecho hacia la costa, seguida no sin dificultades por el resto de las naves. Lucio se mantenía a proa, a pocos pasos del centurión, embrazando el escudo y la enseña con la izquierda, al tiempo que se sujetaba firmemente al costado de la nave con la derecha. De vez en cuando se asomaba para mirar bien la costa. El mar rugía, cada vez más furioso. Valerio se encontraba justo detrás de él, imprecando contra el mar, los dioses y los bárbaros en general con su inconfundible voz gutural. Máximo, la sombra de Emilio, tenía el rostro contraído y las mandíbulas apretadas debajo de la babera del yelmo. No miraba en dirección a la playa, sino que estaba vuelto hacia los legionarios, como si los controlase uno a uno, distribuyendo miradas de atención o aliento. Los alaridos de Emilio por encima del fragor de las olas incitaron a los hombres a batir la madera de los *pila*[15] contra los escudos y los pies sobre las tablas del puente, para infundirse valor y descargar la tensión antes de la batalla. Apenas la nave empezó a vibrar bajo las sandalias claveteadas de los hombres y el rítmico latido de las armas, el centurión los exhortó a reanudar el rito aullando a voz en cuello, porque por encima del rugido del mar ya empezaban a escucharse los gritos de guerra de los britanos en la playa. Desde aquella distancia parecían como manchados por un extraño color azulado que los hacía aún más inquietantes. Algunos de ellos se lanzaron al mar oponiéndose a las olas, aullando y mostrando su pecho con insolencia, acercándose tanto que ya era posible distinguir los rasgos de aquellos que más se acercaban a las naves. Su aspecto no difería mucho del de los galos. Altos e imponentes, llevaban largos bigotes y espesas cabelleras, y sin duda parecían muy valerosos. Algunos empezaron a lanzas sus jabalinas hacia las naves, sin alcanzarlas.

—¡Seguid la enseña! —aulló el centurión a los hombres—. ¡Alcanzad la playa y buscad vuestra enseña!

Apenas hubo pronunciado estas palabras, el navío se detuvo de pronto como detenido por una invisible fuerza sobrenatural. El primípilo se agarró a la barandilla y a punto estuvo de acabar entre la espuma de las olas, mientras los hombres chocaban unos con otros. Emilio se levantó rápidamente, buscando con ojos desorbitados al timonel, y vio que la tripulación amainaba velozmente las velas. Los hombres intentaron desenredarse y recuperar el equilibrio, mientras el piloto les avisaba a voz en cuello que ya no era posible continuar debido al fondo y que había hecho bajar el ancla. La nave de la derecha se había encallado y, ahora ingobernable, sufría la fuerza del mar, mientras la tripulación procuraba agarrarse donde fuera. El primípilo volvió la mirada a diestra y siniestra. A pesar de que el ancla había hecho presa, también su embarcación estaba a merced de las altas olas, como las demás onerarias. Se giró hacia la playa aún lejana, luego echó una mirada al salto que los hombres deberían dar y precisamente en ese momento la nave quedó a merced de la resaca, que parecía querer arrastrarla hacia el fondo. Los que se habían levantado cayeron otra vez; inmediatamente después la popa se empinó, impulsada por la acometida de una ola. Un marinero acabó en el mar y el cielo desapareció nuevamente de la vista de todos cuando la nave volvió a caer en la resaca. Algunos se aferraron a la borda, pero los que estaban en medio del grupo trataron de apoyarse en el compañero de al lado, causando caídas en cadena. Algunos se hirieron con sus propias espadas. El centurión se aferró a un cable observando horrorizado a sus hombres tirados aquí y allá como muñecos por la brutalidad del mar antes de volverse una vez más para mirar hacia la playa y hacia las otras naves con incredulidad. La flota estaba paralizada, las embarcaciones no conseguían avanzar. A Emilio le pareció oír de nuevo la voz del tribuno, con la orden de desembarcar primero en cuanto la flota lograra acercarse a la playa. Ahora las naves estaban quietas y nadie se movía. Quizás era el momento, quizás estaban esperando a la Primera Centuria, quizás había que desembarcar desde esa distancia.

—¡Miradme! —aulló a voz en cuello—. ¡Miradme! ¡Listos, adelante, adelante, a tierra!

Los hombres, que a duras penas conseguían mantener el equilibrio, lo observaron petrificados. Nadie se movió. El grito de guerra de Cayo Emilio Rufo, que tantas veces había exhortado a los hombres en la batalla, se alzó alto en el cielo, sin suscitar ningún efecto. Aquellos soldados, paralizados por el terror, habían sido adiestrados en la natación, pero nunca con las armas, con yelmos, escudos y corazas, nunca en aquel mar tan hosco de fondo desconocido. Y además no se les estaba pidiendo que nadaran, sino que se echaran entre olas y afilados escollos para combatir. Por si eso no bastara, los bárbaros se estaban percatando de la situación y se lanzaban al mar arrojando sus dardos, que comenzaban a hacer los primeros blancos en las naves.

—¡Abajo! —atronó aún Emilio, apuntando el gladio hacia las olas.

Una vez más todos permanecieron petrificados por la absurdidad de la situación. El centurión se acercó, amenazante, al rostro de los hombres, pero un momento antes de que levantara las manos para tirar a un par al agua fue reclamado por Máximo Voreno, el *optio*, quien le señaló las naves de guerra mientras estas emprendían una extraña maniobra a golpes de remos. Comenzaron a retroceder, haciéndose señales la una a la otra, y se fueron apartando de las onerarias, como si quisieran retomar el mar. Los hombres las miraron, perplejos: casi parecía que César quisiera volver a alta mar lo antes posible, dejando a su suerte las naves de transporte. A fuerza de remos los grandes navíos de guerra se separaron del resto de la flota, dejaron a sus espaldas las onerarias y luego, situándose uno detrás del otro, comenzaron a rodearlas para interponerse entre la playa y los barcos de transporte, gracias a su bajo calado. Inmediatamente después los britanos comenzaron a convertirse en blanco de una densa lluvia de flechas y piedras. Los bárbaros retrocedieron al instante, quizás asombrados y espantados por la silueta de aquellas enormes naves, por su coordinación y por el tiro potente y directo de los escorpiones, de los arqueros y de los honderos. El centurión vio que una nave romana le hacía de escudo e intuyó enseguida que era el momento propicio para descender. Retomó su posición y empezó de nuevo a incitar a los soldados, antes de que la corriente les sustrajera aquel precioso abrigo.

—¡Valor! Solo son un montón de bárbaros: gritan mucho, pero huyen con la misma fogosidad. ¡Valor, soldados, abajo!

El estruendo del mar y los alaridos de Emilio retumbaban en la cabeza de Lucio. Sabía que los hombres estaban esperando que alguien se arrojara y saliera vivo, luego harían lo mismo.

—¡Abajo, legionarios de la Décima, abajo!

El aquilífero observó la espuma de las olas.

¿Saldría vivo?

—¡Abajo!

Una flecha pasó silbando a su lado. La enésima ola sacudió la nave como una rama, las rodillas le fallaron y su estómago se contrajo como un puño cerrado. Aferró la barandilla y se volvió hacia los demás aullando con toda la fuerza que pudo, con todo el aliento que tenía en la garganta.

—¡Saltad! ¡Saltad, si no queréis abandonar vuestra águila a los enemigos!

Y se arrojó entre las olas.

IV

Britania

El estruendo del mar se eclipsó al contacto con el agua. Al instante todo se volvió silencioso, negro y gélido, tanto que tuvo la sensación de estar hundiéndose en un torbellino de puntas de hielo. Su único pensamiento desde las silenciosas y oscuras profundidades del *oceanus* fue subir a la superficie y respirar. Lo consiguió e inspiró cuanto pudo durante un breve instante, en el que volvió a oír los gritos, la confusión y el fragor ensordecedor del mar agitado; luego, de nuevo, nada: el silencio. La piel de oso, la malla de hierro y el peso de las armas lo arrastraron otra vez al frío abismo. Dejó deslizarse el escudo en la negrura que se extendía debajo de él y, forcejeando con la mano que no apretaba su inseparable águila, cogió otra bocanada de aire antes de hundirse de nuevo. Luego, milagrosamente, advirtió bajo los pies el fondo guijoso. Las piernas lo impulsaron con toda la energía que le quedaba y alcanzó nuevamente la superficie, respirando a grandes bocanadas. Dio pocas brazadas antes de aventurarse a apoyar los pies, pero la resaca de una ola lo arrastró de nuevo hacia atrás. Las articulaciones entumecidas por el frío y la fatiga se hicieron pesadas y una ola lo derribó como un peso muerto, revolcándolo. Sintió rozar los tobillos y las rodillas sobre el pedrisco del fondo y procuró encontrar un apoyo para levantarse sobre las piernas doloridas. Sentía el terreno debajo de él, ya no debía forcejear para mantenerse a flote, pero la necesidad de aire era espasmódica. Trató de respirar ávidamente antes de que otra ola lo echara hacia delante, haciéndole tragar una gran bocanada de agua salada. Exhausto, se apoyó sobre los pies y se dio cuenta de que tenía medio busto fuera del agua. No desfalleció en sus intentos de sustraerse de las olas, sosteniéndose en el asta del águila.

Un alarido horripilante le hizo levantar la mirada entre los embates de la marea. Un bárbaro con el torso desnudo, largas trenzas rojas y el rostro pintado a medias de azul, estaba enfrentándose con dificultad a las olas para alcanzarlo. Lucio, jadeando, palpó el cinturón inmerso en el agua en busca del gladio. Intentó controlar la respiración, pero el estómago seguía produciéndole dolorosos espasmos, y en un momento el adversario aullante estuvo cerca de él, con el brazo armado ya alzado. Pocos pasos más y habría hundido su hoja. El aquilífero reunió fuerzas para alejarse de él, pero una ola volvió a echarlo hacia delante, encima del guerrero, que falló el golpe. Instintivamente, Lucio se había escudado levantando el asta del estandarte y la fuerza de la ola que lo había catapultado hacia delante le había hecho golpear en pleno rostro al britano, que había caído a su vez en el agua. El legionario intentó afirmarse bien sobre las piernas doloridas, abrió los ojos llenos de agua y sal, y se encontró otra vez delante de aquel bárbaro de rostro ensangrentado, que quería su vida a toda costa. No fallaría el blanco una segunda vez. El bárbaro alzó aún el brazo con toda su furia, pero un instante después un *pilum* le atravesó el costado. Primero desorbitó los ojos al tiempo que dejaba la espada en el agua y luego se dobló hacia delante con un estertor, apretando con ambas manos el mango del *pilum*, cuya punta ensangrentada le salía por la espalda.

Lucio sintió que una mano fuerte lo levantaba por la axila, se volvió y vio a Valerio, que lo estaba empujando a viva fuerza hacia la orilla: desplazaba hacia delante el gran escudo y apoyaba los pies en la grava para contrarrestar el impulso del agua, mientras con la mano libre lo sujetaba con fuerza.

—¿Puedes sostenerte?

El aquilífero asintió. Valerio lo desplazó enérgicamente detrás de él y lo soltó antes de desenfundar el gladio. Se oyó un silbido, seguido por el ruido sordo de un dardo que se clavaba en el escudo.

—¡Venga, fuera de aquí! ¡Adelante, adelante!

Emilio los había alcanzado, jadeando, seguido por un grupo de legionarios que pasaron afanosamente delante de Lucio y le hicieron de escudo, junto con el veterano. El centurión se acercó a él:

—¿Estás herido?

El aquilífero negó en silencio, porque aún no conseguía respirar normalmente, pero levantó bien alto el símbolo de la legión. Sabía que de esta forma reclamaría a un gran número de soldados. El agua les llegaba hasta el cinturón, pero la fuerza de las olas era tal que seguía resultando difícil mantener el equilibrio. Un jinete bárbaro se lanzó al galope hacia el pequeño manípulo y arrojó su lanza, atravesando el muslo izquierdo de un soldado que acababa dc alcanzarlos. Lucio se detuvo a ayudarlo y perdió el gladio en el agua ya roja, mientras el legionario intentaba desesperadamente cogerle el brazo. Máximo llegó hasta el grupo y agarró al herido por el otro brazo, ayudando al portaestandarte a arrastrarlo hacia la orilla, cuando un violento golpe venido de la nada, quizás una piedra abatida sobre el yelmo, le echó la cabeza hacia atrás, arrojándolo al agua. Se levantó aún aturdido, con la vista desenfocada durante unos instantes. Luego oyó un relincho y, al volverse, vio un caballo que se encabritaba delante de Emilio, quien lanzó una acometida hacia la dercha y atravcsó al animal en pleno vientre, mientras sobre la izquierda Valerio, protegiéndose la cabeza con el escudo, golpeaba desde abajo al jinete, que cayó de espaldas junto con el corcel.

Máximo, aún con el *pilum* en la mano, lanzó el arma contra un segundo britano que acudía gritando y luego ayudó nuevamente a Lucio con el herido, mientras la bestia golpeada poco antes por el primípilo daba coces enloquecida por el dolor entre salpicaduras de agua, con los ojos desencajados. Un casco destrozó el escudo del legionario, arrancándoselo del brazo. Valerio, evitando al animal, se arrojó sobre el jinete bárbaro que forcejeaba entre las olas, le paralizó el brazo armado con el borde del escudo y le hundió el gladio en plena garganta.

Otros hombres alcanzaron la vanguardia, que prosiguió su avance entre la espuma de las olas y bajo una lluvia de flechas proveniente de un denso grupo de enemigos. El centurión se volvió y aulló a los hombres que se agruparan con los escudos. Una piedra golpeó en pleno rostro a un legionario, que acabó en el agua y no volvió a salir. Los soldados se detuvieron para apretar las filas y esperar en formación el choque de los britanos, que llegaban, entre alaridos, levantando altas salpicaduras de agua. Valerio se enfrentó al primero, que le asestó un mandoble en el escudo. Cuando el bárbaro levantó el brazo para la segunda acometida, el coloso le dio bajo el mentón con el borde del escudo antes de atravesarlo en pleno pecho.

El avance de los otros enemigos fue detenido por una precisa descarga de flechas llovidas de la nada. Emilio y Máximo se volvieron y descubrieron que desde las naves de guerra se habían echado a la mar algunas chalupas cargadas de arqueros. Una de ellas había ido en ayuda de la enseña, rechazando la carga de los bárbaros. A bordo de la embarcación había un tribuno que hizo una señal al primípilo para que alcanzase deprisa la orilla bajo la cobertura de sus arqueros, situados ya cerca del grupo. Los legionarios congregados junto a la enseña, cada vez más numerosos, recorrían el último tramo de mar que los separaba de la playa. La madera y el cuero de los escudos se habían hinchado con el agua, haciendo pesadísima la carga, aunque a medida que los soldados ganaban la orilla las piernas se hacían más ligeras y el paso más veloz. Los arqueros fueron los primeros en alcanzar la rompiente y, de inmediato después de haber tomado tierra, comenzaron a lanzar flechas sobre los blancos más cercanos, creando un espacio de seguridad delante de los exhaustos infantes que iban arribando. Para cuando el tribuno devolvió la chalupa vacía hacia las naves para traer a otros tiradores, ya se habían lanzado al mar miles de legionarios, varios de los cuales buscaban refugio aferrados a las embarcaciones.

En cuanto llegó a la playa, Lucio cayó de rodillas junto al herido que había arrastrado hasta allí. Lo miró retorcerse de dolor en el suelo mientras la sangre salía a chorros del muslo. Sus estertores se unían a los de los demás heridos de ambas formaciones, dispersos por doquier. Máximo hizo un lazo, lo apretó con fuerza alrededor de la pierna del muchacho y se quitó el yelmo, procurando calmar al caído con una delicadeza que parecía completamente fuera de lugar en aquel sitio. Los dos reconocieron de inmediato el rostro pálido de Venio Báculo, un joven de la Primera Cohorte embarcado en su misma nave.

En aquel mismo instante, a pocos pasos de distancia, Emilio miraba en todas direcciones, respirando afanosamente, para repasar la situación junto con el tribuno de la Segunda Cohorte, que se había unido al grupo, mientras algunos soldados hacían de escudo contra los proyectiles que llegaban de todas partes. La línea de defensa de los britanos, de más de una milla de largo, había sido forzada en varios puntos y algunos tramos de la playa estaban controlados por grupos de legionarios como el que ellos mismos estaban organizando. Pero en otras zonas los bárbaros resistían, infligiendo graves pérdidas a los romanos.

Un centurión de la Séptima los alcanzó fatigosamente, seguido por algunos legionarios, y se inclinó con las manos apoyadas en las rodillas para recuperar el aliento. El brazo que sostenía el gladio estaba completamente ensangrentado, aunque resultaba difícil saber si la sangre era suya. Entre jadeos consiguió explicar que en el desorden había perdido a sus hombres; había vislumbrado el águila a lo lejos y se había dirigido hacia la enseña, creyendo que era la de su legión. Se unió a ellos con su pequeña patrulla mientras Emilio, vuelto hacia el mar, exhortaba a las decenas de hombres que iban llegando, apremiándolos a que se reunieran rápidamente bajo la enseña. En el mismo momento, para agravar la confusión, el tribuno daba la orden de avanzar en formación. El denso grupo se puso en movimiento. Estaba compuesto principalmente por legionarios de la Primera Cohorte, entre los cuales se mezclaban hombres de al menos cuatro centurias distintas, agotados, empapados y cubiertos de arena. Todos habían seguido el águila portada por Lucio.

En su sector los britanos habían retrocedido, pero había algunas débiles bolsas de resistencia en los flancos. El tribuno hizo señas de que detuvieran el avance hacia el interior. Miró a los bárbaros que cedían terreno, luego se volvió a la derecha y vio pequeños pelotones de romanos rodeados por los enemigos.

—¡Venga! ¡Vamos a sacarlos del aprieto!

La formación ya era de unos doscientos hombres, que se pusieron a la carrera detrás del tribuno, golpeando rítmicamente las hojas sobre los escudos. Los britanos retrocedieron con rapidez y solo algún desgraciado herido fue arrollado y liquidado por los legionarios durante el trayecto. En cuanto estos alcanzaron el lugar del enfrentamiento, otra veintena de hombres exhaustos y heridos se unió a ellos. Los centuriones y los tribunos continuaban volviendo la mirada en todas direcciones. A pesar del cansancio sabían que su tarea no había hecho más que empezar, aunque la playa parecía ya casi completamente ocupada. Las chalupas y las pequeñas embarcaciones de reconocimiento continuaban llevando hombres, mientras el mar arrastraba los cuerpos sin vida de los britanos y romanos que ya no iban a librar batalla alguna.

A la espera de órdenes, los distintos grupos se desplazaron hacia el interior para dejar afluir sobre la playa al contingente de hombres que iban llegando. En aquel punto el centurión de la Séptima, junto con sus soldados, fue en busca del resto de su cohorte, y el tribuno hizo lo propio, llevándose consigo a los arqueros. Emilio mandó a los exploradores de reconocimiento antes de continuar incansable su trabajo, reuniendo a los hombres de la centuria y desplazándolos a su puesto. Se dirigió a Máximo, señalando el punto donde habían tocado tierra.

—Coge a dos hombres y ve a buscar a Venio.

Tras enviar a los desbandados a sus unidades, se dirigió a Lucio sin apartar los ojos de las formaciones.

—¿Has contado ya cuántos nos faltan?

—Unos quince, incluido Venio... —respondió el aquilífero, recuperando el aliento—, pero aún no sé quiénes son.

La tensión comenzó a remitir a medida que los britanos se batían en retirada. Algunos soldados aprovecharon la ocasión para vendarse lo mejor posible las heridas, mientras en torno, como después de cada batalla, los hombres comenzaban a buscarse con las miradas o a llamarse unos a otros, procurando identificar a los que faltaban.

Mientras dos legionarios desnudaban el cadáver de un gigante cubierto de tatuajes, Lucio sintió que el dolor de las piernas le corría de nuevo por todo el cuerpo. Necesitaba agua dulce, tanto para las heridas como para su garganta reseca, así que buscó la cantimplora, pero fue en vano. Aunque sabía que había bebido bastante, sentía que la sed lo devoraba y notaba un regusto áspero y amargo en la boca. Intentó tragar saliva y se pasó la lengua por los labios hinchados. Recuperado el aliento, pensó que ese áspero sabor era la prueba fehaciente de que seguía con vida. A pesar de ser acre y desagradable, era el sabor de la supervivencia. Una vergonzosa felicidad se abrió paso en su ánimo, devolviéndole una sensación de bienestar a pesar del dolor y la sed. La batalla había terminado y también esta vez había sobrevivido. Las armas habían atravesado a quienes estaban a su lado o frente a él, perdonándolo. Y no era una cuestión de valor o de fiereza, sino únicamente una decisión del destino. Había afrontado el enésimo combate y los hados no habían reclamado su vida. Por aquel día los peligros habían terminado, aplazados hasta el próximo enfrentamiento, y eso bastaba para que estuviese contento, a pesar de encontrarse rodeado de cadáveres cubiertos de sangre.

Valerio, el coloso que lo había arrancado de los brazos de la muerte, estaba a pocos pasos, tratando de quitarse la tierra y la sal sin envainar el arma mientras examinaba preocupado los daños en el escudo y pasaba el pulgar sobre la hoja de la daga para asegurarse de que no estaba estropeada. Lucio lo llamó y le agradeció lo que había hecho. El hombretón de rostro desfigurado le sonrió mientras intentaba limpiarse el brazo cubierto de sangre coagulada. Decididamente los dioses no le habían otorgado el don de la palabra, pero en compensación le habían concedido un gran corazón y una dignidad poco común, acompañados de una fidelidad ciega y una fuerza sobrenatural.

En ese instante volvió Máximo con el cuerpo del muchacho, ayudado por los dos legionarios. Emilio corrió a su encuentro, aunque por el rostro del *optio*, que sacudía tristemente la cabeza, ya se había hecho cargo de la situación. Recostaron a Venio y el centurión se inclinó sobre él, buscando el latido del corazón en el cuello.

—Ha perdido demasiada sangre —susurró Máximo, mirando fijamente los labios violáceos.

Lucio cogió la mano gélida del camarada tendido en el suelo: había conseguido arrancarlo del mar, no así de la muerte. Aunque no lo conocía bien, su rostro le resultaba familiar. Era uno de ellos, uno que ya no volvería a ver entre las filas. Emilio hurgó en el cinturón del joven soldado y extrajo de una pequeña escarcela de cuero una moneda. La apretó en el puño y la introdujo con delicadeza en la boca de Venio, mientras los demás se recogían en silencio. Era el óbolo para el barquero que llevaría al joven más allá del Estigio, el río que separaba el mundo de los muertos del de los vivos. Máximo escribió en una tablilla el nombre del difunto y mandó llamar a los hombres de su *contubernium*.[16] Ellos se ocuparían de la sepultura y de entregar los efectos personales del muchacho al *optio*. Antes de que los hombres de su escuadra cogieran a Venio, Emilio le sacó la daga de la funda y se la ofreció al aquilífero:

—Veo que has perdido el arma. Coge la suya, él ya no la necesita.

Lucio echó una última mirada al soldado caído y empuñó el gladio. El sol se ponía y la larga jornada llegaba finalmente a su término. Su mirada recorrió la línea del horizonte, interrumpida por las decenas de mástiles de las naves que oscilaban en el mar, mientras una chalupa cargada de yelmos emplumados tocaba tierra a lo lejos. Incluso desde aquella distancia se distinguía la imponente estatura de Cayo Voluseno, que daba disposiciones. El rostro severo y autoritario de Publio Apula, comandante de la Primera Cohorte, apareció entre los otros que atestaban la chalupa. Tras desembarcar, el oficial se acercó a grandes pasos a su preciada águila. Emilio hizo formar de inmediato a la cohorte y el tribuno miró con una pizca de orgullo a sus hombres, que habían sido los primeros en tocar tierra en Britania.

—He visto todo lo que ha sucedido —empezó Voluseno con aplomo—. También lo ha visto el comandante supremo y me ha rogado que os diga que está orgulloso de vosotros —continuó, mirando explícitamente a Lucio—, pero sabéis perfectamente que aún no puedo concederos el descanso que merecéis. —Señaló un promontorio cerca del acantilado—. Corresponde a la Décima montar el campamento, debemos alcanzar esa posición y ver si se presta a la construcción del fuerte para nosotros y para los de la Séptima, que se ocuparán de vigilar la playa antes de...

Su discurso quedó bruscamente interrumpido por el grito de alarma de algunos exploradores, que habían vislumbrado movimientos a lo lejos. En pocos instantes, el toque de las trompetas reclamó a los hombres en formación de batalla. Los arqueros, que habían llenado nuevamente los carcajes con los dardos recuperados del asalto precedente, se alinearon aprestando las flechas. Los centuriones dieron la orden de empuñar las espadas, porque los legionarios ya no tenían a disposición los *pila* utilizados durante el desembarco y las armas de tiro no llegarían a tiempo de las naves.

Sobre la cresta de la colina aparecieron los primeros jinetes enemigos, cuya presencia incrementó la tensión en las filas. No era miedo, el enemigo ya había sido batido, los pies estaban firmemente plantados sobre la tierra y los oficiales y las enseñas se hallaban en sus puestos. Era la excitación previa al contacto, la sangre corriendo con más fuerza y rapidez por las venas, los músculos tensándose, listos para saltar. Los legionarios se prepararon, protegidos por sus escudos. Ya habían olvidado el enfrentamiento por la conquista de la playa y se disponían para la nueva batalla. Era su oficio, estaban adiestrados para hacerlo y lo harían mejor que cualquier otro. Un silencio cargado de nerviosismo cayó sobre los miles de hombres en formación, mientras los centuriones acababan de ordenar las filas.

Los britanos avanzaban lentamente entre la hierba alta, en pequeños grupos. Eran poco más de un centenar y la mayor parte de ellos se detuvo a medio camino entre la colina y la alineación romana. La tensión disminuyó cuando, después de haber arrojado al suelo los escudos y las espadas, solo una decena de guerreros avanzó hacia los legionarios. Debía de ser una delegación enviada a parlamentar.

A medida que se acercaban se leía en sus rostros la deshonra y la amargura de la derrota, la misma expresión que los soldados de la Décima ya habían visto en el pasado en los semblantes de los belgas y de los germanos. A espaldas de los soldados que vigilaban la playa tocaron tierra algunas chalupas provenientes de las naves de guerra, y de ellas descendieron algunos legionarios que no habían tomado parte en el desembarco, armados con escudo y *pilum*, y con las cotas de malla relucientes. Se dispusieron uno frente a otro para formar una especie de pasillo que empezaba en la rompiente y proseguía hasta el final de la playa.

Los bárbaros, entre tanto, habían llegado a unos cincuenta pasos del muro de escudos de los legionarios, la nueva frontera que separaba su mundo del de Roma. Emilio y Publio Apula salieron algunos pasos de las filas y el centurión levantó la mano para indicar a los jinetes enemigos que se detuvieran. Todos obedecieron, a excepción de uno, que prosiguió aún unos pocos pasos en dirección a los oficiales. El primípilo, con un gesto decidido, exigió que se detuviera. El hombre tiró de las riendas del caballo, luego bajó y avanzó a pie. Al llegar delante del centurión, para el estupor de los miles de hombres alineados, le dio un vigoroso apretón de manos. Apula se acercó a los dos e intercambió algunas palabras con el britano, de aspecto descuidado pero rostro radiante. Los bárbaros que habían permanecido detrás se acercaron a los oficiales, que los encaminaron hacia la playa, hasta el pasillo de soldados que los conduciría al mar. Delante de las chalupas los esperaba Cayo Voluseno, bien plantado sobre las piernas, con los puños apoyados en las caderas y una mirada fija de la que emanaba toda su autoridad. La delegación fue registrada a pocos pasos de él: no llevaban armas, pero con aquel gesto ya estaban aceptando la pérdida de sus privilegios en favor de Roma, ahora dueña de aquella franja de tierra.

Evidentemente, los que abordaban las chalupas eran jefes de tribu que se dirigían a la nave donde César los estaba esperando. Caminaban orgullosos, con la cabeza alta, pero sabían que como derrotados iban a negociar con un general que ya había derrotado a muchos otros pueblos y sabía cómo aprovechar las victorias. El mar, que desde siempre había aislado y protegido a aquellas gentes, había sido vencido por el genio de un gran capitán y por la potencia de un imperio mucho más eficiente y organizado que sus tribus. La enorme nave de tres hileras de remos que se balanceaba plácidamente entre la marea era el testimonio de ese poder. El cordón de legionarios se puso en marcha hacia el promontorio para dar inicio a la construcción de un campamento que era ejemplo de organización.

Desde los bosques circundantes los britanos observaron con curiosidad a los legionarios, que a toda prisa dispusieron banderitas de colores sobre un tramo de terreno llano, siguiendo las órdenes de un hombre que se atareaba con un extraño instrumento, del cual pendían pesos pegados a hilos. Los bárbaros vieron llegar a miles de hombres, que fueron depositando las armas y comenzaron a trabajar en torno a las banderitas, cavando un foso y construyendo un terraplén con una gran empalizada defensiva. La legión no era solo una máquina de guerra, sino una entidad que al fin de cada jornada se detenía a construir con maestría un pedazo de Roma.

Al atardecer, desde las colinas aún se divisaba la playa donde muchos de los legionarios seguían trabajando. Grupos de hombres se ocupaban de los caídos, otros recogían las armas esparcidas por la playa y una larga hilera de soldados iba y venía trayendo al campamento, surgido en un prado como por arte de magia, el material desembarcado de las chalupas.

Ya estaba oscuro cuando Tiberio y Quinto llegaron al campamento. Les acompañaban cinco soldados de la centuria, heridos y renqueantes, que fueron aclamados por sus compañeros con gritos de alegría. Sobre la playa se encendieron grandes fuegos para iluminar el trabajo febril de los hombres que estaban poniendo en seco las naves, empezando por las de guerra. La tienda del aquilífero fue montada de inmediato, seguida a continuación por las de los legados, tribunos y centuriones. Ya era noche cerrada cuando Cayo Julio César llegó al campamento acompañado por dos cohortes de la Séptima y por una treintena de jinetes galos maltrechos. Se supo que eran hombres del rey Comio, el embajador al que César había mandado a Britania para anunciar su llegada. Él era el hombre con el que Emilio y Apula se habían reunido pocas horas antes al borde de la playa.

Roma había llegado a Britania: César acababa de recibir lo que era de César.

V

Viejo legionario

35 a. C.

—Despiértate, Romano —dijo una voz a lo lejos—. El carro del sol ya está en lo alto del cielo.

Volví a abrir los ojos guiñándolos repetidamente, pero la luz parecía querer atravesarme. Me pregunté por qué el balanceo de las olas me producía náuseas; luego me fijé en la copa de vino vacía que tenía junto a mí. Cuando finalmente conseguí mantener los ojos abiertos, vi a Breno de pie con las piernas separadas, carcajeándose. Sus risotadas me retumbaban en la cabeza como un tambor de guerra.

—¿Ves lo que sucede cuando se exagera con el vino? Ayer por la tarde te quedaste dormido como un tronco.

Le sonreí, tendiendo la mano.

—Ayuda a este viejo a levantarse, maldito véneto. Me has tumbado con engaños.

Su risotada se hizo aún más fuerte y me dio un tirón. Me encontré de pie, vacilante, buscando un asidero.

—Quizá sea mejor que dé algunos pasos por tierra firme, Breno —le dije, manteniéndome agarrado a su brazo mientras con la otra mano me masajeaba la frente.

—Sí, tienes razón.

Antes de encaminarme al muelle tuve que meter la cabeza en un cubo de agua fresca para recuperar cierta estabilidad. Breno dijo que al alba su hijo había partido hacia occidente con la carga, pero que nosotros debíamos esperar un mejor momento para soltar amarras porque el viento aún soplaba en sentido contrario a nuestra ruta. Poco después llegamos a la playa. Con el viento frío en el pelo aún mojado, empecé a medir la longitud de la franja de arena con la mirada. Sí, veinte años antes había tocado tierra precisamente allí; aún recordaba la posición de los hombres que me rodeaban entonces.

—Vamos, viejo soldado, demos dos pasos —dijo Breno, cogiéndome del brazo—. A nuestra edad es mejor no estar demasiado tiempo con los pies en remojo en un agua tan gélida.

Señalé el promontorio a mi compañero:

—¿Te apetece volver allí arriba, donde estábamos ayer?

—¿Donde aquella roca blanca?

—Sí, fui yo quien grabó esa lápida improvisada.

Asintió y en silencio enfilamos el sendero que se encaramaba pendiente arriba, hasta el prado batido por el viento. El marinero se sentó, jadeando, a contemplar su mar, mientras mi mirada se perdía en la incisión de la roca clara.

—¿Qué dice?

—«Extranjero, tengo poco que decirte, detente a leer hasta el final. Aquí yace Venio Báculo, vivió diecinueve años. No pises este suelo bajo el que reposa un soldado de la Décima Legión. He terminado, puedes marcharte.»[17]

Breno asintió, conmovido. Pensé en Venio y en todos aquellos cuyos nombres no estaban grabados en aquella lápida, sino directamente en mi memoria. Luego me senté al lado del mercader apreciando el hecho de que aquel hombre comprendiera la gran emoción que experimentaba y la respetara con su silencio. Observé la playa desierta y recorrí con los ojos todo el horizonte, hasta encontrar la torre de vigilancia. El olor del salitre mezclado con el de la tierra y aderezado con el chillido de las gaviotas me evocó mi primer despertar en aquella isla. Miré la entrada de la aldea y volví a ver a Emilio y Lucio.

VI

Vientos del norte

Un débil sol iluminaba el campamento mientras el primípilo y el aquilífero alcanzaban con paso seguro la tienda del procónsul Cayo Julio César, junto a los demás centuriones de los Primeros Órdenes. Contrariamente a lo habitual, la reunión general había sido aplazada para dar un poco de tregua a los soldados, un lujo vedado a quienes recibían doble paga. Apenas llegados al lugar de la asamblea los dos oficiales se dieron cuenta de hasta qué punto los últimos dos días habían sido duros para todos. Las consecuencias de tanta fatiga y de la extrema tensión, aliviadas por poquísimas horas de sueño, eran visibles en los ojos hundidos y aureolados de rojo. Después de unos instantes el prefecto de campo reclamó su atención, anunciando al comandante supremo. La esbelta figura del procónsul, rasurado y atildado, salió de la tienda, envuelta en ese halo de invencibilidad que desde siempre hacía sentir inferiores a quienes estaban frente a él.

Escuchó con mucha atención al prefecto mientras leía los informes de los centuriones sobre el estado de las dos legiones: número de los presentes en el campamento, de los soldados y de los oficiales heridos, fallecidos y dispersos. César pidió información sobre la situación de los heridos y dijo a Voluseno que más tarde conversaría con el médico del campamento. Tajante y preciso, dio las disposiciones para la jornada después de haber comunicado que los britanos habían aceptado los términos de rendición impuestos y estaban a punto de enviar a los rehenes solicitados.

—Hoy acabaremos los trabajos en la playa y en el campamento, la Séptima erigirá torres en las esquinas y en las puertas del fuerte, y la Décima irá a la playa. Dos cohortes de cada legión se turnarán para la vigilancia de las puertas y de la costa. De todos modos, recordad dar un poco de reposo a los soldados en cuanto hayan comprobado que el equipo está en perfectas condiciones. Desde mañana, una legión irá a buscar provisiones en los campos de alrededor, con la protección de los jinetes de Comio. Aún no he tenido noticia de las dieciocho naves que transportan a la caballería, pero es probable que estén en arribo. Por el momento cualquier operación de exploración será confiada a los jinetes atrebates.

Se detuvo un instante para mirar a las tropas, antes de ceder la palabra al prefecto de campo, que resumió de manera técnica la situación e impartió las órdenes a los distintos tribunos.

—Señores, no me queda más que concluir dándoos la consigna para la jornada, que es «Saturno».

—No —intervino el procónsul—. ¡El santo y seña, hasta la primera guardia nocturna, será «aquilífero»!

Durante un momento, las miradas de César y Lucio se encontraron y el aquilífero leyó en ella una gratitud que valía más que mil palabras. Los centuriones tomaron nota y se despidieron del comandante, saludándolo con la fórmula de rigor:

—¡Siempre a tus órdenes!

Concluida la reunión, todos se encaminaron a sus alojamientos, listos para transmitir las órdenes. Lucio y Emilio llegaron a la tienda del primípilo, donde Máximo los estaba esperando.

—*Optio*, dentro de una hora la Décima debe estar en orden de batalla. Vamos a la playa —gruñó cansadamente Emilio, antes de dejarse caer como un peso muerto sobre el camastro—. A propósito —añadió, dirigiéndose a Lucio—, aún no hemos hablado de lo que sucedió ayer. No sé qué habría pasado si no te hubieras tirado.

—Lo hice porque ya no soportaba más tus berridos —replicó el aquilífero, con una sonrisa amistosa.

—Salvaste una situación desesperada, Lucio.

El aquilífero lo negó con un gesto:

—Hace tres años, en el primer combate contra los germanos de Ariovisto, un centurión de la Segunda Cohorte que estaba perdiendo terreno arrancó de las manos del *signifer*[18] el estandarte y lo lanzó entre los enemigos. Todo el manípulo, herido en el orgullo, fue al asalto y los puso en fuga en pocos instantes.

El rostro del centurión se iluminó con una sonrisa melancólica.

—Si no recuerdo mal, el primer *miles* que alcanzó el estandarte, batiéndose como una furia, se llamaba Lucio Petrosidio...

—También recuerdo que su centurión se llamaba Cayo Emilio Rufo... —dijo Lucio—. Y, como decía, solo me lancé al agua un momento antes de que me tiraras tú —concluyó, con un guiño. Luego ambos estallaron en una fragorosa carcajada.

—No es necesario que vengas a la playa, Lucio —continuó Emilio—. Coge un guardia de la Primera Cohorte y quédate aquí con las insignias. ¡Duerme bien!

Lucio sacudió lentamente la cabeza, con una sonrisa cansada. Aquel hombre le leía el pensamiento.

Después de la reunión, cuando la última cohorte de la Décima salió por la Puerta Decumana en dirección a la playa, Lucio pasó por el taller del campamento para pedir un nuevo escudo. Luego volvió a la tienda de las insignias y, después de lustrar el yelmo, la coraza y las armas, trató de dormir un rato.

Sería poco después del mediodía cuando Tiberio le comunicó que algunos mercaderes habían llegado al campamento. Inmediatamente, Lucio, seguido por sus dos ayudantes, se dirigió a la Puerta Pretoria, donde un numeroso grupo de legionarios de la Séptima ya estaba negociando con los comerciantes. Cuando los soldados se percataron de la presencia del aquilífero lo acogieron con una ovación digna de la fama que había conquistado. Abriéndose paso entre la multitud alcanzó el carro más cercano.

—¿Qué tienes para vender, mercader?

El hombre de tupida barba, envuelto en una capa de preciosa lana verde, le respondió en una lengua del todo incomprensible.

—Tiberio, ve a buscarme un intérprete —dijo Lucio a su asistente. Acto seguido subió al carro, cuya carga estaba cubierta por un revestimiento de cuero, señal de que era una tierra donde las lluvias abundaban—. ¿Tienes... carne? ¿Algo de... comer? ¿Me entiendes? —dijo, señalando la vaca atada detrás de otro carro.

El hombre respondió con palabras y gestos, pero los dos siguieron sin entenderse, entre las carcajadas divertidas de los soldados que asistían a la escena. Lucio se volvió para ver el contenido del carro. El mercader comprendió rápidamente la intención del aquilífero y le hizo señas de que se pusiera cómodo, apartando la cobertura del carro. En la penumbra Lucio vislumbró varias jaulitas con gallinas y conejos, algunos sacos de semillas y... al fondo, el brillo de dos ojos que lo miraban. Por instinto llevó de inmediato la mano a la daga y examinó con sospecha al mercader.

—¿Qué hay ahí detrás?

El hombre dijo algo en su lengua y sus palabras fueron acompañadas por el silbido metálico de las espadas que los soldados extrajeron de las fundas. El mercader gesticuló hacia los militares, intentando calmarlos, mientras Lucio levantaba de un tirón la tela.

Al fondo del carro estaban acurrucadas dos mujeres, ambas con las manos y los tobillos atados. Una tenía largos cabellos rizados y castaños, que le escondían el rostro casi por entero. No se atrevía a mirar a su alrededor y se limitaba a centrar la vista en las manos roñosas, sujetas con una cuerda. La segunda tenía una cabellera salvaje color fuego. En su rostro sucio y oscuro destacaban dos ojos brillantes como esmeraldas, que volvía en todas direcciones sin mover la cabeza, en una mezcla de miedo y dignidad. Observó largamente a Lucio, con las mandíbulas apretadas y los músculos del cuello tensos, respirando agitadamente. Un escalofrío recorrió la mente del aquilífero, que en aquella mirada volvió a ver los ojos del bárbaro que el día anterior se había enfrentado a él entre las olas.

Los soldados rieron y envainaron las espadas. Inmediatamente se agolparon en torno al carro para ver mejor la preciosa mercancía. Lucio apartó a duras penas la mirada de aquellos ojos y enfundó su arma antes de sentarse nuevamente junto al mercader mientras llegaban las primeras ofertas por las esclavas.

Desde la muchedumbre lo llamó la voz de Quinto:

—*Aquilifer*, veo que esto va para largo. Coge un par de jaulas de conejos para nosotros, hace dos días que solo comemos pan seco y aceite.

A Lucio le bastaron aquellas palabras para sentir el aroma del famoso «conejo a la Quinto». Señaló un par de jaulas con los animales más gordos, que el mercader pasó al ayudante a cambio de una moneda de plata.

El relincho de un caballo, acompañado por un cierto trasiego, reclamó la atención de la pequeña multitud. Un jinete atrebate del séquito de Comio se había abierto paso entre los hombres y desde lo alto de su corcel apuntaba su gruesa espada a la garganta el mercader, vociferando palabras incomprensibles. Gruñía y despotricaba bajo los largos bigotes oscuros mientras empujaba la hoja contra la garganta del britano, que parecía aterrorizado. Después de observar durante algunos instantes la escena, Lucio procuró calmar al jinete, acercando la mano a su espada. El atrebate notó el gesto y lanzó una mirada de desafío al aquilífero.

—Deja la espada —dijo Lucio con voz sosegada, sosteniéndole la mirada.

El bárbaro profirió algunas palabras apretando los dientes, con un tono inequívocamente amenazador. Se interrumpió cuando notó bajo el mentón la punta aguzada de un *pilum*, que lo obligó a levantar la cabeza.

—Galo, si un romano te dice que bajes la espada, eso significa que debes bajarla —dijo el legionario que sostenía la jabalina, levantando las cejas.

El jinete se quedó inmovilizado, pero no retiró la espada. Era evidente que se trataba de una cuestión de orgullo, pero cuando otras varias puntas de lanza le pincharon la espalda desnuda se convenció de que debía bajar el arma.

—¿Qué sucede aquí?

La poderosa voz provenía de la Puerta Pretoria.

Lucio se volvió; los soldados permanecieron con la mirada y las armas apuntadas al jinete. Comio, montado en su semental negro, se acercaba a ellos mirando con desdén a los legionarios. Luego se dirigió a Lucio.

—He hecho una pregunta, exijo una respuesta.

—Ningún problema, solo un malentendido.

Comio observó nuevamente a los soldados con desprecio.

—Bajad inmediatamente las armas —ordenó.

Nadie lo miró, nadie obedeció. Bajaron las armas solo por orden explícita de Lucio, quien de esta forma impidió que la situación degenerase. El ruido de unas sandalias claveteadas aproximándose a paso de marcha anunció la llegada de la guardia, lo cual enfrió inmediatamente los ánimos.

—Veo demasiada gente aquí que no hace lo que debería. ¡Todos a sus tareas! —aulló decidido un centurión, que irrumpió por la puerta con el efecto de un zorro en un gallinero.

Los soldados desaparecieron en un santiamén para retomar sus ocupaciones, unos de guardia en la puerta y otros en la construcción de las torres. Quinto permaneció como una estatua de sal, con las jaulas de los conejos en las manos, mientras Lucio observaba la escena desde el carro. Los mercaderes aprovecharon la ocasión para marcharse a toda velocidad, mientras el jinete galo que había amenazado al mercader empezó a susurrar algo a Comio sin apartar los ojos del aquilífero.

El centurión se acercó al soberano de los atrebates abriéndose paso entre los jinetes de su séquito y le dirigió un saludo marcial.

—¿Puede serte útil?

—Para serme útil habrías tenido que llegar antes, soldado.

—Soy un centurión y mi nombre es Quinto Lucanio[19] —precisó el oficial—. Soy el responsable de la guardia. En este momento tengo cuatrocientos soldados a mi mando y mis órdenes son proteger el campamento y mantener el orden, jinete. ¿Las tuyas cuáles son?

—No me llames «jinete», centurión. Yo soy el rey de los atrebates y hablo directamente con Cayo Julio César. Tengo el deber de custodiar la zona exterior al campamento y a mis jinetes debéis que estéis a salvo de sorpresas desagradables. Por tanto, exijo respeto de todos o me dirigiré al procónsul en persona.

—Bien, si debes hablar con el comandante ven por aquí —afirmó el oficial, señalando la entrada—. Si por el contrario debes ir de exploración, aquella es la dirección —continuó, señalando el campo abierto del lado opuesto.

Irritado, Comio dio un tirón a las riendas del caballo y se alejó lentamente del campamento, después de lanzar una mirada malévola tanto a Lucio como al centurión. Sus hombres lo siguieron y el jinete de largos bigotes, al pasar junto al aquilífero, susurró algo y sonrió. Tendió un dedo hacia el mercader, como para hacerle entender que tenían un asunto pendiente. El comandante de la guardia siguió con la mirada a los jinetes que se alejaban.

—Quizá convenga informar, antes de que lo haga él —dijo, dirigiéndose a Lucio.

—Dejémoslo, *centurio*, creo que es mejor no dar demasiada importancia al asunto.

La cuestión quedó relegada por la llegada de Tiberio en compañía de un morino de nombre Bituito, uno de los mercaderes del continente que se habían sumado a la flota para seguir al ejército a Britania. El aquilífero le pidió que hiciera de intérprete para comprender qué había ocurrido entre el britano y el jinete de Comio.

Los dos comenzaron a hablar, pero no se entendían del todo. Después de un largo discurso, Bituito dijo que el rey Comio había sido hecho prisionero por Casivelauno, soberano del pueblo de los cantiacos,[20] en Durovern, ciudad a la que el mercader iba por negocios. Por orden del rey, el hombre había transportado a los prisioneros en su carro y el guerrero los había reconocido.

Debía de haber algo más, pero Lucio pensó que no era oportuno seguir indagando. Lo que le preocupaba en ese momento era en qué comerciaba el britano, si productos locales u otras cosas. Y mientras Bituito pedía informaciones al mercader, Lucio devolvió la mirada a las dos mujeres del carro. Se sentía atrapado por los ojos de la mujer de cabello rojo, que parecía querer comunicarle algo entornando los párpados. Quizá pretendía decirle que no se atreviera a acercarse. O quizá le estaba pidiendo exactamente lo contrario, que la sacara de aquel carro, que la ayudara a huir... En el torbellino de pensamientos que aquellos ojos le procuraban, la voz del intérprete galo lo devolvió a detalles que ya no le interesaban. Preguntó a Bituito quiénes eran las mujeres y esta vez los dos mercaderes rieron juntos, después de haber parloteado entre ellos.

—Son lo que tú desees —dijo el galo—. Este hombre dice que te agradece que lo hayas ayudado y que está dispuesto a cedértelas por unas pocas monedas de oro.

—No acostumbramos a comprar esclavos —rebatió el aquilífero—, y te deseo que nunca descubras en persona el modo en que nos los procuramos.

Dirigió una sonrisa cínica a Bituito y se marchó.

Fue una jornada tranquila. Los hombres de la Décima habían puesto en seco las naves de guerra y los de la Séptima habían erigido las torres del campamento. Al oscurecer, mientras Lucio, Tiberio y Quinto estaban sentados comiendo los conejos que habían comprado por la tarde, el centurión de guardia que había apaciguado la disputa se presentó en la tienda del aquilífero.

—Bienvenido, *centurio* —dijo Lucio—, siéntate con nosotros y prueba este conejo.

—Nada de conejo, *aquilifer*; el procónsul nos ha llamado a su tienda. Ya os dije que era mejor que os marcharais de inmediato —replicó, nervioso.

Lucio se levantó, ajustándose el cinturón.

—Quizá no sea nada grave. Veamos qué tiene que decirnos.

—Dos años —farfulló Quinto Lucanio, sacudiendo la cabeza—, hace dos malditos años que espero una promoción y ahora...

Después de que se hubieron identificado, los guardias que vigilaban la tienda del comandante los hicieron entrar. César estaba sentado en su mesa de trabajo, cubierta de papeles y mapas. En un primer momento ni siquiera respondió al saludo, tan absorto estaba en todos aquellos despachos. Cuando levantó la mirada, posándola sobre ellos, los dos captaron el peso de aquellas pupilas. El procónsul los observó durante un momento, con el rostro iluminado por las lámparas de aceite que proyectaban una gigantesca sombra sobre la tela de la tienda a sus espaldas.

—Parece que en las últimas horas mi aquilífero ha enfermado

de protagonismo —empezó el general, poniéndose de pie—. Incluso ha llegado a pinchar con las puntas de los *pila* al mismo Grannus, primo del rey Comio.

Lucio no se atrevió a rebatirlo. Sabía que debía sufrir un severo reproche y estaba dispuesto a afrontarlo estoicamente.

—Aunque los britanos han aceptado la paz, estamos y continuamos en territorio hostil. Treinta millas de mar nos separan de la legión más cercana, lo mismo que impide que quinientos jinetes nos alcancen. —Les dirigió una penetrante mirada—. En este momento, Comio es... un importante aliado, digámoslo así. No hay duda de que me necesita más de cuanto yo lo necesito a él, pero en este preciso instante sus servicios nos son indispensables. —Hizo caer el silencio en la tienda, luego levantó un poco el tono—: Esto significa que no quiero disputas u otros problemas, aquí en el campamento. Quiero, es más, exijo, que Comio y su séquito sean respetados por todos. ¿He sido claro?

Ambos asintieron con un respetuoso silencio.

—¿Tenéis algo que añadir? —dijo César, con los brazos cruzados.

—¡No, señor! —respondieron casi al unísono, con voz apagada.

—Entonces, podéis marcharos.

Los dos saludaron al procónsul y se volvieron para alcanzar la salida, como si el terreno les quemara bajo los pies. Cuando ya estaba en el umbral, el aquilífero oyó que César lo reclamaba. Como golpeado por un rayo, apretó las mandíbulas y tragó saliva. Luego entró solo en el alojamiento del comandante.

—¿Señor?

—Eres un buen soldado, *aquilifer*. —El caudillo parecía ocupado en ordenar sus papeles—. Sé lo que ha ocurrido hoy en la Puerta Pretoria y aprecio tu silencio —dijo luego, levantando la mirada—, de modo que, si lo consideras oportuno, ahora puedes hablar.

—En mi opinión solo fue un malentendido entre hombres cansados, que no hablaban la misma lengua —respondió Lucio, mirándolo a los ojos con decisión—. Pero evidentemente me equivoco, porque si el comandante supremo en persona me pide explicaciones, eso significa que la situación es más grave de lo que pienso.

Se interrumpió, sin bajar la mirada, a la espera de una respuesta que no llegó.

El procónsul volvió a sentarse, observándolo con atención. Lucio prosiguió:

—Los soldados se han puesto nerviosos a causa del comportamiento arrogante del jinete atrebate y la llegada del rey Comio, y las palabras de este no han hecho más que exasperar los ánimos. El comandante de la guardia ha hecho un trabajo encomiable, y creo que ha salvado la situación.

—Lo tendré en cuenta. —César tomó un rápido apunte—. Ahora vete a descansar.

—Gracias, general. Te deseo una buena noche.

Lucio salió de la tienda como si una caterva de espectros lo persiguiera. Al final todo había salido bien, pero lo más prudente era desaparecer de la aguda vista de aquel hombre durante un tiempo.

De vuelta a su tienda, encontró a Emilio, Valerio y Máximo en torno al fuego, concentrados en saciarse con su cena. Al aquilífero no tuvo más remedio que contar de principio a fin aquella larga tarde. Emilio masculló algo, indignado, contra Comio y los galos en general. Máximo añadió que eran gentuza, siempre dispuestos a armar broncas para luego esfumarse. Tiberio se enfervorizó, con la exaltación de su juventud, mientras que Quinto más que hablar, escuchaba, como siempre. Valerio, aparentemente desinteresado en la conversación, daba buena cuenta del conejo. Nada nuevo, los amigos y compañeros de siempre, que disfrutaban de algunos momentos de reposo en torno al fuego.

La discusión solo cambió de cariz cuando Lucio describió con minuciosidad a la prisionera pelirroja. El tema suscitó el interés de todos, a excepción de Quinto, quien sostenía que, en cualquier caso, las mujeres de su tierra eran más hermosas.

La noche pasó entre los toques de trompeta del cambio de la guardia y una paz de la que no disfrutaban desde hacía tiempo. Una leve brisa que soplaba del mar aliviaba un tanto la humedad. Por la mañana, la vida de *milites* continuó como siempre. Después de la reunión, la Séptima partió al completo con las insignias en cabeza, en busca de provisiones en los campos de alrededor, mientras que la Décima se ocupó de la playa y el campamento, acabando de aportar algunas mejoras a la empalizada defensiva y a las torres. En resumen, Britania se estaba mostrando mejor de lo que había parecido al principio, las naves de guerra estaban a buen recaudo y las de transporte se encontraban firmemente ancladas en la rada.

Pero los problemas anidaban como brasas bajo las cenizas.

De los rehenes prometidos, solo una pequeña parte llegó al campamento en una comitiva que fue acomodada en tiendas fuera del recinto defensivo, ya que el espacio en el interior del *castrum* era limitado: a pesar de que daba abrigo a los efectivos de dos legiones enteras, el prefecto de campo había tratado de tener todo lo necesario dentro de un perímetro restringido y fácilmente defendible. Los britanos llegados al campamento eran parientes de los reyes de las tribus cercanas, y según ellos los rehenes que faltaban estaban en camino. Llegaban también jefes de tribus que querían parlamentar con César en persona, para pedirle protección.

El mercader con el que Lucio había hablado no había vuelto a presentarse, pero se había establecido un pequeño comercio entre los soldados y algunos campesinos del lugar, que llegaban a las puertas del campamento con sus mercancías.

Al cuarto día le correspondió de nuevo a la Décima montar guardia. Por la tarde Emilio y sus compañeros estaban en turno de inspección en las puertas, cuando divisaron a algunos jinetes que se dirigían al *castrum*. Las bestias estaban notablemente acaloradas y exhaustas, como también los hombres, que parecían agotados por un largo viaje. Algunos iban con el torso desnudo, otros llevaban pieles o mantos de lana de dibujos geométricos, con las espesas cabelleras agitadas al viento. Todos ellos miraban a su alrededor, atónitos, quizás impresionados por el primer impacto con la organización del ejército romano, observando los escudos, el foso, la empalizada y las torres, desde las cuales los arqueros los vigilaban, inmóviles, empuñando el arco y con la flecha armada. Debían de provenir de regiones interiores, porque su aspecto difería del de los britanos que habían visto hasta entonces, de costumbre parecidos a los galos.

El *primipilus* tomó el mando de la guarnición en la puerta y dio el alto a los jinetes. Uno de ellos, que a primera vista parecía el jefe del grupo, tiró las armas al suelo antes de descender de su cabalgadura.

—Es un buen comienzo —farfulló Emilio antes de volverse hacia Bituito, ya reclutado por el ejército como primer intérprete. Con ello el mercader estaba obligado a pasar sus jornadas en la Puerta Decumana, siguiendo como un perrito al oficial de turno—. Dale la bienvenida y el saludo de rigor de parte del Senado y del ejército de Roma, luego pregúntale quién es y por qué ha venido a vernos.

El mercader se puso al lado del centurión y empezó a hablar con el britano, no sin dificultad por cuanto el bárbaro hablaba un dialecto del norte. El hombre que tenían enfrente se llamaba Mandubracio y pertenecía a la tribu de los trinovantes, que vivía al norte del gran río. Él y su gente habían sido víctimas de un poderoso jefe de tribu rival y acudían a pedir la protección de Roma.

Emilio mandó a un legionario donde el tribuno Publio Apula, con la solicitud por parte del bárbaro de que César lo recibiera. Después del asentimiento del tribuno, este escoltó en persona al jefe del pequeño manípulo hasta la tienda del comandante supremo. Mientras el jinete, visiblemente fatigado, pasaba a su lado, el aquilífero lo detuvo y le tendió una escudilla de agua, que acababa de traerle un legionario. El jinete lo agradeció con un gesto y bebió, antes de seguir a Emilio y Valerio al interior del campamento.

Máximo y Lucio permanecieron en la puerta, junto a los demás jinetes. Mientras algunos soldados ofrecían cantimploras de agua a los recién llegados, los dos oficiales se acercaron con el intérprete, para sonsacar algunas informaciones. Los britanos parecían bien dispuestos, a pesar de su aspecto salvaje. Hablaban con un acento aún más cerrado que su jefe, gesticulando, y el mercader morino solo parecía entender algunas palabras aisladas de todo el discurso.

—Hablan de un asesinato —dijo Bituito, sin apartar los ojos

de sus labios—. Alguien importante ha sido eliminado a traición por un tal Casivelauno —continuó, pese a que le costaba entender qué decían los jinetes, que se habían puesto a hablar todos juntos y le confundían aún más. El río de palabras fue interrumpido por Emilio, de regreso con una expresión poco satisfecha.

—Según parece, tenemos nuevos huéspedes —dijo el centurión dirigiéndose a Máximo—. Acamparán fuera de nuestro sector. Requísales las armas, luego mira de acomodarlos al otro lado del recinto, en la zona donde se encuentra la Primera Cohorte.

El *optio* asintió y con la ayuda del mercader morino comunicó las órdenes a los britanos.

—¿Quiénes son estos, *centurio*? —preguntó Lucio.

—*Trinonantes* o algo así —respondió este, esforzándose en recordar el nombre exacto de los jinetes que se alejaban—. El hombre al que he conducido ante César dice ser el hijo del rey de su tribu, quien, según parece, ha sido asesinado por los sicarios de un poderoso soberano rival. Se ha visto obligado a huir junto a algunos jinetes para no encontrar el mismo fin que su padre y ahora pide nuestra protección...

Las palabras de Emilio fueron interrumpidas por el grito de un centinela desde la torre de vigilancia orientada al mar.

—¡Naves a la vista!

Con cuatro días de retraso llegaba la caballería.

VII

Traición

A la mañana siguiente el sol resplandecía en un cielo terso y cristalino. El mar era una alfombra centelleante, como si la tormenta de la noche anterior nunca se hubiera producido. Poco después del avistamiento de las naves, unos negros nubarrones se habían amontonado desde occidente y en pocos instantes una tempestad de inaudita violencia había hecho desaparecer la pequeña flota de nuestra vista, entre el brillo cegador de los relámpagos. Y, por si eso no bastase, la tempestad había arremetido también sobre la rada, haciendo estrellarse varias naves contra los escollos y volcando otras. Solo unos pocos sobrevivientes de la tripulación habían conseguido ganar la orilla, socorridos inmediatamente por los legionarios. Otros, ante la imposibilidad de maniobrar, habían abandonado las naves a su destino descolgándose sobre las chalupas. No todos, por desgracia, tuvieron la suerte de tocar tierra. Aquella noche, las legiones romanas se convirtieron en prisioneras de su propia conquista.

Finalmente, el viento había amainado, pero no sin dejar tras de sí el rastro indeleble de su furia. La playa estaba sembrada de detritos, que los soldados estaban agrupando en pilas. Desde el campamento no se conseguía valorar cuántas naves habían sido destruidas, pero se veían muy pocas aún amarradas. Después de celebrar consejo con el procónsul, Apula convocó en su tienda a todos los centuriones y portaestandartes de la Primera Cohorte.

—No hay más naves —empezó el tribuno, con los codos apoyados en el escritorio, mientras se masajeaba las sienes con los dedos—, ni siquiera en el continente. —Levantó la mirada y sus ojos revelaron el profundo cansancio que lo abrumaba—. De momento no es posible reunir una flota que acuda en nuestra ayuda. Además estamos sin caballería, no existe la posibilidad de que recibamos refuerzos, y nuestras provisiones alcanzarán para un par de días. Por añadidura, es absolutamente indispensable establecer un cuartel de invierno aquí, de espaldas al mar. Debemos retirar las tiendas lo antes posible. En consecuencia, el ejército se dividirá en tres partes: dos se turnarán la búsqueda de comida y el servicio de guardia en el campamento y en la bahía, la tercera estará compuesta por carpinteros y mandada por el prefecto de campo. Montaremos un astillero improvisado en la playa para reparar las naves supervivientes.

—¿De cuántos días propicios a la navegación disponemos aún? —preguntó Emilio.

—Creo que de unos veinte antes de que el equinoccio haga imposible los transportes marítimos, pero por ahora la mayor incógnita son las naves. Es preciso ver cuántas son aún utilizables y cuántas pueden repararse.

—Se podrían evacuar las fuerzas en varios viajes —sugirió el centurión.

—El procónsul lo ha excluido. Sería demasiado arriesgado dejar aquí una pequeña guarnición aislada. Las dos legiones dejarán esta isla simultáneamente, nada ni nadie quedará en tierra.

El tribuno se puso en pie e impartió las órdenes para la jornada: siete cohortes de la Décima irían en busca de provisiones, escoltadas por los jinetes de Comio. A estas se le añadiría también la Primera Cohorte.

Al salir del campamento, los legionarios observaron de reojo las tiendas de los huéspedes, que se alzaban a poca distancia de la empalizada defensiva. Los britanos estaban allí mirándolos desfilar y los soldados sabían en lo más profundo de su corazón que los acontecimientos de las últimas horas habían atenuado la sensación de absoluta supremacía militar que habían suscitado en los bárbaros. Estos habían visto lo que había ocurrido en la bahía y sabían que los romanos habían perdido todo contacto con el continente.

—¿Qué piensas de la situación? —dijo Máximo, que marchaba al lado de Lucio.

—Si el talante de los britanos se parece al de los galos —respondió Lucio—, no tardarán en organizar una sublevación. También ellos han asistido a la tempestad y ven perfectamente que no tenemos trigo ni naves.

—No sé qué ventaja pueden obtener atacándonos —señaló el *optio*, dubitativo—, después de habernos entregado rehenes de un cierto valor. Deberían saber que estamos a punto de zarpar para la Galia.

—¡Desde luego que hay una ventaja! Una cosa es dejarnos partir, otra es echarnos a patadas o destruirnos. Piénsalo un momento. La noticia volaría de boca en boca, se difundiría por toda la Galia, y llegaría a Roma en un santiamén. La fama de los britanos subiría a las estrellas en todo el continente y ya nadie osaría venir a esta tierra empuñando las armas.

Máximo lo miró, repentinamente preocupado.

—Además —añadió Lucio—, una derrota aquí podría desencadenar una revuelta en toda la Galia, poniendo en peligro al resto del ejército de César.

Emilio, que caminaba delante de ellos pero tenía orejas por todas partes, aflojó el paso e intervino en la conversación:

—Estamos en condiciones de resistir cualquier ataque, incluso en una situación de notable inferioridad numérica.

—Pero nunca nos quedamos en el campamento, siempre salimos en tres grupos, y las cohortes de infantería encargadas de buscar provisiones son demasiado lentas y no tienen la cobertura de la caballería.

Continuaron la marcha hablando de la situación y al final concluyeron que, se mirara por donde se mirase, se encontraban en un buen apuro, aunque por el momento la zona parecía a todos los efectos pacificada y el campamento era resistente y estaba bien fortificado. Por no mencionar que ellos tenían a César, y los britanos no.

Por la tarde, cuando volvieron al campamento con el trigo que habían conseguido reunir, los hombres se enteraron con alivio de que solo doce onerarias se habían perdido. Equivalían al transporte de unos mil quinientos legionarios, pero aunque con estrecheces, era posible acomodar esa fuerza en las setenta naves restantes, que se podían reparar con la madera y el bronce obtenidos de las que no habían resistido. Las naves de guerra, que no habían sufrido daños graves, estaban en perfectas condiciones para navegar. En cuanto el viento fuera favorable, dos de ellas zarparían hacia Puerto Icio para abastecer al ejército de todo lo necesario y encontrar en la Galia, si aún las había, algunas naves de transporte disponibles. Una nave correo proporcionaría los víveres.

Al anochecer del quinto día de permanencia en Britania la situación aún no era comprometida. Había que resistir y salir al mar a toda costa antes del equinoccio. En los días sucesivos todos trabajaron sin descanso, en una aparente tranquilidad. El sendero que conducía a la playa había sido reabierto, en la bahía las naves eran reparadas como mejor se podía y por el momento en los campos aún se encontraba comida, además de la que adquirían a los mercaderes. En el breve radio de acción de las patrullas no se veían hombres armados, lo cual era tranquilizador.

En la tarde del noveno día, el grupo a las órdenes de Emilio volvió al campamento después de la expedición en busca de trigo. Quinto, el *sanita*, había sido dispensado de otros servicios, con la tarea de preparar algo que llevarse a la boca. Estaba tan concentrado en torno al fuego que pegó un salto cuando a sus espaldas resonó la voz del centurión.

—¿Entonces, Quinto Planco? ¿Hemos preparado algo bueno para estos valientes guerreros tan hambrientos?

—*Centurio*, uno de estos días me matarás del susto —exclamó el *sanita*, entre las carcajadas de los otros.

—¡Pobre de ti, amanuense! —dijo Emilio, desatándose el yelmo, con una cara exageradamente feroz—. Si no has preparado una cena digna de nosotros, juro que te arranco la cabeza a mordiscos y luego te pongo de servicio en las letrinas, noche y día.

—Bien, ¿al valiente guerrero le apetecería una *satura* de farro y cebollas con trozos de faisán asado?

Quinto tendió al primípilo el cucharón de madera, humeante y aromático. El centurión, incrédulo, se apresuró a sumergirlo en la olla.

—¡Dispensado de por vida de los servicios! —proclamó Emilio, masticando con gusto.

—Espera un momento, Quinto —dijo el aquilífero—. ¿Has vaciado el arcón para procurarte esta comida? ¿Cuánto ha costado todo esto?

—Aquí viene lo bueno. ¡No ha costado nada!

—¿Cómo que nada? ¿Ahora el ejército nos alimenta con sabrosos faisanes?

—A decir verdad, estos faisanes son un obsequio para... —el astuto *sanita* se fingió perplejo— ah, sí, para «el hombre con la piel de oso y el que va vestido de rojo».

Mientras hablaba, los legionarios ya se habían sentado en torno al fuego y sin demasiadas ceremonias comenzaron a repartirse la cena.

—¿Un regalo para mí? ¿De parte de quién?

—De su parte —dijo el cocinero, indicando una figura sentada aparte, en la penumbra.

Todos se volvieron hacia el hombre al que había señalado, que se levantó y se acercó al fuego, revelándose como el jefe de los jinetes britanos que habían acudido a pedir protección. No habían vuelto a verlo desde el momento en que se había presentado en la puerta del campamento y, durante aquellos primeros días de permanencia allí, su aspecto había mejorado notablemente. Era muy alto, de porte feroz, joven pero con una expresión ya madura. El largo pelo rojizo estaba cuidado y un par de trenzas le caían sobre los hombros. Llevaba calzones y una capa de lana pesada sobre una túnica a rayas atada a la cintura. Lucio tendió la mano al britano para darle las gracias, y Emilio hizo lo propio antes de invitarlo a sentarse con ellos. La respuesta que obtuvieron les resultó incomprensible. El centurión envió de inmediato a Tiberio a buscar a Bituito, el emprendedor mercader morino, para que hiciera de intérprete. El britano se sentó con ellos y cuando finalmente llegó el galo le ofrecieron un plato también a él. Luego comenzaron la inesperada y suculenta cena, mientras el morino traducía las palabras del joven.

Se necesitó un rato para que Bituito entrara en sintonía con el britano, pero finalmente el galo comenzó a hablar. Lo que dijo confirmaba las pocas informaciones recogidas a la llegada de los jinetes. El joven se llamaba Mandubracio y pertenecía a la tribu de los trinovantes. Era el primogénito del soberano de aquel pueblo y se había visto obligado a huir de sus tierras después del asesinato de su padre, ordenado por el poderoso rival Casivelauno, de la tribu de los cantiacos. Único superviviente de su familia, había conseguido huir de un destino infausto refugiándose en los grandes bosques septentrionales. A la cabeza de sus súbditos, en ese momento, se encontraba el despiadado Cingetórix, rey fantoche impuesto por Casivelauno. Tras conocer la noticia de la llegada de los romanos, Mandubracio había salido del bosque y había tratado de encontrarlos lo antes posible junto con un menguado grupo de seguidores, atravesando las tierras hostiles de los cantiacos. El morino dijo que Mandubracio zarparía esa misma noche hacia la Galia a bordo de una de las dos naves. Con el favor de las tinieblas, él y su pequeño grupo desaparecerían, y Mandubracio disfrutaría de la protección de Roma sin suscitar el descontento de los cantiacos.

—¿Quiénes son esos cantiacos? —preguntó Emilio, dando cuenta de los últimos bocados de su escudilla.

—Son los que os atacaron en la playa —respondió Mandubracio por boca del mercader—, gente a la que combatimos desde hace años.

Máximo se encogió de hombros.

—Ya han probado nuestro hierro y creo que han tenido bastante.

—En esa nave llegarás a la Galia sano y salvo —dijo Lucio, dirigiéndose a Mandubracio—. Allí estarás seguro.

—No existe una tierra donde pueda estar a salvo de mi conciencia. He visto asesinar a mi padre y desaparecer a mi familia. He escapado de mi gente para pedir ayuda a extranjeros que no pueden dármela y, al contrario, me alejan aún más de mi tierra. Me pregunto si he hecho lo correcto o si no habría sido mejor quedarme a luchar y morir.

—Un soldado puede permitirse el lujo de morir —dijo Emilio, en un tono de educado reproche—, tú no. No puedes hacerlo mientras no veas desvanecerse la última posibilidad de ser, un día, rey de tu gente.

Mandubracio estaba confundido y Lucio trató de infundirle un poco de confianza:

—Lo tuyo no es una fuga. Solo que por ahora es mejor dejar creer a tus enemigos que han vencido ellos. Ya llegará el momento de ajustar cuentas y ese día deberás ser fuerte y despiadado.

Aquellas palabras parecieron animarlo. El britano dijo a los romanos que esperaba verlos de nuevo en su tierra en un futuro no lejano, antes de despedirse estrechando la mano de todos, aunque se detuvo más tiempo en Lucio. Los dos hombres se miraron largamente, como si quisieran grabar la imagen de sus rostros en la memoria. Casi parecía que el destino los hubiera reunido aposta en aquel lugar y en aquel momento. Por último Mandubracio desapareció entre las sombras tal como había llegado y a la pálida luz de la luna subió a una nave que lo estaba esperando en la rada, lista para levar anclas.

Al día siguiente, la guardia del campamento correspondía a la Décima. Después de haber resuelto las formalidades y los ritos de cada jornada, la Séptima dejó el campamento en dirección a septentrión, para cosechar el trigo en una de las zonas que aún no habían sido alcanzadas por el ejército. Emilio decidió comprobar que el terraplén y el foso del campamento fueran sólidos, tras los temporales de los últimos días. Lucio se unió al manípulo de soldados reclutados para la misión y juntos salieron por la Puerta Decumana para comenzar la ronda de control.

—El viento ha sido clemente esta noche —comentó Lucio, mirando el mar—. A estas horas Mandubracio ya habrá desembarcado en la Galia.

—Esperemos que el tiempo continúe así y que se apresuren a mandarnos las piezas para la reparación de las naves —replicó el centurión—. Hasta que no zarpemos también nosotros no estaré tranquilo.

—Entre tanto, di algunas órdenes para aliviar nuestra permanencia en estos litorales.

Emilio lo miró con expresión interrogativa.

—Ayer mandé a Quinto a negociar con uno de los pilotos

que habían de zarpar durante la noche. A cambio de una pequeña recompensa, con el viaje de vuelta llegará algo solo para nosotros.

Emilio sonrió con un relámpago de ironía en los ojos.

—¡Maldito corruptor! Veamos, ¿qué le has pedido?

—Algunas ánforas de vino, no me interesa la calidad, incluso me conformaré con el de la Galia Narbonense o el de resina. Estoy harto de beber agua y vinagre.

Emilio extendió los brazos y le dio una fuerte palmada en los hombros.

—Hoy es uno de esos días en que me pregunto cómo podría vivir sin ti.

—Sí, cuando se trata de comer llegáis todos como cabras quejumbrosas a mi tienda. Aún no he visto que ninguno de vosotros negocie con un mercader para aviar la cena.

—Venga, Lucio, estos patanes no venden ni siquiera orujo fermentado, y ya sabes que estoy demasiado ocupado pensando en la guerra.

—A propósito de mercaderes, hoy no se les ve por ahí.

El primípilo miró a su alrededor.

—Es extraño, últimamente el comercio había aumentado bastante. Parecía que todos los que disponían de algo que vender, en estas tierras, hacían cola para proponérnoslo.

Emilio exhortó a los hombres a mantener los ojos bien abiertos y se dirigió de nuevo a Lucio.

—Vamos a echar un vistazo a los huéspedes.

Se encaminaron hacia las tiendas de los britanos escoltados por cuatro legionarios de servicio y después de algunos pasos repararon en una nube de polvo que se alzaba a lo lejos, dispersándose en el azul del cielo.

—¿En qué dirección ha ido la Séptima esta mañana? —preguntó Emilio.

—¡Justo por allí!

Todos acudieron al instante hacia la puerta del campamento y Emilio ordenó dar aviso a los guardias de la torre de que estuvieran alerta.

—Está sucediendo algo extraño, Lucio, corre a buscar el águila —aulló—, y advierte también a los demás *signiferi*. ¡Debemos prepararnos para marchar inmediatamente!

Los dos se separaron en cuanto pasaron la puerta principal. Lucio se dirigió al sector de la Primera Cohorte, mientras que Emilio fue directamente donde el procónsul. No fue necesario avisar a los hombres: en cuanto el aquilífero llegó a su tienda para coger el águila, oyó que los *cornicines* tocaban la alarma. Inmediatamente después resonaron los toques de las trompetas llamando a la asamblea general. En un instante el campamento se convirtió en un hormiguero de soldados que corrían en todas direcciones. Casi todos los hombres estaban de servicio, pero en poco tiempo cogieron las armas y llegaron a sus unidades. Aquello que desde el exterior podía parecer un caos generalizado no era más que la actividad febril de hombres bien adiestrados, que sabían exactamente dónde se encontraban y lo que era preciso hacer para llegar deprisa, perfectamente armados, hasta las correspondientes insignias. Lucio, casi sin darse cuenta, se encontró con el águila a la cabeza de la Primera Cohorte, listo para dejar el campamento, mientras detrás de él los soldados ocupaban rápidamente su puesto en las respectivas centurias. La Segunda Cohorte, compuesta casi totalmente por hombres de guardia y, por tanto, en orden de combate, se puso detrás de la Primera y los legionarios partieron de inmediato a paso rápido, dispuestos en cuatro columnas. César en persona había dado la orden de partida mientras se estaba aún poniendo el yelmo:

—¡En marcha! ¡Seguid al águila!

El resto de la legión, que se estaba alineando, saldría poco después.

A la cabeza de las columnas, Lucio intentaba marcar el paso a todos. El procónsul marchaba velozmente justo después de las enseñas, comiendo el mismo polvo que sus soldados. Había rechazado el caballo y avanzaba seguro, flanqueado por los tribunos, con los ojos fijos en la nube de polvo que se elevaba más allá de las colinas.

Las columnas seguían el mismo itinerario que habían recorrido el día anterior, bordeando sobre la izquierda, a la debida distancia, una gran silva. Después de casi una hora de la partida llegaron a una colina y no sin esfuerzo remontaron la ladera. Desde la cima algunos de los exploradores de Comio señalaron que el camino estaba libre de sorpresas desagradables. Cuando alcanzaron la cumbre del collado, a Lucio y Emilio les pareció que estaban en la cima del mundo, porque la colina coronaba un inmenso territorio ondulado que se extendía hasta donde alcanzaba la vista. Delante de ellos, a lo lejos, en un claro rodeado de cerros boscosos, la Séptima sufría el asalto de los britanos, en un salvaje remolino de alaridos y polvo.

Desde lo alto era fácil ver que la Séptima no estaba bien alineada, señal de que los hombres habían sido pillados por sorpresa durante la recolección del trigo. Probablemente los bárbaros a caballo habían arrollado a los centinelas, o bien la calma de los días precedentes había hecho bajar la guardia a los centuriones y no se habían tomado las necesarias medidas de seguridad. A la Primera Cohorte de la Décima nunca le habría ocurrido algo similar, al menos si Emilio estaba al mando.

El lugar era perfecto para una emboscada, porque la mancha de vegetación llegaba hasta el margen del campo de trigo, que estaba circundado de colinas. Algunas centurias habían quedado aisladas y rodeadas por los enemigos, que con sus carros de guerra y sus jinetes sembraban la confusión entre las filas romanas. Afortunadamente, los britanos no atacaban de manera coordinada, sino en grupos, zahiriendo repetidamente a los legionarios sin imprimir la adecuada fuerza para romper las líneas. Sus pequeños carros arrastrados por dos caballos se lanzaban veloces hasta pocos pasos de la Séptima, acribillándola de flechas y lanzas para huir inmediatamente después.

—¡En formación de batalla! —gritó el procónsul en cuanto llegó a la cima del collado.

Las trompetas resonaron y las cohortes, una tras otra, se desplegaron ordenadamente, ocupando su posición en la vertiente de la colina que daba al enemigo. La enseña de Lucio se dirigió a la izquierda, hacia el sector de la Primera Cohorte, mientras que César permanecía en el centro de la alineación, observando al enemigo con los brazos cruzados.

—Pero ¿qué le ha dado? Estamos demasiado lejos para disponernos en línea —susurró Máximo a Lucio, sin dejarse oír por los demás.

El aquilífero sacudió la cabeza, sin comprender el motivo de la maniobra. Una vez llegada al extremo izquierdo de la formación, la cohorte se extendió ante una orden de Emilio, como un ave rapaz que extiende las alas antes de levantar el vuelo hacia la presa. Las trompetas tocaron de nuevo y los soldados de aquella larguísima fila comenzaron a batir rítmicamente los *pila* sobre los escudos, haciendo resonar el grito de guerra de la Décima en el valle que estaba a sus pies.

En el campo de batalla lo oyeron todos y volvieron la mirada a la colina. Los legionarios de la Séptima sabían que desde aquella altura, detrás del centelleo de las miles de puntas aguzadas de los *pila*, César observaba sus movimientos. Aquella visión, junto con las precisas órdenes de los centuriones que reorganizaron las filas y pasaron a la ofensiva, bastó para levantarles el ánimo. Algunas cohortes se lanzaron inmediatamente contra los jinetes ya dispersos, que empezaron a abandonar el combate para ponerse a salvo en los bosques. La acción fue seguida por el estruendo ensordecedor de miles de gritos de exhortación, que se elevaron del pecho de cada soldado de la Décima.

—Debo decir que nunca había vencido una batalla permaneciendo a miles de pasos de distancia —dijo Emilio, mientras asistía al desarrollo de los acontecimientos en el claro—. El procónsul hace verdaderamente honor al arte de la guerra —añadió, admirado.

Los soldados seguían haciendo ruido, cubriendo de insultos a los britanos, cuya retirada ya se había convertido en una fuga salvaje y desordenada.

Desde la posición en la colina, César cerraba a los enemigos la vía hacia el campamento y, al mismo tiempo, protegía una eventual retirada de la Séptima. Haberse dispuesto en la cima de aquel monte había sido una decisión estratégica perfecta. A César le había bastado con valorar durante un momento la situación para obtener el mejor resultado con el mínimo riesgo, y ahora los hombres de la Décima vitoreaban su nombre, que resonaba alto en el cielo.

Dos cohortes fueron enviadas en ayuda de la Séptima, para llevar a término la recogida del trigo y recuperar a los heridos y a los caídos. El resto de la legión permaneció vigilando la cima del collado, listo para intervenir en cualquier dirección, mientras los jinetes de Comio iban y venían entre las dos unidades.

—Es evidente que el único objetivo del procónsul es volver a la Galia lo antes posible —dijo Emilio durante el regreso, mientras los hombres entonaban el himno de la legión—. Hoy ha actuado con gran prudencia, manteniéndose a la defensiva. No quiere arriesgarse a perder ni siquiera un hombre.

—En mi opinión ha actuado de la mejor manera posible —rebatió Lucio—. Sin duda, habríamos empleado más tiempo en buscar el contacto con el enemigo, que a nuestra llegada se habría esfumado.

El centurión asintió y comenzó a canturrear el himno de la Décima siguiendo el ritmo de los soldados, mientras en el cielo, con el sol ya desaparecido detrás del horizonte, se acumulaban inmensas nubes oscuras, que presagiaban lluvia.

Las dos legiones volvían a ponerse a buen recaudo con pocas pérdidas. La jornada habría podido tener un resultado mucho más luctuoso si los bárbaros hubieran tenido un mínimo sentido de organización militar. Cayo Voluseno estaba a la espera delante de la Puerta Decumana, radiante de felicidad. Era el comandante de turno en el astillero de la playa aquella mañana, y a su pesar el procónsul en persona le había encomendado la vigilancia del campamento, prácticamente desierto. Tratando de mantener un aspecto marcial reprimió una sonrisa de alivio y fue al encuentro de la columna.

—¡*Ave*, César!

Después del saludo al comandante supremo, Voluseno siguió las formalidades de rigor y pasó al procónsul el mando del campamento.

—Los rehenes han escapado, general —añadió luego, en tono de lamento—. Cuando tomamos posición en las torres y en las puertas, nos dimos cuenta de que estaban huyendo hacia occidente. No hemos considerado oportuno enviar un manípulo a perseguirlos.

César asintió.

—Sabia decisión, tribuno. Mejor así. En el fondo, como garantía no valían demasiado, después de lo que ha sucedido.

Un trueno siguió a sus palabras y las primeras gotas de lluvia comenzaron a caer. El procónsul apretó los dientes y levantó por un instante los ojos al cielo.

—Si quieren guerra, la tendrán.

VIII

Milla romana

Los días que siguieron estuvieron marcados por las continuas tempestades y ningún contacto con el enemigo. La lluvia torrencial y el viento habían obligado a suspender las actividades de exploración y búsqueda de comida. Ya no había rastro de los britanos responsables de la emboscada, pero tampoco de los mercaderes y de los habitantes de la zona; era como si en torno al campamento se hubiera creado el vacío, aumentando la sensación de aislamiento. La comida empezaba a escasear, como también el tiempo disponible para el viaje de regreso. El plenilunio precedería en pocos días al equinoccio de otoño, haciendo imposible la navegación. El destino parecía querer confinar en aquel frío escollo a César y sus legiones. Empapados, sucios, cansados y ateridos, los soldados continuaban cumpliendo con su deber.

Afortunadamente su trabajo comenzaba a dar frutos. Las onerarias, reparadas lo mejor posible, estaban alineadas al final de la playa y vigiladas de cerca por los guardias. En cuanto a las naves no dañadas, permanecían fondeadas en alta mar para evitar otros accidentes. El día en que regresaron las dos naves de guerra de la Galia hubo fiesta en el campamento, desafiando a la intemperie. Por la tarde, Lucio y sus compañeros bebieron el vino que el aquilífero había encargado, diluido con agua caliente y un poco de miel pagada a buen precio.

Al decimoctavo día del desembarco en suelo británico, la obra de reparación de las naves podía considerarse terminada. Solo doce embarcaciones se habían perdido totalmente; las otras habían sido restauradas y estaban a punto de ser devueltas al mar. Los legionarios harían el viaje de regreso bastante apretados, pero habría sitio para todos.

En cuanto el tribuno Publio Apula dio la orden de levantar el campamento, los soldados fueron presa de una euforia que no se veía desde hacía tiempo. Todos querían marcharse lo antes posible..., así que todos quedaron desconcertados cuando, una vez terminaron de desmantelar, se levantó un fuerte viento de mar. Esforzándose por ignorarlo, continuaron su trabajo incluso después del ocaso, cuando comenzó a llover, hasta que tuvieron alineado todo el material, listo para ser transportado hasta la playa.

—¡Volved a montar el campamento!

La contraorden tuvo el efecto de un latigazo. La furia de los legionarios se desencadenó, las maldiciones contra Britania se prodigaron y los soldados pidieron embarcarse incluso con mar gruesa. Fueron una vez más los *optiones* y los centuriones los que apaciguaron los ánimos y restablecieron el orden.

El alba del decimonoveno día los acogió finalmente con un débil sol, pero sin un soplo de viento. Inmediatamente después de la reunión se dio la orden de retirar las tiendas: se intentaría zarpar como fuera. Pero el grito de alarma de un centinela, mediada la obra, hizo entender a todos que aquel día habrían de trabajar con la espada.

Emilio corrió a la torre y trepó por la escalerita con la velocidad de un relámpago, mientras las trompetas difundían la alarma. Inmediatamente los hombres, nerviosos, quitaron las protecciones de piel de los escudos y ocuparon sus puestos en la empalizada. Los arqueros y los honderos flanquearon a los servidores de las máquinas de lanzamiento, que habían sido distribuidas sobre las explanadas. A lo lejos se veía la desordenada multitud de los enemigos, que avanzaba cubriendo un amplio frente, decidida a impedir que los romanos zarparan.

Los soldados aún estaban amontonando los *pila* y las jabalinas en la empalizada cuando las trompetas tocaron a reunión. Lucio, incrédulo, echó un vistazo a su alrededor, encontrando las miradas estupefactas de los legionarios. Emilio descendió por la escalerita de la torre precisamente mientras Apula llegaba aullando al sector de la Primera Cohorte.

—¡Reunión, reunión! ¡Listos para salir!

Los hombres se precipitaron al final de las explanadas y bajo las torres, obedeciendo la orden, y formaron velozmente.

—¡Legionarios de la Primera Cohorte, escuchadme bien! —gritó el tribuno Apula en cuanto estuvieron alineados—. Los britanos creen que pueden bloquearnos y aislarnos de nuestras naves —dijo con voz fuerte y clara—. Nosotros, en cambio, saldremos del campamento y los cogeremos por sorpresa. La posición es demasiado favorable para que no sepamos aprovecharla. El terreno nos ofrece un declive y nuestras espaldas están cubiertas por el campamento mismo. —El tribuno se detuvo para mirar a los hombres durante un momento—. El terreno lo elegimos nosotros, el momento también. ¡Porque somos los legionarios de la Décima!

—¡Sí!

Una multitud con una sola palabra.

—¡Y los legionarios de la Décima no combaten a la defensiva!

—¡No!

—¡Los legionarios de la Décima van al asalto!

No fue un grito, sino un estruendo de síes el que siguió a sus palabras.

—Cuando oigáis tocar a carga, avanzaréis, os enfrentaréis a ellos y los pondréis en fuga. Cuando huyan, los seguiréis a la carrera. Matad a todos los que podáis, pero no os alejéis más de una milla. —Miró a los centuriones para asegurarse de que habían entendido bien sus palabras y cuando estos asintieron continuó—: Arrasad esa milla que recorráis, no perdonéis a nadie. Nada de prisioneros, ninguna piedad. Ya hemos tenido demasiada. Destruidlo todo y tomad lo que os parezca; si hay sitio en las naves podréis llevarlo con vosotros.

Poco después, por orden del tribuno, la columna se puso en movimiento y los soldados, alineados y cubiertos, marcharon al paso cantando el himno de muerte de la Décima. Fueron los primeros en salir del campamento, alcanzando su posición en la alineación, y se dispusieron en tres filas mientras Apula iba a impar-

tir las órdenes a la Segunda Cohorte. Emilio entonces se apartó
de la formación, dio algunos pasos hacia delante y se volvió hacia
su cohorte, observándola. Le bastaron unas pocas indicaciones
para corregir la posición de algunos legionarios o para comprobar su equipo.

—*Debumbete scuta*;[21] descansad, pero mantened la posición.

Se volvió para mirar al enemigo que avanzaba y luego se dirigió de nuevo a sus hombres, después de haberse asegurado de que
el tribuno Apula se había alejado lo suficiente para no oír sus palabras.

—¡Ningún soldado de esta centuria se detendrá durante el
avance para saquear! No quiero perder soldados o llegar a destino con la mitad de la fuerza por culpa de algún idiota a la caza de
collares o brazaletes. En esta formación todos seguirán al águila
hasta que yo lo diga, y esto ocurrirá a una milla de aquí. —Examinó los rostros de la primera fila con mirada severa—. Entonces, y
solo entonces, cuando ya estemos de regreso, podréis rastrear y
coger lo que queráis. —Captó una expresión de desilusión en varios rostros y advirtió—: Os juro que cualquiera que se quede atrás
para saquear tendrá ocasión de arrepentirse amargamente.

El clamor y los gritos del enemigo estaban cada vez más cerca, pero el centurión seguía dando la espalda a los bárbaros y proseguía con las últimas indicaciones. Lucio se volvió para buscar a
Tiberio, que estaba en la tercera fila, y cuando encontró su mirada le hizo señas de que tuviera siempre a la vista la enseña. Esta
vez no había conseguido mantenerlo alejado del campo de batalla. Las órdenes eran alinear a todos los hombres aptos y, así, solo
Quinto había quedado fuera del campo de batalla, para custodiar
el tesoro transferido a la nave de guerra de César. Antes de volver
a observar al enemigo, el aquilífero cruzó la mirada con Máximo,
situado en la segunda fila y cubierto con el yelmo. Podía ser la última vez que se veían. Ante el inconfundible silbido de los centenares de flechas lanzadas contra los bárbaros se volvieron definitivamente hacia el frente de batalla. Las máquinas de tiro, los
arqueros y los honderos habían comenzado a disparar sobre la línea enemiga con una trayectoria arqueada. Los dardos partían
uno tras otro con una velocidad impresionante y en la multitud

que avanzaba era prácticamente imposible fallar el blanco. El tiro se hacía cada vez más tenso a medida que los britanos avanzaban pisoteando y tropezando con sus compañeros heridos. Emilio dio la orden de coger los escudos y embrazar el primero de los dos *pila* a disposición de cada hombre. Solo entonces entró en la formación, se volvió hacia el enemigo y dio la orden de atacar.

Una nube de miles de *pila* se alzó de toda la línea de la formación en el mismo instante, dibujando una parábola que parecía no tener fin. Las lanzas permanecieron inmóviles, suspendidas en el cielo durante unos instantes; luego las pesadas y aguzadas puntas volvieron hacia el suelo, atravesando todo lo que encontraban en su trayectoria y penetrando los escudos. Los hombres que caían obstaculizaban a los que llegaban atrás. Muchos se vieron obligados a desembarazarse del escudo, porque la punta de metal del *pilum*, después de haber traspasado la madera, se había doblado, convirtiendo el arma defensiva en una pesada carga. La primera fila de la Décima se agachó y dejó que la segunda línea lanzara sus *pila*. Los britanos respondieron con sus lanzas, pero el tiro, discontinuo y poco coordinado, fue desviado por los pesados escudos de la legión.

—*Pila iacete!*[22]

La primera línea, otra vez de pie, arrojó una segunda oleada de *pila* sobre los enemigos, los cuales, exhaustos por la carrera por el terreno descubierto, aún no se habían recuperado. A tan breve distancia fueron diezmados en gran número.

—*Gladium stringete! Impetus!*[23]

Con un grito de guerra Emilio saltó hacia delante, junto con toda la línea de la Primera Cohorte. Los soldados desenvainaron el gladio y lanzaron el alarido de la Décima, recorriendo en formación el breve espacio que los separaba de los enemigos, que ya habían perdido el impulso de la carrera. Antes del choque, Lucio vio los ojos desencajados de un bárbaro y leyó en ellos el horror que le inspiraban aquellos miles de escudos rojos que avanzaban. Luego, el choque, el clamor de centenares de armas y corazas que se estrellaban entre sí. Los alaridos de los hombres, la confusión, el estruendo de miles de individuos deseosos de matar, el olor de miles de cuerpos en la contienda: la batalla.

En el primer contacto hubo una breve resistencia, aunque la mayor parte de los enemigos estaba sin escudo y carecía de coordinación. Algunos britanos combatían como leones, pero luego, en cuanto les faltaba el aliento, de la línea de los escudos romanos asomaba una espada que les golpeaba el rostro o el costado. En poco tiempo la confusión se adueñó de la línea enemiga y cuando los guerreros de las primeras filas se dieron cuenta de que estaban atrapados por sus mismos compañeros que, presionando desde atrás, los empujaban contra los escudos de la legión, el desorden se convirtió en pánico.

El combate se transformó entonces en una especie de furiosa carnicería. Los legionarios golpeaban la espalda de los britanos puestos en fuga. Pronto el terreno se volvió blando y viscoso bajo sus botas: estaban avanzando sobre una alfombra de bárbaros caídos, las espadas se manchaban de sangre y los brazos empezaban a acusar el peso de la fatiga. Varios romanos tropezaban con sus mismas víctimas, agonizantes, corriendo el riesgo de desalinear la primera fila. Inmediatamente eran sostenidos por los hombres de la segunda fila que, sujetándolos por el cinturón, los mantenían alineados.

—¡Golpead! ¡Golpead en el vientre! —aullaba Emilio.

Lucio sentía que la hoja de su gladio se abría paso en el costado de su víctima y, en medio de la confusión, percibía su grito. Entonces giraba velozmente la espada para abrir la herida y la retiraba, antes de buscar otro blanco. El hombre caía y el aquilífero trataba de evitar pisarlo, para no perder el equilibrio, consciente de que la segunda fila que avanzaba detrás de él terminaría el trabajo. Era la mecánica de un ejército experimentado, con poca emoción y mucha técnica. Para vencer no era preciso ser altos y valientes. Solo era necesario estar adiestrados.

La poderosa voz de Emilio acudió en ayuda de los cansados hombres de la primera fila:

—*Mutatio!*[24]

Los hombres de la segunda fila entraron en acción, cada uno tirando hacia atrás al camarada que estaba delante de él. La primera fila pasó a ser la tercera, para recuperar el aliento. Ni siquiera fue menester que la segunda línea agotase sus energías, porque poco después la masa enemiga cedió y se dispersó, huyendo en todas direcciones. Máximo Voreno, el *optio* que se encontraba en primera fila, ordenó que avanzaran a la carrera manteniendo la formación. Los hombres saltaron hacia delante persiguiendo a los britanos, como una manada de lobos atacando un rebaño. Atravesaron a la carrera un tramo salpicado de flechas, escudos, yelmos, heridos y muertos para luego remontar la ladera de una colina, arrollando a los guerreros exhaustos que no eran capaces de mantener el ritmo.

En la cima del cerro, Máximo ordenó que la centuria se detuviera para realinear las filas y esperar la llegada de la Segunda Cohorte, que había permanecido atrás. Se situó delante de los hombres con el rostro congestionado, sudando profusamente por debajo del yelmo. Brazo, espada y escudo brillaban, pintados de rojo bermellón. El *optio* comprobó que las filas estuvieran intactas y buscó posibles agujeros en las líneas, sin encontrarlos. Poco después también Emilio, jadeante, lo alcanzó y tomó el mando. Algunos legionarios se arrodillaron en el suelo sin aliento, mientras que otros, con la mano en el estómago, se apoyaban ya agotados en el escudo. Lucio buscó con la mirada a su joven ayudante y lo encontró, sonriente y sucio de sangre, con el escudo roto en varios puntos; finalmente había librado su primera y anhelada batalla, y parecía haber salido ileso. En aquel momento, a su izquierda vieron desfilar al galope a unos quince jinetes galos de Comio, lanzados a la persecución de los britanos.

El centurión miró en todas direcciones. Los bárbaros ya estaban reducidos a fugitivos aislados y, abandonadas las armas, corrían en desbandada en un intento de huir de las espadas de la legión. Era inútil continuar la persecución. A los pies del collado, cerca de un curso de agua que bordeaba un bosque de encinas, había una granja con varias cabañas circulares con techos de paja y un conjunto de recintos para el ganado. Emilio la señaló con la punta de la espada:

—¡Adelante, a paso rápido!

Cuando los soldados llegaron a la granja, el primípilo dio la orden de prenderle fuego. Los hombres, exhaustos y enfurecidos, se abandonaron al saqueo con una rabia inaudita, aunque la presa se reveló bastante miserable. Dos cuerpos sin vida fueron arrastrados fuera de las viviendas desiertas y arrojados a los pies del centurión. Alguien había llegado antes, matando a quienes se habían encontrado en el lugar y arrasando con todo. Habían quedado los animales de corral y una serie de jaulas llenas de conejos y pollos, en una caseta aún incólume.

Volviendo la mirada hacia el camino que se adentraba en el bosque, Lucio reconoció el carro del mercader con el que había hablado el primer día, en el campamento. Se acercó a Valerio y una decena de soldados. El carro estaba descubierto y volcado de costado; el cadáver del mercader yacía a poca distancia. El cajón estaba vacío; entre la hierba estaban esparcidos sacos de semillas rasgados, algunos utensilios de herrero y las cadenas que Lucio había visto en las muñecas de las dos esclavas. Las cadenas estaban rotas, pero no había ni rastro de las dos mujeres.

—¿Debemos prenderle fuego? —preguntó Valerio.

—No importa. Volvamos con los demás, aquí no hay nada.

En ese momento, oyeron unos rumores provenientes del bosque. Los legionarios se pusieron de inmediato en posición defensiva junto al carro y Valerio silbó para llamar la atención del resto de la centuria, que permanecía en la granja. El crujido de las matas y el rumor de las ramas que se partían bajo unos pasos pesados se aproximaban a ellos. A lo lejos, un grupo de legionarios capitaneados por Emilio ya estaba corriendo en su apoyo, cuando desde la vegetación salieron, uno tras otro, cinco jinetes galos, con sus corceles al paso. El primero de la fila les hizo señas de que todo estaba en orden.

Un sexto jinete salió del follaje, llevando a alguien atravesado sobre el caballo.

Era la muchacha de pelo color de fuego que Lucio había visto en el carro del mercader. La joven se debatía, tratando de liberarse, pero tenía las manos y los pies atados y era sostenida firmemente por el jinete, que en cuanto vio a Lucio tiró de las riendas de su caballo y se detuvo. Era Grannus. Lucio no había vuelto a verlo desde aquel día en la Puerta Pretoria. El galo silbó algo entre dientes, observándolo; luego escupió al suelo.

—¿Este es el famoso primo del rey Comio? —murmuró Valerio, mientras Emilio y los demás lo alcanzaban.

—Sí, es él. Pero si sigue así no llegará a la Galia —refunfuñó Lucio—. Al menos, vivo.

—Cálmate, no es el momento. Hay otros cinco —dijo el centurión que, en cuanto llegó, intuyó de inmediato sus intenciones. Grannus saludó respetuosamente a Emilio, luego dio una palmada en el hombro y se alejó.

—Voy a ver qué estaban haciendo allí dentro.

El aquilífero entró en el bosque, seguido por Emilio, Valerio y un par de legionarios. Bastaron pocos pasos entre la densa vegetación para encontrar el cuerpo de la otra mujer. Estaba desnuda, el cuerpo pálido manchado de tierra. El rostro, ya inmóvil, estaba contraído en una horrible mueca, que contaba el terror y la desesperada defensa de sus últimos instantes de vida. Un súbito crujido entre las matas los puso en guardia. Lucio y sus compañeros se adentraron en silencio en el boscaje dejando a los dos legionarios cerca del cuerpo de la muchacha. El aquilífero apartó una mata de zarzas, mientras los otros dos permanecían dispuestos a golpear cualquier cosa que se pusiera por delante. Las espadas se detuvieron a un palmo del rostro de un niño en brazos de su madre, que le tapaba la boca. Las miradas aterrorizadas y llorosas de la mujer y del pequeño recayeron en los tres hombres cuyos ojos brillaban excitados y punzantes como navajas bajo los yelmos. La afanosa respiración de la mujer se mezclaba con los sollozos sofocados del crío.

—Vámonos —dijo Emilio.

Valerio envainó el arma y Lucio dejó que la mata volviera a cubrirlos con su exiguo amparo. Los tres se alejaron en silencio, con la conciencia limpia de todos los cadáveres que habían dejado a sus espaldas hasta ese momento.

—¿Habéis visto a alguien, *centurio*? —dijo uno de los dos legionarios que habían permanecido custodiando el cuerpo de la mujer.

—Una falsa alarma, habrá sido algún animal salvaje —respondió Emilio, imperturbable—. ¿Y en cuanto a ella?

—Nada que hacer —respondió el soldado—. Pero ¿qué necesidad había de dejarla así? ¡Que los dioses los maldigan! Nos hubiéramos podido divertir un poco también nosotros.

Los tres miraron al legionario en silencio. La guerra también era eso.

Un destello de humanidad llegó de aquel que a simple vista parecía tener menos. El robusto Valerio levantó en brazos el cuerpo inanimado.

—Llevémosla junto al carro, alguien la verá. Si la dejamos aquí, los animales la devorarán.

Emilio miró de arriba abajo al legionario que acababa de hablar:

—Tú, ve a cavar una fosa.

IX

Soltad amarras

El rumor de las tablas del embarcadero que crujían bajo nuestros pasos era música para los oídos de Breno. A él le brillaban los ojos, a mí se me revolvía el estómago. De vuelta de la visita al promontorio, estábamos subiendo a bordo de la nave amarrada, disponiéndonos para la partida.

A nuestra llegada, la tripulación, que en ausencia del amo había holgazaneado, volvió al trabajo. Breno dio unas palmadas para llamar su atención y luego comenzó a impartir órdenes a sus sirvientes, que se apresuraron a ir a sus puestos. Enseguida comencé a advertir la oscilación de la embarcación, así que me senté en uno de los cojines, mientras se cargaban los últimos sacos bajo la mirada vigilante del amo.

—Pareces un centurión, Breno.

El mercader se volvió hacia mí con una sonrisa.

—Malditos sean, debería azotarlos hasta desollarlos. Mira aquí, esto ya tendría que estar a bordo.

Uno de sus sirvientes le ofreció una copa de vino, quizá para calmarlo un poco, e inmediatamente me dio una también a mí. Levanté el vaso hacia Breno, que hizo lo mismo, antes de bebérselo en dos sorbos.

—Tendremos una buena navegación, Romano, no podíamos desear un viento mejor.

—Esta me parece verdaderamente una promesa de marinero. ¿Cómo estás tan seguro, si aquí el tiempo cambia continuamente?

Breno sonrió con aire astuto.

—También tú debes fiarte de alguien, Romano. Llevo toda la vida viajando por el océano, conozco las mareas y sé interpretar el vuelo de las gaviotas. Basándome en la estación del año consigo prever si un viento puede ser o no favorable. ¿Crees que me apetece perder mi nave y toda su carga? Llegarás a destino sano y salvo, ¡tienes mi palabra!

Bebí un sorbo con la mirada perdida, sin contradecirlo. Breno se sentó a mi lado.

—¿En qué estás pensando, Romano?

—En lo que acabas de mencionar, la palabra de honor. Me he pasado la vida jurando sobre mi honor y por el honor estoy aquí. —Suspiré—. No porque sea el único que ha querido cumplir su juramento, sino porque soy el único superviviente.

—Quizá los dioses te estén agradecidos por algo que has hecho y te concedan una larga vida.

Pedí que me llenaran nuevamente el vaso.

—Si pienso en lo que estoy haciendo, más bien parece que se han olvidado de mí.

—¿Hablas de este viaje a Britania?

Lo bebí todo de un trago.

—No, pensaba en la decisión de proseguir contigo, por mar.

En ese momento la nave se movió. Los marineros soltaron los cabos y empujaron con los remos para apartarse del muelle. El barco se dirigió mar adentro y Breno me increpó con algunas palabras de un dialecto incomprensible. Confié en que fueran palabras de buen augurio.

El viaje había empezado.

X

Galia

55 a. C.

Al grito de «soltad amarras» del piloto se elevaron los vítores de alegría y aplausos, mientras las vela se tendía acogiendo en su panza los vientos propicios que habían de devolver al ejército a la Galia. La Primera Cohorte de la Décima Legión había sido la primera en tocar tierra y la última en salir al mar, junto con César, que para regresar había querido la compañía de los más valientes de los valientes. Ninguno de ellos había de recordar aquella travesía, porque todos ellos se durmieron como troncos en cuanto pusieron el pie en la galera.

La imagen que les quedó impresa, en cambio, fue la de la llegada a Puerto Icio. La jornada era límpida, el mar calmo y a lo lejos se divisaban cúmulos blancos e inmóviles en el cielo terso. Tres legiones y el contingente de caballería que no habían conseguido llegar a Britania estaban esperando el regreso de la expedición. Los yelmos resplandecientes y las corazas lustradas brillaban a lo largo de todo el amarradero. Las trompetas resonaron al unísono cuando la gran galera de César atracó en el puerto. Los soldados acogieron a las dos legiones que descendían de las naves presentando armas y honores, aunque muchos de ellos, sucios y harapientos, parecían más náufragos que combatientes victoriosos. Sin demasiadas ceremonias, llevando aún el uniforme de batalla del día anterior, el procónsul descendió siguiendo al águila de la

Décima, detrás de la cual se habían colocado todas las demás enseñas. Aclamaciones e himnos acompañaron el trayecto hasta el campamento fortificado y el camino pareció casi una marcha triunfal, hasta el punto de que los cordones de legionarios abrían el camino para mantener alejada a la multitud de curiosos. Algunos britanos encadenados seguían a la caballería, que hacía de escolta de honor detrás de las enseñas y de los tribunos. La legión marchaba en formación a paso militar, seguida por las acémilas con el equipaje, el exiguo botín y todos los pertrechos.

La Décima y la Séptima se acomodarían provisionalmente fuera de la ciudad, a la espera del destino para el cuartel de invierno. Avanzada la tarde, los tribunos establecieron con los prefectos de campo el lugar para el campamento y los hombres comenzaron a descargar de los mulos el material para montar las tiendas. La caballería había vuelto a partir de inmediato, pero nadie pensó en ella.

En cuanto su tienda estuvo alzada, Lucio entró en ella para quitarse finalmente la cota de malla y la piel de oso, ya agrisada por la sal y el polvo. Solo deseaba lavarse, comer y dormir tranquilo al menos algunas horas. Pero su deseo quedó frustrado en cuanto Emilio abrió la entrada de la tienda.

—Me he reunido con el legado Labieno[25] —dijo el centurión—, y las noticias son pésimas.

El aquilífero lo miró, con el cinturón aún en la mano.

—¿No podemos dejarlas para mañana?

Emilio rio sin alegría.

—Mañana a esta hora estaremos en tierras de los morinos para apaciguar una revuelta. Se han alzado de nuevo en guerra contra nosotros.

—¿Qué ha sucedido?

—Dos onerarias de la Séptima han perdido el rumbo esta noche y han sido empujadas hacia el sur. Cuando finalmente han tocado tierra, nuestros soldados han sido asaltados por guerreros morinos.

Lucio inspiró profundamente antes de hablar:

—¿No habíamos resuelto el problema de los morinos el año pasado? Habían huido a los pantanos, si mal no recuerdo.

—Quizá les haya atraído la posibilidad de vengarse y conseguir fácilmente un buen botín. Los nuestros eran pocos, unos trescientos en total, incluidos los atrebates de Comio.

—Nuestros jinetes amigos, ¿eh?

—Sí, estaban embarcados en una de las naves. Fue precisamente nuestro buen Grannus quien consiguió huir y dar la noticia en Puerto Icio.

—¿Por eso nuestra caballería ha partido al galope, hoy por la tarde?

—Claro. Mañana los alcanzaremos y estableceremos allí nuestro cuartel de invierno.

Emilio se inclinó y con la daga comenzó a trazar un mapa sobre la tierra.

—La disposición del ejército para el invierno es bastante extraña...

Lucio se acercó, iluminando el terreno con la lámpara de aceite. El primípilo trazaba nerviosamente signos sobre el polvo.

—Por tanto, tres legiones han sido desplazadas a las tierras de los belgas,[26] a poca distancia entre sí y dispuestas en las proximidades de la desembocadura del río Secuana,[27] bastante al sur de Puerto Icio. —Trazó dos cruces a lo largo de la costa, al norte de Puerto Icio—. Estos somos nosotros: la Décima y la Séptima, y estaremos en las tierras de los morinos con la orden de someterlos a sangre y fuego. —Dibujó luego una cruz al sur—. Una legión está volviendo del país de los menapios,[28] donde ha apaciguado una revuelta, y se establecerá aquí.

Lucio hizo un par de cálculos.

—Falta una legión.

—Cierto, la Novena. Ellos vigilarán Puerto Icio.

El aquilífero examinó el rudimentario mapa y observó de inmediato que todo el ejército estaba emplazado ante el *oceanus*, en las inmediaciones de grandes ríos o directamente sobre el mar.

Miró al centurión.

—Quieres decir que habrá una nueva invasión de Britania, ¡y aún más grande! Y a juzgar por estos planes, César ni siquiera se toma la molestia de disimular sus intenciones.

Emilio se levantó y volvió a meter la daga en la funda, después de haberla limpiado en la túnica. También él miró largamente el dibujo.

—Pienso que al procónsul no le ha agradado el comportamiento de los britanos. Sí, ya veo que tendremos que volver a aquellas tierras.

También el aquilífero se levantó.

—De todos modos, no creo que partamos muy pronto. No tenemos naves disponibles para semejante número de soldados y ahora estamos fuera de temporada. El solsticio no está lejos..., así que, *centurio*, ¡disfrutemos del invierno!

Al día siguiente, la Décima salió a marchas forzadas hacia el norte, manteniendo el *oceanus* a la izquierda hasta las tierras de los morinos. Allí encontraron a las dos centurias de la Séptima que habían sostenido el ataque de los bárbaros. La intervención de la caballería había puesto de inmediato en fuga a los galos y ahora le correspondía a la legión establecer una fortificación invernal e imponer la *pax romana*. En cuanto hallaron una ensenada que podía servir de puerto provisional, los oficiales comenzaron a delinear los confines del campamento donde pasarían el invierno. Se eligió una posición estratégica cerca de un gran bosque de encinas, que proporcionaría una buena cantidad de madera. Como siempre, después de la marcha, los hombres se desprendieron de armas y corazas, que sustituyeron por palas y cestos de mimbre para cavar el foso del campamento, siguiendo atentamente las instrucciones del prefecto. Lucio y Emilio dejaron que se ocupara Máximo y fueron a informarse sobre el enfrentamiento del día anterior. Encontraron al centurión Quinto Lucanio, uno de los hombres de la Séptima que habían contenido el asalto.

—¿Siempre trabajando, centurión?

—*Aquilifer*, veo que nuestros destinos están ligados —dijo, sorbiendo agua de un ánfora—, salvo en la jornada de ayer.

—¿Estabas en una de las dos naves que han perdido el rumbo?

—Tercera Cohorte, Séptima Legión; sí, estaba en una de esas naves —dijo Quinto Lucanio, apretando una mano herida con una mueca de dolor.

—¿Qué ocurrió exactamente?

—Al alba nos percatamos de que estábamos solos y que no había manera de cambiar de rumbo. El viento nos empujó hacia el norte, a una ensenada detrás de aquellas colinas de allí. Cuando enfilamos hacia la orilla las naves quedaron varadas y nos vimos obligados a abandonarlas. Tardamos bastante en desembarcar, porque solo teníamos tres chalupas y debíamos llevar a tierra también el equipaje y los caballos de los galos.

Emilio hizo un gesto de rabia.

—¡Esos bastardos...! Además de los caballos, se han traído también esclavos de Britania.

—Sí, pero aquí se perdió casi todo. Una ola inclinó la nave y la mayor parte de la carga acabó en el mar, junto con los caballos y los esclavos. —Hizo otra mueca de dolor. Debía de haber recibido un feo golpe en los nudillos, porque tenía la mano muy hinchada. Lucio le vertió encima agua fresca, mientras el centurión proseguía—: Algunos galos se arrojaron al mar para recuperar los caballos; ya sabéis que son capaces de hacer lo que sea por un animal hermoso. La corriente y las olas se llevaron a algunos, pero cinco o seis consiguieron alcanzar la orilla.

—Y entre ellos estaba Grannus —dijo Lucio.

—Sí, por desgracia ese energúmeno no se ha ahogado —añadió Lucanio—. Deberíais haber visto cómo vociferaba, porque quería volver a coger el botín de la oneraria. Solo que luego llegaron los morinos y él partió al galope, con aquellos que habían conseguido salvar las monturas.

—¿Y Comio? —preguntó Emilio.

—Comio no estaba con nosotros, solo teníamos una decena de caballos con sus respectivos jinetes.

—Continúa —dijo Lucio, mientras le vendaba la mano como mejor podía.

—Al principio los morinos eran pocos. Un mensajero pidió hablar con el comandante y, dado que el más viejo era yo, escuché lo que tenía que decirme. Me pidió todas las armas y la carga, si quería seguir vivo.

—¿Qué le respondiste?

—Que viniera a cogerlas, si quería. Luego le apunté con el gladio a la garganta y lo tomé prisionero. Los de su escolta se opusieron y mis hombres los liquidaron. Llegué rápidamente a una altura, dispuse a los hombres en círculo y organicé la defensa. Después de cuatro horas de asalto fuimos salvados por la caballería. No habríamos resistido mucho más.

Emilio puso una mano sobre el hombro del centurión.

—Este hombre se convertirá pronto en primípilo, Lucio.

—Luego, dirigiéndose de nuevo a Quinto, añadió—: ¿Hemos sufrido muchas bajas?

—No, entre los nuestros no muchas. Varios heridos, pero solo ocho caídos. Hablo de la Séptima, porque de los pilotos y de los galos no sé nada. En la prisa por alcanzar una posición defendible los dejamos a todos atrás, marineros, equipaje, un par de mercaderes y los esclavos. Pero esos probablemente se habrán ahogado, no podían nadar con cadenas.

—Si lo pensáis bien —dijo Lucio—, todos nuestros problemas en esta expedición han sido causados por los vientos y la flota. Los enemigos no están en condiciones de combatirnos, pero nosotros no estamos en condiciones de afrontar el mar.

Emilio asintió.

—Cuando estábamos en Britania, oí que algunos tribunos hablaban del proyecto de un nuevo tipo de oneraria. Parece que es una nave mucho más ancha y baja que las usadas ahora para las mercancías, a fin de proporcionar a la nave mayor estabilidad y favorecer las operaciones de embarque y desembarco.

—Pero siempre estaremos a merced del mar y de los vientos.

—No, Lucio, el bajo calado tiene muchas ventajas. Para empezar, las naves podrían llegar prácticamente hasta pocos pies de la playa y quizás incluso desembarcar a los hombres directamente sobre la rompiente. Luego sería más fácil vararlas, y gracias a los mamparos más bajos podrían estar provistas de una fila de remos, maniobrados por los soldados de a bordo, sin por eso renunciar a la vela.

—Por tanto, se reducirían los problemas debidos al viento y a las corrientes —intervino Quinto.

—Parece una buena idea, veremos si es realizable —concluyó Lucio.

—Creo que lo sabremos muy pronto —dijo Emilio—, porque será el ejército el que va a construirlas. Veréis, este invierno no tendremos modo de aburrirnos.

Las previsiones de Emilio se revelaron exactas. En los días sucesivos el cuartel de invierno tomó rápidamente forma. Más de diez mil hombres se dedicaron a la construcción del gran campamento, rodeado de valla, terraplén, empalizada y torres. Las tiendas fueron sustituidas por alojamientos en madera y el *principium* que custodiaba las enseñas, en el centro del campamento, fue erigido en piedra. El granero, finalmente bien abastecido, se construyó en un plano elevado respecto del terreno, con el propósito de proteger las reservas de comida de la humedad y de la lluvia.

Entre tanto, fuera del campamento iban llegando todos los personajes que siempre seguían a las legiones: familiares, concubinas, mercaderes, sirvientes y traficantes de todo tipo, y naturalmente también prostitutas. En torno a algunos campamentos permanentes de la Galia Narbonense y de la Provincia habían surgido ciudades enteras, con barracas y tiendas izadas por los mercaderes junto a los carros. A menudo el ejército alargaba el perímetro de la empalizada defensiva hasta abrazar a estos grupos de casuchas, llamadas *canabae*, para protegerlas de eventuales ataques. Si faltaba el tiempo para ello, eran arrasadas para que no dieran refugio a los enemigos. De todos modos, en nuestro caso no era oportuno que lo hiciéramos, porque sabíamos que no estaríamos allí más de un invierno.

César acababa de dejar la Galia y, como era su costumbre, se había dirigido a Italia, donde permanecería hasta la primavera. Antes de partir había dado disposiciones muy precisas a los comandantes de legión, ordenando la construcción del mayor número posible de naves del nuevo tipo. Después de la botadura y las pruebas de navegación, las nuevas naves debían permanecer varadas cerca de los cuarteles de invierno, hasta nueva orden. Naturalmente había que poner a cubierto y, si era necesario, también acomodar los navíos de la vieja flota, anclados en Puerto Icio. El mensaje era claro: con la llegada de la primavera las legiones volverían a Britania, a bordo de la mayor flota militar de todos los tiempos. Abundaba la madera disponible, pero las jarcias y el bronce aún debían llegar de Hispania. Entonces los comandantes decidieron amontonar la mayor cantidad posible de leña y comenzar a reparar, entre tanto, las dos naves varadas unos diez días antes.

La expedición para la recuperación de las dos naves partió en la primera y fría jornada otoñal. El grupo, capitaneado por el primípilo, formaba parte de una de las dos cohortes que debían ocuparse de recuperar el equipaje y, si era posible, volver a echar a la mar las onerarias. La caballería de escolta había salido de reconocimiento. Cuando Emilio y los suyos llegaron al lugar, vieron a dos jinetes que escoltaban a un prisionero atado. Valerio fue el primero en reconocer al hombre que caminaba delante de las puntas de las lanzas de los dos soldados y pidió confirmación a Emilio:

—Pero ¿ese no es Bituito?

El centurión aguzó la mirada y estalló en carcajadas.

—¡Por Júpiter, es verdad, es el intérprete! Vamos a ver.

En cuanto reconoció a Lucio, el mercader se lanzó suplicante a sus pies, implorando desesperadamente que le perdonara la vida.

—¿Qué ha hecho? —preguntó Emilio a los dos jinetes.

—Lo hemos encontrado robando el equipaje que había quedado en las naves.

—Ah, nos las vemos con alguien que roba al ejército. Bien, habéis hecho un buen trabajo, podéis marcharos. Tomo en consigna al prisionero —dijo el centurión, despidiendo a los dos soldados en tono imperioso. Al principio los jinetes vacilaron, pero ante el primípilo de la Décima obedecieron.

Emilio miró a Bituito.

—Así que eres un ladronzuelo, ¿eh?

—No, no, mi señor, te lo ruego, te lo suplico, pensaba devolver el equipaje al campamento, lo juro; hace años que comercio con las legiones, cómo podría esperar vivir sin vuestra generosidad —dijo entre sollozos, aferrándose a las rodillas del centurión.

Emilio le apoyó el bastón de vid bajo el mentón.

—Quiero que traigas aquí todo lo que has cogido de las naves. Entre tanto haré rastrear la zona y si encuentro un solo clavo del ejército antes del atardecer, te haré crucificar aquí mismo.

El mercader lo miró con los ojos llenos de terror.

—Mi señor, hay una gruta cerca de aquí, es allí donde estaba metiendo todo lo que he encontrado. —Tragó saliva—. A la espera de restituíroslo, claro. Te lo suplico, es la verdad. —Dicho esto, el prisionero se dirigió a Lucio—: Aquilífero, por favor, estoy diciendo la verdad. Además, he encontrado algo que seguramente os interesará. Os lo devuelvo todo, pero dejadme marchar.

Emilio decidió creerle. Ordenó a Valerio que reuniera un manípulo de hombres con un carro y poco después se encaminaron hacia el interior, dejando a sus espaldas la bahía y la Primera Cohorte, que había comenzado a trabajar en la nave varada. Muy pronto el terreno se hizo impracticable y la comitiva se adentró en un bosque cada vez más denso, que impedía que el carro los siguiera fácilmente. De repente, el mercader salió del sendero, trepando por la cuesta escarpada. Allí les señaló la entrada de una gruta, bien escondida por la vegetación.

El primípilo se detuvo en la boca de la caverna, desenvainó el gladio y miró a la cara al mercader.

—Nada de bromas o serás el primero en morir.

Ordenó a algunos legionarios que montaran guardia en el acceso a la gruta, luego pinchó la espalda del mercader y le ordenó que entrara. Después de pocos pasos, la luz se atenuó hasta desaparecer, y en las vísceras del monte solo cupo percibir el rumor de los pasos. De pronto, en la oscuridad, Lucio vislumbró el inconfundible brillo de unos ojos que lo observaban.

Con un salto fulminante se lanzó contra aquella sombra, echándola al suelo. Después de un momento de confusión y algunos gritos, Valerio los alcanzó con una antorcha improvisada que acababa de encender y comenzó a escrutar el interior de la gruta. En el resplandor de la llama, Lucio reconoció de inmediato la mirada de la persona que tenía apresada contra el suelo. Una mirada que por un instante lo dejó subyugado.

El destino le llevaba de nuevo a la mujer de cabello cobrizo.

Los hombres se habían dispersado por la gruta a la luz de la llama y la estaban registrando. Emilio se encontraba inclinado sobre Bituito: en el momento de confusión, por instinto, el primípilo había hundido la espada. El centurión permaneció encorvado con la cabeza entre las manos, en silencio, luego dijo a los hombres que lo sacaran todo fuera. Al fondo de la caverna había sacos y equipajes del ejército.

Lucio ayudó a la mujer a levantarse y pasó al lado de Emilio, apoyándole una mano en el hombro.

—Ven, *centurio*, salgamos de aquí.

Emilio, inclinado junto al cuerpo del mercader, no respondió. Bituito había dejado de respirar.

Lucio apartó el follaje que obstruía la entrada de la gruta y salió al aire libre, a la deslumbrante luz, que le permitió observar el exhausto y enflaquecido rostro de la mujer. Estaba sucia, con el rostro ennegrecido y los labios cortados, violáceos de frío. Bajo sus gastados harapos su cuerpo se estremecía, y la mirada orgullosa que Lucio recordaba se había perdido en el vacío. No era un espectáculo nuevo para Lucio. Ya había visto a prisioneros, grandes y arrogantes guerreros encerrados en recintos donde se transformaban en andrajosos seres apenas humanos, en pasiva espera de su destino. Había visto a la flor y nata de los pueblos reducidos de aquel modo, pero esta vez sintió el corazón en un puño. Se quitó la capa para echársela a la mujer sobre los hombros, hizo traer agua e intentó dársela con un cucharón. Ella la tragó ávidamente, pero se derramó encima más de la mitad.

—Escúchame... ¿Me entiendes? Ahora te desataré las manos... No me gastarás una mala pasada, ¿verdad?

Lucio sacó la daga y cortó la cuerda, liberando las muñecas despellejadas. La mujer se agarró al cucharón bebiendo el agua de un sorbo.

Emilio salió de la gruta con la mirada ceñuda y rugió una orden tajante a los hombres:

—¡Deprisa con esos equipajes, volvemos a la playa! —Luego se fijó en la mujer y se detuvo a mirarla de arriba abajo—: Hazla subir al carro.

Lucio asintió, envainó la daga y la cogió del brazo, pasando por delante del centurión para alcanzar el vehículo, donde los soldados estaban acabando de cargar los últimos sacos. Emilio lo detuvo con una mirada severa:

—Debes atarla, Lucio.

—Venga, primípilo, ¿no ves en qué condiciones está?

—¡Átala! —repitió el otro apretando los labios—. Mientras nadie la reclame o el comandante no decida su destino, esta mujer es prisionera del ejército.

Lucio ejecutó la orden, recuperó la cuerda recién cortada y la ató de nuevo, con las manos sobre el vientre en vez de en la espalda. La britana permaneció impasible.

—Al ejército nunca le ha interesado esta mujer —dijo Lucio, vuelto hacia el centurión—. Primero la ha dejado encadenada a aquel mercader y luego al galo. —Apretó el nudo sin exagerar—. No tiene ningún valor como prisionera y si debe convertirse en la concubina de algún gordo cuestor o de algún pomposo legado, tanto da que sea la mía.

El centurión cogió el destello de desafío en la mirada del aquilífero y asintió.

—Habla con Labieno, estoy seguro de que te la cederá a un buen precio. Pero hasta ese momento no puedes reivindicar ningún derecho sobre ella.

Lucio condujo a la mujer al carro, entre los refunfuños más o menos explícitos de la tropa. A una orden de Emilio, el vehículo se movió seguido por los soldados. En el camino de regreso el primípilo se acercó a Lucio. Primero le habló de generalidades, el campamento de invierno, las nuevas naves. Luego fue directo al grano:

—¿Qué piensas hacer con esa mujer, Lucio?

—Aún no lo sé, pero sé que la quiero.

—Sabes que estas cosas no están bien vistas —dijo en voz baja al centurión. Señaló el carro con el bastón de vid—. Si se trata de un par de noches se podría hacer la vista gorda. Pero si pasa de eso, muchos se darían cuenta y podría haber problemas.

—¿Por qué te preocupas tanto, centurión?

Antes de responder, Emilio se acercó y bajó la voz.

—Hazme caso, te estás metiendo una leona en casa. Y, por

añadidura, es una leona que ya ha escapado de un amo muy peligroso.

—¿Te refieres al galo? ¿A Grannus?

—Sí, a él y a su poderoso primo.

—Venga, primípilo, ¿qué puede sucederme? No se la he robado a nadie, la he encontrado y quiero rescatarla. Eso es todo.

—Así sea. Haz lo que te parezca.

XI

Gwynith

El último rayo del frío sol otoñal se deslizaba fuera de la empalizada del recinto de los prisioneros cuando un guardia entró, se acercó a ella y, sin demasiados cumplidos, la agarró por el brazo para conducirla a la entrada, donde vio al soldado cubierto por la piel de oso. Al lado estaba un centurión que estudiaba un papiro. Los dos hablaron un poco entre sí hasta que el oficial hizo una seña al guardia, quien la empujó hacia el soldado con la piel. La mujer no se sintió en absoluto tranquila ante su presencia. Aquel hombre le parecía el menos malo de todos los que había visto hasta entonces, pero seguía siendo un romano, y ella, después de lo que había pasado, solo tenía un deseo: huir o morir.

Lucio recorrió las filas de los alojamientos de los soldados manteniéndola a su lado, sujetándola del brazo. No había sido un trámite rápido, pero al final, engrasando los engranajes adecuados, la había rescatado de Tito Labieno y ahora podía hacer lo que quisiera.

Quinto se quedó boquiabierto al verlos pasar. Tiberio los siguió con la mirada y, en cuanto la pareja traspuso el umbral del alojamiento de Lucio, sonrió.

—Tráeme la cena a mi alojamiento, Quinto —dijo el aquilífero antes de desaparecer en el interior de la estancia, bañada por la luz anaranjada de una lámpara de aceite.

La mujer miró a su alrededor con cautela, lanzando ojeadas espantadas a su nuevo verdugo. La voz de Quinto pidiendo permiso para entrar con la cena la sacudió. El hombre con la piel de oso fue al encuentro del recién llegado, ayudándolo a disponer sobre la pequeña mesa algunas escudillas, una horma de pan y un ánfora. Un joven soldado con una amplia sonrisa estampada en el rostro entró al alojamiento, sosteniendo un pequeño caldero de bronce del que emanaba un rico aroma de comida.

—Muchacho, ¿quieres que te asigne al servicio de guardia para las próximas noches?

El muchacho se puso firme.

—Yo... No, señor.

—Bien, entonces ya puedes ir quitándote esa estúpida expresión de la cara.

—Sí, señor.

—Recuerda que me corresponde a mí decidir si puedes convertirte en un *immunis*.[29]

—¿Se necesita algo más? —preguntó Quinto.

—No, gracias. Podéis marcharos —respondió Lucio. Se volvió y vio que en la mesa faltaba un tazón. La mujer se había acurrucado en el suelo y comía ávidamente de la escudilla con las manos—. Buen provecho —le dijo, vertiendo un poco de vino, sin quitarle los ojos de encima—. ¿Quieres?

Le mostró la jarra, pero no obtuvo respuesta. Se acercó y le ofreció un trozo de la hogaza, que ella cogió con los dedos untados por la salsa del estofado.

—Puedes sentarte a la mesa —dijo él, señalando una sillita de campamento cerca de la puerta. Tampoco esta vez obtuvo más respuesta que una mirada de reojo, llena de desconfianza.

Consumieron en silencio la cena, intercambiando de vez en cuando miradas furtivas; luego Lucio se volvió hacia el brasero que estaba a sus espaldas y avivó el fuego. La estancia empezó a caldearse un tanto: era un pequeño lujo reservado a los oficiales de la legión. Bebió otra jarra de vino, observándola atentamente. Estaba sucia, apestaba y había comido la cena con la vehemencia de un jabalí. Necesitaba un buen baño, pensó. Sintiéndose observada, la mujer se acurrucó, apretándose cada vez más en el rincón, como si quisiera hacerse más pequeña de lo que ya era. Solo entonces Lucio reparó en que aún llevaba la piel de oso y la malla de hierro. Se las quitó bajo la mirada de ella y al final se desató las botas, masajeándose los pies doloridos.

—Mi nombre es Lucio —le dijo, separando las sílabas y señalándose a sí mismo con el pulgar—. ¿Me entiendes? Lucio.

La mujer no respondió más que con la habitual mirada atenta e inquietante que lo arrebataba cada vez más. Le llevó una manta pesada y le señaló la cama:

—Toma, cógela, esa es la mía y no tengo ningún interés en verla infestada de piojos. Por esta noche te acomodarás allí y mañana veremos qué hacer.

La mujer inclinó la cabeza, respondiendo a los gestos y las palabras del aquilífero como un perro que se somete a su amo. Después de cierta vacilación, cogió la manta.

—Ahora puedes ponerte allí —le dijo señalándole la cama, pero ella no se movió de su rincón.

«Claro, yo te hablo, pero tú no entiendes ni una palabra», farfulló para sus adentros, mientras se acercaba al umbral para echar un vistazo fuera. Vio que algunos soldados de guardia estaban parloteando con Quinto y Tiberio, mientras que Valerio y Máximo cenaban en torno al fuego. Lucio cerró la puerta, cogió su manta y se acomodó como pudo sobre las tablas de madera, cerca de las brasas ardientes, añorando su cama vacía a pocos pasos de distancia. Se envolvió en la áspera lana junto con las armas, que había tenido el cuidado de no dejar abandonadas sobre la mesita, e intentó cerrar los ojos sin pensar en ella, sin mirarla, sin decir una palabra, pero al mismo tiempo complacido por su presencia. A lo lejos, en el campamento, un centinela anunció el cambio de la segunda guardia.

Lucio se durmió, exhausto.

Estaba aún oscuro cuando el clamor de las trompetas interrumpió aquel incómodo sueño. Lucio se restregó los ojos y miró de inmediato hacia la cama, que encontró tal y como la había dejado. Ella lo estaba observando, aún acurrucada en el rincón.

—Buenos días. ¿Has dormido bien? —preguntó mascullando las palabras mientras se desperezaba.

No recibió ninguna respuesta, como si los únicos signos de vida provinieran del exterior de su alojamiento, donde el campamento comenzaba a despertarse como todos los días a aquella hora, a pesar de una fastidiosa lluvia otoñal. Quinto golpeó la puerta y trajo una bacinilla de agua, pero aquella mañana Lucio apenas la tocó lo suficiente para enjuagarse el rostro.

La presencia de una mujer en su alojamiento lo incomodaba más que una horda de germanos. Aunque hacía varios días que no se rasuraba la barba decidió que aún podía esperar y, después de mirar una vez más a la cautiva, pensó que tampoco era necesario arreglarse demasiado o cambiarse de túnica. Colocó el *cingulum* sobre la malla de hierro y se puso la pesada capa de lana con capucha que los soldados llamaban *paenula*. Abrió la puerta y se detuvo un instante, vacilando en el umbral; luego se dirigió hacia ella, aún acurrucada en el rincón, como si aquel fuera todo su mundo.

—Si por casualidad entiendes mi lengua —dijo mirándola fijamente a los ojos—, quiero que sepas que te haré traer agua para lavarte y te procuraré una túnica y una capa. Mientras permanezcas aquí, estarás bajo mi protección. No tienes nada que temer, pero no armes jaleo o me veré obligado a mantenerte atada.

Ella continuó mirándolo sin cambiar de expresión, sin una mueca, sin darle la más mínima satisfacción. Sacudiendo la cabeza, el aquilífero salió y cerró la puerta.

Con los pies en el fango, se unió a sus compañeros. Quinto le ofreció una hogaza, que Lucio mordió bajo la fastidiosa llovizna. Entre un mordisco y otro dio a su ayudante las disposiciones para la jornada, casi todas relacionadas con la criatura del interior de la barraca, que debía ser provista de comida y agua caliente. Luego se dirigió al *principium*[30] para el informe matutino.

Una hora más tarde el aquilífero atravesaba la Puerta Decumana al lado de Valerio, escoltando a los *lignatores*,[31] junto a los hombres de la Primera Centuria capitaneados por Máximo y a un pelotón de caballería. Todos los días varios grupos eran enviados a abatir los árboles necesarios para la construcción de las nuevas naves de transporte. Emilio controlaba que los troncos fueran talados y transportados al astillero, donde algunos miles de soldados convertidos en carpinteros trabajaban febrilmente en el nuevo proyecto bajo la dirección de expertos *fabri navales*.[32] A pesar de que los hombres aún estaban esperando el bronce de Hispania, ya habían montado una fragua para fundir el metal y forjar clavos y clavijas. Con el saqueo de los alrededores se habían procurado una gran cantidad de armas, yelmos, corazas y objetos de metal que podían ser fundidos. Algunos forjadores de la región habían sido contratados por el ejército como maestros en la elaboración del hierro y acompañaban a los artesanos romanos expertos en las piezas de bronce de las naves. Por otra parte, aprovechando los vapores que se liberaban en la elaboración de los metales, los soldados doblaban la madera para los mamparos de las naves, y con el permiso de Labieno en los turnos de descanso habían empezado a construir un edificio contiguo, adonde se conduciría el calor del horno a fin de calentar el agua de los baños que se erigirían en breve. Pronto, incluso bajo la nieve, los hombres podrían disfrutar de un cálido baño al final de su turno de trabajo. El invierno ya no se presentaba tan mal.

Lucio paseaba por el borde del boscaje, observando a los hombres ocupados en abatir y limpiar sumariamente los grandes troncos. Elegían los más rectos que, una vez llegados al astillero, se transformarían en largas vigas para el casco de las onerarias, o en mástiles. También las ramas eran amontonadas ordenadamente: las más grandes serían transportadas al astillero y empleadas en las partes internas, los remos y las armas de tiro, o para alimentar los fuegos que ardían perennemente en el horno; las más pequeñas, en cambio, eran llevadas al campamento para hacer flechas, *pila* y otros objetos. Todos los descartes o los pedazos demasiado nudosos terminarían en las fogatas que calentaban a los legionarios.

A lo largo de aquella jornada otoñal el aspecto de la boscosa colina cambió por completo. Centenares de árboles fueron abatidos y el sotobosque quedó limpio de ramas. La caballería se ejercitó en el tiro con arco, cazando animales que intentaban escapar del bosque. Muy pronto, junto a las ramas, se subieron a los carros también algunos ciervos y dos jabalíes. Era casi un pecado tener que levantar las tiendas de aquel lugar en primavera y partir hacia Britania. Ese pensamiento había rozado varias veces la mente del aquilífero, que se esforzaba por expulsarlo. Había tiempo, el invierno no estaba más que en sus inicios: la llovizna que volvía a caer difusa y monótona lo confirmaba.

—¡Santo y seña! —pidió el centinela envuelto en la pesada capa, en la puerta principal del campo.

—*Honor et gloria* —respondió Lucio, con un hatillo bajo el brazo.

La puerta todavía estaba abierta, aunque ya había tocado la primera hora de la guardia.[33] A pesar de la lluvia, numerosos soldados aún estaban haciendo compras o bebiendo una jarra de cerveza después de la dura jornada de trabajo, y los que estaban de guardia tardaban en cerrar los batientes. La lluvia que seguía cayendo incesante había elevado la temperatura y ya no hacía tanto frío como en los días precedentes, pero oscurecía muy pronto y esto permitía que los hombres disfrutaran de un largo período de descanso durante la noche.

—*Ave, aquilifer* —respondió el legionario de guardia. Había identificado desde lejos a su portaestandarte, pero de todas formas había tenido que pedir la consigna, que cambiaba muy a menudo durante los turnos de guardia. De este modo se tenía la certeza de que quien debía entrar o salir del campamento había recibido la autorización de un superior.

Lucio se encaminó por la calle principal hacia su alojamiento, dejando a sus espaldas el confuso vocerío de los legionarios en la posada que había surgido hacía pocos días entre las *canabae*. El interior del campamento era mucho más tranquilo. Los hombres estaban atareados en despachar las últimas ocupaciones de la jornada y algunos jinetes estaban conduciendo los caballos a los establos. Legionarios castigados descargaban los carros de leña y llevaban los bueyes a los recintos. Un herrero acababa de elaborar a golpe de martinete las últimas puntas de *pila*, mientras los demás ya estaban comiendo en sus barracas.

Protegido por la capucha de su capa empapada Lucio recorrió, impaciente, entre fango y charcos, los últimos pasos que lo separaban de ella. Bajo el brazo llevaba las compras que acababa de hacer a Temístocles, el mercader griego que seguía a la Décima desde hacía varios inviernos. También el ateniense, que conocía de vista a Lucio desde hacía bastante tiempo, se sorprendió cuando el aquilífero le pidió un vestuario femenino compuesto por una túnica pesada, un chal de lana gruesa, una capa y unas sandalias de invierno. Lucio se había contenido: su estatus le habría permitido algo mejor para su esposa, pero ella no lo era. Debía ser, o por lo menos parecer, su esclava.

Golpeó con fuerza los pies sobre las tablas delante de los alojamientos para limpiarse el fango y luego miró bajo las suelas, notando que algunos clavos se habían perdido en la marcha.

—Las haré arreglar mañana, *aquilifer* —dijo Quinto, que lo estaba esperando fuera del alojamiento con una capa limpia y seca.

—Gracias, Quinto, a veces me pregunto qué haría sin ti.

—Irías a la batalla mucho más sucio —intervino Valerio con una carcajada, asomándose al umbral del *contubernium* con el torso desnudo, mientras se secaba con un paño.

El rostro de Lucio se iluminó al ver al veterano.

—He aquí el orgullo de nuestra legión. ¿Cuántos árboles has abatido hoy, amigo mío?

—Abatido, ninguno, pero he transportado varios.

Lucio se entretuvo con los amigos de siempre, a los cuales poco después se sumaron Máximo y Tiberio. No quería que pensaran que les escamoteaba el saludo para marcharse cuanto antes a su alojamiento. De vez en cuando alguno echaba un vistazo al hatillo que el portaestandarte llevaba bajo el brazo, pero nadie se atrevía a preguntarle de qué se trataba. Valerio había hecho algunos amigos en la caballería que los había escoltado durante la jornada y de ello había obtenido algún beneficio. Con un gesto repentino exhibió un pernil de jabalí, que pronto acabaría en el fuego. El veterano evitó incomodar a Lucio invitándolo a cenar con ellos y Quinto dijo que en cuanto estuviera preparado les llevaría un poco a él y a la britana.

—¿Has tenido dificultades hoy, Quinto? —preguntó finalmente Lucio, aprovechando la ocasión.

—Todo como me habías pedido, *aquilifer*.

—¡Vaya, vaya! ¡Ya veo que aquí se come sin invitar al primípilo!

Era Emilio, que acababa de llegar a paso decidido, lavado, recién rasurado y perfumado, vestido solo con la túnica y cubierto por una pesada capa de preciosa factura. Un sirviente galo lo seguía llevando un odre con una mano y un cochinillo en la otra.

—Acaba de llegar nuestro comandante —dijo Valerio, poniéndose en posición de firmes. Resonó un unánime «*Ave*, primípilo», seguido por un aplauso.

—Estoy buscando unas brasas ardientes para asar mi cena —continuó el centurión, golpeándose la palma de la mano con el bastón de vid.

Valerio no se lo hizo repetir dos veces:

—¡Entonces eres bienvenido!

Señaló la entrada del dormitorio con una amplia sonrisa, que ponía aún más de relieve su cicatriz. El primípilo miró de hito en hito al aquilífero, que además de tener la barba descuidada estaba muy mojado y enfangado de la cabeza a los pies.

—¿Y este quién es? ¿Quizás un bárbaro? —preguntó dirigiéndose a los presentes mientras apartaba con el bastón la capucha que cubría la cabeza de Lucio.

Todos estallaron en una carcajada, incluido Lucio. El centurión le sonrió cínicamente y lo cogió del brazo.

—¿Acaso intentas congraciarte con alguna indígena?

—Veo que no soy el único que se permite ciertos lujos —respondió Lucio, conteniendo la sonrisa y señalando al sirviente galo, mientras palpaba la cálida lana de la elegante capa.

—Un regalo del legado. Ya sabes cómo es, al menos durante el invierno nos concedemos algunos vicios. —Emilio chasqueó los dedos dirigiéndose al sirviente—: Tú, te llames como te llames: acompaña a este montón de tierra y sudor a mi alojamiento, lávalo, rasúralo y ponle algo limpio.

Los demás estallaron en una alegre risotada y Lucio, a pesar de la impaciencia por volver con ella, se sintió verdaderamente aterido y sucio, y pensó que la idea de su comandante no estaba tan mal. Dio las gracias a Emilio, que ya estaba entrando en el pequeño dormitorio, y se encaminó a buen paso detrás del galo.

Cuando finalmente se encontró delante de su alojamiento se sentía otro. Estaba lavado, rasurado y bajo la capa llevaba una túnica limpia tomada en préstamo al centurión. Debajo del brazo tenía los vestidos que había elegido para ella. Se detuvo un instante delante de la puerta y luego entró con paso decidido.

La encontró durmiendo bajo las mantas de su cama. Durante todo el día había pensado qué decirle y cómo comportarse cuando atravesara la puerta. Había imaginado diversas posibilidades, pero no se le había ocurrido que fuera a encontrarla dormida. Las brasas del hogar se habían consumido. Hacía tiempo que nadie alimentaba el fuego, por tanto, debía de estar durmiendo desde hacía bastante. Añadió algunos trozos de leña y después, para evitar un exceso de humo, encendió una pequeña rama seca en la llama de la lámpara de aceite. Entre tanto no apartó los ojos de aquella cabellera que salía de la manta.

Dejó en un rincón el cinturón con las armas sin hacer demasiado ruido y, con la misma prevención, colgó la malla de hierro y las indumentarias que se había quitado. El fuego se reavivó, la luz y el calor se difundieron por la estancia, y el chisporroteo de la leña resonó entre las paredes de caña enlucida. Lucio desató el hatillo sobre la mesa. Quería ver sus compras y trató de imaginarse el aspecto de la mujer cuando se vistiera con ellas. Extendió la pesada túnica y se detuvo a mirar el chal. Lo había cogido de un solo color, verde oscuro, sin el diseño a rayas que distinguía el vestuario de los celtas, como si quisiera que su aspecto recordara el de una liberta romana y no el de una esclava britana. Desplegó sobre la mesa también el chal y lo acarició, como si ella ya lo llevara sobre los hombros.

Apartó la mirada de la prenda para posarla de nuevo en su cabello y, de golpe, vio que sus ojos brillaban en la oscuridad. Lo estaba observando, envuelta en la manta. Se había despertado y dado vuelta en la cama sin que él se percatara. Sin duda había asistido al pequeño ritual del soldado que ahora, incómodo, no sabía qué hacer ni qué decir. Era distinta de cómo la había dejado por la mañana. El rostro estaba limpio, con la tez pecosa y clara que indicaba su proveniencia de las tierras del norte. Parecía esculpida en marfil, una atracción irresistible para él, como también ese cabello cobrizo, que finalmente veía descender, vaporoso, por su cuello.

Comenzó farfullando algunas palabras entrecortadas, luego tragó:

—Te he traído... unos vestidos —dijo, tomando la túnica y las sandalias de piel. Se acercó a la cama y apoyó las prendas a sus pies, antes de volver a ocuparse del fuego—. No podías ir por ahí con esos harapos —susurró, mientras se afanaba con la leña—. Sé que estáis habituados al frío, pero...

Con el rabillo del ojo la vio levantarse de la cama. No resistió la tentación y volvió la cabeza para poder mirarla. De pie, descalza, se alisaba el vestido, acariciándolo con movimientos femeninos que él no estaba habituado a ver. La mujer alzó la mirada y buscó los ojos de Lucio. El aquilífero asintió con una media sonrisa, bajó la cabeza y con ambas manos tomó el cabello que había quedado metido en el cuello de la túnica, lo levantó y lo hizo caer sobre sus espaldas. Ella permaneció inmóvil delante de aquel hombre cohibido que no sabía qué hacer.

Alguien llamó a la puerta, sacando a Lucio del azoramiento. Quinto había mantenido su promesa: el sirviente de Emilio traía una bandeja llena de bocados de jabalí, costillitas de cerdo y hogazas, además de una cantimplora de vino. El aquilífero le dio las gracias y lo puso todo sobre la mesa. Llenó dos jarras y ofreció una a la mujer, que empezó a beber a pequeños sorbos.

Lucio le indicó que cogiera el otro taburete y ella obedeció, bajando los ojos. Mientras comían con apetito, él insistió en su intento de trabar conversación, sin obtener otra respuesta que sus miradas sombrías.

—Quizá conozcas la lengua de los belgas. También ellos son celtas y he aprendido algo, en aquellas tierras —dijo, comenzando a farfullar las pocas palabras que recordaba, primero en el latín de los militares y después en la lengua belga. Sus esfuerzos no obtuvieron resultado, pero el aquilífero no se desanimó y después de la cena se puso a reanimar el fuego, tratando de comunicarse con los pocos y míseros jirones de lengua celta que había aprendido—. Fuego —le dijo con una sonrisa—, como tu cabello. ¿Entiendes? —La mirada de ella se volvió atenta, mientras él volvía a pensar en voz alta en su propia lengua—. A lo mejor me has entendido. Sé que me tienes miedo. Crees que te he hecho lavar y vestir a la romana para hacerte más bella, y que me he limpiado para llevarte a la cama y aprovecharme de ti. —Inclinó la cabeza y se volvió de nuevo hacia el fuego—. En el fondo, no sería una mala idea, podría hacerlo... Incluso podría llamar a los legionarios que están aquí fuera para que te sujetaran. Eres mi esclava. —La miró de nuevo—. Lo malo es que nunca tendría el valor de hacerte algo semejante, Cabello de Fuego. Eres demasiado hermosa. ¿Me entiendes? —Repitió las últimas palabras en su celta aproximativo—: Eres hermosa, Cabello de Fuego.

Se acercó a ella y lentamente le rozó el pelo con la mano. Sintió que se ponía tensa. La mujer bajó la mirada y echó la cabeza para atrás, mientras su respiración se agitaba.

—Perdona —le dijo él, apartando la mano—. Nadie te tocará un pelo mientras estés conmigo, te lo prometo.

Quinto había extendido algunas pieles y dos mantas junto al hogar. El aquilífero comprobó que las brasas estuvieran recogidas en el interior de la chimenea y, después de apagar la lámpara de aceite, se recostó sobre aquel camastro improvisado, sin mirarla.

—Buenas noches, Cabello de Fuego —susurró. Luego se envolvió en las mantas e intentó dormir.

—Gwynith.

Lucio abrió los ojos, sin atreverse a moverse. Aquel sonido gutural era la primera palabra que oía de la boca de ella y, a pesar de que era incomprensible, su voz le pareció bellísima. Se volvió y a la débil luz de las últimas brasas la miró.

—Gwynith —repitió ella, golpeándose con el puño sobre el pecho.

—¿Es... tu nombre, entonces? —le preguntó, con la mirada perdida en aquellas dos esmeraldas que brillaban en la oscuridad. Ella asintió, abrió la palma de la mano apoyándola en el pecho y repitió una vez más aquella palabra.

—¿Me entiendes? ¿Entiendes mi lengua? —Lucio se sentó frente a ella.

—Gwynith.

El soldado intentó pronunciar aquel extraño sonido, y sus torpes esfuerzos la hicieron sonreír. Una pequeña sonrisa, pero tuvo un efecto devastador sobre el ánimo del aquilífero.

—Soy Gwynith y entiendo la que llamas «lengua de los belgas».

XII

Massilia

—¿Era bella?

—Sí, Breno. Era bellísima.

Levanté la mirada apenas por encima de la línea del horizonte, allí donde el ojo percibía que cielo y mar, tan diversos entre sí, finalmente se unían, marcando el fin del mundo.

—Lo primero que impresionaba de ella eran los ojos, que resplandecían como esmeraldas, tan encantadores y profundos que apartaban la atención del resto de aquel rostro de piel blanca y contornos perfectos que confluían en un mentón afilado. Tenía los labios torneados y una naricita sutil, apenas esbozada, y también pecas que recordaban el color de su densa cabellera rizada, que brillaba al sol con los colores del cobre recién lustrado. Era delgada y no tenía la estatura imponente de su gente. Tenía el pecho pequeño, la cintura breve y las piernas ahusadas. A primera vista parecía casi frágil, y esta era precisamente su belleza, porque a despecho de su apariencia estaba esculpida en mármol. Gwynith era una flor brotada en una roca, y precisamente de la roca había absorbido la fuerza de vivir, de luchar, de caer y levantarse cada vez. Si sentías la energía de su mirada o la vitalidad de su sonrisa, te parecía que todo cambiaba a tu alrededor. Bastaba verla caminar, observar su porte o incluso solo mirarla mientras se arreglaba el pelo para quedar arrobado. Otras veces su fuerza se transformaba en calor, gentileza y generosidad, y entonces no podías dejar de sentir afecto. Y llegado el caso, toda su ternura se convertía en rabia. ¡Si supieras cuántas veces la oí maldecir en celta, mientras lanzaba lo primero que tenía a mano!

Sonreí, y quizá me habría ruborizado si aún hubiese tenido edad para ello. Sonrió también mi compañero al ver que me brillaban los ojos.

—En esos momentos, hasta los legionarios completamente armados se mantenían a una prudente distancia.

—¿Una esclava podía comportarse así?

—Nunca fue una esclava. ¡Nunca! —repliqué con vehemencia, sacudiendo la cabeza. Me levanté y llegué como pude a la barandilla.

—¿Estás mareado, Romano? Quizá para ti el viaje sea demasiado largo. Puedo hacer atracar la embarcación, si quieres, no necesito un gran puerto. Por lo demás, ya hace dos días que estamos en el mar...

Sacudí la cabeza.

—No, Breno, deja que el viento sople en las velas. El mar no es el problema. Tengo miedo de lo que vaya a encontrar, amigo mío.

—Aún faltan algunos días. Cuando atraquemos decidirás qué hacer. Nadie te obliga a ir.

—Al contrario, Breno, debo ir, de otro modo nada habrá tenido sentido.

—Está bien, está bien —asintió el mercader—. Ya hablaremos cuando sea el momento. No sé qué llevas en la cabeza, pero siento que estás lleno de misterios y si quieres hablar de ellos, aquí me tienes. ¿Sabes? Hace años que aplazo mis decisiones, imagínate si no puedes aplazar algunos días también las tuyas.

Comenzamos a pasear en silencio por el puente de la nave para estirar un poco las piernas y decidí satisfacer la curiosidad que me había suscitado.

—¿Y cuál es la decisión que estás postergando desde hace años?

El mercader me miró y suspiró, encogiéndose de hombros.

—La decisión de dejar de navegar y de quedarme tranquilo en tierra firme. Soy viejo, querido amigo, y mis huesos exigen un poco de reposo.

—¿Por qué aún no lo has hecho?

—No sé si mi hijo está en condiciones de continuar solo y, además, el dinero nunca es suficiente.

—¿Qué piensas hacer? ¿Quieres volver a Novalo?

—¡Oh, no, ni se me ocurre! En todos estos años he ahorrado una modesta cantidad de dinero, y podría trasladarme al sur.

—¿Qué entiendes exactamente por «el sur»?

—Tengo una pequeña propiedad cerca de Massilia.

Me detuve mientras él continuaba el paseo con las manos detrás de la espalda y la cabeza gacha. Traté de contener una carcajada, que, en cambio, llegó como un río en crecida.

—¿Qué te resulta tan divertido?

Tosí, me sequé los ojos y finalmente recuperé la palabra.

—El mercader véneto Breno, que durante toda la vida no ha hecho más que oponerse a Roma, tiene una propiedad en la Galia Narbonense —dije entre carcajadas—, en plena Provincia romana.

—Debes saber, ignorante romano, que Massilia es una ciudad autónoma; se trata solo de una cuestión de conveniencia.

Alcancé la barandilla y me apoyé.

—Ahora descubriremos que aspiras a la ciudadanía romana, Breno. Te lo agradezco, viejo mercader, hacía años que no me reía así. Las he oído de todos los colores, sobre esa ciudad. No existe nada ni nadie más corrupto que un mercader de Massilia.

Breno sacudió la cabeza y también se echó a reír.

—Pero ¿por qué te habré cogido a bordo?

—Por el dinero, maldito avaro —respondí entre carcajadas.

—¿Por dinero, dices? Escúchame bien, ¿tienes la más remota idea de cuánto me estás costando en vino? ¡Se diría que quieres recuperar tus últimos veinte años de privaciones!

—A propósito de vino —hice un gesto a uno de los hombres de la tripulación—, me he reído tanto que tengo la garganta seca.

—Claro, mójala; total, paga Breno. Esto es Falerno, no esa porquería que beben los legionarios.

Cogí la jarra que el sirviente me dio y miré al mercader.

—¿Vas a dejarme beber solo?

Me miró dubitativo, luego cogió su copa, se echó con un ges-

to de rabia la capa detrás de los hombros y contempló el vino pur-
púreo en su vaso:

—Estas ánforas no llegarán a Novalo.

Bebió y chasqueó los labios extasiado por el sabor de aquel
néctar, luego me miró, cambiando de expresión.

—Cuenta: ¿qué te dicen esas voces del pasado?

XIII

Solsticio

55 a. C.

—¡Gwynith!

Lucio abrió la puerta de su alojamiento y entró golpeando los pies para sacudir la nieve de las botas. Ella estaba inclinada sobre el fuego afanándose con la leña y se volvió de inmediato, se levantó y le sonrió con la mirada, como solo ella sabía hacer.

—Vamos, ya casi ha oscurecido —dijo, tendiéndole la mano. Ella sacudió la cabeza, retrocediendo un paso—. ¡Venga! No tengas miedo, no te sucederá nada.

—Te espero aquí.

—No. No puedes pasarte la vida encerrada aquí dentro y esta es la ocasión adecuada para salir. ¡Vamos!

Le cogió el chal y se lo echó sobre los hombros.

—Ahora ponte la capa, fuera hace frío.

Se lo acomodó como si estuviera cuidando de una niña que no hacía nada por colaborar, aunque le costaba oponerse a su voluntad.

El soldado se volvió y abrió nuevamente la puerta, esta vez para salir. Una ráfaga de frío y algunos copos de nieve entraron, como para amenazar la tibieza que invadía el alojamiento. La mirada de la mujer se ensombreció, pareció vacilar, luego se animó y lo siguió.

Lucio le acomodó la capucha sobre la cabeza.

—No van a comerte, no te preocupes —le dijo, conduciéndola de la mano hasta una explanada entre las barracas de la Primera Cohorte.

Bajo la nieve que caía lentamente a grandes copos, los legionarios, envueltos en sus pesadas capas, estaban apilando una ingente cantidad de leña. Gwynith vio una figura gigantesca que se abrió paso entre los hombres y alcanzó a Lucio, quien le estrechó la mano. El rostro del hombre estaba oculto por la capucha, de la que solo salía el aliento que se condensaba en el aire gélido. No entendía de qué estaban hablando los dos, pero fuera lo que fuese, la vibración de aquella voz poderosa la hacía siniestra. Por lo demás, todo el latín que le había enseñado Lucio acababa en los objetos del interior de la estancia donde vivía desde hacía ya un mes.

—Gwynith, este es Valerio —le dijo Lucio, hablándole en celta. El hombre se quitó la capucha, mostrando el rostro a la pálida luz de la nieve. Su sonrisa acentuó la horrenda cicatriz de la mandíbula, que llegaba a tocar el labio inferior.

—Te dejo aquí con él, enseguida vuelvo.

Ella le aferró la capa, pidiéndole con los ojos que no la abandonara allí, junto a aquel hombre.

—No te preocupes —le dijo Lucio, sonriendo amablemente—, en este momento te encuentras en el sitio más seguro del mundo.

Un instante después el aquilífero desapareció por entre la soldadesca, dejándola inmóvil como una estatua, con la cabeza gacha y la mirada fija en el suelo.

El toque de extraños instrumentos musicales de viento se elevó en la oscuridad y los hombres dejaron de apilar leña, guardando silencio. No entendía qué estaba a punto de suceder, pero debía de ser algo importante, porque los soldados se habían vuelto todos en la misma dirección y habían entonado un canto, como un lamento dirigido al cielo. El hombre que estaba a su lado, Valerio, se inclinó para susurrarle algunas palabras. Ella levantó la vista y vio que le estaba señalando algo. Miró tímidamente en aquella dirección y vislumbró a lo lejos un águila de plata, elevándose sobre las cabezas de los legionarios. Un hombre que no llevaba la capucha sino un yelmo centelleante subió a una tarima de madera y su figura se recortó, alta, en medio de todos los demás. Lo seguía otro hombre, que sostenía la enseña y llevaba una piel de oso. De inmediato reconoció a Lucio.

El primer hombre, el del yelmo centelleante y la capa color púrpura, extrajo la espada y la apuntó hacia el águila pronunciando algunas palabras. Luego fue el turno de Lucio, que alzó el símbolo al cielo y aulló, a su vez, mirando hacia lo alto. Gwynith se sintió arrollada por el alarido coral y terrible de todos los soldados. En un instante cien antorchas prendieron fuego a la gran pila de leña, mientras miles de voces entonaban un canto tan cadencioso y lento que le producía escalofríos, semejante a un lamento o quizás a una plegaria. Era como si algo poderoso subiera de la tierra al cielo. El rito continuó entre fórmulas mágicas y otros cantos, luego un aplauso estruendoso y liberador acompañó el fuego ardiente, altas y candentes llamas que iluminaban los rostros con una luz amarillenta.

Pensó que se trataba de una celebración ritual, porque después de eso parecieron más relajados. Los soldados volvieron a hablar entre sí y muchos se detuvieron a charlar con el coloso que estaba a su lado, prescindiendo de ella. Oyó en la lejanía otro alarido y luego más aplausos, y vio que los legionarios traían jabalíes y ciervos para asar en la hoguera. Una mano se apoyó en su hombro, paralizándola. Reconoció la voz de Lucio y poco faltó para que se echara en sus brazos. El aquilífero se puso a hablar con el gigante y con los demás hombres. Luego, con naturalidad, le ciñó los hombros. Era la primera vez que lo hacía. Un hombre encapuchado se acercó a ellos con varias copas, seguido por un soldado con un perol humeante. Lucio cogió el cucharón para llenar una copa que le pasó a Gwynith, luego llenó otra y se la dio al coloso, y la tercera se la quedó para sí. Brindaron juntos:

—*Gustaticium* —le explicó sonriendo—. Es vino con agua de nieve y miel que se bebe antes de comer, bien caliente. —Los tres se encaminaron hacia un cobertizo de telones de cuero, bajo el cual estaban sentados algunos soldados, cada uno con su vaso humeante—. ¿Tienes hambre? —le preguntó.

Ella asintió con una sonrisa. Se sentaron y comenzaron a llegar las primeras bandejas de carne, ya cortada en bocados. Lucio la miró a los ojos, su rostro rebosaba felicidad.

—Estamos festejando el solsticio de invierno, Gwynith.

—¿Solsticio?

—Mira, esta es la noche más larga del año y la tradición exige que los soldados enciendan un fuego y lo mantengan vivo mientras duren las tinieblas, a fin de ayudar a la luz a resurgir.

—¿Y tú qué has gritado al cielo?

—He invocado a Júpiter, el dios de la luz y del cielo, el dios supremo, el más generoso y poderoso de todos. Le he pedido que siga los fuegos que hemos encendido para él, le he dicho que la Décima le abriría camino en la oscuridad.

—¿Tú tienes tanto poder?

Lucio reflexionó un momento, antes de responder.

—Tengo la tarea de llevar el águila, que es la mensajera de Júpiter y el símbolo de la legión.

—Eres un hombre importante.

—Muy importante —dijo en celta una voz a sus espaldas.

Los dos se volvieron y Gwynith vio al hombre del yelmo centelleante que poco antes había apuntado la espada al águila, mirándola con una media sonrisa, con las manos firmemente apoyadas en las espaldas de Lucio. La mujer reconoció al soldado que la había hecho atar de nuevo a la salida de la gruta y se le desvaneció la sonrisa.

—Sin él no daríamos un paso. Nos guía en la vida y se ocupará de nosotros también después de nuestra muerte.

—Gwynith, te presento al primípilo de la Décima, Cayo Emilio Rufo. Es un hombre muy sabio y capaz, pero muy a menudo tiende a exagerar.

—No digo más que la verdad. Él es el responsable de nuestras sepulturas.

El primer pensamiento de Gwynith fue que aquel hombre más bajo que los demás debía de ser de una pasta particular. Notó que tenía la tez muy clara y los musculosos antebrazos cubiertos por un vello leonado, que destacaba la piel pecosa pero no enrojecida por el frío. De no haber sido por la estatura, lo habría tomado por un britano. Se acomodó frente a ella y se quitó el yelmo, mirando, molesto, las gotas de agua que brillaban sobre la superficie lustrada. Lo apoyó sobre la mesa, cogió una copa de vino y un bocado de carne y se dirigió a ella, en su celta rudimentario:

—Creo que no he entendido bien tu nombre.

—Se llama Gwynith —intervino Lucio.

—¿No me entiende? ¿No habla el dialecto belga, o lo habla solo contigo? —preguntó el centurión, masticando el jabalí asado.

—Entiendo algunas cosas de ese dialecto —dijo ella.

—Veo que la estancia en el campamento ha vuelto a ponerte en forma. Cuando la legión se detiene a invernar, transforma en oro todo lo que la rodea —añadió el centurión con una sonrisa maliciosa.

Lucio sonrió a su vez, luego levantó la copa y gritó:

—¡A la salud de la Décima, entonces! —Se volvió a Emilio, alzando nuevamente el vaso—: ¡Y a la del mejor *centurio prior* que jamás haya tenido una legión!

Los vítores de aprobación se elevaron mientras todos los hombres de alrededor se unían al brindis. En la atmósfera festiva nadie captó la mirada cortante que los dos intercambiaron por unos instantes, una mirada con la cual Lucio trazaba una frontera infranqueable para el centurión. Emilio no compartía la elección de Lucio, pero supo que ante aquella mujer su autoridad debía detenerse.

Valerio se levantó como una torre entre los demás y elevó, a su vez, la copa de vino humeante, en silencio. No era un comandante, pero además de las cicatrices ostentaba una autoridad y un respeto que había conquistado en innumerables campos de batalla. Cuando comenzó a hablar, los legionarios ya estaban pendientes de sus labios.

—Es un honor pertenecer a la Primera Cohorte de la Décima —empezó, sin necesidad de levantar la voz—, pero de lo que estoy más orgulloso es de combatir al lado de este hombre. —Apoyó la mano sobre el hombro de Lucio—: ¡Brindemos entonces a la salud de quien por enésima vez se ha lanzado solo contra los bárbaros, para salvar el honor de todos nosotros!

Siguió un estruendo ensordecedor y en pocos instantes el aquilífero se encontró levantado del suelo y lanzado hacia el cielo por decenas de brazos, mientras Gwynith contemplaba la escena apretando su copa. Podía parecer una fiesta como las que se celebraban en su tierra, pero no era así. El destino la había puesto en el centro de una organización desconocida para sus gentes, una máquina creada expresamente para la guerra, que vivía y producía guerra. También en los días invernales, bajo el manto de nieve, esos hombres trabajaban incansablemente para construir las naves y no se detenían para la siembra o la cosecha del trigo, no tenían familias que alimentar o casas que proteger. Su trabajo era llevar la guerra donde el comandante hubiera decidido y lo hacían bien hasta el final, porque cuanto hacían y construían, del campamento a los caminos, de las armas a las naves, tenía el único objetivo de hacer aún más eficaz su actuación. Dondequiera que se hubieran detenido, desde ese lugar hasta los confines del mundo conocido, erigían en pocas horas un campamento fortificado para desmantelarlo aún más rápidamente a la mañana siguiente, dejando solo una huella cuadrada sobre el terreno. Si se hubieran detenido durante algunos días, una nube de mercaderes sedientos de oro se habría precipitado para abastecerlos de todo lo necesario, haciendo florecer el comercio de toda clase de bienes, incluso superfluos, en toda la región. Se estremeció. De golpe se había dado cuenta de que aquello que tenía ante los ojos no era más que una de las innumerables articulaciones de una fiera inmensa, cuyas proporciones no eran siquiera imaginables para una mujer britana.

Miró a Lucio festejado por todos los demás y el escalofrío continuó. Era un hombre gentil, quizás el único al que había conocido en su vida, aparte de su padre. Y era un hombre amado y respetado por todos. Era admirado, tenía valor y llevaba el símbolo de los dioses para interceder ante ellos en nombre de todos los demás guerreros. ¿Cómo habría podido resistirse una mujer a todo ello?

—¿No comes? —le preguntó, de nuevo a su lado.

—Veo que para todos estos hombres eres alguien importante.

Lucio se sentó y le ofreció una bandeja llena de carne ya cortada.

—De ello debo dar gracias a Marte y a la Fortuna, que sin duda me favorecen, de lo contrario no estaría aquí —le dijo, mirándola como si ella misma fuera un don de los dioses.

Por primera vez le pidió que le hablara de ella, que le contara cómo había terminado encadenada en el carro de aquel mercader.

—Es una historia muy larga... Traté de huir de mi país cuando los cantiacos tomaron el poder, pero fui hecha esclava junto con mi prima Ailidh y revendida por los hombres de Cingetórix. El mercader nos había comprado para revendernos a vosotros.

—¿Cingetórix?

—Sí, un jefe de los cantiacos que apoya a Casivelauno y quiere conquistar otras tierras al norte, donde se encontraba mi ciudad.

Lucio la miró y luego se quedó con la mirada fija en el contenido humeante de su copa de vino.

—Sí, he oído hablar de ese Casivelauno, cuando estaba en Britania. Había un joven que... —Se interrumpió al ver que los ojos verdes se volvían brillantes—. Lo lamento por tu prima, Gwynith —le dijo, cambiando de conversación.

Una lágrima surcó el rostro de la joven, que inclinó la cabeza con un sollozo.

—Ellos...

—No digas nada, lo sé todo. Fuimos nosotros quienes la encontramos. —Le acarició la cabeza antes de continuar—: Valerio y Emilio la hicieron enterrar al margen del bosque.

Gwynith se secó la mejilla con el índice y miró al gigante de rostro desfigurado que estaba bromeando con algunos soldados.

—Es un buen hombre —dijo Lucio—, su corazón es proporcional al resto.

Ella asintió, suspiró y apretó los labios.

—Si tú lo dices —dijo con un hilo de voz—, será que es cierto.

—Aprenderás a conocerlo, ya verás. Sin él a estas horas mi cuerpo estaría sepultado en el Cancio. Fue el primero en arrojarse al agua para salvarme cuando desembarcamos en Britania.

—¿Al agua?

—También la mía es una larga historia, uno de estos días te la contaré —le dijo con una sonrisa. Bebió otro sorbo de vino humeante antes de cambiar de conversación, para alejar los recuerdos desagradables que resurgían en la mente de la mujer—. Ven, que quiero enseñarte una cosa.

Se levantaron de la mesa y con la copa de vino en la mano salieron de la tienda de cuero, acercándose a la gran hoguera de la que emanaba un calor irreal en medio del paisaje nevado.

—Ahora verás la cantidad de gente poco común que hay aquí, Gwynith. Mira, ¿ves a aquel? —Lucio le señaló a un hombre rubio muy alto y de largos bigotes, que cantaba a voz en cuello abrazado a un legionario—. Es un germano y forma parte de nuestra caballería junto a los otros que ves allí, hartándose de jabalí y bebiendo vino. —La cogió del brazo y señaló a un hombre muy gordo y enjoyado, que hablaba con unos jóvenes tribunos—. Ese de ahí es el venerado Epagatus, un griego que procura mujeres y comezones a los soldados; todos lo conocen y, tarde o temprano, todos se convierten en clientes suyos. Huelga decir que es riquísimo. Creo que incluso tiene un pequeño ejército a su servicio, para proteger su preciosísima mercancía, que sin duda en este momento está dispersa por todo el campamento. El que está a su lado es Hiddibal, que viene de Persia y hace de intermediario con el ejército. Él procura a la legión excelentes arqueros y compra esclavos y oro de los soldados; también él dispone de una guardia personal compuesta de esclavos. Allí al fondo están los eduos, un pueblo amigo de Roma desde hace tiempo, y también ellos forman parte de la caballería auxiliar. Allí, en cambio, están los guerreros nubios y los honderos de las Baleares. —Lucio observó a Gwynith, que miraba a su alrededor, extrañada—. ¿Alguna vez habías visto tanta gente distinta reunida en un solo lugar? Esta es nuestra casa, nuestra ciudad, nuestra familia, para algunos la vida misma. Combatimos por Roma, que muchos no han visto jamás.

La mirada de la muchacha se perdió entre las llamas: su casa no estaba allí. Ni siquiera sabía dónde se encontraba, solo sabía que un mar y muchas millas de camino la separaban de su tierra. Lucio intuyó que aquella conversación la había conmovido y procuró tranquilizarla:

—Si tu gente se convirtiera en nuestra aliada, no dudaría en hacerte regresar con ellos.

El corazón le dio un vuelco y en lo más profundo de sí misma suplicó a los dioses de Roma, que no conocía, que aplastaran a quienes la habían hecho cautiva.

—¿Devolverías la libertad a tu esclava?

—¿Tú, una esclava? —Lucio estalló en una sonora carcajada mientras la abrazaba—. Una esclava a la que visto con las telas más cálidas y alimento con nuestra misma comida. Una esclava que pasa las frías jornadas invernales en un alojamiento caliente y por la tarde bebe el mejor vino del campamento.

—¿Por qué lo haces, entonces? ¿Qué ganas con ello?

Lucio deslizó la mano por su hombro, deteniéndose en un mechón de pelo rojo que había escapado de la capucha, y buscó con la mirada las dos esmeraldas luminosas que lo escrutaban hasta en el alma. Tragó saliva en silencio, como si buscara la respuesta entre aquellos mechones cobrizos. Luego le cogió la mano y le susurró algo en latín, antes de apoyar los nudillos gélidos de ella en sus labios calientes.

—No... no entiendo tu lengua —dijo la joven, mientras el corazón le latía cada vez con más fuerza.

—Mejor así —respondió él con una sonrisa, y quiso soltarle la mano. Pero Gwynith se la estrechó, llevó las manos enlazadas al corazón y delicadamente acercó el rostro a la capucha que protegía a Lucio de la nieve.

El soldado se estremeció cuando ella, con un hilo de voz, le susurró al oído una frase incomprensible, de sonido dulcísimo. Permanecieron juntos, con las manos unidas, y la cálida respiración de ambos acarició sus rostros antes de escapar de las capuchas y evaporarse en el aire frío.

—No entiendo tu lengua —le susurró.

—Mejor así —respondió Gwynith, apoyando la sien en la mejilla de él.

Todo lo demás había desaparecido. Los cantos, las danzas, los miles de soldados y el gran fuego parecían disueltos en el aire. De pronto Lucio se sintió como si el mundo comenzara y acabara en el interior de aquellas dos capuchas tan cercanas, mientras trataba de inhalar todo el perfume de los suaves cabellos rojos. Dejó caer al suelo la copa de vino y el *gustaticium* humeante enrojeció la nieve. Le ciñó la cintura dulcemente, hundió la mirada en aquellos ojos espléndidos y luego buscó sus labios, tan cálidos y fragantes a vino y miel. Fue un beso largo, incesante, lento, desde hacía demasiado tiempo deseado y esperado. Cuando finalmente se separaron, continuaron besándose con la mirada. Nadie se fijaba en ellos. El vino, la comida, los cantos y las prostitutas de Epagatus los habían ocultado a los ojos de los demás, y en aquel punto de la fiesta era difícil reconocer a un germano de una esclava.

La atmósfera era amigable y Gwynith tuvo ocasión de conocer un poco mejor a los amigos de Lucio, comenzando por Quinto Planco, que le traía el agua para lavarse y la comida en ausencia del aquilífero y que siempre se mostraba amable con ella. Máximo Voreno se presentó como *optio* de la Primera Cohorte. Ella no entendió ninguna de estas palabras, pero el robusto soldado le pareció simpático y cortés. El joven Tiberio estaba visiblemente borracho y de no haber sido por Valerio, que se lo llevó a la fuerza de la mesa, habría perdido todo su dinero a los dados. Durante aquella larga noche, la mirada de Gwynith se cruzó varias veces con la sonrisa benévola de Valerio, que por momentos parecía el padre de todos. Quizá Lucio tenía razón, quizás aquel hombre, bajo las cicatrices y su piel curtida como el cuero, ocultaba un corazón de oro. Luego estaba el oficial del yelmo centelleante, Emilio, al que todos llamaban primípilo. No, con él no había entendimiento posible. No había conseguido decir nada en su presencia, porque la ponía nerviosa y le infundía temor, pero no podía ignorar que era el jefe, algo que saltaba a la vista.

—¿Tienes frío, Gwynith? —preguntó Lucio—. Hace rato que estamos aquí.

—No —respondió ella, con la mirada cansada pero satisfecha—. Estoy bien, de verdad. Estoy contenta.

—No tienes por qué pasar frío —le dijo, acomodándole el chal ya mojado—. Si quieres, podemos entrar en nuestro alojamiento.

Estaba agotada y desde hacía más de una hora esperaba aquella propuesta, pero en el momento de oírla se sintió confusa y atemorizada. Se habían besado y le había gustado. ¿Qué sucedería cuando regresaran a la barraca? Estaba segura de que deseaba a aquel hombre, el único que la había tratado con humanidad y dulzura. Sentía un gran agradecimiento y admiración por él porque la había respetado y, a su manera, tranquilizado, había sido paciente y no la había obligado a nada... Sin embargo, seguía siendo un hombre, como los que la habían humillado, golpeado y violado. Seguía siendo su amo.

—¿Tu dios, el de la luz y el cielo, no se tomará a mal que justo esta noche te alejes del fuego que has hecho encender en su honor para invocarlo?

—Júpiter es omnipotente, pero también es bueno —respondió Lucio tras unos instantes de vacilación, mientras los soldados entonaban un himno melancólico—. Creo que lo entenderá.

Cuando vio las dos sombras que se deslizaban hacia el barrio de los oficiales, Valerio sonrió y en silencio alzó la copa al cielo por enésima vez aquella noche. Brindó de buen grado por su amigo y por la mujer más misteriosa y enigmática que había conocido en toda su vida.

Envuelto aún por el perfume de su cabello, Lucio cerró finalmente la puerta. Se volvió y la vio sentada al borde de la cama, observándolo. Pero la mirada ya no era la de antes. Había resurgido el miedo. Una vez más se sintió desconcertado por su comportamiento, pero el sentimiento que ella le inspiraba era tan intenso que no habría hecho nada que ella no quisiera. Así que le sonrió, recogió un poco de leña que puso sobre las brasas y soplando reavivó el fuego, que poco después volvió a chisporrotear. La intensa luz de las llamas regaló tonos cálidos y ambarinos al rostro del soldado. Lucio se quitó la capa y se desató el *cingulum*, luego desplazó cerca del fuego su jergón de piel y se sentó.

—¿No vienes a secarte un poco? —dijo mientras se quitaba las botas.

Ella se acercó, al tiempo que se desprendía del chal y la capa, para acomodarse a su lado. El soldado se recostó en la mullida piel apoyando la cabeza sobre las piernas de ella, que empezó a acariciarle el cabello.

—Pienso que fue el mismo Júpiter quien propició nuestro encuentro —le dijo—. Seguro que no se enfadará por nuestra ausencia.

Gwynith sonrió mientras seguía acariciándolo.

—Ha sido una hermosa velada, ¿verdad? —preguntó Lucio.

—Sí, muy hermosa.

—Ya ves que en cuanto a festejos nadie nos gana.

Le sonrió y cerró los ojos, disfrutando del sutil placer de sus caricias.

—¿Mi señor de la guerra está cansado?

Lucio asintió, rozándole delicadamente una mejilla, aunque en realidad la excitación ya se había adueñado de él.

—Duerme, mi señor, yo velaré tu sueño.

El soldado cerró los ojos. Los dedos de Gwynith le recorrían las mejillas, se detenían en las cejas para luego proseguir por la nuca. Él sintió que el corazón le latía con una fuerza desconocida, pero decidió que por aquella noche era más sabio refrenar sus instintos. No quería a aquella mujer para un momento. La quería para siempre.

Gwynith sintió que el calor le invadía los miembros y se apartó, dejando atrás la rigidez que había mostrado antes, cuando estaba sentada en la cama. Sentía algo que solo sabía definir como una inmensa felicidad, pues el aquilífero había superado también aquella prueba. Entonces, al verlo tan abandonado a sus caricias, sintió un escalofrío: también su cuerpo estaba alborotado. No podía ser más que amor, porque en ese momento no deseaba estar en ninguna otra parte. Un amor poderoso, irresistible como la fascinación de aquel soldado. Un amor apasionado, porque cuanto más lo observaba, inerme entre sus brazos, con los fuertes músculos relajados, más ardiente era su deseo. Le habría bastado con alargar un brazo y comenzar a acariciarle el pecho para luego bajar delicadamente. Sintió que la excitación la atravesaba como una cuchilla y se preguntó si era más bello desearlo o finalmente tenerlo dentro de sí.

La respiración del soldado se hizo pesada, al igual que su cabeza, apoyada en el hueco de sus piernas.

Se había dormido. Gwynith se inclinó para sostenerle el rostro y le besó la frente con dulzura.

—Te amo, mi señor —le susurró en la lengua de su tierra ya lejana.

Confundido, el aquilífero abrió los ojos al oír el toque de las trompetas. Despuntaba el alba, pero le parecía que acababa de dormirse porque aún sentía las caricias de Gwynith en el rostro. Tenía la boca pastosa y el techo de la estancia era una imagen confusa y desenfocada. Se volvió lentamente y miró a la mujer que dormía acurrucada entre sus brazos, sintiendo en el cuello la caricia de su tibia respiración. Había cogido las mantas de la cama para protegerlo del frío sin que él se diera cuenta de nada. El soldado hundió el rostro en la densa cabellera roja y fragante, y la estrechó, feliz de que no fuera solo un sueño. Gwynith entreabrió los ojos sintiendo la mano de Lucio en su cabello. Alzó la mirada y lo observó sonriendo, con los ojos cansados y enrojecidos. Lo abrazó con fuerza y apoyó el rostro sobre su pecho. Él le besó la cabeza. Los dos cuerpos, tan cálidos, se encontraron y su abrazo se hizo cada vez más estrecho. Se atrajeron, se apretaron, se enlazaron, brazos y piernas en movimiento, la respiración cada vez más agitada, expresando el deseo de estar aún más cerca. Los gemidos sofocados y las miradas de Gwynith traicionaban su deseo de tenerlo de inmediato, en aquel momento, sobre las pieles tendidas en el suelo. Era una pasión que exigía su tributo. Se buscaron los labios, que aún llevaban el recuerdo del primer beso robado junto a la gran hoguera en aquella noche de nieve. Gwynith estaba dispuesta a ser suya. Lo quería porque sentía que lo amaba. Fue consciente de ello cuando, transportada por la pasión, se descubrió buscando con el vientre el cuerpo cálido de él. Se encontraron piel contra piel, acariciándose, persiguiéndose, oliéndose, besándose sin pausa.

—¿Por qué tiemblas? —le susurró él al oído.

—Tiemblo por lo mucho que te deseo...

Sintió las manos de Lucio subiéndole por los muslos, levantándole las ropas y acariciándole sensualmente los glúteos. Ella alzó los brazos y le acarició la nuca, enarcando la espalda cada vez que él se demoraba con la lengua en los pezones.

—Dime que me quieres —le musitó Lucio.

—Te quiero —respondió Gwynith con un hilo de voz—, y quiero ser solo tuya, para siempre.

En un momento de intensa ternura lo miró a los ojos y abrió

voluptuosamente las piernas. El hombre le levantó la túnica, acariciándole despacio los muslos cálidos, para luego entrar suavemente en ella.

Ni siquiera los dioses del Olimpo habrían podido describir la sobrecogedora sensación que acompañó a aquellos dos amantes cuando estuvieron finalmente unidos, cuando fueron un solo ser, fundidos en un único cuerpo que latía, que palpitaba con cada movimiento, que vibraba con cada caricia, enardeciéndose para luego separarse un instante después. Una sensación ultraterrena, hecha de estremecimientos, de gemidos y lágrimas, y de los dulces sonidos de la tierra de Gwynith, que ella le susurraba al oído. Permanecieron unidos incluso después del último momento de éxtasis, que primero los había arrastrado hacia lo alto, al cielo estrellado de una noche estival, para luego hacerlos caer sobre la tierra nevada, temblorosos y exhaustos, enlazados en un abrazo que no quería terminar jamás.

Así acabó la noche más larga del invierno del año 698, una noche que había de permanecer para siempre en la mente de Lucio como la más hermosa de toda su vida. Su último pensamiento, antes de hundirse nuevamente en el sueño, fue un agradecimiento a Júpiter, el dios de la luz y del cielo, el dios supremo, omnipotente y bueno. Le dio las gracias por haber conseguido encontrar el camino de la luz, incluso sin su ayuda. Quizá, por aquella noche, Júpiter había cerrado un ojo.

XIV

Marco Alfeno Avitano

A pesar de que los caminos estaban sepultados bajo un espeso manto de nieve, el campo seguía pulsando de vida. En el exterior del fuerte, las tiendas del mercado eran constantemente abastecidas por algún carro que llegaba bajo las torres, desafiando la intemperie, para ser de inmediato asaltado por los legionarios. La comida abundaba, pero eran los mercaderes con sus productos locales los que proporcionaban variedad a la monótona dieta de los soldados, que no perdían ocasión de procurarse cerveza, vino, hidromiel y salchichas. Las largas horas de oscuridad, además, alimentaban también otros apetitos, llenando de oro las gordas manos de Epagatus, que se había convertido en el señor más rico de aquel extremo del mundo. Todo esto no impedía que los soldados prosiguieran cada día, sin tregua, en la febril construcción de las onerarias.

Gwynith ya formaba parte del campamento. Su tarea era atender al que llamaba su «señor de la guerra». Se ocupaba del alojamiento, iba al mercado a hacer las compras y día tras día se integraba en un tipo de vida que no tenía nada que envidiar a la que había llevado en Britania. A los ojos de los soldados era la esclava del aquilífero, pero para Lucio era su reina. En poco tiempo, Cabello de Fuego aprendió los ritmos del campamento, los horarios, los rumores y las voces. Su oído se habituó a los toques de trompeta convocando a los hombres o señalando los cambios de hora, y su sexto sentido femenino apenas se equivocaba en el momento de regreso de la tropa desde el astillero.

La tranquilidad de aquella tarde quedó sacudida por un ruido sordo en la puerta del alojamiento, acompañado por un alarido aterrador. Gwynith se apartó el fuego. Fuera estaba sucediendo algo: oía que los hombres corrían y un muchacho gritaba. Reconoció la voz del joven Tiberio y luego la de Valerio, gutural. Oyó también la voz de Lucio aullando órdenes a los hombres: había una batalla en curso, estaba segura. Quizá los galos habían conseguido penetrar en el campamento y habían atacado. Acercó el oído a la puerta, pero no oyó caballos al galope ni el clamor metálico de las armas.

Entreabrió cautamente la puerta para saber qué estaba sucediendo. Aún no había abierto del todo cuando una bola de nieve la golpeó en un hombro. Desde el cuello, los fragmentos helados le descendieron por los senos y a lo largo de la espalda. Asustada y sacudida por un escalofrío repentino gritó, deteniendo durante un momento la gigantesca «batalla» que un centenar de legionarios estaban librando entre las barracas. Solo Tiberio siguió chillando mientras procuraba separarse de Valerio, que le estaba llenando de nieve los calzones. En un instante Gwynith formó una bola y cargó contra el grupo apretando los dientes. La batalla continuó y la furia de Cabello Rojo se alineó del lado de Valerio, rodeado por adversarios que lo estaban acribillando a bolas. Lucio, riendo, daba disposiciones tácticas al grupo, lanzando con precisión sus proyectiles sobre los yelmos de los soldados.

Gwynith, empapada, notó que Lucio aún no había sido golpeado.

—¡Veo que Júpiter sigue protegiéndote!

—No querrás que golpeen al que paga los sueldos —señaló él, riendo—, y además soy un oficial, solo puedo ser golpeado por un superior.

Con un jocoso grito de batalla, Gwynith se le lanzó encima y lo llenó de nieve bajo la piel de oso. Él la estrechó con una sonrisa e inmediatamente se encontró escupiendo hielo y tosiendo, una oportunidad que ella aprovechó para llenarle de nieve también el cuello. De nuevo Lucio se estremeció mientras una parte de su mente volvía a su abrazo candente. Entre tanto se habían formado dos facciones: una que defendía al aquilífero; la otra, capitaneada por Valerio, que protegía a Gwynith. Pronto todo se redujo a un salvaje y alegre «todos contra todos», que implicaba a cualquier soldado que pasara por las cercanías.

—¡Quietos! —aulló de golpe una voz—. ¡Os ordeno que os detengáis!

Los soldados interrumpieron la batalla, más por cansancio que por el tono de reproche que emanaba de aquella voz tonante.

—Pero ¿qué estáis haciendo? ¡Exijo una explicación!

Con las manos violáceas y los rostros enrojecidos, los soldados se volvieron para ver quién estaba hablando.

Delante de ellos se erguía, arrogante, un oficial: era uno de los nuevos tribunos recién llegados de Roma. Un vástago de noble familia, sin duda de la clase ecuestre, al que César había acogido en las filas de la gran Décima para congraciarse con algún rico senador. Los jóvenes tribunos debían servir uno o dos años en el ejército, antes de emprender una brillante carrera política en Roma, y el hecho de combatir para el procónsul en la rica Galia podía revelarse como una inmejorable inversión para el futuro. Algunos se integraban a la perfección en la legión y se convertían en excelentes comandantes, hasta el punto de abrazar definitivamente la carrera militar; otros seguían siendo lo que eran, unos muchachos malcriados que los soldados no tenían en mejor consideración que a las garrapatas: fastidiosos, difíciles de evitar e imposibles de soportar. A simple vista, el recién llegado parecía pertenecer a la segunda categoría, también a juzgar por el físico no demasiado robusto, casi enfermizo. Aunque solo fuera por eso, le habría convenido aprender cuanto antes a mantener una correcta actitud hacia los veteranos, si quería volver de la Galia sano y salvo, en vez de acabar en un foso, con la garganta cortada por un «bárbaro».

—¡Estáis todos castigados! ¡Todos! —chilló el joven, con el mentón hacia delante e hinchándose como un pavo real. Los hombres que le hacían de escolta, también ellos veteranos, lo miraban con suficiencia a sus espaldas—. ¿Quién es el responsable de esta chusma de salvajes indisciplinados?

Los legionarios se miraron mutuamente: no estaban buscando a un culpable; simplemente estaban apostando cuánto resistiría el tribuno ante la Décima.

El jovencito apretó los puños y chilló hasta ponerse morado.

—¡Haré que os arrepintáis de haber nacido! Os haré apalear hasta meteros en esas cabezas huecas el significado de la palabra «disciplina».

De golpe los soldados se pusieron en posición de firmes, cuadrándose marcialmente. El tribuno pareció casi asombrado de sí mismo antes de percatarse de que a su lado había aparecido Emilio.

—¡Descansen! —ordenó el primípilo, después de haber saludado al tribuno.

El oficial de más rango se quedó desconcertado un momento antes de hablar.

—¡Preséntate! —dijo luego al centurión, observando las condecoraciones resplandecientes que cubrían casi por completo la coraza musculada.

—Cayo Emilio Rufo, hijo de Quinto, de la tribu Publia, soldado de la Cuarta Legión, *optio* de la Primera Legión, centurión de la Segunda, Quinta y Décima Legión. Actualmente *primus pilus* de esta última.

Emilio fue desgranando su carrera, lentamente y en tono monocorde: no era un hombre que necesitara aullar para hacer temblar a las personas. Terminada su presentación dirigió al joven tribuno una mirada de suficiencia como para fulminarlo. El otro asintió y asumió una actitud más respetuosa hacia el oficial que tenía delante.

—Y por añadidura —concluyó el centurión—, soy el responsable de esta chusma de salvajes indisciplinados.

El tribuno asintió y se acomodó la elegante capa.

—Soy Marco Alfeno Avitano, tribuno de la Décima Legión. Pronto me será confiado el mando de una cohorte.

—Me alegro, tribuno. ¿Qué ha sucedido durante mi ausencia, hasta el punto de provocar tu ira?

—Los soldados se estaban tirando bolas de nieve entre las barracas.

Por el tono, era evidente que lo consideraba un hecho de cierta gravedad.

Emilio apretó los labios y examinó a sus hombres:

—¿De verdad? ¡Qué insolentes!

Asumió una pose marcial mientras se balanceaba sobre las puntas de los pies.

—Sí, *centurio*, eso mismo he pensado yo también. Estimo que estos hombres deben ser castigados.

—Sin sombra de duda, tribuno. ¿Tienes alguna sugerencia?

El joven se sintió más seguro. El centurión, que visiblemente gozaba de un gran respeto por parte de sus hombres, lo estaba apoyando. Se acarició el mentón lampiño, pensando en el castigo que debía infligir a los soldados.

—Mañana pasarán el día en posición de firmes delante de mi tienda, con bolas de nieve en las manos.

Emilio asintió, antes de acercarse al oído del tribuno.

—Sería un castigo un poco blando —le susurró—. Estos hombres están habituados a las más duras fatigas; castigarlos con una jornada entera de ocio, en realidad, sería un placer para ellos.

—Tienes razón, *centurio*, no lo había pensado. ¿Qué sugieres?

—Lo mínimo es una marcha fuera del campamento en orden de guerra, del alba al atardecer, con el riesgo de ser atacados por los galos.

El tribuno miró a Emilio y le sonrió.

—Muy bien *primus pilus*, me agradas. Haremos mucho camino juntos.

—Creo que sí, tribuno Marco Alfeno Avitano. Y yo, sintiéndome responsable de la disciplina de estos soldados en cuanto comandante de la Primera Cohorte, guiaré la marcha para expiar mi culpa.

El tribuno hinchó el pecho, complacido, mirando a Emilio, antes de volverse a los soldados.

—Legionarios, mañana haréis una marcha en orden de batalla, del alba al atardecer, guiados por el primípilo Cayo Emilio Rufo, que pagará *en persona* por vuestra indisciplina. Esto debería bastar para mortificaros.

Emilio asintió, serio y compungido, antes de estrechar la mano del tribuno.

—Estaremos honrados de tenerte como nuestro comandante, tribuno, así podrás comprobar *en persona* que el castigo se ejecute según el código militar.

El joven Alfeno tragó saliva, prisionero de la encerrona del centurión. No le dio tiempo a proferir una palabra, porque inmediatamente fue aclamado a voz en cuello por los soldados alineados.

—Mañana, al toque del fin de la cuarta guardia, os quiero formados en orden de batalla delante de la puerta principal. Todos los que estáis aquí ahora debéis dejar vuestro nombre al *beneficiarius* Quinto Planco. Quienes no se presenten mañana pasarán la próxima semana limpiando las letrinas y durmiendo fuera del campamento. Además, pagarán una multa equivalente a un mes de sueldo.

Todo ello tenía el único propósito de impresionar al tribuno, ya que nadie, por nada del mundo, se habría perdido aquella marcha. Sabían que el único objetivo de la pantomima era dar una lección al joven oficial y cuando el primípilo dio la orden de romper filas, todos hicieron cola delante de Quinto, que comenzó a grabar los nombres en una tablilla. Lucio fue el primero, luego alcanzó a Gwynith, que se había eclipsado con discreción. Antes de entrar en el alojamiento recogió un puñado de nieve, para continuar la lucha en el interior.

Cabello de Fuego, aunque delgada, tenía la fuerza de una pantera y se defendió como una fiera, mordiéndolo y golpeándolo. El valiente soldado primero llevaba las de perder, pero luego consiguió inmovilizarla en el suelo, apretándole con dulzura las finas muñecas.

—¿Qué sucederá con ese oficial? —preguntó ella, jadeando ligeramente.

—Sucederá que mañana lo tendremos a merced durante toda una jornada, lejos del campamento y de Labieno. ¿Te rindes?

—Jamás —repicó Gwynith, con una especie de sensual rugido.

La lucha se hizo intensa. Ella intentó escabullirse enarcando la espalda, pero Lucio la mantenía firme y con su peso le presionaba el pecho. Ella sintió el frío contacto de la malla de hierro sobre la túnica y de inmediato sus pezones se hicieron turgentes.

Sujetándole los brazos, Lucio mordió el escote del vestido para apartarlo y su boca ávida se abalanzó sobre los cándidos senos. Gwynith notó la caricia hirsuta de la barba y el húmedo calor de los labios sobre la piel. Cerró los ojos, invadida por el placer, y dejó de oponer resistencia.

Durante un momento la mujer fue vencida y se abandonó pasivamente a su hombre. Luego ciñó con las piernas las caderas de Lucio, lo cogió por el pelo y lo atrajo hacia sí. Lo miró y le mordió el labio inferior, mientras sus manos se movían, sabias, bajo la pesada capa militar.

Lucio se levantó a medias para desvestirse, pero ella lo contuvo.

—No. Quédate así, como estás ahora.

Él la miró, sentado a horcajadas sobre su vientre. Gwynith comenzó a acariciarle la malla de anillos de hierro. Sus dedos se deslizaron de las hombreras a la gran cabeza de Gorgona del centro del pecho, premio de quién sabe qué batalla.

—Quédate así —repitió ella, mirándolo admirada, tan tenebroso y fascinante, encerrado en aquella coraza de hierro.

Su mano sutil bajó, siguiendo el talabarte de cuero, para perderse en las tachuelas de plata del *cingulum*. Los dedos llegaron al pomo del gladio y se detuvieron. La mirada de Lucio rebosaba de deseo, mientras las yemas de la mujer recorrían con delicadeza los engastes del mango de hueso, como pidiendo permiso para poder acariciar aquel objeto. Luego los dedos aflojaron la presa.

—Quédate así, aquilífero.

Lucio no se movió, advirtió el hierro de la hoja afilada que salía lentamente de la funda y no hizo nada para impedirlo. Gwynith reconoció en aquel abandono la inmensa confianza que depositaba en ella y apretó el mango del arma, sin apartar los ojos de su hombre. También sin la espada era varonil, fuerte e invencible. Con un gesto voluptuoso llevó lentamente el pomo a los labios y los hizo deslizar a lo largo del mango opalescente. Luego la fría mano de ella remontó los músculos del muslo. El hombre cerró los ojos y oyó la caída del gladio sobre el suelo. Una sensual caricia subió entre las protecciones de cuero y las uñas apretaron sus glúteos musculosos. Luego, incansables, aquellos dedos fríos se desplazaron adelante, sobre la carne ardiente. Lucio enarcó la espalda y cerró los ojos abandonándose a ella, que le susurraba palabras en su idioma incomprensible.

Entre las paredes de aquella casucha ya no estaban la esclava britana ni el oficial símbolo de la más poderosa legión de Roma. Solo estaban Lucio y Gwynith, dos criaturas que el destino y los dioses habían unido. Este fue el pensamiento que se asomó a la mente del soldado mientras la miraba a la débil luz de la lámpara de aceite, al alba del día siguiente. Con un suspiro se vistió y se preparó de punta en blanco, con la espada en el costado y el escudo con su protección de piel en el brazo. Dado que no saldría toda la legión, no llevaría el águila. En el umbral, después de una última mirada a su amada aún perdida en el sueño, dejó atrás una cálida noche de amor para afrontar el hielo de un alba ya próxima.

Alcanzó el fuego donde Valerio y los otros, todos en orden de batalla, estaban consumiendo el desayuno. Cogió leche de cabra apenas tibia y mojó el pan negro. No era gran cosa como desayuno, pero en vistas a la larga marcha el pan negro les proporcionaría energía sin pesar en el estómago, como todos sabían.

—¿Estamos listos? —preguntó a Quinto, después de haber saludado a los demás.

—Sí, *aquilifer*, aquí está la lista de los hombres.

Lucio le echó un rápido vistazo antes de examinarla con más atención:

—Pero... ¿cuántos nombres son?

—Ciento noventa y cuatro legionarios, un *optio*, dos centuriones, un aquilífero y el primípilo.

—¿Qué? Quinto, ayer aquí había como máximo sesenta soldados, era mi escuadra de turno en el astillero y, por tanto, sé quiénes eran. ¿De dónde vienen todos los demás nombres?

—El hecho es que... se ha corrido la voz, y todos los que estaban dispensados de servicio han querido sumarse a la partida.

Lucio sabía que Quinto, además de un gran trabajador, era también un hombre capaz de echar cuentas.

—¿Estás seguro de que todos estaban dispensados de servicio? —Lo miró con una mueca irónica—. ¿No habrá por casualidad alguno que haya pagado para tener la dispensa?

El *sanita* tamborileó con los dedos sobre la tablilla de los nombres, fingiendo reflexionar:

—Pues, ahora que lo pienso, sí, quizás algunos hayan contribuido, pero pocos, yo...

—No quiero discutir tu labor, Quinto. —Lucio sonrió—. Solo dame lo que me corresponde —añadió—. Haciendo un cálculo rápido, habrá unos ciento treinta soldados de más. Y, conociendo a mi fiel Planco, no me cabe duda de que habrán pagado caro este paseo. A simple vista, me corresponden doscientos sestercios.

El soldado refunfuñó algo, pero luego le entregó el dinero, entre las carcajadas de los presentes.

—Venga, Quinto, me parece una suma razonable. Estoy seguro de que aún te ha quedado un buen pellizco.

—Qué va, también hay dos centuriones en la lista.

—Así es la vida, querido mío —dijo el aquilífero, dando una palmada en el hombro del *sanita*—. Vamos, hombres, nos espera una dura jornada.

Todos empezaron a marchar y alcanzaron la puerta principal, donde se alinearon junto a los ya presentes. Emilio se paseaba arriba y abajo empuñando su bastón de vid.

—Buenos días, primípilo.

—Me presento ante mi aquilífero —respondió Emilio, observando el cuadrado de soldados que aumentaba.

—¿Todo listo? ¿Qué tenemos en programa?

—Por desgracia, no he conseguido ofrecer el adecuado desayuno al tribuno —respondió el centurión, tajante—. Ese marica tiene dos esclavos que se ocupan de su persona y solo come lo que ellos le cocinan. De todas formas, he hecho que el médico me prepare una pócima laxante que pienso endosarle a la primera de cambio durante la marcha.

Lucio sonrió, sacudiendo la cabeza.

—He oído ruido de cascos en la Puerta Decumana, hace cerca de una hora.

—Sí, son nuestros eduos. A media jornada nos tenderán una emboscada.

—Vosotros, decidme, ¿esta mañana sale toda la guarnición o está previsto que alguien permanezca de guardia?

Ambos se pusieron inmediatamente en posición de firmes, junto a los soldados que interrumpieron al instante su ronda de apuestas.

Tito Labieno, legado responsable de la fortificación y comandante en jefe de la Décima, se había acercado a los dos oficiales. Acababa de despertarse, pero ya estaba vestido de punta en blanco. Bajo la pesada capa color púrpura llevaba una espléndida coraza de plata repujada con figuras mitológicas.

—¿Quién ha tenido la brillante idea de hacer un desfile a esta hora? —preguntó en tono severo.

—Señor, estos hombres están castigados. He pensado que una marcha en orden de batalla podía calmar a algunos díscolos.

—¿Y qué quería hacer esta cohorte? ¿Desertar? ¿No era mejor arrestarlos de inmediato y luego mandarlos al astillero a trabajar día y noche? ¿De qué culpa se han manchado?

Emilio apretó los labios, luego inspiró fondo y respondió de un tirón:

—Jugaban con bolas de nieve, legado, después del trabajo en el astillero. —Ante la explicación del centurión, los ojos de Labieno, aún legañosos, se estrecharon hasta convertirse en dos filos de espada bajo las cejas fruncidas—. El hecho irritó sobremanera al nuevo tribuno, Marco Alfeno Avitano, que quiso castigar a toda la cohorte —concluyó Emilio con toda seriedad.

—¿Quién? ¿El que llegó anteayer?

—¡Sí, señor!

Labieno farfulló algunas imprecaciones entre dientes y se dirigió a un guardia:

—Tú, ve a llamar al nuevo tribuno.

—No es necesario, señor —intervino Emilio—, estará aquí de un momento a otro. Él guiará la marcha.

Mientras resonaba el toque del fin del cuarto turno de guardia, que despertaba a todo el campamento, el legado miró a Emilio en silencio, entendiendo el porqué de todos aquellos soldados listos para emprender la marcha al alba.

—¡Qué idiota! —dijo, disgustado—. Dos días y ya se ha metido en líos. —Sacudió la cabeza mirando a los hombres alineados antes de dirigirse a Emilio y Lucio—: Su padre es senador, como sus antepasados antes de él, que los dioses los protejan. El procónsul me pidió que tuviera consideración con el muchacho y seré responsable de él hasta el final del invierno, cuando sea transferido a una nueva legión que está a punto de ser constituida en el norte de Italia. Devolvedlo al campamento sano y salvo, y sin demasiadas magulladuras, si no queréis que os mande a Italia a pie para enrolaros en esa nueva legión junto al joven y estúpido tribuno y a los imberbes chiquillos que formarán parte de ella.

—¡A tus órdenes, señor!

Los dos oficiales se pusieron en posición de firmes mientras llegaba el tribuno con gran pompa, en un espléndido caballo blanco con guarniciones de cuero rojo.

—¡Menudo cretino! —repitió Labieno mientras se dirigía a su alojamiento sin responder al saludo del tribuno, que alzó teatralmente el brazo vuelto al comandante del campamento.

El legado se volvió de pronto hacia Lucio y Emilio y, retrocediendo un instante, levantó el índice en señal de advertencia. Luego se envolvió en la capa y desapareció en la oscuridad.

—Ha colado —dijo Lucio.

—Tenemos la bendición del legado —añadió Emilio, frotándose las manos—. ¿Cuántos somos, al fin?

—Ciento noventa y cuatro hombres, un *optio*, dos centuriones, un aquilífero y, naturalmente, un primípilo —respondió Lucio.

—Entonces, ¿no me presentáis a las tropas? —preguntó el tribuno, petulante, desde lo alto de su caballo blanco, cuyo aliento se condensaba en el aire frío.

Emilio dio la orden de ponerse firmes, saludó al tribuno y le presentó a las tropas. El joven oficial quiso inspeccionar las filas, recorriéndolas lentamente con una mirada severa que no dejó de irritar a las huestes. Había llegado el momento de comenzar a ajustar las cuentas con el retoño de la nobleza. Emilio esperó a que acabara de arengar a la cohorte y luego lo llamó aparte.

—Hay algo que debo decirte, tribuno —empezó el primípilo, con aire de embarazo—. Pero no sé cómo hacerlo.

—¿Cuál es el problema, *centurio*? Habla.

—Se trata de tus mangas.

—¿Mis mangas? —dijo Alfeno, mirándose los brazos—. ¿Qué tienen de particular?

—Los hombres consideran que solo los afeminados llevan mangas.

El tribuno miró al primípilo, luego al aquilífero y, por último, a los soldados alineados. Estaban todos con los brazos desnudos. Todos salvo él, que era el único que llevaba una túnica en tejido de espiguilla de gruesas mangas.

—¡Por Júpiter, estamos a principios de enero y hay un palmo de nieve!

—Soy consciente de ello, tribuno, pero la tradición quiere que los hombres de la Décima no lleven mangas. Llevamos varias túnicas de tela acolchada e incluso de lana, pero todas sin mangas. Tengo alguna, si la necesitas.

—Está bien, entendido; voy a mi alojamiento a cambiarme.

Alfeno dejó el caballo a Lucio y se alejó, maldiciendo para sus adentros a la Décima, mientras alguna risita sofocada resonaba entre las filas.

—¿Ciento noventa y cuatro hombres, has dicho? —intervino Emilio, perplejo—. ¿Y de dónde salen todos estos castigados?

—Según parece, se ha corrido la voz por el campamento y ningún hombre exento de servicio ha querido perderse la expedición de castigo.

—Entiendo —respondió el primípilo, y de inmediato se puso a hacer un cálculo, ayudándose con los dedos—. Ciento noventa menos los sesenta que efectivamente habrían debido participar, son ciento treinta. ¿Correcto?

Lucio asintió, sabiendo adónde quería ir a parar.

—Correcto.

—Teniendo en cuenta que estos ciento treinta no están castigados, están exentos de servicio y habrían podido quedarse en el campamento a descansar, creo que para participar habrán pagado de dos a tres sestercios cada uno. Y si estaban de servicio, eso significa que para que los eximieran habrán desembolsado quizá cuatro sestercios por cabeza. Por tanto, la participación en la marcha de estos soldados ha dado de trescientos a cuatrocientos sestercios de beneficio, aproximadamente, al oficial. Tú me das doscientos y estamos en paz.

—No, no estamos en paz. Hay otros dos centuriones que han exigido su parte, y el *beneficiarius* que ha recogido el dinero tiene derecho a su porcentaje.

—Yo soy el *centurio prior*, a mí me corresponde la tajada más grande. Me debes doscientos sestercios.

—Pensaba que una vez alcanzados los Primeros Órdenes, el primípilo vivía de su magnífica paga.

—¿Bromeas? Debo preocuparme de mi pensión, ¿no lo sabes? No me vendrán mal doscientos sestercios.

—Pero es exactamente la suma que he pedido yo.

—Me asombras, Lucio. Alguien que lleva las arcas de la legión debería estar más familiarizado con las cuentas. Tendrías que haber pedido más. Ve a discutirlo con los otros dos centuriones.

El aquilífero resopló y depositó la bolsa de piel en la mano abierta del primípilo.

—¿No los cuentas?

—Confío en ti.

La llegada del tribuno interrumpió la discusión. El joven, visiblemente aterido, mantenía los brazos al abrigo de la capa. En cuanto hubo montado, Emilio dio una orden y la columna se puso en marcha.

En el horizonte el cielo comenzaba a aclararse a través de la densa niebla. Los hombres avanzaron por el camino hacia el interior, siguiendo el recorrido diario de las patrullas a caballo. Se advertía en el aire una sensación sombría, la nieve y la niebla daban la impresión de esconder presencias oscuras. Por suerte, una vez superada una vasta área desboscada por los *lignatores* para obtener la madera destinada a las naves, el paisaje se hizo menos espectral y la niebla se despejó en cuanto comenzaron a subir las colinas. Como de costumbre, Emilio mandó de avanzadilla a algunos hombres, para hacer de «ojos» al resto de la columna. El tribuno cabalgaba al paso a la cabeza de la tropa. De vez en cuando se volvía para mirar a los hombres y reprendía a alguien que hablaba mientras caminaba por la nieve blanda.

—No me parece un gran castigo, *centurio* —dijo a Emilio, con aire desilusionado.

—La jornada acaba de comenzar, tribuno. Espera al regreso, cuando la fatiga transforme las piernas en trozos de madera. Debo reconocer que, para ser un recién llegado, ya tienes mucha influencia como comandante.

—¿Cómo has llegado a esta conclusión, *centurio*?

—Muy pocos habrían estado en condiciones de sustraer al astillero naval a doscientos hombres durante toda una jornada. Ni siquiera el legado Labieno habría osado apartar a tanta gente de la construcción de las naves para el procónsul.

—Pero fue idea tuya, *centurio*.

—No, tribuno, yo dije que si había que castigarlos, era mejor hacerlo con una maniobra, antes que dejarlos en posición de firmes durante toda una jornada.

El tribuno se restregó los brazos congelados bajo la capa.

—¿Quieres decir que César será informado de ello?

—Si lee mi informe, sí.

—¿Qué informe?

—El que debo redactar cada día para entregarlo al legado. Todos los días se hace un informe sobre las fuerzas de la legión en el que se detalla el número de los presentes, los enfermos, los heridos, los ausentes y los servicios asignados. Y si hay castigos, debemos referir el motivo del castigo y en qué consiste.

—¿Y luego César lee estos informes?

—Eso no lo sé. Pensaba que tenías tanta confianza con él que podías permitirte lo que quisieras.

Alfeno palideció, pensativo.

—Pero ¿debes informar de todo?

—¡Claro! —respondió Emilio, asintiendo con fuerza—. Ese es mi deber, precisamente.

—Escucha, *centurio* —dijo el tribuno, bajando la voz—, si tú me ayudas, yo te ayudo. ¿Entiendes?

Emilio respondió con una sonrisa de complicidad. Ya había

deducido que el vástago del senador no tenía demasiada relación con el procónsul. Quizá ni siquiera le había sido presentado. El jovencito sonrió a su vez, tranquilo. La ovejita se estaba acercando a las fauces del lobo.

Lucio reclamó con un gesto la atención de Emilio.

—Labieno nos ha puesto la caballería en las costillas —le susurró—. La retaguardia ha avistado a unos jinetes, en dirección al campamento.

—Esperemos que se mantengan alejados —gruñó el primípilo—. Avivemos el paso y vayamos por los bosques.

—¿A qué viene este cambio de dirección, *centurio*? —preguntó Alfeno en cuanto la columna comenzó a subir.

—Así nos mantendremos a salvo de eventuales ataques de la caballería, tribuno.

El joven miró a su alrededor, inquieto.

—Pero ¿esta zona no ha sido pacificada?

Emilio estalló en una carcajada.

—La Galia sigue atenta a cada uno de nuestros pasos, tribuno. Hoy somos un buen blanco para los morinos. Doscientos hombres a pie, sin cobertura de caballería, guiados por un alto oficial visible desde millas de distancia. Deja que te lo diga, tribuno: demuestras tener mucho valor al ir sobre ese caballo, tan expuesto.

Los signos de nerviosismo comenzaron a aparecer en el rostro del joven noble, que se volvía continuamente y escrutaba en busca de cualquier posible movimiento, sintiéndose terriblemente vulnerable y expuesto, montando su corcel. Había empezado a maldecir aquella jornada desde que se había despertado y ahora habría querido estar en cualquier parte, salvo en aquella densa floresta nevada.

De golpe alzó la mano para detener la columna.

—¿Habéis oído?

Emilio prestó atención.

—¿Qué?

—Allí, ese ruido de ramas partidas.

—Será el peso de la nieve —respondió el primípilo—, a menudo las ramas ceden. A veces incluso cae todo el árbol. ¿Te apetece?

—¿Qué es?

—Una pócima energética que me ha preparado el médico.

Alfeno cogió la cantimplora y bebió largos sorbos antes de dar la orden de reanudar la marcha. Estaba más que harto de aquel bosque que le impedía ver cuanto le rodeaba y ya no soportaba los continuos azotes de las ramas espinosas en el rostro. Llegados a una subida que llevaba hacia la cresta de la colina boscosa, el tribuno espoleó el caballo para alcanzar a los exploradores, unos trescientos pasos por delante, pero a mitad de camino una flecha salida de la nada atravesó el cuello de la bestia, que se encabritó, relinchando, y en un instante se desplomó sobre el lomo, encima del tribuno, que quedó encajado debajo del caballo que coceaba.

—¡Maldición, se han pasado! —murmuró Lucio, corriendo hacia el muchacho.

De inmediato Emilio impartió órdenes a los soldados. Una parte formó en cuadrado en torno al tribuno, mientras que los otros se dispersaron en dos grupos a los lados del sendero al tiempo que menudeaban piedras y flechas. Valerio y otros hombres se unieron a Lucio y consiguieron sacar al oficial de debajo del caballo. Afortunadamente estaba vivo, aunque medio atontado.

Desde la cima de la colina llegó un alarido y los soldados se arrodillaron, listos para lanzar los *pila* tras el amparo de los escudos. Un bárbaro completamente desnudo, que blandía una pesada espada en una mano y dos lanzas en la otra, apareció entre la vegetación cubierta de nieve. Se encontraba demasiado lejos para ser golpeado por las jabalinas y en la columna no había arqueros. Detrás de él aparecieron otros jóvenes guerreros, unos quince en total. Algunos iban con el torso al descubierto, otros totalmente desnudos, como el que parecía el jefe. Comenzaron a lanzar piedras acompañadas de insultos hacia los soldados apostados. Emilio, agazapado detrás de un legionario que le hacía de escudo, se dirigió a Lucio con un gesto de la cabeza.

—Estos no son los eduos —dijo—, es una emboscada de verdad. ¿Cómo está el tribuno?

—Magullado, pero vivo —respondió el aquilífero, arrodillándose junto a él—. ¿No es extraño que una veintena de morinos enajenados ataquen a una columna de doscientos soldados? No quisiera que hubiera otros por aquí.

—Puede ser que hayamos superado alguno de sus lugares sagrados. Tal vez se hallan bajo el efecto de alguna poción o simplemente están borrachos como una cuba. O tal vez locos.

—Según parece, nos están desafiando. ¿Dónde habrá ido a parar la vanguardia?

—Llegarán enseguida, ya verás, considerando el follón que están haciendo estos.

—¿Y si los han matado?

Emilio sacudió la cabeza.

—Lo excluyo, esos bárbaros ya estarían agitando las cabezas de algunos de los nuestros. En mi opinión es una prueba de valor y están exaltados por haber detenido, con veinte hombres, una columna diez veces más numerosa. Creo que se darán a la fuga en cuanto nos movamos. ¿Ves cómo se mantienen a distancia?

Lucio tocó el hombro del primípilo.

—Ahí están, los he visto. Máximo retrocede, está allá arriba, a su izquierda.

Señaló la posición del *optio* con un gesto de la cabeza.

El centurión asintió. Se puso de pie y dio disposiciones a los hombres, mientras un par de lanzas se clavaban en la nieve a unos veinte pasos de distancia. Las filas alineadas a los lados del sendero se unieron escudo contra escudo y empezaron a avanzar muy lentamente. En realidad, era un movimiento de distracción cuyo único objetivo era hacer retroceder a los atacantes hacia los hombres de Máximo, que estaban llegando a sus espaldas al bosque. En el mismo instante los legionarios que protegían al tribuno comenzaron a batir los gladios sobre los escudos, para crear confusión y enmascarar los ruidos de los soldados que estaban llegando.

El primero en caer fue precisamente el que parecía el jefe del grupo. La punta de un *pilum* le salió del pecho con un chorro de sangre y cayó en la nieve mientras los legionarios que estaban remontando la colina empezaban a correr aullando hacia los galos, quienes no se dieron cuenta de que estaban atrapados entre dos frentes hasta que las lanzas no hubieron atravesado a casi la mitad de ellos. Algunos empezaron a correr, consiguiendo huir del cerco que se cerraba, inexorable. Los que quedaron atrapados intentaron combatir, pero fueron golpeados aun antes de alcanzar a los romanos. En pocos instantes una decena de galos yacieron sobre la nieve enrojecida, agonizantes. Con rápidos golpes de gracia en la yugular, los legionarios fueron liquidando a los heridos con la misma frialdad que había acompañado todos sus movimientos, como si se tratara de una maniobra habitual.

El primípilo fue a comprobar el resultado e hizo una señal de aprobación al *optio* por el excelente trabajo antes de dirigirse hacia el cuerpo del que tenía el aspecto de ser el jefe de los atacantes. Le apoyó un pie en la espalda, con un tirón le sacó el *pilum* y se lo pasó a un legionario. Se inclinó y le levantó la cabeza sujetándola por los largos cabellos.

—¿Estás contento, pedazo de idiota?

Dejó caer aquel rostro, sobre el que aleteaba la mueca de la muerte, en la nieve roja de sangre y volvió con sus hombres.

Cuando el tribuno se levantó, confuso y tambaleante, todo había terminado: dos legionarios habían puesto fin a los sufrimientos del caballo a golpes de daga. Los soldados estaban charlando tranquilos y algunos pidieron al centurión permiso para comer.

Emilio accedió después de haber dispuesto una fila de centinelas sobre la cresta de la colina.

—¿Puedes caminar, tribuno? —preguntó con diligencia a Alfeno.

—Creo que sí, aunque me he dado un buen golpe en la espalda y en la pierna.

El joven temblaba de frío y por haberse salvado del peligro.

—Podía ser peor —sentenció Emilio, acercándose a los soldados que se concedían un poco de descanso. El tribuno lo siguió, cojeando, entre la indiferencia general. No había nadie dispuesto a ayudarlo. ¡Que sintiera también él la nieve fría y helada en los pies!

Los hombres se sentaron ordenadamente sobre los escudos y comieron lo que tenían en las alforjas, pan negro y algunos bocados de salchicha gala. Alfeno no tenía apetito, es más, sentía en el intestino unos extraños calambres que le producían dolorosas punzadas.

—Maldición, habría hecho bien en no darle esa pócima —susurró Emilio al oído de Lucio.

—Bueno, ahora ya la tiene en el cuerpo, ¿no? Ya verás como de un modo u otro se librará de ella. ¿Ha bebido mucho?

El centurión asintió, masticando su salchicha. En el mismo instante el tribuno saltó en pie y echó a correr, cojeando, hacia el bosque, doblado en dos y con las manos sobre el vientre. Lucio volvió la cabeza para esconder la risa, pero no era el único que había reparado en la escena: también los demás soldados, que desde hacía rato estaban atentos a Alfeno, se habían dado cuenta de lo que ocurría. El espectáculo estaba a punto de comenzar, entre la hilaridad general apenas disimulada.

Los hombres ya habían terminado de comer y estaban alineados, listos para marchar, cuando el rostro pálido y sudado del tribuno reapareció finalmente entre las ramas.

—¿Te sientes mal, tribuno? —preguntó Emilio.

—No es nada, *centurio* —respondió con un hilo de voz el retoño del senador—, quizás haya sido el frío. Creo que ya ha pasado.

—De todos modos, es mejor no alejarse demasiado —continuó el centurión—. Opino que en este punto es más prudente retomar la vía del campamento. Sugiero rodear el bosque y bordear el río; el camino es más largo, pero es menos accidentado.

Un centinela de guardia informó a Tito Labieno de que un correo del contingente de caballería auxiliar estaba llegando al campamento a la carrera. El sol se habría puesto poco después y desde el mar el viento comenzaba a batir la costa. Salió de su vasto alojamiento y se dirigió a la puerta principal precisamente cuando el jinete descendía del fatigado caballo.

—*Ave,* legado Labieno, la columna está volviendo al campamento, escoltada por la caballería. Estarán aquí dentro de un par de horas.

El comandante supremo suspiró, aliviado.

—¿Todo en orden?

—No exactamente. La expedición ha sufrido tres ataques por

parte de los bárbaros, antes de que consiguiéramos rechazarlos. El primero en el bosque, por una decena de enajenados a pie, los otros dos en el río, por parte de un pequeño grupo de jinetes.

—¿Tres ataques? —dijo Labieno con los ojos desencajados—. ¿Hemos sufrido pérdidas?

—No, señor; solo un herido, al que traen en camilla. Se trata del tribuno Alfeno.

El legado alzó los ojos al cielo en una silenciosa imprecación.

—¿Es grave?

—No, legado. En la primera emboscada cayó del caballo y sufrió un feo golpe en la pierna. El animal tuvo que ser sacrificado y el tribuno se vio obligado a proseguir a pie, aunque cojeando, con lo cual retrasaba los movimientos de toda la columna. El primípilo hizo construir una camilla para transportarlo, pero en el segundo ataque el tribuno estaba lejos de los otros y, mientras corría para entrar en las filas, fue golpeado en el yelmo por una pedrada. La tercera vez se ha lanzado al río helado para huir de la carga de un bárbaro a caballo. Por suerte, el aquilífero Petrosidio se ha arrojado al agua y ha conseguido salvarlo. En cualquier caso, se recuperará.

—Pero ¿qué hacía lejos de los otros?

—Estaba defecando, legado.

Ya había caído la noche y la nieve brillaba a la luz de la luna cuando los centinelas comenzaron a oír el canto de la Décima a lo lejos. La columna bajó por la colina, precedida por los jinetes. Labieno esperaba impaciente al tribuno en su alojamiento, con un par de médicos. Cuando se lo trajeron se dio cuenta de su lamentable estado. Para que no se congelara le habían quitado las indumentarias mojadas y lo habían envuelto en las mantas de la caballería, que apestaban a establo a una milla de distancia. Estaba pálido y demacrado, con los ojos enrojecidos y los labios violáceos, sucio de fango seco hasta la punta de los pelos. Los médicos lo acomodaron de inmediato junto al fuego, le pusieron unas compresas en el tobillo y le dieron una infusión bien caliente. Emilio entregó a uno de los esclavos los jirones de sus ropas, la coraza abollada y el yelmo deformado. En cuanto a la capa, se había perdido en el río. Saludó a Labieno y pidió permiso para liberar a los hombres del castigo.

—Mañana mismo prepararé el informe sobre la marcha, señor —dijo al legado antes de despedirse.

El primípilo no veía la hora de poner por escrito las dos fugas del tribuno delante del enemigo, en el tercer día de estancia en la Décima. Sabía que en aquel preciso instante el relato de la jornada, cada vez más poblado de exageraciones, estaba dando ya la vuelta al campamento y que al día siguiente se habría propagado entre todas las legiones establecidas en la Galia mediante los correos encargados de las comunicaciones.

—¿Por qué no hablas, Gwynith?

Lucio estaba finalmente tendido sobre la cama después de un baño caliente.

—He vuelto sano y salvo, no ha sucedido nada —añadió, mientras ella le friccionaba la espalda con un ungüento balsámico.

—¿El amo quiere que la esclava hable? Tus deseos son órdenes. ¿De qué debo hablar?

Lucio se giró sobre un costado y le cogió el mentón entre los dedos.

—¿Por qué te comportas así?

—Porque hoy, después del atardecer, un jinete sucio y apestoso ha golpeado a la puerta y se ha puesto a hablarme en una lengua que no conozco. Solo sabía que estaba hablando de ti, porque lo único que he entendido ha sido tu nombre.

Lucio le sonrió, compungido.

—Le he dicho que te avisase de que estaba bien, para que no te preocuparas. Pensaba que Quinto estaba por aquí.

—En efecto, he buscado a Quinto, pero aquí casi nadie me entiende y no sabían decirme nada. Cuando lo he encontrado, el jinete se había marchado y yo no sabía dónde se alojaba. No he podido decirle si era un romano, un eduo, un atrebate, un germano o lo que fuera, así que he vagado, desesperada, por el lado opuesto del campamento, hasta que lo he encontrado. Entonces lo he conducido donde Quinto, para hacerme traducir lo que tenía que decirme. Solo entonces he sabido que estabas vivo.

Él la abrazó.

—Ahora ya ha pasado todo. Ya te lo dije, los dioses me protegen.

—Claro, Lucio, ya ha pasado todo. Pero eso no quita que te hayas lanzado a un río helado para salvar a un hombre que tú y tus amigos detestáis, sin pensar que yo estaba aquí, esperándote.

—Era mi deber.

—Lo sé, eres el aquilífero. Lo he entendido. Y también he entendido otra cosa.

—¿Qué?

—Que solo soy la esclava del aquilífero.

Lucio la aferró por los hombros.

—Nunca te he tratado como una esclava; habría podido, pero no lo he hecho. Sabes que paso las jornadas con el único pensamiento de volver entre tus brazos. Fue un gesto impulsivo, alguien debía salvarlo; luego, cuando me sacaron, me di cuenta y me preocupé de hacerte saber que también yo estaba a salvo.

Gwynith rompió a llorar y se acurrucó en el rincón donde había pasado la primera noche en aquella barraca.

—Un día —dijo entre sollozos— tus dioses se olvidarán de ti por un instante y otro jinete golpeará a esa puerta para anunciarme que has caído en un enfrentamiento con los morinos, o los germanos, o los belgas, o los cantiacos... y yo habré perdido a la única persona en el mundo por la que merece la pena que viva.

Lucio se sentó en la cama con la cabeza gacha. Luego la miró a los ojos.

—Soy un legionario, Gwynith.

—Lo sé, lo sé. Eres un legionario, eres un soldado romano y tu águila vale más que cualquier mujer.

Lucio sacudió la cabeza y la miró con ternura, pensando que una mujer no podía entender qué significaba ser un soldado. Su vida siempre había sido aquella, marcada por los ritmos ordenados del ejército. El hierro, la sangre, el sudor, las privaciones y la fatiga eran sus compañeros desde hacía mucho tiempo y nunca lo habían arredrado. Pero en aquel momento, al ver el llanto de

Gwynith, el soldado comenzó a reflexionar. Delante de él estaba la mujer que amaba, una mujer maravillosa, que temblaba ante el solo pensamiento de perderlo, y él no soportaba verla sufrir. Ante las primeras lágrimas, sentía que le subía del estómago un dolor desconocido al que no sabía dar nombre. Y también él, aquel día, había experimentado el temor de no volver a verla y se había dado cuenta de que su vida sin ella ya nunca sería la misma.

He aquí por qué los legionarios tenían prohibido casarse. Solo podían hacerlo cuando se retiraban, después de veinte años de honorable servicio. Aquellos que tenían una relación debían dejar a sus mujeres —no así a las esclavas— fuera de la empalizada del campamento. La mirada de Lucio se perdió en el vacío y mil pensamientos le pasaron por la mente, sin que consiguiera transformarlos en palabras. El ejército y Gwynith: ambos le estaban pidiendo la vida; el primero por contrato, la segunda por amor. El primero era su familia, era su padre y su madre, era su patria: nunca habría podido traicionarlo. La segunda, en cambio, era su mujer, era la pasión y el amor ilimitado que estaba descubriendo cada día. ¿Lograría hacer que convivieran?

Se acercó a ella y la abrazó, besándola en la frente.

—Esta es mi vida, Gwynith. No sé hacer otra cosa. Nací delante de una empalizada como esta y he conocido la guerra desde niño, sobre las rodillas de mi padre, escuchando sus relatos y acariciando sus cicatrices.

Ella lo estrechó con la fuerza de la desesperación.

—¿Sabes? Cuando me encontraste atada de pies y manos en aquella gruta, sabía que lo había perdido todo. Ya no tenía a mi familia, ni a mis seres queridos ni mi vida sencilla y serena. En lo más profundo de mi corazón sentía que había tocado fondo; estaba sucia, lacerada, aterida, tenía hambre y sed... Pero lo peor era que me sentía sucia también por dentro, porque había sido golpeada y violada por todos esos malditos que me habían arrancado de mi tierra, desde los hombres de Casivelauno hasta el mercader y aquel bastardo de vuestra caballería. Ya no volvería a ver mi ciudad a orillas del río, mi tierra, mi padre, mis hermanos y mi pobre Ailidh. Pensaba que solo la muerte podría finalmente devolverme la dignidad, que solo la muerte me permitiría dejar de sufrir, pero no tenía el valor de quitarme la vida. —Rompió a llorar y Lucio le acarició el pelo, en silencio, hasta que ella volvió a hablar, con las mejillas surcadas de lágrimas—. Luego llegaste tú. —Lo miró con los ojos enrojecidos, pero siempre resplandecientes—. Me diste de beber y de comer, me diste tu capa para cubrirme, me permitiste lavarme, me compraste vestidos nuevos y cálidos, me trataste con amabilidad y sobre todo me respetaste. En la noche de la fiesta del solsticio, entre hielo y fuego, comprendí que la vida aún merecía la pena ser vivida, que quizás en el mundo aún existía una persona buena, y yo había tenido la suerte de encontrarla. Tú me has hecho renacer por segunda vez.

Los ojos del soldado se volvieron brillantes. La estrechó con más fuerza, hundiendo el rostro en su cabello, quizá para no mostrar la emoción. Su amor por ella solo era comparable al odio que le inspiraban todos aquellos que la habían maltratado tan cruelmente.

—Pero tú eres único, eres distinto de los otros precisamente por tu naturaleza. Los hombres te siguen por tu carisma, no por obligación, sino porque les inspiras confianza; tú les iluminas el camino como un fuego en las tinieblas. El espíritu bueno de tu pueblo no vive en esa águila que portas, sino en ti.

Un sollozo ahogado traicionó la turbación del soldado. La pareja permaneció largamente abrazada, en silencio; luego Lucio sintió que el nudo de su garganta remitía.

—Yo te devolveré a tu casa, Gwynith. No sé cómo, no sé cuándo, pero te prometo que lo haré.

—¿Y te quedarás conmigo, allá en el norte?

Él no respondió.

—Entonces no es necesario que lo hagas, Lucio —dijo ella, sacudiendo lentamente la cabeza—. Ya no tengo a nadie allí y sin ti no tendría sentido. Pero si tú quieres y si mi destino es vivir a tu lado, entonces mi casa estará donde tú estés; adonde vayas iré yo también; lo que seas tú lo seré también yo. Sabré esperar en silencio, orgullosa de ser la mujer del aquilífero.

Lucio se quedó como fulminado por aquellas palabras. No supo más que abrazarla de nuevo, confuso, desconcertado y cada vez más enamorado, de ella y de una vida distinta.

—¿Qué debo hacer, Gwynith? Mientras permanezcas todos te considerarán una esclava. Si te concedo la libertad tendrás que irte a vivir fuera de la empalizada, como todas las demás, pero al menos serás libre y honrada por todos.

Cabello de Fuego se levantó y le tiró del brazo para atraerlo.

—Ven a la cama, mi señor, y deja que acabe de masajearte para aliviar tu cansancio. Sé que en tu corazón no me consideras una esclava; los otros no me importan. Y a ellos les basta saber que te pertenezco para que me respeten. Ahora recuéstate y descansa.

Gwynith retomó el masaje mientras le seguía hablando de ella y de su vida anterior, como si finalmente quisiera hacer partícipe a su hombre de sus alegrías y sufrimientos. De esta forma Lucio conoció el pueblo que se alzaba junto al río de nombre impronunciable, las verdes colinas y las frecuentes lluvias. Ella le habló de la madre a la que no había conocido, muerta durante el parto. Su voz se volvió débil mientras recordaba a sus seres queridos, una gran familia golpeada por una serie de muertes violentas, por las continuas luchas entre clanes rivales. La amistad entre ella y su prima Ailidh, como también el vínculo con sus dos hermanos supervivientes, le había dado fuerzas para no rendirse. Habló con un hilo de voz de su padre, exaltando las gestas del gran Adedomaro, soberano de los trinovantes y valeroso guerrero.

Lucio levantó la cabeza de golpe y la miró.

—¿Tu padre, Adedomaro, era un jefe, un rey? ¿Eres la hija de un rey?

—Sí, el rey de los trinovantes —asintió ella con orgullo.

Lucio se sentó y la cogió por los hombros.

—¿Tu hermano se llama Mandubracio?

Ella se quedó atónita. Sin decir una palabra lo miró, con las manos gélidas y los ojos nuevamente brillantes.

—Gwynith, ¿tu hermano se llama Mandubracio? —insistió el aquilífero.

La mujer asintió lentamente, preguntándose cómo era posible que Lucio supiera el nombre de su hermano.

—Conocí a Mandubracio, Gwynith, lo encontré en el campamento en Britania y una tarde incluso comimos juntos —le dijo sonriendo, mientras la abrazaba—. ¡Está bien, créeme! Se encuentra sano y salvo bajo la protección de César. Ahora no tengo más información, pero sé que sigue bien.

Incrédula, incapaz de hablar, Cabello de Fuego rio y lloró al mismo tiempo, envuelta en los brazos de él.

—Hay un designio del destino en todo esto, Gwynith. Los dioses están con nosotros. Ven, hay que festejarlo, sirvamos vino y brindemos por Mandubracio. Ya verás como pronto os reencontraréis.

Sí, pensaron ambos, la vida merecía la pena ser vivida.

XV

La última primavera

Lucio saludó a los centinelas en la entrada del edificio y pasó a la pequeña antecámara, donde un centurión de servicio en el cuerpo de guardia paseaba en silencio. Superó una segunda puerta y se encontró en el *aedes*[34] propiamente dicho, donde el sol se filtraba por las rejillas de los ventanucos situados en lo alto, rasgando con haces de claridad dorada la penumbra de la estancia. A aquella hora el polvo en suspensión brillaba a la luz de los rayos solares, creando una sensación mágica y ultraterrenal, como si el tiempo se hubiera detenido. Había algunos soldados recogidos en plegaria, ajenos a la llegada del aquilífero. Imitándolos, también él posó la rodilla en el suelo y, antes de inclinar la cabeza, miró al frente en silencio. Los estandartes de todas las cohortes de la legión estaban situados uno al lado del otro en las paredes. Dos columnas bajas sostenían vasijas de terracota en las que ardía perennemente resina, y en el centro, sobre un pequeño podio de piedra pulida, el águila de la Décima descollaba sobre toda la estancia, como si aquella fuera la puerta de acceso al Olimpo.

La legión ya no se había movido del campamento durante todo el invierno y el símbolo de la Décima había permanecido en reposo en aquel lugar sagrado, vigilado día y noche por un centurión con seis legionarios. Las sombras del águila que los braseros proyectaban en las paredes oscilaban al ritmo de las llamas, acompañando las plegarias de los soldados. Era el lugar donde hacían sus ofrendas a los dioses. El lugar al que Lucio acudía a arrodillarse con los ojos cerrados, para agradecerles que le hubieran mandado a Gwynith y pedirles que velaran por ella. Luego posó la mirada sobre el águila iluminada por un rayo de sol y le suplicó que lo protegiera, porque la primavera ya había empezado y dentro de poco, con el verano, tendrían que retomar las armas y partir hacia Britania o hacia cualquier otra fortaleza de la Galia, quién sabe. Los demás soldados salieron, pero Lucio se quedó un rato contemplando el águila con un sentimiento de intimidad que solo él podía tener con aquel símbolo sagrado. Por último se levantó y, después de una mirada de saludo, alcanzó la salida.

A punto estuvo de chocar con Emilio, que en ese momento estaba entrando.

—¿Cómo estás, *aquilifer*?

—Bien, gracias, *centurio*.

—De un momento a otro César llegará al campamento para comprobar la actuación invernal de la Décima —dijo Emilio, sereno.

—Estoy seguro de que quedará satisfecho, primípilo. Los hombres no han hurtado el cuerpo y, a pesar de la penuria de material y herramientas, han construido una treintena de naves.

—Lo sé. Carecen de todo lujo, pero son sólidas, construidas según el nuevo proyecto, como él ordenó. Pero no quería hablarte de eso. Conociéndolo, es probable que al día siguiente de su llegada nosotros ya estemos partiendo hacia algún lugar lejano, quizá precisamente a bordo de esas naves.

Lucio permaneció en silencio y sostuvo la mirada del centurión, esperando a que continuara el discurso. Estaba tan habituado a las pausas de Emilio que respiró hondo, saboreando el aire tibio y perfumado de la primavera.

—Como dice nuestro himno, volvemos a marchar, incluso en ayunas, y creo que también este año tendremos nuestra ración de batallas, vayamos a Britania o nos quedemos en la Galia.

—Como siempre, como todos los años.

—Sí, como siempre, Lucio. —Emilio le puso una mano en el hombro—. ¿Has pensado qué harás con la mujer? Porque ha llegado el momento de abandonar sus dulces muslos y afilar la hoja de tu gladio. Donde sea que César vaya a mandarnos, te quiero a mi lado y con la mente libre de inquietudes.

Lucio apretó las mandíbulas, controlándose, antes de rebatir.

—¿Dudas de mí, *centurio*? ¿Piensas que una mujer ha cambiado a Lucio Petrosidio?

—No, no dudo de ti, Lucio, pero tu mirada ha perdido la tenacidad de antaño, y eso me preocupa. —Se acercó a él, bajando la voz y mirándolo con dureza—. Ya sabes cómo es una batalla. En la contienda puedes perder a diez, veinte o cincuenta hombres, y no ocurre nada. Puedes perder a un centurión y tienes toda una cohorte coja y una centuria ciega, pero sigue sin ocurrir nada. Puedes perder a un primípilo y la Primera Cohorte empieza a vacilar como un campo de trigo al viento, con el consiguiente peligro para toda la formación, pero de todas formas la lucha sigue. —Emilio acercó los labios al oído de Lucio—. Pero si pierdes la enseña —una pausa—, es el deshonor y la vergüenza, el pánico corre como una hoz entre las filas, cosechando víctima tras víctima. Y eso, por los dioses, no es admisible.

El murmullo de Emilio tenía la potencia de un grito.

—Nunca he sido inmortal, primípilo, no lo era ayer y no lo seré en el próximo enfrentamiento. Ni siquiera tú lo eres, y si estamos aquí hablando lo debemos solo a la diosa Fortuna. La tenacidad no puede impedir que una jabalina me atraviese el cuello. En todo caso, si se pierde un centurión siempre hay un *optio*, y si cae el aquilífero cualquier soldado puede llevar el águila.

—¡No! —replicó Emilio, sacudiendo enérgicamente la cabeza—. No es verdad, sabes tan bien como yo que hay hombres que arrastran y hombres que se dejan arrastrar, y tú eres de los primeros. Lo vi el día del desembarco. —El centurión lo miró fijamente—. Sin ti, sin tu ejemplo, quizás el desembarco en Britania no se habría producido.

—Y ahora, en tu opinión, ¿ya no estaría en condiciones de hacerlo?

—Me lo estoy preguntando, Lucio. Últimamente pareces ausente, con la cabeza en otra parte. Vende a esa esclava; la has cuidado y vestido, obtendrás una buena suma.

El aquilífero lo fulminó con la mirada.

—¡Estás hablando de Gwynith! No es, no puede ser y nunca será una esclava. Y en cuanto a mi mirada apagada y a mi apatía, te recuerdo que si eso fuera verdad, me habría quedado mirando cómo Alfeno se hundía en el hielo, como hiciste tú.

—¿Qué?

—Escúchame bien, primípilo. Para mí eres el mejor soldado de esta legión y te tengo un gran respeto, pero también yo sé hacer mi trabajo y conozco mis deberes. En cuanto a lo que hago cuando vuelvo a mi alojamiento, por la tarde, creo que solo me concierne a mí.

Emilio alzó la voz y apuntó el índice al pecho de Lucio.

—Tú perteneces a la legión durante todos los años de servicio que te quedan y durante cada instante de tu existencia. El reglamento militar impide las convivencias y si me dices que no es una esclava, debes hacer que salga del campamento. Me basta con un informe a Labieno para hacer que la pongan en la puerta.

—No lo hagas, primípilo.

—¿Qué es, una súplica o una amenaza? Has hecho un juramento, aquilífero. Has jurado respetar las reglas del ejército, servir y honrar el símbolo que portas.

—Eso vengo haciéndolo desde que nací, primípilo, porque soy hijo del ejército, como bien sabes. Nací fuera de una puerta como esa, hijo de un soldado y de su concubina. Por tanto, no vengas a hablarme de juramentos, porque nadie puede decir que forma parte del ejército como yo. ¡Hice voto de fidelidad mucho antes de enrolarme!

Ante el tono vehemente de Lucio, el centurión levantó las manos en un gesto de pacificación.

—Lo sé perfectamente y te respeto por ello —dijo—, pero eso no tiene nada que ver con la esclava.

El oficial se acercó a su superior con una mirada que no admitía réplicas:

—Gwynith es hija de Adedomaro, rey de los trinovantes, y hermana de Mandubracio, su heredero —rebatió apretando los dientes.

El primípilo frunció el ceño y se quedó mirándolo, sin palabras.

—En cuanto César se entere, será él quien me la quite, primípilo. Por tanto, déjanos en paz en los últimos días que nos quedan para estar juntos.

Lucio dio un paso atrás, luego saludó marcialmente a Emilio y dio media vuelta para alejarse a paso sostenido. Durante todo el camino maldijo al centurión, junto al reglamento y la legión. Con el rostro ensombrecido, llegó al final de la vía, dobló detrás de la última fila de tiendas y se encontró a pocos pasos de su alojamiento. Cerca de la puerta estaba Gwynith untando de salsa un pequeño jabalí lechal, ensartado en un espetón que Valerio hacía girar lentamente sobre el fuego. Quinto pasaba las especias a Tiberio, que las machacaba en el mortero mientras Máximo preparaba la pasta de las hogazas. La mujer golpeó con el cucharón de madera sobre los nudillos de Valerio, impidiéndole que metiera el dedo en el cuenco de la salsa. Luego vio a Lucio, dejó el cucharón y sonrió. Él sintió un nudo en la garganta. Esta era su familia, ante sus ojos tenía a todos los que amaba y a los que en aquel momento sentía la necesidad de ver. El abrazo de la joven lo llenó de calor y en un instante la rabia se esfumó de su ánimo, como un velo de niebla expuesto al sol de la mañana.

—Esta tarde cena romanobritana para todos —dijo Gwynith, orgullosa.

—La parte britana es gentilmente ofrecida por el aquilífero —afirmó Valerio, lamiéndose el dedo cubierto de salsa.

—Bien, ¿y la parte romana, en qué consiste?

—Pan a las hierbas y olivas —respondió Máximo, mientras colocaba la masa bajo la ceniza.

—¡Para variar! Un gasto tremendo, teniendo en cuenta que sois cuatro. ¿Habéis acabado con vuestras pagas?

—Yo he traído dos cebollas, además de las especias —dijo Quinto.

—No te preocupes, *aquilifer* —intervino Tiberio—, la harina la hemos cogido del granero del ejército: forma parte de la ración diaria que nos corresponde.

Lucio dio un manotazo en la nuca de Valerio, que probaba la salsa por tercera vez.

—¿Habéis traído de beber?

—Gwynith ha dicho que se ocuparía ella —dijo el gigante, masajeándose la nuca.

—Y Gwynith ha cumplido su palabra —dijo la britana, saliendo por la puerta del alojamiento con un ánfora sellada entre las manos. Quinto dejó de pasar las especias a Tiberio para ayudarla a sostenerla.

—Espera —dijo Lucio—, déjame ver un poco.

Examinó el sello del ánfora.

—¿Falerno?

Todos saltaron en pie aplaudiendo alegremente y abrazaron a Gwynith, que estaba feliz como una niña. El aquilífero la miró, sujetando con firmeza el ánfora.

—¿De dónde ha salido este vino, Gwynith?

—Más allá de la empalizada está el mercado, Lucio —respondió ella con una sonrisa dulce.

—Lo sé, pero este vino cuesta un ojo de la cara y siempre me toca a mí pagar para saciar la sed de estos borrachines —dijo Lucio, encogiéndose de hombros con resignación, mientras los demás ya estaban en plena fiesta.

Gwynith fue al centro del grupo, cogió la mano libre de Lucio y los miró a los ojos uno a uno, antes de hablar:

—La nieve de las montañas ya se ha derretido y dejamos atrás un largo invierno. Por primera vez en mi vida he esperado que la primavera no llegase jamás. Todo vuelve a la vida, pero para vosotros esto significa volver a combatir. —Apoyó una mano sobre el hombro de Valerio, que inclinó la cabeza—. No sé qué me reservará el destino. Si pudiera elegir iría con vosotros porque, como me dijo Lucio en la noche del solsticio, estaría en el sitio más seguro del mundo. Pero eso no es posible. Espero poder quedarme a esperaros en alguna parte y veros de nuevo a todos, cuanto antes. Pero ocurra lo que ocurra, quisiera que en nuestros corazones permaneciera el recuerdo de esta hermosa velada que pasamos juntos. —Gwynith suspiró, conteniendo las lágrimas—. Llegué aquí encadenada, odiando al mundo y a los hombres, y me marcho curada en cuerpo y alma, con el único pensamiento de volver a abrazaros pronto, porque os habéis convertido en parte de mí. Os lo ruego, cuidaos y apoyaos mutuamente, como habéis hecho siempre.

Un silencio cargado de emoción cayó sobre el grupo de combatientes. Durante años habían compartido la misma suerte, los peligros y las alegrías de una vida dura y arriesgada, pero ninguno de ellos se había confiado así, con el corazón en la mano, como estaba haciendo la mujer de cabello rojo. Se habrían arrojado a la contienda sin dudar con tal de socorrer a un compañero, pero nunca le habrían dedicado una palabra o un gesto de afecto. No formaba parte de su naturaleza. Eran hombres templados y duros, soldados incapaces de pronunciar las palabras para expresar cuánto se necesitaban unos a otros, pero que lo habrían demostrado con hechos, hasta el último sacrificio.

Todos envidiaron al aquilífero aquella tarde mientras el Falerno pasaba del ánfora a las copas, entre las cháchara y las carcajadas, acompañando al jabalí lechal servido a la manera britana, sin cortarlo en pedazos pequeños. Gwynith había preparado también unos dulces de miel, siguiendo una vieja receta de su familia. Lucio tenía una extraña sensación. Reía y bromeaba, pero se encontraba cada vez más pensativo, separado del grupo, como si estuviera observando la escena desde lejos. Le volvieron a la mente las imágenes de su padre, de cuando estaban en la Galia Cisalpina y le había enseñado a cazar con una pequeña jabalina construida con sus manos. Recordaba sus palabras, los consejos, las historias de batallas y soldados. Recordaba las horribles primaveras y los adioses, cada año, cuando debía volver a partir para la guerra. Y luego aquel otoño terrible cuando, viajando con unos mercaderes, él y su madre habían alcanzado la legión de su padre, en Hispania, y él ya no estaba. Sus camaradas le habían contado cómo había muerto heroicamente en el campo del honor, y le habían entregado el yelmo y el gladio que Lucio aún guardaba celosamente en su equipaje. De niño que era, se había visto obligado a convertirse de inmediato en hombre. Había pedido y obtenido el permiso para seguir al ejército aun antes de tener la edad exigida. La madre, que no quería perderlo, había tratado de convencerlo de que volviera a Italia para comprar un trozo de tierra con la pensión del padre. Pero él sabía perfectamente que solo en el ejército, solo en las miradas de los otros soldados, podría seguir viendo a su padre.

También entonces había llegado la primavera y por primera vez Lucio había partido con la gran caravana militar. Era un soldado de Roma, una responsabilidad que había afrontado con una mezcla de ansiedad y pasión. No había vuelto a ver a su madre, desaparecida junto a otras familias de soldados. Probablemente, en el camino de regreso a Italia, había sido asesinada por bandoleros o capturada por mercaderes de esclavos. Lucio se había quedado en el ejército porque no podía estar en ningún otro sitio, y para exorcizar el sentimiento de culpabilidad trataba de ver en el enemigo de turno al asesino de su padre o de su madre. Desde entonces habían pasado los años y, con el tiempo, Lucio se había convertido en uno de los mejores en aquella inmensa fila de individuos dedicados al servicio de las armas, todos unidos por una misma pasión que daba sentido a su vida. Un atractivo irresistible, que no era ni una obligación ni una ambición, sino una continua lucha cuerpo a cuerpo con el destino. Una bofetada en la cara de la muerte, en nombre del honor. El honor de ser un soldado de Roma y un legionario de César.

Y, después de todos esos años, en las noches de los últimos meses el amor poco a poco había ido ocupando el lugar de la guerra, su corazón se había enternecido y el desprecio por el peligro se había transformado en el temor de perderlo todo. De perder el amor, de perderla a ella. Lucio se sentía entumecido y sabía muy bien que no era por culpa del Falerno, sino de esos cabellos cobrizos. Su mirada se perdió en las chispas incandescentes que subían del fuego hacia el cielo nocturno, mientras oía de nuevo la voz de Emilio que lo atormentaba con sus reproches. Luego oyó pronunciar su nombre, se volvió y a la imagen lejana de sus padres y a la cercanísima del cabello de Gwynith se superpuso el rostro de Marco Alfeno Avitano. También los otros alzaron la mirada y en la oscuridad de la noche vieron el rostro del tribuno, iluminado por las llamas. Amagaron un saludo con la cabeza, despreocupados de toda formalidad militar, y siguieron comiendo haciendo caso omiso a su presencia. Lucio, que trataba de despertarse de aquel torpor, se levantó y fue a su encuentro.

—*Ave,* tribuno.

—*Ave, aquilifer* —respondió casi con temor el oficial—. Veo que esta noche estáis festejando.

Lucio se volvió hacia los demás y luego asintió.

—Sí, brindamos por la primavera. Dentro de poco partiremos y por la noche estaremos demasiado cansados para quedarnos junto al fuego.

El tribuno esbozó una sonrisa. Se había recuperado de sus desventuras, pero ahora parecía inseguro, cohibido, como si hubiera perdido todo rastro de su pueril arrogancia. Los dos se observaron en silencio, pero la mirada del joven no podía aguantar la confrontación con los ojos oscuros y profundos del aquilífero.

—Aún no he tenido ocasión de agradecerte lo que hiciste por mí, *aquilifer.*

Lucio alzó las cejas.

—¿Te refieres a lo que sucedió en el río?

—Es un gesto que no olvidaré —respondió Alfeno, asintiendo algo avergonzado.

—En confianza, el *oceanus* era más frío —dijo Lucio en tono amigable. El tribuno insinuó otra media sonrisa antes de volver a hablar en tono triste, pero sin mirar a la cara a su interlocutor.

—Te debo la vida. No sé si eso tiene algún valor para ti, pero espero poder corresponderte de un modo u otro. Aunque pronto seré transferido a la nueva legión, nunca olvidaré lo que has hecho por mí.

Esta vez fue Lucio el que asintió.

—En tal caso, sabré a quién dirigirme si me meto en líos.

—Claro. Aunque dudo que un hombre como tú llegue a necesitar alguna vez a alguien como yo —masculló el oficial, dirigiendo al aquilífero una mirada melancólica.

—Recuerda que es posible subir la cuesta, tribuno. Es difícil, pero no imposible. Si me permites un consejo, estudia atentamente el comportamiento de los veteranos, porque con los años de experiencia que tienen a sus espaldas serían unos excelentes comandantes. Hay hombres que tienen un fuerte ascendiente sobre los otros. En general, son los centuriones de más edad, pero también pueden ser unos simples legionarios. Debes reconocerlos en el grupo y ganarte su admiración. Eso te facilitará las cosas.

—Entendido. Lo recordaré.

—No —dijo Lucio, en voz baja—, aún es demasiado pronto para que lo entiendas de verdad. Solamente lo entenderás después de haber respirado su mismo polvo y comido el mismo fango. Lo entenderás después de haberlos conducido a la batalla bajo una lluvia de dardos, preocupado por perder el menor número posible de hombres. Lo entenderás cuando te des cuenta de que no estás aquí solo para impartir órdenes, sino para conquistar la confianza de tus soldados, hombres que te obedecerán ciegamente, porque saben que las disposiciones de su comandante son sensatas, adecuadas y atentamente meditadas. Lo peor que puede hacer un mal soldado es morir aun antes de combatir. En cambio, un mal comandante tal vez no muera, pero sin duda hará morir a los demás. Y tus soldados no se lo merecen.

En el silencio, Alfeno se sintió desnudo frente a la mirada del aquilífero, inferior en grado pero superior en todo lo demás. Un muchacho que necesitaba aprender frente a un hombre que tenía mucho que enseñar. El tribuno se había dado cuenta desde aquel frío día invernal, donde su noble extracción nada había podido contra la experiencia sobre el terreno.

—Yo estoy aquí por voluntad de mi padre —dijo el tribuno, rompiendo el silencio.

—Lo sé —asintió Lucio—. Estoy en tu mismo caso.

Observó a aquel muchacho, arrojado al teatro de la guerra en la Galia por cuestiones políticas. Sin duda, el padre era partidario de César y con la entrega de su hijo, acompañada de un buen pellizco de dinero, evidentemente pretendía aumentar su popularidad en el Senado. Era un acuerdo que beneficiaba a ambos hombres, pero a cambio de poner toda una cohorte del ejército en manos de un comandante aún no preparado para semejante cargo. El ejército estaba hecho también de esto y reflejaba lo que era Roma, con sus virtudes y defectos. Lucio se vio frente a un muchacho como su Tiberio. Fogoso, inexperto y necio. Pero este, a diferencia de Tiberio, estaba solo, enfrentado a toda una legión que solo deseaba hacerle la vida difícil.

—¿Quieres unirte a nosotros y hacer un brindis por esta nueva estación que ya llega?

El tribuno vaciló un momento antes de responder. Aquellos rostros curtidos lo cohibían, pero ante la reiterada insistencia del aquilífero aceptó unirse al grupo de legionarios. En un primer momento la atmósfera festiva en torno al fuego se enfrió, pero luego, gracias a Lucio, la velada se reanimó y se prolongó mucho más allá del final del ánfora de Falerno, entre innumerables anécdotas de mujeres y batallas.

Cuando, después del último saludo, la puerta se cerró a sus espaldas, ella lo estrechó con fuerza, apoyándole la cabeza en el pecho. El cabello de Gwynith olía a humo, por el tiempo que había pasado junto al fuego preparando la cena. Lucio la besó en la frente.

—Has estado muy bien.

—Quería que fuera una velada digna de ser recordada.

—Ninguno de nosotros la olvidará —le dijo. Luego sonrió—: Como tampoco yo olvidaré ninguna de las noches que hemos pasado juntos.

Gwynith lo estrechó aún más, perdiéndose en su abrazo. Varias veces levantó la mirada hacia ella, con una sonrisa en los ojos brillantes. Luego le apoyó la cabeza en el pecho.

—Hay algo que debo decirte, Lucio.

—Te escucho, Gwynith.

—Es algo importante y estaba esperando el momento adecuado para contártelo. Creo que ese momento ha llegado.

Él la apartó, manteniéndole las manos en los hombros y observándola con aprensión, en silencio.

—Serás padre, Lucio Petrosidio.

Se quedó mirándola, inmóvil, mientras en su mente los pensamientos se agolpaban veloces. No sabía qué decir ni cómo comportarse, así que la abrazó con fuerza para evitar su mirada y volvió la vista hacia el techo. A los pensamientos se sumaron las imágenes, visiones en que reencontró a su padre corriendo con él a la caza de liebres. Luego vio a Gwynith con un recién nacido en los brazos, fuera del campamento romano, partiendo y cayendo prisionera de los bárbaros junto a su hijo. Volvió a ver a su madre, suplicándole que volviera a Italia y luego la imaginó muerta, como en tantas ocasiones en sus pesadillas. Y el rostro severo de Emilio que lo contemplaba sacudiendo la cabeza.

—No te preocupes, Lucio, yo me ocuparé de él —dijo Gwynith—. Sé que el niño hará aún más difícil nuestra situación, pero prometo que no te daremos ningún motivo de queja.

—Perdóname, Gwynith.

La mujer bajó la mirada.

—Cualquier cosa que me digas, sabré entenderla.

Lucio la estrechó con delicadeza, la alejó sujetándola por los hombros e inclinó la cabeza para buscar sus ojos de esmeralda.

—Perdóname, Gwynith, es solo que nunca llegué a pensar que podría sucederme algo así. He vivido mi vida sin preocuparme del futuro. Era un soldado, alguien que podía morir cualquier día. Me cuesta entender...

—Lo sé, Lucio. También mi vida era distinta hace un año.

El soldado asintió, sin apartar la mirada de sus ojos.

—Sí, pero no volvería atrás por nada del mundo, porque tú has dado un sentido y un objetivo a mi existencia, Gwynith. Y ahora estoy tratando de imaginar qué es mejor para nosotros. Para nosotros tres.

—Tendremos que hacer lo que hacen todos, Lucio. Tendré que vivir fuera del campamento.

El hombre apretó los labios, mirando a su alrededor como si buscara una respuesta entre aquellas cuatro paredes.

—Es posible, pero te recuerdo que tú no eres una persona como las demás. Eres la hermana de Mandubracio y no sé qué tiene en mente hacer César con tu hermano. Quizá también él sea embarcado para Britania.

Ella sacudió la cabeza, apesadumbrada.

—No es un sitio tan seguro, Lucio. Ahora soy yo quien te recuerda que mi familia fue masacrada por Casivelauno y que yo llegué aquí con una cadena al cuello.

—Casivelauno desaparecerá de la faz de la tierra, Gwynith. Tomaremos sus ciudades, una por una. No te quepa la menor duda. De otro modo, ¿por qué César habría hecho armar esta gigantesca flota? —dijo Lucio, tratando de convencerse a sí mismo más que a ella.

—Se ve que no conocéis a los britanos. Se retirarán a bosques impenetrables, tendiéndoos emboscadas cada vez que os mováis. Será una guerra de desgaste en un territorio desconocido.

—Exactamente como ahora, ¿no?

—Tienes razón, Lucio, pero aunque logréis dar con ellos, ¿tú qué harás? ¿Me dejarás allí y volverás a la Galia con la Décima? ¿César abandonará a su destino a sus legiones en Britania durante todo el invierno?

El soldado comenzó a pasear arriba y abajo por la estancia.

—Y si las legiones se quedan allí, ¿quién controlará la Galia? En mi opinión, lo mejor es no decir a nadie quién soy. Dejemos pasar un par de estaciones para que el niño crezca. Yo estaré donde tú quieras. Quizá no todas las legiones partan hacia Britania. Alguna permanecerá en la Galia, ¿no?

Lucio se detuvo de golpe y la miró, con el rostro iluminado.

—La Decimocuarta —dijo casi para sus adentros.

—¿Cómo?

—La Decimocuarta —repitió Lucio—. Es una legión que acaba de formarse, creo que en el mes de enero. A ella estará destinado el joven tribuno que nos ha acompañado esta noche. No creo que sea embarcada para Britania; los hombres que la componen aún no están listos para enfrentarse al enemigo. Creo que podría confiarte a ellos.

Ella lo miró, dubitativa.

—No me gusta ese tribuno, Lucio. He visto cómo me observaba.

—Sí, también yo lo he visto. Pero creo que me respeta, me debe un gran favor y, además, no tengo otros conocidos entre los oficiales. —Se interrumpió—. A menos que hablemos con el legado Labieno. Quizás él podría interceder ante César. El procónsul podría hacer que te reunieras con tu hermano Mandubracio y alojarte en alguna elegante morada, donde podrías vivir tranquila hasta que la situación se aclare.

—¿Estás seguro?

—No, solo estoy formulando una hipótesis. En realidad, no

creo que César dé asilo a quien no lo necesita, y tu hermano, sin duda, tendrá un papel importante en la invasión de Britania.

—Entonces no digamos nada a nadie y veamos cómo van las cosas. Nadie sabe quién soy, ¿verdad?

Por la mirada del aquilífero, Gwynith intuyó la respuesta.

—¿Se lo has dicho a alguien?

—Al primípilo.

XVI

Treveri

54 a. C.

—Soldados, Roma entera os señala llena de orgullo, porque habéis derrotado a cuantos se han interpuesto en vuestro camino. Gracias a vosotros los confines de nuestra patria se han reforzado y se han alejado aún más de la Urbe, eliminando la amenaza de las invasiones de los helvecios y los germanos. Sé que os he pedido mucho. No he olvidado vuestro trabajo en el Rin, no he olvidado la fuerza con que habéis puesto en fuga a usipetos y téncteros, y sé que os he hecho marchar por territorios inmensos hasta Puerto Icio, antes de atravesar el *oceanus* e ir donde nadie se había atrevido jamás. Sé que no os he concedido mucho reposo, ni siquiera después de haber aplastado a los britanos, y que os he obligado a pasar el invierno en estas tierras repletas de bárbaros hostiles y a trabajar, al mismo tiempo, con el hacha y la espada. Pero si os he pedido todo esto es porque sabía que podíais hacerlo, porque sois una raza aparte, que no se arredra ante el trabajo y menos aún ante los enemigos. Y hoy os digo, hombres, que estáis solo al inicio de vuestro viaje. ¡Muy distintas glorias y riquezas os están esperando!

Un estruendo se alzó de la legión alineada en orden de batalla en el campo de Marte[35] y el caballo blanco de César se espantó, nervioso, antes de que un sabio tirón de riendas lo volviera a poner bajo control. Vestido de blanco y con una armadura en plata cincelada, el procónsul examinó a las cohortes una por una y luego dirigió la mirada hacia el astillero en la bahía.

—He llegado al campamento de la Décima para ver la labor que habéis realizado durante el invierno y lo que he encontrado supera mis expectativas. Habéis apagado este foco de rebeldes y habéis construido más de treinta embarcaciones, a pesar de que os faltaban el bronce y las jarcias.

Otro alarido se alzó de la multitud de yelmos centelleantes. Luego César reanudó el discurso, poniendo teatralmente el puño sobre el costado.

—Hace un año mandé a una delegación de aliados de confianza a Britania para anunciar la llegada en paz de dos legiones. Esos bárbaros encadenaron a nuestros embajadores y nos atacaron en la playa, antes de darse cuenta de nuestra superioridad. Solo entonces vinieron a implorarnos la paz, prometiendo rehenes que hemos tratado según las reglas de nuestra civilización, mientras ellos ya tramaban asaltarnos vilmente, con el engaño de la emboscada. Han huido de nuevo delante de nuestras enseñas, para volver a asaltarnos precisamente cuando estábamos a punto de hacernos a la mar. Nuevamente derrotados, una vez más han pedido la paz, prometiendo rehenes que nunca entregarán.

La mirada del procónsul se posó en el águila que Lucio sostenía, en medio de un silencio irreal. Su espléndida cabalgadura bramaba, resoplando y sacudiendo nerviosamente la cabeza.

—Vuestras embarcaciones, sumadas a las que están varadas en los demás astilleros y a las provenientes de la guerra contra los vénetos, formarán la mayor flota de todos los tiempos. Ochocientas naves atravesarán ese mar que tan seguros hace sentir a los salvajes habitantes de aquellas tierras. Esa gente nunca ha respetado ni honrado los tratados estipulados con el ejército romano. Y visto que por las buenas no han entendido, ha llegado el momento de que el águila saque a relucir las garras y les enseñe lo que es el respeto por las malas, ¡porque hasta el más estúpido de los salvajes siente dolor, si es apaleado!

El tercer estruendo fue más fuerte que los otros y se elevó al cielo, encabritando al animal que una vez más fue dominado por los sabios gestos de su jinete.

—Por tanto, debo pediros una vez más que desenvainéis vuestras espadas y sigáis a vuestro general, para devolver el orden en aquellas tierras y poner fin, de una vez por todas, a las migraciones de estos bárbaros a la Galia. —Su mirada pareció posarse, severa, sobre cada soldado—. ¿Me seguiréis?

Fueron las espadas las que respondieron: a miles, extraídas y batidas contra los escudos, acompañaron los himnos al gran guerrero que entonaban las cohortes. César recorrió al paso toda la legión, saludándola con el brazo extendido, hasta llegar frente a Lucio. Bajó del caballo entre las aclamaciones y se arrodilló delante del águila. Hizo que se la entregaran y con un gesto atlético montó nuevamente en la silla, alzando el estandarte al cielo, en medio de un griterío de aclamaciones.

Permaneció dos días en el campamento, durante los cuales dio las disposiciones necesarias. Luego, con la velocidad de una tormenta de verano, se marchó tal como había llegado, llevándose consigo a la caballería auxiliar que había invernado con la Décima.

Las órdenes preveían botar las naves al mar dentro de quince días, cargarlas con todo el material transportable y el equipaje, y entregarlas en consigna a los marineros de la legión de Décimo Bruto,[36] que habían de llegar al cabo de poco. La flota zarparía hacia Puerto Icio, con la tripulación escoltada por algunas cohortes de legionarios. Todas las fortalezas de la Galia se reunirían en Puerto Icio para principios del verano y la Décima haría de escolta personal al procónsul.

Los hombres de Décimo Bruto llegaron al campamento cinco días después y se establecieron en los espacios que había dejado la caballería. Las piezas del grandioso mosaico comenzaron a encajar, siguiendo el diseño sabiamente planificado por Julio César. Los legionarios se alternaban en las maniobras, ensayando sin tregua el embarque, el alojamiento a bordo, la boga y el desembarque en un par de onerarias que estaban en la rada. Cada día se botaban tres naves de transporte, cargadas de equipaje y material, y con cada embarcación que dejaba el puerto se modificaba la estructura del campamento a causa de la madera que transportaban para reutilizarla en Puerto Icio. Los soldados compraban cualquier cosa que pudiera serles útil a fin de incluirla en el equipaje personal que las naves llevarían a destino. Los mercaderes se quedaban sin provisiones y no veían la hora de poder reabastecerse de nuevas mercancías y dirigirse a la grandiosa cita de Puerto Icio. Los más listos ya habían enviado a sus sirvientes a ocupar el mejor sitio posible cerca del puerto o de la localidad que había de hospedar a una legión, mejor si era de veteranos llenos de sestercios.

También el tiempo menguaba día tras día, a pesar de las largas horas de luz. Una angustia sutil estaba atormentando a Lucio, mientras miraba con amor a Gwynith, durante un paseo por lo que quedaba del mercado fuera del campamento. Pronto sus caminos se separarían, y no volverían a unirse hasta después del cataclismo que había de convulsionar el mundo en aquel verano de 699. Le sonreía continuamente, tratando de disfrutar del presente, de no pensar en lo inminente, y accedía con gusto a cualquier compra superflua con tal de verla contenta. Como aquel paño de lino verde muy ligero que el ateniense Temístocles estaba proponiendo como una rareza de Oriente, a pesar de que Lucio sabía que era una tela muy común, que habría podido hallar por cuatro sueldos en cualquier mercado de provincias.

Temístocles abrió los ojos, estupefacto:

—Pero aquí no estamos en una ciudad y el viaje desde Atenas es largo y dificultoso. Pero si mi amigo encuentra entre estas tiendas un lino mejor, estoy dispuesto a reducir el precio a la mitad.

—Te conozco desde hace demasiados años para creer en lo que dices, Temístocles —replicó Lucio, riendo a gusto.

El griego extendió el paño, acariciándolo.

—¿Dónde has visto alguna vez una elaboración tan fina? En Atenas obtendría no menos...

—... de un sueldo agujereado —dijo una voz a espaldas de Lucio. Temístocles se interrumpió, mortificado. Lucio y Gwynith se volvieron y se encontraron ante Marco Alfeno Avitano.

—*Ave*, tribuno.

—*Ave, aquilifer* —respondió este, inclinando apenas la cabeza—. Permíteme ofrecerte la tela como señal de reconocimiento. El precio que pide este ladrón es exorbitante, pero la factura es buena y un hombre de tu clase necesitará llevar ciertamente algo semejante durante las cálidas jornadas estivales.

—A decir verdad, no es para mí, sino para ella.

Avitano miró a la mujer de cabello rojo que estaba junto al aquilífero:

—Debe de valer mucho esta esclava, para vestirla con tanto lujo.

Lucio asintió.

—Mucho más de lo que quepa imaginar, tribuno.

—Entiendo. De todos modos, permíteme este obsequio. Estoy seguro de que lo llevará con gusto, para complacerte.

Lucio echó un denario de plata sobre la tela, sin dejar de sonreír a Alfeno. Temístocles miró la moneda y aventuró una protesta, pero entre tanto Gwynith ya había cogido la ropa y se la había puesto encima, satisfecha. Las imprecaciones del griego los persiguieron hasta la puerta del campamento.

—Aprecio mucho tu oferta, pero lo que hice por ti este invierno era mi deber y no puedo aceptar a cambio un regalo en dinero.

—Perdona, no era mi intención...

—Sin embargo —lo interrumpió Lucio—, hay una cosa que sí que podrías hacer por mí.

—Dime, *aquilifer*. Estaré contento de serte útil, si puedo.

—Sé que pronto zarparás hacia Puerto Icio para alcanzar a la Decimocuarta.

El tribuno asintió.

—En efecto; si todo va como es debido, zarparé pasado mañana. ¿Necesitas algo de allí?

—No exactamente, pero sé que el traslado por mar con el ejército será veloz y seguro, y quisiera que mi equipaje llegara a destino sano y salvo. Contiene efectos personales que aprecio de manera especial.

—Está bien, *aquilifer*, me ocuparé personalmente de ello.

—No es todo, tribuno —prosiguió Lucio, mirando al muchacho a los ojos—. La esclava debe viajar con mi equipaje y llegar a Puerto Icio, donde permanecerá durante algunos días bajo tu protección. Será algo temporal; dentro de una semana os alcanzaremos y luego veré de encontrarle un alojamiento para el verano.

Alfeno asintió y la mirada de Lucio se hizo aún más intensa.

—Te estoy confiando mis bienes más preciados.

El tribuno tendió la mano a Lucio.

—Y con ello me honras sobremanera. Te doy mi palabra de que respetaré la confianza que depositas en mí.

Lucio se la estrechó calurosamente.

—Has dado tu palabra de soldado.

—Sabré mantenerla.

Los dos se miraron a los ojos. El aquilífero sentía que podía confiar en aquel muchacho. Era el único en toda la legión que pensaba así, pero su sexto sentido casi nunca lo había traicionado en el pasado y estaba convencido de que estaba tomando la decisión correcta, o al menos eligiendo el mal menor. Gwynith no podía permanecer allí, debía llegar a Puerto Icio, y aquel camino, por mar y con la escolta del ejército, era sin duda el mejor. Una vez alcanzado el destino, según cómo se desarrollaran los acontecimientos, decidiría si revelar la identidad de la joven o mantenerla en secreto.

Mientras el aire cálido que olía a hierba y flores daba paso a la brisa fresca de la tarde, Lucio observó que el sol se ponía en el mar, pintando de naranja aquel tramo de costa. Había transcurrido otro día y la noche que estaba a punto de llegar sería la última que pasaría con ella.

—Creo que ya está todo en orden, Gwynith. Las cosas pesadas están en esa caja. Para la comida deberás conformarte con las raciones de los soldados, pero he puesto también pan y queso en la alforja de piel. Mañana llenaré el odre de agua.

Ella le sonrió. Estaba cosiendo su nuevo vestido de lino verde.

—¿Mi señor de la guerra tiene miedo de que me muera de hambre?

—En el bolsillo interior de la alforja he puesto dinero. —Lucio se agachó y le cogió el mentón entre los dedos—: Es una suma considerable. Te bastará para vivir cómodamente durante todo el verano, ¿te parece bien?

La mujer asintió, apretando los labios.

—Sí, muy bien, Lucio. Gracias.

—Y si me ocurriera algo, no debes preocuparte. Ya he redactado un testamento para que recibas todo lo que tengo, incluida mi pensión, a excepción de las armas que serán para Valerio, la piel de oso para Tiberio, la malla de hierro para Máximo y el yelmo para Quinto.

Gwynith dejó de coser sin levantar la mirada.

—Es justo que lo sepas: con los años de servicio que llevo en las espaldas, durante un tiempo no ha de faltaros de nada, pero en el caso de que yo cayera lo mejor sería que volvieras a Britania. He preparado un documento que te hará libre, en el caso de que yo muera. Por desgracia, no he podido pedir la ciudadanía romana para el niño, porque aún no ha nacido. Para nuestras leyes es solo una esperanza de hombre, aparte de que, en este momento, la madre es una esclava. De todos modos, en el caso de que no volviéramos a vernos, será libre.

—Por favor, Lucio, eso no quiero ni pensarlo. Entre nosotros no se suele hablar de la muerte de una persona antes de que suceda.

Lucio acomodó mejor el equipaje para poder añadir una manta de lana.

—Pues deberíais hacerlo —le dijo, cogiendo un pequeño cuchillo de hoja sutil. Comprobó el filo, cortante como una navaja de afeitar, y luego miró a Gwynith—: Esto lo pongo en el mismo bolsillo que el dinero.

Los dos permanecieron en silencio, mirando aquel cuchillo de mango de hueso trabajado. Luego Gwynith se levantó y extendió el vestido, que estaba casi terminado, sobre la cama. Miró el rincón donde había pasado la primera noche en aquella estancia.

—Quién sabe si volveremos alguna vez a este sitio, Lucio —dijo con un deje de melancolía.

Lucio sacudió la cabeza.

—Todo esto será destruido en cuanto nos pongamos en marcha.

—¿Todo será destruido?

—Sí, la mejor madera la estamos embarcando en las naves y lo que quede del campamento será entregado a las llamas. Si tuviéramos tiempo, rellenaríamos también el foso.

—¿Por qué? Todos los años debéis pasar el invierno en alguna parte.

Lucio colocó bien la manta en la caja.

—Construiremos un nuevo campamento donde sea necesario. Este ya ha cumplido su propósito. Dejarlo en pie solo puede ser un peligro para nosotros. Podría convertirse en un fuerte enemigo.

Gwynith miró en torno, disgustada.

—Encendamos el fuego.

—¿El fuego? No hace frío.

La mujer se le acercó y lo abrazó.

—Lo sé, pero el fuego me recuerda aquella noche del solsticio y todas las demás que hemos pasado aquí mientras fuera nevaba. Necesito sentir que todo está comenzando, no acabando.

Lucio asintió. En la oscuridad buscó los restos de la hoguera sobre la que sus compañeros habían preparado la cena. Recuperó un poco de leña y de tizones aún ardientes que puso en un cubo de metal, luego entró en la estancia y en silencio prendió el fuego. Gwynith extendió la piel delante de la hoguera y los dos pasaron la noche allí, recordando con palabras y gestos las noches que habían pasado juntos entre aquellas cuatro paredes. Cuando ella se durmió en sus brazos, exhausta, Lucio la estrechó contra su pecho y siguió mirándola y respirando la fragancia de su piel, combatiendo el sueño. Varias veces se adormiló, pero enseguida abría los ojos de golpe intentando encontrar la fuerza para mantenerlos abiertos y perderse con la mirada en aquel cabello rojo. Quería fijar para siempre aquel momento en la memoria.

El toque de las trompetas lo despertó con un sobresalto. Se había dormido, la noche había pasado y ya clareaba el día. El corazón comenzó a latirle velozmente y Lucio se maldijo por haber cedido al sueño. Gwynith abrió los ojos y lo abrazó, con el cuerpo aún cálido de sueño. Sonrió a su hombre, pero detrás de aquella sonrisa la fuerte mujer del norte ocultaba la angustia que le encogía el corazón.

Permanecieron allí, abrazados, durante todo el tiempo que pudieron. Poco después oyeron llamar a la puerta. Un guardia de la escolta de Marco Alfeno Avitano acudía para anunciar al aquilífero que la primera de las tres naves estaba a punto de ser varada y que todo el equipaje debía ser llevado al amarradero. Lucio dio las gracias al soldado y vio que Valerio y los otros ya se habían reunido fuera del alojamiento en silencio, esperando a Gwynith. También ellos habían llenado una alforja de piel de ternero con quesos, salchichas y hogazas de pan de hierbas que Quinto había preparado la tarde anterior. Finalmente le regalaron una capa de lana roja con franjas azules, de típica factura gala, y se despidieron de ella uno por uno.

El pequeño cortejo cargado de equipajes llegó al amarradero, donde centenares de legionarios y marineros estaban en plena faena. Una cadena humana llevaba los equipajes a bordo, mientras unos cabrestantes se ocupaban de las cargas pesadas y la madera. El guardia de Alfeno señaló el equipaje del tribuno y les indicó que pusieran sus pertenencias junto con las del oficial, que eran custodiadas por sus dos esclavos. Uno de ellos sujetaba por las bridas un bellísimo caballo blanco, a la espera de hacerlo subir a bordo. Valerio observó atentamente a aquellos dos hombres. El que sujetaba el caballo era un negro grande y corpulento, completamente calvo, armado con una espada: sin duda era el guardia de corps que el padre de Alfeno había asignado a su hijo. El otro era más anciano, probablemente una especie de preceptor del joven tribuno, y en ese momento estaba ocupado en leer un rollo de papiro. El negro respondió a la mirada del aquilífero inclinando ligeramente la cabeza, antes de observar a los demás componentes del grupo, deteniéndose varias veces en Gwynith.

—No se puede decir que al muchacho le falten fuerza y sabiduría —farfulló Valerio.

—Tranquilo. Algo me dice que en el fondo es un buen muchacho.

—Eso espero, *aquilifer*; espero de veras que sepas qué estás haciendo.

Valerio sintió que le cogían delicadamente la mano. Se volvió hacia Gwynith y le sonrió.

—Quédate siempre cerca de Lucio, te lo ruego; cuida de él.

—Tú evita los problemas y no te preocupes por nosotros —replicó el legionario—. Yo me ocuparé de todo.

Luego alzó la mirada y miró de nuevo al esclavo negro, con la mano bien firme en el hombro de Gwynith. El mensaje estaba claro: si a esa mujer le ocurría algo, el negro tendría que ajustar cuentas con él.

El tribuno alcanzó al grupo mientras estaban cargando su cabalgadura. La primera de las tres naves ya estaba lista para partir y los trabajos para varar la segunda se habían iniciado. Quinto y Tiberio insistieron en llevar el equipaje a bordo en persona. Valerio ni siquiera discutió y se abrió paso entre los soldados con los sacos de provisiones, mientras Máximo y Lucio ayudaban a Gwynith a subir. Valerio trató de encontrarle un puesto a la sombra, pero la nave carecía de comodidades: había sido construida para surcar el *oceanus* cargada de soldados y armas, no para ser confortable. Lucio miró varias veces a su alrededor y, después de un gesto de entendimiento con Valerio, la acomodaron con su equipaje a proa, de modo que los remeros le dieran la espalda.

—Bien, *aquilifer*, parece que todo está listo —dijo Alfeno acercándose a los cinco hombres de la Décima—. Debo dar la orden de soltar amarras.

Lucio asintió y se volvió hacia Gwynith para despedirse de ella. Valerio le dio las últimas recomendaciones. Luego, antes de bajar, pasó por delante de Alfeno y lo miró:

—Nos vemos en Puerto Icio, tribuno.

El joven asintió, consciente de la admonición apenas velada que se escondía en aquellas palabras.

Lucio la cogió por los hombros, como solía.

—Dentro de pocos días nos veremos en Puerto Icio. Ya verás como todo va bien. No sé decirte si tu hermano ya está allí, pero te desaconsejo que vayas pidiendo noticias suyas. Está bajo la protección de César y podrías despertar la curiosidad de alguien. Trata de no hacerte notar demasiado hasta mi llegada, ¿entendido?

—Te echaré de menos, Lucio.

—También yo, Gwynith. —Un temblor en la voz traicionó al soldado, que bajó la mirada antes de abrazarla—: Cuídate y cuida del niño. Sois todo lo que tengo.

Gwynith asintió mientras Lucio se embebía por última vez de la fragancia de su cabello rojo.

—Dondequiera que estés, mi espíritu estará contigo, Lucio. Gracias por haberme dado una segunda vida —dijo ella, cogiéndole la mano y poniéndosela sobre el vientre—. Te amo, mi señor.

Hubo una última e intensa mirada, una mirada que contenía abrazos, promesas, recomendaciones, recuerdos y también el dolor de la separación, todo mezclado. Lucio saludó a Alfeno, agradeciéndole el favor, y bajó de la nave. Alcanzó el amarradero donde los demás lo estaban esperando y vio a los soldados de servicio en el puerto lanzando los cabos a bordo. Con largas pértigas los esclavos empujaron la nave, que, a fuerza de remos, comenzó a moverse lentamente. Los cinco legionarios saludaron a Gwynith y ella respondió, mirándolos mientras el tambor comenzaba a marcar el ritmo de la bogada. Ninguno de ellos se movió hasta que la cabellera roja desapareció detrás de la escollera, luego el grupo regresó en silencio hacia el campamento.

Cuando las trompetas señalaron el fin de la última guardia nocturna, despertando al campamento en aquella mañana nubosa, Lucio ya estaba despabilado desde hacía un rato y paseaba entre las barracas. Había limpiado y engrasado la malla de hierro, lustrado las armas y el yelmo, desempolvado la piel de oso y ordenado su escaso equipaje. Estaba ansioso por empuñar el águila y partir. El campamento presentaba grandes espacios vacíos después de que la caballería y los marineros se hubieran marchado, pero no había necesidad de readaptar el perímetro defensivo. En pocas horas todo sería destruido. Más allá de la empalizada, el gran mercado había desaparecido, dejando las señales de su presencia sobre el terreno. Además de los desechos amontonados aquí y allá, estaban los surcos dejados por los carros que iban en todas direcciones, aunque el camino más trillado era el que se dirigía a Puerto Icio. Mirando hacia la costa se veía lo que quedaba del astillero, ahora solo el esqueleto silencioso de lo que había sido, palpitante de actividad, durante todo el invierno. En torno, los árboles habían sido talados y los densos bosques que cubrían las colinas alrededor del campamento habían desaparecido, sustituidos por un paisaje espectral. El viento arreció durante algunos instantes, transportando nubes oscuras desde el mar. Lucio las miró. Había llegado el momento de ir a la guerra.

Retiró el águila y, al igual que él, cada portaestandarte retiró su enseña en el *aedes*. Luego se dio la orden de entregar a las llamas el campamento y reunirse fuera con el equipaje ligero. A partir de esa noche volvería a dormir en una tienda de piel de ternero. Quiso ser él mismo quien diera fuego a su alojamiento, antes de abandonarlo para siempre y alinearse con los demás en el campo de Marte. Las llamas de la gigantesca hoguera aún eran altas cuando Labieno, a caballo, dio la orden de partir. La legión se movió, formando un largo desfile por el camino que llevaba al interior.

Cuando la columna se detuvo para comer, los soldados estaban exhaustos por las horas de marcha. A pesar de que habían trabajado duro durante todo el invierno, habían perdido la costumbre de caminar con el equipo completo a la espalda. Lucio se sentó cerca de Valerio, observando al legado Labieno y al tribuno Voluseno, que estaban hablando entre sí.

—Maldición, ¿adónde nos llevan? Estamos yendo hacia oriente.

—Lo sé. Hace cuatro horas que marchamos en dirección opuesta al mar.

Lucio sacudió la cabeza, irritado.

—No entiendo por qué no nos dirigimos a Puerto Icio.

—Este es un movimiento estudiado —dijo Valerio, mordisqueando un gran mendrugo de pan negro—. Han hecho zarpar las naves y han hecho alejarse a los mercaderes para hacer creer que todo el ejército se desplazaba hacia el norte. En cambio, estamos marchando sin parar hacia el este. ¿Has visto las caras de los centuriones? Tampoco ellos saben cuál es nuestro destino.

—A juzgar por cómo están confabulando también los tribunos, quizá solo Labieno esté al corriente.

—No, el primípilo y los tribunos sin duda conocen el destino final. Y los guías también habrán tenido algunas instrucciones sobre el camino que vamos a tomar.

El razonamiento quedó truncado por un gesto de Labieno, que hizo levantarse a los centuriones, y estos, a su vez, impartieron la orden de reanudar la marcha. Los hombres tragaron el último bocado en silencio, luego se pusieron la *furca*[37] a la espalda, embrazaron el escudo y continuaron adelante. La Décima hizo una breve pausa por la tarde, luego marchó aún hasta casi el atardecer y acampó por la noche en un claro. Poco después del alba, cuando las trompetas tocaron la diana, los hombres tomaron un rápido desayuno y levantaron el campamento, cargando tiendas y estacas sobre las acémilas. Cuando los legionarios estuvieron alineados y listos para partir, con el equipo a la espalda, Labieno ordenó a los seis mil hombres de la legión que se sentaran en el suelo. Subió a una roca para que todos lo vieran y esperó algunos instantes.

—Os estaréis preguntando adónde nos dirigimos tan deprisa —dijo el legado—. Nos hemos preparado durante todo el invierno para ir a Britania y ahora, paso a paso, nos alejamos de la costa. Pero hay una explicación, porque este desvío, en realidad, nos sirve precisamente para afrontar mejor la expedición a Britania. —El tribuno observó a los seis mil soldados, que permanecían pendientes de sus palabras, y prosiguió—: Toda la Galia sabe que hemos armado una inmensa flota de naves para ir al norte, a través del mar. No hay un solo celta en toda esta gran tierra que no lo sepa, y los galos son volubles, mudables e incapaces de reflexionar. Vosotros mismos habéis podido comprobarlo. Dentro de poco deberemos dejar aquí solo una fortaleza reducida al mínimo, para concentrar las fuerzas en Britania. ¿Y cuál es el mejor momento para desencadenar una revuelta? —Labieno recorrió la alineación con los ojos antes de continuar—: Por este motivo el procónsul ha decidido llevar consigo, a Britania, a los jefes de tribu de estas gentes con sus séquitos, de modo que estén siempre bajo nuestro control. Todos estos miles de personas se están reuniendo en Puerto Icio como si fuese para celebrar un enorme concilio de todos los pueblos de la Galia y es preciso admitir que lo están haciendo con gran dignidad, a pesar de que no todos son partidarios de nuestra causa. —Hizo una larga pausa, mirando en la dirección de marcha mientras señalaba las florestas en el horizonte—. Pero hay algunos que no respetan los tratados y los deberes que los tratados imponen. —Labieno se volvió hacia los hombres, alzando el tono de voz—: Hay algunos que solicitan la

ayuda de los germanos de más allá del Rin para fomentar una revuelta mientras estemos lejos, y estos nos encontrarán de repente llamando a su puerta con el pomo de la espada, para pedir explicaciones... —el tono del legado se hizo amenazador— y exigir
sus cabezas.

Los seis mil rieron y Labieno se puso el yelmo, bajó de la roca
y montó ágilmente en su corcel.

—Vamos, soldados, mañana encontraremos en nuestro camino a la Undécima Legión, y junto a ellos continuaremos nuestra
marcha hasta que nos reunamos con el procónsul, con la Séptima
y la Novena. En marcha, hombres de la Décima. Los tréveros nos
esperan.

XVII

Puerto Icio

54 a. C.

El golpe de mano de César había salido a la perfección. Las cuatro legiones, caídas como un tigre sobre la presa, habían recogido los frutos de la larga marcha en cuanto entraron en las tierras de los tréveros. La inesperada aparición de los legionarios rasgó el ya débil tejido de la nobleza del país, dividiéndola en dos facciones. La primera, fiel a Cingetórix, quería colaborar con Roma; la segunda, seguidora del anciano Induciomaro, estaba organizando la resistencia en el bosque de las Ardenas. Resistencia que, no obstante, fue disminuyendo con el paso de los días, a juzgar por el número de mensajeros de la facción hostil que a cada momento se presentaban en el campamento romano para rendir pleitesía y pedir la gracia. Al final también Induciomaro se entregó al procónsul, quien rediseñó el gobierno del país a su medida, poniendo a Cingetórix al frente de los tréveros.

Antes de dejar el territorio, César redactó una larguísima lista de los rehenes que exigía a Induciomaro. Entre los doscientos nombres figuraban todos los parientes y el único hijo varón del viejo jefe, a quien aseguró que sus familiares serían tratados con todo respeto. Los soldados se pusieron en marcha hacia Puerto Icio, después de haberse procurado la colaboración del pueblo más poderoso de toda la Galia sin haber desenvainado ni siquiera un gladio.

Los carros con los rehenes hicieron mucho más largo el camino de regreso. A esto se añadieron las primeras lluvias de la estación y el desbordamiento de algunos ríos, que retrasaron aún más la marcha hacia Puerto Icio, obligando a las tropas a extenuantes desvíos del recorrido. Cuando finalmente la vanguardia tomó contacto con Labieno, después de haber avistado a lo lejos la costa, habían pasado ya cuatro semanas desde la partida del campamento, y aún se necesitaría otra para llegar a destino. Una marcha total de unas quinientas millas,[38] la mitad ellas recorridas bajo una fastidiosa lluvia.

Los aguaceros se desvanecieron junto con las nubes, sustituidos por amplios claros de cielo azul, precisamente cuando las cuatro legiones llegaron por fin a Puerto Icio. El espectáculo que se presentó ante los soldados exhaustos por la larga marcha, aquella tarde, cortaba el poco aliento que les quedaba. La costa que habían dejado el año anterior, con la ciudad portuaria asomando sobre la rada, se había convertido en una inmensa aglomeración de tiendas y carros de todo tipo que se extendía hasta donde alcanzaba la vista. Sobre el litoral había centenares de naves puestas a seco, además de las que permanecían ancladas en la bahía. En la llanura ondulada que descendía hacia el mar descollaban, en medio del desorden, los campamentos de los legionarios, en perfecta disposición geométrica. Era un asentamiento inmenso, que se adentraba una milla hacia el interior y quizá dos a lo largo de la costa; una ciudad enorme que solo dos meses antes no existía.

Entre las filas se elevó un alarido de alegría ante aquella visión y como un solo hombre la Décima comenzó a entonar las estrofas de su himno, caminando con arrogancia, con el águila bien alta a la cabeza de la columna. Cuando los soldados llegaron a la última colina antes de descender hacia el camino principal que llevaba a Puerto Icio, la caballería se separó, junto con el procónsul, de las legiones de a pie, y se dirigió al trote hacia el centro de la ciudadela. La capa púrpura de César se perdió entre los jinetes de la escolta, que lo rodearon en ese último tramo de camino.

En aquel punto Labieno dio la orden de que la Décima se detuviera y montara el campamento, mientras las demás legiones se dirigían hacia los cerros que rodeaban la ciudad. Los hombres posaron las armas, los escudos y los equipajes, luego se proveyeron de palas y cestos de mimbre y se encaminaron hacia las numerosas banderitas de colores que habían plantado en aquella gran explanada herbosa y casi llana, sobre la cima de la colina.

Lucio se desabrochó el yelmo dos horas después de la orden de Labieno, mientras los primeros fuegos del campamento comenzaban a chisporrotear. Antes de entrar en su tienda observó las miles de hogueras que brillaban a lo lejos, hacia la costa. Sabía que allí, en alguna parte, Gwynith había visto llegar a las legiones y lo estaba esperando. Luego se dejó caer, exhausto, sobre su camastro, pero estaba tan cansado y al mismo tiempo tan ansioso que no consiguió dormirse. Permaneció mucho tiempo acostado, con las manos detrás de la nuca, escuchando el rumor del agua que repiqueteaba contra el cuero de la tienda. Volvía a llover.

Cuando por la mañana sonaron las trompetas el ruido había cesado. En el interior de la tienda reinaba un calor húmedo, casi sofocante. Lucio apartó el trozo de piel que hacía de puerta y apretó los párpados. Finalmente el sol resplandecía en un cielo libre de nubes. Una ligera brisa refrescó el aire de la tienda. Ese día no habría reuniones: la consigna era ordenar el equipo y descansar. En resumen, una jornada tranquila que Lucio, no obstante, no disfrutaría, acuciado por la impaciencia de abandonar aquel prado transformado en un aguazal.

La ocasión para escabullirse del campamento se presentó hacia media mañana. Estaban ocupados en lustrar las mallas de hierro, cuando llegó Emilio con nuevas consignas para el día.

—Se trata de poca cosa —empezó, haciéndoles señas de que permanecieran sentados—. A la Décima se le ha reservado el mejor trabajo. —Desplegó un papiro—: Aquí dice que debemos vestirnos de gala y mandar algunos guardias al puerto y a lo largo del litoral. Daremos el relevo a los hombres de la Undécima durante un par de días. He pensado en mandar a la Primera Cohorte para el turno de tarde, luego la Novena y la Décima harán los turnos de guardia nocturna, y por la mañana serán sustituidas por la Octava.

Al oír aquellas palabras los hombres se mostraron exultantes. La legión había sido dispensada de cargar y descargar naves, solo habría que hacer algunas horas de guardia y el primípilo les había dado el mejor turno precisamente a ellos. La Primera Cohorte atravesó la puerta del campamento a primera hora de la tarde, como para ir a un desfile. Emilio abría el camino al paso, la mano sobre el pomo del gladio, seguido por el *signifer*, que llevaba el estandarte rojo de la cohorte, que ondeaba al viento. El resto de los legionarios seguía en fila de cuatro, perfectamente alineado, adentrándose en la confusa y ruidosa multitud de colores, razas y olores de Puerto Icio. Pasaron por delante de las tiendas ricas y lujosas de los nobles galos y de los miserables refugios improvisados de sus séquitos, percibiendo tanto deliciosos perfumes como desagradables miasmas. Media Galia estaba allí reunida, exhibiendo para la ocasión lo mejor que tenía. Capas de colores, soberbios corceles, brazaletes de oro, *torques* y collares, anillos enormes y yelmos con piedras preciosas. Entre la multitud se captaban indistintamente miradas ora hostiles, ora admiradas. Como remate había centenares de mercaderes, con carros rebosantes de género de todo tipo y tiendas de toda forma y color, así como criadores de ganado, artesanos, prostitutas, prestidigitadores y saltimbanquis de todas las razas, junto a vendedores de vino, especias de Oriente, pescado frito y salchichas de cerdo.

Se necesitó bastante tiempo para llegar a la playa, porque el asentamiento era más grande de cuanto cabía suponer visto desde el campamento. Un tribuno de la Undécima dio las consignas al primípilo, quien dispuso a los hombres de guardia y en los puestos de control donde la mercancía era cargada o descargada, según la procedencia o el destino. Lucio, Valerio y Tiberio formaban parte de una ronda de quince hombres, que debía patrullar continuamente el sector que les habían confiado, batiendo la playa en toda su longitud. Máximo tomó posición en un puesto de mando en el centro del sector y Emilio se colocó en la zona del puerto, a la sombra de una tienda, disfrutando de la fresca brisa del *oceanus*.

Cuando la Primera Cohorte pasó las consignas a la Novena y regresó al campamento ya estaba oscureciendo y el primípilo se cuidó mucho de dejar en libertad a los hombres que estaban bajo su directa responsabilidad. Si querían ir a emborracharse en semejante Babel, que le pidieran permiso a Labieno, porque él no pensaba concedérselo. Después de haber rechazado sus demandas de algunas horas de libertad, los hizo marchar por el camino de regreso, llenos de rencor y por eso aún más temibles a los ojos de los paseantes. De vuelta en el campamento, el aquilífero no pudo por más que mirar de nuevo con aprensión hacia los miles de fuegos que brillaban en Puerto Icio.

Al día siguiente, a primera hora de la tarde, los legionarios que no estaban de servicio o no tenían trabajos pesados que realizar pudieron finalmente salir del campamento. Lucio y Valerio traspusieron la puerta principal llevando solo la túnica y el *cingulum* con la daga, con una sensación de ligereza que no experimentaban desde hacía semanas. En cuanto tomaron el camino que conducía a Puerto Icio, un silbido reclamó su atención. Era Tiberio, que los alcanzó a la carrera con una sonrisa radiante en los labios. El joven siguió hablando, agitado y eufórico, durante todo el trayecto, mientras contaba y volvía a contar las monedas que tenía en la escarcela, destinadas a satisfacer sus más lascivos deseos. Rio, diciendo que Emilio había retenido a Quinto y Máximo poco antes de que salieran del campamento.

—Quinto se reunirá con nosotros a última hora de la tarde, pero para Máximo no hay demasiadas esperanzas —explicó a los otros dos—. Sin contar que Labieno en persona ha amenazado con colgar por las pelotas a todos los que no regresen antes de la segunda guardia nocturna.

—Creo que Máximo pronto será ascendido a centurión —sostuvo Lucio—, por eso el primípilo no le da tregua. Ese es el precio.

Al llegar a las primeras tiendas del inmenso campamento se adentraron entre la multitud colorida, mirando a su alrededor con curiosidad. Parecía que representantes de todas las razas humanas se hubieran convocado allí, y los galos, como anfitriones, hacían de todo para hacerse notar.

—¡Quietos! —exclamó Tiberio, deteniendo a sus dos camaradas—. Aquí está, es ella, la que quiero —exclamó, señalando a una muchacha de largo cabello del color del trigo maduro.

Valerio sujetó al muchacho por el hombro.

—Ve con cuidado. No todas las que ves por aquí son prostitutas. También hay rehenes, huéspedes, aliados y enemigos, prácticamente un nido donde conviven todas las razas. Ve donde Epagatus, el griego que estaba en el campamento de invierno, así no correrás ningún riesgo.

—¿Y dónde encontraré a Epagatus, en medio de toda esta confusión?

—No lo sé, pero tienes toda la tarde para descubrirlo. Hazme caso: cuanto más tarde lo encuentres, mejor. Al menos tendrás en el bolsillo algunas monedas para tomar algo, comer o jugar a los dados.

Lucio miró a su alrededor antes de dirigirse a Tiberio:

—Ayer, durante la guardia en la playa, vi una especie de plaza abarrotada precisamente en la ciudad vieja, cerca del puerto. Es allí donde debes buscar a Epagatus, en el punto donde puede atraer al mayor número de clientes.

—Tienes razón. Vamos al puerto, entonces.

Lucio sacudió la cabeza.

—Yo voy al campamento de la Decimocuarta. Quiero asegurarme de que Gwynith está bien. ¿Por qué no vienes con nosotros? Después pasaremos por el puerto.

Tiberio parecía inseguro, no sabía qué hacer, hasta que Valerio intervino con una sonrisa.

—El muchacho no está razonando con la cabeza, Lucio, y tú sabes mejor que yo que cuando Eros te dispara, da en el blanco. —El gigante miró en torno en busca de un punto de referencia y señaló a Tiberio un gran árbol a poca distancia—. ¿Ves a ese mercader de tejidos debajo de aquel gran plátano?

—Sí.

—Bien, nosotros estamos en el campamento de la Decimocuarta o en el puerto. Si no nos encontramos, nos vemos debajo de ese árbol al oscurecer.

—De acuerdo.

Lucio miró al muchacho.

—Yo en tu lugar no llegaría tarde y no me presentaría borracho ante el primípilo.

Tiberio rio y los saludó con el grito de guerra de la Décima, luego se alejó hacia el puerto y de inmediato se perdió entre la multitud.

—¿Crees que hemos hecho bien dejándolo ir solo? —dijo Lucio.

—Le he visto abatir a un par de britanos el día del desembarco —el veterano estalló a reír—, pero no sé si sobrevivirá a las putas de Puerto Icio.

Los dos legionarios tomaron el camino que llevaba al sur de la ciudad, y después de una larga marcha vieron aparecer entre las tiendas las torres del campamento de la Decimocuarta. Lucio se sintió presa de una intensa emoción mientras se acercaba a los guardias que vigilaban el acceso al campamento.

—Soy Lucio Petrosidio, aquilífero de la Décima Legión. Pido permiso para hablar con el tribuno Marco Alfeno Avitano, comandante de la Primera Cohorte.

El guardia desapareció detrás de la empalizada. Poco después, una voz familiar llamó la atención de Lucio y Valerio. Se volvieron y reconocieron a Quinto Lucanio, que daba la orden de dejarlos entrar.

—Quinto Lucanio, ¡dichosos los ojos! Desde el pasado otoño que no nos veíamos. Fue en la playa de los morinos, ¿verdad?

—Exacto, *aquilifer*.

El centurión le tendió la mano.

—Valerio, te presento a Quinto Lucanio. Sufrimos el embate de las mismas olas sobre el *oceanus*. Es un valiente que plantó cara al rey Comio, en Britania, y luego se enfrentó a la cabeza de pocos hombres a una emboscada sobre la costa, donde recuperamos las naves varadas. ¿Recuerdas?

Valerio asintió y estrechó la mano del oficial.

—Pero ¿no estabas en la Séptima?

—Sí —respondió este con orgullo—, transferido y promovido a los Primeros Órdenes. Solo estoy esperando que la burocracia haga su lento camino.

—¿Y cómo has terminado en la Decimocuarta? —preguntó Lucio.

—Hay mucha agitación, muchachos. Esta legión ha sido alistada deprisa y corriendo por el Pelado,[39] y como bien sabéis el Senado la considera fuera de la ley.

Los dos rompieron a reír y Valerio tomó la palabra:

—Como casi todas las demás.

—Sí, lo sé, pero según parece Roma está alborotada, y si César no disuelve lo antes posible el ejército establecido en la Galia, constituido y retribuido por él, se prevén represalias. El procónsul no hace caso, no disuelve nada, es más, alista y llena de oro a legionarios y senadores. Necesita cada vez más hombres; ya no debe proteger los confines de la Provincia, sino de toda la Galia. —Bajó la voz, cogiéndolos del brazo—. Y debe protegerse a sí mismo de Roma. De ahí el discreto movimiento de oficiales competentes de las legiones de veteranos a la Decimocuarta, para reducir el tiempo necesario en transformar a estos chiquillos en legionarios.

—Una tarea ardua. Se necesitarían al menos dos estaciones, y esta legión debería acompañar a una de veteranos para ganar experiencia —dijo Valerio, mirando a su alrededor.

—Los estamos adiestrando con dureza, pero aún no están listos para sostener un enfrentamiento. Por eso nos quedaremos en Puerto Icio cuando el resto del ejército parta hacia Britania.

Lucio asintió.

—Debo admitir que es un buen sitio para pasar el verano. Y además no correréis peligro: además de las legiones, César se lleva a Britania al menos a la mitad de la fogosa juventud gala.

Quinto Luciano esbozó una mueca.

—Sí, es verdad. —Lo miró a los ojos—: De todos modos, fui yo quien pidió el traslado, y tuve suerte.

—¿Y qué te impulsó a dejar una legión de veteranos por una de reclutas? —preguntó Lucio.

—Mi hijo —dijo Quinto, con los ojos brillantes de orgullo—. El pasado invierno cumplió dieciséis años y corrió a alistarse. El muchacho está en la Primera Cohorte, sigue el camino de su padre.

Lucio se reconoció perfectamente en aquella situación, pero enseguida recordó que estaba allí por Gwynith.

—Entonces, ¿qué puedo hacer por vosotros? ¿A qué debo esta visita?

—Debo ver al tribuno Marco Alfeno Avitano. Le he confiado mi equipaje y a una esclava para que los trajera por mar.

—Ah, entiendo —dijo poniéndose serio, mientras les señalaba el camino que debían seguir en el interior del campamento—. Lo más probable es que la esclava esté alojada fuera del campamento, no he visto mujeres en su séquito —añadió mientras precedía a los dos hombres de la Décima, que ante aquellas palabras se miraron a la cara.

—¿Estás seguro, Quinto?

El centurión asintió.

—Hace cuatro semanas que estoy aquí. El tribuno llegó poco antes que yo, pero desde que me incorporé a la Decimocuarta no he visto esclavas. Solo tiene un esclavo de color en su séquito. Imagino que la mujer estará en un alojamiento en la ciudad, o como huésped de alguien.

Aquellas palabras no tranquilizaron en absoluto a Lucio, cuya tensión iba en aumento a medida que se acercaban a la gran tienda del tribuno.

Quinto los hizo entrar en una especie de antecámara que precedía al alojamiento y allí esperaron unos instantes, hasta que una mano corrió la tela que separaba ambas estancias. El esclavo negro del tribuno apareció en el umbral y saludó respetuosamente a los romanos, antes de ponerse de lado y mantener abierta la tienda delante de Marco Alfeno Avitano.

—*Ave, aquilifer* —exclamó este, en un tono de voz que intentaba disimular su nerviosismo—. Te esperaba.

Lucio percibió de inmediato que había algo que no marchaba. Intentando controlar la ansiedad, se acercó al joven oficial.

—He venido a asegurarme de que has mantenido la palabra, tribuno.

Ante tales palabras, el joven parpadeó, asintió y luego sacudió la cabeza. Tenía la frente perlada de sudor.

—Ha desaparecido, *aquilifer*.

—¿Qué quiere decir «desaparecido»? —rugió Lucio, adelantándose un paso—. ¿Dónde está mi esclava, tribuno Alfeno?

Los guardias que custodiaban la tienda se volvieron hacia el interior y el esclavo negro llevó la mano a la empuñadura de la espada. Valerio lo fulminó con la mirada. El centurión los observaba sin entender del todo qué estaba sucediendo.

Alfeno extendió las manos para apaciguar los ánimos.

—Cálmate, puedo explicártelo todo. El día que nos despedimos navegamos hasta el anochecer, pero en cuanto avistamos las luces de Puerto Icio se levantó un fuerte viento de tierra, seguido por una lluvia torrencial que nos alejó de la costa. —Alfeno hablaba sin mirar a la cara a ninguno de los presentes—. Las olas eran altas y la nave se hizo ingobernable. Yo mismo me acerqué a tu esclava para comprobar que estaba bien y se sujetaba con firmeza del mástil en el centro de la embarcación. No podíamos alcanzar el puerto a fuerza de remos, porque las olas nos habrían empujado contra el amarradero o contra la escollera al norte de la ciudad. Sin embargo, veía que los marineros no parecían espantados por la situación. Es más, en un momento dado su oficial me dijo que bastaba esperar al final de la tempestad, y luego remaríamos hasta el puerto. —Alfeno tragó saliva—. En efecto, entramos en el puerto, sanos y salvos, aunque con el estómago revuelto. Vi a tu esclava sentada en un rincón, muy cansada, pálida y empapada, así que mandé a Arminio, mi anciano preceptor, para que le llevara una manta y se asegurara de que se encontraba bien, porque yo aún estaba muy mareado. Finalmente, ya de noche cerrada, atracamos la nave. No sabía dónde estaba el campamento de la Decimocuarta y los legionarios de guardia me dijeron que la nueva legión aún debía llegar a la ciudad. —Alfeno alzó la mirada hacia Lucio—. Le dije que bajara de la nave, Arminio la ayudó mientras Bithus —el tribuno señaló al esclavo de color— se ocupaba de hacer desembarcar el caballo y una parte de nuestros equipajes. Ella se tambaleaba y para caminar tenía que apoyarse en Arminio. Les dije que llegaran a tierra firme y me esperaran, mientras yo ayudaba a Bithus. La pasarela estaba mojada y también el embarcadero, el caballo resbalaba, estaba espantado y no quería bajar, y tardamos bastante en arrastrarlo por la fuerza a la playa. Cuando llegué, no vi a Arminio ni a la esclava. Al principio no di importancia al asunto; a pesar de la hora, las posadas del puerto estaban abiertas y llenas de gente. Supuse que habrían entrado en un local para conseguir algo caliente que beber para todos nosotros. De inmediato mandé a Bithus a buscarlos...

Lucio lo escuchaba, petrificado.

—Al cabo de un rato regresé al muelle —continuó el tribuno—, donde encontré a Bithus que me miraba, desconcertado. Arminio y tu esclava habían desaparecido. Había intentado buscarlos por ahí, hasta que en un callejón encontró la alforja de piel de tu esclava.

El tribuno hizo una seña al esclavo negro, que fue a buscar lo que había hallado y se lo entregó a Lucio.

En efecto: era la alforja de Gwynith.

—No hemos tocado nada —precisó Alfeno.

Lucio la abrió con el corazón en un puño. El cuero mojado, al secarse, se había endurecido, y la humedad había enmohecido el contenido: aún estaban el pan y el queso que él mismo había puesto la tarde anterior a la partida. El moho había manchado también el vestido de lino verde que habían comprado al mercader ateniense y que Gwynith aún no había terminado de coser. En el bolsillo interior Lucio encontró la bolsa del dinero. No contó las monedas, pero por el peso parecían estar todas.

—Está también el dinero, y es mucho —dijo a Valerio, cada vez más confuso—, pero falta el puñal.

—Quizá se haya defendido —sugirió el veterano.

—Estaba débil —intervino el tribuno—, muy cansada por el viaje. También ella se mareó y la última vez que la vi se tambaleaba por el embarcadero. Sin duda, se sentía mal.

—¡Vamos al puerto! —dijo Lucio, dirigiéndose a Valerio.

El tribuno llamó al aquilífero antes de que saliera.

—A la mañana siguiente, una patrulla encontró a mi esclavo, Arminio.

—¿Dónde? Quiero hablar con él. ¿Dónde está ahora?

Alfeno sacudió la cabeza, con tristeza.

—Lo hallaron en un callejón de la ciudad vieja. Me avisaron a última hora de la tarde, cuando se corrió la voz de la desaparición. Estaba en muy malas condiciones y falleció dos días después, sin recuperar el conocimiento.

El aquilífero hizo una mueca y luego habló con un hilo de voz:

—¿Cómo murió?

—Tenía el rostro y el cuerpo tumefactos, pero plantó cara, hasta que un golpe de espada le atravesó un hombro entrando casi hasta el pecho.

—¿Nadie oyó nada?

—Era noche cerrada, las olas rompían en los escollos y el viento sacudía las naves, con el consiguiente crujido de la tablazón y el ruido de las partes de bronce que chocaban entre sí. En las posadas los galos cantaban, borrachos de cerveza e hidromiel; cada tanto se oía un grito de guerra, o una mujer que reía... Era imposible captar el rumor de una lucha.

Lucio bajó la cabeza y por segunda vez se lanzó hacia la salida. Alfeno lo cogió de un brazo.

—He intentado pedir audiencia al cuestor para abrir una indagación, pero me han respondido que estábamos aquí para preparar una invasión y nadie tenía tiempo de buscar a una esclava. Mandé a Bithus por las posadas, pidiendo informaciones, pero no ha descubierto nada. —Los dos se miraron—. Créeme, *aquilifer*, lo he intentado todo y pagaría lo que fuese para devolverte lo que te he hecho perder.

Lucio sacudió la cabeza. En aquel momento habría incendiado el mundo, si hubiera servido de algo, pero se dio cuenta de que la persona que tenía delante no era culpable de nada.

—Has hecho todo lo que podías, tribuno. No tengo nada que reprocharte.

—Pongo a tu disposición cuanto necesites para continuar las investigaciones, *aquilifer*.

Pero en aquel punto Lucio ya no lo escuchaba. Él y Valerio ya habían salido de la tienda, directos a la puerta del campamento. En silencio se adentraron a grandes pasos entre el gentío multicolor de la ciudadela, hasta llegar al puerto. En el muelle comenzaron a pedir informaciones a los legionarios, pero ambos sabían que era un intento desesperado. Lucio continuó vagando, dirigiéndose a cualquiera, sobre todo porque sabía que en cuanto se detuviera a pensar, el dolor sería insoportable. Se separaron, uno fue a la ciudadela y el otro al puerto, pero cuando se encontraron bajo el gran plátano, sus miradas expresaban tan solo la desolación del fracaso.

—¿Qué hago, Valerio?

—No lo sé, amigo mío —respondió el veterano, cogiéndolo por los hombros.

—¿Y Tiberio?

—No ha dado señales de vida.

Lucio se sentó entre las raíces del enorme árbol, sintiéndose vacío. Dirigió la mirada al puerto, a lo lejos, antes de sacar de la alforja el vestido de Gwynith. Lo tocó largamente, luego hundió el rostro en él y se quedó así durante un buen rato. Valerio se quedó mirándolo, sin encontrar una sola palabra que decir. Luego lo sacudió con suavidad.

—Volvamos al campamento, Lucio; la segunda guardia ha pasado hace tiempo. Tiberio ya habrá vuelto y se estará preocupando por nosotros. Tenemos que tratar de descansar y mañana reanudaremos las investigaciones.

El aquilífero se alzó, dobló el vestido que olía a moho y lo guardó en la alforja. Se encaminaron lentamente hacia su campamento. Remontaron la colina y mientras se acercaban vieron a una pequeña aglomeración de soldados delante de la puerta. Valerio preguntó a uno de ellos qué estaba sucediendo.

—Nos han encerrado fuera, *frater* —respondió un veterano tambaleante, que durante la salida debía de haber empinado bastante el codo.

—Dejadme hablar con el centinela —dijo Valerio, abriéndose paso entre el grupito de hombres que se agolpaban fuera—. ¿Eh, tú, de qué cohorte eres? Déjate ver y abre esta puerta.

El rostro de un soldado, enmarcado por el yelmo de bronce, apareció entre las fisuras de los palos de madera.

—Lo siento, pero no puedo dejaros entrar. Orden de Labieno.

—¿Y qué hacemos? ¿Nos quedamos aquí toda la noche? Venga, abre la maldita puerta y nadie se dará cuenta de nada.

—¿Bromeas? Si os dejo entrar el legado hará crucificar a todo el cuerpo de guardia. No, no hay nada que hacer. ¿Has ido a divertirte? Muy bien, pues ahora quédate al fresco. Tenemos la orden de abrir la puerta solo antes de la reunión. Os alinearéis con los demás y Labieno os dará un buen sermón.

—¿Cómo te llamas, *miles*?

—¿Qué te importa, *frater*?

—Oye, quienquiera que seas, escúchame bien. Es un caso de emergencia, ha sucedido una desgracia y una persona ha desaparecido, probablemente raptada. Un oficial está aquí conmigo dirigiendo las investigaciones. Por eso llegamos con retraso. ¿Entiendes?

—¿Un oficial? Muy bien, entonces sabrá la consigna.

—¿La consigna? Por Júpiter... no, no sabemos el santo y seña.

—Entonces no puedo hacer nada por vosotros. Me han ordenado dejaros fuera y hacer la guardia en mi sector, o sea que hazme el favor de sacar las manos de la empalizada.

Lucio puso una mano en el hombro de Valerio y lo hizo apartarse.

—Soldado, soy Lucio Petrosidio, aquilífero de la Décima Legión. Es verdad que hay una persona desaparecida. Quiero que llames a tu superior, o al *primus pilus*.

—Créeme, *aquilifer*, es mejor no llamar a nadie, pero si quieres gritar el nombre de tu centurión no podré impedírtelo.

Lucio se volvió y miró a los demás soldados que estaban con él, una decena en total. Algunos parecían preocupados, otros simplemente borrachos perdidos. Ninguno de ellos era de la Primera Cohorte. Alzó la mirada hacia Puerto Icio y anunció a Valerio que él volvía allí.

—No lo hagas, *aquilifer* —lo advirtió el centinela desde detrás de la empalizada—. Si luego recibo la orden de abrir la puerta y tú no estás, te meterás en serios problemas.

—Me trae sin cuidado —replicó Lucio a gritos.

Valerio lo cogió de un brazo.

—Ven, vamos a recostarnos en el foso. Al menos estaremos al abrigo del frío.

Todo el grupo, a excepción de un par de soldados demasiado borrachos para entender, siguió su ejemplo, disponiendo un camastro improvisado en un rincón del foso del campamento.

Una voz apenas perceptible, procedente de la empalizada que se elevaba por encima del terraplén, reclamó la atención de Valerio. En la oscuridad de la noche, el veterano oyó susurrar varias veces su nombre.

—Soy Máximo, ¿estáis ahí?

—Sí. Finalmente, una voz amiga. ¿Se puede saber qué está sucediendo?

—Labieno está furioso, pero nadie sabe por qué. Solo sé que hoy ha estado aquí el procónsul en persona y que se han encerrado en la tienda del legado, los dos solos, durante bastante tiempo. Desde que César se marchó del campamento, Labieno está intratable.

Lucio y Valerio se miraron a la cara.

—Muchachos, aquí tengo algunas capas para cubriros y algo de comer y de beber. Os lo lanzo al foso.

Valerio se lo agradeció con un susurro.

—No puedo hacer nada más, lo siento.

—¿Tiberio, está bien? —preguntó Lucio hacia la empalizada.

—¿Tiberio? ¿No está con vosotros?

—Claro que no.

—Es extraño. Tiberio no está en el campamento. De la Primera Cohorte, faltáis solo vosotros tres.

—¿Qué hacemos, Valerio? ¿Volvemos a buscarlo? —preguntó Lucio.

El gigante, que había recuperado el hatillo de las capas y la comida, se sentó con la cabeza entre las manos como para pensar qué era lo más conveniente.

—No os mováis de ahí —musitó aún el *optio* desde arriba del terraplén—. Quizá Labieno se calme y os deje entrar, y todo acabe en nada. Pero si no os encuentra, no sé qué puede suceder.

—Máximo, llama al primípilo. La ausencia de Tiberio me preocupa.

El *optio* no respondió a la solicitud de Lucio. Un centinela había imitado el sonido de la lechuza y Máximo se había evaporado. Probablemente estaba pasando una ronda.

—¿Qué hacemos, Valerio? ¿Vamos o no?

El veterano dio algunos pasos por el foso, apretando los puños varias veces. Luego sacudió la cabeza.

—Creo que ya tenemos bastantes problemas, Lucio.

—¿Y Tiberio?

—Ya verás como al final aparece. Estate tranquilo.

Lucio se apoyó en la pared del foso y lentamente se dejó caer en el suelo.

—¿Y Gwynith, dónde estará? —murmuró para sus adentros, alzando los ojos al cielo. Se sentía desesperado e impotente a la vez.

Valerio le tendió una capa, cortó pan y queso, y compartió la comida con él. El aire de la noche era frío y húmedo.

—La encontraremos, Lucio, la encontraremos.

El aquilífero no probó bocado. Su estómago estaba al menos tan revuelto como los pensamientos que le dominaban la mente. El grito de un centinela señaló el inicio de la tercera guardia nocturna. Era noche cerrada, pero no podía conciliar el sueño.

—Yo voy, Valerio. Aunque al final todo quede en un rapapolvo y un castigo, sin duda Labieno nos negará el permiso para salir del campamento hasta el día de la partida para Britania. Debo jugarme el todo por el todo esta noche. No puedo esperar. Suceda lo que suceda, al menos lo habré intentado.

Valerio asintió, tranquilo.

—Estamos juntos y juntos seguiremos: si quieres ir, te acompaño.

—No te estoy pidiendo que lo hagas. No quiero meterte en apuros.

Valerio se puso de pie y tendió la mano a su amigo para ayudarlo a levantarse.

—Nosotros no abandonamos a ninguno de los nuestros, jamás. Además, le hice una promesa a Gwynith, ¿qué pensará de mí si no la mantengo?

Los dos treparon por el foso y poco antes de llegar al borde oyeron unos pasos. Al levantar la mirada, vieron a un grupo de legionarios que los estaba esperando. Los dos camaradas se alzaron lentamente, manchados de tierra húmeda, ante la coraza musculada de Cayo Emilio Rufo, que brillaba a la luz de la luna. El primípilo los estaba examinando con dureza, apoyando los puños en las caderas.

—¿Dónde está Tiberio?

Lucio saludó con un gesto de la cabeza al centurión.

—La última vez que lo hemos visto ha sido hoy por la tarde cuando se dirigía al puerto. Debíamos encontrarnos al anochecer bajo un gran plátano al principio del campamento, pero no se ha presentado.

Emilio se mordió el labio inferior, volviendo la mirada en dirección a Puerto Icio.

—¡Vamos! —ordenó, encaminándose por el sendero.

Detrás de él apareció Máximo, que llevaba el gladio, la malla de hierro y el yelmo de Valerio. Con él estaba Quinto, con el equipo de Lucio. Sin hablar, los dos se pusieron las armas y las protecciones, y enfilaron velozmente el sendero tras los pasos del centurión, que se había adelantado sin esperarlos.

—¿Le has avisado tú? —preguntó Lucio a Máximo, que asintió—. Parece que no paramos de meternos en problemas.

El *optio* le respondió con una palmada en el hombro y una sonrisa:

—Nuestro trabajo es meternos en problemas.

Durante el trayecto el aquilífero contó todo lo que podía ser útil para encontrar a Tiberio, comenzando por el hecho de que había ido donde Epagatus. No mencionó a Gwynith y lo que le había sucedido, pensando que al primípilo no le interesaba la suerte de la mujer. Pero inmediatamente después Valerio lo reveló a Quinto y a Máximo, que se quedaron profundamente impresionados.

Los cinco soldados se detuvieron durante un momento delante del plátano, donde no había rastro de Tiberio. Luego tomaron el camino del puerto, deteniéndose de vez en cuando para preguntar si alguien había visto a un legionario joven y delgado, de estatura decididamente más baja respecto de la gente que daba vueltas por la ciudadela. Algunos decían que no habían visto a nadie; otros, riendo, respondían que habían visto al menos a cien soldados romanos así. En aquellos días había cerca de cuarenta mil legionarios en torno a Puerto Icio, y aquella tarde probablemente habían deambulado por los callejones del lugar al menos cuatro o cinco mil que estaban de permiso. Lo más sensato era ir derecho donde Epagatus: quizá recordara el rostro de Tiberio. El cuartel general del griego se encontraba a dos pasos del amarradero. Valerio lo reconoció de inmediato, a la débil luz de las lámparas de aceite.

—Debo hablar con tu amo, Epagatus —dijo el primípilo, cortante, al guardia de la entrada. En los callejones malolientes del puerto había un incesante trajín de mujeres y soldados borrachos. El esclavo, probablemente un sirio, estaba completamente armado. Examinó con desconfianza a los cinco legionarios y entró en la tienda.

Emilio se volvió hacia los demás.

—El buen vino lo exportamos solo nosotros y basta ver cuántos borrachos hay por aquí para comprender que es un comercio floreciente. En cambio, mujeres guapas se encuentran un poco por todas partes. —Luego bajó la voz para dirigirse a Valerio—: Ve atrás con Quinto. Está tardando demasiado, y no me gusta.

En cuanto los dos desaparecieron detrás de la vasta tienda, el guardia sirio regresó en compañía de un energúmeno medio dormido, de rostro oscuro, orlado por una hirsuta barba negra que se confundía con el pelo rizado y sucio.

—Mi señor duerme y no es oportuno que lo molestéis —farfulló el barbudo.

—En cambio, yo creo que es de lo más oportuno. Dile que el primípilo de la Décima Legión debe discutir con él una cuestión muy importante. Y también muy urgente.

El tono del primípilo habría atravesado incluso una coraza.

El esclavo volvió a entrar, dejando a los romanos en compañía del hombre de la barba, que apestaba como una cabra y los miraba con aire malévolo. Otros tres hombres asiáticos, que formaban parte del pequeño ejército personal de Epagatus, aparecieron por el callejón de al lado y se dispusieron en semicírculo frente a Emilio y los suyos. Únicamente sus dedos, que tamborileaban sobre la funda del gladio, traicionaban la inquietud del centurión. Solo dejó de hacerlo cuando el esclavo reapareció en el umbral.

—El amo está muy cansado; dice que mañana temprano irá él mismo al campamento de la Décima.

Emilio bufó, irritado, y alzó la voz.

—Dile a Epagatus que si no se decide a dejarme entrar, dentro de una hora será la Décima la que vendrá aquí. —Ante tales palabras, todos se envararon. Un par de mercenarios orientales llevaron las manos a la empuñadura de las espadas, y de inmediato Lucio y Máximo los imitaron. El guardia lanzó una mirada amenazante a Emilio—. Deja de mirarme así —exigió el centurión entre dientes—. ¡No he pedido permiso para entrar a hablar con Epagatus; he dicho que debo hablar con él y basta! Ahora apártate y déjame entrar, o por Júpiter que ahora mismo te compro a tu amo, ese cerdo ávido de dinero, solo por el gusto de verte reventar en cualquier arena.

—Calma, señores, os lo ruego. ¿Se puede saber qué sucede?

La voz de Epagatus precedió a la llegada de su figura poco agraciada en el umbral de la tienda. Los grandes ojos bovinos hundidos en el rostro aceitunado no parecían adormecidos, sino inquietos. Llevaba una ligera túnica de preciosa seda de colores llamativos y entre los rechonchos dedos enjoyados tenía un pañuelo que se pasaba por la frente y el rostro, para secar el abundante sudor. Estaba perfumado como una de sus rameras, con el cabello azulado y brillante de aceites aromatizados.

Emilio lo puso de inmediato en su lugar dirigiéndole unas palabras tan duras como bofetadas.

—Dime una cosa, alcahuete, ¿crees que después de haberme enfrentado a los más feroces guerreros de toda la Galia voy tener miedo de los esbirros de un alcahuete como tú?

—Te ruego que te calmes, mi ilustre amigo; aquí estoy, a tu disposición.

El centurión había acumulado demasiada rabia para poder detenerse.

—Te has enriquecido con el dinero de la legión y le debes respeto. Ten cuidado de no morder la mano que te da de comer, porque algún día podrías encontrarte con una espada apoyada en tu gordo cuello.

—Venga, centurión, es solo un equívoco, mis hombres no querían molestarme porque sabían que hoy me sentía indispuesto.

El primípilo cerró los puños y calló, como si se sosegara un tanto. Epagatus nunca le había caído en gracia.

—Tengo que hablar contigo —le dijo, mirándolo fijamente a los ojos—. Haz que se marche toda esta escoria.

El griego parpadeó.

—¿Por qué debo alejar a mis sirvientes? ¿No te fías de mí?

—¿Y tú? ¿Por qué no quieres hablar con un oficial romano sin tus guardias? ¿Tampoco tú te fías, o tienes algo que esconder?

Epagatus indicó a los guardias que permanecieran donde estaban e invitó a Emilio a entrar en la tienda. Este hizo señas a Máximo y Lucio de que lo siguieran. En el interior los militares fueron acogidos por un penetrante y dulzón perfume a incienso. Los tres torcieron la nariz, molestos por tanto lujo, conscientes de que era fruto del dinero de los legionarios, que lo habían obtenido con la sangre. Las variopintas alfombras orientales hacían de pavimento a un amplio vestíbulo, con tres aberturas que daban a otros tantas estancias. Dos mujeres casi desnudas, recostadas sobre los cojines revestidos de fundas preciosas esparcidos un poco por doquier, susurraron algo a su paso y rieron, con una mano sobre la boca pintada. Emilio las miró con repugnancia y entró en la segunda cámara siguiendo a Epagatus, que con una señal imperiosa hizo alejar a un chiquillo de largo cabello rubio.

—Bueno, centurión, ¿qué es eso tan importante que querías decirme?

El griego se recostó pesadamente sobre el triclinio, cada vez más sudado, presa de una evidente agitación que no conseguía esconder.

—¿Te gustan los jovencitos, Epagatus? —preguntó Emilio, ignorando la invitación a sentarse.

—¿Acaso has venido aquí en plena noche con dos legionarios armados para echarme un sermón, romano?

—No. He venido a buscar a uno de los míos. Es solo un muchacho y creo que tú podrás proporcionarme algún indicio.

—¿Un muchacho?

—Sí, ha estado aquí por la tarde y ahora parece que ha desaparecido.

—¿Sabes cuántos legionarios han estado aquí, hoy? Yo les ofrezco un poco de diversión y ellos me dan su dinero a cambio. Eso es todo. —Se sirvió vino en una copa que a primera vista parecía de oro puro—. Quiénes son o qué hacen mis clientes no es asunto mío.

—Quizás alguno de los hombres a tu servicio pueda decirnos algo.

El griego prorrumpió en una carcajada sofocada, que desde los pliegues de la garganta se propagó hasta el macizo vientre.

—Créeme, a ellos les importa aún menos que a mí. Aquí vienen galos, romanos, griegos, germanos y quién sabe qué más, gente de todas partes, pero para nosotros son todos iguales. Para nosotros son solo clientes que quieren divertirse, y yo procuro que queden tan satisfechos que no vean la hora de volver donde Epagatus. Quizás a ti también te haría bien encontrar un poco de esparcimiento, ya que pareces tan enfadado.

Emilio lo miró con desprecio.

—Aquí vendrá medio mundo, no lo dudo, pero el que ha desaparecido es uno de mis muchachos y pondré patas arriba toda la escoria de este sitio hasta que aparezca. He comenzado por ti porque él pensaba venir aquí y porque tú sabes moverte en este ambiente equívoco.

—Lo siento, pero no tengo la menor noticia de tu hombre, o de tu jovencito, como dices —replicó el mercader con aire expeditivo—. Y si tú estás contrariado, yo no lo estoy menos por tu irrupción, que me ha alarmado sobremanera. Por tanto, si no te molesta —concluyó, señalando la salida con la gorda mano enjoyada—, me complacería que fueras a buscarlo a otra parte. Estoy seguro de que te está esperando en algún sitio.

Para Emilio habría sido un placer clavar la fría punta del gladio entre los pliegues del cuello de aquel individuo repulsivo, pero Epagatus era una hiena con mil relaciones y recursos, sobre todo económicos, que habrían podido truncar su brillante carrera. Sin contar con que el *centurio* había abandonado el campamento a escondidas de sus superiores, sin autorización, llevando consigo a cuatro hombres. Estaba arriesgando demasiado.

Pero el griego temblaba y sudaba y no veía la hora de desembarazarse de ellos. Además, ni siquiera había pedido que le describieran a Tiberio. Aunque era evidente que escondía algo, en aquel momento el primípilo no tenía autoridad para arrancarle la verdad. Debía hablar con Labieno y pedir permiso para una indagación, aunque eso significara exponerse a las iras del legado.

—Volverás a tener noticias mías, Epagatus. Entre tanto debo pedirte que no abandones Puerto Icio.

—No te preocupes, centurión —contestó el griego riendo con socarronería—. Sabes que nunca me alejo mucho de César.

La alusión no era difícil de captar.

—También yo tengo una pregunta que hacerte.

Todos se volvieron hacia Lucio. El mercader se llevó nuevamente el vaso a los labios y bebió un sorbo, mirándolo con desconfianza.

—Se trata de otra desaparición, ocurrida hace aproximadamente un mes —dijo—. Sin duda recordarás a la mujer a la que me refiero, porque me seguía a menudo en el mercado del campamento de invierno. Era mi esclava.

Emilio frunció el ceño al enterarse de este modo de la desaparición de Gwynith. Epagatus, en cambio, permaneció impasible, como si llevara una máscara de plata.

—No sé de qué me estás hablando.

Lucio se le acercó.

—Es imposible que no te fijaras en ella, Epagatus. Era la única mujer de cabello rojo y ojos verdes que andaba por el campamento.

—¡Ah, entiendo! Te refieres a la britana. Tienes razón, me habría fijado en ella... si la hubiera visto por aquí. Pero el hecho es que no la he visto.

El aquilífero se acercó hasta casi rozar el rostro de Epagatus.

—Debes saber que estoy dispuesto a pagar, y bien, incluso solo para obtener alguna información sobre ella.

El griego le guiñó un ojo.

—Lo creo. Con una así también yo haría un montón de dinero.

Al instante se oyó el silbido del gladio de Lucio al salir de la funda y la punta del arma presionó dolorosamente contra la panza de Epagatus. Emilio aferró los brazos del aquilífero, que con la mano libre apretada en el cuello del griego parecía tener la intención de estrangularlo. Máximo, por su parte, se volvió hacia la entrada con la mano en la espada, por si entraba alguien.

—Si tienes algo que ver con la desaparición de Gwynith o de Tiberio, Epagatus, eres hombre muerto —le susurró Lucio al oído. Luego soltó la presa y enfundó el arma bajo la mirada furiosa de Emilio.

—¡Fuera! ¡Fuera de aquí! —chilló el alcahuete, presa de un convulso ataque de tos, mientras se masajeaba las marcas violáceas de los dedos de Lucio.

El guardia de pelo hirsuto acudió a ver qué sucedía y se encontró el gladio de Máximo apuntado a la garganta, mientras los otros cuatro mercenarios al servicio del griego se precipitaban en la antecámara. El *optio* hizo una ligera presión sobre la espada.

—Di a tus amigos que se detengan, si quieres llegar vivo al alba.

—¡Quietos! —gritó Emilio, levantando las manos en un gesto universal de paz—. Todos quietos y nadie saldrá herido. No ha sucedido nada.

El primípilo miró fijamente a Epagatus.

—Ahora guardaremos las armas y nos marcharemos, ¿de acuerdo?

Hubo un instante de calma aparente. Emilio se desplazó con lentitud hacia la salida.

—¡He dicho que nos marchamos, *aquilifer*! —repitió Emilio, recalcando las palabras.

Lucio se encaminó detrás del primípilo, pero antes de dejar la estancia se volvió de nuevo hacia el griego y lo miró con toda la rabia que lo consumía en ese momento. Máximo aferró por el pelo al sirio y, sin quitarle la hoja de la garganta, siguió a sus compañeros. El grupo atravesó la gran antecámara y salió de la tienda. Fuera los esperaba otro grupo de guardias armados con ademán amenazante.

—Déjalo —ordenó Emilio al *optio*, que obedeció, aunque de mala gana. El comandante de los guardias se volvió hacia Máximo y escupió al suelo, mirándolo con aire desafiante, mientras los otros orientales desenvainaban las espadas.

—No creo que sea útil para nadie continuar con esta disputa —dijo Emilio—. Si llegara a sucedernos algo, tenéis las horas contadas.

Sus palabras no consiguieron aplacar las miradas sedientas de sangre de los sirios, que solo estaban esperando la orden de su jefe. Ese momento, breve e infinito, fue interrumpido por el pataleo de los cascos de un enorme caballo blanco que se abalanzó sobre el grupo, haciendo retroceder a los guardias del alcahuete.

Desde lo alto de la cabalgadura que bufaba nerviosa, Valerio miró al primípilo.

—¿Todo en orden, *centurio*?

Hizo mover bruscamente de lado al animal, empujando al sirio de cabello hirsuto.

—¿Quieres que haga intervenir a la guardia?

Los tres hombres suspiraron de alivio, bendiciendo la llegada de su compañero. No sabían dónde había conseguido aquel animal; lo importante era que los estaba sacando de un buen lío.

Emilio y los demás se alejaron rápidamente, con las espaldas cubiertas por Valerio, entre las amenazas de los sirios. Después de un centenar de pasos el veterano indicó a sus camaradas que fueran por un callejón. Allí, en medio de la calle, los esperaba Quinto en compañía de un hombre encapuchado. Valerio bajó de la silla y confió las bridas al misterioso personaje. De debajo de la capucha apareció el rostro de Bithus, el esclavo de Alfeno. El caballo era el del tribuno.

Lucio miró al esclavo de color.

—¿Qué estás haciendo aquí?

—Hace un mes que paso las noches por estos callejones, en busca de algún indicio —respondió el hombre—. Mi amo está mortificado por lo sucedido, pero créeme, aquilífero, no fue culpa suya —continuó Bithus—. Le he visto pagar personalmente grandes cantidades de dinero por informaciones que luego se han revelado falsas.

Emilio se volvió a Lucio.

—¿Hay algo que deba saber?

Sin más vacilaciones, Lucio le contó todo lo referente a la desaparición de Gwynith en los callejones de Puerto Icio. Aquella ciudadela era un lugar lleno de peligros, y la posterior desaparición de Tiberio, que pese a ser joven e inexperto no era un estúpido y seguía siendo un soldado, no hacía más que acrecentar sus preocupaciones.

El centurión inspiró profundamente y luego bufó:

—¿Es todo?

—Está encinta —concluyó Lucio, inclinando la cabeza. Ya no era el momento de tener secretos con los únicos hombres que lo estaban ayudando.

Los otros lo miraron con los ojos desorbitados mientras Valerio se alejaba algunos pasos, imprecando para ocultar la conmoción.

—El griego controla el mercado de la prostitución aquí en la ciudad —dijo Bithus, rompiendo la sensación de impotencia que se estaba apoderando de sus mentes.

—¿Y entonces? —preguntó Emilio.

—En cuanto llegó, mandó a sus esbirros por la ciudad imponiendo su protección, naturalmente de pago, a las mujeres que se vendían. En los primeros días tuvo algunas dificultades, pero al final, a fuerza de golpes y amenazas, todas las prostitutas de las posadas se vieron obligadas a aceptar o escapar de la ciudad. Puerto Icio no tiene ley, en estos días. Si vuestro hombre ha estado con una mujer, de seguro ha pasado bajo los ojos de uno de los guardias del griego. Precisamente hoy he notado unos extraños movimientos en torno a una taberna a poca distancia de aquí —prosiguió, señalando en dirección al puerto—. De costumbre, sus sicarios están dispersos por la ciudad, en las posadas o por las calles. Pero hoy, a última hora de la tarde, se reunieron en torno a la tienda del griego, celebraron una especie de consejo y luego una decena de ellos vinieron aquí. Los guiaba un hombre oscuro, sin yelmo, con el pelo y la barba largos, al estilo oriental.

—Es el cabrón apestoso con el que trabé amistad —intervino Máximo.

Lucio se levantó de golpe. Ardía de la necesidad de actuar.

—Vamos a ver. ¿Dónde está ese sitio?

—Aquí cerca, pero quizá se encuentre vigilado.

Emilio se encogió de hombros y desenvainó el gladio.

—Vamos —se limitó a decir.

Bithus parecía deslizarse entre los callejones. Conocía muy bien el puerto y sabía orientarse a la perfección en aquel dédalo de pútridos pasajes. Se demoró en una esquina para comprobar que la calle estuviera despejada y a continuación señaló una puerta:

—Entraron allí.

El primípilo hizo apostar a Quinto a la entrada del pasaje y a Máximo sobre el lado opuesto. No sabía si dar órdenes también a Bithus, pero no fue necesario. El esclavo le propuso dar el caballo a Quinto y mandarlo hacia el campamento de Epagatus, para descubrir si esperaba refuerzos. Él se quedaría allí controlando la calle. Podía ser arriesgado, pero debían actuar deprisa mientras la vía estuviera libre. El centurión aceptó el consejo y se dirigió en silencio hacia la puerta con Valerio y Lucio. El primero se detuvo justo en el umbral y se agachó para recoger algo.

—¿Qué has encontrado? —susurró Emilio.

El veterano se levantó con un pequeño objeto entre los dedos. La luz de la luna arrancó un fugaz resplandor al metal.

—Es un clavo, primípilo —respondió en voz baja, antes de pasarlo a Lucio—. Es uno de los que usamos para nuestras *caligae*.

—Por aquí habrá centenares de clavos parecidos, con todos los legionarios que van y vienen. No prueba nada —arguyó Emilio.

—¿Has visto cómo brilla? Quiere decir que es nuevo..., y yo sé que ayer Tiberio los sustituyó todos.

Valerio no esperó una respuesta. Se acercó a la puerta y apoyó una mano: estaba abierta. Echó un vistazo a los otros dos. Se oyó el eco de los cascos del caballo conducido por Quinto, dirigiéndose al trote hacia el puerto. Luego entraron.

En la oscuridad no entendían qué clase de sitio era aquel, aunque enseguida captaron un intenso olor a madera y serrín. Quizá se trataba del taller de un carpintero o el almacén de un tonelero. En todo caso, no había manera de iluminarlo. Tras adentrarse en el lugar unos pocos pasos, los tres oyeron llegar unos ruidos procedentes de la planta superior. Se acercaron, inclinados sobre sí mismos, a los lados de una escalera que llevaba arriba, empuñando las armas.

Una sombra descendió lentamente la escalera y pasó junto a ellos. Trataron de entender quién era, pero solo percibieron el tufo a sudor y la respiración afanosa, interrumpida por un sonoro bostezo. Cuando abrió la puerta, los contornos de su silueta aparecieron en el halo de luz de la luna. El hombre se detuvo en el umbral, desperezándose, y luego se apoyó en la jamba mirando a su alrededor. Los tres permanecieron en silencio, espiando los movimientos de aquel que era probablemente uno de los guardias de Epagatus. De pronto, el hombre pareció receloso y se puso a escrutar hacia donde estaba apostado Máximo. Se apartó de la puerta, con una mano en la empuñadura de la espada, precisamente en el momento en que Valerio salía de la oscuridad y lo aferraba por el cuello con una llave letal. Cogido por sorpresa, el otro se debatió en vano y empezó a vociferar. El grito se apagó al instante cuando Lucio lo golpeó en la cara con el pomo de la espada. Emilio lo desarmó, tirando la espada y el puñal a un rincón de la estancia. Luego lo agarró por el pelo y le levantó la cabeza. El rostro era una máscara cubierta de sangre, con la nariz reducida a papilla.

—¿Entiendes mis palabras? —preguntó el primípilo al desventurado, al que Valerio mantenía paralizado—. Entonces escúchame bien. Ha desaparecido uno de los nuestros y el asunto no nos gusta nada, así que elige: puedes decirme todo lo que sabes ahora, de inmediato, o si prefieres puedes decirlo mañana, en nuestro campamento—. Lo miró a los ojos—. Somos solo seis mil. Tal vez consigas salir vivo.

El hombre respondió con un estertor. Valerio había apretado aún más su presa. Los tres se miraron, dudando sobre lo que debían hacer. Fue Lucio quien propuso una solución.

—Cortémosle un par de dedos. Si no habla, querrá decir que no entiende o que no sabe nada.

El alarido de una mujer proveniente del piso superior atrajo la atención de los tres legionarios, aplazando momentáneamente la suerte del guardia. Lucio se precipitó escaleras arriba. A la débil luz de una lámpara de aceite vio a una chiquilla rubia, poco más que adolescente, vestida con una túnica sucia. La joven buscaba desesperadamente una vía de escape, sin encontrarla. El aquilífero le hizo señas de que se calmara, mientras comprobaba que en la estancia no hubiera nadie más. Pocos instantes después oyó el pataleo de un caballo en la calle.

—¡Fuera, fuera, están llegando! —gritó Quinto, deteniendo el corcel del tribuno delante de la puerta.

Lucio se arrojó sobre la muchacha aterrorizada, que presa del pánico intentó defenderse con uñas y dientes. Cuando la levantó a peso, ella empezó a golpearle sobre la malla de hierro, aunque todos sus esfuerzo no hicieron más que procurarle unas molestas magulladuras. En cuanto llegó abajo sintió que le arrancaban a la muchacha de los brazos: era Emilio, que la cogió para arrojarla sobre el caballo en el que montaba Quinto. Este apretó a la chica contra su cuerpo tratando de impedir que escapara, al tiempo que sujetaba las bridas del animal, cada vez más nervioso.

—Al campamento —aulló Emilio—. ¡Corre!

Pegó una violenta palmada en el cuarto trasero del caballo, que partió al galope y desapareciendo detrás de la esquina. Máximo y Bithus llegaron corriendo. El primípilo miró al sicario de rostro ensangrentado y le apuntó el gladio a la garganta:

—¿Quieres correr o morir?

—Correr, correr —se apresuró a responder el otro, jadeando, en un latín precario.

Sin detenerse, Bithus señaló otro callejón.

—Por aquí, pronto, seguidme. ¡No hay tiempo!

Con solo una mirada, el primípilo indicó a Valerio que al primer intento de fuga debía matar al instante al prisionero. Inmediatamente después el grupo echó a correr por las callejas laterales, empuñando las espadas, tras la silueta del esclavo de Avitano, que se detenía en cada esquina para comprobar que la vía de escape estuviera libre. Quinto ya había desaparecido delante de ellos y a sus espaldas, a lo lejos, se comenzaban a oír los gritos de los guardias.

Las viviendas cedieron el puesto al campamento de tiendas que rodeaba la ciudad, obligándolos a repentinos cambios de dirección. Algunos insomnes en torno a los fuegos observaron con curiosidad a los cuatro legionarios, guiados por un esclavo negro, que corrían empuñando las armas y arrastrando a un oriental con el rostro cubierto de sangre. Después de un rato, más allá de las tiendas, se entrevieron finalmente las torres de un campamento romano. Bithus, siempre a la cabeza del grupo, se volvió hacia Emilio:

—Deteneos aquí, en el campamento de la Decimocuarta.

—No —replicó el centurión—. Debemos volver a la Décima.

Evidentemente, tardarían más en llegar, pero Emilio estaba seguro de que en cuanto llegara a su legión, sabría cómo arreglar las cosas.

En el horizonte el cielo ya clareaba y era mejor regresar al campamento antes de que se hiciera de día. Emilio sabía que ya estaba en un gran apuro. Todos jadeaban y les faltaba el aliento, y todavía debían afrontar una larga subida al descubierto antes de llegar sanos y salvos. El mercenario sirio cayó al suelo, pero Valerio lo obligó a levantarse con un brusco tirón. Lucio se detuvo un instante para recuperar el aliento. Estaba extenuado y la malla de hierro, el yelmo y las armas le pesaban como rocas. Agotado, Emilio aflojó el paso para esperar a Lucio, apoyando las manos en las rodillas. Entre una respiración afanosa y otra alzó la cabeza y prestó atención, en dirección a Puerto Icio. Oyó a lo lejos un rumor de caballos al galope.

—¡Vámonos! ¡Hemos de irnos de aquí! —dijo a los otros, asegurándose de que reanudaran la carrera.

Máximo ayudó a Lucio, que se sujetaba el estómago, mientras remontaba la pendiente apretando los dientes. Al otro lado de la colina, en la tenue claridad del alba, se entreveía aún lejana la silueta de las dos torres en la puerta del campamento. Casi lo habían conseguido.

Luego fue Bithus quien acabó en el suelo, soltando maldiciones y aferrándose la pantorrilla, presa de un violento calambre. Emilio lo superó y lo miró. Luego se detuvo, ordenando a los demás que prosiguieran. Nadie obedeció. Lucio se apartó de Máximo y, jadeando, aferró el brazo de Bithus para levantarlo. Valerio intuyó las intenciones del aquilífero y, por instinto, se inclinó para sujetar al negro por las piernas. Sin embargo, con ello dejó escapar al guardia, que de inmediato se lanzó sin control pendiente abajo. El primípilo esbozó un gesto de irritación; luego aferró el otro brazo del esclavo de Avitano y continuaron la carrera, llevando con ellos a Bithus, que gritaba de dolor. Ya no eran los músculos los que hacían correr sus piernas, sino una desesperada fuerza de voluntad. Y no fue el cansancio el que los detuvo, sino la conciencia de que en aquel punto era mejor dar media vuelta y esperar a pie firme a los jinetes enemigos. Un hombre que corre dando la espalda a un jinete al galope es hombre muerto, y ellos lo sabían perfectamente. Al tiempo que desenvainaban las armas extendiéndose en una línea de defensa, también Bithus intentó levantarse. Mientras procuraban recuperar un poco de aliento, se dieron cuenta de que el terreno vibraba bajo sus pies.

En cuestión de instantes, detrás de la vegetación aparecería una nube de sirios a caballo, sedientos de sangre.

XVIII

Quinto Planco

54 a. C.

—En cuanto estén cerca desplazaos sobre la izquierda del caballo, por el lado opuesto a la espada, e intentad golpearles en el costado. De momento olvidaos de las bestias, es mejor concentrarse en matar a tantos jinetes como sea posible.

Emilio se aseguró de que todos hubieran oído sus palabras, luego tomó posición y esperó a que el primero de los jinetes saliera de la curva, poniéndose al descubierto. El comandante de los guardias apareció, dirigiéndose hacia ellos con el caballo a rienda suelta, cabellera al viento y ojos de enajenado. Detrás de él, de uno en uno, fue apareciendo una decena de jinetes de Epagatus, empuñando las armas. El primípilo se movió buscando la confrontación personal con el comandante y este se dirigió hacia él después de haber extraído su larga espada.

El majestuoso caballo blanco de Alfeno llegó de improviso a espaldas de los cuatro legionarios, montado por Quinto Planco, quien se lanzó gritando contra el guerrero que amenazaba al primípilo. Los hombres que por castigo habían pasado la noche fuera del campamento llegaron a la carrera, armados con dagas o incluso con las manos desnudas. Las dos bestias se cruzaron, y a pesar de que Quinto habría dado cualquier cosa por acometer a su adversario, los caballos, por instinto, trataron de evitarse. Así, el legionario acabó en medio del grupo enemigo, que estaba llegando al galope. El corcel del comandante de los guardias, después de haber cambiado de dirección, se desplomó arrastrando en su caída a su jinete. Algo lo había golpeado.

Máximo se dio la vuelta y vio que desde el campamento habían acudido en su ayuda una decena de arqueros, que habían llegado hasta ellos junto con el guardia de la puerta. En un instante, una veintena de hombres armados con *pila* y escudos se unieron a los refuerzos para los cuatro de la Primera Cohorte. Alcanzaron al grupito y formaron un cuadrado en torno a ellos, en cuyo centro un incrédulo Bithus finalmente se iba levantando. Uno de los jinetes enemigos tuvo que acabar en el polvo, atravesado por las flechas, para que los demás comprendieran qué estaba sucediendo. Luego se oyó el clamor de las trompetas que tocaban la alarma en el campamento de la Décima y para los sirios fue demasiado. En un momento se dispersaron y emprendieron al galope el camino de Puerto Icio.

En el breve instante de calma absoluto que siguió, Emilio dio la orden de apresar al jefe de los guardias y junto con los demás echó a correr entre la hierba alta, hacia donde habían perdido de vista a Quinto después de su enfrentamiento con los orientales. Lo encontraron tendido boca abajo, inmóvil y envuelto en su capa. Lucio se inclinó y lo tomó entre los brazos. Emilio permaneció inmóvil, observándolo, mientras Máximo se dejaba caer junto al *sanita*, con la mirada fija en el vacío. Valerio observó el rostro de su compañero, destrozado por un tremendo mandoble, arrojó al suelo el yelmo y el gladio, y dio algunos pasos apretándose la cabeza con los puños. Miró Puerto Icio en la lejanía y profirió un alarido preñado de rabia. Luego se arrojó como una furia sobre el comandante de los guardias de Epagatus, que había sido tomado prisionero y esperaba su destino de rodillas, con las manos fuertemente atadas a la espalda, y empezó a darle puñetazos y patadas. Se necesitaron ocho hombres para inmovilizarlo.

El cuerpo sin vida de Quinto Planco, el *beneficiarius*, entró en el campamento sobre los escudos de sus camaradas. Era el alba de una cálida mañana de verano de 699 *Ab Urbe Condita*.

El sol ya estaba alto cuando Emilio entró en la tienda del legado, donde reinaba una gran confusión debido al ajetreo de escribientes, ayudantes de campo y esclavos que iban de acá para allá ocupados en sus menesteres. Sobre la mesa estaban alineadas listas de todo tipo y mapas de la zona. El primípilo aún no había tenido tiempo de refrescarse; estaba sucio y sudado, y sus ojos enrojecidos ponían de manifiesto cada instante de aquella noche insomne.

Se puso firmes y saludó a Labieno en cuanto este se presentó ante él. El comandante de la Décima mostraba un rostro sombrío, pero extremadamente decidido. Labieno era un hombre fuerte, que no conocía la debilidad. Tras dirigir al primípilo una mirada severa, el legado se sentó al escritorio y comenzó a repasar las listas, firmando algunas con su sello. Era un trabajo que había podido despachar más tarde, pero quería incomodar al hombre que tenía enfrente. Un esclavo le trajo de beber, Labieno extendió las piernas y se puso cómodo, apoyándose en el respaldo de la silla de campo.

—Te escucho, primípilo.

—Señor, no estoy aquí para justificar mi comportamiento. He transgredido las órdenes y es justo que actúes según los códigos militares.

El tono de Emilio era respetuoso, pero seco. Hablaba el soldado. Un verdadero soldado.

El legado bebió un sorbo.

—Lo haré, no te quepa duda.

Observó al centurión, que encajó el golpe sin dejar traslucir la más mínima emoción.

Emilio refirió al legado lo ocurrido durante aquella larga noche. La desaparición imprevista de Tiberio y el ambiguo comportamiento de Epagatus, desde siempre en excelentes relaciones con la legión. Le habló del clavo que habían encontrado, probablemente perteneciente al joven *miles* de la Primera Cohorte. Contó el rapto de la prostituta y la persecución en la oscuridad, para escapar de los guardias sirios. Detalló la muerte de Quinto y la captura del comandante de los guardias. Concluyó asumiendo la plena responsabilidad por el retraso de sus dos legionarios, Lucio Petrosidio y Valerio Quirino, y de su salida no autorizada junto a Máximo Voreno y Quinto Planco, de cuyo trágico fin se proclamó tristemente el único responsable.

Labieno posó el vaso y comenzó a tamborilear con los dedos, mirando a Emilio directamente a los ojos. El primípilo que estaba frente a él había transgredido abiertamente sus órdenes. Había hecho abrir la puerta del campamento en plena noche para arrojarse de cabeza en un mar proceloso, arrastrando consigo a cuatro de sus subordinados. Habría podido hacer lo que quisiera de aquel hombre, hacerlo castigar sin piedad, quitarle la paga e incluso la pensión, echándolo de la legión. Aferrándose a cualquier pretexto incluso habría podido hacer algo peor. Inmediatamente después de César, él era el único que tenía derecho sobre la vida y la muerte de todos.

Pero conocía a Emilio, sabía que era el mejor de sus soldados y lo estimaba mucho más que a otros personajes de rango bastante más elevado. Además, hacía tiempo que detestaba a Epagatus y no toleraba que uno de sus hombres desapareciera en la nada, mientras otro era asesinado por una chusma de sirios. Quizá también él se habría comportado como el centurión que tenía delante. Hizo una media mueca. Emilio había desobedecido sus órdenes, pero lo había hecho a sabiendas de que ponía en juego su carrera y una vida de sacrificios, para ir en ayuda de un recién llegado, un chiquillo de la tropa. El legado sabía que ante él tenía a un gran comandante de hombres, y era consciente de que necesitaba a muchos como él. Pero, por otra parte, no podía dejar de castigar semejante comportamiento, al menos para dar ejemplo a todos los demás. Dejó de tamborilear con los dedos. En su mente, la solución del problema se perfiló como un relámpago, como siempre. No por nada era Tito Labieno Acio, lugarteniente del gran César.

Llamó al guardia.

—Tráeme aquí a los dos prisioneros, la mujer y el oriental.

El soldado salió de la tienda y el legado posó de nuevo la mirada sobre Emilio, frunciendo el ceño. Luego se puso más cómodo, apoyándose en el respaldo de la silla. Tampoco esta vez el centurión dejó traslucir sus emociones, pero sabía que la sentencia estaba a punto de ser emitida.

—En cuanto a ti, *primus pilus*, ve a llamar a los hombres que te acompañaron en tus correrías.

En poco tiempo la tienda del legado se llenó de personas con una larga noche a sus espaldas. Lucio era la sombra de sí mismo, tenía el rostro demacrado y pálido, los ojos enrojecidos y húmedos, aún más apesadumbrados por el reciente luto. Valerio estaba sucio y aún no se había lavado las manos, que seguían cubiertas de sangre coagulada. Máximo, el *optio*, no parecía menos cansado y mugriento. La chiquilla rubia estaba trastornada, con los brazos y el rostro cubiertos de moretones, mirando a su alrededor aterrorizada y con las manos atadas al cuello por una cuerda que un robusto legionario sujetaba con firmeza. El sirio se encontraba incluso en peores condiciones, incapaz de mantenerse de rodillas siquiera. Estaba atado, pero si no lo hubiera estado, ello no habría supuesto ningún cambio, ya que yacía en tierra, inerte, a los pies de Labieno. Los carceleros, hombres de la Primera Cohorte, sin duda habían proseguido la obra de Valerio. El legado se enfureció con los hombres, porque no conseguía sacar nada del sirio, más allá de estertores incomprensibles. Llamó a un médico, que después de un rápido examen sacudió la cabeza. El oriental no sobreviviría.

—¡Lleváoslo! —ordenó Labieno, irritado, acompañando las palabras con un gesto imperioso de la mano. Luego dirigió la mirada a la muchacha.

Tuvieron que llamar a un intérprete, porque la joven era helvética. Había pasado por las garras de varios amos antes de acabar en las de Epagatus, que la había comprado a unos jinetes eduos.

—Dile que no le haremos daño: solo queremos saber si ha visto a nuestro soldado y si puede decirnos algo de los negocios del griego.

La muchacha comenzó a temblar y balbuceó algo. El intérprete tradujo a Labieno que si Epagatus se enteraba de que había hablado, la mataría. De hecho, ya la había amenazado de muerte la tarde anterior. Labieno se impacientó y, poniéndose de pie, se dirigió al intérprete:

—Dile que si habla, yo me ocuparé de protegerla. ¡Dile que mire a su alrededor, maldición! ¿No entiende que me basta con chasquear los dedos para hacer desaparecer de la faz de la Tierra a Epagatus, sus cuatro sicarios y a toda su estirpe? —Acto seguido volvió a sentarse—. En todo caso, dile que no tiene elección. ¡O hace lo que le digo o la dejo en manos de mis soldados!

La muchacha, llorando, comenzó a contar lo que sabía. Un joven legionario había llegado donde ella por la tarde. Ella no entendía su lengua, pero por el dinero que le ofrecía había intuido que el soldado quería pasar con ella toda la tarde. Y así había sido. Era joven, delgado y con el pelo castaño claro. No era muy alto y llevaba un cinturón con el mismo símbolo que los que veía ahora en aquella tienda. Valerio y Lucio intercambiaron una mirada. La muchacha había estado con Tiberio.

—Dile que continúe.

El intérprete recordó a la muchacha los riesgos que corría y ella prosiguió el relato. Hacia última hora de la tarde, después de haberse vestido, el muchacho había revisado las botas. Le había pedido algo, quizás una herramienta, pero ella no entendía qué necesitaba y, en todo caso, no tenía nada por el estilo. El soldado, poco convencido, se había puesto a dar vueltas por ahí. Luego se quedó paralizado de golpe y su mirada cambió.

—¡Dile que continúe! —repitió Labieno, alzando la voz.

—Vuestro soldado encontró una capa, la cogió y comenzó a gritar, preguntándome dónde la había cogido, pero yo no sabía nada de aquella capa. Traté de explicarle que me la había dado Jerjes, el jefe de los guardias de Epagatus. Se lo repetí varias veces, pero él estaba furioso y me agarró por el cuello.

—Pregúntale cómo era la capa —preguntó, de pronto, Lucio.

—Roja —respondió por ella el intérprete.

—¿Una capa de lana ligera, color rojo oscuro y con franjas azules? —insistió Lucio, que parecía haber recuperado el vigor.

—¡Sí!

Valerio y Máximo se miraron: era la capa que habían regalado a Gwynith antes de la partida.

—¿Puedo saber de qué estáis hablando? —intervino Labieno, molesto.

Fue Lucio quien habló por todos: contó la historia de Gwynith y cómo se cruzaba con la de Alfeno, la desaparición de la mujer y el asesinato del viejo sirviente del tribuno; el hallazgo de la capa de la britana, relacionado con la desaparición de Tiberio, y la búsqueda a la que se había lanzado, culminada con la muerte de Quinto a manos de los guardias de Epagatus.

—¿Y después qué sucedió? —preguntó el legado, dirigiéndose a la joven.

—El soldado me cogió la capa y se marchó.

—¿Adónde?

—No lo sé.

—¡A casa de Epagatus! —exclamó Lucio.

—¿Cómo estás tan seguro de eso, *aquilifer*? Pudo ir a cualquier parte —estalló Labieno, impaciente.

—Porque la muchacha ha empezado diciendo que la amenazaron de muerte si hablaba, y precisamente ayer por la tarde. Significa que alguno de los hombres de Epagatus fue a buscarla para decírselo, y para estar seguro de que no tuviera contacto con nadie dejó un guardia a su puerta. Era el hombre al que hemos capturado esta noche y que luego ha huido. —Lucio miró a Emilio—: Eso significa que Tiberio cogió la capa y se fue directamente en busca del griego, porque aunque no entendía la lengua de la muchacha, sin duda reconoció el nombre de Epagatus, que ella debió de repetir varias veces para tratar de explicarle el asunto.

Valerio sacudió la cabeza.

—Pero ¿por qué no vino a buscarnos a nosotros antes?

—Porque la tienda de Epagatus le quedaba de camino. Es probable que Tiberio lo encontrara precisamente mientras iba corriendo para llamarnos, o también es posible que estuviera volviendo donde nosotros con la capa en la mano y alguien lo viera. Alguien como nuestro amigo, el comandante de los guardias.

Valerio se exasperó consigo mismo por haber acabado con un hombre al que ahora habrían podido arrancarle informaciones útiles. Un murmullo se alzó en la tienda. Todos ellos querían exponer sus intuiciones, sospechas y soluciones.

—¡Silencio!

Labieno se puso en pie.

—Llévatela —dijo al guardia que se ocupaba de la muchacha—. Encerradla en una tienda y vigiladla. Y que nadie le toque un cabello. —Luego se dirigió a un oficial—: Quiero tres escuadrones de caballería en la puerta, listos para salir lo antes posible. Vamos a visitar a Epagatus. Todos los demás quitaos de en medio. ¡Venga, largo de aquí! —vociferó, señalando la salida—. Vosotros tres, quedaos.

Emilio, Lucio y Valerio permanecieron donde estaban, y cuando los demás hubieron salido se quedaron solos con el legado. Era el momento de la sentencia.

Labieno se sentó y miró a los tres hombres exhaustos delante de él.

—A partir de pasado mañana, por la noche, podemos partir hacia Britania en cualquier momento. Hoy por la tarde comenzaremos a desmantelar el campamento y nos trasladaremos al puerto, donde la Décima embarcará junto a las otras legiones que van a participar en la invasión. Esta noche será una prueba para valorar los tiempos de embarque y mañana se harán las últimas maniobras, pero pasado mañana irá en serio. La temporada está incluso demasiado avanzada.

Lucio sintió que le arrancaban el corazón. ¿Cómo podía partir sin saber qué había sido de Gwynith?

—En la expedición tomarán parte cinco legiones, entre otras la Décima y dos mil jinetes. Las tres legiones restantes permanecerán en el continente con otros tantos jinetes. Tendrán la tarea de vigilar el puerto, proveer al abastecimiento del trigo, informarse de todo cuanto sucede en la Galia y disponer cualquier cosa que eventualmente pueda servir al grueso del ejército, en Britania. —Labieno hizo una pausa—. Yo comandaré estas tres legiones. Desde hoy por la tarde, el mando de la Décima pasará directamente a las manos del procónsul.

Ante esas palabras sus corazones se quedaron en suspenso. Labieno era la personificación de la Décima. Era él quien la había forjado y había hecho de ella lo que era. Esto explicaba la furia del legado durante la jornada anterior.

—El procónsul parte hacia Britania con lo mejor del ejército y me deja aquí con dos legiones válidas y una de chiquillos granujientos, con los que debo vigilar un terreno vastísimo, poblado de gente que no espera otra cosa que una derrota romana más allá del *oceanus* para saltarnos a la garganta. —Hizo otra pausa—. Necesito buenos soldados, expertos y valerosos, que nunca hayan vuelto la espalda al enemigo y estén en condiciones de dar ejemplo a esos chiquillos imberbes. —Se interrumpió para tomar un rápido apunte. La espera, cada vez más larga, se estaba haciendo insoportable—. En consecuencia, vosotros os quedaréis en el continente. —La decisión del legado cayó como un rayo—. Sois transferidos, con efecto inmediato, a la Decimocuarta Legión.

Los tres hombres permanecieron inexpresivos. El primípilo habría preferido morir en batalla, pero al mismo tiempo se sentía indultado. Labieno habría podido tomar decisiones mucho más drásticas, y no estaba claro si Emilio debía dejar los Primeros Órdenes de la Décima para entrar en la Decimocuarta como simple legionario. Para Lucio, en cambio, fue la primera buena noticia de la jornada. En aquel momento ya no le importaba nada el grado y la doble paga de que disfrutaba. Permanecer en la Galia le permitiría buscar a Gwynith, y el traslado a la Decimocuarta significaba tener el apoyo incondicional de Alfeno. A Valerio el asunto no le afectaba demasiado, aunque la decisión en el fondo lo favorecía. A él solo le apremiaba poner las manos sobre Epagatus y permanecer junto al único amigo que le quedaba: Lucio.

No podían saber que esa simple medida punitiva, en realidad, iba a trastornar sus existencias. Aquel día, el destino de los tres hombres, de algún modo, quedó sellado para siempre.

Labieno miró a los tres legionarios.

—Esta noche, el *optio* Máximo Voreno ha ejecutado las órdenes de su superior directo; por tanto, no es culpable, como tampoco lo fue el malogrado Quinto Planco. Someteré a la decisión del procónsul su promoción como centurión y propondré que siga incorporado a la Primera Cohorte. Queda en manos de César tomar una decisión, ya verá luego él cómo arreglar el asunto. En cuanto a vosotros tres, en el caso de que os lo estéis preguntando, vuestro traslado no prevé promociones. Ya es mucho que os deje con los actuales cargos. Consideradlo un homenaje personal por vuestros servicios anteriores.

Emilio suspiró, aliviado. Había alejado definitivamente el espectro de la peor humillación: la degradación pública.

—De momento, el mando de la Decimocuarta, de la caballería establecida en el campamento de la legión y de algunas cohortes de auxiliares es confiado a dos generales con el mismo grado, los legados Lucio Aurunculeio Cota y Quinto Titurio Sabino. En realidad no tienen ningún poder de decisión, porque mientras las legiones estén en Puerto Icio están bajo mi mando. Será el procónsul, luego, en cuanto vuelva de la expedición a Britania, quien divida las tareas de los dos comandantes. A mí me interesa que tanto la legión como los auxiliares adquieran un buen nivel de adiestramiento. Esos mocosos deben estar listos para combatir antes de que termine el otoño. Por este motivo os dejaré juntos en la Primera Cohorte, con la esperanza de que seáis la semilla de la futura Decimocuarta. Muy pronto recibiréis el apoyo de buenos centuriones, y también la Décima hará su contribución. Han sido vuestras acciones de hoy las que me han sugerido a quién mandar.

—Señor —dijo el guardia, entrando en la tienda—, tu caballo está listo. Los hombres te esperan en la Puerta Pretoria.

Labieno se levantó y un asistente le puso el *cingulum* antes de ofrecerle el yelmo ático.

—Preparad vuestras pertenencias y haceos conducir al campamento de la Decimocuarta. Yo voy a visitar a Epagatus. Ya os haré saber el resultado.

Los tres hombres saludaron militarmente al legado, que en el umbral de la tienda se dirigió al guardia:

—¿Qué pasa con el prisionero sirio?

—Está vigilado, señor.

—Crucificadlo. Y que sea bien visible en Puerto Icio.

XIX

Decimocuarta

54 a. C.

Aquel día había un gran movimiento en el campamento de la Decimocuarta: soldados, oficiales, esclavos y sirvientes iban y venían febrilmente. Quinto Lucanio estaba atareado recibiendo despachos y distribuyendo encargos cuando un débil canto de marcha a lo lejos lo distrajo de la montaña de documentos que tenía ante los ojos. Se dirigió hacia la torre de vigilancia en la puerta principal y cuando alcanzó la plataforma puso los ojos como platos. El estandarte que veía ondear era el de una cohorte de la Décima Legión, que se acercaba en orden de marcha hacia el campamento. En un primer momento pensó que el procónsul llegaba de visita, como si ya no hubiera bastante confusión para aquel día. Bajó a la carrera la escalerita y recomendó a los guardias que mantuvieran un aspecto marcial, luego fue a esperar a la cohorte en la puerta. Reconoció de lejos a Emilio, que marchaba a la cabeza de la columna, y detrás de él entrevió a Lucio, que portaba el estandarte rojo de la Primera Cohorte. No había jinetes u otros grupos de oficiales entre las filas de los hombres y eso lo tranquilizó. Con toda probabilidad se trataba de la escolta solicitada por Labieno, que en aquel momento estaba charlando con Lucio Aurunculeio Cota, el comandante del campamento, en su inmensa tienda. Emilio dio el alto a un centenar de pasos del campamento. Siguiendo la orden, la cohorte se alineó, formando un cuadrado.

El primípilo miró a los hombres con el bastón de vara de vid apretado entre las manos. Hubo un momento de silencio, durante el cual el oficial carraspeó.

—*Milites* —dijo Emilio—, vosotros me conocéis mejor que nadie. Sabéis que soy un comandante exigente, testarudo y poco tolerante. Creo que todos, al menos una vez, habéis probado mi vara de vid en la espalda. Pero también sabéis que durante mi larga carrera mi principal pensamiento ha sido devolveros al campamento sanos y salvos cada tarde, y creedme cuando os digo que nunca he olvidado a todos aquellos que han caído bajo mi mando. Precisamente ahora veo sus rostros alineados entre vuestras filas, veo a los eternos muchachos de la Décima. —Emilio inclinó un momento la cabeza, como para recapitular las ideas. Luego alzó la mirada—: Sin hombres como vosotros, nunca habría recorrido los senderos de la gloria y el honor, nunca habría logrado construir ese halo de sagrado respeto que precede a vuestro paso. Habéis sido vosotros quienes habéis creado el mito de la Décima, la legión de los inmortales, y lo habéis hecho mostrando a todos qué significa saber sufrir, y a menudo, por desgracia, qué significa saber morir.

Desde la puerta del campamento Quinto Lucanio vio que algunos veteranos con quince años de batallas a sus espaldas escuchaban el discurso de su centurión con los rostros bañados en lágrimas.

—Ahora el destino me llama a otra parte; ha llegado el momento de dejarnos. Lo hago con serenidad, porque sé que dejo a la Décima unos modelos de fidelidad y valor únicos en el mundo. Estrechaos en cohorte bajo la sombra del águila y llevadla altivos en la batalla. Yo estaré siempre con vosotros. —El primípilo se aclaró de nuevo la voz, que traicionaba una intensa emoción—: Os llevaré siempre conmigo, con el recuerdo de las grandes empresas que hemos realizado juntos.

Del cuadrado se elevó alto el nombre del primípilo. Emilio desenfundó el gladio apuntándolo hacia el cielo y pronunció la frase ritual, que tantas veces había animado a los hombres antes de las batallas. La gritó tan fuerte como pudo, igual que la gritaron, en respuesta, todos los hombres alineados frente a él.

—¿Quiénes somos?

—¡La Décima!

Fue un rugido que hizo vibrar el terreno, y más que a los oídos de los soldados de guardia en la puerta del campamento llegó derecho a sus estómagos con la fuerza de un puñetazo. Era el grito de rabia con el que los inmortales entregaban a su comandante a los novatos de la Decimocuarta, a quienes no consideraban dignos de tanto honor. Después del largo ritual de vítores a la Décima, el primípilo enfundó el gladio y solo entonces salió de las filas el tribuno Publio Apula, que había rendido homenaje al centurión marchando también él entre la tropa. Los dos se estrecharon la mano y el primípilo entregó la cohorte a su superior. Quinto Lucanio vio que Lucio entregaba el águila a otro portaestandarte, y luego también él salió de las filas junto a Valerio, el corpulento veterano a quien todos querían dar un abrazo. El *optio* de la cohorte se detuvo largamente a hablar con los tres que habían salido de la formación, y en la conmoción del momento hubo abrazos y apretones de manos. El centurión de la Decimocuarta no fue del todo consciente de lo que estaba sucediendo hasta que Emilio le tendió una carta firmada por Tito Labieno, por la cual autorizaba el traslado de aquellos hombres a la legión apenas constituida. El oficial estrechó con aire de incredulidad la mano de los tres y ordenó a la guardia que se alineara para rendir homenaje a los recién llegados. Por lo demás, no hizo preguntas.

Aquellos tres no estaban allí por su voluntad, eso se leía en la incomodidad de sus miradas y por esa sensación de extravío que siempre acompaña a quien se presenta en un sitio nuevo y desconocido. Lucanio sabía que un traslado podía deberse también a un castigo, y los ojos de los recién llegados no decían nada bueno. En el fondo de su corazón, de todos modos, se alegró de poder trabajar con hombres como ellos. Había visto por qué habían sido asignados a su misma cohorte, la Primera.

Los tres se detuvieron un instante en la puerta del campamento y se volvieron para dirigir una última mirada a su unidad, que había permanecido en formación, inmóvil y perfectamente alineada, mientras ellos se marchaban. Eran varios los hombres que, aun manteniendo la rígida posición debida, ya no podían contener las lágrimas. Finalmente, cuando los tres cruzaron la puerta del campamento, el tribuno Apula dio la orden de invertir el frente de marcha.

—Os haré preparar los alojamientos —dijo Lucanio para que se sintieran a gusto—. Mientras tanto, tengo la orden de acompañaros de inmediato ante el legado Cota.

—¿Estabas al corriente de nuestra llegada? —preguntó Lucio.

—No. Sabía que llegarían algunos hombres de la Décima, pero no imaginaba que seríais vosotros. Venid conmigo —dijo el centurión—, con el comandante está también Labieno, con un nutrido séquito.

Los cuatro se dirigieron hacia los alojamientos de los oficiales, situados en el centro del campamento. Ante la llegada de Lucanio, los dos guardias de la entrada de la tienda del comandante se pusieron firmes.

—He aquí a mi primípilo —dijo Labieno, viendo entrar a Emilio en la gran tienda. Estaba al lado de otro oficial, al cual presentó a los tres recién llegados. Era Lucio Aurunculeio Cota, uno de los dos comandantes del campamento, un hombre alto y moreno, de mirada decidida y poderosa musculatura. Solo habían oído hablar bien de él, pero nunca lo habían visto en persona.

—Señores, vuestra fama os precede. Me alegro de teneros en la Decimocuarta.

Cota chasqueó los dedos y un joven nubio llegó trayendo unos vasos de vino blanco fresco para los recién llegados. La acogida se presagiaba excelente, pero la muerte de Quinto, unida a las dudas sobre la suerte de Tiberio, y, en el caso de Lucio, también sobre la de Gwynith, les impedía disfrutar plenamente del momento. En efecto, los tres observaban a Labieno, esperando las noticias sobre la expedición contra Epagatus.

El comandante, como era habitual, iba deprisa y no perdió el tiempo en consideraciones.

—De Epagatus y de su ejército de harapientos ya no hay rastro en todo Puerto Icio.

Sus tres subordinados se quedaron sorprendidos, pero al mismo tiempo tuvieron la confirmación de sus sospechas: que Epagatus estaba relacionado tanto con la desaparición de Tiberio como con la de Gwynith.

—Debe de haber dejado la ciudad deprisa y corriendo, porque hemos encontrado su tienda abandonada con todo su mobiliario. —Labieno sacudió la cabeza, antes de continuar—: Habría podido mandar a la caballería a perseguirlo y alcanzarlo en una jornada, pero hoy debo confiar toda la legión a César; no puedo retrasar la invasión de Britania a causa de un lenón.

—Usaremos a nuestros jinetes —intervino Cota.

—Sí, pero no quiero que se obstaculicen los movimientos de las legiones en estos días vitales. La prioridad para todo el ejército establecido en la Galia es prepararse para la invasión de Britania. También las legiones que permanezcan aquí deberán trabajar para aquellas que atravesarán el *oceanus*. Estos hombres están aquí para instruir a la Decimocuarta, no para realizar pesquisas. No deberán emplearse más de un centenar de hombres para las investigaciones, porque no quiero que el asunto se haga público.

Cota asintió.

—Os doy carta blanca, pero actuad con sigilo, enviad a hombres y confidentes, pero no os expongáis. Y no esperéis demasiado para ir en busca de informadores, porque dentro de algunos días este sitio volverá a ser lo que siempre ha sido, una modesta ciudadela de pescadores. Si capturáis al griego, lo quiero ante mí, vivo y sin un rasguño.

Los tres asintieron y Labieno salió de la tienda después de un saludo apresurado, porque debía ir rápidamente al campamento de la Décima. Cota se dirigió a Quinto Lucanio después de haber escrutado los rostros de los tres recién llegados.

—Los dejo a tu cuidado, dales de comer y déjalos descansar; luego comenzaréis a organizaros. Esta legión da lástima y el primípilo debe preparar de inmediato el programa de adiestramiento de todas las cohortes, auxiliares incluidos, para pasarlo a los centuriones. Antes de que concluya septiembre quiero que los hombres estén listos y en condiciones de invernar sin necesidad de niñera. —Luego el legado miró a Lucio y Valerio—: Vosotros podéis dedicaros a buscar al legionario y a la esclava. El centurión Lucanio pondrá jinetes a vuestra disposición, pero quiero resultados dentro de diez días, de lo contrario me veré obligado a retiraros el encargo. Os necesito en la Primera Cohorte.

Lucio Aurunculeio Cota parecía a la altura de su fama de hombre decidido. Por su actitud era evidente que le esperaba una auspiciosa carrera, al menos tanto como a Labieno. Los tres consumieron un rápido tentempié en compañía de Cota y de Lucanio, antes de que los condujeran a sus alojamientos. Valerio se instaló en un *contubernium* donde ya estaban amontonados siete jóvenes legionarios que lo miraron como a un monstruo sagrado, haciendo un vacío a su alrededor. Los presentes entendieron de inmediato que el recién llegado no era hombre de muchas palabras. Entró, acomodó sus efectos personales, ignoró los saludos y las preguntas, se recostó y se durmió al instante roncando como un oso. Lucio y Emilio no fueron menos, pero ellos tenían alojamientos individuales y más confortables.

Lucio volvió a abrir los ojos en plena noche y se percató de que estaba empapado en sudor. Trató de calmarse y de conciliar nuevamente el sueño, pero en cuanto abría los ojos oía la voz de Gwynith que le imploraba en la oscuridad, pidiéndole ayuda. Se le ocurrió que quizás un poco de aire fresco le sentaría bien.

Salió de la tienda y se dirigió hacia la torre que estaba orientada hacia el puerto. Un guardia le dio el alto preguntándole la consigna y quién era. No supo qué responder a ninguna de las dos preguntas, porque aún no tenía un cargo oficial en la Decimocuarta. Desde la plataforma de la torre llegó la voz de Alfeno indicando al guardia que lo dejara pasar.

—*Ave, aquilifer.* Cuando he regresado al campamento ya estabas entre los brazos de Morfeo y no he podido saludarte.

—*Ave,* tribuno. El cansancio ha podido conmigo.

—Bithus me ha contado lo sucedido.

Lucio se restregó los ojos y miró hacia el puerto. A la luz de las antorchas se veían las maniobras de embarque de las cinco legiones, mientras otros miles de hombres, con caballos y equipajes, esperaban su turno cerca de las onerarias, alineadas en la bahía. El mar estaba cubierto de embarcaciones de todo tipo y tonelaje. Las linternas de las naves se perdían hasta donde alcanzaba la vista sobre el litoral. Los relámpagos a lo lejos iluminaban el impresionante espectáculo haciéndolo aún más majestuoso, como si Júpiter en persona estuviera afilando las armas para golpear a Britania.

—Bithus también me ha dicho que no lo abandonasteis, a pesar de que estabais cerca de la salvación y que habíais perdido a uno de los vuestros en el enfrentamiento.

Lucio asintió, recordando que la noche anterior, a esa misma hora, estaba junto a Quinto en los callejones del puerto.

—Mi deuda contigo crece, *aquilifer*.

El tribuno le puso una mano sobre la espalda.

—Mañana al amanecer dos escuadrones de caballería estarán a nuestra disposición para comenzar las investigaciones. Recuperarás a tu esclava, encontraremos a Tiberio y vengaremos a Arminio y Quinto. Te lo juro por mi honor.

Lucio miró el rostro de Alfeno al pálido claro de luna. Algo había cambiado en él desde que dejó el campamento de invierno. El necio arrogante de los primeros días, humillado y escarnecido mientras corría a evacuar los intestinos entre los árboles, ya no existía. En su puesto estaba naciendo un comandante militar, joven pero capaz de aprender deprisa.

—Vuelve a dormir. No hay nada que podamos hacer ahora, salvo recobrar las fuerzas para mañana.

Alfeno tenía razón y aquellas palabras fueron un consuelo. Aún había una esperanza de encontrar a Gwynith y Tiberio.

Cuando, poco después del alba, Emilio alineó a la Primera Cohorte de la Decimocuarta Legión, Valerio, Lucio y el tribuno Avitano ya habían alcanzado la tienda de Epagatus y una veintena de jinetes a sus órdenes habían procedido a registrarla de arriba abajo. No habían hallado nada interesante, aunque todo parecía abandonado precipitadamente. Lo más probable era que los pocos guardias restantes se hubieran escabullido en cuanto vieron llegar a una sesentena de hombres al galope, armados hasta los dientes. Uno de los jinetes de la escolta, un germano, había visto a una mujer que trataba de esfumarse furtivamente por los callejones del puerto y se había separado de inmediato de los otros para perseguirla. La cogió por el pelo y de una patada la empujó al suelo a los pies de Lucio, que la reconoció de inmediato: era una de las dos muchachas que la noche anterior estaban en la tienda de Epagatus. Sin demasiados rodeos, le puso la hoja del gladio en la garganta. La mujer no se hizo rogar: le refirió de inmediato, en perfecto latín, la precipitada partida del griego en plena noche. Por lo visto el hombre había cogido el camino de la costa, en dirección norte, con un carro y su pequeño ejército. Un pelotón desmontó la tienda y llevó el contenido al campamento, junto con la mujer capturada. Los otros partieron al galope, por el mismo camino que había tomado Epagatus, desfilando delante de los centenares de naves alineadas cerca de la playa, y en poco tiempo dejaron Puerto Icio a sus espaldas.

Cuando Alfeno dio la orden de detenerse para dejar descansar a los caballos, los dos escuadrones ya estaban en los confines de las tierras de los morinos. El tribuno recapituló la situación con los guías que había traído del campamento.

—¿Adónde podría ir alguien como Epagatus, si quisiera esconderse durante algunos días? —se preguntó Lucio en voz alta, observando los mapas.

—El territorio es vasto, hay bosques y colinas en el interior. Podría estar en cualquier parte —respondió uno de los guías—. También es posible que diera informaciones engañosas, fingiendo dirigirse al norte durante un breve trecho para luego desviarse.

—Estamos hablando de un carro muy grande y de al menos una veintena de jinetes armados. Habrán dejado algún rastro, ¿no?

El guía señaló un charco.

—Esta noche ha llovido.

—No, no ha llovido.

—En Puerto Icio, quizá. Aquí ha llovido, ¡y cómo!, y muchos rastros han sido borrados.

Alfeno intervino en la discusión.

—¿Qué aconsejáis hacer?

—Deberíamos dividirnos, seguir distintos caminos para luego reunirnos en un punto establecido.

—Somos demasiado pocos, es arriesgado —objetó Valerio, sacudiendo la cabeza—. No sabemos cuántos son exactamente. Podrían ser incluso unos treinta o quizá más.

Lucio volvió a tomar la palabra:

—Valerio tiene razón, pero si no hay alternativa podemos dividirnos en dos grupos de treinta y cinco hombres.

Alfeno reflexionó la propuesta.

—Está bien, pero no podemos estar lejos del campamento durante más de dos noches. Cota ha sido muy claro al respecto.

Los tres examinaron el mapa junto con los guías y formaron dos pelotones. Lucio convenció a Valerio para que fuese con Alfeno por el camino de la costa, mientras él con los demás jinetes seguiría la ruta interior. La cita estaba fijada en la confluencia de dos ríos, unas cuarenta millas más al norte, en un punto que los guías conocían bien.

—Yo no os he buscado. No he llamado aquí a ninguno de vosotros. —Emilio arengaba a voz en cuello a la Primera Cohorte de la Decimocuarta Legión, alineada frente a él—. Vosotros decidisteis entrar en las filas de la legión, y un destino cínico y cruel ha hecho que vuestro camino se cruzara con el mío. Yo necesito soldados en condiciones de combatir contra colosos sedientos de sangre. —El primípilo golpeó airadamente la vara de vid sobre la palma de la mano—. Y mirad lo que me ofrecen los hados. —Hizo una pausa, mirándolos—. Unos chiquillos, imberbes y granujientos. —Durante un momento les dio la espalda, como si quisiera marcharse, desconsolado. Luego se volvió de nuevo y los miró—. Ahora oídme bien —continuó con voz fuerte y clara, para hacerse oír hasta en la última fila—. Olvidaos de dónde venís, olvidaos de vuestras familias y de las personas queridas. Aquí no hay sitio para esas cosas, solamente harían más penoso vuestro servicio. ¡Aquí estoy solamente yo! Sin mi voluntad, ni siquiera los dioses tienen poder sobre vosotros. ¿No me creéis? Pronto os daréis cuenta. —Miró fijamente a toda la cohorte en formación—. La naturaleza no crea muchos hombres fuertes y al observaros me percato de que con vosotros ha sido particularmente avara. Por eso estoy aquí. Para enderezar esas míseras espaldas y convertiros en auténticos legionarios. No me servís todos, mi cohorte está destinada solo a los más valientes. Los demás serán puestos en la puerta y mandados a casa a patadas. Aunque a decir verdad nunca llegarán a casa, porque a una milla del campamento los galos ya habrán hecho con sus cabezas bonitos adornos para sus cabañas. —Los ojos del centurión se posaron sobre un chiquillo aterrorizado—: La decisión es vuestra. Probablemente reventaréis de todos modos, pero si permanecéis en la Primera Cohorte, antes de morir deberéis pedirme permiso a mí.

Emilio miró a Quinto Lucanio a su lado.

—Hazles levantar el campamento, que estén listos dentro de una hora. Marcha en orden de batalla durante quince millas. Ya han holgazaneado demasiado.

El centurión gruñó la orden y los muchachos se encaminaron desordenadamente y con los ojos desencajados hacia sus tiendas. Algunos reían, otros farfullaban burlándose del primípilo. Eran jóvenes y se sentían llenos de vida, llevaban las lorigas del imbatible ejército romano y eso bastaba para convencerlos de que eran fuertes.

Una hora y media más tarde, mientras estaban haciendo flexiones con el equipo a la espalda y la cara en el polvo, ya habían perdido todo su descaro.

—Demasiado tiempo —aulló Emilio, pasando entre las filas—, habéis tardado demasiado tiempo en desmontar el campamento y alinearos en cohorte. —El primípilo asestó un fuerte golpe de vara en los muslos de uno de los jóvenes soldados que había farfullado algo y rugió tan fuerte que las venas del cuello se le hincharon como dos cabos de amarre—: ¿Qué es eso? ¿Me desafías? ¿Te atreves a mirarme y hablarme? Centurión, apunta el nombre de este soldado. Durante toda la semana su tarea será la limpieza de las letrinas.

Cuando los hombres recibieron la orden de levantarse estaban exhaustos. Un par se había desvanecido por el calor y el esfuerzo y varios habían vomitado el abundante desayuno. El primípilo continuó con su severo discurso, que comenzaba a minar el ánimo de los muchachos.

—No podéis mirarme a los ojos; de momento no sois dignos

de ello. No podéis hablar sin que yo os lo pida. En cuanto oigáis la voz de un superior, dejaréis inmediatamente cualquier cosa que tengáis entre manos y os pondréis firmes con los oídos bien atentos. —Miró los rostros congestionados de los soldados, que respiraban con fatiga—. Lo único que podéis hacer sin mi permiso es odiarme. Y ahora quitaos inmediatamente de la cara esa expresión de sufrimiento.

Envuelto en su capa, Lucio tendía las manos al fuego, mientras desde las colinas descendía un débil viento que refrescaba el aire.

—Zarparán esta noche —dijo uno de los guías, ofreciéndole un odre de vino de resina—. Buen tiempo y viento de tierra, ideal para echarse al mar.

Lucio asintió y volvió a mirar el fuego, antes de levantarse de un salto, cuando desde la colina se oyó el estridente silbido de una urraca. Era el centinela, que avisaba de la llegada de la patrulla al mando de Avitano. Por el paso lento de las bestias y por los rostros del tribuno y Valerio, se intuía que la misión no había tenido éxito. El tribuno pasó las riendas a un soldado y se encaminó hacia el fuego. Bebió un poco de vino del odre y esbozó una mueca de disgusto antes de escupirlo.

—¿Nada? —preguntó Lucio, secándose la boca con el brazo.

—Nada. Hay varios rastros e incluso surcos de carros, pero la lluvia lo ha hecho todo muy confuso. Según el guía, mañana ya habremos cubierto todo el camino transitable por un gran carro, además muy cargado. Si han ido hacia el norte por este camino, deberíamos alcanzarlos.

—Siempre que se haya dirigido hacia aquí —añadió Valerio, acomodándose a su vez junto al fuego.

El aquilífero se sentó junto al veterano.

—Nos hemos dispuesto en estrella y nos hemos desviado hacia el interior, pero es un territorio muy vasto. Podría estar en cualquier parte.

—En efecto, podría estar en otra parte, por cuanto sabemos.

—Sabemos que ha ido al norte.

—¿Estás seguro? Nos estamos fiando de la palabra de una puta que trabaja para Epagatus. Ella nos ha mandado aquí —replicó el veterano—. Llevo todo el día dándole vueltas al asunto —continuó—: ese gordinflón coge a su escolta y desaparece, dejando todo su imperio abandonado en Puerto Icio.

—Quizás imaginaba que lo habíamos descubierto y que lo perseguiríamos. ¿Qué podía hacer sino huir?

—Pero para encontrarlo nos estamos confiando a la Fortuna, Lucio, más que a las huellas.

—¿Y qué podemos hacer? ¿Desistir? ¿Dejarlo marchar?

Valerio sacudió la cabeza.

—No debemos buscarlo, sino esperarlo.

Lucio miró al veterano, sin entender.

—La codicia de Epagatus lo devolverá a Puerto Icio para recuperar su fuente de riqueza.

—¿Lo crees tan estúpido? —preguntó Alfeno.

—No, desde luego. Probablemente no vendrá en persona, mandará a alguien, acaso incluso ya le habrá dado instrucciones de alcanzarlo en algún lugar preestablecido. Yo creo que lo mejor es invertir la marcha, dejarle creer que nadie anda pisándole los talones y volver a Puerto Icio. Allí controlaremos a la debida distancia el comportamiento de sus putas.

El tribuno miró a Lucio y asintió.

—Valerio no anda desencaminado. Podría ser un buen movimiento, hacerle creer que está seguro.

—Podrían pasar semanas, quizá meses —protestó el aquilífero, contrariado.

—Es un riesgo, pero así estamos perdiendo el tiempo. Epagatus es sobre todo un hombre codicioso. Si queremos encontrarlo, debemos estar cerca de sus gallinas de los huevos de oro.

Lucio miró a su amigo y luego al tribuno.

—Lleguemos hasta donde los guías dicen que puede haber llegado el carro de Epagatus. Dadme otra media jornada.

—De acuerdo —asintió Valerio—. Aciertes o yerres, estoy contigo.

—Gracias.

Quinto Lucanio pasó entre las tiendas perfectamente alineadas de la Primera Cohorte. Después de haber pasado dos días bajo la dirección del nuevo primípilo, los inquietos muchachos se habían vuelto obedientes como ovejas. Así, mientras casi todos los jóvenes soldados de la legión se disponían a encender el fuego para cocinar un poco de carne y preparar la polenta de farro, los de la Primera Cohorte acababan de montar el campamento después del segundo día de marcha en orden de batalla y se disponían a lustrar armas, yelmos y corazas. Solo comerían después de la inspección de las tiendas y los equipos, que Emilio efectuaría una hora después.

Los jóvenes soldados engrasaban y frotaban el metal hasta dejarlo reluciente, agotados y hambrientos a la vez, consumidos de rabia contra aquel nuevo centurión. Lucanio sabía perfectamente que los muchachos estaban solo al principio de un largo adiestramiento y veía que aquel pequeño paso ya había dado resultados. En realidad, el odio que experimentaban no había hecho más que unirlos, dándoles un único sentimiento común. Aquel era el aglutinante que haría de ellos, en el futuro, un bloque granítico, a imagen de los inmortales de la Décima. Aún eran demasiado inmaduros para entender, actuaban por instinto y no sabían que Emilio estaba usando su misma ira para adiestrarlos en la unidad contra el adversario.

Durante el camino la mirada de Quinto Lucanio se cruzó con la de su joven hijo y el centurión sintió un nudo en la garganta. ¡Estaba tan orgulloso del comportamiento del muchacho! Al pasar por su lado le dio un golpecito con la vara de vid. El joven recluta lo miró y luego continuó lustrando la loriga, mientras el padre llegaba a la torre de vigilancia que se alzaba al final del campamento. Desde la plataforma Lucanio recorrió el horizonte con la mirada y se detuvo en la playa y en los alrededores de Puerto Icio. Parecía que allí, de golpe, se hubiera abatido un cataclismo que había borrado la mayor parte de las formas de vida. Una extensión de tierra yerma sembrada de desechos se extendía del campo a la ciudad y proseguía por la playa perdiéndose en las ensenadas del litoral. La tarde anterior, inmediatamente después del ocaso, ochocientas naves habían zarpado hacia Britania empujadas por un ligero viento de suroeste. El procónsul había llevado consigo cinco legiones, más de dos mil jinetes y la flor y nata de la nobleza gala. Puerto Icio ya no era el centro del mundo. Había vuelto a ser un pequeño puerto sobre el *oceanus*. Algunos mercaderes previsores habían alquilado a alto precio naves de transporte para seguir al ejército, otros se habían pegado como garrapatas a las legiones que permanecían en la ciudadela, otros aun habían retomado las rutas del comercio hacia Italia y el *Mare Nostrum*.

El centurión pasó con la mirada más allá del puerto y observó el mar, donde la línea del horizonte se fundía con el cielo. Con una mueca deseó en silencio que aquella extensión de agua no fuera el Estigio de los soldados de Roma, el río infernal que los difuntos debían atravesar para llegar al reino de las sombras.

—Llegan unos jinetes, *centurio*.

La voz del centinela lo arrancó de sus inquietantes pensamientos. Volvió la mirada en dirección a las boscosas alturas al norte del campamento y vio que una hilera de jinetes se acercaba al paso. Casi de inmediato reconoció a los hombres de Alfeno. A primera vista, regresaban con las manos vacías.

XX

Epagatus

Lucio marchaba a la cabeza de toda la legión.

Había vuelto a poner la piel de oso sobre el yelmo y sostenía firmemente el águila de plata de la Decimocuarta, aún a la espera de gloria. Los hombres no llevaban corazas ni armas, sino herramientas: hachas, martillos, sierras, cuerdas y una gran cantidad de clavos. Delante de Lucio, a lomos de un espléndido y temeroso semental negro como el carbón, que piafaba excitado, avanzaba Quinto Titurio Sabino con una admirable coraza musculada. El aquilífero aún no se había formado una idea cabal de ese legado, que comandaba junto a Cota la Decimocuarta Legión y las cohortes a ella adscritas. Por instinto no le gustaba, aunque su carrera era irreprochable. Había derrotado varias veces a los galos en batalla y era tenido en gran consideración por César, que le confiaba encargos de gran responsabilidad.

Durante la primera expedición en Britania, el procónsul le había asignado el mando de una parte del ejército que había quedado en el continente, para pacificar las tierras de los morinos y de los menapios. Para esa difícil tarea había sido acompañado, con igual graduación, por Cota, y desde entonces los dos habían compartido el mismo mando. Ambos eran hombres de valor y excelentes militares. Sin embargo, el hecho de que la autoridad recayera en dos personas de vez en cuando llevaba a discrepancias, que no pocas veces suscitaban mal humor entre las filas de los oficiales. Un mal humor que luego, en cascada, acababa recayendo también sobre la tropa. Roma ya había cometido otras veces ese mismo error, y en varias ocasiones había perdido batallas decisivas por haber puesto a dos personas con la misma graduación al mando de las legiones. Había sucedido durante las guerras púnicas, algunos centenares de años antes. El mismo cuerpo de los centuriones veteranos estaba dividido entre quienes apoyaban a Cota y quienes apoyaban los métodos de Sabino. Solo el regreso de César habría vuelto a poner las cosas en orden, porque dos gallos en un mismo corral no podían convivir.

Y el regreso del procónsul era muy deseado, de hecho más que nunca, en el momento en que los hombres se estaban dirigiendo a la playa precisamente en ayuda de la expedición. En efecto, tres días después de la partida de la gigantesca flota, diez naves de transporte y dos de guerra habían atravesado nuevamente el mar para regresar a Puerto Icio, cargadas de nefastas noticias. También ese año una violenta tempestad había sorprendido a la flota en la rada, afortunadamente después del desembarco. El procónsul había pedido de inmediato hombres y equipos, desangrando las ya exiguas fuerzas del contingente que había dejado en defensa de la Galia. Labieno se había visto obligado a mandar toda una legión a reparar las naves dañadas en Britania y a montar un enorme campamento fortificado, donde pondrían en seco toda la flota. Mientras tanto, las tropas que habían quedado en la Galia tendrían que interrumpir cualquier otra actividad para ponerse a construir el mayor número posible de naves de transporte, destinadas a suplir la pérdida de las cuarenta que ahora yacían en el fondo del *oceanus*.

Al día siguiente de su llegada al campamento, Lucio, Valerio y Alfeno habían sido destinados al improvisado astillero de la playa, y desde hacía ocho jornadas estaban trabajando con sus nuevos compañeros en la construcción de las naves. Cualquier otra actividad había sido suspendida y el imprevisto había obligado a Tito Labieno a paralizar las maniobras de la Decimocuarta. En ese momento, para ganar la guerra, el procónsul necesitaba más carpinteros, herreros y ebanistas que *milites*.

Britania estaba consumiendo la energía de todo el contingente. El mismo Labieno se ponía cada día más nervioso y en una ocasión, en referencia a aquella campaña que no veía favorable, dejó escapar la palabra «azar». Naturalmente, cualquier actividad que no concerniera a la construcción de las naves y la seguridad de las legiones fue paralizada. Los trabajos exigían hasta el último hombre. Y el tiempo y la cantidad de trabajo pendiente habían hecho que el legado se olvidara de Epagatus y de por qué lo estaban buscando. Alfeno fue expedido a Britania con una carga de jarcias y clavos de latón recuperados. Solo quedaban Lucio y Valerio para recordar el destino de Tiberio, Gwynith y la muerte de Quinto. Pero, a su pesar, ambos estaban encadenados a aquellas onerarias en construcción en la playa.

El tribuno Alfeno volvió después de permanecer cinco días en la isla, con algunos heridos y un primer contingente de hombres de Labieno de regreso a la Galia. Portaba buenas noticias. El campamento había sido montado y la flota puesta en seco, habían trabajado noche y día para acelerar los trabajos, y el grueso del ejército se había lanzado desde hacía un par de días en persecución de los britanos, que se habían refugiado en las florestas del interior.

Las jornadas en la playa eran largas, calurosas y pesadas. Por la tarde, los hombres regresaban a sus tiendas completamente agotados. Lucio era la sombra de sí mismo. En los últimos días, la rabia y la sed de venganza habían cedido paso a un sentimiento de impotencia. Se dejaba caer sobre su camastro mirando al vacío, sintiendo que ya la había perdido para siempre. Aquella tarde cogió el vestido de lino verde y se lo puso debajo de la cabeza, tratando de conciliar el sueño. El rumor de la tienda al abrirse no bastó para que abandonara su posición, acurrucado en aquel trozo de lino. Solo alzó la cabeza cuando oyó la voz de uno de los guardias.

—El tribuno Avitano desea verte.

En un instante Lucio se dirigió hacia la tienda de Alfeno y por el camino fue alcanzado por Valerio. En el interior del alojamiento el tribuno los esperaba con los brazos cruzados, en compañía de su esclavo de color. Lucanio estaba de guardia en la entrada, con la consigna de no dejar que se acercara nadie.

—Hoy, al atardecer, han llegado a la ciudad dos hombres —dijo Bithus en tono circunspecto—. Y son sirios.

—¿Dónde están? ¡Debemos cogerlos de inmediato!

—No puedo mandar hombres fuera del campamento en plena noche sin la autorización del legado, *aquilifer* —adujo Alfeno, mirando a Lucio con aire dubitativo.

—Conozco el reglamento, tribuno —dijo este, molesto. En efecto no estaba pidiendo permiso para ir a cogerlos. Pensaba ir y punto, todos lo sabían, comenzando por Valerio, que lo seguiría.

Alfeno sacudió la cabeza y se expresó sin rodeos:

—¿Qué pensáis hacer? ¿Bajar a la ciudad y prender a esos dos? ¿De qué serviría? ¿Pensáis que Epagatus ha enviado a dos novatos a Puerto Icio? Y si hay otros, ¿queréis enfrentaros a ellos vosotros solos?

Lucio miró a Valerio en busca de confirmación, pero también en el rostro de su amigo se leía la duda.

—¿En tu opinión, qué debemos hacer, tribuno?

Alfeno asestó un puñetazo sobre la mesa y sacudió la cabeza.

—¡No lo sé! —Dio un puñetazo aún más fuerte—. ¡No lo sé, maldición!

La voz de Quinto Lucanio en la entrada de la tienda traicionó cierta incomodidad. Dentro, todos permanecieron en silencio, prestando atención, para averiguar quién se acercaba, luego repentinamente el trozo de piel de la entrada se apartó y a la luz de la lámpara de aceite apareció el rostro ceñudo de Emilio. Lucanio no había podido impedir que el primípilo entrara. Por lo visto al centurión de los Primeros Órdenes le traía sin cuidado que aquel fuera el alojamiento de un superior. Y el tribuno, a pesar de su graduación, parecía el más incómodo de todo el grupo. Balbuceó un saludo antes de preguntar a qué se debía aquella visita en plena noche. La voz de Emilio vibró en el aire como un nervio de buey.

—Me preguntaba qué oscura amenaza, qué infausto presagio hacían que mi tribuno diera un puñetazo sobre la mesa, hasta el extremo de hacerle pronunciar una frase que nunca antes había oído en labios de un oficial romano.

Alfeno trató de mantener un aire circunspecto, que lo hacía aún más ridículo, teniendo en cuenta que el oficial de mayor graduación en aquella tienda era él. Fue Emilio quien puso fin a aquel silencio cargado de vergüenza cogiendo entre los dedos la piel de la tienda.

—Es de excelente factura, curtida a la perfección. Estoy seguro de que resiste muy bien el agua... pero no tanto las palabras. —Dejó caer la cortina a sus espaldas y los miró a todos con dureza. Acto seguido se dirigió a Alfeno en voz baja, casi susurrando—: Si se quiere mantener un secreto, es mejor no reunirse en el corazón de la noche, movilizando a centinelas y despertando a centuriones.

—Yo no he mandado despertar a nadie, primípilo.

Emilio rio complacido.

—Aunque llevo muy poco tiempo adiestrando a la Primera Cohorte, ya he identificado a algunas piezas valiosas dentro del grupo. Harán carrera. Por el momento son mis ojos y mis oídos. En la práctica eso significa que no duermo nunca.

La mirada de Alfeno se hizo cortante.

—¿Acaso me estás vigilando? ¿Crees que estoy conspirando?

—¿Conspirando? No, tribuno; a decir verdad, estoy vigilando a estos dos —respondió, señalando a Lucio y Valerio—, porque temo que estén tramando alguna barbaridad.

Lucio hizo una mueca.

—En el caso de que sucediera, me reconforta saber que ya has encontrado algunos elementos adecuados para reemplazar las eventuales pérdidas.

Los ojos de Emilio traslucieron cierta emoción mientras observaba al aquilífero.

—Ya hemos hablado de ello, Lucio —dijo el centurión—. Y sabes que dudo poder sustituirte. Quizá como soldado, pero no como hombre.

Lucio quedó impactado por esas palabras que, en un momento tan sombrío de su vida, lo conmovieron profundamente. Y no habría sabido definir la mirada de Emilio de otro modo que como paterna.

—Sé por qué estáis aquí —afirmó el primípilo, retomando la expresión de siempre—, y solo me disgusta que hayas olvidado que también yo tengo una cuenta pendiente con Epagatus. —El primípilo tendió el mentón hacia delante en un ademán agresivo—. Puedo aceptar perder hombres en la batalla, pero ningún gordo rufián ilirio dañará a uno de los míos. Por tanto, yo quiero su cabeza tanto como vosotros.

—Labieno ha dicho que no tocáramos ni un pelo al griego —les recordó Alfeno.

Emilio lo miró de reojo.

—Labieno ya tiene muchos quebraderos de cabeza... ¿Queremos darle más?

Las miradas comenzaron a hacerse cómplices. Como oficial de más alta graduación, Alfeno era el que tenía más que perder. Pero en ese momento, lo quisiera o no, estaba totalmente involucrado.

—¿Entonces? ¿Cuál es el motivo de este encuentro?

—Dos sirios han llegado a la ciudad esta misma tarde —intervino Lucio, respondiendo a su pregunta—. Son hombres de Epagatus.

—¿Van a caballo?

Bithus asintió. Emilio reflexionó algunos instantes con la mirada fija en el suelo antes de llamar al centurión que estaba fuera de la tienda.

—¿Quiénes están haciendo el turno de guardia?

—La Tercera Cohorte. Tengo algunos amigos.

También Lucanio era un oficial con una larga carrera por delante, pero se sentía parte de los antiguos componentes de la Décima. Y también él acababa de poner las cartas sobre la mesa, dispuesto a jugarse el todo por el todo.

—Bien, comunícales que realizaré una meticulosa inspección del cuerpo de guardia en el próximo cambio.

Lucanio desapareció en cuanto el primípilo concluyó la frase.

—Vosotros tres —dijo, dirigiéndose Emilio a Valerio, Lucio y Bithus— saldréis del campamento por la ladera norte con el próximo cambio de guardia e iréis a ver qué cara tienen esos dos. Evitad cualquier contacto y no despertéis sospechas. Si sospecháis que están a punto de abandonar la ciudad, dejadles cojos los caballos, o robádselos, como prefiráis. Mañana por la mañana estaré en el puerto con una decena de auxiliares de la caballería, que nuestro tribuno me procurará.

Valerio sonrió y Alfeno sintió que se le helaba la sangre en las venas.

Con el toque de las trompetas, tres sombras encapuchadas se deslizaron fuera del campamento. Había un largo trecho que hacer al descubierto, pero a pesar de que la luna a veces asomaba entre las nubes, nadie advirtió a los tres que, como espectros, se dirigieron hacia la ciudad. La Tercera Cohorte, en servicio de guardia aquella noche, estaba mucho más aterrorizada por lo que sucedía en el interior del campamento que por lo que pudiera ocurrir fuera.

La ansiedad y el deseo de revancha de Lucio y sus compañeros eran tales que el largo camino que separaba el campamento del puerto les pareció incluso más breve. Había sido el mismo Labieno quien había dado la orden de no cerrar los accesos de la ciudad a las rondas de legionarios, que continuaban yendo y viniendo del puerto. Los mismos romanos acompañaban a los morinos a las puertas y los tres pasaron sin tropiezos el control. Bithus ya había pensado en untar a algunas personas, en las noches precedentes. Llegados a las inmediaciones del lugar donde hasta poco antes se había alzado la tienda de Epagatus, los tres se separaron, manteniéndose a distancia, pero al mismo tiempo protegiéndose mutuamente las espaldas.

El sitio estaba desierto. No había ni rastro de los dos hombres, a pesar de que Bithus los había visto encaminarse precisamente en aquella dirección. Los tres examinaron la situación y decidieron adentrarse por las callejas de la ciudad hasta el almacén donde se habían perdido las huellas de Tiberio. Prudentes, fueron recorriendo los callejones oscuros y malolientes sin perderse de vista. Después de un largo trayecto de acercamiento, finalmente llegaron a la fatídica puerta, que esta vez estaba cerrada.

Fisgonearon un poco, tratando de ver si por alguna ventana se filtraba la luz de una lámpara, pero el lugar parecía abandonado. Decidieron regresar al puerto por callejas silenciosas y desiertas, excepto por un par de ruidosas posadas. Quizá les convenía entrar en una de aquellas tabernas para obtener alguna información.

Se sentaron a una mesa donde un marinero achispado miraba su jarra de cerveza casi vacía y casi de inmediato notaron que importunando a los parroquianos borrachos, en busca de fáciles beneficios, solo había una mujer corpulenta y no demasiado joven. Nada que ver con las muchachas que Epagatus soltaba de costumbre por aquellos sitios.

—Pero mira qué hombretones. ¿De dónde salís vosotros? —dijo la mujer, acercándose con movimientos estudiados a su mesa.

—De muy lejos —respondió Lucio—, pero a pesar de que el viaje ha sido largo, aún tenemos energías para vender y dinero para gastar. ¿Me entiendes?

—Entonces has acudido al lugar correcto —señaló ella, guiñando un ojo y sentándose junto al aquilífero—. Las energías y el dinero son lo mío.

Valerio la miró, riendo.

—¿De qué te ríes, especie de oso?

—Mira, mujer, el hecho es que tengo unos gustos un poco particulares —dijo el veterano.

—Entiendo —dijo ella riendo sarcásticamente y acercando el enorme pecho al rostro de Lucio—. Te gustan los jovencitos, ¿eh?

—No, las jovencitas —rebatió Valerio—. Las quiero jóvenes, muy jóvenes, delgadas y si es posible rubias, muy rubias. He venido aposta a Puerto Icio por consejo de un viejo amigo. Según él, aquí podría encontrar tantas como quisiera.

—Mi pobre oso, no tienes suerte —declaró la mujer, dibujando unos arabescos con los dedos sobre la cabeza de Lucio—, hasta esta mañana las habrías encontrado. Es más, había incluso demasiadas... Solo que, según parece, finalmente se han marchado de la ciudad.

—¿Y adónde han ido?

—Eso no lo sé, mi buen oso, pero espero que lo más lejos posible, dado que esta tarde han embarcado en una nave.

La mujer apenas había acabado la frase cuando los tres ya estaban en la calle, perseguidos por sus insultos y maldiciones.

—No tienes corazón, Lucio.

—Cállate, oso.

Aquella noche el mar apestaba, como toda la ciudad, y la humedad, junto con el calor estival, no hacían más que acentuar el hedor. Los tres soldados llegaron al puerto en poco tiempo y aflojaron el paso sin perder de vista los muelles ni percibir movimientos particularmente sospechosos. Encontraron la nave que estaban buscando más allá de los muros de la ciudad, en la zona donde estaba surgiendo un nuevo barrio de mercaderes. Gracias a su posición estratégica, Puerto Icio se estaba ampliando y su desarrollo urbanístico escapaba al perímetro de los viejos muros. Los tres se apostaron entre redes que hedían a pescado podrido y pequeñas barcas rotas amontonadas junto a una barraca, probablemente un taller de carpinteros o de pescadores. Desde allí podían observar el ir y venir de marineros que charlaban en el amarradero, mientras otros, probablemente esclavos, llevaban a bordo pesados sacos.

—No veo a los que buscamos —susurró Bithus.

—Tienes razón, estos no son orientales. Quizá ya hayan subido a bordo... Pero resulta bastante extraño que carguen una nave en plena noche. ¿Dónde están nuestras rondas?

Valerio interrumpió a Lucio.

—En el astillero y en las puertas; no tenemos bastantes hombres para patrullar toda la ciudad. ¿Ves a aquel tipo con trenzas y el torso desnudo, cerca de la rampa que lleva a la nave?

—¿Aquel con calzones oscuros que da órdenes? Parece el comandante de la nave.

—Estoy seguro de haberlo visto en alguna otra parte, pero no recuerdo dónde.

—Desde esta distancia, a la luz de las antorchas, todos se parecen.

El veterano sacudió la cabeza.

—No, yo a ese lo conozco de algo.

El ruido sordo de los cascos de un caballo al paso en la calleja paralela a la suya los hizo callar. Esperaron algunos instantes escondidos detrás del edificio de la esquina. Lucio se asomó de nuevo para mirar cuando oyó que el sonido había cambiado: en ese momento el caballo debía de estar sobre el amarradero de madera que llevaba a la nave. Vio que un marinero lo sujetaba por las bridas. En aquel momento oyó llegar otro caballo y se retiró de nuevo.

—Dos caballos, dos hombres —susurró Bithus—. Quizá sean ellos.

Lucio se puso tenso. Con un leve rumor metálico, Valerio había extraído el gladio de la funda.

—¿Qué quieres hacer?

—¿Están embarcando?

El aquilífero miró más allá de la esquina y asintió:

—Están embarcando los caballos, pero no hay rastro de los jinetes. —Siguió observando la escena, luego se volvió de golpe—. Hay un sirio en el muelle, acaba de bajar de la nave.

Valerio apretó la empuñadura del arma, pero la mano de su amigo le detuvo el brazo.

—Entre tres, es imposible.

—Se nos escaparán, Lucio.

Valerio tenía razón. Las órdenes que había dado Emilio de esperarlo antes de actuar ya no valían. Como a menudo ocurría en el momento decisivo, lo imprevisto hacía fracasar incluso los planes más meditados.

—Si esa nave zarpa, no los cogeremos nunca, Lucio.

Hubo un instante de vacilación, interrumpido por la voz de Bithus:

—Pero falta uno.

—Tal vez ya esté a bordo —susurró Valerio, adelantándose para observar la escena.

El sirio estaba ayudando a un marinero a conducir el primer caballo por la pequeña rampa. Otro hombre de la tripulación sujetaba al segundo animal por las bridas.

Lucio valoró las posibilidades.

—¿Lleváis dinero encima?

Valerio sacudió la cabeza. Bithus tenía algunas monedas de plata en una bolsa en el cinturón, que entregó a Lucio.

—No es mucho, pero hay que intentarlo.

Devolvió la bolsa al esclavo.

—Escucha, Bithus, Valerio y yo volveremos atrás por el callejón y nos apostaremos al otro lado. En el momento oportuno entraremos en el almacén donde se están abasteciendo y cogeremos algunos sacos para llevar a bordo. Ocuparemos el lugar de alguno de los porteadores y nos pondremos sus ropas, porque ninguno de ellos tiene capa y nosotros no llevamos calzones. En cuanto nos veas ir hacia la nave, saldrás al descubierto e irás hacia el muelle.

—Un momento. ¿Cómo os reconoceré en esta oscuridad, si lleváis sacos a la espalda y vais vestidos como ellos? —lo interrumpió Bithus.

—Dejaré caer mi saco —dijo Valerio—. Esa será la señal.

—Creo que con eso solucionamos el problema —comentó Lucio, antes de continuar—. En ese punto deberás atraer la atención sobre ti, para permitirnos subir a bordo sin ser advertidos. Irás donde ellos y les darás a entender, con palabras o gestos, que estás en apuros y debes huir de aquí lo antes posible. Diles que debes embarcar y que puedes pagar. Déjales ver el dinero, pero solo algunas monedas, para que piensen que tienes una gran suma. Mientras tanto, Valerio y yo nos esconderemos a bordo. —El aquilífero hizo una pausa y miró a su amigo—. Nuestro objetivo es descubrir dónde está Epagatus, por tanto, necesitamos a uno de los sirios. Lo lanzaremos al mar durante las maniobras, cuando ya las velas estén hinchadas y no puedan volver atrás. Tendremos que alcanzar la orilla a nado, arrastrando al sirio, antes de que ellos devuelvan la nave al muelle. Lo mejor sería que pareciera un accidente o hacerlo desaparecer sin que nadie lo viera.

Valerio miraba a Lucio, atónito.

—¿De verdad crees que podremos hacer lo que dices?

—¿Tienes alguna otra propuesta?

—No, pero sería más fácil hundir la nave a golpes de gladio.

—¿Entonces?

—Entonces, vamos.

Un instante después, Bithus estaba solo en la oscuridad sin

perder de vista el amarradero. Lucio y Valerio habían tomado el primer callejón a la izquierda y se habían detenido en la otra esquina de la misma casa. Desde allí veían bien el acceso al almacén, pero parecía que los esclavos habían terminado de transportar las mercancías a bordo. Un par de ellos se habían detenido en el umbral y se habían sentado allí, a la espera. No había manera de acercarse a ellos por detrás, más que dando un amplio rodeo, pero no disponían de tiempo para eso. Desde su posición los dos legionarios ya no veían qué sucedía en el muelle y la nave podía zarpar en cualquier momento. Por tanto, decidieron tomar la iniciativa y se encaminaron tranquilamente por el callejón, al descubierto.

Se comportaron como dos amigotes que regresaran de una velada en una taberna. Al principio los hombres que estaban delante del almacén no se fijaron en ellos; luego les llamaron la atención las dos figuras que se acercaban. Su interés se transformó en estupor cuando los dos estuvieron a pocos pasos, porque Lucio y Valerio los saludaron con un gesto y sin vacilar entraron en el almacén. Los esclavos se miraron, inseguros, y luego volvieron la vista hacia el interior, pero las figuras de los dos legionarios ya se habían sumido en la oscuridad.

Al no saber qué buscar, Lucio y Valerio siguieron la claridad amarilla de una antorcha que iluminaba el local contiguo. Cuando entraron, se toparon con un hombre que estaba saliendo. En el choque Lucio recibió un golpe en la nariz y durante unos instantes quedó fuera de combate. Valerio asestó un puñetazo en el estómago al tipo antes de que este pudiera reaccionar, y mientras se doblaba en dos lo golpeó de nuevo, con violencia, en pleno rostro. Lucio abrió los ojos, que le lagrimeaban de dolor, tratando de ver qué estaba sucediendo.

—Hemos hallado al otro sirio —le dijo Valerio, manteniendo inmovilizado al hombre en el suelo—. A lo mejor no será necesario que nos dejemos matar en la nave. Encuentra una cuerda, pronto.

Lucio no tuvo tiempo de buscar, porque en ese momento oyó una voz masculina que parecía repetir un nombre. Quizás había oído los ruidos y estaba llamando al sirio. El hombre entró y los vio. Era un galo, que abrió desmesuradamente los ojos y llevó de inmediato la mano a la espada. Lucio lo golpeó en el rostro con el pomo del gladio. El otro cayó al suelo con la nariz rota, sangrando profusamente.

—No hay tiempo para atarlo, marchémonos de inmediato.

El veterano levantó al sirio y lo empujó fuera de la puerta. Al salir se cruzaron con los dos esclavos, que los observaron con los ojos desorbitados. El aquilífero levantó el mentón del primero con la punta de la hoja y le ordenó por señas que no dijera ni pío. Los dos levantaron las manos en señal de rendición y permanecieron en esa posición incluso cuando los legionarios se encaminaron por el callejón. Pero en cuanto los romanos hubieron desaparecido, dirigiéndose a la calleja que había de conducirlos de vuelta donde Bithus, los dos esclavos huyeron hacia el muelle, aullando para dar la alarma.

—Tendríamos que haber acabado con ellos —gruñó Valerio, corriendo por el callejón. Lucio llegó primero a la esquina. Lanzó una ojeada y ya estaba a punto de silbar la señal acordada para llamar la atención de Bithus cuando se paró de golpe.

El esclavo de Alfeno había desaparecido.

En cuanto Bithus oyó los gritos procedentes del almacén y vio que los hombres del amarradero se volvían en aquella dirección, salió al descubierto, sin ni siquiera saber por qué. Los galos se dirigieron hacia los dos esclavos que los llamaban a voz en cuello. Luego, al ver a un extraño que corría gesticulando hacia ellos, se detuvieron, inseguros.

—Los romanos —aulló Bithus, corriendo, con una expresión exagerada de terror en el rostro—. ¡Alarma, están llegando los soldados!

Bithus superó al grupito de hombres desorientados, que miraban frenéticamente por todas partes, hacia la oscuridad de las callejas que corrían del puerto a la ciudadela. En el muelle, el hombre que parecía ser el jefe extrajo la espada, escrutando con recelo al enorme negro que se dirigía a su encuentro.

—¡Te lo ruego, ayúdame! —dijo Bithus al comandante—. Debo escapar como sea, los romanos me están persiguiendo. Puedo pagarme el viaje, mira.

El galo de largos bigotes lo mantuvo a distancia con la espada, lanzó una mirada al puñado de monedas que brillaban sobre la palma de Bithus y estaba a punto de reclamar a los suyos, cuando vio luces y movimiento a bordo del imponente trirreme de guerra amarrado a un centenar de pasos de distancia. En el navío habían encendido antorchas y linternas, y algunos hombres de la tripulación escrutaban las tinieblas en su dirección, intrigados por los gritos. El galo con la espada rugió una frase incomprensible y sus hombres se reunieron al instante antes de echar a correr hacia la pasarela. Bithus temió que el galo lo atravesara con aquella maldita espada. Con el rabillo del ojo miró también él hacia el puerto, pero no vislumbró a Lucio ni a Valerio.

Sobre la pasarela apareció el sirio. Preguntó algo al galo, que no le respondió, ocupado en dar órdenes a los suyos. Estos ignoraron al negro y soltaron las amarras que retenían la nave en el muelle, y luego embarcaron. Bithus tendió nuevamente la mano con las monedas de plata, pero el comandante, desconfiado, siguió manteniéndolo a distancia con la espada, mientras retrocedía para subir a su vez a bordo.

—Te lo ruego —insistió Bithus—, ¡sácame de aquí!

En aquel punto el sirio dio un paso hacia delante, miró a Bithus y lanzó un grito furioso, señalándolo. El negro no comprendió las palabras, pero entendió que lo había reconocido. Podía ser su fin.

Del trirreme habían bajado al agua una chalupa, sobre la que estaban tomando puesto varios soldados. Los yelmos y las puntas de las lanzas, brillantes al resplandor de antorchas y linternas, acrecentaron la agitación de los galos de la nave de transporte. Bithus oyó pasos y vio que los ojos del galo se abrían desmesuradamente. Se volvió.

Tras aparecer de improviso de la oscuridad del callejón, un hombre corpulento empuñando un gladio había echado a correr hacia la nave. Era Valerio. Con un salto, el bárbaro subió a bordo, gritando a la tripulación que izaran de inmediato las velas. Dos hombres trataron de recuperar la pasarela y Bithus se arrojó encima de ella, en un intento de retenerla. Uno de los marineros le lanzó un arpón. El arma falló el blanco, clavándose en la madera del embarcadero. Mientras tanto, en medio de la confusión, el sirio seguía chillando. También trató de detener a los marineros que, empujando con las pértigas, se esforzaban por alejar la nave del muelle, pero nadie escuchaba sus palabras. A nadie le importaba el compañero que quedaba en tierra.

La tripulación cortó las cuerdas que sostenían la pasarela y Bithus cayó al agua. El paso pesado de Valerio que llegaba a la carrera hizo vibrar todo el embarcadero. El veterano consiguió detenerse un momento antes de acabar, a su vez, en el mar. La vela batió algunas veces antes de hincharse al viento con un estallido seco, haciendo crujir las jarcias.

La mirada furibunda de Valerio se cruzó con la del comandante de la nave, que lo observaba apoyado en la borda. El legionario cogió el arpón clavado en el muelle y con un grito lo lanzó contra el galo. El bárbaro, inmóvil, esperó el impacto sin temblar.

Con un ruido sordo, la punta penetró en la barandilla y Valerio supo que había fallado el blanco. Unos palmos más arriba y le habría dado en pleno tórax.

El galo sonrió con aire despectivo.

Con un grito de rabia, el romano le lanzó también el gladio, que cayó, inocuo, desapareciendo en la oscuridad de las mareas.

—¡Te mataré! —aulló Valerio con todo su aliento. Luego oyó la voz de Bithus que, desde el agua, agarrado al muelle, pedía ayuda.

Frente a la costa, un rasgón entre las nubes hizo reaparecer una tajada de luna y el mar en torno a la nave se transformó en una extensión de plata. Una quietud muy alejada de la tensión que reinaba a bordo, donde una acalorada discusión entre el sirio y los galos corría el riesgo de derivar en riña.

—Silencio, he dicho —repitió Grannus, impidiendo que sus hombres agredieran al oriental, que no dejaba de increparlos.

—Sois un hatajo de imbéciles cobardes; habéis escapado ante un solo hombre, dejando en tierra a Hedjar.

—Te aconsejo que moderes el tono si no quieres probar el hierro galo —replicó Grannus, enfurecido.

Durante un momento los dos se miraron con aire desafiante. Luego, frente a la mole del galo que lo superaba con mucho, Chelif, el sirio, se calmó. Retrocedió algunos pasos sobre el puente antes de apoyarse en la barandilla. Su compañero Hedjar había quedado en manos de los romanos y él sabía perfectamente qué significaba acabar en sus garras. Solo por voluntad del cielo había conseguido escapar del brutal energúmeno que acababa de ver en el embarcadero.

Chelif no había olvidado ni un instante la noche en que habían comenzado los problemas. Al principio todo había ido bien. Puesto en guardia por la joven prostituta helvética, había aprovechado para disfrutar de sus gracias. Luego había llegado el corpulento romano y en el enfrentamiento él había perdido dos dientes y su bonito perfil. Su nariz machacada estaba aún inflamada y dolorida, a pesar de que habían pasado varios días. Ante este pensamiento se enfureció y volvió a la carga con el galo.

—Te recuerdo que este viaje lo ha pagado mi amo, y a precio de oro —dijo el sirio—, lo cual significa que esta nave y su tripulación deberían estar a mi servicio y obedecer mis órdenes.

El galo estalló en una feroz carcajada, sacudiendo las trenzas.

—¿De verdad crees que he llegado a un acuerdo con tu amo solo por un puñado de oro? Debes saber que puedo permitirme lo que quiera, no una, sino diez, cien naves como esta.

—Entonces, ¿por qué has aceptado este encargo?

Grannus se encogió de hombros.

—Porque tengo una cuenta pendiente con los romanos.

El sirio sacudió la cabeza.

—Pero sois aliados —replicó con un deje de burla.

—¿Aliados? ¿Me crees idiota, oriental? —gruñó Grannus—. ¿Piensas que voy a reverenciar a César porque ha puesto a mi primo Comio en un falso trono? En la Galia hace tiempo que ya no tenemos reyes, y si no los coronamos nosotros, no veo por qué habrían de hacerlo los romanos. Por culpa de esa escoria todas las familias de mi gente lloran algún muerto. Solo estamos esperando el momento oportuno para echarlos de la Galia, hasta el último. —El guerrero apretó el mango de la espada a su costado—. Y ese momento no tardará en llegar.

—Mientras tanto escapáis de un solo hombre, un miserable esclavo negro.

Grannus se adelantó con aire amenazador.

—Estaban llegando otros.

El talante oriental de Chelif le sugirió que no debía ir más allá. Aunque bullía de rabia, estaba solo y no quería acabar en el mar con la garganta cortada.

—¿Qué piensas hacer ahora?

—Seguiremos el plan, como estaba previsto. Iremos donde Epagatus, le entregaré su preciosa mercancía y nos despediremos. Luego volveré a Nemetocena[40] dispuesto a intervenir, con o sin Comio.

Chelif se preguntó si aquel bárbaro con el que hablaba tenía algo en la mollera.

—Si los romanos han capturado a Hedjar, como temo, ¿piensas que tardarán mucho en hacerle decir adónde nos dirigimos?

Grannus se encogió de hombros, despreciativo.

—¿Piensas que los romanos tienen tiempo para correr tras las putas de tu amo? Tienen otros problemas en que pensar.

—No estoy hablando del ejército romano, Grannus, sino de ese grupo a la caza de Epagatus y de cualquiera que tenga que ver con él.

Chelif señaló las linternas del puerto ya lejano, destellos ardientes en la oscuridad.

—Ya he tenido que vérmelas con ese soldado grande y corpulento en el embarcadero. Forma parte de un grupo de legionarios que no ven la hora de poner las manos sobre mi amo.

—Es un problema que concierne a Epagatus, no a mí.

—No lo creo —replicó el sirio—. Has sido tú quien ha desencadenado la tempestad.

—Le debo un favor a Epagatus y ahora se lo pago. Aquí acaba la cuestión.

Chelif asintió, luego se volvió para mirar Puerto Icio, pero la ciudad ya había desaparecido detrás de un promontorio.

—No creo que para esos romanos la cuestión acabe aquí. Esta noche he entendido que no han olvidado a aquellos que has asesinado.

Se interrumpió, oyendo el chapoteo de las olas.

—Creo que quieren vengar al viejo esclavo y también al joven soldado. Y sobre todo —añadió el sirio, mirando a Grannus de reojo—, creo que quieren recuperar a la mujer.

—¡Esa mujer es mía! —exclamó el galo, rabioso—. ¡Ellos me la robaron!

Y después de un último vistazo rencoroso, el comandante se dirigió a popa.

Chelif no rebatió y se quedó mirando, sin verlo, el mar que se deslizaba bajo la nave. Su pensamiento fue a Hedjar, el compañero prisionero de los romanos. Se preguntaba si podría resistir a sus torturas. ¿Él lo habría hecho, si aquella noche no hubiera conseguido huir?

Sentado en el suelo, atado, Hedjar miraba a los tres hombres frente a él, tratando de entender qué debía esperar. Un escalofrío le recorrió la espalda cuando el energúmeno, a su lado, cogió la espada que le habían quitado y la puso al fuego. El hierro del arma comenzó a calentarse. Pronto se volvería incandescente. El romano siguió su mirada y le sonrió. El oriental pensó en algo para salir del apuro. Quizá, si se anticipaba a ellos, podía ahorrarse algunos sufrimientos.

—¿Qué queréis saber? —dijo, dirigiéndose al que parecía ser el jefe.

—Para empezar —respondió Lucio, en tono duro—, qué transporta la nave y adónde se dirige.

—Lleva vituallas para la guardia personal de Epagatus y sus mujeres, y se dirige al muelle que servía de campamento de invierno a la Décima Legión —dijo Hedjar. Un instante después se interrumpió, sin aliento, cuando el brazo musculoso del otro romano le apretó el cuello en una estrecha presa.

—Muy bien, amigo oriental, sé que eres un chico malo —dijo Valerio, sacudiéndolo un poco. Cogió la espada, que tenía la punta ya candente, y la acercó al rostro del sirio—: Pero no intentes mentir o te haré sufrir tanto que implorarás la muerte.

El sirio abrió desmesuradamente los ojos, tratando de oponerse, en vano, a la fuerza del veterano.

—¡Hablaré! ¡Si me perdonáis lo diré todo, lo juro!

El brazo de Valerio apretó la presa, haciendo crujir los huesos del cuello de Hedjar.

—Nosotros decidiremos si te perdonamos o no. ¿Tú qué dices, Lucio?

Lucio se acercó al sirio y se inclinó para mirarlo. En el rostro tumefacto de Hedjar había una mueca de sincero terror.

—Salvarás la vida y quizá recuperarás la libertad si nos dices lo que queremos.

—¿Qué queréis?

—Queremos saber qué ha sucedido aquí.

El sirio miró a Lucio en silencio. Valerio le acercó la hoja al rostro y el hombre sintió que le ardía el pómulo.

—¡Diré todo lo que sé!

—Además —añadió Valerio—, queremos saber quién ha sido. ¿Has entendido, sirio?

Hedjar asintió y el veterano volvió a poner la espada en el fuego, listo para recuperarla.

—Hace unos dos meses —dijo Lucio—, desapareció mi esclava, una britana de pelo rojo que llevaba una capa de colores. Uno de los nuestros encontró la capa en la casa donde trabajaba una de las mujeres de tu amo. Quiero saber dónde está la britana y adónde ha ido a parar el legionario.

Hedjar dirigió la mirada a las brasas antes de levantar los ojos.

—No me encontraba en la tienda de Epagatus cuando llegó la mujer, pero te puedo decir lo que me contó una persona que sí que estaba presente.

—¡Adelante!

—Había caído la tarde y el tiempo apenas se había calmado, después de una fuerte tempestad. Anocheció y fue entonces cuando dos galos, acompañados de una mujer de pelo rojo, llamaron a la tienda de mi amo. Según me contaron, Epagatus se enfadó y trató de echarlos a los dos de su tienda, llamando a algunos de mis compañeros. Pero aquellos dos desenvainaron las espadas y amenazaron a mi amo, e inmediatamente después llegaron al menos una cincuentena de galos a la tienda, y nos encontramos rodeados. Del grupo salió un hombre que decía ser su jefe. Entró en la tienda y habló en privado con Epagatus. Cuando se marchó con sus hombres, mi amo estaba muy preocupado. Dio la orden de que llevaran a la mujer a un lugar seguro, la ataran, la amordazaran y no dejaran que nadie se acercara. No debía hablar con nadie, por ningún motivo. Debíamos tenerla en custodia hasta la invasión de Britania; luego los galos volverían a recogerla. Si os advertíamos, los galos nos degollarían a todos, del primero al último.

—¿Para qué entregarla a Epagatus? —intervino Lucio.

—Los galos eran vuestros aliados y de este modo querían protegerse de vosotros. Si el secuestro de la britana hubiera sido descubierto, ellos lo habrían negado todo y la culpa habría recaído totalmente sobre Epagatus, muy conocido por su tráfico de mujeres.

Lucio lo escrutó, dubitativo.

—Esto podría tener sentido, pero habría sido mucho más sencillo cargar a la mujer sobre un caballo y sacarla de aquí.

—No —intervino Valerio—. No si al frente de este complot hubiera un hombre poderoso, aliado de César y, al mismo tiempo, dispuesto a apuñalarlo por la espalda.

—¿A quién te refieres?

—A Grannus, el primo del rey Comio. Él era el comandante de la nave que acaba de zarpar, lo vi con mis ojos. No podía alejarse de Puerto Icio antes de la partida de la flota de invasión, pero tampoco quería soltar a su presa. Así, para no correr el riesgo de comprometerse, la confió a otro carcelero, con los métodos que acabamos de oír.

Lucio se volvió hacia Hedjar.

—¿Quieres decir que nunca se ha movido de Puerto Icio?

—Así es.

—Está viva.

—Sí.

Lucio se levantó de golpe.

—¿Dónde está?

Grannus bajó la escalerilla que llevaba a la bodega, donde las mujeres de Epagatus compartían el poco espacio disponible con los sacos de semillas. Algunas dormían exhaustas a merced del cabeceo, otras estaban acurrucadas y hablaban en voz baja. Ninguna alzó la mirada al galo.

Al fondo de la bodega, donde se apretaban las tablazones de madera del esqueleto de la embarcación, había otra mujer. Grannus se inclinó y se acercó. También ella estaba durmiendo apoyada en un saco, con la cabeza meciéndose suavemente en la oscuridad, entre los crujidos de la madera. El galo se detuvo un momento junto a ella. No había suficiente luz para poder verla bien, pero le cogió las muñecas y comprobó la cuerda que las sujetaba. Después de un instante de incertidumbre, desató las ataduras: de momento no podía huir de la nave. Echó un vistazo distraído a las prostitutas, luego se volvió y siempre con la cabeza gacha subió al puente.

Gwynith no dormía: estaba con todos los sentidos alerta. Se masajeó las muñecas, escrutando en la oscuridad. Entre las rendijas de la madera conseguía ver dónde estaban los marineros que caminaban por el puente. Una lágrima le descendió a lo largo de la mejilla hasta el mentón, donde cayó y fue absorbida por la tela de lino de sus gastadas vestiduras. Era por Tiberio.

La mujer había oído la discusión entre Grannus y el sirio, y había entendido que el joven legionario había sido asesinado. En su mente resurgieron las sensaciones experimentadas durante la prisión en aquel almacén de madera de Puerto Icio. El día en que había oído la voz de Tiberio en el piso superior, se había despellejado las muñecas tratando de liberarse y gritar, pero no lo había conseguido. Había oído las voces del muchacho, y luego sus pasos bajando rápidamente las escaleras y marchándose. Aquella misma noche, había oído a Lucio y Valerio más allá de la puerta de aquella prisión improvisada. Había llorado de alegría, creyendo que la pesadilla había terminado. De un momento a otro abrirían la puerta y la encontrarían. Luego llegó el alboroto y el ruido de los cascos de un caballo, mientras ella rezaba en vano para que aquella puerta se abriera. La voz de Quinto, luego el silencio, la oscuridad... y la maldita puerta aún cerrada. No lo habían conseguido, no la habían abierto, estaba de nuevo sola. Otros caballos habían llegado al galope, pero ya no eran sus liberadores.

Cuando la puerta se abrió por fin, aparecieron sus carceleros. Entre dos la habían desatado y cargado a peso sobre un caballo, cubriéndola con un saco de tela basta que hedía a pescado. Luego la habían conducido al puerto, a otro almacén, y la habían entregado a un grupo de galos.

Allí, cada vez que le flaqueaban las fuerzas y se dormía, inquieta, siempre la asaltaba la misma pesadilla. Soñaba que estaba atada y que veía a Lucio a lo lejos. Se debatía para conseguir liberarse. Soñaba que la mordaza se le caía, dejando la boca libre para gritar, y finalmente tomaba aire para aullar con todo el aliento posible... pero no conseguía emitir ningún sonido. No podía respirar, hablar o gritar, y cuanto más se esforzaba, más se ahogaba. En aquel punto se despertaba estremecida y se daba cuenta de que solo había sido una pesadilla, aunque la realidad era mucho peor, porque al menos durante el sueño había confiado en lograrlo y en poder abrazar de nuevo a Lucio.

Debía huir. Algo había sucedido en el muelle y en la confusión le había parecido oír la voz de Valerio. No sabía cómo, pero debía aprovechar el viaje para huir, porque cada hora de navegación la alejaba de aquella voz. Debía alcanzar el puente y tomar las riendas de la situación. En cuanto oyera que los pasos encima de ella disminuían y los hombres se dormían, podría acercarse en silencio a la escalerilla, subir al exterior y lanzarse al agua. Miró a su alrededor para ver si había algo que pudiera serle útil, pero parecía que en aquella bodega, aparte de las demás mujeres de Epagatus, no había más que grandes sacos llenos de trigo. Gwynith dejó de tantear en la oscuridad y con las manos se acarició el vientre: la vida que estaba creciendo dentro de ella y que le daba la fuerza de continuar adelante, a pesar de todo lo que había pasado. Aquella vida debía nacer libre o no nacer. Mejor la muerte por ahogamiento que otro día de prisión. Gwynith se secó los ojos y la nariz que goteaba. Ya no era tiempo de llorar, se dijo, sino de vivir o morir. Crujió una tabla. Dos hombres estaban caminando encima de ella, susurrando entre ellos en el dialecto de los belgas.

La boca pastosa y amarga por el polvo, la garganta reseca de sed, la ropa empapada de sudor. Hedjar estaba sentado en el suelo y miraba el lento fluir del río. Se habría zambullido con gusto. Dos auxiliares de caballería, encargados de vigilarlo, parloteaban entre ellos. El sirio inspiró profundamente el perfume de resina que provenía de los troncos del bosque. Algunos hombres estaban llevando las bestias bajo los árboles, al resguardo del sol, después de haberlas abrevado. Otros se estaban saciando con un rápido tentempié a base de pan negro y salchicha gala. Los que contaban, el centurión y los tres que lo habían capturado, estaban confabulando a la orilla del río. De vez en cuando, uno de ellos se volvía a mirarlo. Qué destino absurdo, pensó Hedjar: había nacido entre las rocas áridas del desierto y ahora estaba a punto de morir en un lugar fresco, rico en agua y árboles frondosos.

Los cuatro se acercaron a él, hablando entre sí.

El centurión dio una orden a un soldado que llegó con un odre, pan y salchicha. El sirio recibió un poco de comida y un sorbo de vino aguado, e inclinó la cabeza en señal de gratitud.

—¿Cuál es tu nombre? —preguntó el centurión.

—Me llamo Hedjar.

—Muy bien, Hedjar —dijo Emilio, inclinándose para cortar un trozo de pan negro . ¿Sabes?, en la vida hay personas afortunadas y otras que no lo son. ¿Tú de qué lado quieres estar?

A pesar de las palabras alentadoras y el tono amistoso, el sirio no se sentía en absoluto tranquilo. El primípilo fue directo al grano:

—Mi nombre es Cayo Emilio Rufo. Estoy al mando de este destacamento de caballería. Estoy buscando a tu amo, Epagatus, y cuando lo encuentre lo crucificaré, después de haber matado a todos aquellos que estén a su servicio y que hayan tratado de impedírmelo.

La respiración de Hedjar se detuvo y enseguida un hilo de sudor le bajó por la sien.

El centurión se llevó a la boca un pedazo de pan y lo masticó lentamente, con los ojos crueles fijos en el prisionero.

—Si sois cien, yo volveré con quinientos jinetes. Si sois mil, volveré con cinco mil. Mi oficio es combatir y sé hacerlo mejor que vosotros. Defendeos, si queréis, ¡pero no me impediréis obtener lo que quiero, y quiero a Epagatus! —El centurión dio un mordisco a la salchicha con una mueca de satisfacción—. Epagatus, ¿entendido? No los que trabajan para él. Abreviando, Hedjar: quien escape se salvará, y quien combata, morirá. Morirá incluso si se rinde, porque no haré prisioneros. —Masticó otro bocado—. Te lo pregunto por última vez, Hedjar, ¿de qué lado quieres estar? ¿Del lado de los vivos o de los muertos? En la duda, me he tomado la molestia de traer muchos clavos. Los necesarios para muchas cruces.

De pronto el cansancio, el hambre y la sed desaparecieron del cuerpo de Hedjar y en su lugar se instaló el terror. El sirio sudaba y temblaba, tratando de reflexionar, pero el centurión no le dio tiempo.

—¿Cuántos hombres tiene Epagatus? ¿Son buenos? ¿Están bien armados? Responde enseguida, de otro modo...

—Unos veinte —dijo el sirio, presuroso—. Están armados, sí, pero también tienen miedo, porque no ven una vía de escape.

—Nosotros se la daremos, Hedjar —dijo Emilio—, nosotros se la daremos.

Chelif se bamboleaba sobre la nave a merced de las olas; la costa ya no era más que una tenue línea gris en el horizonte. Cansado y con los ojos enrojecidos por la noche insomne, alzó la mirada hacia las preciosas mujeres de Epagatus, a las que se había permitido que tomaran un poco de aire en el puente. Era una jornada extraña; el sol estaba velado por una capa de neblina y la nave avanzaba en mar abierto siguiendo la corriente. El viento había dejado de soplar hacia el mediodía y una persistente bonanza había vuelto inútiles las velas. A la espera de poder retomar la ruta hacia el sur, los marineros holgazaneaban. Grannus dormía, como la mayor parte de su improvisada tripulación. El sirio se sentó y dijo a las mujeres que le avisaran si se acercaba alguien. Apoyó la cabeza en un cabo y cerró los ojos.

—Quieren matarte.

Chelif parpadeó, deslumbrado. Buscó con una mano su espada y con la otra se hizo sombra, para ver quién había susurrado esas palabras. Delante de él no había nadie. Entonces se volvió de golpe a la izquierda y distinguió dos ojos color esmeralda que lo estaban mirando.

—Anoche los oí hablar. Te matarán cuando todos duerman, para no alarmar a las chicas.

El sirio miró a Gwynith, que se había sentado junto a él, con una mezcla de desconfianza y estupor. Era la primera vez que la oía hablar y la primera vez que la veía desatada, a la luz del día. A pesar del olor desagradable y el rostro sucio, aquellos ojos lo hipnotizaron. ¿Por qué estaba advirtiendo aquella mujer a uno de los carceleros de los cuales había procurado huir?

—¿Entiendes lo que te digo? —insistió ella.

—Sí. Lo que no entiendo es por qué me lo dices.

—Eso no tiene importancia. Yo debo huir de aquí y, si me ayudas, yo te salvaré la vida. Dos veces.

—¿Dos veces? —inquirió Chelif sin acertar a contener una sonrisita irónica.

—Yo en tu lugar no reiría, porque ya eres hombre muerto. Si estás aquí esta noche, te degollarán los galos; si llegas a tierra firme, ya se ocuparán los romanos de hacerlo.

—¿Los romanos? —replicó Chelif, sacudiendo la cabeza—. Levántate y mira a tu alrededor, mujer. ¿Dónde están tus romanos?

—Conozco muy bien a los hombres que esta noche han prendido a tu amigo. En este momento, él no ríe. Si aún está vivo, los estará guiando al lugar al que se dirige esta nave.

—¡Basta, cállate! —chilló Chelif—. Si tan segura estuvieras de encontrar a tus amigos en el próximo amarre, no me propondrías huir.

Gwynith había previsto también esa pregunta.

—¿Cuánto crees que valdrá mi vida cuando vean a los legionarios esperándolos en el puerto?

El sirio permaneció en silencio, escrutando aquellos ojos en busca de la verdad. También ella lo miraba, como si quisiera empujarlo en la dirección deseada con la fuerza del pensamiento.

—¿Qué quieres hacer? —preguntó él.

La mujer sintió que el corazón le daba un vuelco: el sirio había picado.

—Debemos escapar con la ayuda de la oscuridad, con la esperanza de que el viento vuelva a soplar. Primero deberás esperar a que la nave se dirija hacia la costa; luego, cuando estemos cerca, haz encabritar a los caballos y después suéltalos, creando confusión. Esa será la señal para mí: saldré de la bodega y en el caos me lanzaré al mar.

Chelif observó de nuevo las pupilas de Gwynith. Su mirada no era límpida, algo le decía que aquella mujer no decía toda la verdad. Por otra parte, aún se fiaba menos de aquella canalla de los galos.

—¿Y yo?

—Tú también te arrojarás al mar. Con el viento en popa, no podrán volver atrás para cogernos.

—Si la orilla está lejos, nunca conseguiremos alcanzarla a nado.

—Abajo hay dos pequeños toneles que he vaciado durante la noche. Encuentra una cuerda y dámela, así los ataré entre sí y los lanzaré al agua antes de zambullirme.

Un atrebate se despertó, desperezándose. En un abrir y cerrar de ojos, Gwynith se había esfumado antes de ser vista y había bajado a la bodega.

La mujer se sentó en su rinconcito y trató de conciliar el sueño, repasando el plan de fuga. Un ruido le hizo abrir los ojos. Una de las chicas de Epagatus se había puesto a hurgar entre las mercancías amontonadas. Se percató de que Gwynith la estaba mirando y le hizo señas de que no hablara. Cabello de Fuego se recostó nuevamente sobre los sacos y cerró los ojos durante un momento, antes de recordar una frase que había pronunciado Lucio: «Todo lo que crea confusión y daña al enemigo nos beneficia a nosotros.» Abrió los ojos y se sentó a observar a la prostituta, luego la llamó con un susurro.

Cautelosa y con el botín bajo el brazo, la muchacha se acercó a Gwynith.

—¿Qué quieres? —le preguntó en el rudimentario latín usado por los legionarios.

Gwynith le respondió en el mismo idioma.

—Esta nave no está yendo donde debería, sino a Nemetocena.

—¿Nemetocena? ¿Qué es eso?

—No es una cosa, es una ciudad, una fortaleza de los atrebates.

—¿Atrebates?

—Sí, los galos que están arriba son de la tribu de los atrebates y vuestro guardián nos ha vendido a ellos.

—¿Quieres decir Chelif?

—No sé cómo se llama, es ese sirio que está en el puente; he oído que confabulaba con el jefe de los galos esta noche y que casi se peleaban por el precio.

La mujer pareció preocupada. Evidentemente, la vida junto al lenón griego no le disgustaba demasiado.

—¿Y eso qué significa?

—Que nos tendrán encadenadas. Las que tengan suerte se convertirán en esclavas de los atrebates, porque muchas servirán de sacrificio humano para el *Samain*.

—¿El *Samain*?

—Sí, la fiesta de las tinieblas, en la que los atrebates piden la protección del dios Tutatis durante el invierno. En el pasado sus druidas elegían a jóvenes vírgenes para poner en la hoguera, pero ahora compran esclavas extranjeras. Parece que a sus dioses les da lo mismo. —La preocupación en el rostro de la prostituta dejó sitio al terror. Sentada, con la mano apretada sobre la boca abierta y los ojos desencajados, miraba a Gwynith, que siguió con su plan—: Debemos avisar también a las demás, pero sin que nadie de la tripulación ni el sirio sospechen. Esta noche debemos huir.

—Pero ¿cómo? ¡Estamos en alta mar!

—Lo tengo todo pensado.

Hedjar salió de la vegetación a lomos de un caballo pardo lanzado al galope. Trazó una amplia curva apretando las piernas en los flancos del animal, sin mirar a sus espaldas, mientras el viento le hinchaba la capa en su carrera en dirección al mar.

—¿Estás seguro de lo que has hecho, centurión?

Desde el bosque, Lucio y Emilio observaron al jinete que se alejaba a gran velocidad a través del claro.

—¡Creo que sí! Le hemos dado la posibilidad de salvarse y de salvar a sus amigos. —El primípilo mostró a Lucio una sonrisa siniestra—. También le hemos dado la posibilidad de enriquecerse sin tener que ajustar las cuentas con su codicioso amo. Es un plan perfecto.

Lucio miró la silueta de Hedjar desapareciendo más allá de la cresta de una colina baja. Su prisionero se había marchado. El aquilífero sintió que el destino de Gwynith se le escapaba de las manos una vez más. Antes de rebatir las palabras de Emilio miró al mar, esperando avistar la nave de Grannus, pero la luz opaca que lograba filtrarse por la neblina apenas permitía entrever el horizonte.

—¿Tú entregarías a tu jefe a los enemigos?

—¿A quién, al tribuno Alfeno? —replicó el primípilo, mirándolo con una mueca.

La carcajada de Valerio contagió a todo el grupo. Ni siquiera Bithus pudo contenerse.

—Recuerda: si dejas una vía de escape al enemigo, él la preferirá al combate, si se siente inferior —declaró Emilio, apoyando la mano sobre el hombro del aquilífero.

El centurión dio disposiciones para la pausa nocturna de aquellos treinta hombres y explicó con precisión dónde colocar los fuegos, que debían ser bien visibles desde el sur. Por lo demás, no podían hacer mucho más que comer algo y descansar.

La nave había apuntado en diagonal hacia tierra firme, pero se mantenía a cierta distancia de la escarpada costa, porque la oscuridad hacía peligrosa la navegación. Lo importante era que las velas estuvieran de nuevo tensas y el viento la empujara lo más rápido posible en dirección sur. Grannus estaba de pie en la proa, sujetándose a la barandilla. Había dado órdenes de que la navegación continuara en la oscuridad, sin ni siquiera una luz encendida a bordo. De pronto se volvió y recorrió a grandes zancadas toda la longitud de la nave para alcanzar al timonel en popa.

—Alguien ha encendido un fuego —le dijo, señalando un puntito luminoso que brillaba a lo lejos, delante de ellos—. Cógelo como punto de referencia, supéralo y mantenlo sobre la izquierda hasta que desaparezca.

El marinero asintió y Grannus se apoyó de nuevo en la barandilla, observando el puntito que, de pronto, pareció duplicarse, es más, triplicarse. El atrebate frunció el ceño, mirando las luces, mientras veía aparecer otras tres; luego despotricó y fue en busca de Chelif. Lo encontró acariciando a uno de los caballos.

—¡Tu amigo ha hablado! —exclamó, al tiempo que indicaba aquellos lejanos puntitos de luz con un gesto de rabia.

El sirio se sorprendió: el galo no debería estar allí. El plan de fuga presentaba los primeros tropiezos. Dejó el caballo y siguió el dedo de Grannus, en la oscuridad. Después de unos instantes distinguió las luces.

—¡Romanos! Serán al menos una cincuentena —dijo el galo, nervioso.

—¿Cómo lo sabes?

—Los he contado. Encienden un fuego cada ocho hombres, he vivido bastante con ellos para conocerlos.

—¿Los galos no encendéis fuegos?

—Sí, pero no tenemos reglas estúpidas —replicó Grannus, airado—. Y, desde luego, no hacemos tres fuegos juntos. Nosotros habríamos encendido uno grande, o quizá dos más distantes, pero de seguro no habríamos puesto un tercer fuego en fila con los primeros dos. Allí hay seis, bien distribuidos en dos grupos de tres. ¡Cincuenta legionarios!

Chelif giró en torno al mástil, bajo la vela bien tensa en el viento, y alcanzó la barandilla observando los seis focos de luz. Quizás el bárbaro tuviera razón. Mejor no contrariarlo y tratar de entender sus intenciones.

—Los romanos están construyendo nuevas naves; quizá sea una caravana de mercancías que llega de Iberia.

—Quizá. O quizá sea un destacamento de caballería que nos está pisando los talones.

Chelif se encogió de hombros.

—¿Tú encenderías fuegos orientados al mar, si estuvieras buscando una nave que se te quiere escapar?

Grannus no respondió, el pequeño oriental pensaba demasiado. En efecto, Chelif estaba calculando en todas las posibles variantes. En el fondo aquellos fuegos parecían lejanos, mientras que lo más urgente era descubrir la distancia de la nave a tierra firme. Luego, para actuar, debía alejar a aquel bárbaro zafio e imbécil.

—¿Están sobre la costa?

—No, a juzgar por la altura respecto del agua están en las colinas del interior, también porque no debería haber acantilados en este tramo —respondió Grannus.

Esta respuesta lo tranquilizó: indicaba que la costa estaba más cerca, pero ¿cuánto?

—¿Nuestro amarre está próximo?

El atrebate volvió a mirar los fuegos.

—No, nuestra meta ha cambiado, sirio. Vamos a Nemetocena.

Chelif se quedó helado ante aquellas palabras. La britana, pues, tenía razón: había que actuar, pero la costa aún estaba lejos. Debía tratar de convencer al galo de no cambiar de ruta e impedirle dirigirse a mar abierto. Se volvió hacia Grannus y se encontró con la punta de su espada.

—¡Dame tus armas, sirio!

El pulso de Chelif aumentó de repente. Desde aquella distancia no conseguiría arrojarse al agua sin dejarse atravesar. Alzó la mano derecha mientras con la izquierda extraía lentamente la espada, mirando a Grannus a los ojos. Con un movimiento fulminante, en vez de entregar el arma la hizo rotar empuñándola con las dos manos y asestó un mandoble contra el rostro del bárbaro. La hoja de Chelif chocó contra la de Grannus, que paró el golpe justo delante de la cara y liberó prontamente el propio hierro para atacar. El metal de la espada oriental vibró bajo la violenta acometida, mientras también los hombres de la tripulación acudían empuñando las armas. Chelif retrocedió mirando a su alrededor, hasta que su espalda encontró el mástil. Estaba rodeado. De pronto, un hombre de largo cabello rizado, con el torso desnudo, llegó a la carrera, haciendo remolinear sobre la cabeza una gran hacha con las dos manos. Un golpe imparable para la espada de Chelif, pero demasiado lento y previsible. El sirio esquivó el hacha, que se clavó en el mástil, y con un mandoble partió en dos el rostro del galo. Otro se aproximó inmediatamente, pero falló por un pelo al ágil Chelif, que aprovechó para rodar debajo de los caballos, ganando tiempo. Grannus gritó una orden y los hombres se detuvieron donde estaban. Chelif intuyó que el bárbaro quería ocuparse de él personalmente, pero no todos lo habían oído: con un silbido, un arpón llegó de la nada, clavándose a un paso del pie del oriental, entre las carcajadas de los hombres. Un hacha le rebotó en el hombro y el mango le pegó en el rostro. La sangre del oriental comenzó a correr y todos aullaron de alegría alzando los brazos armados al cielo. Grannus se abrió paso entre la chusma y alzó la espada para el golpe final, pero otro grito, esta vez del timonel, le hizo fallar el blanco. Los galos se volvieron hacia el lado opuesto de la nave y descubrieron las siluetas de las mujeres que salían a la carrera de la bodega y se arrojaban al agua.

—¡Detenedlas! —gritó Grannus. Los hombres más cercanos consiguieron aferrar a algunas muchachas en el revuelo general. Pero cuando el atrebate se volvió, Chelif ya no estaba.

Frío, frío y oscuridad; Gwynith nunca hubiera creído que pudiera experimentar una emoción tan maravillosa, sumergida en el agua gélida, mientras se alejaba a nado de una nave en la oscuridad del océano. Sus manos estaban agarradas a una cuerda atada a un pequeño tonel, que le permitía mantenerse a flote sin demasiada fatiga. No distinguía la costa delante de ella, oculta por la oscuridad y el tonel. Por el momento debía ir en la dirección opuesta al vocerío que provenía de la nave, de la cual trataba de alejarse lo más rápido posible.

Gwynith solo había seguido su plan. Había dado informaciones falsas tanto al sirio como a las muchachas, con el único objetivo de crear confusión e intentar la fuga. Había oído la discusión entre Grannus y Chelif, seguida del inconfundible choque de las armas, y había entendido que aquel era el momento adecuado para escapar, sin tener en cuenta la suerte del oriental o de las mujeres que la habían seguido. Se volvió, pero no vio nada. Incluso la nave se había perdido en la oscuridad. Por un instante pensó en el precio de su fuga, pero luego se dijo que si el sacrificio llevaba a la salvación de su hijo, no le importaba cuánta gente tuviera que morir. Cambió de ritmo en el movimiento de las piernas y agarrándose al tonel miró más allá, hacia la costa.

—Hay fuegos.

—¿Dónde? —respondió la muchacha que nadaba a su lado, también ella aferrada a un tonel.

—Allá arriba, ¿los ves? Debemos seguir nadando en esa dirección.

—Sí, los veo, pero están lejos.

—Lo conseguiremos. Quizá la costa esté más cerca que esos fuegos.

—Tengo frío.

Gwynith volvió la cabeza hacia la muchacha.

—Ni siquiera sé cómo te llamas.

—Tara.

—Bien, Tara, sigue moviéndote, no pienses en el frío, habla y hazme compañía, verás como lo conseguimos. Yo me llamo Gwynith.

—¿Crees que hemos hecho lo correcto, Gwynith? ¿Qué habrá sido de las otras?

—Claro que hemos hecho lo correcto —respondió la britana, mirando una vez más la oscuridad a sus espaldas—. Ahora pensemos en salvarnos nosotras dos. Quédate cerca, yo estoy aquí contigo.

—Solo había dos toneles, Gwynith.

Cabello de Fuego intentó concentrarse en el movimiento de las piernas, empeñarse en el esfuerzo físico para no pensar en las preguntas de la joven, apenas una niña.

—¿De dónde vienes, Tara?

—Soy de la tribu de los tulingos, fui capturada durante la migración de los helvecios.

—Creo que tú y yo tenemos muchas cosas en común, Tara. —Gwynith alzó la mirada y señaló—: Mira, los fuegos son tres;

no, más: cinco, seis... Tendremos con qué calentarnos cuando alcancemos la orilla.

También la muchacha se agarró al tonel para mirar hacia la costa.

—¿Quién será esa gente?

Lucio cabalgaba inclinado sobre el caballo, lanzado a toda velocidad. Detrás de él, Valerio y dos auxiliares lo seguían al galope, levantando grandes terrones de tierra. De pronto el aquilífero tiró violentamente de las bridas para detener el corcel, que relinchó nervioso soltando espumarajos. La vegetación estival había modificado notablemente el territorio y las colinas desboscadas aparecían ahora cubiertas de un manto verde de plantas, matas y vegetación de todo tipo.

Lucio extrajo el gladio y miró a los dos auxiliares.

—Vosotros esperad aquí, si es una emboscada volved atrás para avisar al primípilo.

Con un alarido espoleó el caballo cuesta abajo, seguido por el veterano que blandía la espada sustraída a Hedjar. Los dos alcanzaron los restos calcinados del campamento abandonado por la Décima, ahora sembrado de hierbajos y zarzas. Dieron la vuelta completa, constatando que en aquel lugar no había rastro de vida reciente. Luego se dirigieron hacia el enorme astillero donde se habían construido las onerarias. Vieron que un pequeño muelle había sido reacondicionado, y desde hacía poco tiempo. Lucio bajó del caballo de un salto y sujetando las riendas se inclinó sobre un fuego apagado, rozándolo con la mano. Aún estaba caliente. Alguien había estado allí, probablemente Hedjar no había mentido. Hizo una señal a Valerio. Los dos se pusieron a examinar el muro de roca que cercaba el astillero y llevaba al promontorio donde surgía el campamento. Solo entonces se dieron cuenta de que el promontorio podía ser rodeado, durante la baja marea, a través de un pasaje entre los escollos. Ataron los caballos al muelle y siguieron el sendero, empuñando las espadas. Entre el ruido de las olas y el chillido de las gaviotas, descubrieron un carro sin caballos, escondido entre densas matas, y una tienda medio destruida, con una gran cantidad de objetos y de desechos esparcidos sobre el terreno: restos de comida, vajilla y utensilios de cocina. Cerca del carro los yugos de los animales de tiro habían sido arrojados en las matas y el carro mismo hacía de apoyo a una rudimentaria tienda, cuyos soportes aún sostenían las pieles, desgarradas en varios puntos. Los dos se acercaron lentamente, sin hacer ruido. Lucio miró a los ojos a Valerio y con un rápido movimiento apartó la tela que abría la tienda.

El aquilífero permaneció de pie mirando hacia el interior, luego guardó el gladio en la funda.

—Llama a los demás, todo ha ido como Emilio había previsto.

Valerio alcanzó los caballos, cogió uno y se dirigió al promontorio, donde comenzó a bracear para reclamar a los dos auxiliares. Uno permaneció en su puesto mientras el otro espoleaba el caballo en dirección norte, donde en pocos instantes alcanzaría la columna romana que se aproximaba.

En la tienda, Lucio miraba a Epagatus, atado con los brazos abiertos a la rueda del carro. El griego sudaba y temblaba. En pocos instantes, sin que el aquilífero lo hubiera rozado con un dedo, ya había pedido perdón, piedad y prometido riquezas de todo tipo. Lucio lo contempló en silencio durante un momento. Le habría podido hacer cualquier cosa y nadie habría podido detenerlo, pero todo lo que le salió fue una media sonrisa.

—Te han abandonado, Epagatus. Han cambiado su vida por la tuya. En el fondo, era un buen negocio. —La sonrisa se transformó en una carcajada nerviosa, que provenía de dentro—. Te hemos cogido, bastardo.

—Yo... yo no tengo nada que ver, lo juro por los dioses, soy víctima de una conspiración, créeme. Oye, tengo dinero depositado en Massilia, mucho dinero...

—¡Tú ya no tienes nada! —aulló Lucio—. Nada ni a nadie. ¡Prepárate, porque ha llegado tu hora!

Las lágrimas y las súplicas del mercader no perturbaron al aquilífero, que se quedó mirándolo, impasible. De pronto la tienda se abrió y entró Valerio.

—Están llegando.

—Llevémoslo fuera.

Los dos liberaron al lenón de la rueda del carro, le ataron las manos a la espalda y, tras haber recuperado los caballos, lo hicieron caminar hacia el barranco. Después de la marcha hasta el punto de encuentro, el griego empezó a correr torpemente, con las manos atadas, hacia la silueta del centurión que se recortaba en medio de una treintena de jinetes y, suplicando, se echó a sus pies.

—Me alegro de verte, Epagatus. La última vez que nos encontramos estaba a punto de ser degollado por tus guardias.

—No, te lo ruego, centurión, puedo explicártelo todo, es un grave equívoco.

—No me cabe duda. Somos personas razonables, Epagatus, tendrás todo el tiempo del mundo para aclarar tu posición.

El griego alzó el rostro, mirando esperanzado al primípilo. Vio que Emilio volvía la vista a otra parte y siguió su mirada. En ese momento descubrió a dos jinetes que estaban arrastrando dos largas vigas atadas a las bestias.

—Mis hombres son expertos, permanecerás con vida durante mucho tiempo en esa cruz.

Los alaridos de desesperación y el llanto del griego fueron interrumpidos por las manos del primípilo. El centurión lo cogió por la sucia túnica y de un tirón lo puso en pie.

—Dime qué le ha sucedido a mi legionario, asqueroso bastardo.

—Fueron los atrebates quienes lo mataron, yo no tengo nada que ver, centurión, créeme. Todo comenzó con esa mujer, ellos me la trajeron y me obligaron a esconderla.

—Eso ya nos lo ha contado tu esbirro —gritó Emilio, fuera de sí—. ¿Qué le sucedió al muchacho?

—Había dos atrebates que controlaban desde lejos el escondite de la britana, que había sido encerrada junto con la muchacha a la que raptasteis esa misma noche. Vieron que el legionario salía a la carrera con la capa de ella, comprendieron que sospechaba lo ocurrido y lo siguieron. En el trayecto el soldado pasó por la zona ocupada por su tribu y así lo atraparon.

El ruido del martilleo sobre los clavos hizo estremecer a Epagatus. Bajo las manos de los auxiliares, la cruz ya estaba tomando forma.

—¡Continúa!

—Su jefe no vaciló y lo mató de inmediato.

Aquellas palabras fueron seguidas por un silencio sepulcral. En el fondo, todos lo esperaban, pero la confirmación fue igualmente un duro golpe. Incluso los soldados que estaban preparando la cruz se detuvieron un instante para mirar al griego. Valerio bajó la cabeza y Lucio dio algunos pasos con las manos entre los cabellos. Emilio hizo una señal a los auxiliares, que volvieron a martillear. Se quitó el yelmo para secarse la frente con el antebrazo y volvió a hablar:

—¿Cómo puedo saber que fueron los atrebates y no tus mercenarios?

—Encontrarás su cuerpo sepultado en el lugar donde se encontraba mi tienda. Me lo trajeron en un saco esa misma noche, diciéndome que lo hiciera desaparecer, pero yo no sabía dónde llevarlo. Así que decidí cavar una fosa muy profunda en el interior de la tienda. Temía que una ronda encontrara a mis hombres con el cuerpo del muchacho —dijo entre sollozos.

El primípilo estaba sudando, con la mirada inexpresiva y ausente. Repitió la pregunta:

—¿Cómo puedo estar seguro de que fueron los atrebates y no los tuyos?

Epagatus inclinó la cabeza en el polvo, llorando aún más desesperadamente.

—¡Debes creerme! ¡Lo juro, fueron ellos!

Emilio tragó, se secó una vez más la frente.

—¿El atrebate está en aquella nave?

—Deberían llegar de un momento a otro —asintió el mercader.

Emilio pidió agua a un soldado y bebió un largo sorbo, luego miró hacia el mar.

—Quitaos los yelmos y las armaduras, esconded los escudos y ordenemos el campamento. Nuestro amigo griego nos dará las instrucciones sobre las señales que hay que hacer a la nave. Si ha dicho la verdad, vendrá con nosotros al campamento y será entregado a Labieno, que procederá a procesarlo. —El primípilo se interrumpió un momento, mirando a los dos auxiliares de pie junto a la cruz—. Si ha mentido... la cruz está lista.

—Levántate, Tara, levántate, te lo ruego —dijo Gwynith, arrastrando a la muchacha, temblorosa, con los labios hinchados y violáceos.

Esa noche, en el agua, Cabello de Fuego se había apoyado con el pecho en el tonel, demasiado cansada para seguir nadando. Se había enroscado la áspera cuerda en las muñecas despellejadas y doloridas, para estar segura de no perder el asidero a la boya que la mantenía con vida. Ya no conseguía moverse y pronto había caído en una especie de torpor, que le había impedido razonar con lucidez. Había farfullado palabras insensatas, devorada por la sed y por el frío, sin sentir las piernas, antes de perder el sentido. Tampoco se había percatado de que estaba amaneciendo. Se dio cuenta de la luz solo cuando las olas la arrastraron suavemente a la playa, donde volvió a abrir los ojos hinchados y se puso de pie antes de caer de nuevo sobre la arena, junto con el tonel atado a las muñecas.

Solo se despertó cuando el sol ya alto comenzó a calentarle la cara y la sal a quemarle las heridas de las muñecas. Abrió despacio los ojos, cegada por la luz, con una insoportable sequedad en la garganta. Lentamente se puso a gatas mirando a su alrededor. Se encontraba sola en una inmensa playa que la marea había dejado al descubierto, salpicada aquí y allá por amplias charcas de agua. Gwynith se sentó y se liberó del tonel: estaba sucia, cubierta de arena y de sal, y las ropas se le habían secado encima, volviéndose ásperas y duras. Alzó el brazo para defenderse de la luz cegadora y se pasó la lengua por los labios hinchados y partidos, sintiendo el sabor de la sal. De pronto le pareció distinguir algo, en el brillo del sol sobre las aguas. Se encaminó, tambaleándose, hasta que en una de aquellas charcas sembradas de algas encontró a Tara.

La levantó por las axilas y comenzó a tirar de ella hacia la orilla. En cuanto llegaron a la arena seca, Gwynith cayó, trastornada por el cansancio. Se arrastró hasta el cuerpo de Tara y comenzó a masajearle las piernas y los brazos fríos. Le apartó los rubios cabellos embadurnados de sal y de arena y la acarició, pidiéndole varias veces que abriera los ojos. Por último, exhausta, se sentó, atrajo hacia sí aquel cuerpo inanimado y lo abrazó, acunándolo entre lágrimas.

—Hace frío.

Gwynith se recuperó. Meciendo a la muchacha casi se había adormecido. Acercó el oído a los labios de Tara.

—Hace frío —murmuró de nuevo la muchacha.

La britana la abrazó.

—Yo te calentaré —le dijo, masajeándole con fuerza los brazos—, yo te calentaré, Tara. No tengas miedo, estoy aquí, ánimo.

—Tengo sed.

Lágrimas de alegría descendieron por el rostro de Gwynith: estaba viva, estaba libre y no estaba sola. Todo lo demás acabaría solucionándose.

—También yo tengo sed, Tara, mucha sed —le dijo entre sollozos.

Emilio se dirigió a grandes pasos hacia Epagatus y en cuanto estuvo delante de él le asestó un golpe con su bastón. El mercader trató de protegerse con los brazos, pero el primípilo volvió a apalearlo en la cabeza y en la espalda.

—¿Adónde va esa nave? —aulló, pegándole de nuevo.

—No lo sé, centurión —respondió el griego, lloriqueando, mientras sufría la ira de Emilio—. ¡Debían atracar aquí, te lo juro!

Lucio llegó del promontorio. A cada paso se volvía hacia el mar, siguiendo aquella vela lejana que en vez de acercarse a la orilla se dirigía hacia el sur. Cuando alcanzó al primípilo, Epagatus estaba escupiendo sangre, encogido sobre sí mismo.

—Creo que verdaderamente no lo sabe.

Emilio se secó la frente empapada y recuperó el aliento mirando a Lucio.

—¿Te estás apiadando?

El aquilífero sacudió la cabeza.

—No, pero su versión coincide con la del sirio que captura-
mos la otra noche. En mi opinión, Grannus se ha olido algo y está
yendo hacia el sur.

Lucio miró una vez más la nave.

—Más allá de las tierras de los morinos comienzan las de los
atrebates, primípilo. Ese bastardo está yendo a casa y lleva consigo un buen botín.

—El soldado tiene razón... —farfulló el griego.

—¡Cállate! —Emilio se volvió de repente y le asestó una poderosa patada en el estómago, antes de volverse hacia el mar—.
Estate callado, bastardo, yo sé qué debo hacer. Sé perfectamente
qué hay más allá de esas colinas.

Permaneció un momento mirando la vela, luego dio una patada en el suelo de la rabia y aulló:

—¡No puedo!

Los hombres esparcidos por el campamento oyeron el alarido y miraron a su comandante, sin entender el significado de esa
frase. Pero Lucio ya lo había intuido.

—¡No puedo, maldición, no puedo!

Se puso frente a Lucio. Tenía las venas del cuello hinchadas y
el rostro morado; el sudor le perlaba la frente y bajaba por las sienes. De pie delante del aquilífero, Emilio no conseguía mirarlo a
los ojos. Esta vez su voz sonó baja y ronca, casi un lamento:

—No puedo perseguir a esa nave, *aquilifer*. No puedo llevar
a estos hombres al territorio de los atrebates. Son nuestros aliados. Yo, Cayo Emilio Rufo, centurión de la Decimocuarta, no
puedo violar un tratado de alianza estipulado por Julio César en
persona.

Lucio asintió. Sabía que la tristeza que expresaba el centurión
era genuina y la apreciaba. Le puso una mano en el hombro.

—Te entiendo perfectamente, primípilo.

También Emilio asintió, apretando la mano de Lucio.

—No puedo hacer más, lo siento.

Lucio abrazó a su comandante. Emilio lo estrechó a su vez,
conmovido. Las palabras del aquilífero llegaron como un silbido
cortante, apenas perceptible, al oído del centurión:

—Permite que vaya yo.

Emilio aflojó el abrazo y miró un instante a los ojos de su portaestandarte. Asintió sin decir nada, miró el mar apretando la vara de vid y dio algunos pasos hacia el muelle, como si quisiera estar solo. Cuando llegó al final del embarcadero se detuvo largamente a contemplar el mar, luego hizo una seña para reclamar a Lucio.

—Da la orden a los hombres para que se preparen. Volvemos al campamento.

Cuando el aquilífero le dio la espalda para ejecutar la orden, Emilio lo detuvo.

—Sabes que serás considerado un desertor, ¿verdad?

Lucio asintió, lentamente. Sentía todo el peso de la mirada del primípilo.

—¿Estás dispuesto a renunciar a todo? ¿A renunciar a la legión... por ella?

—Sí —respondió el aquilífero, tragando saliva con los ojos húmedos.

Después de un instante de silencio, el primípilo prosiguió:

—Valerio te seguirá. Serás responsable también de su destino. También él se convertirá en un desertor.

Lucio se volvió y miró a su amigo, que los observaba sobre el promontorio. Asintió.

Emilio suspiró, el viento fresco del mar le había secado el sudor. Los ojos aún estaban brillantes, en la claridad del sol.

—Como quieras, Lucio Petrosidio —dijo finalmente.

El nudo en la garganta de ambos se había hecho demasiado doloroso y difícil de controlar. El aquilífero evitó la mirada de su centurión. En aquel muelle, años de amistad, de peligros, de alegrías y de dolores compartidos estaban a punto de concluir para siempre. El comandante dio la última orden a su legionario:

—Cuando los hombres se estén preparando, coge mi caballo. Es el más veloz. En la alforja hay algo de comer y de beber, y al fondo encontrarás dinero. Debería bastarte por un tiempo. Cuando vengan a decirme que has huido, fingiré que no sé nada. —Dio una palmada en el hombro de Lucio—. Cuando la encuentres, intenta hacérmelo saber.

—Eres un gran hombre, primípilo.

El centurión sacudió la cabeza.

—No, he cometido un gran error, Lucio. He hecho encender los fuegos para espantar a los hombres de Epagatus y, por el contrario, he puesto en fuga a esa carroña de Grannus. Si esa nave no ha atracado aquí ha sido por mi culpa.

—Ha sido la voluntad de los dioses.

Los dos se estrecharon la mano, mirándose profundamente a los ojos. Lucio contuvo las lágrimas y volvió hacia la playa. En cuanto puso un pie en la arena, Emilio lo reclamó.

—¿A quién tememos nosotros? —gritó el centurión.

—¡A nadie!

Emilio alzó la mirada y vio que Valerio descendía del promontorio para ir al encuentro del aquilífero.

«Lo ha entendido todo», pensó. Se sentó al borde del muelle para mirar el mar y la vela que se alejaba, cada vez más al sur, mientras en lo alto del cielo un milano se dejaba acunar por las corrientes ascensionales. Libre de volar, como su amigo.

El embarcadero comenzó a vibrar. Alguien estaba llegando a la carrera.

—*Centurio*, Petrosidio ha cogido tu caballo y se ha marchado.

Emilio permaneció impasible mirando el mar, mientras las piernas oscilaban en el vacío.

—¿*Centurio*?

Emilio se volvió para mirar al muchacho que intentaba atraer su atención. Otro soldado llegó a la carrera al embarcadero, agitando desacompasadamente los brazos:

—Valerio ha escapado al galope, en dirección sur.

El primípilo se puso de pie inspirando profundamente.

—¿Estáis hablando de los dos veteranos de la Décima Legión?

—Sí, señor —respondieron al unísono los dos muchachos.

—Entonces es imposible que hayan escapado. Los hombres de la Décima no escapan. O mueren o combaten.

Los dos se miraron, pasmados.

—Habrán ido a combatir a otra parte —concluyó el centurión, tajante.

—Resiste, Tara, ya encontraremos agua.

Gwynith había conseguido llevar a la muchacha, debilísima, hacia el interior. Durante un tramo de camino la joven había caminado sola, luego se había apoyado en la britana. Gwynith avanzaba con la fuerza de la desesperación, convencida de que desde la cima de aquella colina boscosa podría ver si había algún arroyuelo en el valle subyacente. Debía de haber un curso de agua, en un lado u otro.

—Escúchame, Tara, ahora siéntate aquí y reposa. Yo iré allá arriba, a ver si encuentro agua, ¿me oyes?

La muchacha asintió y se sentó entre los helechos, deslizándose contra el tronco de un árbol caído.

Estaban en marcha desde hacía un par de horas cuando uno de los auxiliares volvió al galope hacia la columna, que avanzaba por el sendero encima de la playa.

—Parece un oriental, *centurio*; tiene un horrible corte en la frente y ha perdido bastante sangre.

Emilio ordenó a los hombres que hicieran un alto, luego indicó por señas a los dos jinetes que lo siguieran. Uno de ellos sujetaba una cuerda a la cual estaban asegurados las manos y el cuello de Epagatus, que seguía a la columna a pie. Los tres jinetes y el griego se dirigieron a la playa, atravesando un trecho salpicado de arbustos espinosos. Llegaron al rompiente, donde las olas borraban lentamente las huellas dejadas por el explorador que los había precedido.

El cuerpo de un hombre estaba tendido sobre la arena, el busto fuera del agua y las piernas mecidas por las olas. Uno de los dos auxiliares bajó del caballo y le dio vuelta, poniéndolo boca arriba de modo que pudieran ver su rostro. Estaba inconsciente, con el rostro violáceo, y tenía varios hematomas en medio de los cuales destacaba un profundo corte entre el pómulo y la sien.

—¿Es uno de los tuyos? —preguntó Emilio al griego.

—Sí, es Chelif; estaba en la nave junto al que me ha traicionado.

—Según parece, este no te ha traicionado. Está muerto.

Epagatus miró al hombre. Sabía que no estaba muerto pero, incluso a simple vista, era evidente que aunque se recuperara no viviría demasiado, con esa herida en la cabeza. Chelif tenía las horas contadas, nadie sabría jamás por qué se encontraba en aquella playa con una laceración en la cabeza.

Aunque eso ahora, ¿qué importaba?

Cuando alcanzó la cresta de la colina, Gwynith resopló. Había temido no conseguirlo. Miró en todas direcciones, pero no vio ni un río ni un arroyuelo. Si lo había, estaba escondido por la vegetación que cubría, lujuriante, la escarpada ladera del monte. Miró hacia atrás y, al no ver a Tara, se dio cuenta de que su recorrido no había sido nada rectilíneo. Se sentó, dudando si continuar o volver atrás. Si no bebía pronto, no tardaría en enloquecer de sed. De repente percibió un rumor, sin entender si eran las frondas agitadas por la brisa o la corriente de un riachuelo. Se levantó y se arrastró hacia delante. A paso vivo comenzó a bajar por el barranco, hasta que una rama la hizo tropezar. En la caída puso las manos delante, desplomándose sobre las cortezas de castaña esparcidas por el sotobosque. Permaneció en el suelo, dolorida, y se puso a llorar de pura rabia mientras intentaba quitarse las espinas que se le habían clavado en las manos. El ruido era más fuerte. Era agua. Gwynith se levantó, una vez más apretó los dientes, una vez más se puso en camino sin otra cosa que la fuerza de voluntad.

Cuando entrevió el brillo del agua entre las frondas corrió hasta aquel mísero arroyuelo que fluía entre las piedras y se arrojó en él. Le pareció más hermoso que los ríos de su Britania. Se enjuagó el rostro, bebió tomando el agua entre las manos, se la echó encima y volvió a beber. Al principio su cuerpo absorbió el agua como la arena del desierto, luego comenzó a sentir que el estómago se llenaba, pero no se detuvo, bebió aún más, tomando aliento entre un sorbo y otro. Se lavó las manos y la cara, se pasó los dedos mojados por los labios hinchados y cortados, y luego se acordó de Tara. Miró hacia arriba. El camino era todo en subida, pero ahora ya no la espantaba tanto. Sentía que finalmente recuperaba un poco las fuerzas. Gwynith se levantó y comenzó a remontar la cuesta, siempre en pendiente, como su vida. Agarrándose a las ramas y a los helechos, continuó afanosamente, jadeando.

En aquel momento, poco antes de alcanzar la cumbre de la colina, después de haber pasado por lo que había pasado, se sintió invencible, orgullosa de sí misma, digna compañera de su Lucio.

Finalmente, la cresta estaba superada y solo quedaba la bajada, pero debía encontrar a Tara lo antes posible. Se dio cuenta de que había vagado de un modo desordenado, y de golpe ya no encontró puntos de referencia para reconstruir el camino que había seguido a la ida. Quizá lo mejor era encontrar la escollera que recordaba haber visto por la mañana y volver a intentarlo desde allí. Sí, era lo mejor, quizás alargaría un poco el camino, pero tendría la certeza de no vagabundear en vano.

Desplazó una rama para ver más allá de las hojas y percibió un movimiento en el sendero de la costa, a una cierta distancia. Se asomó para mirar mejor y su corazón tuvo un sobresalto. Mientras estaba en el otro lado de la colina había transitado una columna de jinetes, que ahora se estaba alejando hacia el norte. Jadeando, Gwynith comenzó a correr hacia aquellos jinetes, ahora solo figurillas distantes. Cayó dos veces y se levantó de inmediato, agarrándose a lo que encontraba. Atravesó las zarzas arañándose piernas y brazos, salió con las ropas hechas jirones y se puso a correr como una desesperada por el sendero, hasta que las piernas aguantaron y el aliento se lo permitió; luego continuó sujetándose el estómago, respirando a grandes bocanadas. Por último aflojó el paso, todo daba vueltas a su alrededor, la vista se duplicaba, el corazón parecía un tambor que le martilleaba en el pecho y las sienes. Tambaleándose cerró los ojos e inspiró, luego dejó salir el aliento aullando el nombre de su hombre, tan fuerte y tan largo como pudo.

Un auxiliar espoleó el caballo y desde el fondo de la columna alcanzó a Emilio.

—Primípilo, he oído gritar a alguien, al fondo del sendero.

El primípilo volvió el caballo y miró en esa dirección, haciendo una señal a la columna de que se detuviera. Dio un golpe en las ancas de la bestia, encaminándola hacia la minúscula figura que se recortaba a lo lejos, seguido por dos soldados.

Gwynith abrió los ojos, sin aliento. Entre la colina y la costa, que daban vueltas a su alrededor, vio a tres jinetes lanzados al galope hacia ella. Había hecho todo lo posible, agotando las últimas fuerzas, y permaneció allí, inerme, esperando su destino.

El primípilo tiró tan fuerte de las riendas que la cabeza del caballo se elevó hacia el cielo con los dientes apretados, mientras las patas anteriores se tendían hacia delante y las posteriores se doblaban. En un instante Emilio estuvo en el suelo, aulló a uno de los auxiliares que corriera a llamar a los demás y al otro que le pasara la cantimplora. Se quitó el yelmo y lo lanzó al suelo, recogió a Gwynith, casi inconsciente, y la recostó delicadamente sobre un espacio herboso, manteniéndole la cabeza levantada. Le observó las muñecas despellejadas, las piernas, los brazos y el rostro cubiertos de arañazos, los labios hinchados y partidos, los ojos perdidos en el vacío y los párpados que batían rítmicamente, como si tratara de comunicarle algo.

Una polvareda embistió a las dos figuras que permanecían en el suelo. Los jinetes formaron un círculo.

—Que la primera escuadra desmonte y permanezca aquí conmigo. Las otras dos escuadras deben detener y traer aquí a nuestros camaradas de la Décima, que se están dirigiendo al territorio de los atrebates, al sur. Si es preciso, reventad a las bestias y no os paréis ni siquiera para dormir. Esos dos sin duda han galopado todo el día.

Los hombres asintieron y Emilio gritó:

—¡Eh! ¿Aún estáis aquí?

Después de mucho tiempo, Gwynith oía a alguien hablando en latín. Abrió los ojos lentamente y vio al centurión arrodillado en el suelo, que le sostenía la cabeza. Las miradas se cruzaron y él le apartó suavemente el cabello sucio de la frente.

—Tranquila, ya ha pasado todo.

XXI

Tierra firme

Me abrí paso entre los marineros y recorrí la pasarela que acababan de lanzar sobre el muelle. En tierra, dos britanos ya estaban asegurando los cabos. Una sonrisa boba adornaba mi rostro mientras atravesaba el embarcadero con paso veloz, para llegar cuanto antes a tierra firme. Cuando al fin la alcancé, me arrodillé y cogí un poco de arena entre las manos, mientras Breno observaba la escena desde la nave.

—Lo hemos conseguido, Breno —aullé dejando caer la arena de los puños cerrados—, hemos llegado a tierra.

Lo vi sofocar una carcajada en un gesto que le agitó las mejillas y la sotabarba. Había llegado.

El puerto tan esperado era solo un puñado de embarcaderos que se extendían por el río como los dedos de una mano. Aparte del ajetreo de marineros que iban y venían por aquella especie de amarradero, había un barrio con el mercado. Sin pensármelo dos veces, me adentré en aquella variopinta multitud de extraños individuos, pasando junto a montones de cajas y redes de pesca tendidas entre palos de madera, donde reinaba un hedor persistente a pescado. Entre los puestos del mercado oí el chisporroteo de las comidas en las parrillas, y el olor se hacía perfume apetitoso, embriagándome con vaharadas de aromas desconocidos. Pescado y más pescado: hervido, seco, salado; había para todos los gustos. Di algunos pasos y me detuve a respirar esa mezcla de olores, contemplando la aldea de casas de madera y paja que se extendía más allá del mercado. Había quien vendía chatarra, quien telas de colores, quien pieles curtidas y quien comida. Un par de jóvenes se pavoneaban sobre un carro con el torso desnudo, delante de unas muchachas que los miraban de reojo, mientras revolvían retales de lanas de colores. A menudo las mercancías eran intercambiadas por otras. También había muchos galos, en general mercaderes, a los que reconocí por el acento y el atuendo. Vi que pagaban con monedas de oro, muchas de ellas acuñadas por Roma. Me quedé asombrado al encontrar ánforas de vino provenientes de Italia, y no eran una rareza, es más, parecía una mercancía muy solicitada.

Luego mi mirada encontró una cabellera cobriza y me quedé petrificado. La observé largamente entre la multitud y la seguí hasta que se detuvo en un puesto de pescado. Pasé a su lado y durante un momento me miró, antes de poner su compra en la alforja. Era poco más que una chiquilla y el color de su pelo me recordó por qué estaba allí. Aquel no era el fin de mi viaje, sino una etapa; aún faltaba un último tramo, poca cosa, dos o tres días de camino hacia el norte y habría llegado a destino. Volví lentamente hacia la nave, deteniéndome de vez en cuando para curiosear entre las mercancías expuestas y los rediles de cabras y ovejas esparcidos un poco por doquier.

Cuando llegué a la nave vi que Breno hablaba con un par de hacendados, que exhibían *torques* de oro y capas forradas de piel. Remonté la pasarela y di un rodeo por el puente ya vacío con un sentimiento de melancolía. En el fondo había sido un bonito viaje y Breno había demostrado ser un buen compañero. Apoyé los codos en la borda y lo miré mientras mostraba su mercancía a los dos tipos cuya lengua ni siquiera entendía. Esbocé una sonrisa: a saber si los estaba enredando alegremente. Por su rostro satisfecho, mientras subía por la pasarela de la nave después de la negociación, parecía que sí.

—¿Entonces qué? ¿Somos ricos?

—Oh, no —respondió—, aquí no se ve mucho dinero, porque los britanos suelen hacer intercambio, pero de todas formas creo que he hecho un buen negocio. Al principio querían endilgarme ovejas y perros de caza. ¿Sabes? Aquí los usan bastante y también entre nosotros están cobrando aceptación, pero no tengo ganas de transportar bestias hediondas que encima tengo que alimentar. Así que no he aceptado. Prefiero esperar a que encuentren algo útil y luego regresar con toda calma a Novalo.

—¿Y qué buscas?

—Su lana, piel y una discreta cantidad de hierro, que veré de transformar en oro cuando regrese a casa —dijo, sentándose a mi lado.

—¿Se gana bastante con eso?

—¿Bromeas? Si consigo presentarme ante los mercaderes vénetos antes del próximo invierno, sacaré una buena tajada.

Asentí observándolo interesado y mis ojos se demoraron en él incluso cuando dejó de hablar. Permanecimos un rato en silencio, con la mirada perdida.

—Creo que hemos llegado al fin de nuestro viaje, Breno.

El mercader tardó un poco en responder.

—¿Por qué no hacemos negocios juntos, Romano? Podríamos unir fuerzas, asociarnos; en resumen, podrías ocuparte de los mercados en Italia...

—Debo marcharme —dije, sacudiendo la cabeza.

Se levantó y extendió los brazos, como resignado. Balbuceó algo mirando hacia el muelle, luego se decidió a dirigirme la palabra:

—¿Se puede saber adónde quieres ir?

—Debo llegar a Camuloduno.

—¡Menudo sitio! —espetó con cara de asco—. ¿Ya sabes al menos que en Britania no hay caminos?

Asentí.

—¿Y entonces? ¿Cómo piensas llegar, viejo estúpido? ¿Solo, quizá? ¿O prefieres hacer el camino con algún guía del lugar? ¿Acaso una de esas bestias borrachas que vomitan sidra y cerveza en el puerto? ¿Y a quién debes ver, a un príncipe? ¿A un druida?

—No —respondí, sacudiendo la cabeza—. A Gwynith.

Breno me miró como una estatua de mármol:

—¿A Gwynith? ¿Está... quiero decir, está bien?

Di algunos pasos hacia la borda. «¿Estará bien?»

—No lo sé, han pasado muchos años.

El mercader me puso la mano en el hombro.

—Entiendo. Pero hazme caso, espera a mañana para partir. Está anocheciendo, no te quedan muchas horas de luz. Una última cena juntos, luego al amanecer irás donde quieras.

—Me parece una propuesta sensata, amigo mío. Entre tanto buscaré un caballo para el viaje.

Breno me miró con suficiencia.

—Eso déjamelo a mí. Tú te dejarías embaucar como un pardillo.

XXII

La poza

El centurión le había dado permiso para que bajara al torrente a lavarse y Gwynith no se lo había hecho repetir. Había descendido por la pendiente, hasta encontrar una charca en que la corriente disminuía, creando pequeños remolinos centelleantes de luz. Era un punto bien resguardado por las frondas y un par de grandes peñas. La mujer había sumergido los pies en el agua fresca, mientras el sol ya alto comenzaba finalmente a calentar el aire húmedo de la mañana. Se agachó y comenzó a lavarse las manos y el rostro consciente de la presencia de los soldados, que sin duda habían recibido la orden de no perderla de vista.

Finalmente pudo quitarse la sucia túnica que llevaba desde el día de la partida del campamento invernal, dos meses antes. La hundió en el agua transparente y finalmente se adentró también en la poza, sintiéndose completamente envuelta por la fría y deliciosa caricia. Sumergió el pelo con lentitud y cuando su cuerpo se hubo adaptado a la temperatura comenzó a restregarse enérgicamente los brazos, el cuello y todo el resto del cuerpo, para liberarse de la mugre coagulada y del olor a prisión. Bebió, se enjuagó la boca y luego se abandonó a la lenta corriente con los ojos cerrados, mientras el sol creaba en torno a ella juegos de luz sobre la superficie del agua. Por último, se dedicó a su túnica, o a lo que quedaba de ella, y empezó a frotarla sobre una piedra lisa que afloraba del agua. Percibió un movimiento con el rabillo del ojo y, levantando la mirada, vislumbró la figura de Emilio, que se erguía sobre una de las grandes rocas que salían del agua como imponentes columnas. Estaba con los brazos cruzados, contemplando el horizonte, recortado contra el cielo azul, con la capa que se hinchaba perezosamente en la débil brisa del mar.

El primípilo se volvió y la vio, y después de una última mirada a las colinas bajó de la roca y llegó con calma a la orilla del arroyuelo. Gwynith tuvo tiempo de estrujar las ropas y ponérselas, aunque tal como estaba, mojada, goteando y con rasgones en el tejido, parecía más desnuda que vestida.

La mujer se levantó y lo esperó bien erguida, con el pelo empapado cayéndole sobre la espalda. Pese a sus esfuerzos por mirarla a la cara, Emilio no pudo por menos que observar aquel cuerpo esbelto ceñido por la húmeda túnica, tan gastada que dejaba bien visibles amplias zonas de piel clara atravesadas aquí y allá por rasguños rojizos.

Estaba descalza, con una pierna casi descubierta hasta la ingle, y a cada respiración los pezones turgentes parecían querer asomar entre la trama del tejido. Lo esperaba con las manos en las caderas, sin tratar de cubrirse, sin la menor vergüenza, digna descendiente de generaciones de gentes fuertes y orgullosas. El oficial, embarazado, se dio cuenta de que, aun con sus suaves botas de gamuza, la túnica con las protecciones de cuero, la coraza musculada y la capa, era él quien se sentía casi desnudo, frente a tanta dignidad.

—Lo siento, pero no tengo nada que pueda irte bien, a excepción de esa manta sobre la que has dormido —dijo Emilio.

—Ya has hecho mucho, te lo agradezco —respondió ella, estrujándose un mechón de pelo.

—La muchacha del campamento está muy débil, pero creo que se salvará. Habéis sido afortunadas.

Gwynith sacudió la cabeza.

—Si te contara mi existencia, no creo que la definieras como afortunada.

—Las cosas pueden cambiar —dijo Emilio con un hilo de voz.

—Ya sería hora, a menos que esté maldita.

—A veces los dioses son caprichosos y nos ponen a prueba. Pero solamente lo hacen con los más fuertes.

La mujer no respondió y siguió estrujándose el pelo.

—¿Quién es la muchacha? ¿Una de las mujeres de Epagatus?

—¿Quieres decir el griego? Sí, es una de sus prostitutas.

Emilio asintió y miró hacia la cima de las colinas, para apartar los ojos de ella y de su cuerpo.

—En tu opinión, ¿qué debería hacer con ella?

Ante aquellas palabras, Gwynith no lo dudó.

—Déjala marchar.

El primípilo la miró con aire de escepticismo.

—¿Crees que su suerte mejoraría? ¿Crees que si en este camino hubieras encontrado a cualquiera que no fuera yo, ahora estarías aquí hablando?

—Entonces llevémosla a Puerto Icio con nosotros. Le encontraremos un acomodo.

La mueca del oficial le hizo entender qué pensaba. Pero antes que pudiera responderle, alguien o algo, desde lo alto de la colina, atrajo la mirada de Emilio, que empezó a subir. Gwynith miró en la misma dirección y divisó entre las ramas a un soldado, que hacía señas al centurión.

—Han avistado a un jinete que está remontando el sendero de la costa al galope. Va solo —le dijo, esbozando una sonrisa que tenía algo de paternal—. Espéralo aquí —le dijo antes de contemplar la alfombra de centellas que se deslizaba sobre el agua—, creo que es un buen sitio para encontrarse, después de tanto tiempo.

Gwynith no tuvo tiempo de replicar. Solo consiguió ver la capa del primípilo alejándose por el bosque y desaparecer entre la densa vegetación. Comenzó a temblar, presa de la emoción. Estaba sola y ahora se sentía desnuda. La sensación de que alguien la estaba observando se había desvanecido en la nada, mientras que cualquier rumor, incluso el más pequeño, que turbaba aquel lugar mágico le parecía simplemente ensordecedor. Una ligera brisa le provocó un estremecimiento que le puso la piel de gallina. En el silencio, roto solo por el susurro de las frondas de las encinas, comenzó a tener miedo de aquel momento tan ansiado y esperado.

Un brusco chasquido de ramas partidas, un ruido imprevisto de cascos y de piedras que rodaban por el agua la hicieron estremecer. Alguien estaba descendiendo por el bosque a caballo y ella trató de intuir quién era escrutando en la dirección del fragor que turbaba la quietud de la floresta. No consiguió distinguir al jinete, pero oyó el relincho sofocado del animal que se desplomó en el agua a un centenar de pasos de ella, levantando altas salpicaduras. Gwynith notó primero al enorme corcel negro, que soltaba espumarajos por la boca. Alzó la mirada y observó al jinete, ataviado con una túnica militar que ya no tenía nada del color original. Estaba sucio, con la barba hirsuta y un pómulo magullado. Sus ojos apuntaban a los de Gwynith y con el cuerpo secundaba los movimientos nerviosos del caballo, tratando de que se mantuviera firme.

Con un brinco, Lucio descendió de la silla y fue hacia ella, sumergido en el agua hasta la rodilla.

Cuando estuvieron cerca, se miraron durante un momento larguísimo antes de abandonarse a un abrazo por demasiado tiempo anhelado. Se estrecharon hasta quedar sin aliento, sin soltarse, acariciándose el pelo, tocándose los rostros, mirándose mutuamente sin hablar hasta que ella, al ver las lágrimas en los ojos de él, comenzó a sollozar. Lucio estaba agotado, había cabalgado toda la noche y apenas se sostenía, de forma que la ciñó por la cintura y se dejó caer de rodillas hasta apoyar la cabeza en el vientre de ella, que le cogió la cabeza entre los brazos.

—Nunca más. No nos separaremos nunca más.

Gwynith se pasó la mano por las mejillas para secarse las lágrimas y miró el rostro de su hombre. Por más que estuviera magullado, sucio y exhausto, le pareció bellísimo, como era bellísimo el momento que estaba viviendo. El mundo, de repente, se había convertido en un lugar maravilloso.

XXIII

Pésima compañía

Era esa hora poco antes del alba en que los contornos de las cosas no están bien definidos, ese momento en que las tinieblas están a punto de dejar su sitio a la luz y todo parece recomenzar. Mientras metía las últimas cosas en el saco junto con algunas provisiones, experimenté esa sutil melancolía que desde siempre acompaña a las partidas.

Breno había querido ocuparse de la compra del caballo que había de llevarme a mi meta. El día anterior había negociado el asunto dejando un anticipo y en su mente ávida había maquinado presentarse donde el vendedor al amanecer, cuando los reflejos aún están entorpecidos, para conseguir un mejor precio.

Bajé la pasarela con mi gran saco y recorrí el embarcadero, observando el cielo que comenzaba a aclararse en el horizonte. La figura poco agraciada de Breno, de vuelta de la aldea, apareció en la neblina del alba.

—¿Dónde está el caballo?

—Ah, hombre de poca fe. Sé paciente. Tu amigo Breno ha sido premuroso y, después de haberte alimentado bien, ahora te ha encontrado una cabalgadura digna de un rey.

—Esperemos que no me cueste como un semental de raza. Te había dicho que quería un rocín medio enfermo.

—Vamos, no estemos aquí hablando del vil metal. Más bien —continuó el mercader apretándose en la capa—, antes de que te marches, ¿no me dirás cómo acabó todo? ¿No quieres decirme quién eres?

Le sonreí, dejé el saco en el suelo y me apoyé en lo que quedaba de una vieja valla para las cabras. Total, de todas formas debíamos engañar al tiempo...

—Después de haber ubicado a Epagatus, hubo un período de paz y serenidad para todos.

—Explícate mejor, por favor. ¿Qué entiendes por «haber ubicado a Epagatus»?

—La discusión sobre la suerte del griego se prolongó durante todo el viaje, y él debió oírla, durante todas las millas que lo separaban de Puerto Icio, mientras Valerio sugería al menos una decena de maneras de liquidarlo. En cuanto a Lucio, estaba demasiado feliz para emitir una sentencia. Así que, como siempre, se cumplió la voluntad del primípilo.

—¿Es decir...?

—Ante todo sugirió encontrar el cuerpo de Tiberio, punto en el que todos estuvieron de acuerdo. Así, apenas llegados a Puerto Icio, lo llevaron donde surgía su tienda y le hicieron excavar hasta encontrar los restos del muchacho. —Mi mirada cayó nuevamente en el vacío e hice una larga y dolorida pausa. Cuando volví a hablar, me temblaba la voz—. Tardó un poco, pero al fin lo encontró. Cayo Emilio Rufo hizo envolver el cuerpo en una capa, lo llevaron sobre los escudos hasta el campamento y lo enterraron al margen del bosque, con los debidos honores. En aquel punto Emilio dio la orden de regresar al campamento de la Decimocuarta, pero antes dijo algo a Valerio, que permaneció detrás con el prisionero, alejándose del sendero.

Breno estaba pendiente de mis labios.

—¿Y qué le hizo?

—Solo un hombre sabe con exactitud cómo fueron los últimos momentos de Epagatus. Cuando el grupo regresó al campamento, el centurión dejó libres a los soldados. Al sonar la primera guardia, poco después del cierre de las puertas del campamento, Valerio se dirigió donde Lucio y le dijo: «Tiberio reposa en paz.» Nada más. Luego se marchó. —Miré a Breno, antes de proseguir—: Algunos días después, en los bosques en torno al campamento, unos exploradores encontraron un cuerpo decapitado. No se sabía quién era, no faltaba ninguno de los nuestros y se pensó en una venganza entre clanes galos rivales. Lucio y Emilio reconocieron de inmediato el cadáver, que naturalmente era el de Epagatus. Pero ninguno volvió a decir nada.

—¿Y luego? ¿Qué ocurrió?

—Absolutamente nada. Fue un mes de paz y serenidad inolvidable. Gwynith se recuperó con rapidez y su panza comenzó a crecer. Cuanto más pasaban los días, más bella se ponía. Era feliz como una chiquilla y todas las tardes el grupo se sentaba junto a su fuego para comer, beber y reír. Los sitios vacíos de Tiberio y de Quinto fueron llenados por Emilio y Alfeno, que gracias a sus inagotables recursos económicos nos abastecía regularmente de comida y vino en abundancia. El otoño estaba a las puertas y, por cómo se estaban poniendo las cosas, la Decimocuarta probablemente pasaría el invierno en Puerto Icio, por lo que todos permaneceríamos juntos. Lucio volvió a ser el de antes, o incluso mejor que antes. Su optimismo unido a su innegable carisma contagió un poco a todos, a pesar de que la atmósfera que se respiraba en el campamento de la Decimocuarta no era ciertamente el de la Décima. El mando no estaba bien definido, pues los legados Cota y Sabino a menudo discutían entre sí como dos adolescentes mimados. Todo era una sucesión de órdenes y contraórdenes, que primero sembraron el descontento y a continuación empujaron a los tribunos a aflojar la disciplina, a dejar correr, como si la cosa no les concerniera. Y lo peor fue que esto repercutió en cascada sobre los centuriones y luego sobre los soldados. En el campamento había un ir i venir de concubinas y jovencitos del lugar que nunca habría sido tolerado bajo el mando directo de Labieno. A veces, en lugar de en una legión que defendía una tierra enemiga, parecía que se estaba en una de esas cohortes urbanas que se divierten en Capua. El único baluarte que intentaba contener la relajación y la inobservancia de los reglamentos, la única roca en una marea de debilidad, era Cayo Emilio Rufo. En varias ocasiones entró en conflicto con el legado Sabino a causa de las carencias en la instrucción y solo la oportuna intervención de Cota lo sacó de apuros. A la espera de que el regreso del procónsul definiera de una vez por todas las jerarquías de aquella unidad constituida a la buena de Dios, Emilio se ocupó sobre todo del adiestramiento de la

Primera Cohorte, sembrando la semilla que con el tiempo había de generar una nueva y fuerte alineación de soldados.

Un lento rumor de cascos me devolvió al presente. A lo largo del sendero entre las casas vi llegar a Nasua, uno de los esclavos de Breno, que sujetaba por las bridas a dos caballos de patas cortas y morro largo. Detrás de él seguían otros dos caballos y un hombretón con una espesa cabellera roja que le caía sobre los hombros. Estaba envuelto en una capa verde oscuro y llevaba a la espalda una enorme espada sujeta por una bandolera. El puño del montante asomaba amenazadoramente entre los hombros. Miré a Breno, que sonrió complacido.

—Estamos a salvo —dijo—, ha llegado la caballería.

Antes de que pudiera proferir palabra, el mercader señaló al britano. Vi que tenía fragmentos de comida pegados en el poblado bigote.

—Amigo mío, tengo el honor de presentarte a Uchdryd, que nos acompañará a nuestro destino.

Mi mirada paso de la bestia de pelo rojo a Breno, que se frotaba las manos.

—Al final he intercambiado el alquiler de las bestias por algunas velas remendadas que reposaban desde hace años en mi bodega con el riesgo de pudrirse y algunas botellas de aguardiente —explicó el mercader—. Y este... jovencito se ocupará de los animales, para que estén bien cuidados.

No dije nada mientras mis ojos se movían entre el esclavo, los caballos y el britano. Incluso a distancia sentía que apestaba a aguardiente, y a pesar de su corpulencia parecía que le costaba mantenerse en pie.

—Adelante, partimos —dijo Breno, tratando torpemente de montar a caballo, ayudado por Nasua—. ¿Creías que ibas a librarte de mí? No podía dejarte solo precisamente ahora —aseguró, cuando finalmente consiguió ocupar su puesto sobre el animal.

Ayudándome con la empalizada subí a mi vez a la silla. Nasua me pasó el saco y luego cargó algunas alforjas que otro hombre había traído de la nave en el tercer caballo, en el que se sentó como pudo.

—Creía que debías ir rumbo al sur.

—Mi hijo aún no ha llegado, todavía tengo siete u ocho días de margen para la navegación. Puedo acompañarte y volver aquí a tiempo.

Antes de azuzar a mi montura miré a Uchdryd y me dirigí a Breno:

—¿Entiende nuestra lengua?

—Ni una palabra.

—Qué pésima compañía —dije, y escupí al suelo.

XXIV

Ambiórix

Hacia fines de septiembre, cuando la flota regresó de la segunda expedición a Britania, Puerto Icio volvió a ser una pequeña y hormigueante metrópolis poblada por gente de todas las razas. Las noticias oficiales referían que la expedición había concluido con éxito y las tribus habían sido pacificadas. Sin embargo, la isla se había revelado de escaso interés estratégico; no había ciudades ni vías de comunicación, el escaso comercio se limitaba a mercancías poco atractivas, y no se habían descubierto yacimientos minerales de ningún tipo.

Noticias mucho más interesantes y fidedignas trajo el antiguo *optio* Máximo Voreno, ahora centurión de la Décima de visita a sus viejos compañeros en el campamento de la Decimocuarta. Aquella tarde Emilio organizó una fiesta para el que fuera su subordinado, quien traía los saludos de los soldados de la Primera Cohorte, que habían tenido el honor de escoltar al procónsul durante toda la campaña. Fue una velada memorable en la cual Máximo se enteró de la pérdida de Tiberio y Quinto, del rapto y hallazgo de Gwynith, y del misterioso asesinato de Epagatus. Las novedades que traía de Britania, en cambio, fueron casi susurradas entre los invitados, dado que no coincidían con la versión oficial que corría entre las filas del ejército.

En efecto, las legiones se habían movido con grandes dificultades en los bosques britanos y el modo de combatir de los bárbaros las había obligado a replegarse varias veces en posición defensiva. Era verdad, no había habido ninguna gran batalla campal, sino un continuo goteo de emboscadas y pequeñas escaramuzas, en que los britanos golpeaban por sorpresa para luego desaparecer entre los bosques con sus pequeños carros de guerra. La caballería romana no pudo alejarse demasiado de las legiones y solo había servido para la protección de la infantería, en vez de para explorar, agotar al enemigo o devastar los territorios de las poblaciones hostiles. En realidad, según Máximo Voreno, la campaña se había transformado en la persecución a ciegas de un ejército fantasma. Los bárbaros no habrían podido derrotar en el campo a las legiones, pero las legiones literalmente no lograban encontrar a un enemigo que seguía escabulléndose, llevándolas cada vez más a septentrión, a territorios nuevos y desconocidos. Fortuna había sonreído a los romanos una vez alcanzaron las tierras de los trinovantes, mientras perseguían al ejército de Casivelauno. Fue ante un ejército frustrado, cada vez más lejos de la costa y de los suministros, frente al que se presentaron los enviados de los trinovantes para pedir a César que restituyera a Mandubracio, hijo de su rey asesinado por Casivelauno, a su pueblo y que lo protegiera del rey del Cancio y de sus hombres. A cambio ofrecían ayuda, rehenes y comida.

Los ojos de Gwynith brillaron ante aquellas palabras: su hermano estaba bien y había vuelto a Britania. En efecto, Máximo contó que Mandubracio, que viajaba de incógnito en el séquito de la Novena Legión, había sido repuesto en el trono y pocas horas después los romanos habían recibido rehenes y trigo en grandes cantidades. No solo esto: pocos días después estos mismos enviados comunicaron la rendición y la colaboración de las poblaciones aliadas con ellos: los cenimaños, los segonciacos, los ancalites, los bibrocos y los casos. Casivelauno se salvó solo porque consiguió huir, acosado por las legiones que saqueaban sin perdonar nada ni a nadie. Un fallido ataque de los bárbaros a las naves puestas en seco determinó la derrota total de Casivelauno. El jefe de los bárbaros negoció la rendición a través de los buenos oficios de Comio, el atrebate al que había encadenado el año anterior.

Así, poco antes del temido equinoccio del 26 de septiembre,

que habría hecho imposible la travesía del *oceanus*, las cinco legiones regresaron a la Galia. El enorme ejército, con el añadido de aliados, rehenes y esclavos, se encontró de nuevo reunido en Puerto Icio, pero la región ya no estaba en condiciones de saciar el hambre de tan gran número de bocas durante todo el invierno. En aquel año, por desgracia, la sequía y una serie de esporádicas pero violentas tempestades habían destruido gran parte de las cosechas, causando una enorme carestía en toda la Galia. El procónsul se vio obligado a fijar los alojamientos invernales de otra manera, dispersando las unidades en varias regiones, y las ocho legiones fueron a pasar el invierno un poco por toda la Galia. César hizo de modo que todas se instalaran como máximo a un centenar de millas de la fortificación más cercana, una distancia transitable en cinco o seis días de marcha. De este modo se asegurarían las provisiones para superar el invierno y gozarían de la relativa seguridad que les proporcionarían las diversas fortificaciones, aunque no comparable a la de los años precedentes, cuando las legiones invernaban a pocas millas de distancia las unas de las otras. El procónsul mismo no partió de inmediato hacia Italia, aquel año, sino que permaneció con el grueso del ejército hasta haber comprobado personalmente que todas las guarniciones estaban instaladas, abastecidas y amuralladas.

La Decimocuarta Legión, con un buen número de esclavos y otras fuerzas auxiliares, además de un contingente de caballería hispánica, fue enviada a Atuatuca, un espolón de roca donde se alzaba un antiguo pueblo ya abandonado, entre las colinas de las tierras de los eburones, una pequeña tribu de linaje céltico-germánico que vivía en el extremo oriente de la Galia. Los propios galos definían a estas gentes como «germanos», aunque el confín natural del Rin estaba a un centenar de millas más al este de sus tierras. Quinto Titurio Sabino y Lucio Aurunculeio Cota tuvieron que compartir el mando de aquella fortificación, el último baluarte romano frente a las regiones germánicas. Después de haberlos reprendido con dureza por sus discrepancias durante el verano, César los había mandado lejos del grueso del ejército. Los dos legados debían enmendar sus errores y no existía un sitio mejor para templarlos a ellos y a sus jóvenes reclutas: a resguardo en el campamento romano, pero suficientemente cerca de los germanos como para no dormir del todo tranquilos.

Ante la llegada de la Decimocuarta, una delegación de nobles eburones fue a su encuentro con presentes y los primeros suministros de grano. La cantidad entregada era incluso superior a la solicitada, y a la semana siguiente llegaron otros carros cargados de trigo, que fue de inmediato almacenado en el depósito del campamento. En resumen, se anunciaba un invierno bastante tranquilo, aunque la cercanía de la frontera germánica obligaba a estar siempre con un ojo abierto. En efecto, durante las primeras y frías jornadas otoñales una parte de la legión trabajó constantemente para completar la fortaleza, mientras la otra se ejercitaba en los alrededores, estrechamente vigilada por la caballería que patrullaba la zona.

Para Lucio las prácticas representaban una agradable diversión respecto de la rutina del campamento. Para Valerio, que deliberadamente había sido incluido entre la tropa, un completo fastidio. Era esto lo que pensaba y farfullaba mientras, empapado en sudor, corría apretando los dientes hacia la cima de aquella estúpida colina, con la silueta del águila de la legión impresa en las pupilas. La trompeta emitió una nota alta que resonó en el valle y ante aquel toque Lucio se detuvo de golpe, se volvió y clavó en el suelo la contera de hierro del asta que sostenía el emblema de la legión. Valerio se colocó a su izquierda. Y mientras recuperaba el aliento, con el pecho oprimido por la malla de hierro y las narinas dilatadas, vio que los muchachos que los seguían se afanaban, resoplando, cuesta arriba, y formaban confusamente un cuadrado en torno a ellos. Algunos chocaron con los escudos, otros tropezaron, otros aún llegaban de lejos, cojeando, sujetándose el costado para intentar contener aquel dolor que les atravesaba como un hierro candente. Otro toque congeló a todos los hombres, como si se hubieran transformado en jadeantes estatuas de piedra. Algunos se quedaron donde estaban, otros intentaron encontrar un paso entre las filas del cuadrado.

—¡Quietos! —vociferó Emilio remontando a paso veloz la pendiente—. ¡Quietos, he dicho! —repitió, airado. Se acercó a los rezagados que habían quedado fuera de la alineación, aunque fuese de manera aproximativa, de los hombres que habían alcanzado más rápidamente el águila.

—Tú, tú y vosotros —exclamó—, estáis muertos. Los germanos os han ensartado la espalda con las jabalinas y os han partido la cabeza con las hachas. Es más, vuestras cabezas ya han sido cortadas y arrojadas en el interior del cuadrado. —El primípilo se detuvo y contó los hombres que no habían conseguido alinearse—. ¡Veintidós! Veintidós muertos antes de empezar la batalla —gruñó apretando los dientes, mirando con disgusto, uno por uno, a los muchachos sudados que jadeaban boquiabiertos—. Para ser sincero, no me preocupo por vosotros, que estáis muertos. En el fondo sois lentos e incapaces; por tanto, mi cohorte prescinde con gusto de gente como vosotros. Pero allí —señaló la formación con la vara de vid—, allí hay un cuadrado con agujeros vacíos y por vuestra culpa incluso mis mejores legionarios corren el riesgo de sucumbir. ¡Eso es lo que me preocupa!

Emilio empezó a apalear el escudo y los hombros de uno de los muchachos, gritando como un enajenado:

—¿Cuál es tu puesto en el cuadrado, borrico?

—Tercera fila, señor, el segundo de la derecha —respondió el legionario, que en vano trataba de cubrirse después de haber sufrido pasivamente los primeros golpes.

—¡Entonces, tu única razón de vida debe ser llegar a tiempo a tu puesto! —chilló el centurión, que tiró al legionario de la oreja hasta llevarlo a la tercera fila—, pero dado que eres tan lerdo que no entiendes que si no llegas a tiempo mueres, tendré que hacértelo entender de otro modo. —El primípilo miró al legionario de la tercera fila que tenía un puesto vacío a su lado y lo llamó fuera de las filas—: ¿Y este es el hombre que debe proteger tu derecha? —le preguntó, haciendo arrodillar con un brusco empujón al muchacho que había llegado tarde.

—Sí, *centurio*.

Por toda respuesta Emilio dio un bastonazo en el codo del legionario recién salido de las filas. Este se agachó por instinto con una mueca, sujetándose el brazo, y Emilio le asestó un violentísimo revés en el yelmo.

—Nadie te protegerá hoy; tu compañero ha sido lento, los enemigos lo han matado y tú solo no puedes mantener el puesto.

El centurión dejó a los dos hombres doloridos y se adentró por las filas, observando a los soldados. Luego salió del cuadrado y se puso frente a todos, aullando a pleno pulmón:

—¿Esto es un cuadrado? ¿Por qué no habéis subido de puesto, llenando los agujeros? Algunos lo han hecho, otros no, otros aún están a medias. Esto se llama confusión, y es la única verdadera arma que tienen los bárbaros para destruirnos. —Emilio miró a los hombres que habían quedado fuera del cuadrado—. Vosotros estáis muertos en estas maniobras, por lo que a mí respecta podéis sentaros y tomar un poco el aire; quitaos los yelmos, bebed, comed, haced lo que os parezca. —Los soldados miraron a su comandante, estupefactos. Este los ignoró y habló a los componentes del cuadrado mal hecho—: Vosotros no beberéis, ni os quitaréis el yelmo ni os sentaréis, porque habéis dejado atrás a vuestros compañeros y eso no es de legionarios. Nosotros, los de la Decimocuarta, somos una unidad: la pérdida de uno es una desgracia para todos, es una hendidura que se insinúa en la roca y la agrieta. Lo que nosotros necesitamos es permanecer fuertes y unidos. Por eso vuestro comportamiento debe ser castigado. Haréis el camino hasta el campamento, y luego de vuelta, a la carrera y manteniendo el escudo bien alto sobre la cabeza, centuriones incluidos, dado que aún no han sabido enseñaros las reglas fundamentales de la legión. Eso porque, a diferencia de ellos —dijo señalando a los que estaban fuera de la alineación—, vosotros estáis vivos y los vivos sufren y combaten.

Algunos soldados cerraron los ojos, otros inspiraron profundamente, casi todos blasfemaron para sus adentros, sobre todo los centuriones y sus ayudantes.

—A vuestro regreso, formaréis un cuadrado como es debido, y si alguno se equivoca recomenzaremos desde el principio y lo haréis una vez más, y otra, hasta que os salga bien. —Durante un momento el primípilo dejó que sobre la cohorte que estaba delante de él cayera el silencio, luego soltó de golpe un grito—: ¿Habéis entendido bien?

—¡Sí, señor!

—No os he oído —vociferó, con el rostro morado—, ¿habéis entendido bien?

Esta vez el «sí, señor» retumbó áspero y violento, despertando un eco en el valle, y los hombres partieron, pasando por delante de él y sosteniendo el escudo por encima de la cabeza con las dos manos. Valerio y Lucio dirigieron la vista a su comandante y ya por la mirada Emilio comprendió la pregunta que tenían en los labios. Los ignoró, hasta que el veterano se acercó a él:

—¿Nosotros también?

—¿Por qué no? ¿Es que no formáis parte de la Primera Cohorte?

Valerio alzó el escudo por encima de la cabeza y blasfemó de forma perfectamente audible.

— Dado que tienes tanto aliento —le gritó el primípilo—, mientras corres cantarás el himno de la legión.

Las notas del canto de la Decimocuarta se perdieron en la lejanía y el primípilo descendió por la pendiente hacia un grupo de árboles a los pies de la colina. Allí, los tribunos y el legado Aurunculeio Cota, a caballo, estaban siguiendo las maniobras.

—Debo admitir que la Primera Cohorte está muy avanzada respecto de las otras —dijo Cota, dirigiéndose a Emilio.

—Gracias, legado. Si seguimos a este paso, trabajando durante diez horas diarias, dentro de tres años tendremos buenos legionarios.

El legado rompió a reír.

—Un par de enfrentamientos y los muchachos madurarán, verás.

—Quieran los dioses que cuenten con el apoyo de una legión de veteranos, porque de momento están en un nivel en que el pánico puede hacer más víctimas que el enemigo.

—Estás formando unos excelentes soldados, pero no quisiera que estas maniobras excluyeran a las demás cohortes. Eres el *centurio prior* de la legión, debes redactar las normas de adiestramiento general para toda la Decimocuarta.

Emilio sacudió la cabeza.

—No pude hacerlo en Puerto Icio...

—Ya no estamos en Puerto Icio, primípilo —lo interrumpió Cota—. He discutido el asunto con el legado Sabino y hemos llegado a la conclusión de que en cuanto el fuerte esté terminado, tendrás carta blanca para el adiestramiento de los reclutas. En mayo estos hombres deben estar listos para combatir. Organízate como te parezca.

Emilio asintió.

—Solo responderás ante mí. Recuérdalo —añadió Cota, mirando a los tribunos—. Nos veremos mañana por la mañana para el informe diario —dijo antes de dar vuelta al caballo, con gesto elegante, y dirigirse al paso hacia el campamento, seguido por los otros yelmos emplumados.

No era una novedad que la Primera Cohorte fuera la última en regresar al campamento, pero aquel día ya estaba oscuro cuando Lucio y los otros atravesaron la puerta. Estaban fuera desde la mañana, pero por sus rostros y por el equipo parecía como si estuvieran marchando desde hacía una semana. Gwynith vio que su hombre llegaba tambaleándose a la barraca.

—¿Os habéis topado con los germanos? —preguntó ella con una sonrisa, abrazando al aquilífero exhausto y polvoriento en cuanto estuvieron dentro del alojamiento, al abrigo de miradas indiscretas.

—Uno solo y ni siquiera era germano —respondió Lucio, estrechándola—, sino un maldito centurión.

—¿Cuatrocientos contra uno y os ha dejado así? —dijo Gwynith, riendo.

El soldado se dejó caer pesadamente sobre la cama.

—Estoy destrozado, Gwynith. Ese hijo de perra me ha hecho correr como un condenado.

—Te he preparado el estofado que tanto te gusta.

Se inclinó para desatarle las botas enfangadas.

—Ni siquiera tengo fuerzas para comer.

—Ya te daré yo de comer, no te preocupes. Debes estar fuerte, mañana te espera otra jornada por ahí con tus amigos.

—Después de lo de hoy, creo que debería reconsiderar quiénes son mis amigos. —Soltó una risita cansada—. Quizá debamos buscar nuevos amigos.

—Venga, levántate, que te quitaré este arnés de hierro.

—Malla, malla de hierro, es una loriga...

—Es igual, de todas formas me has entendido.

Lucio observó a aquella espléndida criatura, con su abultado vientre, mientras ella ponía toda su ruidosa chatarra sobre la mesa. La luz del fuego le iluminaba el rostro y el pelo, que asumían los reflejos de los tizones ardientes.

—Quítate esa sucia túnica y métete en la tina, el agua está caliente.

—Gwynith, durante todo el día me han estado dando órdenes.

Ella se le acercó y con el dedo le alzó el mentón, sus ojos se convirtieron en dos rendijas y frunció la nariz con disgusto:

—Quizá no te des cuenta de cómo hueles, pero debes saber que si quieres dormir en esta cama has de lavarte, de otro modo te mando con Valerio. Sin duda, él tiene una nariz menos exigente que la mía.

Lucio inspiró profundamente y se metió lentamente en la tina. Se quejó por la temperatura del agua, que en efecto estaba muy caliente, pero cuando salió se sentía otro. Su mujer lo secó con un paño y lo hizo tender boca abajo sobre la cama. Lo frotó con un ungüento perfumado y empezó a masajearle los hombros y el cuello, luego descendió por la espalda y prosiguió por los muslos y las pantorrillas tensas y doloridas.

—Eres una bendición, Gwynith.

—Lo sé, Lucio.

—Pero ¿eres feliz?

—¿Otra vez con el discursito de siempre?

—Te lo ruego, sabes a qué me refiero, a lo que nos contó Máximo aquella tarde.

—Pues mi respuesta es que sí, soy feliz. Soy feliz de que mi hermano haya regresado a casa sano y salvo. Ahora vuélvete.

Lucio obedeció, ella le cogió el pie, se lo apoyó en el hombro y se puso a masajear los grandes músculos del muslo.

—Quizá la próxima primavera...

Gwynith alzó el índice en señal de advertencia.

—La próxima primavera ya hablaremos, Lucio. Te prometo que si me siento más tranquila ante la idea de volver a Britania, me embarcaré en la primera nave. Ahora disfrutemos del otoño y del nacimiento del niño. ¿Sabes cuántas cosas pueden suceder antes de la primavera?

Lucio asintió.

—Prométeme que lo pensarás —le dijo, con un bostezo.

—Lo pensaré, te lo prometo.

Él le detuvo la mano que le recorría los músculos.

—Nunca te dejaré sola, ¿lo entiendes? Si no sé que estás en un sitio seguro, te llevaré yo mismo a Britania. No quiero volver a pasar por lo que he pasado.

Gwynith sonrió melancólicamente y apoyó la cabeza en su pierna. Luego liberó la mano y reanudó el lento masaje. Acabada una pierna, empezó a ocuparse de la otra, y cuando finalmente concluyó miró a su hombre recostado en la cama, casi dormido.

Lo cubrió delicadamente y antes de alzarse le dio un beso en la frente.

—Mi sitio está junto a ti, para siempre contigo.

La mujer se alzó y cogió del caldero de cobre una gran ración de la cena que había preparado, la puso en una escudilla y salió de la barraca, encaminándose hacia los alojamientos de los soldados. Se detuvo fuera de una tienda donde algunos legionarios estaban engrasando yelmos y corazas en torno al fuego. Gwynith pasó por su lado y abrió la tienda, inclinándose lo suficiente para asomar la cabeza al interior. El aire que se respiraba dentro de un *contubernium* nunca era agradable, pero en aquel momento aún resultaba soportable, porque casi todos los ocupantes se encontraban fuera de la tienda, a excepción de Valerio, que estaba acostado al fondo ocupando dos sitios. El veterano la miró y en cuanto la reconoció se sentó.

—Gwynith, ¿qué haces aquí?

—Lucio se ha dormido, así que te he traído algo de comer.

Valerio le dio las gracias y cogió la escudilla humeante.

—¿Tu famoso estofado?

La mujer asintió.

—¿Cómo va todo? —le preguntó ella.

—Luchando.

—Pero ¿tú no te lavas? —le preguntó con una mueca de fingido disgusto.

—Aún lo estoy decidiendo.

Gwynith sonrió.

—¿Y no tendrías que limpiar el equipo?

El soldado buscó una cuchara entre sus cosas y se puso a comer con gusto. Después del segundo bocado se acercó a ella, hablando en voz baja:

—¿Sabes?, es una de las ventajas de ser un veterano. Los muchachos me consideran un semidiós. —Le guiñó un ojo—. Por eso se sienten tan honrados cuidando de mi equipo.

Gwynith se volvió y vio a dos jóvenes legionarios ocupados en restregar vigorosamente el yelmo y la malla de hierro de Valerio.

—¿Y tú que les das a cambio?

—Nada. Ellos me observan, aprenden y adquieren experiencia. Soy un veterano de la Décima.

La mujer sonrió de nuevo.

—Apuesto que esta especie de pacto se te ocurrió más bien a ti que a ellos.

También Valerio sonrió, entre un bocado y otro.

—Buenas noches, veterano de la Décima.

—Gwynith.

—Dime.

—Gracias por la cena.

—Sabes que siempre hago una ración también para ti.

El soldado asintió complacido y ella se dispuso a salir.

—Oye, si por casualidad Lucio no se despierta —añadió Valerio—, ¿qué dirías de traerme también su ración?

Gracias al largo reposo seguido de un abundante desayuno, Lucio había recuperado las fuerzas. Al despertar había encontrado el yelmo, la malla de hierro y las armas lustrados como espejos, otro regalo de Gwynith. Así, cuando el aquilífero salió recién afeitado de la barraca, se sentía con la fuerza de un león. Con paso altanero, se encaminó a la reunión de los oficiales para el informe matutino, inspirando profundamente el aire penetrante de la magnífica jornada otoñal.

Los dos comandantes en jefe, Quinto Titurio Sabino y Lucio Aurunculeio Cota, escucharon atentamente el informe redactado por el prefecto de campo, quien expuso la situación del pequeño fuerte, qué se había hecho y qué tareas quedaban pendientes. El oficial subrayó que el horno estaba en funcionamiento. Leyó la lista de las provisiones de comida para las tropas y de forraje para las bestias, de los medicamentos disponibles y de aquellos que había que procurarse. Continuó hablando de la soldadesca, basándose en las informaciones que le había comunicado Emilio, que a su vez había transcrito los informes de los distintos centuriones. Era un cuadro exhaustivo: número de efectivos, hombres en servicio de guardia, en el trabajo en las torres y en las barracas, fuerzas destinadas a las patrullas diarias, a la guardia del día siguiente y a los trabajos pesados. Treinta y dos exentos de servicio por enfermedad o heridas leves completaban la larga lista.

El día que había de alterar para siempre el destino de los hombres de la Decimocuarta Legión empezó igual que tantos otros. En poco menos de una hora concluyó la reunión y los oficiales se dispersaron por el campamento, con sus listas de órdenes que transmitir.

En el grupo de los oficiales que regresaban al cuartel de la Primera Cohorte había dos hombres resplandecientes, de tan lustrosos como estaban sus yelmos. Emilio observó abiertamente a su aquilífero, revestido de metal reluciente. Se acercó a él, observándolo atentamente de la cabeza a los pies.

—Dioses del cielo, ¿eres tú? Durante toda la reunión he notado un perfume, he seguido la estela y he aquí que procede de ti.

Lucio se olió el brazo.

—Una persona de buen corazón me hizo un masaje con un ungüento, ayer por la tarde, justo después de que un viejo cabrón me hiciera correr durante todo el día.

Los demás centuriones sonrieron con discreción.

—Entiendo. Debe de ser un ungüento caro, es más, si mal no

recuerdo, creo que es el mismo que se ponían las mujeres del difunto Epagatus.

—Si lo dices tú será verdad, dado que tienes a una precisamente en tu alojamiento.

Alguien comenzó a reír con sarcasmo.

—La mía al menos es una esclava, no es ella quien manda en mi barraca.

—¿Por qué llamar barraca a esa elegante alcoba que te has hecho construir? —Luego el aquilífero se acercó al oído del primípilo para que los demás no lo oyeran—: ¿Estás seguro de que Tara es solo una esclava? No debería decírtelo, pero el otro día le mostró a Gwynith el nuevo guardarropas que le habías comprado.

El primípilo se detuvo, ruborizado.

—¡No puedo dejar que me sirva en la mesa una harapienta! —adujo con aire de incomodidad.

Lucio se echó a reír y prosiguió, mientras el primípilo miraba a su alrededor.

Advirtió que había agitación en las torres y un instante después un centinela dio la alarma. Los oficiales se apresuraron hacia sus cuarteles. Lucio corrió a coger el águila mientras el primípilo subía a la torre más cercana.

De pronto, la puerta del alojamiento se abrió de par en par y la silueta de Lucio envuelta en la piel de oso apareció a contraluz.

—Ve donde Tara, en el alojamiento de Emilio, y no te muevas de allí por ninguna razón.

Gwynith lo miró, inquieta. Nunca le había oído aquel timbre de voz.

—¿Qué sucede?

—No lo sé. ¡Ve donde Tara, corre!

Lucio se dirigió a la explanada donde estaban colocándose en cuadrado sus jóvenes camaradas y tomó posición, alzando el águila, bajo la mirada vigilante de Quinto Lucanio, que seguía los movimientos de los reclutas a medida que iban llegando, solos o en grupitos, a la carrera.

El campamento se había animado de repente. Otras cohortes

se estaban disponiendo en cuadrado, los centuriones corrían arriba y abajo vociferando órdenes, los auxiliares se dirigían a las puertas y los jinetes ensillaban velozmente las cabalgaduras. El bloque de la Primera Cohorte estaba completo y los hombres comenzaron a entender que no era un ejercicio. Externamente el cuadrado era un muro erizado de lanzas puntiagudas, pero en su interior los muchachos que lo formaban se sentían los hombres más solos del mundo. Sabían que eran los más adiestrados y sabían que precisamente por eso, cualquier cosa que esperase allí fuera, ellos serían los primeros en salir a afrontarla. Mientras este pensamiento se abría paso en sus mentes, sus plegarias se alzaron invisibles y silenciosas hacia los dioses del cielo, y sus ojos se cerraron durante un momento recordando a sus familias.

Valerio observó al muchacho que tenía al lado, un rostro petrificado que miraba la nada. Suspiró, se volvió y cruzó la mirada con el hijo del centurión Quinto Lucanio. Le guiñó un ojo susurrándole que se mantuviera detrás de él. El muchacho asintió con aire de nerviosismo, aunque en el fondo más tranquilo.

Emilio apareció de la nada, señalando la empalizada del fuerte.

—¡A las escarpas!

Las filas se rompieron al instante, los hombres saltaron hacia la posición que debían ocupar y, a la carrera, se dirigieron a aquel muro de madera que se erguía ante sus ojos. Todos querían ver más allá y poner fin al suplicio del miedo a lo desconocido. Finalmente remontaron el terraplén y tomaron posición, lanzando la mirada más allá de la empalizada de madera que los protegía hasta el pecho.

Y vieron lo que nunca habrían querido ver, aquello por lo cual se habían alistado.

Eran algunos millares, pero a ellos les parecieron mil veces más.

La horda de los galos aullantes corría hacia el fuerte como una oleada que quisiera arrasarlo. Incluso desde aquella distancia parecían todos gigantescos y terroríficos, porque la mayor parte tenía el pelo empastado de cal blanca que los hacía parecer puercoespines. Algunos iban desnudos, armados con un pequeño escudo y un hacha, otros blandían enormes espadas. En la masa que avanzaba descollaban numerosos guerreros a caballo y algunos portaban lanzas largas, en cuyas puntas estaban clavadas cabezas cortadas. Los jinetes se separaron del grupo lanzándose al galope hacia la empalizada, donde mostraron a los romanos sus trofeos, antes de desensartarlos de las astas y arrojarlos hacia el campamento. Los reclutas asistieron aterrorizados a la escena y muchos reconocieron entre aquellas cabezas a los hombres que trabajaban en la recogida de leña, que habían salido del campamento al amanecer.

En las escarpas resonó una orden y el aire fue sacudido por el silbido tajante de centenares de flechas que se alzaron de la empalizada. La mayoría de los bárbaros se detuvo ante aquella visión. Solo algunos continuaron avanzando, impávidos, mostrando el pecho y desafiando con injurias y gestos obscenos a los legionarios. Fueron los primeros en ser atravesados y clavados en el suelo. La mayoría de los que seguían se acurrucó para resguardarse bajo los escudos, sobre los que se abatió una tempestad de dardos. La primera oleada no hizo muchas víctimas, pero detuvo el avance de los galos. Inmediatamente después siguió una segunda, que refrenó su audacia, y la tercera fue precedida por el lanzamiento de piedras de los honderos, cuyos proyectiles hacían peligrosa la inmovilidad de los atacantes. Lo peor que podían hacer los galos era permanecer quietos bajo aquella granizada, porque los romanos ya estaban disponiendo también los escorpiones, que poco después crearían los primeros vacíos en la horda, haciendo papilla los escudos y a los hombres que pretendían protegerse con ellos. Los bárbaros reanudaron el avance precisamente cuando las máquinas de lanzamiento comenzaron a arrojar las grandes saetas que rompieron sus filas, haciéndolos primero retroceder y luego escapar.

Desde las escarpas se alzó un grito de triunfo, acompañado por un fragoroso batir de escudos. Los soldados aclamaron a los arqueros y los honderos, para luego desahogarse libremente insultando a los bárbaros. A aquel momento de euforia siguió otro de silenciosa espera.

Los reclutas, inmóviles y mudos, contemplaron el espectáculo de su primer campo de batalla y, cuando el polvo fue asentándose, comprendieron que ninguna maniobra podía prepararlos para aquella visión. Comprendieron que en los enfrentamientos se moría de inmediato. Los hombres ya inmóviles eran quizás un cuarto de aquellos que se debatían, arrastrándose entre espasmos. Algunos balbuceaban, sofocados por su propia sangre, otros se retorcían entre alaridos horripilantes, otros más, golpeados por piedras o dardos, yacían en el suelo en charcos de sangre, con los brazos y las piernas estremecidos.

Sonó una trompeta y los hombres de las empalizadas se volvieron. Emilio reclamó a la Primera Cohorte en cuadrado y mandó a algunos auxiliares a sustituirlos en las escarpas. Antes de descender, los hombres miraron de nuevo a los bárbaros agonizantes y a los supervivientes que se estaban reuniendo en los márgenes del bosque para atacar otra vez.

—¿Los habéis visto? —gritó el primípilo a los suyos, en cuanto se pusieron en posición—. ¿Habéis visto cómo combaten?

De la unidad no llegó ninguna respuesta, solo semblantes pálidos y tensos. Emilio se acercó a un muchacho de la primera fila y le sujetó bien el yelmo, luego le palmeó afectuosamente el cuello y retrocedió algunos pasos, mirando a su cohorte.

—Necesitan parecer monstruos para daros miedo. Quieren espantaros, exhibiendo valor y desprecio. En efecto, los más valientes de ellos están aquí, a pocos pasos de nuestro foso, clavados en el terreno. —Esbozó una media sonrisa, antes de continuar—. No temáis. Solo son hienas, que se ilusionan con poder espantar al león. Creedme, no existe bárbaro capaz de resistir nuestro modo de combatir: os quedaríais asombrados de lo fácil que es golpearlos. Todo lo que debéis hacer es cubriros con el escudo y hundir el brazo, tan solo repetir lo que os he enseñado hasta ahora, en cada maldita maniobra.

Alfeno llegó a la carrera en su caballo blanco. Se detuvo a pocos pasos del cuadrado y dijo algo al primípilo, que asintió rápidamente. Luego dio la orden al aquilífero de que saliera de las filas.

—Este no es tu puesto, *aquilifer*. Ve a la tienda de los comandantes del campamento, el águila debe estar allí.

Lucio intentó replicar, pero Emilio no le dio tiempo.

—Es una orden, no me la hagas repetir.

El aquilífero solo pudo asentir y alejarse del cuadrado. Sabía que la orden que le habían impartido era sensata, porque la Primera Cohorte tenía en consigna el águila de toda la legión durante la marcha, el combate y la parada. Si la unidad actuaba sola tenía a la cabeza, como cualquier otra cohorte, el estandarte de tela rojo con su número bordado en oro. Y el estandarte comenzó a moverse, ondulando, después de la orden de marcha del primípilo, y arrastró detrás de él, como por encanto, a todo el bloque. Los hombres recorrieron marchando la distancia que los separaba de la puerta principal. Quinto Lucanio tomó momentáneamente el mando, mientras Emilio trepaba a la torre donde estaba reunido el mando de toda la fortaleza.

En aquel momento, mientras esperaban delante de la gran puerta cerrada, los soldados de la cohorte comenzaron a darse cuenta de lo que sucedería poco después. La puerta se abriría y ellos saldrían hacia lo desconocido, hacia aquella horda de gigantes enajenados y feroces, que solo querían hacer ondear al cielo sus cabezas cortadas. En aquel momento, mientras repasaban mentalmente las imágenes de los bárbaros agonizantes entre chorros de sangre, muchos pensaron que probablemente estaban viviendo los últimos instantes de su breve vida.

Los alaridos que se alzaban más allá de la valla indicaban que los galos estaban avanzando de nuevo hacia el fuerte. Cada uno reaccionó a su manera ante aquel momento de espasmódica tensión. Algunos se estrecharon la mano, otros se confiaron mensajes que referir a las familias en el caso de que no volvieran. Muchos llegaron a temer que su corazón no aguantara.

Quinto Lucanio dio la orden de cerrar filas a la izquierda de la puerta. Los jinetes hispanos estaban finalmente listos para la salida que allanaría el camino a los legionarios. Los soldados se apretaron unos contra otros y miraron a la cara a los jinetes que, armados de manera improvisada y manteniendo frenadas a las bestias que piafaban, serían los primeros en salir por la puerta. La mayoría de aquellos hombres eran unos desconocidos para los legionarios, que guardaban distancia con la caballería en una especie de rivalidad y desprecio recíproco que tenían orígenes antiguos. Pese a ello, en aquel momento dependían los unos de los otros. Los soldados de a pie comenzaron a hacer gestos de incitación a los hombres a caballo, que respondían asintiendo y alzando las espadas. Todos se sentían unidos en el mismo destino.

Los decuriones ocuparon su puesto delante de las enseñas de las *turmae* y pocos instantes después, en cuanto se abrió la puerta, ordenaron la carga a los jinetes, que se lanzaron hacia delante aullando, sin vacilar.

Cuando el terreno dejó de temblar y el estruendo se deslizó fuera del portón como tragado por la nada, los batientes se cerraron y Lucanio hizo alinear nuevamente a la Primera Cohorte delante de la salida. La tensión era palpable. Emilio bajó por la escalera de la torre y se situó delante de la puerta cerrada, a pocos pasos del estandarte de la cohorte. Al fin un tribuno dio la orden de abrir la puerta y una llamarada de calor invadió a todos los hombres del bloque. Había llegado el momento de ser legionarios.

La cohorte empezó a salir ordenadamente del fuerte, con los dientes apretados y un temblor incontrolable. Superada la puerta, los hombres miraron a su alrededor. Se diría que los enemigos habían desaparecido, a excepción de los muertos. La carga de caballería había provocado una breve escaramuza, pero había bastado para aplacar el ardor de los galos, que habían abandonado el campo de batalla dispersándose a los cuatro vientos.

La cohorte regresó al campamento y mantuvo la formación en cuadrado. Durante un par de horas no ocurrió nada y la tensión fue remitiendo. Luego los centinelas dieron otra vez la alarma y todos retomaron su posición, mientras el legado Aurunculeio Cota miraba desde la torre de observación la larga fila de bárbaros que, como aparecida de la nada, permanecía quieta en el linde del bosque. El general intercambió una mirada con Quinto Titurio Sabino, el otro comandante en jefe. Ambos intentaban comprender qué estaba sucediendo, cuando un grupo de jinetes galos avanzó lentamente hacia el campamento romano. Se detuvieron fuera del alcance de las flechas y, como era costumbre, los enemigos comenzaron a gritar vueltos hacia los romanos.

—Tienen un mensaje para nosotros —dijo Quinto Junio, un acomodado mercader hispano adscrito a la Decimocuarta Legión en calidad de intérprete e intermediario con los eburones.

—Que se adelanten —dijo Cota.

—No, no vendrán —afirmó el hispano, casi tímidamente—, no están aquí para negociar. Piden que uno de nosotros vaya donde ellos.

El legado miró a su igual. Los dos comandantes discutieron en voz baja durante un rato. Cota estaba visiblemente contrariado; era evidente que su opinión divergía de la de Sabino, pero al fin fue este último quien se dirigió al intérprete:

—Quinto Junio, en calidad de embajador ante el rey Ambiórix de la tribu de los eburones, serás tú quien vaya a oír sus demandas. Te acompañará el noble Cayo Arpincio, del orden ecuestre, mi amigo personal y hombre de negocios entre los eburones. —Todas las miradas en aquella torre se fijaron en el civil, que palideció sin poder discutir—. Sois los únicos que mantenéis relaciones personales con sus jefes —continuó el legado—, por lo tanto, sois las personas más indicadas para parlamentar.

Emilio escoltó a los dos hombres fuera de la puerta, se detuvo a pocos pasos del umbral y regresó al interior del fuerte para situarse bajo la torre desde la que Cota y Sabino observaban a los dos embajadores mientras estos se acercaban a los galos. A un centenar de pasos, más allá de la segura empalizada, los dos enviados llegaron junto al grupo de los eburones después de haber atravesado el campo de batalla. Estaban lívidos: sabían que eran dos peones sacrificables y que ante el menor gesto de hostilidad una nube de flechas se alzaría desde la empalizada a sus espaldas.

Uno de los galos bajó del caballo y se acercó a ellos. Los oficiales romanos lo reconocieron inmediatamente como el mismo que los había acogido quince días antes con presentes y grano en abundancia. Era el rey Ambiórix en persona. Superaba en más de una cabeza a los dos embajadores, llevaba su coraza de placas, el yelmo con los cuernos de metal y la crin de caballo sobre la cimera, que lo hacía parecer aún más alto de lo que era. Desde aquella distancia pareció muy afable con los dos enviados. Cogió del brazo al azorado Junio y los tres se pusieron a pasear, como si el terreno que los rodeaba no estuviera salpicado de cadáveres y no fueran dos ejércitos dispuestos a entregarse a la batalla ante la más mínima señal.

—Reconozco que soy deudor de César por los favores que me ha dispensado[41] —empezó Ambiórix, dirigiéndose a Cayo Arpineio—. En efecto, debo a César haber sido liberado del tributo que desde hacía tiempo pagaba a mis vecinos aduatuces; debo a César que me hayan devuelto a mi hijo y a mi hermano que, entregados a los aduatuces como rehenes, fueron tomados como esclavos. —El rey suspiró, alisándose la larga barba leonada que comenzaba a agrisarse—. No he atacado vuestro campamento por mi iniciativa o voluntad, me he visto obligado a hacerlo siguiendo la voluntad de mi pueblo. Porque este es el sistema de gobierno que rige entre nosotros: mi autoridad sobre el pueblo es equivalente a la autoridad del pueblo sobre mí. Y mi pueblo no ha podido eximirse de la revuelta que se ha encendido hoy en toda la Galia. Y que esto es cierto lo demuestra mi escaso poder; no soy tan ingenuo como para imaginar que seré capaz de vencer al pueblo romano solo con mis fuerzas. —El rey miró a los dos hombres a los ojos—. Se trata de un plan común a toda la Galia y precisamente hoy es el día establecido para el ataque a todos los cuarteles de invierno de César, de modo que ninguna legión pueda ayudar a la otra.

Los dos parlamentarios lo miraron, atónitos, mientras él continuaba:

—A los galos no nos resulta fácil decir que no a otros galos, pero, ahora que he cumplido con mi deber hacia el pueblo, puedo pensar en mis obligaciones de reconocimiento hacia César. —El rey se acercó a los dos romanos y los miró con gravedad. Su tono era decidido—: Un gran número de germanos ha sido reclutado y ha pasado el Rin; estarán aquí dentro de dos días. Por este motivo advierto y suplico a Titurio, por las relaciones de hospitalidad que nos ligan, que procure su salvación y la de sus soldados. Os corresponde a vosotros decidir, antes de que los pueblos vecinos se alcen en armas, si vais a hacer salir a vuestras fuerzas del campamento y conducirlas donde Cicerón o Labieno. Prometo y garantizo mediante juramento el libre y seguro paso a través de mis tierras; con ello habré satisfecho el interés de mi pueblo, que será liberado del peso de vuestra manutención, y mostrado mi reconocimiento a César.

Emilio había escuchado atentamente cada palabra. A su lado, el legado Cota se apoyaba nerviosamente en la mesa con los puños. Detrás de ellos, Lucio sostenía el águila. Los dos enviados estaban en el otro extremo de la mesa y, cerca de ellos, Quinto Titurio Sabino miraba a los tribunos y los centuriones reunidos bajo la gran tienda. Los oficiales ya habían intuido que aquel consejo de guerra convocado a toda prisa debería resolver el conflicto cada vez más evidente entre los dos legados, a causa de su respectiva y no bien definida autoridad. Fue Cota quien habló primero, interrumpiendo el murmullo que había seguido al informe de Cayo Arpineio sobre la oferta del soberano de los eburones.

—No debemos tomar ninguna decisión apresurada y aún menos abandonar el campamento sin orden de César. Al abrigo de las fortificaciones, podemos resistir a cualquier número de germanos, y la prueba es ese centenar de eburones caídos en pocos instantes esta mañana. Tenemos víveres para un par de meses largos. César no nos abandonará y la ayuda no tardará en llegar de las cercanas guarniciones de Labieno o Cicerón. Además —añadió Cota, después de un instante de pausa—, ¿qué puede haber más arriesgado y reprobable que tomar una decisión de esta importancia por consejo de un enemigo que acaba de atacarnos?

—¡Cuando las fuerzas enemigas hayan aumentado por la llegada de los germanos y en las fortalezas cercanas haya ocurrido alguna desgracia ya será demasiado tarde para actuar! —replicó de inmediato Sabino.

El rumor recomenzó y Sabino se dirigió a los centuriones:

—El tiempo de que disponemos para tomar una decisión es breve, probablemente César ya ha partido hacia Italia, de lo contrario los eburones nunca nos habrían atacado con tanto desprecio. No os preocupéis por lo que sugiere el enemigo, mirad los hechos: el Rin está cerca y los germanos están enfurecidos con nosotros por nuestras victorias sobre sus pueblos y la Galia...

También Sabino subrayó con una pausa su discurso y lo retomó cuando el murmullo se acalló.

—La Galia se estremece por haber sido reducida después de tantas humillaciones bajo el poder del pueblo romano y se estremecen sus gentes privadas desde hace tiempo de toda gloria militar. Prueba de ellos es el comportamiento de Ambiórix, que nunca se habría atrevido a tanto si no estuviera seguro de contar con el apoyo de los otros.

Sabino observó uno a uno los rostros de los oficiales que estaban frente a él.

—Yo propongo el abandono inmediato de la posición para unirnos a la fortaleza más próxima. Si me equivoco y la situación no es tan grave como parece, pues bien, no haremos más que alcanzar sin peligro la legión más cercana. Si, en cambio, toda la Galia está de acuerdo con los germanos, en tal caso nuestra salvación depende de que nos traslademos inmediatamente.

El general señaló a Cota sin mirarlo.

—¿Qué garantías presenta su propuesta más que un peligro inmediato y la absoluta certeza de un largo asedio y del hambre?

Cota y Emilio intercambiaron una mirada. El primípilo sacudió la cabeza y su superior volvió a tomar la palabra:

—Sabes mejor que yo que los hombres aún no están listos para el combate a campo abierto.

Sabino lo interrumpió una vez más, gritando:

—En efecto, su salvación es unirlos a otra legión.

Los murmullos de alzaron de nuevo, la discusión se extendió también entre los tribunos y los centuriones, pero la mayor parte de los oficiales veteranos estaban de parte de Cota. Es más, alguno intervino en su favor, aumentando de este modo el nerviosismo de Sabino, que reafirmó varias veces y con decisión su convicción. En un momento dado Lucio echó un vistazo fuera de la tienda, luego se acercó a Emilio y le susurró algo al oído. El primípilo se dirigió a Cota, en voz baja:

—Señor, los soldados que permanecen ahí fuera no son sordos, lo están oyendo todo. Perderán la confianza en el mando, y eso es precisamente lo último que necesitan. Deberían creer ciegamente en sus superiores, pero ¿cómo pueden hacerlo si los oyen disputar?

Cota pidió silencio, pero lo obtuvo solo golpeando el puño sobre la mesa. Se decidió oír las opiniones de los tribunos y varias veces hubo que pedir a Titurio Sabino que dejara hablar a los oficiales. Al final Cota se acercó a él con aire amenazante, lo aferró por el brazo y le dirigió una mirada de desafío, invitándolo a no gritar. El legado añadió que la decisión sería confiada a los votos de los presentes. Sabino se apartó bruscamente, fulminándolo con una mirada feroz. Sabía que se hallaba en minoría y ya estaba exasperado por la actitud de los centuriones veteranos hacia él.

—¡Muy bien, vosotros ganáis! —gritó, acercándose a la entrada de la tienda—. De entre todos nosotros, no soy yo precisamente quien más teme a la muerte. Pero estos —berreó, señalando a los soldados de guardia en la entrada— sabrán juzgar y te pedirán cuentas a ti, Lucio Aurunculeio Cota, de la desventura que pueda ocurrirnos. Si tú quisieras, en dos días estos muchachos podrían reunirse con sus compañeros de las fortalezas cercanas sosteniendo junto a ellos la suerte de la guerra y no serían obligados a morir aquí en desesperado aislamiento de los demás.

Emilio intervino para detener a Cota, que estaba arremetiendo contra Sabino. También los demás centuriones se pusieron en medio. Esta vez fue la voz del primípilo la que atronó:

—¡Calmaos, por Júpiter, calmaos! —Los escrutó a ambos, manteniéndolos a distancia—. Con vuestro obstinado desacuerdo no hacéis más que empeorar la situación. Y esta, de momento, no es en absoluto grave.

—El primípilo tiene razón —intervino Marco Alfeno Avitano—. En cualquier caso, nos quedemos o partamos, lo importante es estar unidos.

—No podemos partir, no disponemos de tiempo material para organizarnos —añadió Lucanio, airado.

—Tres horas —le respondió Sabino—. No es necesario que lo cojamos todo, solo el equipaje ligero; dadme tres horas y esta legión estará lista para partir.

Una voz se elevó del fondo:

—Dentro de tres horas estará oscuro. Una marcha nocturna de toda la legión con los equipajes es impensable y fuera de toda lógica.

Ya estaba oscureciendo cuando Gwynith se decidió a volver a su alojamiento. El trayecto era breve, pero tardó bastante, porque el cuartel estaba sembrado de legionarios que, sentados en el suelo, esperaban órdenes. Cada tanto algún *optio* trataba de reformar las filas, pero la mayoría ya lo habían dejado correr. Desde hacía más de cinco horas los comandantes y los oficiales estaban reunidos en la tienda y sus gritos habían llegado a oídos de los soldados, que rápidamente se habían pasado la voz unos a otros. Los hombres esperaban así en aprensivo silencio el desarrollo de aquel consejo de guerra. Algunos defensores de Sabino abandonaron furtivamente su puesto para ocuparse de sus equipajes; otros se retiraron para encender el fuego y preparar algo de comer. Muchos soldados reposaban como podían, sentados o acurrucados, pero la mayoría se limitaba a intentar escuchar lo que se decía en la tienda de los comandantes. Entre un acontecimiento y otro la guardia aún no había recibido el cambio, y en un par de ocasiones hubo actos de insubordinación. Entonces los *optiones* decidieron formar una nueva guardia. Fueron elegidos los hombres que habían de entrar en servicio por la mañana, quienes, no obstante, protestaron porque no tendrían tiempo de preparar el equipaje, en caso de partida. Al final, los oficiales recurrieron al bastón y una veintena de hombres fueron castigados y luego expedidos a las torres.

Poco antes de alcanzar el alojamiento, Gwynith encontró a Valerio, que vagabundeaba con el escudo y los dos *pila*.

—¿Qué sucede, Valerio?

El veterano apoyó el gran escudo en el suelo y miró en dirección a la tienda donde estaban reunidos los comandantes.

—Están haciendo de todo para ponernos en apuros, Gwynith.

—¿Volverán a atacarnos?

—Vete a descansar; tienes que cuidarte, pronto serás madre.

La mujer le dirigió una mirada llena de angustia y el veterano la cogió bajo su poderoso brazo.

—Todo se arreglará, ya lo verás.

Un movimiento alrededor de la tienda del consejo reclamó su atención. Vieron salir a Quinto Lucanio, que reunió a los hombres de la Primera Cohorte. El centurión transmitió rápidamente las nuevas disposiciones. La orden era romper filas, ir a comer y luego acostarse de inmediato. Un *optio* preguntó si debían preparar el equipaje; Lucanio lo fulminó con la mirada y repitió la orden:

—Comer y dormir.

Luego se dio la vuelta y sin añadir más entró en la tienda.

Los hombres volvieron a sus alojamientos y encendieron los fuegos. El mismo ritual se repitió en las demás cohortes, donde, sin embargo, después de la comida, la mayoría de los hombres se puso a ordenar el equipaje. Falsas informaciones empezaron así a serpentear por el campamento y llegaron a los oídos de los muchachos de la Primera Cohorte, que se inquietaron. Algunos de ellos comenzaron a preparar el equipaje, hasta que la figura cansada de Emilio apareció entre las tiendas cogiéndolos por sorpresa.

—¿Qué estáis haciendo? —soltó el primípilo, irritado, sin recibir respuesta. Emilio ordenó entonces a los hombres que se reunieran en torno al fuego y cuando los tuvo a todos delante les hizo señas de que se sentaran.

»Vuestros oficiales están tomando medidas para afrontar la situación. Hay decisiones delicadas que discutir y, por desgracia, estas decisiones no son solo de carácter militar, sino también político.

El centurión hizo un gesto de desprecio y los muchachos rieron.

—Pues bien, a pesar de que la reunión se ha prolongado durante muchas horas aún no hemos llegado a una conclusión, pero este retraso no se debe al hecho de que no sepamos qué decisión tomar. Solo queremos asegurarnos de actuar de la mejor manera. Nadie quiere correr riesgos ni obligar a los demás a actuar contra la propia voluntad. Por eso aún no sé deciros qué haremos mañana.

El primípilo miró a los muchachos.

—Estimo que lo mejor para vosotros, ahora, es ir a dormir,

porque cualquier cosa que se decida, mañana necesitaré de vosotros y quiero que estéis descansados, tanto para construir torres como para emprender la marcha. Si debemos partir, os haré despertar oportunamente para disponer con calma todo lo que sea necesario. Recordad que sois la Primera Cohorte, con vosotros viajarán el águila y el tesoro de la legión, además del primípilo y los dos legados. Si no os movéis vosotros, no se moverá nadie.

Emilio concluyó con algunas bromas y los muchachos por primera vez entrevieron al hombre que se ocultaba debajo de la coraza. Su presencia, en aquel momento crítico, sirvió para tranquilizarlos. Convenció a sus soldados para que se fueran a dormir y después de haberles arrancado una última sonrisa, se dirigió nuevamente a la tienda de los oficiales.

Era poco después de la medianoche cuando Gwynith se despertó al notar la mano de Lucio que le acariciaba los hombros.

—Duerme, duerme tranquila —le susurró.

La mujer se volvió y trató de entender por su expresión qué había ocurrido, pero la oscuridad se lo impidió.

—¿Qué han decidido, Lucio?

El aquilífero se masajeó las sienes.

—Debemos marcharnos, Gwynith.

A grandes líneas, amargado, resumió la discusión que se había librado en el consejo, y que había proseguido hasta que Sabino la había ganado por agotamiento. Por algún inexplicable motivo, el muro de los defensores de Cota al final se había derrumbado bajo las teorías de Sabino. La mujer escuchaba, incrédula. No podía ser verdad que en el transcurso de pocas horas tuviera que abandonar aquel refugio que le infundía tanta seguridad.

Lucio se sentó sobre la cama, sacudiendo la cabeza.

—Hace quince días Ambiórix nos suministró grano; hoy en cambio nos ha atacado. No sé qué pensar, pero lo más grave es que parece que todos hayan perdido la cabeza. Aquí podríamos resistir meses, incluso contra los germanos, pero cuanto más hablaba Sabino, más se ponían de su parte los oficiales.

—¿Qué ha dicho Emilio?

—Al final ha perdido la paciencia y se ha puesto a gritar también él; ha dicho que aquello parecía una reunión de viejas matronas que trataban de decidir si hacer un viaje, sin tener en cuenta que quien las estaba convenciendo de partir acababa de decapitar a sus hijos. Sabino lo ha reprendido, entonces él ha partido su bastón sobre la rodilla y lo ha tirado al suelo. Creo que tendrá problemas cuando lleguemos a la otra fortaleza.

—¿Qué le harán?

—No lo sé, es un protegido de Cota y eso no lo ayudará. Habrá que ver qué ha sucedido en las otras fortalezas, y si esta revuelta existe realmente. Si es cierto que toda la Galia se está sublevando y nosotros llegamos a tiempo para ayudar a otra fortaleza, entonces Sabino se convertirá en un héroe. En cambio, si ordena abandonar la posición sin un motivo real, pasará apuros.

Gwynith se levantó de la cama, desvelada.

—¿Cuánto durará el viaje? —preguntó.

—Dos o tres días, si no hay inconvenientes.

Una serie de ruidos desde el exterior atrajeron la atención de la britana. Abrió la puerta, donde Lucio la alcanzó, y ambos descubrieron que toda la fortaleza estaba dedicada a levantar el campamento. Solo las tiendas de la Primera Cohorte estaban aún montadas, pero los tribunos daban vueltas también por ese sector, despertando a los hombres y dando órdenes. Lucio estrechó a su mujer.

—Faltan al menos cinco horas para el amanecer, Gwynith. Durmamos un poco o mañana no estaremos en condiciones de marchar.

—¿Ellos lo estarán?

El aquilífero no respondió, la empujó suavemente hacia el interior y antes de cerrar la puerta echó un vistazo al fuego que ardía en el centro del cuartel de la cohorte. La silueta de Emilio se recortaba a contraluz en el resplandor amarillento de las llamas. Estaba inmóvil, con la mirada clavada en los tizones. Antes de marcharse, echó al fuego los dos trozos de madera nudosa que tenía en la mano.

XXV

Uchdryd

—Creía haberlo visto todo en mi vida, pero debo admitir que me faltaba un ser semejante. Tal vez haya visto algo similar más allá del Rin, pero te aseguro que los germanos eran mucho más limpios que él. ¿Cómo has dicho que se llama?

—Uchdryd. Venga, no lo mires así, Romano, en el fondo no está mal, y además es nuestro salvoconducto en estas tierras pobladas por sus semejantes.

—No me fío mucho de este «salvoconducto». Si no fuera porque lo veo lleno de aguardiente, organizaría turnos de guardia esta noche, pero dadas las condiciones en que está, me limitaré a atarlo en cuanto se duerma.

Breno sonrió sarcásticamente.

—Deja de mirarlo con asco, no vaya a ponerse nervioso. Y no te dejes impresionar por su aspecto, seguro que es un buen hombre.

—¿Cómo puedo saberlo? No ha abierto la boca en todo el día más que para beber y comer.

—¿Ves? En eso se te parece. Solo que es un poco tímido.

Nos miramos y estallamos a reír, mientras Nasua echaba otro leño al fuego y controlaba los espetones con las salchichas. Mientras tanto, el britano se había recostado sobre la hierba húmeda, masticando ruidosamente algo que había cogido de una alforja atada a la silla. En la otra mano sostenía la inseparable cantimplora de aguardiente.

—¿Cuánto falta para la aldea? ¿Qué dice nuestro «guía», si se le puede definir así?

—El propietario de los caballos me ha hablado de un día y medio de viaje a caballo; mañana deberíamos llegar a destino.

Breno hizo una pausa y me miró.

—Casi estamos. ¿No te alegras, amigo?

—Quisiera poder decir que sí, aunque en realidad estoy tenso como la cuerda de un arco. No sé qué encontraré allí.

El mercader hizo una mueca que quería ser una sonrisa de circunstancias, sin apartar la mirada de las brasas que estaba removiendo con una rama.

—Me parece extraño que lo digas tú; por lo que me cuentas has vivido experiencias mucho más difíciles. ¿Crees quizá que Gwynith... en resumen, que no te haya esperado?

—Más bien confío en que sea así. No es importante que ella me haya esperado, al contrario, lo importante es que finalmente haya vivido con felicidad, que haya rehecho su vida, haya tenido un buen marido, una familia.

—¿Tú te alegrarías?

Asentí.

—No te entiendo, Lucio, ¿por qué ibas a desear que esa mujer rehiciera su vida y fuera feliz lejos de ti?

—¿Cómo me has llamado? —dije con una sonrisa.

Breno frunció los labios, luego con una mueca sacudió la cabeza:

—Vamos; te brillan los ojos cada vez que mencionas su nombre y, sin embargo, los hechos de los que me estás hablando sucedieron hace muchos años. Esa mujer te dejó una profunda huella. No sé qué te empujaría lejos de ella, en su momento, pero sé que ahora todo lo que quieres es verla otra vez.

Nasua nos ofreció las salchichas humeantes, que eran excelentes.

—Adelante, baja esa máscara de actor consumado y dime por qué Lucio envió a Gwynith a Britania.

—Todo guarda relación con lo ocurrido aquella noche —respondí, mirando el fuego—, o mejor dicho, al día siguiente. Un día tan largo como una vida. No, no una, sino nueve mil vidas.

XXVI

Atuatuca

En la calígine del amanecer, Emilio observó con incredulidad los caballos hispanos saliendo lentamente del campamento; alcanzó inmediatamente al tribuno que los guiaba, pidiéndole que esperara a que toda la legión estuviera lista para la marcha. Este le respondió que estaba ejecutando las órdenes del legado Sabino en persona y le solicitó que le cediera el paso. Ellos serían la vanguardia de la Decimocuarta y esperarían al resto de la columna a poco más de media milla del fuerte. La misma respuesta le fue dada por el centurión que comandaba un pelotón de auxiliares, que cruzó poco después la Puerta Pretoria seguido por insignias, soldados e *impedimenta*. Imprecando, el primípilo se dirigió de inmediato a los suyos de la Primera Cohorte y les ordenó, sin rodeos, que abandonaran todo aquello que no formara parte del equipaje corriente. Indicó que llevaran inmediatamente los mulos donde se estaban reuniendo los carruajes y que se dispusieran para la partida. Cada cohorte llevaría en su séquito su propio equipaje, porque, según se veía, las unidades se estaban poniendo en marcha cada una por su cuenta a medida que estaban preparadas.

Algunos centuriones llegaron donde el primípilo, pidiendo explicaciones: ¿debían esperar a la Primera Cohorte? ¿O ponerse en movimiento de inmediato, como les acababan de decir los tribunos? La rabia de Emilio se atenuó un tanto ante la llegada de Aurunculeio Cota con su escolta, que se puso a su vez a despotricar contra el primípilo como un poseso.

—¿Cómo se te ocurre mandar fuera a las cohortes una a una, sin la más mínima protección?

Emilio estalló a su vez:

—Aquí hay demasiada gente dando disposiciones y los oficiales no saben qué hacer. ¡Los que han salido lo han hecho por una orden explícita y, desde luego, que no he sido yo quien ha dicho a los hombres que se alejaran de este modo, como si estuviéramos yendo a hacer un paseo campestre!

Cota se quedó de piedra y cambió enseguida de tono, dando disposiciones al primípilo para que hiciera poner a la legión en orden de marcha por número de cohorte. Emilio se sujetó el yelmo con fuerza, saludó a su superior y se marchó, seguido por los centuriones, que no se atrevieron a abrir boca.

Lucio miró al primípilo pasando a grandes pasos delante del carro sobre el que estaba haciendo subir a Gwynith. El tribuno Avitano había puesto a disposición de los veteranos de la Décima a Bithus y un carro, gracias a los cuales podían llevarse sus *carissima*, cosa que no había sido permitida a los demás legionarios. Valerio formaba parte del grupo y en aquel momento estaba ocupado en atar lo mejor posible su equipaje al carro, mientras Lucio hacía sentar a la britana y a Tara, dejando libre el puesto de conducción para el esclavo de Avitano.

—Somos afortunados, Gwynith; cada cohorte será seguida por los equipajes. Estaremos cerca.

La mujer respondió con una sonrisa insegura. En realidad estaba aterrorizada por todo lo que estaba ocurriendo y, a pesar de que Lucio procuraba disimular, ella había captado la tensión en su mirada. Lucio le acarició una mejilla y sonrió para tranquilizarla:

—Verás, aquí arriba estarás cómoda. Baja solo si hay pasajes difíciles y el carro baila demasiado. De todos modos, yo estaré cerca.

—Te lo ruego, Lucio, estate atento.

—¿Yo? ¿Atento a qué? Sabes que estamos en el lugar más seguro del mundo.

—Ya me lo dijiste en la noche del solsticio.

Cabello de Fuego le lanzó una mirada de complicidad. El hombre le cogió una mano y se la llevó a los labios:

—También te he dicho que te amo y, sin embargo, te lo repetiría siempre. Ya verás como será un viaje tranquilo.

La sonrisa que le iluminó el rostro era sincera y no forzada.

—Si tú me dices que lo conseguiremos, te creo.

—Lo conseguiremos.

El breve momento de intimidad fue roto por la voz de Quinto Lucanio, que ordenaba que la cohorte se alineara. Gwynith le arregló el lazo del yelmo:

—Buen viaje, entonces.

Lucio besó aquellas manos blancas y cálidas.

Valerio estrechó la mano de Gwynith y le sonrió.

—Quédate cerca de él —le pidió ella.

—Claro que estaré cerca de él —asintió el veterano, guiñándole un ojo—, pero aún quiero un poco de aquel estofado.

Lucio y Valerio ocuparon su puesto a la cabeza de la columna, flanco a flanco, como siempre. El centurión Lucanio estaba esperando que el primípilo alcanzara a la cohorte, y en aquel momento de silencio y espera los dos amigos se miraron.

—Si llega a sucederme algo, prométeme que cuidarás de ella.

—Si te sucede algo a ti querrá decir que antes me habrá sucedido también a mí, Lucio.

—¡No! Prométeme que si me sucede algo, harás lo que sea para salvar a mi mujer y a mi hijo. Las cosas han cambiado, ahora ya no soy lo más importante. Son ellos.

—Lucio, yo no...

—¡Promételo, por los dioses! ¡Júrame por el águila que llevo que te ocuparás de ellos!

El veterano asintió. Era la columna de la legión, pero no podía hacer nada contra la mirada penetrante de su amigo.

—¿Tengo tu palabra de legionario, Valerio?

—Tienes mi palabra de hermano.

Lucio apoyó el bastón con el águila sobre el hombro y con la mano libre estrechó el brazo con que Valerio sostenía el escudo.

—Gracias.

La voz del primípilo resonó en el campamento. Los hombres se movieron como empujados por una fuerza invisible y comenzaron a avanzar paso a paso, siguiendo al águila. Al salir por la puerta del campamento Lucio trató de volverse para ver si los carruajes seguían a la cohorte, pero la selva de estandartes, *pila* e *impedimenta* que oscilaba al paso no le permitió mirar más allá de las primeras filas de legionarios.

Después de haberse puesto su casco de bronce, coronado por el gran penacho púrpura, Cota miró a la Primera Cohorte desfilando bajo las torres que encuadraban, solemnes, la Puerta Decumana en la claridad de aquella fría mañana otoñal. El comandante había relegado su capa purpúrea prefiriendo una de gruesa lana blanca, que lo hacía descollar en medio de todos los demás. Observó atentamente al águila mientras el estandarte dejaba el campamento y alzando la mirada se percató de que, por primera vez, las torres estaban desguarnecidas. La guardia se había desmontado sin consignas, dejando las poderosas estructuras desprotegidas, como si fueran dos leones sin dientes. En toda su carrera militar nunca había visto una torre romana sin soldados. Era un militar, un comandante de hombres que había luchado bajo las enseñas de Roma y, sin embargo, ahora se sentía inerme, incapaz de cambiar aquella situación absurda, consciente de que no era él quien manejaba los acontecimientos, sino al contrario. Silencioso, se dispuso a la cola de la Primera Cohorte con su séquito de jinetes. Detrás de él se movieron los carruajes y cuando estos hubieron salido, se puso en marcha la Segunda Cohorte. Su magnífico corcel ibérico lo condujo con elegancia al paso por el camino que partía de la Decumana, siguiendo a los legionarios. El animal estaba habituado a seguir a los diversos manípulos, por lo cual Cota ni siquiera debía preocuparse de enderezarlo. No se volvió.

La vergüenza le impidió mirar la fortaleza que César le había confiado y que él estaba abandonando intacta a los eburones.

En el interior del campamento reinaba una atmósfera completamente distinta. Sabino exhortaba a los hombres a salir sin preocupaciones; en un par de días alcanzarían a Labieno y ya nadie se atrevería a atacar a tantos hombres juntos, ni siquiera una horda de germanos. A diferencia de Cota no llevaba el yelmo, quería que los hombres le leyeran la serenidad y la confianza en el rostro, como varias veces había visto hacer al propio César, y en efecto los soldados comenzaban a patear de impaciencia para dejar a sus espaldas aquel sitio lo antes posible, mientras cargaban los carros y cogían a la espalda todo lo que podían, sin pensar demasiado en el estorbo y la fatiga que aquel peso comportaría.

El propio Sabino estaba más interesado en la celeridad de la partida que en la disposición de las tropas. Cuando a su vez hubo dejado el campamento detrás de la Quinta Cohorte, las restantes unidades comenzaron a moverse sin orden ni concierto. Así, cuando el último de los nueve mil hombres pasó bajo la silueta de las torres, la Decimocuarta Legión, con la caballería hispana y los auxiliares, parecía una larga serpiente que se articulaba durante más de una milla, con la cabeza compacta y una larga cola de rezagados indiferentes, tan cargados como los mulos que viajaban con ellos.

La columna siguió el sendero bordeado por un curso de agua que atravesaba la llanura frente al campamento, para luego trepar por un pasaje salpicado de gruesos macizos, donde los carros comenzaron a retrasar la marcha de los legionarios, alejándolos de los jinetes que habían superado fácilmente la colina y habían avanzado más allá. Cota hizo detener a la Primera Cohorte en la meseta después de la colina, para esperar a los carros y los mulos antes de reanudar la marcha. El legado parecía insensible al viento otoñal que le penetraba entre las protecciones de cuero. El pesado manto de lana que llevaba sobre los hombros era más un ornamento que una indumentaria. Su mirada bajó hasta los carruajes que lentamente estaban llegando a la planicie. «Vida y lastre de la legión», pensó, mirando los *impedimenta*. El eje de un carro se rompió y la carga se volcó sobre el sendero. Algunos legionarios lanzaron el equipo al suelo para ir a liberar la vía que había quedado atascada. Entre tanto, más abajo, la Segunda Cohorte marcaba el paso, a la espera de que el camino estuviera libre. Cota miraba en silencio y con distanciamiento cada episodio, sabiendo que se reiteraría y repetiría hasta el final de la columna, creando aglomeraciones y mezclas de unidades que luego inevitablemente, una vez retomada la senda, se alargarían y adelgazarían. Una voz reclamó su atención. Se volvió y desde lo alto de su cabalgadura vio a Emilio, que le pidió conversar un momento directamente con él.

—¿Qué sucede, primípilo? —preguntó el legado, recién apeado del caballo.

—Señor, escúchame, ya he pasado por aquí durante las maniobras. Más allá de esta meseta hay un valle atravesado por el lecho de un río seco. Ahora es poco más que un arroyuelo y sin duda podría facilitar el paso. Pero el problema es que el valle es muy largo. Nunca lo he recorrido todo, porque en ciertos tramos las paredes de las colinas se vuelven demasiado escarpadas y, en un par de puntos, más que un valle parece una garganta. Es peligroso, legado. Desaconsejo firmemente atravesarlo en estas condiciones.

Cota observó las colinas. Desde aquel punto el valle no era aún visible.

—Hemos estudiado los mapas y este es el camino más rápido para alcanzar la fortaleza de Labieno.

—Entonces pasémoslo formando contingentes. He perdido contacto con la caballería, que ha avanzado demasiado, y dentro de poco estaremos también excesivamente lejos de los auxiliares. Estamos tardando mucho con esos carros, y las demás cohortes necesitarán al menos el mismo tiempo. Reunamos a la mitad de la legión y hagámosla pasar del otro lado, luego hagamos pasar los carros y, por último, la retaguardia.

El legado miró a su alrededor.

—Aquí no hay espacio para reunir a la mitad de los hombres y todos los carros, primípilo. Acabaremos causando un desmembramiento igualmente peligroso, por no mencionar que para entonces al menos un millar de hombres estarán ya demasiado avanzados. Creo que lo mejor es hacer que los auxiliares lleguen hasta el final del valle, reclamar a una parte de la caballería y dispersarla por las colinas, para asegurarnos la protección de los flancos.

Cota indicó a su ayudante que lo alcanzara.

—Pero al mismo tiempo deberemos avanzar tal como estamos, de otro modo tardaremos toda una jornada en reorganizar la columna y pasar la planicie. Reencontrarnos en el valle al oscurecer sería un problema, sin contar que los hombres ya están cansados ahora.

—Rodeemos el valle, señor. Mandemos a alguien de reconocimiento —rebatió Emilio, tajante.

—Primípilo, vamos a tardar una hora solo en hacer que los carros remonten este sendero. ¿Cuántas crees que necesitarán para atravesar la zona de las crestas boscosas? —Cota se interrumpió para ordenar a su ayudante que fuera a llamar al tribuno Avitano. Luego continuó—: Tienes toda la razón, *centurio*, pero hemos decidido que es más importante la velocidad que la seguridad. Los germanos podrían llegar de un momento a otro.

Emilio se acercó a un paso del comandante.

—¡Pon fin a esta locura, *legatus*! Ordena volver atrás, inventa algún pretexto, el valle puede ser perfecto, los centuriones veteranos estarán de nuestra parte. Volvamos al campamento, mientras haya tiempo...

—¿Qué estás diciendo? ¿Te has vuelto loco? —estalló Cota, airado—. ¿Los centuriones veteranos están de acuerdo? ¿Con qué? ¿Qué es, una conjura?

Emilio sacudió la cabeza, bajando la mirada.

—Haré como que no he oído nada, *centurio*, en nombre de la estima que siempre te he tenido, pero desaparece de mi vista. ¡Ve a la cabeza de la columna y ante mi señal haz avanzar a los hombres!

El centurión saludó, avergonzado, y volvió sobre sus pasos, justo cuando llegaba Avitano a lomos de su caballo blanco. Cota dio al tribuno las disposiciones sin demasiadas formalidades:

—Coge a veinte jinetes y alcanza la vanguardia. Da la orden a los auxiliares para que protejan la salida del valle, junto con un pequeño contingente de caballería. El resto de los hispanos, en cambio, debe regresar atrás pasando por las alturas, para proteger los flancos de la columna.

Avitano asintió, hizo girar el caballo y desapareció al galope. Cota volvió a montar y después de que los legionarios recuperaran su puesto en las filas, hizo señas a Emilio de que reanudara la marcha. La Primera Cohorte se puso en camino mientras el sol comenzaba a acariciar las cimas de las colinas.

Emilio se adentró en el valle seguido por los suyos, mientras la Segunda Cohorte superaba la meseta con sus equipajes y aceleraba el paso para apoyarse en la Primera. A pesar de que cada unidad tardaría en pasar el monte, la longitud del valle era tal que, cuando la retaguardia superó la altura, Emilio se encontraba en la garganta más estrecha de todo el recorrido, a tres cuartas partes de camino. Más de una hora de marcha los separaba aún de la meta que marcaría el fin del collado. Cuando el sol llegó a calentar también el lecho del torrente al fondo del valle que las columnas estaban usando como paso, Emilio y Lucanio, que abrían la marcha, vieron a lo lejos a unos jinetes que llegaban al galope.

—Al fin Avitano está de regreso —dijo el primípilo, señalando a los jinetes que aparecían y desaparecían entre las rocas que enmarcaban los recodos del río—. Manda a un hombre a avisar al legado.

Quinto Lucanio envió al *optio* de Cota al fondo de la columna para avisar al comandante de la llegada de Avitano. Cuando reanudó el paso acercándose a Emilio, vio que este había ordenado el alto de toda la columna y observaba atentamente a los jinetes que avanzaban. Lucanio escrutó aquellas siluetas lejanas y advirtió de inmediato que el grupo era mucho más numeroso del que había partido con el tribuno. Y había caballos sin jinetes que seguían a los otros a rienda suelta. Los soldados a caballo desaparecieron detrás de un meandro del río, oculto por una roca. Los dos permanecieron con los ojos fijos en el lecho del torrente, al final del recodo donde los jinetes reaparecerían en su desenfrenada carrera.

En cuanto asomaron por la roca que los había escondido, resonó alto el alarido del primípilo:

—¡*Impedimenta* al suelo! ¡Quitad las protecciones de los escudos!

Una oleada de calor repentino embistió a Lucanio, que apoyó el escudo y comenzó a quitar frenéticamente la piel que lo revestía. Pese a ello, su mirada estaba fija en el rostro de Avitano, medio cubierto de sangre, que guiaba a aquel grupo de jinetes. Los soldados a caballo ya estaban bastante cerca para ser bien visibles y los legionarios a la cabeza de la columna lo vieron. Vieron que aquellos hombres no eran los que habían partido con el tribuno, sino una desesperada mezcla de hispanos, auxiliares y oficiales con el rostro encendido, empuñando las armas y con la muerte en los talones. A esas alturas Emilio ya no estaba interesado en ellos, sino en el territorio circundante, que estudió velozmente, resguardándose los ojos del sol con la mano.

Cota llegó a la cabeza de la columna precisamente mientras Avitano frenaba el caballo, a un paso de los dos centuriones. Estaba sin yelmo y de un profundo corte sobre la sien brotaba sangre que, brillando al sol, le embadurnaba el pelo, antes de descender en regueros por el cuello. Con una rápida mirada detrás de él, los legionarios vieron que también casi todos los demás jinetes estaban heridos. Un decurión se dejó caer de la silla.

—Una emboscada al final del valle —empezó Avitano, respirando con fatiga—. Estaba transmitiendo las órdenes, cuando fuimos embestidos por una lluvia de lanzas y piedras. Luego llegó el ataque de los bárbaros.

Cota se quedó mirando al tribuno con incredulidad.

—¿Germanos?

—No, eburones.

Cota acusó el golpe, pero de inmediato la voz del primípilo reclamó su atención:

—Señor, debemos salir enseguida de aquí, es el sitio ideal para una emboscada.

El legado apartó la mirada del rostro embadurnado de sangre de Avitano y observó las paredes escarpadas que descendían hasta el cauce del torrente, cubiertas por una densa vegetación. Luego examinó la longitud de aquel canal que se articulaba en el fondo del valle y se dirigió a Emilio:

—Dejemos aquí todo el equipaje y vayamos a recuperar a esos hombres.

—Legado —intervino Avitano, aún sin aliento—, no hay nadie a quien recuperar.

El rostro de Cota se volvió inexpresivo. Una noticia directa y letal, como una flecha clavada en la carne. Después de un instante de extravío, miró a Avitano.

—Debemos abandonar de inmediato los carros y los equipajes y alcanzar un punto donde podamos reunir a toda la legión. ¿Hay un claro más adelante donde congregar a todas las cohortes? ¿Una altura? ¿Una colina que se pueda remontar?

—Sí, pero a pie se necesita bastante tiempo y, además, está cerca de la salida del valle, ya lo habrán ocupado.

—¡Ordena la contramarcha, *legatus*! —intervino el primípilo con decisión—. Debemos salir ahora de aquí, o será demasiado tarde.

Cota no tuvo tiempo de contradecirlo, porque un grito proveniente de la colina que se elevaba por encima de ellos los impulsó a volverse hacia aquel lado.

El caballo de Avitano se encabritó, relinchando, con una lanza clavada en el cuarto trasero, y en un instante miles de gritos se alzaron desde la vegetación de la garganta. Una lluvia de piedras y dardos de todo tipo embistió la columna romana, abatiéndose al suelo después de haber golpeado todo lo que se encontraba en su trayectoria. Emilio se echó sobre el tribuno caído, tratando de protegerlo con su escudo, sobre el que se estrelló una gran piedra. Lucanio fue en ayuda de los dos que intentaban levantarse, aturdidos. En un instante se produjo el pánico, y los reclutas, después de haber visto desplomarse a sus primeros camaradas muertos o heridos por las piedras o las lanzas, comenzaron a amontonarse en busca de salvación.

La sensación de vulnerabilidad, la falta de órdenes, la confusión y los gritos de los heridos, junto con las recíprocas incitaciones a la fuga, se propagaron de hombre en hombre, transformando la columna en una multitud enloquecida. Los que al inicio se encontraban a la cabeza de la columna invirtieron el camino para tratar de huir en dirección opuesta, chocando con los soldados que iban a sus espaldas. Muy pronto la Primera Cohorte se transformó en una muchedumbre confusa de hombres que buscaban la salvación descabalgándose el uno al otro, pisoteando sin distinción *impedimenta*, escudos, muertos y heridos que pedían ayuda. Y en aquella barahúnda sin control, los dardos no fallaban el blanco, rompiendo yelmos y huesos, penetrando cuero y carne. Emilio, en pie, miró a su cohorte mientras sostenía al renqueante Avitano. Tenía ante los ojos precisamente aquello que un comandante más temía: el pánico. Se puso a gritar, exigiendo que se alinearan. Su ejemplo fue seguido por Lucio y Valerio, que trataron inútilmente de devolver a los legionarios a la razón. Lucanio se lanzó vociferando sobre los muchachos, golpeándolos con su bastón de vid y aullando tan fuere que los ojos parecían saltarle fuera de las órbitas. Entre tanto, la lluvia de hierro y roca continuaba abatiéndose inexorablemente a su alrededor.

El terror se difundió en cadena y nadie consiguió sustraerse a él. La Primera Cohorte, en busca de salvación, chocó primero contra los carruajes que la seguían y luego los arrolló en su desesperada fuga, dejando sobre el terreno a hombres agonizantes y restos desordenados de vehículos y equipajes. Cota se lanzó con el caballo en medio de la barahúnda, después de haber ordenado a las trompetas que tocaran reunión. Trató de dirigir a los hombres a un punto donde el valle era más ancho y las pendientes que lo enmarcaban menos escarpadas. También la Segunda Cohorte había sido atacada, pero los centuriones habían conseguido preparar a los hombres, después de haber visto la tempestad de proyectiles que caían sobre la unidad que los precedía.

Cota pareció reponerse súbitamente de la ceguera que había ofuscado sus últimas decisiones. Tenía la intención de dejar el botín a los bárbaros y tratar de retomar el camino del fuerte, así que partió al galope hacia la tercera columna, después de indicar a Lucio el lugar donde debía reunir las insignias. El aquilífero se puso a correr manteniendo bien a la vista el emblema argentado, mientras las trompetas tocaban sin cesar la reunión de las cohortes, superando el salvaje y ensordecedor estruendo. Sin embargo, la mente y la mirada de Lucio solo tenían un objetivo. Estaba buscando a su amada desesperadamente, entre aquella multitud de soldados, esclavos, mercaderes y bestias encolerizados. Valerio corría junto a su amigo cubriéndole las espaldas y su escudo ya estaba marcado por varios golpes. Cuando al fin los dos llegaron al sitio se detuvieron y reclamaron a sus hombres. Lucio mantuvo bien a la vista el águila, escrutando por doquier en busca de la cabellera roja, mientras el veterano dirigía a los soldados a las filas. Emilio llegó inmediatamente después, como también Lucanio, que sostenía a Avitano. El tribuno halló acomodo en el centro de la alineación, junto a los heridos que habían conseguido alcanzar el puesto, mientras el primípilo se afanaba por reunir la Segunda Cohorte con lo que quedaba de la Primera. De momento su objetivo era poner orden en aquella mezcla confusa y evitar que se crearan otras. La Tercera Cohorte llegó a la carrera para sumarse a las otras dos, y también esta recibió la letal bienvenida de proyectiles que se iban propagando por toda la longitud de la columna.

Los soldados estaban tan confusos y asustados que ni siquiera se percataron de los primeros eburones que desembocaron de los márgenes de la vegetación, recogiendo lanzas, piedras, hachas y bastones para arrojarlos con fuerza contra sus filas. Desde el interior del cuadrado, los legionarios comenzaron a ver la muerte y la sistemática decapitación de los heridos que habían quedado en tierra en los primeros momentos de la emboscada. Hubo soldados que parecieron volverse locos y entre las tropas no fueron pocos los que perdieron el control de la vejiga y de los intestinos. Entre tanto, los centuriones trataban desesperadamente de recuperar el orden, con la disciplina del bastón.

Cuando Cota alcanzó a la Quinta Cohorte encontró a Sabino, que bajo aquella lluvia de flechas no estaba en condiciones de organizar la más mínima resistencia.

—¡Fuera! ¡Fuera de aquí, estáis demasiado expuestos! —vociferó Cota, tratando de restablecer el orden—. No debemos dejar que nos acorralen, debemos ganar la salida y dirigirnos hacia el fuerte. Estoy organizando algunas cohortes más adelante, en cuanto la alineación esté lista comenzaremos a retroceder. ¿Me has oído, Sabino? Advierte a la retaguardia que mantenga a toda costa el control de la planicie a la entrada del valle.

Sabino se limitó a mirar al otro legado con mirada vítrea, como si no lo oyera. Este se le acercó a caballo y lo miró directamente a los ojos.

—¿Me has oído? ¿Qué haces aquí? ¡Debemos avisar a la retaguardia!

—La retaguardia ya no existe —replicó Sabino con un hilo de voz—, ha sido atacada en el mismo momento que la vanguardia. Estamos en una celada.

Cota miró cuesta arriba. También allí veía solo unidades en desbandada. Con un golpe de rienda volvió al lado de su igual.

—Con lo que has insistido en esta decisión, espero que vivas lo suficiente para darte cuenta de tu estupidez.

Sabino lo miró, trastornado.

—Al menos finge que aún eres un comandante y ayúdame a reunir las cohortes supervivientes. ¡Dejemos el equipaje a los eburones y dispongámonos en círculo!

Después de estas palabras, Lucio Aurunculeio Cota espoleó el caballo entre los reducidos grupos que se protegían de la lluvia de flechas, para dirigirlos hacia el águila.

Lucio finalmente entrevió la cabellera roja en medio de un grupo de soldados que estaban alcanzando el cuadrado. El gigante Bithus sostenía a Gwynith, moviéndose entre los fugitivos, pero Tara no estaba en el grupo. También Emilio se dio cuenta de ello mientras tomaba el mando de la cohorte, alineado en primera fila.

—¡Primera Cohorte! —aulló el primípilo a los hombres—. Debemos tomar la iniciativa. ¡No estamos aquí para morir, sino para matar! Ha llegado el momento de ganarse la paga.

Una lanza se estrelló con un golpe sordo en el escudo. Emilio lo sacudió, pero necesitó una rabiosa patada para arrancar la jabalina.

—Aquellos de vosotros que aún tengan los *pila*, que los pasen a las primeras filas. A mi orden, tiramos y cargamos.

Los hombres se sintieron confortados por aquellas palabras. Cualquier cosa era preferible a quedarse allí, bajo aquel alud de proyectiles, que cosechaban víctimas sin cesar. En aquel punto el miedo estaba dejando rápidamente el sitio a la desesperación, tarde o temprano serían golpeados, lo sabían y ya habían visto cuál sería su fin si caían vivos en manos de los eburones. Era mejor, pues, atacar y tratar de romper el frente enemigo. La desesperación se convirtió en rabia cuando el primípilo dio la orden de lanzar el grito de guerra y arrojar con fuerza los *pila* precisamente mientras los bárbaros más arrogantes se habían adelantado a pocas decenas de pasos de los legionarios. La rabia dio paso a la furia cuando el grito inhumano de Valerio, seguido por el de los demás, dio inicio a la carga deteniendo el avance de los eburones, que por primera vez sintieron el hierro romano silbando hacia ellos y golpeándolos. En un instante los legionarios estuvieron sobre los atacantes y de inmediato los gladios comenzaron a hundirse en las carnes de los bárbaros, tiñéndose de rojo. Los eburones no se opusieron al ataque, solo algunos de ellos entraron en contacto con la primera fila e inmediatamente después cayeron, con las vísceras destrozadas por los embates de los jóvenes legionarios. Emilio aullaba que no se arredraran, gritaba que golpearan y golpeaba a su vez, se volvía para mirar a los demás, controlaba la formación y volvía a aullar, coreado por los alaridos de los muchachos. Los galos vacilaban por primera vez y sus gritos de dolor se perdían en el estruendo ensordecedor de los atacantes. Caían, morían, y era más fácil de lo previsto; los muchachos de la Decimocuarta estaban descubriendo que eran legionarios y el hombre que tanto los había hecho penar estaba delante de ellos, dando mandobles sin parar. El bloque avanzó, las filas sucesivas atravesaron a su vez a los caídos enemigos para desahogar el odio y para probar el efecto de la espada que penetraba la carne. Casi de inmediato los bárbaros dieron la espalda a los legionarios y finalmente el primípilo dio la orden de detenerse. Valerio no obedeció, se apartó solo del cuadrado corriendo hasta alcanzar a un viejo eburón de pelo gris. Lo atravesó por la espalda, de parte a parte, lo dejó caer entre espasmos y sin vacilar decapitó aquel cuerpo agonizante con un golpe seco. Cogió la cabeza por el pelo y la lanzó hacia los otros galos, antes de retomar su puesto en el cuadrado, entre los gritos de aprobación de los romanos. La mirada que le lanzó el primípilo no necesitó ser subrayada por palabras de admonición.

Marco Alfeno Avitano, con una sumaria venda ensangrentada sobre la cabeza, alcanzó a Emilio.

—Cota quiere que te sitúes, junto al aquilífero, en el centro de la alineación.

El primípilo indicó a Lucio que lo siguiera y los dos se abrieron paso entre la cohorte, hasta llegar al centro del círculo del comandante. No era solo el punto de reunión de los oficiales, sino también de los heridos, que yacían un poco por doquier. Los que había recibían los primeros auxilios y eran enviados de nuevo a sus puestos de combate; los más graves, en cambio, permanecían en el suelo, esperando en vano que alguien se ocupara de ellos. En aquel infierno de gritos y lamentos, Cota, apeado del caballo, daba disposiciones y órdenes a través de los comandantes de las cohortes.

—El águila debe estar en el centro de la alineación —dijo el legado señalando a Lucio. Luego miró a Emilio—: He perdido demasiados centuriones, primípilo, no puedo permitirme arriesgarte también a ti. De ahora en adelante estarás aquí, junto al águila. Debemos intentar contener las pérdidas, la situación es grave.

—Lo será mientras permanezcamos aquí, *legatus* —respondió el centurión, envainando la espada—. No nos quedan armas de tiro, así que no podemos oponernos a los ataques. Nuestros arqueros no han conseguido ser eficaces, han lanzado sin ton ni son y ya han agotado las flechas. Las provisiones han quedado en los carros.

—Debemos intentar recuperar esos carros a toda costa, reorganizarnos y salir de aquí. Si recuperamos las armas de tiro y algunos escorpiones, podremos resistir durante mucho tiempo, incluso toda una jornada, y esta noche intentar forzar el bloqueo en el acceso del valle.

Emilio bebió un sorbo de agua de la cantimplora.

—Lo mejor es hacerlos mover. Estos no son los hombres de la Décima o de la Novena Legión; son muchachos, tienen miedo de ser rodeados, se sienten perdidos.

—¡Organiza dos cohortes, primípilo! Sin esas armas no tenemos ninguna posibilidad de salvación.

En cuanto los oficiales se dispusieron a organizar la salida desplazándose hacia las cohortes que deberían haber contraatacado,

Gwynith se acercó a Lucio, que olvidado de las formalidades la estrechó entre sus brazos. El aquilífero sintió que las lágrimas de la mujer le mojaban la parte del rostro que no estaba cubierta por el hierro del yelmo. Pensaba en palabras de consuelo, pero no las encontraba, así que se limitó a abrazarla en silencio, apoyando el rostro en su frente.

—¡Ha sucedido tan deprisa, Lucio! De pronto nos ha llovido encima de todo, y luego hemos sido arrollados por los soldados. Pensé que te habían herido.

El aquilífero empezó a acariciarle lentamente el pelo para calmarla.

—Tara ha muerto, Lucio. Un momento antes estaba ahí, luego el carro volcó y ella... ella...

Él la estrechó aún más fuerte procurando tranquilizarla, pero era en vano, porque Gwynith ya no tenía esperanzas.

—Te lo ruego, Lucio, no me dejes volver encadenada, mátame, pero no permitas que me cojan. Prométeme que si no hay escapatoria lo harás.

Dos heridos que aullaban de dolor fueron depositados junto a ellos. Lucio acercó los labios al oído de la mujer.

—Debemos resistir hasta que oscurezca, luego intentaremos huir. —La estrechó aún con más fuerza—. ¡No pierdas las esperanzas, Gwynith! Lo conseguiremos.

Uno de los dos heridos que estaba en el suelo, con el yelmo roto y el rostro cubierto de sangre, alargó la mano para apretar el puntal de hierro del asta que sostenía el águila. Lucio lo miró y, dejando a Gwynith, se agachó ante él para desatarle el yelmo. El herido susurró algo al aquilífero y éste, apretándole la mano, acercó la oreja a su boca, luego asintiendo bajó el asta y ofreció el águila de plata a la mano libre del muchacho, que la estrechó sobre el pecho.

Con las pocas fuerzas que le quedaban, el herido suspiró algunas palabras temblorosas:

—¿Me sacarás de aquí? ¿Me llevarás a casa?

Lucio asintió intentando limpiar la sangre que se mezclaba con las lágrimas del soldado. La mano del muchacho apretó la de Lucio, como si se quisiera aferrar a esa vida que se le escapaba, luego perdió fuerza y del rostro desapareció la mueca de dolor que lo había marcado hasta aquel momento. Gwynith, llorosa, observó el rostro de Lucio, impasible, mientras desataba el cinturón del soldado en busca de algo que encontró en un pequeño envoltorio de cuero. Al abrirlo, el aquilífero extrajo una moneda y después de haber recitado una breve plegaria en voz baja, la introdujo delicadamente en la boca del legionario. Luego, siempre bajo la mirada de Gwynith, se levantó apoyándose en el asta que sostenía el águila.

—Es para pagar al barquero que ha de llevarlo más allá del río en el Reino de los Muertos.

Poco antes de mediodía Cota puso en marcha su plan, guiando personalmente la salida de las dos cohortes. En cuanto los legionarios se movieron, los eburones experimentaron el efecto devastador del ataque de una unidad de infantería romana y cedieron inmediatamente terreno, dándose a la fuga. El único contragolpe adoptado por los bárbaros fue el de mantenerse lo más lejos posible de los afiladísimos gladios. Una de las dos cohortes, la Novena, consiguió alcanzar un carro cargado de *pila* y otras armas de tiro, llevando a la alineación su botín. Otras dos cohortes partieron al ataque en cuanto las dos primeras ocuparon su puesto en el interior de la alineación y también en esa ocasión los galos se retiraron desordenadamente. A partir de aquel momento, los bárbaros se mantuvieron alejados de las posibles salidas romanas. Se acercaban, rápidos, a la legión, arrojaban piedras o lanzas y luego echaban a correr para ponerse fuera de tiro. Con esa simple y primitiva táctica habrían podido continuar durante días y mantener en jaque al mejor ejército del mundo en aquel angosto valle.

Los romanos respondían recogiendo todo lo que se lanzaba contra ellos y, redistribuyéndolo entre las filas, organizaban salidas que tenían una eficacia mucho más letal que los asaltos de los bárbaros. Pero el valor y la táctica no conseguían superar la posición claramente desventajosa y constantemente batida por el tiro enemigo, que continuaba cosechando nuevas víctimas entre las filas romanas. A la larga, los eburones tendrían las de ganar sobre los legionarios, que, privados de cualquier refugio, cansados, hambrientos y sedientos, resistían al derrumbe solo con la fuerza de la desesperación. Emilio, con el rostro tenso, exhausto pero al mismo tiempo inagotable, se acercó a Cota. El comandante, a lomos de su caballo, espoleaba a su cabalgadura de un lado al otro, alentando a los hombres.

—Señor, las filas se están reduciendo, tenemos demasiados heridos que ya no pueden caminar, y cuando las cohortes contraatacan dejan unos vacíos que es imposible colmar en el perímetro defensivo. Tarde o temprano los bárbaros se percatarán.

—Lo sé, primípilo, y si estoy arriesgando es porque no veo otra solución. Sé que las salidas cuestan hombres, pero cuestan muchos más a ellos. Espero desanimarlos. Estoy manteniendo la posición, a la espera de que la oscuridad nos proporcione una ocasión propicia.

Emilio asintió, desconsolado.

—¿Tienes algo que proponer, primípilo?

—Por desgracia, no, *legatus*. Tampoco yo veo alternativas. Organizar una ruptura ahora significaría abandonar aquí a todos los heridos.

Cota señaló lo que quedaba de la valerosa Primera Cohorte.

—Ordena a Alfeno que eche a esos bastardos más allá del río y alcance el carro de los *tormenta*, que hemos abandonado esta mañana. Inmediatamente después manda también a la Décima Cohorte, en protección del flanco derecho de Alfeno.

—¡Sí, *legatus*!

Cota retuvo un momento a Emilio:

—Primípilo.

—¿Señor?

—Tenías razón, primípilo. Si te hubiera escuchado, muchos de estos muchachos seguirían con vida.

—Has actuado pensando que hacías lo correcto.

—No, he sido un idiota y por cada uno de estos muchachos que cae me doy cuenta de hasta qué punto puede ser grave la decisión de un solo hombre. Me doy cuenta de qué poco digno es ser comandante, después de semejante decisión. Vaya como vaya, mi carrera acaba aquí, hoy. No tendría sentido sobrevivir a esta jornada, mi honor me lo impide. Pero haré todo lo posible por salir de aquí.

El legado hizo girar el caballo y las miradas de los dos hombres se encontraron.

—Estoy orgulloso de haberte tenido a mi lado.

Emilio intentó contradecirlo, pero Cota lo interrumpió de inmediato:

—Haz partir a Alfeno, primípilo, luego alcanza el águila. Buena suerte.

Marco Alfeno Avitano impartió la orden de avanzar, empezando el contraataque en un desesperado intento de alcanzar algunos carros cargados de lanzas y escorpiones. Todos los honderos disponibles les abrieron camino con un preciso martilleo de piedras sobre los enemigos, y pocos instantes después, a la derecha de la alineación, se puso en movimiento también la Décima Cohorte, protegiendo el flanco descubierto de la Primera.

Lucio no se había desplazado de su posición en el centro de la alineación, rodeado por heridos agonizantes y oficiales que frenéticamente mandaban mensajeros a sus unidades, mientras los músicos bramaban, impotentes, con los instrumentos en la mano. Desde allí se pudo observar el movimiento de los dos bloques que saltaron rabiosamente hacia delante, uno después del otro, dejando un vacío enorme en el círculo de defensa. La mirada del aquilífero se demoró en el corredor abierto por los legionarios, que procedían velozmente encontrando una escasísima resistencia. Esforzándose en calcular a qué distancia se hallaban los carros, Lucio alzó la mirada y captó sobre la colina un gran movimiento de soldados, dirigidos a la derecha de la Primera Cohorte. Nunca había visto aquellas particulares maniobras de hombres que se desplazaban lateralmente sobre el cerro, porque los galos atacaban y se retiraban con movimientos perpendiculares al círculo romano. Cuando entendió lo que estaba ocurriendo, los primeros eburones ya corrían hacia el flanco derecho de la cohorte, donde los legionarios no tenían la protección de los escudos.

—¡Quieren rodearnos! —aulló, señalando la colina a Emilio, que ya estaba llegando.

El primípilo se apresuró hacia la Novena Cohorte para lanzarla en ayuda de la Décima, cuyo flanco se estaba agrietando bajo la presión de los atacantes. El movimiento, por más que necesario, amplió la falla en el perímetro defensivo, dejando enormes espacios donde los bárbaros podrían derramarse como un río en crecida. Los hombres de las primeras filas de la Décima Cohorte, ignorantes de cuanto estaba sucediendo a sus espaldas, avanzaron hacia el enemigo en fuga, mientras el flanco derecho de su alineación se rezagaba bajo la presión de los oponentes hasta detenerse. El bloque se descompuso y muchos de los jóvenes soldados de los flancos cayeron, golpeados por los bárbaros, entre la confusión general. Los legionarios que estaban cerca de aquellos heridos trataron de retroceder, chocando o arrastrando consigo las filas más internas, cuyos componentes sufrieron el impacto tropezando y procurando agarrarse los unos a los otros para sostenerse. No se habían dado órdenes, no se habían oído toques de trompeta. El estandarte de la cohorte avanzaba en primera fila y los hombres ya no sabían qué hacer, dudando entre si detenerse a combatir o mantener el paso de los primeros. Así, la formación comenzó a deshacerse, como una gran cuerda demasiado tensa que comenzaba a deshilacharse hilo tras hilo. La cohorte perdió la coordinación, convirtiéndose en una mezcla de soldados aislados que combatían solo por la propia supervivencia. Fue el colapso de aquella unidad, que se dispersó entre alaridos tiñendo de rojo el campo de batalla.

Marco Alfeno Avitano notó la confusión a su derecha, pero gritó a los hombres que avanzaran. Los carros estaban cerca y en aquellos pocos instantes decidió llegar a su objetivo, coger todo lo posible y regresar a la carrera en ayuda de la Décima Cohorte. Un par de jabalinas habían golpeado su escudo, el *optio* que estaba a su lado había caído durante el avance y una piedra había silbado junto a su oído. Pero él estaba allí, había conducido a sus legionarios al carro y en aquel momento se sintió orgulloso de ser un tribuno. Dispuso algunos hombres en defensa de su presa, mientras los otros comenzaban a hacer acopio de armas. Un par de preciosos escorpiones fueron cargados a hombros bajo la mirada complacida de Alfeno, que se sintió envuelto por un halo de invencibilidad.

La lanza aparecida de la nada que se le clavó apenas debajo de la coraza desmenuzó como un frágil cristal aquel halo. El tribuno no tuvo tiempo de caer, porque Valerio lo cogió entre los brazos mientras un muro de escudos se alzaba en un instante en torno al herido. Quinto Lucanio entró inmediatamente en acción, consciente de que era el último oficial que quedaba en aquella cohorte. Debía concluir el trabajo de Alfeno y devolver a los hombres cargados de armas al perímetro defensivo de la legión. No había tiempo para reflexionar, solo para organizar lo más rápida y ordenadamente posible el abandono de aquel lugar infernal, donde llovían hierro y rocas sin cesar. Excluyó a priori acudir en ayuda de la Décima Legión. La mitad de los hombres disponían de armas, la otra mitad debía proteger a sus camaradas y combatir. Buscó la mirada de su hijo entre las filas y dio la orden de retirarse solo después de haberlo visto bajo un haz de *pila*.

Tito Balvencio, el centurión más veterano de la Novena Cohorte, se volvió hacia el portaestandarte y le arrancó de la mano la enseña de la unidad, arrojándola con todas sus fuerzas entre los bárbaros que estaban masacrando a los hombres de la Décima Cohorte. Un alarido rabioso se alzó de las filas que lo seguían y toda la unidad se lanzó sobre los eburones. Los muchachos atemorizados que habían atravesado el umbral del fuerte al alba, transformados en legionarios, se abalanzaron sobre los enemigos sin vacilaciones. El mismo Balvencio se introdujo en un grupo de enemigos y cortó la garganta al eburón que se había adueñado del estandarte. En la violenta contienda, entre polvo y sangre, un grupo de galos que buscaba una vía de escape perdió la orientación y se dirigió hacia el centro de la alineación romana. Un coloso rubio avistó el águila que Lucio sostenía al fondo de aquel corredor libre e incitó a los demás a echarse sobre la preciada presa. Los eburones se lanzaron hacia el aquilífero como si tuvieran alas en los pies. Lucio miró a su alrededor en busca de Gwynith y extrajo la espada. Los hombres que estaban a su lado dejaron caer los instrumentos y empuñaron las armas. Algunos de los heridos reunieron las fuerzas y se alzaron, tambaleantes, para estrecharse en torno al águila. Emilio alcanzó a su portaestandarte y ocupó su puesto delante del símbolo de Roma, con el pie izquierdo bien plantado hacia delante al tiempo que empuñaba el gladio. Con un gesto de rabia exhortó a algunos de los tribunos presentes a hacer lo mismo y, para su sorpresa, también Sabino se unió al grupo, con toda su escolta. Los bárbaros habían salvado a la carrera el espacio que los separaba del águila, pero el cansancio comenzó a disgregar a la pequeña horda, que se encontró sin aliento. Emilio aulló que atacaran, llevando tras de sí a aquel extraño tropel de yelmos emplumados y pieles de lobo. Algunos eburones se detuvieron, otros recuperaron el vigor y se lanzaron contra el águila, pero a unos cincuenta pasos de distancia Lucio Aurunculeio Cota superó al galope al pequeño manípulo, seguido por una decena de jinetes auxiliares que le hacían de escolta. El primero en ser pasado por la espada del legado fue precisamente el gigantesco rubio que capitaneaba la incursión de los galos. El resto de los atacantes se dio a una fuga suicida, ofreciendo las espaldas a las afiladísimas espadas de los jinetes. Emilio ordenó al grupo que se detuviera, mientras veía que Cota desaparecía en una nube de polvo para alcanzar a la Décima Cohorte en desbandada.

En aquel mismo instante Tito Balvencio intentaba a duras penas controlar a su cohorte en el combate, pero la inexperiencia de los soldados pesó más que el valor y la furia del momento prevaleció sobre la organización. El gran centurión fue golpeado mientras daba la espalda al enemigo en un intento de reorganizar las primeras filas. Cayó entre los brazos de los soldados, con ambas piernas atravesadas por una jabalina. Aprisionado por el dolor e incapaz de moverse, fue ayudado por dos hombres, uno de los cuales depositó el escudo para tener las manos libres, pero se desplomó de inmediato traspasado por otra lanza. La falta de un comandante de aquel nivel hizo vacilar a toda la cohorte, a la cual se habían sumado los supervivientes de la Décima. Cota se percató de la inmovilidad de los hombres, convertidos en fáciles blancos bajo la lluvia de proyectiles, y lanzó con fuerza a su corcel en aquella dirección, abriéndose paso a golpes de espada. Una vez alcanzadas las filas, el legado vio a Balvencio en el suelo y, de golpe, el mundo dejó de existir.

Los ruidos ensordecedores se desvanecieron, se hizo el negro absoluto. El cielo y la tierra parecieron rodar velozmente, intercambiando su puesto sin cesar. Un momento antes Cota estaba a caballo en medio de los hombres, e inmediatamente después se sintió desplomándose en el vacío, acompañado por un silbido que le perforaba los tímpanos. Sintió su cuerpo ondulando en el vacío, como transportado por las olas, mientras la cabeza se balanceaba, inanimada, cual si los músculos del cuello ya no consiguieran sostenerla. Se dio cuenta de que el agua en realidad eran decenas de manos que lo llevaban a peso. Trató de escuchar las voces en medio de aquel silbido; alguien lo estaba llamando, pero él no conseguía responder.

Emilio respiraba apretando las mandíbulas, con las aletas de la nariz dilatadas. Había ayudado a la escolta de Cota a llevar el cuerpo del legado al interior del perímetro defensivo, después de que la gran piedra hubiera pegado en el rostro de su superior. Ahora observaba al comandante, consciente de que aquel golpe repercutiría sobre toda la legión.

—¡Traed agua! —aulló Sabino con labios temblorosos, mientras sujetaba a Cota por la mano.

Nadie del denso grupo que se había reunido para proteger al legado se movió. Todos volvieron en torno una mirada desconsolada.

—Creo que aquí nadie tiene ya una gota de agua —dijo Emilio con voz ronca.

El rostro de Cota estaba horriblemente desfigurado. La nariz rota se hinchaba rápidamente y el potente golpe de honda le había partido el labio. Le sostenían la cabeza para que no se ahogara en su propia sangre, que brotaba a chorros por la boca entreabierta, donde se veían los dientes partidos por la violencia del tiro. El médico personal del comandante intentaba parar la hemorragia mientras todos lo observaban en un intento de deducir por su comportamiento si aquella herida era tan grave como parecía.

A pocos pasos de distancia, Lucio ayudó a Valerio y Bithus a recostar en el suelo a Marco Alfeno Avitano. En el frenesí de recuperar al tribuno, durante la carrera de regreso hacia el centro de la alineación, la pesada lanza había salido, desgarrando la herida. El único médico en las cercanías se estaba ocupando de Cota. Valerio, con el rostro cubierto de salpicaduras de sangre, pidió a voz en cuello la ayuda de un galeno. Luego miró a su alrededor y vio una infinidad de soldados agonizantes, así que se inclinó y comenzó a ayudar a Bithus. El esclavo, desesperado, estaba tratando de quitar la coraza de su amo para taponar la profunda herida de la cual la sangre brotaba sin pausa. El tribuno gemía a cada movimiento, luego empezó a toser, empeorando su ya desesperada situación. Lucio les hizo señas de que dejaran que Alfeno se recuperara de las convulsiones y poco después el joven volvió a respirar sin golpes de tos. La venda que ceñía la cabeza del tribuno se había perdido y del corte en la frente volvía a manar sangre, que teñía de rojo vivo la piel que ya estaba cubierta de polvo. La palidez fría que traslucía su rostro era la señal inequívoca de que Avitano ya había perdido demasiada sangre. Lucio pensó que era inútil martirizar al joven en aquellos últimos instantes. Cuando la respiración se hizo más regular, Alfeno sintió que alguien le sostenía la mano, alzó la mirada y encontró los ojos húmedos de Gwynith. Apretó la pequeña mano de la mujer esbozando una sonrisa, luego observó a los tres hombres inclinados sobre él e intentó alzarse de golpe, con una mueca de dolor.

—Las armas —dijo con un estertor.

Lucio le cogió la otra mano.

—Todo está en orden, ahora los hombres tienen lanzas y también escorpiones. Has cambiado la suerte de esta batalla, tribuno.

Alfeno se calmó, pero continuó respirando afanosamente.

—Hace frío —dijo, vuelto a Lucio y Valerio—, frío como aquel día en el campamento. ¿Os acordáis? Había nieve.

Un nuevo ataque de tos interrumpió sus palabras, luego el tribuno cerró los ojos. De algún modo recuperó la respiración y volvió a abrirlos. Esbozó una sonrisa.

—Qué estúpido fui aquel día, ¿eh?

—Nadie recordará eso —dijo Valerio, decidido—, en cambio, todos rememorarán cómo has guiado hoy a los hombres. Has sido muy valiente; estoy orgulloso de pertenecer a tu cohorte, tribuno.

La gran garra del veterano apretó las manos ya unidas de Lucio y de Alfeno.

El joven parpadeó varias veces, conmovido.

—Tengo frío —murmuró.

El grupo se acercó más. Bithus, con el rostro bañado en lágrimas, comenzó a restregar enérgicamente las piernas gélidas de su amo.

—No me dejéis.

—Estamos aquí, tribuno, no te dejaremos.

Alfeno empezó a temblar y comenzó a masticar palabras confusas.

Un poco más allá, Cota se había recuperado y ahora sentía que el dolor de la herida le mordía el rostro. El lejano fragor de la batalla le despertó la mente y con un esfuerzo se irguió para sentarse. Miró la coraza sucia de sangre, pero no podía imaginar cuán desfigurado tenía el rostro. No se atrevió a tocarse la herida. Se la imaginó por las miradas de los demás y por sus mismas palabras, que solo conseguía farfullar torpemente, perdiendo baba y sangre mientras controlaba a duras penas la mandíbula y la lengua.

—Mi caballo —dijo haciendo señas a los demás para que lo ayudaran a ponerse en pie. Tuvo un desfallecimiento y todos se precipitaron a sostenerlo, pero fueron rechazados—. ¡Dejadme! Lo conseguiré —exclamó, arrastrando las palabras—. ¿Y la Décima Cohorte?

—Los supervivientes se han unido a la Novena y han recuperado su puesto en la alineación, *legatus* —respondió Emilio.

Cota sacudió la cabeza y se sostuvo con el brazo bajo el mentón, con la mirada transida de dolor.

—Debemos marcharnos de aquí.

Esta vez intervino Sabino.

—No estás en condiciones de moverte, escúchame...

La mirada de Cota era una llamarada de fuego.

—¡Mi escudo, mi espada, el caballo!

Emilio observó con tristeza lo que quedaba del gran general tambaleándose como un niño, titubeante sobre sus pasos, y acercándose al nervioso semental. Imaginó qué penoso podía ser para él verse reducido así y sentir las miradas de todos. El caballo, inquieto, se agitó e hizo perder el equilibrio al comandante, que contuvo un grito de dolor y cayó en brazos de los soldados. Sabino intervino para ayudarlo y lentamente lo recostó en el suelo, entregándolo a las manos del médico. Las miradas de los oficiales escrutaron los rostros de los dos comandantes y no necesitaron mucho para entender las intenciones de Sabino. Recuperando su tono de legado, este llamó a Cneo Pompeyo, su intérprete personal, y después de ordenar a los comandantes de las cohortes que interrumpieran las salidas envió al oficial a parlamentar, bajo la única protección de un vistoso paño blanco.

Después de tantas horas de gritos de muerte y de furor, en el valle se impuso un silencio irreal, mientras un romano avanzaba lentamente hacia los bárbaros, ondeando la enseña de la rendición.

Los eburones dejaron pasar al intérprete, que desapareció con su caballo en el boscaje en las pendientes de la colina. Todos, en ambas alineaciones, aprovecharon aquel momento para curar a los heridos y tomar aliento en silencio. Algunos se vendaron las heridas como mejor pudieron, otros recuperaron los escudos y las armas menos deterioradas. Los más exhaustos se recostaron donde se encontraban, otros intentaron tragar deprisa algún bocado de pan o de sacudir ávidamente las cantimploras para extraer las últimas gotas de agua. Hasta los centuriones más templados se quitaron el yelmo para saborear un instante de paz.

Resistiendo el dolor, Cota se acercó con paso firme a Quinto Titurio Sabino. Fue él quien interrumpió aquel tétrico silencio.

—¿Qué esperas obtener?

—Algo mejor que morir aquí.

—¿Aún te fías de los eburones?

—¿Tenemos otra elección?

Un ruido de cascos los interrumpió. Se quedaron mirando al

intérprete, que volvía al trote, atravesando la tierra de nadie sembrada de muertos y heridos. El caballo se detuvo delante de los dos legados y Cneo Pompeyo se apeó con un salto.

—He hablado con Ambiórix en persona. Espera a los comandantes para negociar una rendición incondicional, que de todos modos será discutida entre él y su gente. En cualquier caso, garantiza vuestra seguridad. Ha dado su palabra de que no se os hará ningún daño.

Para Sabino fue como una victoria. Suspiró, aliviado, y se pasó una mano por la frente y los ojos después de mirar a Cota:

—Vayamos a ver si se puede hacer algo.

—¡No! No pienso parlamentar con un enemigo armado y tampoco ayer debería haberlo hecho.

—Sabes que eso puede comprometer la negociación.

Cota esbozó una mueca horrible, que en otros tiempos habría podido ser una sonrisa amarga.

—¿Qué crees? ¡Mira todo esto, mira el salvoconducto que prometió Ambiórix! ¿Por qué debería cambiar de parecer ese bárbaro, ahora que estamos definitivamente atrapados?

—Lo intentaré. Pediré que perdone la vida de los soldados, y si quiere la mía, que la coja.

—¿Tú dejarías por ahí a tantos testigos de una traición?

—Una legión no desaparece en la nada; lo que ha sucedido aquí permanecerá, haya o no testigos para contarlo. Le doy la victoria, le dejo las armas. Espero que a cambio él permita que estos muchachos vuelvan con sus familias.

Cota sacudió la cabeza y Sabino se dirigió a Emilio en tono irritado:

—Primípilo, prepara una escolta compuesta por oficiales veteranos y tribunos. Procuremos impresionar al eburón.

—El *centurio prior* no se mueve de aquí —lo increpó Cota—, y tampoco los demás oficiales veteranos. Solo quien quiera te seguirá.

Cuando el legado abandonó la alineación, tenía en su séquito a una decena de oficiales. Cota observó marcharse el grupo, luego hizo una seña al primípilo de que se acercara y dio disposiciones para que prepararan las cohortes. Antes de alcanzar lo que había quedado de las alineaciones, Emilio se detuvo un instante a observar a Alfeno, ahora inconsciente. Lo miró, absorto, durante un momento, y a continuación se dirigió a Lucio y Valerio:

—Volvamos a ocupar nuestros puestos, legionarios.

Gwynith y Bithus se quedaron solos acompañando al muchacho en su viaje a las orillas del Estigio.

El aquilífero se puso a espaldas de Cota, como si fuera su sombra, mientras que Valerio regresó a la primera fila de su cohorte, al lado de Quinto Lucanio, que a cada instante se volvía a buscar a su hijo entre las filas. Emilio se acercó al centurión exhortándolo a estar de guardia, luego se adentró en la fila de los suyos y con pocas palabras puso a los hombres al corriente de cuanto estaba ocurriendo, añadiendo una consideración personal:

—Puede ser que se intente regresar al campamento. En tal caso el águila será sin duda asignada a la Primera Cohorte, que asumirá la forma de cuña. Necesito que seáis tan determinados como habéis sido hasta ahora. Recordad que seremos nosotros los que marquemos el paso a toda la legión, y ha de ser un paso extremadamente rápido. No podremos detenernos a recuperar a nadie, quien caiga será desahuciado. Quien corra, probablemente conseguirá ver la salida de este maldito valle. Si somos muchos los que llegamos al fuerte, tendremos alguna esperanza. —Los miró, casi uno por uno—. La única posibilidad de salvación es correr y combatir.

Lucio observaba a Cota, que escrutaba en silencio el punto de la colina donde había visto desaparecer a Sabino y los demás oficiales. En toda la legión nadie se atrevía a pronunciar ni una palabra. Aunque muchos no eran partidarios de la idea de Sabino, en ese momento esperaban vivamente haberse equivocado y en sus mentes imploraban que el bárbaro aceptara las demandas del legado. Un sollozo sofocado atrajo la atención del aquilífero, que había reconocido inmediatamente aquel llanto. Se volvió a mirar a Gwynith y encontró sus ojos. Ella sacudió lentamente la cabeza, mientras seguía estrechando la mano de Alfeno. Bithus, con el rostro bañado en lágrimas, cogió una moneda y la puso en la boca de su amo.

Marco Alfeno Avitano había partido al más allá. La carrera del joven noble había terminado. En Roma le habrían dedicado una digna oración fúnebre, pero su cuerpo quedaría allí y, si las cosas no cambiaban, sería pasto de los predadores nocturnos y su cabeza serviría de ornamento en la puerta de un noble eburón. Lucio cerró los ojos, preguntándose cuántos de ellos se reunirían con Alfeno antes de que anocheciera. Los mantuvo cerrados incluso cuando un estruendo se alzó desde la colina de enfrente y se propagó luego por toda la horda que los rodeaba. Cuando volvió a abrirlos, vio a un hombre muy alto, con espesos bigotes y dos trenzas que salían del pelo rizado. El guerrero había emergido aullando del bosque sosteniendo una larga lanza en la que llevaba una cabeza clavada. Era la cabeza de Quinto Titurio Sabino y el bárbaro era Grannus, el primo del rey Comio.

Nadie se movió, no se dieron órdenes. Los romanos aún vivos eran unos cuatro mil, heridos incluidos, menos de la mitad de los que habían salido del fuerte aquella mañana. Todos permanecieron en silencio observando aquella escena. Lucio tragó saliva y al sentir que los ojos se le humedecían, los cerró inspirando profundamente. «Este no es momento de llorar —se dijo—, es momento de combatir.»

Otros bárbaros salieron del bosque sosteniendo cada uno el propio trofeo, pero esta vez no los arrojaron contra los soldados: se trataba de presas demasiado importantes que deseaban conservar. Al final salió el rey Ambiórix y, blandiendo su larga espada, con un amplio y teatral movimiento ordenó el ataque.

Cota se volvió hacia Lucio.

—Alcanza la Primera Cohorte, ya sabes cuál es tu deber.

El aquilífero asintió, saludó a su superior y se marchó, mientras el general daba un último vistazo al águila. Al pasar junto a Gwynith, Lucio la aferró por un brazo y les dijo a ella y a Bithus que lo siguieran inmediatamente. El negro primero dudó en dejar el cuerpo de Alfeno, pero luego se unió a ellos. Corriendo, se adentraron en las últimas filas de la Primera Cohorte. Allí el aquilífero dejó a Cabello de Fuego junto al negro, armado con gladio y escudo, para dirigirse a las primeras filas, donde se situó entre Valerio y Quinto Lucanio.

—Águila en la cohorte —gritó el centurión.

Por más que las decisiones de Sabino hubieran sido discutibles, la visión de su cabeza clavada en una lanza empuñada por un bárbaro enajenado fue otro duro golpe para la moral de la Decimocuarta, ya tan afectada. Con aquel gesto, Ambiórix mostraba su voluntad de aniquilar la fortaleza de Atuatuca por todos los medios a su disposición, incluso el más desleal. Los legionarios habían entendido que aquella sería su sentencia de muerte. No había vía de escape de aquella cuenca y parecía claro que los bárbaros no harían prisioneros. El desaliento ocupó el lugar de la esperanza, la convicción de poder conseguirlo se desvaneció junto con la fuerza y la voluntad. Algunos, desesperados, se dieron muerte para acabar de una vez.

Cota intuyó que la legión estaba próxima al colapso e inmediatamente tomó el mando de la Novena Cohorte, una de las unidades peor adiestradas y equipadas de la Decimocuarta, que había quedado sin centurión. El gran comandante con el rostro desfigurado se alineó en primera fila, codo con codo con aquellos muchachos nerviosos y desanimados. Los incitó, los exhortó, los hizo mover cuando ya no había nada en ellos salvo la voluntad de no dejar solo al comandante herido, que plantaba cara a la horda enemiga. La Novena Cohorte, demediada y exhausta, se opuso con ímpetu al asalto de los eburones como si se tratara de una revancha personal.

Nadie volvió a ver al legado Cota. Su casco de bronce centelleó brevemente en el polvo junto al estandarte de la Novena antes de ser engullido por la contienda.

Los eslabones de la cadena defensiva se habían abierto y una riada de eburones se derramó en el vacío que había dejado la Novena hasta alcanzar el centro de la alineación romana, que vaciló. La Decimocuarta era ahora un edificio que se desmoronaba, ladrillo tras ladrillo, bajo el choque de un violento terremoto. Los eburones eran las grietas que se abrían, profundas, en los muros.

En un instante, con un ímpetu arrollador, cayeron sobre los heridos, diezmándolos sin piedad.

La Novena Cohorte quedó aislada del resto de la legión; la Octava se dispersó como un rebaño perseguido por los lobos en cuanto vio que los enemigos la asaltaban por el frente y por el flanco, y en el desesperado intento de fuga arrastró consigo a los hombres de la Sexta. Fue el derrumbe.

En medio de toda aquella furia, la Primera y la Segunda Cohorte aún no habían sido tocadas. Los atacantes sabían que aquellos hombres eran los más duros de toda la legión y se mantenían a distancia, orientando sus fuerzas a las presas más débiles y aisladas. Emilio alcanzó a Quinto Lucanio a la cabeza de su centuria. Miró a su alrededor durante un momento en busca de un tribuno, pero la presión del enemigo lo impulsó a tomar una rápida decisión. Según podía ver, era el oficial de mayor grado. Alzó el gladio al cielo y aulló a los suyos:

—¡Volvemos al fuerte, a la carrera y en formación de cuña!

Antes de abrazar bien el escudo extrajo una moneda de oro de debajo del cinturón y miró a Lucanio.

—Buena suerte —le dijo antes de ponerse la moneda en la boca, entre la mejilla y los dientes—. ¡Adelante!

Lucio se volvió a buscar a Gwynith en la multitud y la llamó para que se acercara, junto a Bithus, mientras el primípilo comenzaba a dar los primeros pasos. La primera línea pareció disgregarse, pero, mirando a diestra y siniestra, el centurión se puso a corregir la posición de los hombres, indicándoles con el gladio que aflojaran o aceleraran. Cuando estuvo satisfecho de la formación aumentó la marcha, comenzando la larga maniobra de distracción hacia la cola de la legión. Los hombres lo siguieron, avanzando cada vez más rápidamente, y la Primera Cohorte asumió la forma de una gran punta de flecha, en cuyo ápice Emilio imponía la marcha a todos los demás. El movimiento disgregó totalmente la formación de la Decimocuarta, en perjuicio de las pequeñas y aisladas bolsas de resistencia, y cogió por sorpresa también a toda la Quinta Cohorte. El primípilo sabía perfectamente que estaba sacrificando a varios centenares de soldados, pero si la táctica tenía éxito salvaría a muchos más de una masacre segura.

Los eburones se percataron demasiado tarde de que habían dejado una vía de escape al enemigo y trataron de ponerle remedio lanzándose a centenares contra aquella punta para detener su avance. Emilio no se dejó atemorizar y poco antes del choque ordenó a los hombres que corrieran.

La Primera Cohorte penetró en las filas enemigas como el mascarón de un trirreme de guerra. El impacto fue duro, pero la estratagema funcionó: la punta de flecha se clavó entre los oponentes y continuó avanzando con fuerza. El primípilo gritaba y pegaba, Lucanio aplastaba cráneos a fuerza de golpes, Valerio alejaba a los enemigos con su escudo protegiendo a Lucio y Gwynith, que estaban a su lado, Bithus vengó a su amo lanzando golpes a la cara. Luego, de repente, la marcha se reanudó y Lucio cogió del brazo a la britana incitándola a acelerar el paso. La cohorte pisó los cuerpos de los enemigos y avanzó. Los eburones habían desistido. Emilio gritó, rabioso, que continuaran hacia delante y la carrera recomenzó.

El camino ahora estaba libre de enemigos, pero repleto de carros, armas, *impedimenta* y cadáveres, abandonados después de la emboscada que habían sufrido por la mañana. La marcha no pudo continuar con el ímpetu inicial, en varios puntos los hombres cayeron, arrastrando a los camaradas que seguían y al fin el primípilo debió volver al paso lento, para esperar a que la formación se recompusiera. El movimiento se reveló un desastre, no tanto por la cabeza de la columna como por aquellos que seguían y se amontonaban, acosados por los bárbaros.

En cuanto oyó los gritos y se dio cuenta de la situación, Emilio dio de inmediato la orden de acelerar el paso y luego de correr, pero en aquel punto la sorpresa había disminuido y muchos eburones a caballo habían superado la columna desde las cimas de las colinas para dirigirse a la desembocadura del valle, donde esperarían a los romanos. Otros grupos de bárbaros, a pie, habían empezado a asaetear a los hombres desde lo alto. Con los escudos alzados, jadeantes y sin aliento, lo que quedaba de la Decimocuarta avanzó arrollando cuanto encontraba en su camino, pagando un alto precio de vidas por cada paso que los acercaba al fin de aquel maldito valle. Quinto Lucanio, extenuado, se volvió y dijo a su hijo que se pusiera a su lado, para protegerlo con su escudo y mantenerlo a la vista. En cuanto el muchacho obedeció, una jabalina salida de la espesura lo golpeó en la pantorrilla, arrastrándolo al suelo. Emilio oyó que Lucanio gritaba, se volvió y lo vio detenerse y proteger el cuerpo de su hijo de la columna a la carrera, que los arrolló a ambos. El corazón le dijo que ordenara el alto, pero el grado se lo impidió, al imaginar la carnicería que la orden produciría en las últimas filas.

—¡Adelante! —gritó, aumentando el paso. Y aún, cada vez más fuerte—: Adelante —con el rostro morado—, ¡adelante!

Cayo Emilio Rufo estaba llorando mientras corría con las lágrimas surcándole el rostro cubierto de suciedad.

—Adelante —vociferó cada vez más fuerte con una rabia ciega y un llanto desesperado, mientras los muchachos detrás de él perdían terreno, sin conseguir mantener su paso.

Al fondo de la columna el centurión Quinto Lucanio abatió a dos eburones antes de acabar muerto por un golpe de hacha, que lo hizo caer boca arriba sobre el cuerpo sin vida de su hijo.

Sobre el cerro que marcaba el fin del valle, Ambiórix exhortaba a los suyos a vigilar la altura. Había que acorralar a los romanos y detener su intento de fuga, porque más allá de ese punto los eburones perderían la ventaja de la posición elevada. El rey inspiró el aire fresco hinchándose de orgullo, mientras observaba a lo lejos, recortadas contra el cielo que el ocaso pronto teñiría de rojo, las torres del fuerte romano abandonado. Una presa fenomenal, un plan logrado a la perfección con la ayuda de Grannus y de sus atrebates, hostiles a ese fantoche de Comio. Su nombre resonaría por el mundo entero, y él, rey de los eburones, pequeña tribu en los confines del mundo, haría temblar al gran César y a todo el imperio romano. El precio había sido altísimo, los muertos que debería justificar ante su gente eran muchos, demasiados. Después de los primeros momentos de sorpresa los legionarios habían restituido golpe por golpe y solo la posición favorable de los galos había llevado a la derrota de la Decimocuarta. Ambiórix había sabido orquestar todo a la perfección, logrando mantener a raya a los suyos durante la mayor parte de la jornada, pero ahora los hombres reclamaban su parte del botín y comenzaba a ser arduo mantenerlos alejados de los bagajes romanos. Muchos ya habían dejado correr la persecución para lanzarse finalmente sobre los carros. Hasta aquel cerro había conseguido arrastrar a la flor y nata de la nobleza, cada uno con sus propios siervos y sus propios guerreros, invitados a tomar parte en el acto final de su victoria. Ambiórix les había pedido un último esfuerzo y a cambio obtendrían el respeto de toda la Galia. Sabía que aquella manada de miserables cansados, heridos y sedientos a la carrera no constituía ninguna amenaza para su victoria. En el fondo, podría haberlos dejado pasar, dejándolos libres de transmitir el relato de su potencia en otras fortalezas, pero aún faltaba algo muy importante: apropiarse del honor de aquella legión, su fuerza, su espíritu.

Había que coger el águila de la Decimocuarta.

Si aquellos hombres volvían ante César con el águila, se convertirían en héroes y la Decimocuarta sería una legión de mártires. Si el águila caía en su poder, en cambio, la derrota sería total y vergonzosa. El último movimiento del rey Ambiórix estaba orientado a la posesión de aquel símbolo, pero quería obtenerlo sin arriesgar a sus hombres. Llamó a su lado a Moritasgo, noble de probada lealtad que más de una vez había intercedido con los romanos, al ser uno de los pocos eburones que hablaba la lengua latina.

Él llevaría una embajada a los romanos que estaban corriendo hacia la colina.

Emilio era el único centurión que quedaba. Caminaba solo una decena de pasos por delante de los suyos, con los ojos brillantes y encendidos de rabia en medio del rostro ennegrecido. Sostenía un escudo marcado por decenas de golpes en la izquierda y un gladio teñido de rojo oscuro en la derecha. La cimera de su yelmo abollado había sido arrancada por un golpe de espada y ahora colgaba a un lado.

Los hombres que lo seguían ya no constituían una formación.

Eran solo un grupo desordenado en el que un millar de soldados blandían hachas, gladios, espadas largas, lanzas galas y escudos de todo tipo. Entre los legionarios de la Decimocuarta caminaban mujeres, niños, esclavos, civiles, mercaderes y auxiliares.

El primípilo se detuvo al inicio de la pendiente que conducía al cerro, miró las siluetas de los jinetes apostados en las alturas circundantes y escrutó los movimientos de los soldados enemigos entre la vegetación. Los hombres que lo seguían se detuvieron a su vez, apoyándose exhaustos en sus armas y manteniendo la distancia de sus comandantes. Habían dado más de cuanto era posible pedir y algunos se desplomaron al suelo debido a las heridas recibidas. El ojo experto del primípilo examinó la situación, recorriendo con la mirada la cresta de la colina tomada por el enemigo. Había terminado, no veía vías de fuga, su intento de salvarse de la masacre no había hecho más que prolongar la agonía de sus hombres. El único consuelo de aquella marcha desesperada había sido haber infligido más pérdidas a los eburones.

Desde la altura un jinete se separó de la horda y bajó al trote la pendiente. Detuvo su nervioso semental negro a una treintena de pasos de Emilio y con un gesto teatral se echó la capa azul sobre el hombro, dejando visible el pomo de la espada. Después de una mirada despectiva al centurión, la sacó de la vaina y la arrojó al suelo.

Era un embajador. El guerrero hizo señas al primípilo para que lo imitara.

—¡Habla! —dijo Emilio, manteniendo bien sujeto el gladio mientras se acercaba al eburón, que cambió inmediatamente de expresión y trató de hacer retroceder el caballo. Desde las alturas, la escena del jinete que reculaba ante el pequeño romano maltrecho fue subrayada por un desdeñoso refunfuño. Al final, Moritasgo, al no poder deshonrarse para siempre delante de los suyos, dejó que se le acercara el centurión.

—Vengo de parte del rey Ambiórix, ¿tú estás al mando de estos hombres?

—Eso poco importa. ¿Qué quieres?

—El rey Ambiórix está dispuesto a concederos que paséis ilesos por sus tierras, si entregáis el águila y las armas.

Emilio miró largamente al jinete que se alzaba frente a él. Estaba tan cansado que ni siquiera conseguía odiarlo. Sobre el valle, después de un día entero de gritos ensordecedores, había caído un silencio irreal, interrumpido de vez en cuando por el bufido nervioso de algún caballo. El centurión respondió con la voz ya ronca después de una jornada de gritos.

—Ambiórix ya ha demostrado cuánto vale su palabra. Dile que si quiere el águila tendrá que venir a buscarla. Y si ese cobarde quiere dar prueba de su improbable virilidad y de su mísero valor delante de su gente, que venga a enfrentarse conmigo.

El bárbaro tiró de las bridas.

—Entonces, estáis todos muertos —dijo entre dientes.

—¿Me oyes, Ambiórix? —aulló el primípilo, vuelto hacia las figuras de los jinetes en el cerro—. Crees que hoy has vencido, ¿verdad? —Inspiró, rabioso—: Pues te digo que solo eres un loco, Ambiórix, un loco que ha despertado una fiera mucho más brutal y despiadada de cuanto puedas imaginar. Hoy has decidido la condena a muerte para ti y para todo tu pueblo.

El centurión miró la larga fila de jinetes.

—Llegarán otros como yo, mejores que yo, más fuertes que yo, y serán centenares, Ambiórix, y cada uno de ellos comandará miles de soldados como estos, que vendrán aquí no para librar una guerra, sino para buscar venganza. Y lo único que podrá aplacar a esos hombres será vuestra sangre, Ambiórix, la tuya, la de vuestras mujeres y vuestros hijos. Vosotros ya no tenéis ninguna descendencia.

Tras un momento hizo un último esfuerzo:

—Tu miserable reino ha terminado de existir hoy, miserable escoria.

El silencio volvió a abatirse sobre el valle. Emilio se volvió hacia el águila, señalándola con el gladio.

—Si quieres esta águila, tendrás que venir a cogerla, bastardo.

El jinete sacudió la cabeza, incrédulo, en dirección al primípilo, y después de echar un vistazo a Ambiórix, hizo girar el caballo para remontar la colina.

—Te olvidas de esto —le dijo Emilio.

El eburón se dio la vuelta y vio que el centurión le ofrecía su espada celta, sosteniéndola por la hoja. Los dos se miraron, luego Moritasgo, consciente de estar bajo la mirada de los suyos, dirigió el caballo hacia el romano y se inclinó, tendiendo el brazo para coger el arma. Sus ojos se abrieron desmesuradamente cuando la hoja del gladio de Emilio se hundió de golpe en su estómago. Se quedó inmóvil, sin poder gritar siquiera, encogido sobre aquella espada que el centurión hacía rotar en sus entrañas.

—Lleva este mensaje a tu rey, de parte de los que hoy han ido a parlamentar con él, desarmados —le susurró Emilio, mirándolo a los ojos.

Asestó con fuerza una palmada al caballo, que partió al galope con Moritasgo doblado en dos sobre la silla. El embajador cayó después de un centenar de pasos, retorciéndose sobre la hierba, mientras un alarido de aprobación se alzaba en las filas de los legionarios, seguido inmediatamente por un rugido rabioso de los eburones, que espolearon las bestias colina abajo. El primípilo recuperó su puesto entre los suyos.

—¡Estrechaos en cohorte! —ordenó—. Valor, muchachos, ya estamos cerca del fin de esta maldita jornada. Dentro de poco podremos reposar en paz. Hemos hecho nuestro trabajo con excelencia. Estoy orgulloso de vosotros.

Lucio ocupó su puesto a su lado y Emilio lo miró.

—No dejes que caiga viva en sus manos —dijo el primípilo—. Habrás de hacerlo mientras tengas fuerzas. Ha terminado, Lucio. No podremos llegar al fuerte.

El aquilífero lo observó, atónito, y de pronto se volvió hacia los hombres.

—Hoy os he visto —gritó—. Creían que podrían masacrarnos en pocos instantes, pero no ha sido así, hemos luchado magníficamente, vosotros habéis estado soberbios, como solo los fuertes pueden serlo.

Lucio recorrió las miradas brillantes de los muchachos que lo rodeaban.

—Sé que no tenemos posibilidad de victoria y que cualquiera en este punto se detendría, entregándose en las manos del destino. —Su voz explotó de golpe—: Pero nosotros somos los soldados de Roma, somos los hijos de esta águila que nos ha alzado del suelo siendo aún niños —aulló, blandiendo el símbolo al cielo—, y no podemos permitir que nuestra águila caiga en las manos de esos bastardos. Sería como entregarles a nuestras madres, como deshonrar a nuestros más ilustres antepasados, que nos están mirando, y peor aún, sería como deshonrar nuestro juramento.

Se interrumpió para respirar afanosamente.

—Ahora devolveremos el águila al fuerte. Esa será nuestra victoria, nuestra fuerza, que resonará para siempre en este valle en los siglos venideros, y pondrá en guardia a cualquier hombre de querer desafiar a los hijos de Roma. —Lucio hinchó el pecho—. ¡Destino, somos los inmortales y te escupimos a la cara!

Un aullido se alzó de los exhaustos legionarios, que de pronto parecieron recuperar su vigor. Lucio se acercó a Gwynith, cogiéndola del brazo. Miró aquellos ojos verdes para entrar en su alma, como nunca había hecho antes.

—Tú sobrevivirás a este día y criarás a mi hijo.

La última mirada fue para Valerio.

—¡Hoy has hecho una promesa!

—Lo sé, Lucio.

El aquilífero apuntó el índice contra el pecho del gigante y lo miró con los ojos brillantes.

—Debes mantenerla. Yo sé que puedes hacerlo.

—¡Aquí están! —gritó un soldado.

Los caballos llegaron a rienda suelta. Los bárbaros habían partido sin la menor coordinación y al llegar a la alineación romana las bestias ya habían perdido parte de su impulso. Los legionarios habían formado una especie de cuadrado, cuyo perímetro externo estaba constituido por los mejor equipados: se arrimaron los unos a los otros esperando el terrible choque. El terreno comenzó a vibrar bajo el ruido de los cascos, precediendo el enésimo enfrentamiento de la jornada. Bien juntos, con las mandíbulas apretadas, los legionarios empuñaron las armas cuando los jinetes estuvieron a pocos pasos. Sin embargo, por sorpresa, la carga que parecía que iba a destrozar el cuadrado se detuvo de golpe. La sólida formación a pie firme de los romanos se reveló impenetrable, porque las bestias por instinto evitaron aquel gran obstáculo en el último momento o se pararon de repente, en vez de precipitarse contra él. Inmediatamente después los legionarios arrojaron una nube de lanzas sobre el enemigo y eso fue decisivo. Hombres y caballos se desplomaron al suelo, los animales heridos y espantados buscaban en la confusión una vía de salvación, chocando con aquellos que llegaban al galope. Algún cuadrúpedo, en la caída, desfondó la alineación romana, pero la formación aguantó, infligiendo golpes letales a los bárbaros apeados, que quedaban en tierra, entre las patas de los caballos enloquecidos. Como si no bastase, el ímpetu de los guerreros que estaban llegando en aquel punto empujaba aún más a hombres y bestias hacia el cuadrado erizado de espadas, y pronto los eburones fueron cayendo por la presión de su mismo número. En la multitud ahora salvaje, ninguno de los atacantes estuvo en condiciones de coordinar la ruptura o la retirada. Se encontraron oponiéndose a la presión en sus espaldas, que les impedía tanto retroceder como defenderse. Fue un desastre, en el cual los eburones comenzaron pronto a sucumbir, cayendo a los pies de aquellos que sobrevenían e impidiéndoles tener terreno sólido sobre el que avanzar.

Ambiórix se enderezó sobre su cabalgadura. El precio de su victoria comenzaba a ser verdaderamente muy grande y en su mente resonaban a su pesar las nefastas palabras de Emilio, acompañadas por la visión de sus combatientes que caían en torno a aquel último cuadrado. Vio a los guerreros ocultos en el boscaje que contemplaban impotentes la contienda, sin poder lanzar piedras o dardos por temor a golpear a sus propios compañeros. Después de una señal rabiosa comenzaron a avanzar descendiendo hacia la cuenca, pero muchos de ellos ya tenían muy pocas ganas de acabar en aquel matadero. La carga de caballería se apagó poco a poco, cuando los últimos en llegar se dieron cuenta de que para alcanzar el cuadrado tendrían que pasar sobre hombres agonizantes y caballos que pateaban, destripados.

De pronto, el rey consiguió vislumbrar claramente a su presa, porque el águila salió imprevistamente del cuadrado romano. Un hombre cubierto por una piel de oso hendió el vientre de un semental muerto, para lanzarse sobre un eburón que se estaba levantando del suelo y atravesarlo de lado a lado con el puntal de hierro del estandarte. En un abrir y cerrar de ojos los romanos se abalanzaron hacia delante, gritando, y barrieron como una ola todo lo que encontraron a su paso, transformando a los cazadores en presas. Una súbita oleada de ira invadió a Ambiórix cuando se dio cuenta de que los guerreros que debían vigilar la colina se habían esparcido en torno a aquel cuadrado. Muchos de ellos ya estaban fuera de combate mientras otros se estaban dispersando para mantenerse alejados de los mandobles de los legionarios, que ahora avanzaban por el corredor que los llevaría directamente a él. Aulló a los suyos que salieran del bosque y atacaran los flancos de los legionarios. Mandó a patadas a algunos hombres a recuperar a otros guerreros del valle, luego desenvainó su larga espada y permaneció mirando a los romanos que avanzaban, remontando la cuesta del collado. Los veía caer, levantarse y continuar, gritando; había creído que su táctica de no dejarles salvación los haría caer víctimas de la desesperación. En cambio, había transformado a unos jovenzuelos en leones. Oyó su nombre proferido por el centurión, que corría colina arriba con el rostro morado. Su caballo comenzó a agitarse mientras desenvainaba la espada. Luego, finalmente, los suyos aparecieron del bosque y embistieron el flanco de los romanos, que habían abandonado cualquier tipo de formación.

Era una batalla campal, un cuerpo a cuerpo sin cuartel. Un negro gigantesco se lanzó aullando como una furia, en medio de un grupo de eburones, y mató a dos a la vez. Un guerrero trató de golpearlo por la espalda, pero se desplomó en el suelo fustigado en pleno rostro por el hombre del águila, que blandía el estandarte creando el vacío delante de sí. Los romanos se arrojaban encima de cualquiera que intentara acercarse al aquilífero, y más de uno se inmoló para salvar el símbolo de la legión. Combatían como fieras, pero habían agotado el impulso inicial y ahora estaban llegando al final de sus fuerzas. Algunos se dejaban caer, extenuados, sin aliento, y solo esperaban el golpe de gracia.

Emilio intentó organizar otra formación en cuña para avanzar, evitando que el grupo menguara aún más. Gritó a los hombres que quería la cabeza del rey y los muchachos, convertidos en leones, se encarnizaron contra los eburones, olvidando la fatiga, la sed y la desesperación. Apretados los unos contra los otros, avanzaron hombro con hombro presionando sobre los enemigos, que vacilaron. Ambiórix intuyó el peligro y espoleó su caballo precisamente hacia la contienda, contra aquel pequeño romano que, a fuerza de insultarlo, ya casi había alcanzado la cima del collado. El soberano estaba rodeado por un cordón de jinetes que impedía que la multitud lo alcanzara y veía a pocos pasos el águila de la Decimocuarta, protegida por los últimos irreductibles que continuaban defendiendo su símbolo.

Lucio estaba rodeado por todas partes y no conseguía ver más allá de la cabeza que tenía delante. De vez en cuando percibía un rostro enemigo en el tumulto, entonces empujaba el puntal en aquella dirección, hasta que lo oía dar en el blanco. Luego lo retiraba, en medio de la contienda, que, como una marea, lo zarandeaba en un movimiento ondulatorio. En un par de ocasiones, mirando hacia atrás, había encontrado la mirada angustiada de Gwynith y había divisado cerca de ella a Valerio y la silueta de Bithus. Solo faltaba Emilio; buscó su yelmo dos filas más adelante, pero no consiguió encontrarlo. Estaban quietos, apretados los unos contra los otros, amigos y enemigos: avanzaban un par de pasos pisoteando el cuerpo de quién sabe quién, luego retrocedían, empujados por la horda enemiga. Cuanto les rodeaba era un fragor ensordecedor de hierro que aporreaba la madera o chocaba contra otro hierro, entre desgarradores gritos de dolor. Los eburones heridos buscaban una vía de escape alejándose de la línea de la batalla, mientras que a los romanos no les quedaba más que sucumbir confiando en un golpe decisivo y veloz. De vez en cuando, un hombre se deslizaba engullido por la multitud y desaparecía para siempre.

Lucio seguía pegando, buscando, volviéndose en medio de centenares de personas que solo querían matarse mutuamente. Se sentía transportado por el destino, del todo impotente frente a los acontecimientos. De pronto, se percató de que el terreno bajo sus pies ya no era en subida, sino que se había hecho llano. Una piedra rebotó de refilón sobre la cabeza de oso que le cubría el yelmo, mientras a su lado un eburón se derrumbaba, herido de muerte, en las filas romanas. No podía ver nada más, pero advertía que la cuesta había terminado. Estaban sobre el cerro.

De pronto se sintió desplazado hacia delante, tropezó, pero la misma multitud lo mantuvo en pie. Encontró un apoyo y fue transportado por la crecida. La formación en cuña había logrado pasar dejando a sus espaldas el sangriento precio de aquella conquista.

Una vez más aquel día, Emilio había demostrado su naturaleza incansable de caudillo de hombres. Pese a ello, sabía perfectamente que no tenía esperanzas, ni siquiera ahora que habían salido del valle. Si hubieran llegado al fuerte no habrían estado en condiciones de defenderlo, y si aquellos pocos desesperados supervivientes a la masacre hubieran tenido aún la fuerza para ponerse en marcha, no habrían podido constituir una columna en condiciones para aguantar un ataque de caballería. Al no ver vía de salvación, el primípilo había lanzado a sus muchachos contra Ambiórix, en la esperanza de vengar a la Decimocuarta con un último y feroz zarpazo antes de sucumbir. Matarlo no salvaría a ninguno de ellos, pero la muerte del jefe adversario crearía en la tribu, muy probablemente, un período de inestabilidad, favoreciendo a la legión que habría de vengarlos, si acaso alguna vez llegaba una. Aquel fue su lúcido pensamiento en medio de la carnicería. Pero los bárbaros habían cedido terreno frente a aquel renovado vigor, y el mismo Ambiórix, apeado, había sido conducido a salvo por los suyos, que se habían dado a la fuga, dejando momentáneamente el campo libre a los romanos. Él, Cayo Emilio Rufo, jadeante, cubierto de sangre, sudor y tierra, miró a los eburones alejándose entre los gritos de los suyos. Se sacó de la boca la moneda y la lanzó con fuerza hacia los bárbaros acompañando su trayectoria con un rugido de desdén. Un alarido, una imprecación que en realidad no iba dirigida a los enemigos, sino a los dioses que lo estaban perdonando, obligándolo a asistir a la devastación de sus muchachos.

El primípilo había recibido decenas de golpes, cambiado tres escudos y roto el mango de hueso de su gladio. Tenía el yelmo deformado y sin cimera. No obstante, había llegado incólume a aquel cerro, después de haber guiado a los suyos siempre en primera fila. Estaba agotado, había abierto el camino a los muchachos de la Decimocuarta a fuerza de golpes, de órdenes aulladas y miradas de aliento, con un encarnizamiento y una convicción sin par, y ahora, tambaleándose, exhausto pero dueño del campo, con un eburón que agonizaba a sus pies, se daba cuenta de que su victoria no valía nada. Su furia cedió en pocos instantes al cansancio. El que estaba cansado no era solo su cuerpo, sino sobre todo su mente. El primípilo estaba cansado de aquel halo de inmortalidad que seguía protegiéndolo. Lo habría cambiado con gusto por la cabeza de Ambiórix, a quien vio alejándose en la espesura. Miró a los suyos, que, exhaustos, buscaban desesperadamente algo que beber, hurgando entre los cadáveres enemigos, para luego dejarse caer en el suelo, completamente deshechos, en aquel imprevisto instante de paz. Alzó la mirada al cielo y lanzó su maldición al Olimpo, exigiendo ser liberado de aquella despiadada invencibilidad.

A su lado, Bithus, de rodillas, se oprimía una mano en el costado, braceando con los dientes apretados. El coloso de color, como otros siervos que se encontraban allí, no tenía nada que ver con la guerra de Roma en la Galia. No era un romano, no era un soldado. Había sido arrancado de su tierra siendo aún joven y debido a su corpulencia había terminado en una escuela de gladiadores de una ciudadela del Sanio, donde el destino había querido que fuera advertido y comprado por el gran senador, padre de Avitano, para hacer de guardia de corps a su hijo. Un documento ya firmado que, al regreso del tribuno de las Galias, lo convertiría en un hombre libre, lo esperaba en la urbe. Pero él se había prometido permanecer al servicio de los Avitano incluso como liberto, porque aunque grande y fuerte, en realidad necesitaba protección en aquel extraño y absurdo mundo llamado Roma. No había conseguido salvar a Arminio y había visto expirar a Alfeno entre sus propios brazos. Había fracasado en su tarea. Él, que debería haberles servido de escudo, había sobrevivido. Se miró la mano ensangrentada, esta vez lo habían herido. El gladiador nunca jamás vería Roma y aún menos su tierra. Aquel cerro de hierba fría en los confines del mundo era su meta final, la arena que pretendería su último suspiro.

A pocos pasos de él, Valerio se había sentado en el suelo, había clavado en el terreno el gladio con la hoja martirizada y había apoyado el yelmo sobre el escudo. Estaba allí sin hacer nada, sin tratar de beber, sin jadear, sin mirarse las heridas. Estaba allí contemplando la nada, con los poderosos antebrazos posados sobre las rodillas. También sus ojos, testigos de tantas batallas, se habían perdido ante aquel horrible espectáculo. No dirigió la palabra a nadie, no miró a nadie a los ojos. La muerte, a la que sentía sentada a su lado, con una mano sobre su hombro, era la única compañera de la que no conseguía apartarse.

Lucio buscó de inmediato a Gwynith, abriéndose paso entre los camaradas. La mujer miraba a su alrededor con ojos vidriosos, tenía los brazos rígidos a lo largo de las caderas, en una mano mantenía apretada una daga cogida quién sabe dónde y temblaba extraviada, presa del terror. Aún no había conseguido entender, y aún menos aceptar, aquello a lo que había asistido durante todo el día, y lo mismo valía para muchos de aquellos muchachos que se desmoronaban agotados. Nadie estaba preparado para tanto. Nadie habría podido estarlo.

El aquilífero miró a su alrededor. Los bárbaros parecían haber desaparecido y sobre aquel lugar había caído el silencio, pero dejando en los tímpanos el eco residual del fragor ensordecedor que había llenado la jornada. De vez en cuando, un lamento desgarrador se alzaba y una mano se tendía hacia el cielo pidiendo ayuda, en medio de la más absoluta indiferencia. Después de tantas horas, Lucio envainó el arma y el hierro rechinó por la suciedad que cubría la hoja. Con las dos manos Lucio plantó en el suelo el estandarte. Finalmente, después de un tiempo que le había parecido infinito, extendió los dedos palpitantes saboreando un poco de alivio. Gwynith se acercó a él y dejó caer el puñal en el suelo. Cogió las muñecas de su hombre, observándolo con una mirada cargada de angustia. Solo entonces advirtió Lucio el ardor que le subía por los ántebrazos. En la palma de las manos lívidas afloraba la carne viva, mientras que en el dorso los nudillos estaban escoriados hasta el hueso. Gwynith se arrancó un trozo del chal y lo humedeció con saliva. Luego empezó a limpiar delicadamente aquellas manos destrozadas y su vista se nubló. Lucio cerró los ojos. Todo ardía, ardía terriblemente, de las manos al corazón. Sin dejar escapar un lamento se pasó la lengua reseca por el labio inferior, que estaba hinchado y también le palpitaba. El sabor de la sangre se unió al del polvo que le llenaba la boca.

Cuando abrió los ojos y se cruzó con la mirada de ella, sintió aún más implacable la mordedura en el corazón.

—Dioses del cielo, Gwynith, cuánto te amo.

XXVII

Breno

Hacía rato que Nasua y Uchdryd dormían. Romano, en cambio, se había interrumpido y se había extraviado mirando la llama, como si algo le impidiera continuar su relato. Breno, que ya había notado en varias conversaciones ese comportamiento, permaneció en silencio. Escrutó con atención aquel rostro inmóvil iluminado por el fuego, intentando leer detrás de aquellas facciones duras, marcadas por los años y por la vida, los pensamientos que tanto lo turbaban, siempre en perenne movimiento entre el pasado y el presente. Una ráfaga de viento frío le hizo apartar la mirada. El mercader inspiró profundamente. Olor a turba y hierba, un día y medio en tierra firme y ya le faltaba el mar. Se adormiló ligeramente y cerró los ojos.

Sintió el toque de una mano sobre el brazo y los abrió. Tuvo un sobresalto. Su amigo lo estaba observando, haciéndole señas de que estuviera callado.

—Tenemos compañía —susurró el ex legionario, moviéndose hacia los árboles que se alzaban detrás del vivaque.

—¿Qué sucede? —le preguntó Breno, siguiéndolo.

Romano apartó unas ramas, lo suficiente para escrutar en el vacío. Delante de ellos, el pequeño sendero por el que habían llegado estaba sumido en la oscuridad. También a la luz del sol era difícil seguir aquella pista, porque por largos tramos desaparecía entre la vegetación.

—¿Los oyes? Caballos. Dos, quizá tres, y se están acercando.

El mercader aguzó el oído. Después de algunos instantes percibió un sonido a lo lejos. Era cierto: alguien estaba llegando a paso lento.

—¿Crees que vienen aquí?

—Depende de quiénes sean. Quizá sean solo viajeros. En todo caso, ahora habrán avistado las chispas del fuego que se alzan en el aire y es posible que quieran mantenerse apartados. Como también es posible que vengan a curiosear o a buscar un sitio donde reposar. O que sean lobos de presa.

—¿Piensas que pueden ser peligrosos?

El viejo legionario rio sarcásticamente.

—Pienso que los esperaremos y luego veremos. En todo caso, tenemos a tu «salvoconducto», ¿no?

Breno se restregó las manos sudadas. Comenzaba a sentir también un nudo en el estómago. La presencia de aquel hombre lo confortaba, pero no estaba habituado a ese tipo de tensión. Recapituló mentalmente la situación para intentar tranquilizarse. A fin de cuentas eran cuatro, con un muchacho joven y ágil, un ex legionario, aunque de edad avanzada, y un enorme guerrero del lugar. Y luego estaba él, él que... bueno, también él haría de algún modo su parte.

—Vete a despertar al «salvoconducto» y a Nasua. Nos desplazaremos del vivaque e iremos al encuentro de esos jinetes, para ser nosotros quienes les demos la sorpresa. Nos dividiremos, dos de un lado del sendero y dos del otro. Si no tienen malas intenciones, solo habremos tomado excesivas precauciones.

—Romano.

—¿Sí?

—Yo estoy contigo.

El viejo legionario sonrió, con un relámpago en los ojos.

—Bien. Entonces diles a esos dos que vayan de aquel lado del sendero y luego vuelve aquí. Nosotros nos apostaremos en este lado. Y mira en mi saco. Encontrarás el espadón que te agité ante los ojos el otro día, en la nave. Cógelo.

El mercader siguió las indicaciones. Después de haber despertado a Nasua y Uchdryd del modo más silencioso posible, regresó donde su compañero.

—Enhorabuena. Con el escándalo que has armado, nos habrán oído a dos millas de distancia.

Breno no respondió. Sabía que era torpe y estaba nervioso, y que en aquella situación dependía totalmente de Romano. Se apresuró a tenderle la pesada espada que había cogido del saco.

—Esa es para ti, yo tengo la mía —dijo el antiguo legionario—. No sé usar un hierro tan largo.

—¿Y esperas que yo sepa?

—Eres un galo.

—Soy un mercader y soy véneto, vosotros llamáis galos...

Breno se detuvo a media frase. Delante de sí solo tenía la oscuridad: Romano ya había desaparecido en el boscaje. Se adentró de inmediato en la negrura para alcanzarlo, con el terror de perder a su guía y encontrarse solo en aquel bosquecillo. Se golpeó con alguna rama en plena cara antes de dar en la espalda del viejo soldado. Lo agarró por el hombro y se puso detrás de él como una sombra.

—Espérame, maldito seas.

—¿Quieres estarte callado y quitarme las manos de encima? Me has hecho hacer de marinero durante todo el viaje, ¿podrías ahora hacer de *miles* aunque solo sea por unos instantes?

La luz lunar era débil, porque estaba casi toda retenida por la capa de nubes, pero lo poco que conseguía filtrar les bastaba para entrever, a cierta distancia, a una figura que conducía tres caballos atados juntos. Como un felino al acecho, Romano se adelantó en silencio hacia aquella figura y la miró largamente.

—Esto no me gusta, Breno —le susurró—. En mi opinión, ese está trayendo los caballos de los otros dos, que se están acercando a pie a nuestro vivaque, para no dejarse oír. Quizá los hayamos pasado sin darnos cuenta.

—Quizá sea mejor coger los caballos y marcharse, Romano.

—Haríamos demasiado ruido y nos alcanzarían. En todo caso, ahora es tarde, no podemos volver atrás.

Oyeron un silbido proveniente de la dirección del vivaque.

—¿Qué te decía? Ya han llegado a donde hemos acampado. Ven, vamos a ver.

El corazón empezó a palpitar enloquecido en el pecho del

mercader. Siguió a Romano, que en cambio se movía tranquilo y seguro, como en pleno día. Después de un centenar de pasos se detuvieron y se agacharon de nuevo, mirando hacia la hoguera. Vieron a Uchdryd hablando con otras dos figuras. De vez en cuando el britano levantaba la cabeza, mirando hacia la mancha que formaban Breno y Romano agazapados, pero los dos desconocidos estaban inclinados y la sombra y el denso follaje impedían ver quiénes eran.

—Tenías razón, había otros dos —dijo Breno, respirando aliviado—, y también yo tenía razón. ¿Lo ves? Conocen a Uchdryd. Ya te decía que nos sería útil.

Se dispuso a levantarse, pero Romano lo aferró por el brazo, impidiéndole cualquier movimiento.

—¿Dónde está Nasua? ¿Lo ves?

Breno miró al grupo junto al fuego. El joven no estaba a la vista.

—No, pero quizá...

¿Por qué era todo tan raro?

—... quizá nos esté buscando.

—¿Ah, sí? ¿Y por qué no nos llama? Esperémoslo aquí, ¿eh? Entre tanto, no te muevas y quédate en silencio.

No se necesitó mucho tiempo para hacer entender al mercader que las dudas de Romano eran fundadas. Cuando el hombre con los caballos alcanzó el vivaque, Uchdryd lo acogió calurosamente y junto a los demás comenzó a cargar el equipaje sobre las bestias. Se lo estaban llevando todo.

—Nasua no llegará, Breno.

El véneto sintió que la sangre se le helaba en las venas.

—Mi saco —dijo el legionario.

Esta vez fue Breno, a pesar de que estaba trastornado, el que lo cogió del brazo.

—No... no hagamos locuras. Son demasiados, no lo conseguiremos.

—Mi saco.

—No importa, mira, aquí tengo la espada —le imploró Breno—. La espada está a salvo, Romano —dijo, sin soltarle el brazo.

Habían dejado a las bestias ensilladas, así que los britanos no necesitaron mucho tiempo para acomodar el equipaje. Los tres recién llegados subieron a caballo. Uchdryd lanzó una última mirada en torno y escupió al suelo. Estaba a punto de montar en la silla cuando Romano se liberó del agarre de Breno y saltó fuera de la vegetación, empuñando el gladio.

Todo ocurrió en un instante, un segundo que a Breno le pareció una eternidad. A la luz del fuego vio que Uchdryd se volvía y trataba de sacar el espadón que llevaba colgado a la espalda. Miró por un momento a uno de los jinetes, que aulló algo y desenfundó la espada, antes de volver la vista de nuevo hacia Uchdryd. El gigante de la barba leonada se tambaleaba, con los ojos desencajados y las manos aún agarradas al mango del arma, mientras de la herida que tenía en el pecho salía sangre a chorros. Un alarido horripilante reclamó la mirada de Breno sobre uno de los britanos. El hierro de Romano le había atravesado el muslo, para luego clavarse en el costado del caballo. La bestia se desplomó, encolerizada, arrastrando a la otra, y se hizo el caos.

Romano conocía su oficio: se mantenía siempre sobre el lado izquierdo de las cabalgaduras, sujetándolas por las bridas, de este modo desequilibraba a los jinetes, obligados a improbables torsiones para golpearlo con las espadas empuñadas con la derecha. Otro resplandor y otro grito. Un britano dejó caer su arma y se inclinó sujetándose el costado, luego Romano desapareció entre animales que se encabritaban, pateando, y espadas que segaban el aire, silbando. Solo entonces Breno consiguió gritar, imponiendo a sus propias piernas que se movieran, y finalmente corrió hacia ellos, blandiendo aquella enorme espada que a duras penas tenía la fuerza de sostener. Su alarido inesperado y su imprevista entrada en la escena del enfrentamiento provocaron el mismo efecto que un zorro en un gallinero. En un abrir y cerrar de ojos los britanos se dieron a la fuga, espoleando a los caballos.

El tiempo de llegar al sitio y todo había terminado. Breno dejó caer la espada y se echó junto a su amigo, que yacía en el suelo, encogido sobre sí mismo.

—¡Romano! ¡Romano, respóndeme! —gritó el mercader, tratando de ponerlo boca arriba. El viejo legionario lanzó un grito de dolor, castañeteando los dientes entre la barba que brillaba de rojo bermellón.

—Maldito seas, Romano, estás herido. ¿Dónde te han dado? ¿Por qué? ¿Por qué lo has hecho?

—No me muevas, Breno —jadeó el soldado cogiéndose la pierna.

—Pierdes sangre, te han golpeado en la cara.

—Quieto, Breno, déjame recuperar el aliento.

El mercader permaneció de rodillas, mirando a su amigo, que tenía una mano sobre su hombro mientras apretaba entre los dientes el puño de la otra. El viejo soldado permaneció encogido de costado en la hierba húmeda. Necesitó un poco de tiempo para habituarse al dolor y tener una respiración menos afanosa.

—¿Estás mejor? ¿Puedes hablar, ahora?

Romano se pasó el brazo bajo la nariz y esbozó una mueca de dolor.

—Estás perdiendo sangre. Mucha sangre.

—Es la nariz, Breno, tengo rota la nariz, pero ese no es un gran problema —le susurró, mientras inspiraba para liberar las vías respiratorias—. Lo malo es la pierna, maldición, creo que también está rota.

—¿Rota?

—Una de esas bestias me ha dado una coz.

—Romano, también el hombro...

El soldado asintió entre espasmos de dolor.

—Sí, creo que me han golpeado también ahí. ¿Se han marchado?

Breno miró hacia la oscuridad que los rodeaba y asintió.

—Creo que sí.

—He recuperado mi saco.

—Maldito saco —dijo Breno, desesperado—. Han escapado con los caballos, ¿cómo nos iremos ahora de aquí?

—Uno no hará mucho camino, le he golpeado la pierna y al caballo. Tampoco el tipo al que he dado en el costado irá muy lejos —respondió Romano, tosiendo.

—Menuda satisfacción, eres un héroe. Enhorabuena, has ensartado a tres de cuatro y ahora estás aquí agonizando en el suelo.

—Ve a buscar a Nasua, Breno.

El mercader se levantó y fue cautamente hacia el sendero, con la esperanza de encontrar al muchacho y, al mismo tiempo, el miedo de descubrir la verdad sobre su desaparición. La espera fue breve. El cuerpo sin vida de Nasua yacía un poco más allá del inicio de la pista. Le habían cortado la garganta. Cuando volvió al vivaque tenía la suerte del muchacho pintada en el rostro y Romano no necesitó preguntarle nada. El véneto se detuvo de golpe.

—¿Has oído?

Los dos permanecieron en silencio parando la oreja para escuchar y oyeron una especie de silbido sofocado en un balbuceo.

—Es la bestia, Breno, aún no ha muerto y los pulmones se le están llenando de sangre. Dentro de poco se ahogará.

Breno miró el cuerpo del britano tendido en el suelo. El brillo de los ojos le hizo entender que estaban abiertos. Se volvió para observar a su amigo, también él en el suelo, aunque sangrando. No había cambiado nada en todos aquellos años pasados en el mar: en la tierra los hombres seguían matándose entre sí.

—¿Qué puedo hacer?

—Coge la espada, apuntálala en alguna parte y apóyate sobre el pomo.

Breno sacudió la cabeza y se arrodilló de nuevo sobre su amigo.

—Quería decir por nosotros. ¿Cómo saldremos de esta situación?

Romano rio sarcásticamente y volvió a toser.

—Creo que ya estoy fuera, Breno. No puedo moverme de aquí. Tanto camino para no llegar. Qué destino absurdo...

El mercader le dio la vuelta, se obligó a vencer su natural repugnancia por la sangre y trató de localizar la herida en el hombro.

—Vete, Breno, pronto volverán.

—¡Cállate, cabezota! ¡Cállate!

El véneto miró a su alrededor; los britanos se lo habían llevado todo, salvo a Uchdryd, su cómplice. Y él tenía una buena capa pesada y lazos que le sujetaban los calzones hasta la rodilla. Además tenía la bandolera que le sostenía la espada. Todas esas cosas podían servir para taponar la herida e inmovilizar la pierna, pero eso implicaba levantarse, ir allí y desvestirlo. Breno tuvo que apelar a todas sus fuerzas, y cuando finalmente estuvo de pie, sintió que las piernas le temblaban durante todo el breve trayecto que lo separaba del cuerpo del gigante. El véneto se inclinó sobre el britano que lo miraba, inmóvil, con un siniestro resplandor en los ojos. Le desató la correa y la soltó con fuerza, mientras la agitada respiración del hombre que estaba en el suelo le resonaba en los oídos. Con el rabillo del ojo observaba el rostro del coloso por miedo a que pudiera recuperarse y aferrarlo. Le quitó el broche de la capa. Por último pasó los lazos en torno a las pantorrillas. Dejó a sus espaldas aquel estertor y alcanzó a su amigo herido con su magro botín.

El mandoble en el hombro había sido atenuado por la capa y la vestidura, a pesar de lo cual la herida sangraba bastante. El mercader no tenía nada a disposición para limpiarla, y tardó un poco en taponarla y vendarla. La nariz estaba hinchada, como también los pómulos y los ojos, pero aquel era el daño menos preocupante. Ahora había que hacer algo por la tibia rota, y fue precisamente el viejo legionario, apretando los dientes, quien guio las manos de Breno y lo ayudó a entablillarla con la funda de la espada y las correas de Uchdryd, que aún se obstinaba en respirar. Después de haber vendado el hombro e inmovilizado la pierna como mejor se podía, debían alejarse de allí antes de que los tres compadres del britano acabaran de lamerse las heridas y volvieran a intentar el golpe. Con el ex legionario fuera de combate, no habrían tenido salvación.

Los dos se dieron cuenta enseguida de que las heridas de Romano, ambas sobre el lado derecho del cuerpo, le impedían apoyarse en un bastón para caminar. Solo podía avanzar a saltos, agarrado a Breno, pero a pesar de que trataba de resistir al dolor que las continuas sacudidas le provocaban, debía detenerse cada dos o tres pasos para recuperar el aliento. Iban demasiado lentos, así que el véneto decidió probar a transportar a su amigo a la espalda, pero se vio obligado a renunciar después de la tercera caída en el breve espacio de una veintena de pasos.

—Oye, solo hay una manera de salir de esta situación —dijo Romano, jadeando—. Debemos separarnos, así al menos tú conseguirás llegar a alguna parte.

El mercader protestó débilmente.

—Breno, yo no puedo caminar. Es mejor que ahorre fuerzas

y me quede en alguna parte esperando a que vuelvas a buscarme con alguien.

—¿Adónde voy? Ni siquiera sé dónde estamos, no hay un camino, no hay un punto de referencia, no hay una ciudad aquí cerca.

—Mañana por la mañana regresarás a la pista y la seguirás. Tarde o temprano encontrarás a alguien.

—¿Y qué le cuento? Además, aunque hallara a alguien, ¿cómo haría para encontrarte?

—Fijaremos un punto de referencia bien reconocible.

Breno sacudió la cabeza, desconsolado.

—No, no puedo dejarte aquí solo; esperemos otro día y veamos cómo estás.

—Ni hablar. Ahora hemos comido y bebido y tenemos las energías necesarias para intentarlo. Un día más solo podría empeorar nuestra situación.

—¿Empeorar? ¿Te parece posible?

—Lo peor nunca tiene fin, Breno. Siempre hay un peldaño más abajo.

La gran casa circular sufría, impávida, el asalto de los elementos. Empujada por ráfagas de viento, la lluvia atronadora se deslizaba desde el espeso techo de paja para verterse en la era. En el interior, un buen fuego chisporroteante iluminaba y calentaba el ambiente. El golpeteo rítmico de los martillos que llegaba de la fragua acompañaba los gritos jocosos de los niños y el trabajo silencioso de las mujeres, ocupadas en las tareas domésticas o en hilar la lana. Poco después oscurecería y con aquel mal tiempo los hombres del clan regresarían para la cena.

La silueta de un hombre alto y robusto apareció en la puerta. Estaba completamente empapado, el largo cabello mojado sobre la capa de lana gruesa de color marrón oscuro, también completamente calada. Del chaleco de piel de oveja que llevaba bajo la capa salían los fuertes brazos desnudos. Llevaba una larga espada, sin funda. Dos niños corrieron a su encuentro y le saltaron al cuello, riendo y chillando. Adedomaro se inclinó con una sonrisa y con la gruesa mano despeinó los rizos rojizos de los dos chiquillos. El mayor trató de cogerle la espada, pero el guerrero, siempre sonriendo, se lo impidió y se levantó para acercarse al centro de la estancia, donde estaban sentadas las mujeres. En cuanto una de ellas lo vio, se alzó y se acercó a él con una sonrisa en la que estaba encerrado todo el amor de una madre por su hijo.

—Pensaba que no volverías hasta mañana o pasado mañana. ¿Nada de caza?

El joven respondió con una sonrisa:

—Guth y Cunobelin se están ocupando de ella. Hemos cogido un buen gamo.

—Bravo. Ven, quítate esa capa.

El joven detuvo la mano de la mujer que estaba a punto de quitarle el broche.

—Madre, hemos encontrado a un hombre cerca del río.

Ella enarcó las cejas y su mirada verde esmeralda se agudizó entre las arrugas densas y sutiles.

—¿Un hombre?

Adedomaro asintió.

—No sé quién es. Es un hombre mayor y no es de aquí, porque no habla nuestra lengua. Creo que viene de las tierras de ultramar. Lo hemos encontrado mientras perseguíamos a un ciervo. Estaba medio desvanecido y sin fuerzas, encogido debajo de un árbol, cubierto por el follaje que lo protegía un poco de la lluvia y el frío.

La mujer lo escuchaba, pensativa. En aquellas tierras no eran frecuentes los hallazgos de ese tipo. Un escalofrío la devolvió atrás en el tiempo y por un instante se vio escondida también ella bajo las ramas de un árbol, al frío.

—Estaba armado con una gruesa espada y tenía un buen puñado de monedas de oro y plata, algunas de ellas acuñadas en el Cancio. Nos ha parecido sospechoso y después de despertarlo lo hemos atado para interrogarlo. Guth decía que era un maldito cantiaco y que debíamos matarlo, porque total nadie vendría a buscarlo. Cunobelin primero estaba de acuerdo con él, pero luego nos dimos cuenta de que no entendía una palabra y que su espada era distinta de las forjadas en el Cancio, así que pensamos que era mejor volver aquí y entregarlo en las manos de Mandubracio.

—Habéis hecho bien —dijo la madre—. Ahora quítate esa capa, venga.

—Pero hay otra razón por la que no le hecho daño, madre.

La mujer se llevó las manos al pecho. Tenía un extraño presentimiento.

—Aquel hombre repetía continuamente tu nombre, como si te conociera.

—¿Cómo?

—Sí, hablaba continuamente de Gwynith, Gwynith... Y luego de nombres extranjeros, nombres latinos, como Lucio, Emilio, Valerio... y muchos otros...

Acurrucado en un rincón, empapado y con las manos atadas, Breno era sacudido por estremecimientos de frío y de miedo. Tenía a la vista a sus carceleros, dos hombretones de corpulencia imponente que lo ignoraban por completo mientras charlaban entre ellos y de vez en cuando estallaban a reír fragorosamente.

El joven guerrero que lo había encontrado junto al río entró a grandes pasos en la estancia, seguido por un hombre de unos cuarenta años envuelto en una capa de piel y por una mujer. Esta última se volvió a los colosos para dirigirles unas palabras en un tono adusto. Uno de los dos salió a la carrera de la estancia y el otro se precipitó a desatar al prisionero.

Breno la miró y de inmediato se sintió cohibido. Aunque el paso de los años no había escatimado las injurias a aquel rostro, reconoció enseguida los ojos verdes tantas veces descritos por su amigo.

El hombre de la piel le dijo algo, obligándolo a apartar la mirada de ella. Para hablarle había empleado un incierto dialecto belga, que no usaba desde hacía demasiado tiempo pero que conocía lo suficiente para hacerse entender. Se presentó como Mandubracio, soberano de aquellas tierras, pero antes de que pudiera añadir nada, la mujer se adelantó, decidida, y lo escrutó con aquellos ojos irresistibles.

—¿Quién eres?

—Mi nombre es Breno, señora. Soy un mercader véneto y comercio con el Cancio desde hace años. En este viaje he traído conmigo a un hombre que se ha embarcado en mi nave en Puerto Icio. Es un romano, un soldado. Era un legionario de César...

—¿Cómo se llama ese legionario de César?

La voz de ella había cambiado de tono, como si las palabras de Breno hubieran despertado de golpe sus recuerdos.

El mercader sacudió la cabeza.

—No lo sé, yo lo llamo «Romano», nunca ha querido decirme su nombre. Pero sé que ha venido aquí para encontrar a una mujer llamada Gwynith.

Ella se cubrió los labios con las manos, con un sobresalto.

—Te lo ruego, señora, ese hombre está en peligro, es viejo y se encuentra herido. Alguien debe ir de inmediato a buscarlo.

—¿Dónde está?

—No lo sé. Hemos remontado el Tamesim y hemos desembarcado en los confines del Cancio. Después de un día de marcha a caballo nos atacó una banda de salteadores. Después del enfrentamiento, él no estaba en condiciones de caminar, así que he ido en busca de ayuda. Por desgracia, me he perdido y he vagado durante dos días bajo la lluvia antes de que me encontraran.

La mujer se alzó y habló a Mandubracio en un idioma que a Breno le resultaba desconocido. El soberano asintió.

—Mandaré a algunos hombres a buscarlo.

—Que partan de inmediato y batan cada sendero desde aquí al Tamesim —dijo ella.

—Háblame de él. ¿Es grave su herida?

Breno dejó de sorber su caldo hirviendo. Ahora que vestía ropas calientes y secas y estaba sentado junto al gran fuego se sentía mejor. La fiebre aún no había pasado, pero en compensación había desaparecido el miedo.

—Tiene una pierna rota y una herida de espada en el hombro. Creo que también tiene la nariz rota, pero es un hombre fuerte, creo que lo conseguirá. Según él, las ha pasado mucho peores.

Gwynith asintió. Su mirada se había alejado del mercader, como perdida en el vacío.

Breno calculó que tendría entre cuarenta y cinco y cincuenta años. Era muy delgada y de baja estatura respecto de las mujeres de su raza. La piel había perdido la frescura de antaño, como también el famoso color del pelo, que en varios puntos había dejado sitio al blanco. De la mujer que él esperaba encontrar había quedado la mirada. Los ojos, por más que marcados por los años, conservaban todo el magnetismo que habían descrito las palabras de Romano.

—Había perdido la esperanza de verlo de nuevo, después de todos estos años —dijo ella como si estuviera pensando en voz alta—. Por un lado, he vivido en la esperanza de poderlo abrazar otra vez, algún día; por el otro, he rogado que me olvidara y pudiera llevar una vida serena.

Gwynith miró a Breno.

—Si tú estás aquí, quiere decir que durante todo este tiempo él no ha hecho más que tratar de mantener su promesa de entonces.

—¿Qué promesa?

Gwynith miró a Breno.

—Que solo volvería cuando sus compañeros pudieran reposar en paz para siempre.

—¿Hablas de los muertos de la batalla de Atuatuca?

La mujer lo miró.

—¿Cómo es que sabes de esa batalla, si no sabes quién es él?

—Me ha contado casi toda su historia, desde vuestro primer encuentro en el Cancio, estando tú encadenada al carro de un mercader, hasta la batalla de Atuatuca. Por desgracia, no le ha dado tiempo a terminar su relato, porque hemos sido agredidos. Él me estaba contando lo ocurrido cuando llegasteis a aquel cerro alcanzado a tan alto precio, y tú estabas vendando las manos de Lucio.

Los ojos se le velaron, el verde esmeralda del iris se ensombreció, mientras en el centro de la pupila el reflejo de la llama danzaba sin pausa.

XXVIII

El relato de Gwynith

La historia que has oído hasta ahora te ha sido contada por un hombre que, a pesar de su aspecto duro y despreciativo, tiene en realidad el ánimo puro de un niño. Pero siempre será un *miles*, un hombre que durante muchos años ha vivido casi exclusivamente para la guerra. Un hombre adiestrado para combatir y para matar, que pasaba el tiempo de paz disponiéndose para la batalla siguiente. Un legionario.

Lucio, Valerio, Tiberio, Quinto y Emilio eran así. Eran hombres nuevos para mí, de una raza desconocida y terrible, a veces imposible de entender. Pero viviendo con ellos, acariciada por aquellas mismas manos que a menudo acababan de empuñar espadas sucias de sangre, aprendí a amarlos.

Puedo decir exactamente qué sentí aquel día y te lo puedo decir mejor que ellos, como mujer y, además, ajena a sus códigos, porque yo no he visto caer a soldados, he visto morir a hombres. Y los he llorado.

Hay hombres que parecen inmortales, seres superiores, tan fuertes y decididos que siempre encuentran una vía de salida, incluso en la situación más grave. Pero en aquel cerro, por primera vez, vi en los ojos de aquellos titanes el sentimiento del fin. Valerio se encerró en sí mismo y se sentó en el suelo, como si ya no existiera nada en torno a él, como si se hubiera convertido en un espectro.

Por la expresión que tenía Emilio se entendía que jamás había pensado que pudiera llegar allí. En su cabeza ya se había reunido con el resto de los comandantes en el Reino de los Muertos, pero su cuerpo continuaba resistiendo, dentro de aquella coraza que lo preservaba de los innumerables golpes enemigos. Su papel le impedía mostrar debilidades tanto como le exigía dar ejemplo. Y, en aquel momento, el único ejemplo que podía dar era morir dignamente.

En cuanto a Lucio, habría querido vivir cien vidas aquel día. No para salvarse a sí mismo, sino para protegerme a mí. En cambio, sabía que solo tenía una vida que sacrificar, y por eso sufría. Lo habría dado todo con tal de sacarme de aquel sitio. Habría querido estar a mi lado, para protegerme a mí y al niño, pero sabía que no podía hacerlo. En el último enfrentamiento, el símbolo de la legión que él llevaba lo había convertido en el principal blanco de los enemigos. Si hubiera estado a mi lado y los eburones se hubieran dado cuenta del valor que tenía para él, se habrían encarnizado también contra mí y habría corrido mayores peligros. Los otros supervivientes de la legión habían decidido forzar el bloque juntos o morir, pero él en aquel momento estaba angustiado por el peso de mi vida. El pensamiento de abandonar este mundo dejándome a mí y al niño en las manos de los eburones lo mataba a cada instante. Y había algo más. Me di cuenta cuando finalmente Valerio se alzó y nos alcanzó, cansado pero decidido.

—Tomo en consigna el águila, Lucio.

Los dos se miraron y Lucio sacudió la cabeza.

—Sabes que no es posible, mientras esté vivo.

—Al infierno los reglamentos, ¿no ves que ha terminado? Ya no existe la legión, en el próximo ataque seremos barridos, ¿y tú crees que a Cerbero le importan algo nuestros reglamentos?

—Me importan a mí. He jurado fidelidad a esta águila y no puedo faltar a mi palabra precisamente hoy, después de todos los muchachos a los que he visto caer para protegerla.

—Nos matarán a todos, Lucio —suspiró cansinamente el veterano—, porque dejarnos marchar equivaldría a admitir nuestro valor. Para ellos sería un acto de debilidad, sería como mostrar que tienen miedo de perder más hombres. Se han dado cuenta de que han puesto las manos en un avispero y el único modo que tienen de mantener la dignidad, por el momento, es aniquilarnos. ¿Lo ves? Ya no importa quién de nosotros lleva el águila.

Lucio miró a los soldados que lo rodeaban y se preguntó qué habrían pensado si hubiera entregado su estandarte al veterano para fingirse muerto o tratar de escapar por los bosques. Valerio hizo una mueca. Conocía tan bien a su amigo que ya tenía la respuesta a sus pensamientos.

—Lo comprenderían, Lucio. Ninguno de ellos tiene a una mujer embarazada a la que salvar.

Lucio me miró con los ojos brillantes: su compañero, su amigo fraterno le estaba proponiendo una última tentativa para invertir la suerte, una desesperada tentativa de sustraernos a una muerte segura. Quizá no supo responder porque yo estaba junto a él, o quizá se lo impidió lo que ellos llamaban honor. En aquel momento llegó Emilio y aquellas palabras quedaron para siempre así, suspendidas en la nada.

Los pequeños ojos oscuros del centurión, rodeados por sombrías charcas de cansancio, se posaron sobre mí casi con sorpresa, como si estuviera convencido de que, por fuerza, yo tenía que estar muerta. Casi todos sus hombres habían caído y yo aún estaba ahí, viva, al lado de su aquilífero. Fue la segunda vez que vi a aquel soldado como a un ser humano, después de aquel día en la laguna, cuando había encontrado a Lucio. Dio un paso hacia mí y me rozó el codo, quizá para decirme que se alegraba de verme o quizá para saludarme por última vez. Luego ordenó a los suyos que lo siguieran.

—¡En marcha! Vamos al fuerte, allí al menos encontraremos agua. Luego se verá.

Durante todo aquel tiempo los ojos de Valerio habían permanecido fijos sobre Lucio. Una vez más, sin decir nada, el veterano tendió la mano abierta hacia el águila. Lucio la apretó y se la llevó al pecho, contra la coraza. Entre ellos pasó algo, un relámpago, un juramento silencioso. Luego Lucio dijo solo pocas palabras, en tono acongojado:

—Te lo ruego. Sabes que te necesito. Y sabes que no es por el águila.

Valerio lo miró. Luego recogió el escudo y empuñó la espada.

Emilio se puso a la cabeza del grupo y ordenó a sus hombres que se alinearan. Todos se levantaron, despacio, algunos sosteniéndose mutuamente. Antes de ponerse, a su vez, a la cabeza, Lucio me abrazó fuerte, con toda la pasión y el amor que un hombre puede transmitir. Sentí su rostro entre mi cabello, lo sentí inspirar profundamente.

—No temas —me dijo poniendo la mano sobre mi vientre—. Os sacaré de aquí.

La voz de Emilio resonó en aquel reducido puñado de hombres, tan agotados y próximos al fin.

—*Milites*, hace tres días dije al legado Cota que si os hubiera adiestrado durante diez horas diarias, en tres años habríais estado listos para combatir. En mi mente, no os veía listos para enfrentaros a un enemigo a campo abierto. —Emilio sacudió la cabeza, airado—: Pues bien, me equivocaba. En un día, y no en tres años, habéis estado listos para hacer todo lo que se os ha pedido y lo habéis hecho de la mejor manera posible. ¡Miraos! Mirad a vuestros hermanos que os rodean y decidme qué veis. ¿Veis a hombres aterrorizados y exhaustos, que revientan de hambre y sed? ¿Veis a hombres asustados por la ferocidad de un enemigo sin honor, que nos ha golpeado a traición? En ese caso, decídmelo, porque yo no consigo verlos. Lo que yo veo, con mis ojos, son unos legionarios.

Sus labios se estremecieron.

—Los mejores soldados que haya tenido nunca. Los mejores que haya tenido Roma. Lo que habéis soportado hoy es mucho más de cuanto una mente humana puede soportar. Sin embargo, habéis estado a la altura de vuestro deber. Estad orgullosos de ello. Lo que ha sucedido hoy no acabará aquí, nuestras gestas atravesarán estas florestas y descenderán a los valles de Italia para llegar a nuestros seres queridos, y dentro de mil años se hablará aún de los muchachos de la Decimocuarta y de su valor. Detrás de esos árboles hay cinco mil o quizá diez mil bárbaros en armas que nos están espiando, pero no se atreven a atacar a cien hombres heridos. ¿Sabéis por qué? Porque nosotros no somos cien, somos millones. Nosotros no somos hombres, somos un ideal. Nosotros somos inmortales. Nosotros somos legionarios de César.

Un muchacho de la tercera fila alzó el gladio, aullando:

—¿Quiénes somos?

—¡La Decimocuarta! —respondieron a coro.

—¿A quién tememos?

—¡A nadie!

—¿Al enemigo?

—¡La muerte!

—¿A la muerte gritamos?

—¡Decimocuarta! ¡Decimocuarta! ¡Decimocuarta!

Emilio asintió y sonrió, embrazó un escudo destrozado y miró a sus muchachos.

—No nos quedaremos aquí esperando su carga. Si nos quieren, que vengan a cogernos.

Lucio apareció a su lado, con el águila bien a la vista, mientras que Valerio se puso a mi lado. Hombro con hombro, el pequeño cuadrado avanzó hacia su destino, entonando el himno de la legión.

Cuando oímos temblar nuevamente el terreno, estábamos a pocos centenares de pasos de las torres del fuerte, que descollaban negras contra el cielo teñido de rojo. Los eburones estaban llegando a nuestras espaldas, por un terreno perfecto para los caballos. Emilio midió con la mirada la distancia entre nosotros y nuestra meta. La ventaja era toda de los bárbaros. Si hubiéramos intentado alcanzar el fuerte a la carrera, nadie se habría salvado. Al centurión no le quedó más elección que detener la marcha, hacer frente al enemigo por enésima vez aquel día, disponerse a combatir.

Pero esta vez Ambiórix no se equivocó de táctica. Sus jinetes no cargaron contra nosotros, sino que nos rodearon y empezaron a acribillarnos con las lanzas recogidas del campo de batalla. Lo que nos embestía era hierro ya manchado de sangre, armas que en aquella jornada ya habían penetrado varios cuerpos, lanzas que a su vez eran recogidas por los legionarios y arrojadas contra los eburones, que huían después de atacar, listos para recomenzar. Los escudos parecían corroídos por los golpes recibidos durante toda aquella interminable jornada y muchos se agrietaban en torno al brazo que los llevaba. Sin escudos, sin una protección los muchachos comenzaron a caer uno tras otro, en el desesperado intento de arrojar cualquier cosa que les apareciera entre las manos. Bithus estaba a mi lado cuando una jabalina lo alcanzó en pleno pecho, abatiéndolo como una encina desarraigada por la tormenta. Pocos momentos antes, con una sonrisa, me había apartado la mano con la que yo intentaba taponarle la herida en el costado. Como si me quisiera hacer entender que no merecía la pena detener aquella sangre. Cuando esa lanza aparecida de la nada lo golpeó, me eché sobre él, pero sus ojos desencajados ya estaban vidriosos. La punta debía de haberle atravesado el corazón. No sé por cuánto tiempo permanecí allí, ausente, en medio de aquel fragor que ya no percibía. Aún tenía entre las manos el rostro de Bithus, cuando cerca de él cayó un muchacho menos afortunado. La flecha no lo había matado y le estaba quitando lentamente la vida. Parpadeaba y, jadeando, mascullaba algo, con un reguero de sangre que le salía de la boca. Me miró y dijo algo en latín que no entendí. Durante un momento permanecí inmóvil, hipnotizada por su agonía, antes de acercarme. Le levanté la cabeza y comencé a acariciarlo, sin apartar los ojos de aquel rostro tan joven, sucio y ensangrentado. Ya no dijo nada, pero aún movía las pupilas... cuando una gran mano ruda me alzó a peso, con un tirón, y detrás de una máscara de sangre vi el rostro de Valerio que me aullaba que corriera. Abandonamos al muchacho a su destino para abismarnos en un caos de cuerpos que luchaban con furia homicida. No conseguía fijar la mirada sobre nada ni nadie, empujada y arrebatada como un estandarte en medio de un huracán. Solo intentaba no perder aquel brazo y proteger el rostro detrás de su hombro. Golpeé varias veces la cara contra la malla de hierro de Valerio, sentí el sabor de mi sangre entre los labios y, mientras trataba de limpiarme con las manos, vi caer al hombre que corría delante de nosotros y en el vacío dejado por él vi a un gigante de pelo embadurnado de cal y los ojos inyectados en sangre, que alargó la mano hacia mí. Una espada se abatió como un rayo truncando aquellos dedos tendidos y un fuerte tirón me arrastró hacia delante. Aquel rostro ya no estaba y me encontré pisoteando algo blando, que no me atreví a mirar. Cuando tuve el valor de abrir los ojos vi llegar otra mano y la reconocí de inmediato, porque tenía una venda verde sobre los nudillos. Lucio nos estaba gritando que alcanzáramos el fuerte. No consiguió coger mi mano, en la multitud le fue imposible alcanzarme. Lo intentó, pero no lo consiguió; solo nuestras miradas llegaron a cruzarse, a rozarse por un único y breve instante antes de que fueran arrastradas por la furia de los acontecimientos. Valerio arrojó el escudo ya despedazado y me protegió con su brazo mientras se lanzaba hacia delante y seguía gritando el nombre de su amigo. Lo sentía golpear, esquivar y partir a la carrera, mientras me llevaba casi al peso y yo, apoyada en su pecho, sentía aquel nombre retumbándole dentro, como un rugido.

Cuando finalmente conseguí alzar la mirada, estábamos a pocos pasos de la puerta del campamento. En torno a nosotros, un puñado de legionarios guiados por Emilio abría el camino hacia aquel desesperado refugio. No veía la piel de oso, y encima de sus cabezas no veía el águila. La busqué en torno, acongojada, y luego la vi a la izquierda de la puerta. No entendía cómo había acabado tan lejos. Pocos momentos antes estaba delante de nosotros, había guiado al grupo hacia el fuerte, y luego había cambiado de dirección. El bloque se desintegró y Emilio recorrió un breve trecho hacia la meta ya cercana, antes de percatarse de que su aquilífero había hecho una maniobra de distracción, atrayendo a los enemigos hacia sí. Valerio, en cambio, había intuido de inmediato que el camino hacia el fuerte ya había sido abierto por Lucio y continuó su carrera llevándome en brazos, para ser más rápido. Vi que el centurión gritaba y regresaba a la carrera hacia la enseña, mientras los demás hombres, exhaustos y confusos, se detenían para entender qué estaba ocurriendo. Dos lanzas silbaron en el aire junto a nosotros; una se estrelló en el portón, la otra atravesó en plena espalda a un legionario, que cayó al suelo gritando, a un paso del refugio. Jadeando, Valerio me dejó en el suelo justo delante de las puertas y de un violento empujón las abrió, pero en vez de entrar se volvió hacia el águila. Cien pasos nos separaban de Lucio, que ahora estaba junto al foso. Se puso a correr hacia nosotros, seguido por un puñado de legionarios y por una nube de eburones. Cayó, golpeado en una pantorrilla. Algunos soldados se deslizaron en el foso, otros lo superaron. Un muchacho se detuvo y lo cogió por un brazo, pero fue de inmediato abatido por el hachazo de un eburón, que a su vez fue golpeado en el rostro por el águila. Lucio se levantó, trastabillando y manteniendo alejados a los enemigos con el estandarte, como un león rodeado de hienas. Valerio me empujó adentro, pero yo no quería dejarlos y me puse a gritar el nombre de mi hombre. El veterano me dejó sola y se puso a correr hacia él, tan rápido que parecía volar. Ya no apuntaba a los enemigos, los evitaba, para llegar lo antes posible junto a Lucio.

También Emilio se había arrojado con furia contra aquellos mismos asaltantes, tratando desesperadamente de alcanzar a su preciado portaestandarte. Parecía que todos luchaban contra todos. Entre él y yo había una masa de eburones y romanos que no querían otra cosa que esa maldita águila. Los hombres cercanos a mí reunieron sus últimas fuerzas y se arrojaron a la orgía de sangre en cuanto vieron que Emilio caía de rodillas y se levantaba de inmediato. Un mandoble en la cara le hizo volar el yelmo y, mientras se tambaleaba, fue atravesado en un muslo. Volvió a caer de rodillas sin soltar su gladio y fue traspasado en el pecho, en el instante en que Valerio caía sobre los eburones con la velocidad y la furia de un rayo.

Entreví a Lucio. Veía su piel de oso, fluctuando como una capa lacerada, en medio de un torbellino de brazos y de espadas. Me puse a correr hacia él, pero fui a dar contra un legionario herido en un brazo que me cogió y me arrastró con fuerza al interior del fuerte. Caímos al suelo en el polvo en cuanto cruzamos el umbral. Sentí un golpe en la nuca, pero traté de levantarme, debatiéndome, para liberarme de aquel cuerpo que al parecer ya no podía alzarse. Solo en aquel momento me di cuenta de que el muchacho tenía una flecha clavada en la espalda y ya no respiraba. Dejé de patalear y traté de salir de debajo de su cuerpo, pero en aquel instante algo me golpeó y me quedé inmóvil.

No fue mi cuerpo el que fue golpeado. Fue mucho peor. Fue algo que me atravesó el estómago, el corazón y el cerebro al mismo tiempo, algo que me traspasó el alma, arrancándome una parte que ya no podría tener.

Fue el águila.

El águila de la Decimocuarta, que voló alta contra el cielo rojo por encima de la empalizada, permaneció durante un momento casi inmóvil en el aire y volvió a caer, con un ruido sordo, sobre la tierra batida del campamento.

Mis ojos horrorizados miraron aquella águila, tan protegida y venerada, que yacía sucia y abollada en el suelo a pocos pasos de mí. La visión de aquel símbolo se ofuscó y se hizo confusa, mis ojos se llenaron de lágrimas y mi mente corrió, desesperada, a buscar su última y breve mirada en medio de la contienda, para fijarla para siempre dentro de mí.

Empecé a temblar, me sentí asaltada por violentos estremecimientos. Busqué con el pensamiento el último momento en que lo había tocado y me volví a ver en el cerro vendándole las manos. Busqué su último beso y regresé al alba, al carro de Avitano. Cerré los ojos y, mientras sollozaba, vi de nuevo su primera mirada, en aquel otro carro, en Britania, cuando corrió la lona y me observó largamente. Lo volví a ver mientras me desataba las manos, fuera de la gruta, y me ofrecía el cucharón de agua; lo volví a ver cuando extendía y acariciaba el vestido que me había comprado; lo volví a ver reír en medio de la nieve, con Quinto y Tiberio; y lo volví a ver infinitas veces en torno al fuego, bromeando con los otros. Lo volví a ver una última vez en el cerro, suplicando a Valerio, y comprendí que Lucio lo había conseguido. Me había llevado a mí y al niño que yo llevaba dentro al fuerte, y no había dejado caer en manos enemigas el símbolo de la legión, salvando así su honor de soldado.

El soldado atravesado encima de mí sufrió una sacudida y expiró. ¿Por qué? ¿Por qué, me pregunté, ese hombre al que no conocía, ese hombre sin nombre y sin rostro, se había interpuesto entre Lucio y yo, impidiéndome alcanzarlo? ¿Por qué se había interpuesto entre yo y la flecha que me habría dado en pleno pecho? Lloraba a mares, lloraba en silencio, oprimida por la desesperación. Sola, en el interior de aquel fuerte con un muerto que me aplastaba en el suelo, sin nadie, sin una familia, sin una meta, sin una casa, si es que existía alguna.

La puerta se abrió. ¿Los eburones? Me habría hecho matar al instante, me habría arrojado contra sus espadas sin vacilar. Nadie volvería a ponerme una cadena al cuello. Todo lo que quería era reunirme con Lucio.

Fue Valerio el primero en aparecer en la puerta del fuerte. Estaba trastornado y sin aliento, babeando, y entre los brazos sostenía un cuerpo inanimado, sucio de sangre. Los hombres que lo rodeaban cerraron el portón a sus espaldas, deteniendo una lluvia de dardos. El veterano cayó de rodillas, exhausto, sin dejar aquel cuerpo, sobre el que se inclinó sollozando.

Me debatí con la fuerza de la desesperación y finalmente logré liberarme para lanzarme, descorazonada, sobre aquel soldado inerme, abrazándolo, y me encontré entre las manos el rostro desfigurado de Emilio. Miré a Valerio y en su mirada tuve la confirmación de que Lucio ya no estaba.

Me sentí morir con un dolor que atenazaba el estómago y mordía el corazón. Ni siquiera tenía un cuerpo sobre el que llorar y mientras la desesperación se adueñaba de mi vida, más allá de la empalizada se alzaban cantos y alaridos de alegría. Algunas lanzas llovían dentro del campamento, otras se detenían con un ruido en la madera y macabras mutilaciones caían un poco por doquier en el interior. A excepción de Valerio, que permaneció inmóvil, los hombres treparon a las torres y comenzaron a asaetear a los eburones con las provisiones de piedras dispuestas en las escarpas en los días precedentes. Fue demasiado también para los galos. También ellos habían tenido bastante. Ahora ya no tenía sentido morir en una batalla concluida, con el rico botín que les esperaba en el valle. Se alejaron de la empalizada, con una última salva de insultos y carcajadas. Uno de ellos se puso a aullar, prometió que volvería aquella misma noche con el fuego, para quemarnos a todos, y centenares de voces lo corearon, exultantes.

Aún no había muerto.

El grueso de los eburones se había marchado y la oscuridad había caído sobre el campamento, pero Emilio no conseguía morir. La vida parecía haber dejado sin fuerza aquellos miembros que colgaban, pero no quería marcharse del pecho y lo obligaba a respirar, entre balbuceos y dolorosos golpes de tos. Valerio no lo dejaba, estaba sentado en el suelo, como si quisiera acunar a su centurión para aliviarle el suplicio.

En torno a él, en un silencio absoluto, los pocos supervivientes habían abandonado la defensa de las torres y se habían reunido a contemplar la escena. Ninguno de ellos había considerado la posibilidad de que el gran *centurio prior* pudiera morir. Para aquellos jóvenes soldados, Emilio había sido siempre una entidad mística, más que un hombre. Verlo morir de aquel modo, agonizando entre los brazos de uno de sus soldados, en vez de caer como un héroe en el campo, les parecía aún más increíble.

Confusos, atónitos y extenuados, permanecieron inmóviles mientras el espíritu del centurión luchaba hasta el final, como si se negara a abandonar a sus muchachos. Se estremeció y de su boca salió un chorro de sangre que se deslizó del mentón al cuello. Con un esfuerzo, Cayo Emilio Rufo alzó la cabeza y encontró la energía para murmurar algo al oído de Valerio. Después de algunos instantes el veterano asintió. Sin abandonar a su comandante, con una delicadeza que desmentía las manos despellejadas, la sangre coagulada y la suciedad, se alzó y dijo a los legionarios que prepararan antorchas y recuperaran el águila. Luego se dirigió tambaleando hacia el centro del campamento. Algunos legionarios removieron un poco el terreno con las espadas, lo suficiente para extender el águila con su asta y cubrirla con un sutil estrato de tierra, encima del cual fue recostado el centurión. La llegada de los hombres con las teas, que se pusieron en círculo en torno a ellos, me impidió ver más. Oí que Valerio decía algo, luego el sonido inconfundible del metal que salió de la funda y, al fin, el silencio.

Emilio había muerto. Como jefe, había tenido que dar una orden también para poner fin a su vida, y esa orden, la más sucia, dolorosa y honorable, solo podía ser ejecutada por Valerio, el mejor entre los mejores. A la luz de las antorchas, entre las piernas de los legionarios, entreví al veterano de rodillas poniendo el óbolo en la boca del primípilo y acomodándolo ordenadamente. Emilio protegería su águila incluso de difunto.

Un hombre derrotado y muerto en batalla puede ser presa de sus asesinos. Su misma fuerza acrecienta la del vencedor, como también sus despojos, mortales e inmortales. Pero de un hombre que se suicida, incluso los peores chacales se mantienen lejos, atemorizados. La naturaleza misma aborrece al suicida y lo transforma en un muerto no muerto, obligando a su espíritu a vagar para siempre en la maldición divina. Este había sido sin duda el último pensamiento de aquel hombre que en ese momento se aprestaba a subir a la barca que le permitiría cruzar el Estigio, feliz de reunirse con sus legionarios y su aquilífero, que de seguro lo estaba esperando en el amarre, junto a todos los demás.

Lucio. No podía haber tenido tiempo de coger su moneda. También tenía consigo una moneda, ¿no? ¿Qué le ocurriría? ¿Vagaría por siempre en la oscuridad? ¿Qué sucedía a quien no podía permitirse pagar a Cerbero? Debía salir de allí, ir donde estaba, acariciarlo una vez más, darle la moneda, tenderme a su lado, coger su mano y reunirme de inmediato con él en el Reino de los Muertos: quizá sus dioses me aceptarían, si me presentaba con él. Me levanté, di unos pocos pasos y encontré un gladio con el mango partido. Era el de Emilio. Me incliné y cogí aquel gélido trozo de hierro que brilló en la pálida luz lunar; unos pocos instantes más y ya no sentiría el dolor de la desesperación, el dolor del cuerpo y las mordeduras de la sed. Me dirigí hacia la puerta atrancada del fuerte y, sola, intenté abrirla, quitando las tablas que la mantenían cerrada. Un ruido me hizo volver hacia el centro del campamento y vi lo que ese día aún me quedaba por ver. Algunos de los supervivientes ya estaban haciendo lo que yo había pensado, y Valerio y otros alineaban sus cuerpos junto al del centurión.

Los supervivientes de Atuatuca se estaban suicidando, uno a uno.

Lloré, lloré largamente, no sé por cuánto tiempo delante de aquella puerta; luego reuní valor, abrí la pesada Puerta Pretoria y miré fuera, a la oscuridad. Había grupos aislados de galos que habían encendido fuegos a cierta distancia de las torres y se habían puesto a comer y beber. Algunos de ellos habían uncido uno de nuestros carros a los caballos y lo habían arrastrado hasta allí, para repartirse la carga. Unas sombras merodeaban por el campamento, persiguiendo los gemidos de aquellos aún vivos y despojando a aquellos que ya no lo estaban. Algunos aullaban en la oscuridad el nombre de un hermano, de un amigo, un pariente; otros lo habían encontrado y lo estaban llorando. A poca distancia, dos jóvenes guerreros reían, exhibiendo sus macabros trofeos. El campo de batalla es aún más horrendo, desagradable y odioso después del fin del combate, cuando las emociones toman el puesto de la acción, cuando la naturaleza humana muestra sus aspectos más nobles e innobles. Ahora ya no me importaba, ya no quería pensar o juzgar, mi mente estaba cansada de la naturaleza humana después de aquella jornada.

Solo quería encontrar a Lucio.

Debía moverme sin hacer ruido, quizá me confundirían con alguno de los suyos que vagaba entre los caídos. Reuní fuerzas y en la oscuridad comencé a caminar lentamente, paso a paso, deteniéndome cuando sentía un cuerpo, una espalda, un brazo, un arma bajo los pies. Avanzaba en medio de aquel mar de muertos que parecían moverse debajo de mí y en un momento me detuve de golpe con una sensación extraña que nunca antes había sentido. Tuve un presentimiento, pero decidí proseguir. Debía alcanzar a Lucio: sentía la desesperada necesidad de abrazarlo una vez más. Tras unos pocos pasos, cuando estuve cerca del foso donde me parecía haberlo visto por última vez, aquella extraña sensación se repitió, más intensa. Empecé a temblar mientras algo similar al aleteo de una mariposa subía de mi vientre. Permanecí inmóvil, contuve la respiración y cerré los ojos, tratando de olvidar dónde estaba. Lo sentí otra vez. No eran los latidos de mi corazón: era el niño que se movía.

Por un instante todo se disolvió y me quede sola escuchando la vida que crecía en mi interior. El hijo de Lucio había elegido aquella noche para dejarse sentir por primera vez. Yo me dirigía donde estaba su padre para matarme y él me recordaba que su vida dependía de la mía. Me cogí el vientre con las manos, dejé caer al suelo el gladio y comencé a verter lágrimas silenciosas. La determinación que me había empujado hasta allí desapareció, dejándome sola con mi angustia.

¿Debía encontrar a mi hombre, estrechar su cadáver y luego

inclinarme sobre el gladio, dejando que el hierro acabara conmigo y con mi hijo? ¿Quizá sí. ¿Qué futuro podía ofrecerle en aquel momento? ¿Y para ir adónde? ¿Y si me cogían? ¿Y si esperaban a su nacimiento para matarlo ante mis ojos o para esclavizarlo de por vida? No, no podía. Él me entendería, él no era aún una vida, mejor ahorrarle todo eso. Debía encontrar a Lucio. Sí, Lucio: también él lo entendería, nosotros tres juntos, sin vida, pero juntos. Era lo mejor, lo más sencillo, lo más rápido. ¿Dónde estaba ahora el gladio? Debía encontrar la espada. Me incliné y el niño se movió una vez más. Tanteé el terreno en busca de aquella maldita hoja. Tenía que ir por pasos: encontrar el arma, a Lucio y luego finalmente podría reposar en paz. Comencé a sollozar, mi mano tocó otra mano, gélida, y me aparté de golpe con un grito ahogado de miedo.

¿Qué había hecho? ¿Había gritado? Miré las sombras con ojos desencajados. ¿Había gritado fuerte? No recordaba nada. Quizá no me habían oído, quizá no se habían percatado de mí.

Permanecí inmóvil, rogando que no se movieran, que no vinieran a buscarme. En la oscuridad, esperaba la respuesta a mi angustia.

Oí un ruido de pasos que se acercaban, pisando cuerpos y escudos. Una sombra se había movido, vi un resplandor de luz lunar deslizándose sobre un yelmo. El gladio, el gladio. No podía descubrirme ahora que estaba a pocos pasos de Lucio. Debía encontrar la espada, pero no podía moverme, o me habría visto.

La sombra se detuvo a una veintena de pasos y miró en mi dirección. La empalizada que se alzaba tras él proyectaba una sombra sobre mí, ocultándome en parte a la vista. El hombre en realidad estaba escrutando en la oscuridad y no se atrevía a acercarse al recinto del campamento, pero miraba mi figura inmóvil. Con la mente intentaba imponer a mi cuerpo que permaneciera quieto, aunque en realidad lo sentía temblar. El niño se movió de nuevo. Sentía los ojos del hombre tendidos hacia mí como garras y advertía sus pupilas a un palmo de mi rostro. Llevó lentamente una mano sobre el costado, quizá para extraer una espada, pero permaneció donde estaba.

Con la mente, más que con los ojos, vi cerca de mí el gladio, ese objeto tan preciado que yo había perdido y que debía recuperar. Temblaba, pero tendí el brazo lentamente, durante un tiempo infinito, rocé el mango del arma que estaba buscando y la empuñé. El niño se movió, más fuerte.

La hoja rascó la grava. Vi que la sombra se detenía. Me había oído.

Extrajo un puñal, volvió la mirada a la cima de la empalizada y luego, lentamente, avanzó hacia mí.

El terror me paralizó. Con los ojos desmesuradamente abiertos, me dije que había ido allí para morir, quizá sería aún más sencillo dejarse matar por él. Quizás el destino me lo había mandado para sustituir el valor que me habría faltado en el momento crucial: el de presionar el arma sobre el vientre. En los pocos instantes que me separaban de la llegada del hombre, volvieron a mi mente las palabras de Lucio, cuando aún no habíamos alcanzado el cerro: «Tú sobrevivirás a este día y criarás a mi hijo.»

Ya tenía todo en mente, sabía que su vida era el tributo necesario para tratar de salvar las nuestras. No, Lucio no nos quería juntos sin vida. Matarme habría sido como acabar con él por segunda vez. Al cabo de un instante vi los ojos de aquel hombre, ya cerca de su presa. Permanecí inmóvil, con los dedos en el mango del gladio. El niño se movió de nuevo; el temblor, en cambio, había desaparecido.

El hombre se detuvo; me había localizado y su mueca hablaba claro: había encontrado una mujer, el mejor botín para concluir la jornada. Guardó el puñal en la funda y avanzó con decisión. Cuando estuvo a dos pasos de distancia sofoqué un alarido de tensión y, aferrando con firmeza el gladio, salté con fuerza mirando al pecho de mi enemigo, el blanco más fácil y más grande. La punta de la hoja chocó contra algo duro y se deslizó de lado, golpeándole el brazo. Mi muñeca se había doblado. Comprendí que había chocado contra una coraza, pero era demasiado tarde para pegar de nuevo. El eburón rugió de rabia y me asestó un revés. Sentí que caía al vacío, dándome cuenta solo entonces de que durante todo aquel tiempo había permanecido sobre el borde del foso que rodeaba el campamento. Al rodar hacia abajo perdí el gladio, y finalmente topé con el cuerpo de un hombre que yacía en el fondo. Escupí sangre y tierra, y vi que, sin aquel cuerpo, hubiera terminado sobre un palo puntiagudo. Alcé la mirada para ver dónde estaba el eburón y una lluvia de gotas cálidas me salpicó el rostro. Me cubrí la cara, procurando encontrar una vía de escape entre la selva de palos aguzados que salían del terreno. Luego se oyó un ruido y a continuación un estertor sofocado. El eburón yacía inmóvil, en el fondo del foso, con los ojos vidriosos y la garganta desgarrada.

Oí la voz de Valerio, que me llamaba despacio.

—Estoy aquí, Valerio.

—¡No te muevas!

Volvió al cabo de unos instantes con una capa, la enrolló como una cuerda y me arrojó un extremo. Con toda la fuerza restante me agarré a ella y me sentí levantada hacia lo alto, salvada de los infiernos. En cuanto llegué arriba me di cuenta de que nos habían visto y desde los vivaques comenzaban a correr hacia nosotros.

Valerio me cogió del brazo y se puso a correr de nuevo, a la sombra de la empalizada. Doblamos la esquina dejando a las espaldas el vocerío de los galos y enfilamos hacia el bosque. Para alcanzarlo debíamos recorrer un amplio espacio abierto. El clamor a nuestras espaldas se alzó con más fuerza, pero ninguno de los dos se volvió hasta que comenzamos a subir la colina, adentrándonos entre los árboles. Oímos el pataleo de los caballos, pero el mayor ruido procedía de nuestra respiración afanosa, ya al límite. Valerio me arrojó a una cavidad protegida por dos grandes rocas. Despellejándose las manos arrancó dos ramas frondosas y me las lanzó encima, luego se echó a mi lado, se extendió detrás de mí y con una mano me cerró la boca. Con la otra sostenía la espada, listo para golpear. Nuestros pulmones estallaban por la desesperada búsqueda de aire y lo único que podíamos hacer era contener la respiración, para no dejarnos oír. Los eburones nos buscaron durante un rato, vagando en la oscuridad. Algunos guerreros a caballo se habían adelantado hasta el bosque, pero habían sido reclamados por los gritos provenientes del fuerte y se habían dirigido inmediatamente hacia aquella parte.

Permanecimos largamente en silencio, sin movernos. Valerio me soltó la boca, le cogí la mano herida entre las mías y sentí su cabeza apoyándose en la mía. Sin él, aquel día yo habría muerto diez veces. Lucio lo sabía. Lucio lo sabía todo.

No sé cuánto tiempo pasó. Luego el veterano apartó las ramas y salió con cautela. Me tendió la mano y me hizo levantar. Cojeando, me apoyé en él. El dolor martirizaba todo mi cuerpo; ardores, morados, no había una parte de mí que no estuviera lacerada. Los labios palpitaban hinchados, el codo y la rodilla me hacían sufrir. Valerio no respondió cuando le pregunté si estaba herido. El dolor físico era algo que no le afectaba. Era la punzada que sentía en el corazón la que lo destrozaba.

Remontamos la colina en silencio, hasta un punto desde el que distinguíamos el fuerte. Los eburones debían de haber encontrado el portón abierto y, tras comprobar que nadie vigilaba las escarpas y las torres, habían entrado y habían acabado con los pocos soldados que aún quedaban con vida. En aquel momento estaban devastando todo lo que hallaban, abandonándose a una orgía de ferocidad a la luz de las antorchas aún encendidas. Quién sabe si alguien se había salvado, huyendo a escondidas como habíamos hecho nosotros. Algunos jóvenes guerreros habían atado un soldado a un caballo y lo estaban arrastrando por todo el campamento. Luego vieron los cadáveres alineados en torno a Emilio.

Los eburones detuvieron los caballos y se quedaron mirando aquellos restos, sin acercarse. Llegaron otros guerreros, pero ninguno se atrevió a tocar uno solo de aquellos cuerpos. Frente a aquel extremo sacrificio, los bárbaros se alejaron recelosos y aterrorizados. El primípilo había vencido.

Valerio se sentó en el suelo lentamente, se cogió la cabeza entre las manos y después de unos instantes comenzó a llorar. No encontré ni una sola palabra para confortarlo, quizá porque aquel no era el momento de las palabras, sino de llorar a nuestros seres queridos. Lo abracé y lloré con él, mientras los fuegos a lo lejos iluminaban esporádicamente el campo de batalla. Un modesto alivio para la inmensidad de nuestro dolor.

Yo había perdido al hombre al que amaba; él, su razón de vida. Valerio sabía que en aquel momento su cuerpo debería estar junto al de Emilio, para honrar su juramento de servir a la enseña hasta la muerte. Después de haber asistido al extremo sacrificio de los *milites*, sus compañeros, la amistad con Lucio le había impulsado a elegirme a mí en vez de a la muerte. El gran héroe de la Decimocuarta era un fugitivo, un desertor, y nadie lo sabía a excepción de su conciencia, que a diferencia de las heridas lo atormentaría largamente, quizá durante toda la vida.

Teníamos que poner tierra de por medio entre nosotros y los eburones, pero ya no conseguíamos levantarnos. Permanecimos los dos juntos, sin hablar, hasta que nos dormimos, exhaustos, en el frío de la noche. Jirones blanquecinos de niebla se alzaban solemnes en la pesada humedad del valle.

Eran los espíritus de los caídos en Atuatuca.

XXIX

Valerio

En el idioma celta de los trinovantes, el nombre de aquella ciudad flanqueada por un foso y por una rudimentaria pero robusta empalizada de troncos significaba «El fuerte del dios de la guerra Camulos», un emplazamiento que surgía lejos del nebuloso mar que desde la noche de los tiempos protegía a Britania de las gentes del continente. Tierras sin sol y sin tiempo, y no había nada más cierto, porque aquel día del año setecientos dieciocho de la fundación de Roma diluviaba sin pausa. Una lluvia batiente acompañada por ráfagas de viento que sacudían las largas capas del grupo de jinetes, a pesar de que se habían hecho pesadas por el agua. La carga les impedía empujar rápidamente las cabalgaduras, así que avanzaban erguidos y firmes en la silla, sin otra protección que sus largas cabelleras. A la cabeza del grupo, aquella oscura mañana de primavera, había un caballo pardo que chapoteaba con los cascos sobre la senda, convertida en una torrentera. Un joven de veinte años, con la fuerza de un león y el aspecto de un jefe, sujetaba las riendas. Aún no lo sabía, pero un día sucedería a su tío Mandubracio y llevaría la capital del reino precisamente a Camuloduno, su ciudad. Pero aquellos tiempos quedaban aún lejanos y la mente del orgulloso Adedomaro estaba centrada en el hombre recostado en la camilla, que habían atado entre dos caballos. Su determinación férrea y su olfato lo habían conducido hasta él para arrancarlo de los brazos de la muerte. Nunca lo había visto antes, pero lo conocía muy bien gracias a los relatos de su madre, y se sintió ufano y también emocionado por haber sido el primero en auxiliarlo. La imagen del guerrero omnipotente, grande y fuerte que lo había acompañado toda la infancia había quedado ofuscada por el hallazgo de aquel viejo maltrecho, de larga barba.

Sin embargo, eso carecía de importancia. Aquel antiguo soldado romano, el primero que veía en su vida, le había regalado la existencia y había restituido la libertad a su madre. Adedomaro sabía que ese hombre había tenido que repudiar a su gente; para devolver a su madre a Camuloduno había emprendido un viaje solo, desafiando al mundo entero. Aunque no era como siempre lo había imaginado, nada podía destruir el gran mito de toda su joven existencia. La vista de su ciudad, bajo la lluvia atronadora, lo impulsó a aumentar la marcha: no veía la hora de confiar a su madre el cuidado de aquel hombre.

Fue Guth, el tercer hijo de Gwynith, quien entró empapado en casa y anunció a su madre que habían encontrado al romano. Breno y la mujer salieron corriendo y alcanzaron la cabaña de al lado, donde Adedomaro había recostado junto al fuego el cuerpo exánime del hombre, que desde hacía tres días y tres noches luchaba contra el hambre, los predadores nocturnos y la intemperie. Breno corrió de inmediato a su lado y ayudó a Adedomaro a despojarlo de las ropas enfangadas, mientras Cunobelin, el segundo hijo, llegaba con dos pesadas mantas de lana. El mercader le cogió la cabeza entre las manos y apoyó la frente contra la de su amigo romano, agradeciéndole en voz baja que lo hubiera conseguido. El hombre abrió los ojos brillantes y parpadeó varias veces, esbozando una sonrisa extraviada antes de perder nuevamente el conocimiento. Gwynith entró por la puerta con algunos paños secos y finalmente corrió a su lado, trastornada por la emoción. Se detuvo a un paso de él, sin poder hacer o decir nada. Los paños se le cayeron sin querer y Adedomaro los recogió. Ella escondió el rostro entre las manos y estalló a reír convulsamente, bajo la mirada de sus hijos, incómodos y al mismo tiempo conmovidos. Adedomaro acarició el rostro tumefacto, apartando el cabello gris de los ojos. Gwynith dio un paso, se arrodilló y cogió el rostro del hombre entre las manos. Luego le besó la frente sin dejar de derramar cálidas lágrimas. Siguió acariciándolo, mirándolo, secándole con un paño el cabello mojado. El hijo mayor le sonrió.

—Lo ha conseguido, ¿ves? ¡Ha vuelto!

Gwynith tragó saliva sacudiendo la cabeza y luego miró a Breno, secándose las lágrimas.

—Este hombre no es Valerio —dijo entre sollozos.

El véneto se quedó inmóvil, mirándola con la boca entreabierta. Adedomaro se puso tenso bajo las miradas asombradas de Guth y de Cunobelin.

—Es Máximo.

Breno balbuceó con un hilo de voz:

—¿Máximo?

La mujer asintió, con la mirada perdida en aquel rostro.

—Máximo Voreno. El único de ellos que no fue castigado. El único que quedó de la Décima Legión.

La lluvia continuó cayendo en los dos días sucesivos y cesó solo en la mañana del tercero, dejando vislumbrar entre las nubes una pálida alba, al final de una noche de delirios y de convulsiones en la que todos habían velado en su cabecera.

Los tres hijos varones de Gwynith y la adolescente Edana habían relevado a su madre, agotada. Breno no se había movido de aquella estancia y había desempolvado las plegarias nunca dichas en toda una vida. Mandubracio había hecho llamar a los druidas, sanadores custodios de los secretos de la medicina, que habían hecho beber al romano misteriosas infusiones de hierbas. Todos se preguntaban qué hacía allí, y todos esperaban que quien respondiera fuese Gwynith, que cada vez se sentía más confusa.

Cuando abrió los ojos, Máximo pidió vino y Breno lo abrazó, aullando de alegría mientras le daba la bienvenida al reino de los vivos. El romano se dejó maltratar amablemente por su amigo y luego identificó el rostro de en medio de los muchos otros que estaban a su alrededor. Ella se acercó y lo estrechó con fuerza.

—Lo siento —le susurró el hombre al oído—, sé que no me esperabas a mí.

La mujer esbozó una sonrisa con los labios apretados, luego

sujetándolo por los hombros se alejó para mirarle la cara. Había aprendido aquel gesto de Lucio y, con el tiempo, se había convertido en parte de su modo de hacer. El hombre le sonrió a su vez, con los ojos brillantes:

—¿Cuántos años hace que no veía tus ojos?

La sonrisa de Gwynith se amplió, luego se secó las lágrimas y le presentó una a una a todas las personas de la estancia. Mandubracio lo abrazó, conmovido, y ordenó comida e hidromiel. Por desgracia, en aquellas tierras no tenían vino. Máximo observó largamente a Adedomaro y le estrechó la mano en silencio, sin apartar la mirada de aquellos rasgos que revelaban las facciones de su padre. Estaba exhausto, le dolía la pierna, el hombro le ardía y la nariz rota le causaba continuas punzadas que le hacían lagrimear los ojos hinchados. Pero las miradas que le rodeaban le hicieron entender que todos estaban esperando que hablara. Ayudado por Breno, se acomodó lo mejor que pudo y se dirigió a ella. Su largo viaje era por ella.

—El mundo ha sido sacudido, Gwynith, y ha temblado, pero el mar que rodea esta isla ha mantenido alejados los cataclismos que han asolado al continente. Los acontecimientos han rozado estas tierras sin tocarlas, permitiendo así que el tiempo continuara su ciclo natural. Yo, en cambio, en medio de la tormenta, he tenido que seguir y afrontar la furia de los grandes de la tierra. La última vez que te vi había vuelto de la segunda expedición a Britania y cuando nuestros caminos se separaron de nuevo, fui mandado con la Décima a pasar el invierno en las tierras de los belgas, bajo el mando del legado Cayo Trebonio. Una noche de noviembre nos despertó el toque de las trompetas. Debíamos dejar el campamento de inmediato y alcanzar a marchas forzadas a las otras legiones, para ayudar a una fortaleza bajo asedio. La fortaleza era la de Quinto Cicerón; los sitiadores eran los eburones, aduatuces y nervios. Aún no sabíamos nada de lo ocurrido, porque Ambiórix, después de haber aniquilado nuestra fortaleza, se había movido rápido, sin hacer etapas, y se había adentrado en las tierras de aquellos pueblos, llevándoles la noticia de la victoria sobre Cota y Sabino. En poquísimos días había conseguido reunir una fuerte coalición para asaltar una segunda fortaleza con la misma estratagema. Pero Quinto Cicerón no cayó en la trampa y, en vez de abandonar su fuerte, elevó en una sola noche ciento veinte torres y resistió a un largo asedio. Conseguimos alcanzarlos. César mandó construir un pequeño campamento en una posición ventajosa y nos hizo entrar, apiñados como un rebaño de ovejas. Ambiórix, creyendo que tenía delante solo a la vanguardia de los refuerzos, dejó correr el asedio y nos atacó, a pesar de que estábamos en la cima de una colina muy alta. Cuando estuvieron a poca distancia, agotados por la carrera en ascensión, salimos al descubierto y los masacramos. La coalición se disolvió como un puñado de arena en el viento y los supervivientes huyeron. La legión de Quinto Cicerón estaba salvada, pero por los prisioneros eburones nos enteramos de vuestro destino.

»Estuve entre los primeros en cruzar el umbral del fuerte, después de haber atravesado el valle sembrado de restos de cuerpos decapitados, con los que los enemigos, los lobos y, por fin, el tiempo habían hecho estragos. Encontramos en el centro del campamento una treintena de cuerpos perfectamente alineados en cuadrado, que a diferencia de los demás no habían sido despojados, robados o atormentados por otros hombres. Solo los predadores nocturnos se habían ensañado con ellos. En el centro del cuadrado, la coraza de Emilio descollaba entre las mallas de hierro de los demás. Lo reconocí al instante y quise enterrarlo personalmente. Desconcertados, debajo de su cuerpo hallamos el águila de la legión. Comprendimos que aquellos muchachos se habían suicidado para proteger el símbolo de la Decimocuarta.

»Julio César intercedió en calidad de pontífice máximo directamente con Júpiter y Plutón, a los cuales ofreció ritos sacrificiales para poder pagar con una única suma el paso del Estigio para toda la legión.

—¿Lucio? —preguntó Gwynith con voz estrangulada por la emoción.

Máximo dudó algunos instantes con la mirada perdida.

—Lo encontramos en el foso —dijo en voz baja—, cerca de un eburón con la garganta cortada. Estaban el uno junto al otro, evidentemente nadie reparó en ellos, o por la prisa fueron dejados allí. Solo más tarde supimos, por algunos legionarios que habían conseguido llegar a la fortaleza de Labieno escapando a la masacre, que antes de caer había lanzado el águila al interior del campamento.

La mujer inclinó la cabeza. Primero se contuvo, luego las lágrimas comenzaron a correr de nuevo, copiosas, mientras todos los demás permanecían inmóviles, en respetuoso silencio y sin mirarla.

Durante todos aquellos años se había preguntado qué le había sucedido a Lucio fuera de la empalizada, angustiada ante el pensamiento de que lo hubieran apresado vivo, que hubiera padecido un posterior suplicio antes de morir o que hubiera sido ultrajado después de la muerte. El dolor de no saber había sido menos agudo que el de la pérdida, pero le había quedado dentro durante toda una vida, destrozándole el corazón con pequeñas mordeduras. Y ahora que el tiempo había curado aquel sufrimiento y finalmente sabía qué había sucedido, se encontró buscando desesperadamente en el recuerdo aquella sombra en el foso, sin conseguir enfocarla.

El cuerpo que la había salvado del palo puntiagudo era el de Lucio. Sus lágrimas en aquel momento, después de tantos años, eran de sufrimiento, pero también de liberación. El tormento había terminado. Su hombre no había sido apresado, torturado o decapitado. Había muerto como un soldado, como quería morir, tal como había muerto su padre y los compañeros que lo rodeaban.

Por fin, Gwynith lo sabía. La última tesela del mosaico de su vida con Lucio ocupaba su sitio. Imaginó que revivía aquel terrible momento más allá de la empalizada...

Lucio ve que su amigo de siempre cruza la puerta del fuerte con ella. Gwynith se encuentra a salvo, pero él está rodeado, no puede alcanzarlos, así que lanza el símbolo de la legión más allá de la empalizada y finalmente se detiene. Es consciente de que ha conseguido salvarlo todo, se siente en paz con su conciencia. Un golpe, dos, quizá tres y cae en el foso; ha terminado de correr, de sufrir, de ver morir a otros. Un último pensamiento para su mujer y su hijo, que están más allá de la empalizada, con Valerio, y él sabe, está seguro de que su amigo conseguirá llevarlos lejos, ponerlos a salvo. Se le perdona el suplicio de ver a Emilio como lo ha visto Valerio, se le perdona la elección del suicidio para conservar el honor del águila que él ha salvado...

Gwynith levantó la mirada y con los ojos enrojecidos asintió, secándose las mejillas. Máximo prosiguió el relato.

—El verano siguiente, mientras los campesinos se disponían para la cosecha y la recolección de las mieses, cuatro mil jinetes irrumpieron en las tierras de los eburones, matando a todo el que encontraron a su paso. A punto estuvieron de capturar a Ambiórix, escondido en una casa en medio de los bosques. La orden de César había sido clara: debíamos «extirpar de la faz de la Tierra a aquella raza de depravados» y la caballería fue solo el primer golpe de mazo, una advertencia de lo que estaba a punto de suceder, porque una semana después el terreno comenzó a retumbar bajo nuestro paso cadencioso. Siete legiones se dirigieron a la fortaleza de Atuatuca, tumba de la Decimocuarta, y a ellos se añadieron otras tres legiones recién enroladas en Italia. Diez legiones, sesenta mil hombres, un territorio que devastar, un pueblo que exterminar, un jefe que encontrar. Los eburones no pudieron organizar ningún tipo de resistencia; trataron de apañárselas cada uno por su cuenta, huyendo a los pantanos interiores y llegando al *oceanus* para refugiarse en las zonas que permanecían aisladas durante las mareas. Pero la mayor parte intentó la fuga en el bosque de las Ardenas, acosados por legionarios con perros.

»No fue fácil, no nos batíamos contra un ejército, perseguíamos a unos fugitivos entre los bosques, y cada vez que un pelotón de los nuestros se apartaba del grueso de la columna, caía en una emboscada. El deseo personal de venganza provocaba más víctimas en los nuestros que daños a los enemigos. Entonces César, reventando de rabia, mandó mensajeros a las poblaciones limítrofes exhortándolas a participar en la masacre, a cambio de botines y territorios. Les dijo que tenía la intención de borrar el nombre mismo de un pueblo culpable de tan grande delito. Menapios, nervios, aduatuces, segnos y condrusos se lanzaron, por tanto, como hienas sobre aquellas florestas a la caza de los eburones mientras nosotros devastábamos el resto del país.

»Cada vez que nos parecía haberlo encontrado se nos escapaba, cambiando de escondite por la noche, sin otra escolta que cuatro jinetes de confianza. El reino de Ambiórix fue reducido a un cúmulo de tierras estériles y extensiones arrasadas por el fuego. Parecía desaparecido, pero de seguro estaría meditando largamente sobre el ataque a la fortaleza de la Decimocuarta. Después de haber borrado el nombre de los eburones de los mapas, las diez legiones retomaron su campaña de la Galia.

»Yo, con la Décima, fui a Avarico y al asedio de Gergovia. Las brillantes victorias del procónsul ofuscaron la humillación de la Decimocuarta, de la cual él mismo atribuyó explícitamente la culpa a Sabino. De vez en cuando pedía noticias de Ambiórix a los pueblos limítrofes y los exhortaba a continuar las incursiones en aquellas tierras.

»Entre tanto, yo combatí y fui herido en Alesia, donde después de la victoria me fueron concedidas una esclava arvernia y una generosa recompensa. César puso definitivamente de rodillas a la Galia y se quedó para sí a Vercingetórix, el jefe de la revuelta.

»La caza de Ambiórix acabó definitivamente cuando el Senado ordenó al procónsul que se presentara en Roma. El tan ansiado momento de regresar a Italia había llegado, pero no como habríamos creído, porque no volvimos como triunfadores o como veteranos victoriosos, sino empuñando las espadas. Roma, después de haberse enriquecido desmesuradamente con el oro de las Galias, fruto de nuestra sangre, declaraba fuera de la ley a las legiones enroladas y pagadas por César, imponiéndole que nos despidiera inmediatamente y compareciera delante del Senado para ser procesado y juzgado por los crímenes cometidos contra la República. El procónsul nos dejó la decisión de abandonar el ejército o seguirlo a Roma, a fin de presentarse con las fuerzas necesarias para afrontar la acusación.

»Fui incorporado a los oficiales que atravesaron a sus espaldas el Rubicón, el río que marcaba la frontera entre Italia y la Cisalpina, infringiendo la prohibición que impedía llevar las legiones más allá de ese límite, y con ello estalló la guerra civil. Nos enfrentamos a hombres que hablaban nuestra lengua y llevaban nuestras armaduras. Luego, de nuevo con la Décima, fui a Munda, en Hispania, y comandé la carga de la Primera Cohorte como *centurio prior*; fueron mis veteranos los que mataron a Labieno, que se había puesto del lado de Pompeyo. Recuerdo que me detuve a mirar su cadáver mientras los hombres asaltaban como lobos hambrientos las filas enemigas derrotadas.

»Había alcanzado el grado de Emilio y acababa de comandar la carga que había puesto fin a la guerra civil. Debería haberme sentido feliz y orgulloso de mí mismo, pero aquel día me detuve delante del cuerpo sin vida de Labieno y permanecí allí, en el vacío que había dejado la furia de los veteranos de la Décima. De pronto sentí el peso de mi espada. Pensé en mi viejo primípilo y me volví a ver enterrándolo en Atuatuca. Recordé que también los grandes hombres mueren. Pedí y obtuve un puesto tranquilo en la Galia Cisalpina, donde fui mandado a organizar el alistamiento de nuevas cohortes más allá del río Padus. Poco después de los idus de marzo, un decurión me trajo el mensaje de la muerte de César. Fue un duro golpe, tanto para mi moral como para mi posición. De repente yo era un elemento incómodo, quizá también un peligro a los ojos de los nuevos amos. Las voces que llegaban a la guarnición eran confusas: un día se decía que nos licenciarían, otro que el comandante sería sustituido.

»Decidí que había llegado el momento de dejar la espada, antes de verme obligado a matar a otros romanos. Los años de servicio me permitían un decoroso retiro y la posibilidad de adquirir un discreto trozo de tierra, que debía estar, no obstante, lejos de los peligros de la urbe y de sus tentáculos. La Galia Cisalpina, en el fondo, era un buen sitio para acabar mis días. A un día y medio de distancia al norte de mi fortaleza estaba Comun, una pequeña población asomada a un lago maravilloso. Así que me trasladé allí con Avilón, la esclava que César me había dado en Alesia y que había llevado siempre conmigo. Hice construir una villa y en aquellos años de tranquilidad ella me dio un hijo y aprendió a amarme, perdonándome, o quizás obligándose a olvidar, que en Alesia había servido al hombre que había matado a su marido y a su hermano.

»A pesar de que estaba satisfecho con todo esto, no conseguí apartarme por completo de las costumbres de toda una vida en el ejército. Cada año, la noche del solsticio, encendía una gran hoguera para recordar a todos los amigos a los que había conocido bajo las enseñas de Roma. Me sentaba, envuelto en mi capa, y pasaba la noche alimentando el fuego. Era un modo de tenerlos junto a mí, tratando de recordar los rostros, los pequeños detalles de cada uno de ellos. A veces me sorprendía riendo solo, pensando en sus pequeñas o grandes manías. Otras veces tenía que esforzarme por contener las lágrimas. Fue precisamente en uno de esos momentos de recogimiento cuando percibí un sonido familiar, que me hizo volver la mirada hacia el camino que bordeaba el lago. Un grupo de hombres se estaba acercando a mi propiedad y por su paso comprendí que se trataba de legionarios, incluso antes de que la luz del fuego revelase sus rostros.

»Los acogí con todos los honores; eran siete veteranos y un centurión que habían acampado dos millas más al norte. Atraídos por mi gran hoguera, habían pensado que se trataba de una guarnición establecida en aquellas tierras, que estaba festejando el solsticio. Llegaban de la Galia recién licenciados y continuarían unidos hasta la frontera de la Cisalpina, luego cada uno proseguiría por su cuenta. Desperté a la servidumbre y organicé en poco tiempo un banquete en plena la noche. Debíamos festejar y acabar el Falerno, era un gran día. En torno al fuego comenzamos a contar nuestras vidas, descubriendo que en algunos casos nuestros destinos ya se habían rozado, sin llegar a encontrarse. Dos de ellos habían combatido en Alesia con la Octava y uno que ya tenía el pelo blanco había participado en la segunda expedición a Britania. Fue como encontrar a unos hermanos a los que nunca había llegado a conocer. Aunque aquellos hombres eran desconocidos, nos identificábamos en la misma raza, orgullosos de nuestra fraternidad. Emilio tenía razón, siempre la tuvo. Nosotros éramos un ideal. Siempre, en cualquier caso y donde fuera, seríamos los legionarios de César.

»Los tuve en casa durante dos días, agasajándolos como mejor pude. Marchaban desde hacía semanas y acogieron aquella pausa con gran alegría. La segunda noche, delante de un lechón asado al punto, la conversación derivó sobre Atuatuca y la suerte de la Decimocuarta. Todos estaban de acuerdo en que nunca habrían debido abandonar el campamento y todos habían oído hablar del aquilífero y del primípilo de aquella legión, pero no conocían sus nombres. Se los dije y les conté quiénes eran.

»Uno de los dos que habían combatido en Alesia dijo entonces que sin duda era el fantasma del *centurio prior* el que merodeaba por aquel lugar, aún en busca de Ambiórix. Le pregunté de qué estaba hablando y él me contó una historia que ahora se ha convertido en leyenda entre las fortalezas del Rin, donde los soldados hablaban de un «no muerto» de la Decimocuarta que vagaba por aquellas tierras, en busca del soberano de los eburones, al cual no daba tregua ni de día ni de noche. Sacudí la cabeza, escéptico. Como oficial sabía muy bien que las leyendas que corren en el ejército van cobrando magnitud de boca en boca, especialmente cuando pasan por los reclutas, a los que basta oír hablar a un muchacho con dos meses de experiencia para creer que están delante de un veterano inmortal. Pero admito que aquel relato me tocó el corazón, porque para mí el capítulo de Atuatuca aún no estaba cerrado del todo. Habíamos encontrado el águila, a Emilio y a Lucio, pero no parecía haber rastro del cadáver de Valerio. Lo busqué por todo el valle y pregunté si alguien había hallado el cuerpo de un hombre alto y poderoso con una profunda cicatriz bajo el pómulo. Por desgracia, la mayoría de los cadáveres habían sido decapitados, por tanto, mi descripción no bastó para encontrarlo. Sin contar que cuando comencé a buscarlo en persona, más de un tercio de los soldados ya habían sido sepultados. Solo podía estar muerto; sin embargo, no conseguía hacerme a la idea de que lo estuviera. Tampoco hallé tu cuerpo, Gwynith, y el asunto me pareció una extraña coincidencia. Claro, tú no figurabas en la lista de los caídos o de los dispersos porque no formabas parte de la legión. Por cuanto sabía, también podías no haber estado allí con ellos, aunque el instinto me decía lo contrario. Así, no habiendo visto el cadáver de Valerio, siempre he tenido la esperanza de que aún estuviera vivo, una ilusión que luego silenciaba con el razonamiento. Me decía que si Valerio se hubiera salvado habría llegado sin duda a alguna otra fortaleza. No podía imaginar que su objetivo era ponerte a salvo aquí, en Britania.

»Al día siguiente los soldados reanudaron la marcha hacia sus destinos y me quedé solo, rumiando sus palabras. Luego un pensamiento se abrió paso en mi mente y no pude por menos que ensillar mi alazán. Alcancé al pequeño *contubernium* que marchaba tranquilamente.

»—¡Primípilo! ¿Qué buen viento te trae de nuevo a nuestro camino? ¿Quieres ofrecernos otra cena?

»Los miré a todos a los ojos, antes de hablar. Ya no era el *optio* de la Décima, sino un consumado jefe de legiones enteras, y los años de mando me habían enseñado lo suficiente para subyugar a los hombres aún antes de hablar.

»—¡Os quiero a vosotros! —dije, mirando al centurión.

»Dio un paso hacia delante. Más allá del grado militar, aquel hombre era el comandante natural del grupo. Conquistándolo a él, tendría también a los otros.

»—Necesito hombres como vosotros para una misión de confianza. Un par de meses a mis órdenes y os dejaré volver a vuestras casas con un buen pellizco que añadir a lo que ya tenéis. Vosotros poned la cifra, que yo estableceré el resto.

»Los legionarios se miraron unos a otros, salvo el centurión, que me miró a mí.

»—Quiero saber de qué se trata. La cifra puede variar según la misión.

»—Si hubiera querido hacer una sencilla excursión habría cogido a cuatro esclavos, no a ocho veteranos con veinte años de experiencia a sus espaldas.

»—¿Hay que eliminar a alguien?

»—A Ambiórix.

»Se quedaron mirándome, inmóviles. El centurión emitió un leve silbido de estupor.

»—¿Solo? ¿A alguien más?

»Los había conquistado.

»—A todos cuantos nos lo impidan.

»A Avilón —prosiguió Máximo— le dije que había llegado el momento de saldar una cuenta pendiente con mi pasado. En cuanto cumpliera con mi deber, pasaría el resto de mi vida junto a ella.

Su naturaleza nórdica le hizo acoger con frialdad mi solicitud. Estoy seguro de que sufrió, pero no se opuso. Dos días después, yo cabalgaba a la cabeza de aquellos ex soldados de infantería pesada, transformados en sicarios a caballo. Me dirigía al encuentro del último acto de una vida de armas. Estaba volviendo a Atuatuca porque aquel día habría debido estar allí yo también, con ellos.

»Nada de armaduras o escudos, nada de yelmos. Solo capas, capuchas y hojas afiladas como navajas, algunas jabalinas y varios arcos. Debíamos ser veloces y golpear también a distancia, evitando el contacto directo. Atravesamos pasos nevados y lagos alpinos en el territorio de los helvecios, de los cuales convenía mantenerse lejos. Encontramos varias veces abrigo en cabañas o refugios aislados, en algunos casos en simples establos, en muchos otros bajo el cielo estrellado. Descendimos de nuevo hacia las llanuras de la Galia Transalpina y luego a los bosques. La temperatura se hizo más amable, pero las nieblas aumentaron.

»Los restos de la fortaleza de Atuatuca aparecieron ante nosotros en el plenilunio, entre los vapores de la bruma que aleteaban sobre la gran explanada rodeada de colinas. Avanzamos al paso entre la niebla hacia las pocas vigas restantes que, como un esqueleto, señalaban al cielo. En el lugar reinaba un silencio lúgubre, roto por el ruido sordo de los cascos.

»Atuatuca era un sitio hostil al hombre. Quienes lo habitaban habían abandonado aquella planicie mucho antes de que los romanos lo transformaran en un fuerte inexpugnable. César lo hizo desmantelar antes de dejar esas tierras, pero después de eso nadie se estableció allí, a pesar de que estaba en una posición ventajosa y bien defendible.

»Atuatuca era sinónimo de muerte.

»Un trozo de la empalizada aún intacta y la estructura derruida de una de las torres se convirtió en nuestro refugio, pero antes de acampar ofrecimos pan y un poco de vino que nos quedaba a los dioses infernales, para honrar las sombras de los muertos y pedirles perdón por quedarnos.

»Aquella primera noche en medio de los muertos convertidos en piedras de la tierra pareció no tener fin.

»Al día siguiente nos dividimos en dos grupos. El centurión

comandaba uno, yo el otro. Buscábamos a Ambiórix, o su tumba, pero la investigación no arrojó ningún resultado, tampoco en los días sucesivos.

»La gente del lugar era muy desconfiada. Y nosotros parecíamos lo que éramos: legionarios en busca de algo, es más, de alguien, y eso bastaba para crear el vacío a nuestro alrededor. Habíamos registrado la zona en varias direcciones, dividiéndonos de vez en cuando. El punto de encuentro era siempre Atuatuca, adonde regresábamos cada dos o tres días. Cuanto más tiempo pasaba, más me daba cuenta de la locura que había cometido dejando a Avilón y el niño para embarcarme en aquella absurda cacería. Ambiórix había sido tragado por aquellas nieblas, César no lo había encontrado y su furia había caído sobre los eburones, para extirparlos definitivamente de la faz de la Tierra. Después de catorce días de indagaciones continuas decidí que era inútil e insensato continuar. El territorio estaba prácticamente cubierto por inmensas florestas en las que era arriesgado adentrarse, fácil perderse y aún más fácil tropezar con algún grupo de enemigos mucho más numeroso que nosotros. Tenía cuatro hombres conmigo, no cuatro mil. Aunque eran veteranos, no los conocía, y no sabía cómo se comportarían en caso de enfrentamiento.

»El decimoquinto día les dije que podíamos volver a Atuatuca, esperar a los otros que habían ido con el centurión y luego encaminarnos hacia el sur. Tenía suficiente: el período de vida civil me había debilitado el físico, mis primaveras comenzaban a ser demasiadas y echaba de menos a Avilón y mi pequeño. Un rizo de humo en el cielo sobre Atuatuca significaba que probablemente el otro grupo ya había llegado al campamento adelantándose al regreso. Espoleamos los caballos, para ver si nos esperaban buenas o malas noticias. Entramos y comenzamos a mirar a nuestro alrededor con recelo, porque el sitio parecía desierto y el fuego, que ya se extinguía, no había sido encendido donde en general nos acomodábamos nosotros, sino en el centro del campamento. De inmediato los hombres se pusieron nerviosos. Uno dijo que ya tenía suficiente de todo el asunto; había sobrevivido a veinte años de legión y después de cien batallas no quería arriesgarse a dejar la piel por mi culpa. Les dije que evidentemente alguien había dormido allí y luego se había marchado, no había nada de siniestro o espectral en un fuego. En todo caso, les prometí que nos iríamos en cuanto también el centurión y su grupo volvieran al campamento, no antes.

»Uno de los hombres encontró algo junto al fuego y cuando me acerqué a él vi que sostenía en la mano una vieja espada celta con la hoja partida. En el óxido que afloraba del hierro aparecía una inscripción en caracteres romanos: «XIV.» Me volví hacia los hombres y les dije que alguien quería comunicarlos algo. La inscripción estaba recién hecha y la espada había sido dejada deliberadamente cerca del fuego en medio del campamento, en el punto exacto donde había encontrado el águila de la Decimocuarta.

»Los hombres comenzaban a inquietarse. Mencionaron a los legionarios que se habían suicidado allí y las habladurías que circulaban desde hacía años sobre Atuatuca. Intenté tranquilizarlos, pero ahora eran presa de sus propias supersticiones. Uno de ellos montó a caballo. Le ordené que bajara inmediatamente cogiéndole las bridas. En un instante los otros tres me inmovilizaron y uno desenvainó el *pugio* apuntándomelo a la garganta. Dijeron que no tenían nada contra mí, pero que querían irse a casa, que ya tenían suficiente. Entendí que no había nada que pudiera convencerlos para que se quedaran y les dije que se marcharan, dando gracias a los dioses por no haber tenido en el pasado bajo mi mando a gente como ellos. Montaron dándome las gracias por los caballos, que se quedarían como parte de la compensación pactada.

»Me quedé solo, pensando qué hacer. Por suerte tenía mis armas y mi alazán. Esperaba que el segundo grupo de hombres con el centurión llegara de un momento a otro. Me convenía esperarlos y evitar así los riesgos de un viaje solo. Y luego estaba aquella espada con la inscripción que me atormentaba... Dispuse mi camastro para la noche, porque ya había oscurecido, pero en el momento de encender el fuego tuve una idea. Fui hacia el centro del campamento e hice una gran pila de madera justo donde las cenizas exhalaban un último hilo de humo. Clavé mi gladio en el suelo, donde habíamos encontrado la espada céltica y, después de haber dado fuego a las ramas volví al cobijo de la torre, escondí el caballo y envolví algunos haces de madera con mi manta, a fin de que en la oscuridad pareciera un hombre dormido. Me alejé unos quince pasos hasta adentrarme en la oscuridad. Encontré un rincón resguardado y me senté en el suelo contra la empalizada, esperando a mi espectro.

»Me arrebujé en la capa mirando el fuego que ardía y después de un rato me venció el cansancio. La vista se me nubló. Varias veces sacudí la cabeza, pero el sueño se estaba adueñando de mí y poco después me dormí.

»Una vibración armónica osciló en el aire, despertándome de golpe. Parpadeé varias veces, enfocando una figura negra apenas iluminada por los rescoldos del fuego. Quien fuera estaba observando mi gladio, después de haberlo extraído del terreno. Permanecí inmóvil mirando los contornos de aquella sombra, dibujados por la luz de las últimas llamas. Era un hombre imponente, envuelto en una pesada capa. Me fijé en que tenía el pelo largo y la sombra de una densa barba. Y no se me escapó, desde luego, la funda de una enorme espada que salía de la capa. No era el centurión, ni uno de sus hombres. Debía de ser un bárbaro... a menos que se tratara de Caronte en persona, venido a llevarme a los infiernos. Esperé que el caballo no se alarmara y mantuve los ojos fijos en él con la mano sobre la daga, mientras él observaba con atención el pomo de mi gladio, recorriendo la hoja con los dedos. No era un gladio cualquiera, era un arma que había encargado personalmente. En la hoja, finamente cincelada, descollaba la inscripción «X LEG».

»Advertí que el desconocido volvía la cabeza en mi dirección, pero decidí quedarme quieto. Estaba lejos de él y sabía que me amparaban las sombras, escondido por algunas vigas que había desplazado antes de tomar posición.

»El hombre parecía sostenerse con cierta inseguridad, como si en algunos momentos le faltara el apoyo sobre la pierna derecha. A pesar de eso avanzó hacia mí, acompañado por el movimiento ondulante de la capa. Caronte cojeaba ostensiblemente.

»Mi mano acarició la empuñadura de la daga y esperé a que la presa se acercara. El caballo percibió el rumor de los pasos que se aproximaban y comenzó a inquietarse: mi trampa estaba funcionando a la perfección... Pero la presa no parecía de acuerdo. El hombre prosiguió hacia mí, ignorando el caballo. ¿Quién era? ¿Cómo había podido ver que me había escondido allí? ¿Desde dónde me había espiado? No, probablemente solo estaba intentando rodear al caballo para no molestarlo y por una extraña coincidencia se estaba acercando a mí. Contuve la respiración y permanecí inmóvil como una sombra sin vida, listo para saltarle a la garganta, pero el espectro se detuvo a una decena de pasos.

»—¿Quién eres? —dijo una voz profunda, sobresaltándome.

»Me habría esperado cualquier cosa, menos que me hablase. Me había descubierto, así que me puse de pie lentamente, y de pie le respondí, como *miles* y en latín, como había hecho él:

»—Mi nombre es Máximo Voreno, *primus pilus* en la reserva de la Décima Legión.

»El espectro se tambaleó un momento sobre la pierna derecha. Oí que inspiraba profundamente.

»—Conocí a un Máximo Voreno en la Décima, pero era un simple *optio*.

»Reconocí su voz.

»En un instante nos encontramos abrazándonos, conmovidos, como solo dos viejos soldados pueden hacer. No podía creer lo que estaba viviendo en aquel momento. Me encontraba en Atuatuca con Valerio y de pronto todo me pareció familiar. El abrazo silencioso y conmovido continuó durante mucho tiempo.

»—¿Qué haces aquí, con esta pinta?

»—Tú, primípilo, serás ya un ricachón. ¿Qué has venido a hacer aquí, con esos cuatro que por poco te matan?

»—¿Desde cuándo llevas espiándome?

»—Desde que llegasteis.

»—¿Por qué no te has dejado ver?

»—Debo mi supervivencia al hecho de haberme mantenido siempre lejos de grupos como el tuyo. No somos muy amados por estas tierras.

»Volvimos a abrazarnos, aún incrédulos. Teníamos tantas cosas que decirnos que no sabíamos por dónde comenzar. Encendimos un fuego y preparamos unas hogazas. Los dos estábamos allí por Lucio, Emilio, Tiberio, Quinto, César, Lucanio, Avitano,

Bithus y todos los demás. A pesar del destino y de los años, seguíamos siendo legionarios.

»Cuando la emoción nos lo permitió, Valerio empezó a relatar su historia, comenzando por el día en que nos separamos en Puerto Icio. El alba nos sorprendió mientras me estaba contando la jornada de Atuatuca, instante a instante. Me mostró los puntos donde se habían producido los enfrentamientos, mientras yo a mi vez le indicaba los lugares de las sepulturas.

»Permanecimos mucho tiempo en silencio contemplando el lugar donde reposaban Lucio y Emilio. Aquella tarde, delante de una perdiz asada que habíamos cazado juntos con el entusiasmo de dos chiquillos, me habló de ti. Me contó el largo viaje que emprendiste para regresar a Britania, me dijo que estuvisteis solos en el momento del parto, pero que los tres lo conseguisteis. Alabó la fortaleza de la mujer y el hijo de Lucio, me habló de la felicidad que experimentó al verte de nuevo entre tu gente, sana y salva. Me contó el período de paz que había transcurrido en Britania, quizás el más sereno de su vida.

Un velo de lágrimas cubrió de nuevo las pupilas de Gwynith.

—¿Te dijo por qué quiso marcharse?

—Sí. Transcurrido un año de los hechos de Atuatuca, su conciencia le había pedido cuentas. Sabía que el mundo estaba sometido a hierro y fuego. Que sus compañeros aún con vida estaban combatiendo mientras él, desertor y fugitivo, holgazaneaba a orillas de un río, con la panza llena.

—¿Fue por eso?

—También dijo que estaba enamorado de la mujer de su mejor amigo y de su hijo.

Una lágrima surcó el rostro de Gwynith.

—Se sintió innoble y el único remedio que encontró fue marcharse —prosiguió Máximo—. Huir, estar lejos de vosotros, poner el *oceanus* entre vosotros y él. Había mantenido la promesa que le había hecho a Lucio, estabais a salvo, pero ahora estaba naciendo en él algo que a tu lado no lograba controlar, algo que enfangaba la imagen de Lucio, algo que no podía existir. Debía encontrar la manera de hacerse perdonar por la memoria de su amigo y decidió vengarlo. Atravesó otra vez el *oceanus* y vagó por toda la Galia, en busca de aquellos que habían tenido relación con la muerte de Lucio, pero creo que su verdadero objetivo era alejarse de ti y tratar de olvidarte. Con el tiempo adquirió el aspecto de un galo, tanto en sus costumbres como en su lengua. Debía mantenerse a distancia de las legiones y esto complicaba bastante las cosas. Necesitó tres años para conseguir sorprender a Grannus solo, pero al fin lo consiguió y no lo dejó escapar. Lo mató después de darse a conocer, mirándolo a los ojos. Luego atravesó otra vez la Galia montado en el corcel negro del atrebate, con su espada al costado y su cabeza colgada de los arreos. Volvió a las tierras de los eburones, donde su tarea se hizo ardua. Ambiórix parecía haber desaparecido y ocurrió que algún guerrero aislado con una vaga semejanza con el viejo soberano acabó atravesado por su hierro. Como sabes, en la Galia los rumores corren deprisa y no se necesitó mucho tiempo para que naciera la leyenda del espectro que buscaba venganza contra todos aquellos que participaron de lo ocurrido en Atuatuca. En aquellos años Valerio se unió a una comunidad de nervios que vivía en los márgenes del bosque de las Ardenas. Conoció a una mujer y vivió con ella, mientras continuaba volviendo periódicamente a Atuatuca en busca de Ambiórix.

»Luego, un verano, consiguió dar con un grupo de cabañas en el bosque donde vivía una pequeña comunidad, en la cual reconoció finalmente al rey. Pero Ambiórix nunca iba solo, así que Valerio, exasperado, decidió enfrentarse a él, aunque estaba acompañado por dos de sus hijos. En el enfrentamiento el rey huyó y él quedó en el suelo con una herida en la rodilla, que le impediría correr por el resto de su vida. Solo podía moverse a caballo y le pareció que su voto de venganza ya era irrealizable, así que regresó donde los suyos. Algunos años después, tras la muerte de su mujer, tomó de nuevo el camino de Atuatuca. Quizá para acordarse de quién era, puesto que ya se había convertido en un nervio, o quizá para encontrar un poco de consuelo, porque aquel lugar le recordaba a sus amigos. Fue precisamente en aquella ocasión cuando nos vio llegar. Después de nuestro encuentro, aquella noche el adverso destino de una vida pareció volverse otra vez propicio.

»Cuando el centurión y los otros del segundo grupo llegaron a Atuatuca, Valerio y yo ya habíamos estudiado un plan para hallar a Ambiórix; ahora que éramos seis la cosa era factible. Viendo que el espectro no era más que un viejo legionario tullido, todos se unieron a la causa. Asumí la tarea de hacer yo lo que habría debido hacer él.

»La muerte del rey Ambiórix me correspondería a mí.

»Encontramos su madriguera al cabo de unos días, justo en la espesura de la floresta, a la orilla de un laguito formado por una cascada cercana. Un sitio bellísimo, pero inadecuado para esconderse. Peor para ellos, porque el rumor de la cascada cubriría nuestra acción nocturna. La guardia del lugar estaba confiada a los perros y a aquella hora de la noche solo un par de galos charlaba desganadamente en torno al fuego. Los espiamos en silencio, esperando el momento oportuno. Luego, con unos bocados de carne, atrajimos a los perros y los eliminamos desde cerca con las flechas. Atacamos. En un santiamén degollamos a los dos galos que estaban junto a la hoguera, antes de que los demás perros comenzaran a ladrar y las bestias de los recintos a ponerse nerviosas.

»Me dirigí hacia la cabaña que Valerio me había indicado, en el centro de las otras, y entré con decisión, ansioso por vengar de una vez por todas a Lucio y Emilio.

»Era preciso actuar con rapidez, golpear y escapar. Fuera los caballos comenzaban a bufar y las ocas a aletear irritadas. Ambiórix dormía solo y ni siquiera se levantó de la cama al verme entrar. Lo encontré viejo y enfermó. Me miró respirando afanosamente y me preguntó quién era.

»—Soy un legionario de César, y estoy aquí por ti.

»—César ya ha muerto.

»—Yo, no.

»Tosió débilmente.

»—El hombre que fue el rey Ambiórix murió en Atuatuca, y tú lo sabes. Si quieres al rey Ambiórix, ve a buscarlo entre las ruinas del fuerte. Yo no tengo reino alguno, como puedes ver, y he visto exterminar a mi pueblo, primero a manos de las legiones de César y luego por los pueblos vecinos. He vivido escondido como un bandolero, sacrificando la vida de los pocos adictos que habían decidido seguirme. Su lealtad solo ha servido para crear más sufrimiento. Cuantos me rodeaban han pagado y yo he pagado cada día de mi existencia maldiciéndome por lo que hice a mi pueblo. ¿No crees que es suficiente, soldado de César? ¿O verdaderamente quieres el cuerpo de este viejo?

»—A los dioses les complace volver locos a aquellos de los que se quieren desembarazar —le respondí, apretando los dientes, pero en mi mente se sucedían las imágenes de la batalla que me había descrito Valerio.

»Vi a Grannus con la cabeza de Sabino, vi al centurión Lucanio volviendo atrás para recuperar a su hijo, vi a Emilio echando el corazón en la batalla, vi a Lucio tumbado en el foso. Pero no conseguía verlo a él, al rey Ambiórix. Lo buscaba, montado en su corcel, y no podía creer que aquel viejo fuera él. Me esforcé por imaginar un relámpago de odio en aquellos ojos empañados, pero no conseguí verlo. No era aquel el rey Ambiórix que esperaba, creía que me encontraría frente a un malvado con la espada en alto, y en cambio me hallaba frente a un viejo chocho que me ofrecía el pecho, respirando con fatiga.

»—Fuerza, soldado, golpea al rey Ambiórix. Golpéalo y conviértete en el héroe que ha vengado a sus compañeros.

»—Dame tu anillo y el *torques* que llevas al cuello.

»Esbozó una sonrisa que la tos transformó en una mueca.

»—Vosotros pensáis que sois grandes, romanos, pero solo sois un hatajo de ladrones y asesinos.

»Asentí mientras le quitaba el anillo.

»—Tienes razón, Ambiórix, somos unos asesinos. En efecto, acabamos de matar a dos de los tuyos. Dos muchachos jóvenes, que habrían debido protegerte. No me importa quiénes eran, lo que importa es que son las víctimas más recientes de tu victoria en Atuatuca. Sí, somos unos ladrones, porque me estoy llevando tu anillo y tu collar de soberano, soberano de un pueblo que has hecho masacrar por tu ciega estupidez. De este modo podré mostrar a todos que Roma no olvida, y que te ha encontrado incluso después de veinte años. Podría matarte, desde luego, pero si lo hiciera quizá se te recordaría como el que se batió con valor hasta el final contra la aplastante fuerza de los romanos. Quizá te convertirías tú en un héroe y no yo. Por eso te dejo vivir, Ambiórix; respira, tose y llora la suerte de esos dos muchachos que estaban ahí fuera. Te dejo vivir y mañana mira a los ojos a sus familiares, si puedes. Te dejo vivir, para que te des cuenta de hasta qué punto esta gente tan leal en realidad solo espera una cosa: que te mueras y los liberes de vivir sin el miedo al espectro de Atuatuca.

»Obligué a mi brazo a envainar el gladio. Intercambiamos una última mirada y casi me compadecí de él. Salí por donde había entrado, sin volverme.

»Dos de los míos me acompañaron fuera de la casa y al claro de luna recorrimos rápidamente el trecho que nos separaba de los otros, que en aquel momento mantenían vigiladas las cabañas con las flechas dispuestas. Alguien comenzaba a despertarse y un guerrero se había asomado para averiguar por qué los caballos estaban agitados. Una flecha le rozó el cuello y entró aullando en la casa. Valerio nos esperaba con los caballos y en cuanto nos vio llegar me miró, ansioso. Asentí y le tendí el anillo y el *torques*, antes de ayudarlo a montar.

»—¡Fuera, vámonos ya!

»—¿Por qué has tardado tanto?

»—Le he leído la lista de los mandantes.

»Valerio se acercó a mí y me miró a los ojos.

»—¡No veo sangre, Máximo!

»Me quedé sin palabras.

»—Vámonos, no te preocupes —repliqué, no obstante.

»—Máximo, déjame ver la daga.

»—¿Es que no me crees? —espeté, furioso.

»—¡No! —aulló, con los ojos desorbitados.

»—Están llegando —intervino el centurión—. No podemos mantenerlos demasiado tiempo a tiro.

»—¿Lo has matado? ¡Déjame ver la hoja!

»—Ese hombre ya está como muerto...

»Valerio espoleó el caballo por el sendero que llevaba a la pequeña aldea. Salté a la silla y lo seguí a rienda suelta, mientras el centurión se quedaba inmóvil a lomos de su corcel. La figura de Valerio con la mirada extraviada, la barba y el largo cabello blanco, saliendo del bosque montado en un caballo negro y acompañado por el silbido de las flechas, provocó el pánico en el grupo de eburones que se estaba disponiendo a atacarnos. Entré también yo en la aldea inmediatamente detrás de él con la espada desenvainada. Con un mandoble abatí a uno que intentaba cerrarme el paso. De la vivienda de Ambiórix salían alaridos de mujeres. Cada tanto el silbido de una flecha me hacía entender que no habíamos sido abandonados. Oí relinchos y vi que el centurión nos había alcanzado y estaba abriendo los recintos de los caballos enloquecidos. Valerio había entrado en la cabaña del rey, abandonando su montura. Me puse a gritar, lo llamé, pero permanecí en el umbral, montado, listo para recoger a mi amigo y batirnos en retirada. Me asaltaron tres y solo la ayuda del centurión me salvó la vida.

»Valerio reapareció en la puerta, cojeando y cubierto de sangre. Le tendí la mano, aullándole que subiera, me la cogió y con un salto fatigoso intentó trepar a la grupa del animal. En ese momento quedó con las manos ocupadas y la espalda descubierta, y un galo logró golpearlo de lleno con un mandoble de su espada. Lo oí gritar, vi que abría la palma de la mano y se desplomó; hice girar el caballo y, desgañitándome, traté inútilmente de herir al bárbaro, que se mantenía siempre del lado opuesto de mi arma. El eburón golpeó una vez a Valerio en la espalda, mientras él, a gatas, procuraba levantarse. Esta vez lo cogió de punta y lo atravesó con su arma. De nuevo el centurión llegó a la carga y puso en fuga al galo. Bajé del caballo, levanté a Valerio con la fuerza de la desesperación y lo hice subir; luego salté a la grupa y espoleé, olvidado de que había otros hombres conmigo, los mismos que varias veces habían protegido mi vida. El centurión recuperó el caballo de Valerio y me siguió al galope, reclamando a los otros. Me lancé hacia el bosque y me detuve solo después de un largo trecho de camino, en un pequeño claro rodeado de encinas. Desmonté y bajé al suelo a Valerio, que estaba próximo al delirio. Lo abracé, sosteniéndole la cabeza. El dolor lo devoraba. En aquel momento llegaron los otros y me lanzaron una mirada de desaprobación. Durante un momento Valerio pareció recuperar la lucidez.

»—Me has mentido, estaba vivo —me recriminó.

»—He pensado que dejándolo con vida lo mataría un poco cada día, hasta que Cerbero fuera a buscarlo.

»—Tú no estuviste en Atuatuca, Máximo. A nosotros no se nos dio la posibilidad de elegir. Solo podíamos morir. Tendrías que haberlo visto, Máximo.

»Traté de decirle que no se cansara hablando.

»—Tendrías que haberlo visto, cuando señalaba a Lucio ante los suyos. —Esbozó una mueca de dolor—. Un león, Lucio fue un león, rodeado por decenas de hienas. Vi al primípilo echándose en la contienda para salvarlo, luego llegué yo... Podía elegir solo a uno para llevarme de allí... Un eburón se había arrojado sobre Emilio, que estaba a punto de caer al suelo. Quería su trofeo, pero en lugar de eso se encontró mi hoja en la panza. Saqué de allí al centurión, mientras el círculo de espadas se apretaba en torno a Lucio y luego... Luego, vi el águila en el cielo. —Una lágrima recorrió el rostro del viejo veterano—. El destino quiso que debiera rematar a aquel de los dos que decidí salvar.

»—No fue culpa tuya, Valerio. Tú hiciste lo imposible, has sido el mejor.

»—No es verdad, Máximo... Luego hui.

»—No huiste, decidiste seguir combatiendo, elegiste el camino más difícil. Salvaste a Gwynith y a su niño, el hijo de tu amigo Lucio y a los hijos de sus hijos. Salvaste a decenas de personas.

»—No veo... ya no veo nada, Máximo.

»Escupió una bocanada de sangre.

»—Estoy aquí, Valerio, estoy contigo.

»—¡Los soldados!

»Me volví hacia los veteranos, que desmontaron y se acercaron a nosotros. El centurión puso la rodilla en el suelo y apoyó una mano en el hombro del viejo soldado. Valerio, con los ojos desencajados, la buscó con la suya y la apretó, mientras también los demás, uno por uno, se inclinaban sobre aquella torre caída. Las manos de todos se entrelazaron y el viejo legionario se agarró a ellas, estrechándolas.

»—¿Habrá servido de algo, Máximo?

»—Sí, estoy seguro.

»—¿Gwynith?

»—Gwynith está a salvo, gracias a ti.

»—No veo nada.

»—Estamos todos aquí, no te dejamos.

»—Ambiórix debía morir, Máximo.

»Asentí, con la vista empañada y un doloroso nudo en la garganta. Sentí caer una lágrima, que quizás acabó sobre su mano.

»—Tienes razón, debía morir.

»Movió la cabeza.

»—Y ahora me toca a mí.

»Le apreté la mano aún más fuerte, tratando de contener los sollozos. No quería que aquel gran combatiente se marchase con mi llanto en los oídos.

»—Me parece que así todo está perfecto, Máximo.

»—¿Qué, Valerio?

»—Todo esto. Al final el destino ha sido benévolo conmigo; después de tanto tiempo en soledad, te ha mandado a mí, y gracias a ti me ha concedido vengar a los compañeros caídos.

»Asentí.

»—Ahora ya no soy necesario, puedo reunirme con los demás. Siempre he tenido miedo de morir solo entre estos bosques; en cambio, tengo el privilegio de hacerlo apretando la mano de unos legionarios. Os he echado de menos.

»Los hombres se acercaron aún más, y la dureza de sus rostros no podía esconder la emoción que los embargaba.

»—Quédate cerca de mí, Máximo.

»—Estoy aquí, legionario. Estoy aquí contigo.

»—Hace frío. ¿Tiberio ha encendido ya el fuego?

»Miré a los demás y asentí de nuevo:

»—Sí, todo está listo. Te están esperando.

»—¿Lucio no se habrá enfadado?

»—Lucio te abrazará.

»—Gwynith no estará —murmuró.

»Me apretó la mano, el último residuo de su fuerza legendaria.

»—¿A quién tememos, Máximo?

»—¡A nadie! No tememos a nadie.

»—¿Al enemigo?

»—¡La muerte!

»Y la muerte acudió a buscar a Valerio, entre las luces leves y tristes de un alba de verano. Aquel día, una Roma ajena a todo se despertaría sin el más leal de sus hijos, el último legionario de la Decimocuarta. Permanecí un largo rato mirando a mi compañero sin dejar su mano fría, mientras mi llanto se alzaba entre las ramas de aquella floresta del norte.

»Valerio había mantenido la promesa hecha a su amigo y había honrado todas las órdenes de su centurión. Por último, después de veinte años, la de coger a su jefe.

»Lo transportamos al campamento de Atuatuca, donde lo velé durante un día entero. Al atardecer lo enterramos con honores militares junto a las tumbas de sus compañeros, justo en el punto donde recordaba haber sepultado a Lucio y Emilio.

»Tras vivir como un fugitivo, había muerto como un legionario, el mejor de los legionarios, y su cuerpo debía reposar cerca del de sus camaradas. Su espíritu ya los había alcanzado, estaba seguro; sí, tenía razón. Así, todo era perfecto.

»Los hombres respetaron profundamente mi dolor. También ellos sentían que habían perdido a un hermano, y aquella tarde, en torno al fuego, nadie me preguntó nada sobre mis intenciones para el futuro. Pero yo sabía que mi misión había concluido y les dije que al día siguiente tomaríamos el camino que llevaba al sur.

»Hacia casa, hacia Italia.

»Aquella noche, al reunir los efectos de Valerio, cogí un saco que estaba colgado de su caballo y examiné su contenido. Encontré la capa que te habíamos regalado en el campamento de invierno. Estaba conservada como una reliquia, en el interior de una alforja de piel bien engrasada. Sentado en el suelo, con la capa en la mano, recordé la discusión en el mercado con Quinto, Tiberio y Valerio. Cada uno de nosotros quería un color distinto; al final vimos este, con colores que se entrelazaban, y la compramos. Reviví aquel día de aire salobre, en la playa, mientras las naves con destino a Puerto Icio se alejaban de la costa bajo un sol ardiente. Estábamos todos en el muelle, saludándote, y te regalamos aquella capa para que te acordaras de nosotros. Mientras la acariciaba en ese bosque perdido en las tierras del norte, mis dedos se deslizaron en un pliegue del tejido y sentí algo entre las yemas, un rizo de pelo rojo atado con una cintita. Lo miré largamente.

»Eran tus cabellos, Gwynith, no había duda. Me pregunté cómo habían acabado allí, si se los habías dado tú o él te los había pedido. Luego me imaginé las largas noches solitarias de Valerio, con aquel pequeño mechón entre los dedos. Destrozado por la fatiga y por la tristeza, me dormí.

»Me desperté al alba presa de una pesadilla. Había soñado que había sepultado a Valerio aún vivo. Me levanté y, secándome el sudor, miré su túmulo, a pocos pasos de mí. Acaricié la tierra, aún fresca. Me volvieron a la mente las palabras que había pronunciado poco antes de morir y me pregunté si verdaderamente el destino había sido benévolo, si verdaderamente todo se había resuelto de la mejor manera, y él, finalmente, podía reposar en paz. No podía saberlo, nunca podría saberlo si no te encontraba.

»Comprendí que mi misión no estaba completa. Así, escribí algunas líneas a Avilón rogándole que entendiera mi retraso, le dije que la amaba más que a cualquier otra cosa y que pronto volvería a casa, con ella y el niño. Mi corazón estaba con ella, pero mi conciencia me imponía partir para un largo viaje; se lo debía a un gran hombre, quizás el mejor de los hombres que nunca había conocido.

»Confié la carta al centurión y adjunté un mensaje dirigido a mi banquero, indicándole la compensación que debía entregar a cada uno de aquellos hombres. Despedí a los veteranos y a su comandante, los observé durante algunos instantes mientras se dirigían al sur y volví a la tumba de Valerio. Me puse a excavar hasta encontrar su mano. Metí en ella el mechón de pelo y lo cubrí de nuevo. Monté a caballo y fui, solo, hacia occidente, hacia Puerto Icio. Debía encontrar la forma de atravesar el *oceanus*. No me quedaba mucho dinero, pero de cualquier modo lo haría. Tenía un buen caballo y podía venderlo.

»Sea como fuere, lo lograría. Después de todo, era un legionario.

Gwynith estaba en el umbral de la puerta de la ciudad. El sol resplandecía en aquella cálida mañana de finales del verano y una ligera brisa le agitaba los mechones de pelo, ahora ya más plata que cobre. Su mirada era melancólica, pero su corazón estaba sereno. Llevaba una capa colorida de típica factura gala, que le habían regalado veinte años antes los muchachos de la Décima. Se envolvió en ella acariciándose los hombros, con una sonrisa llena de emoción. Un joven jinete se detuvo delante de ella, tirando de las riendas del vigoroso semental. Adedomaro era apuesto y orgulloso, no podía ser de otra manera. Un rayo de sol hizo brillar el *torques* de Ambiórix que le ceñía el cuello. Le sonrió diciéndole que no se preocupara; en cuestión de pocos estaría de regreso. Luego apretó los talones y se puso a la cabeza de la fila de jinetes, guiados por el rey Mandubracio, que estaba saliendo del fuerte del dios Camulos.

En medio de la columna, Breno y Máximo montaban los mejores sementales del reino. Iban vestidos al estilo britano, pero en las alforjas llevaban vestiduras galas y una buena provisión de comida y oro. Máximo detuvo su cabalgadura, se dio la vuelta y agitó la mano, en señal de despedida. Gwynith respondió al saludo: el destino los había reunido y ahora se separaban para siempre, para volver a sus vidas. Serenos, por haber conocido hasta el final la suerte de sus seres queridos. Gwynith apretaba en el corazón el recuerdo de sus hombres; ahora finalmente sabía lo que el azar le había escondido, sabía cómo había muerto Lucio y cómo había muerto el gran Valerio. Pensó que si el veterano hubiera podido elegir un fin, sin duda habría elegido precisamente ese.

Máximo volvía a casa sin aquel peso en el corazón. Sentía que los hados le habían reservado un papel especial en toda aquella historia. Lo habían alejado de sus camaradas para preservarlo y permitirle luego contar la verdad sobre aquel puñado de destinos lanzados al infierno de la guerra de las Galias. Sí, quizá todo tenía un sentido, el gran diseño del destino se había cumplido, cada cosa estaba en su sitio y, como había dicho el gran veterano, todo parecía perfecto...

Y lo era, todo perfecto.

—¿Qué harás ahora?

—Debo hacer que mi mujer me perdone algunas culpas, Breno.

—¿Lo conseguirás? —preguntó el mercader con una sonrisa.

Asentí con una mueca.

—Será más duro que con los britanos, pero lo conseguiré. ¿Y tú?

El hombrecillo sacudió la cabeza.

—Bah, ¿sabes que, después de todo, no se está tan mal en tierra firme? ¿Qué me decías del lago que hay por tus tierras? ¿Es navegable?

—Sí, es navegable —respondí entre risas.

—Entonces mi propuesta de que nos asociemos es aún válida, siempre que tú te libres de esas armas y abandones tu papel de soldado.

Esbocé una sonrisa, observando el círculo del sol. Sentí su calor sobre la piel y en el ánimo. Ser un soldado no era solo una cuestión de llevar las armas. No, esas las habría podido tirar allí mismo.

Pero aunque nunca más volviera a rozar el mango de un gladio, habría sido para siempre, en cualquier situación y en cualquier lugar, un legionario.

Para siempre, en cualquier situación y en cualquier lugar, un legionario de César.

NOTA DEL AUTOR

Se hizo de todo para meterse en apuros

La legión de César estaba compuesta por un número de hombres que oscilaba entre los tres mil y los seis mil, enrolados por el servicio militar obligatorio, o voluntarios. Estaba dividida en diez o doce cohortes, comandadas cada una por un tribuno militar. Cada cohorte estaba dividida en seis centurias, cada una de ellas formada por ochenta hombres bajo el mando de un centurión. Probablemente en aquel período una legión era una unidad estratégica independiente con un nombre propio o número, después de que las cohortes que las componían hubieran completado el recorrido de adiestramiento y sostenido un enfrentamiento con el enemigo. En efecto, César en los *Commentarii* no menciona nunca el nombre de la legión protagonista de los últimos actos de este libro, que por comodidad narrativa yo he llamado Decimocuarta.

En cualquier caso, estas quince cohortes de la fortaleza de Atuatuca, que según cuanto está escrito en *De Bello Gallico* debió de estar situada en la zona de Tongres, al noreste de la actual Lieja, fueron completamente aniquiladas junto con un número indeterminado de auxiliares y jinetes hispanos, además de sirvientes y civiles encargados de diversas tareas. Un balance terrible, en cuanto se estima que en el valle de la emboscada, que podría ser el del río Geer, afluente de la izquierda del Mosa, encontraron la muerte, entre romanos y aliados, de ocho a doce mil hombres en el curso de una jornada. No conocemos las pérdidas sufridas por los eburones, pero sabemos que después de la sorpresa inicial los legionarios resistieron hasta el atardecer, cuando un reducido grupo de supervivientes consiguió regresar al campamento. Entre estos estaba justamente aquel Lucio Petrosidio que, acosado por una multitud de enemigos, lanzó el águila más allá de la empalizada de la fortificación antes de caer combatiendo delante de la empalizada. Durante la noche, perdida toda esperanza de salvación, los legionarios restantes eligieron increíblemente el suicidio sin intentar la fuga. Solo un puñado de supervivientes consiguió alcanzar, después de varios días de marcha a través de la floresta, el campamento de Labieno.

El desastre de Tongres encendió una mecha que se propagó velozmente por toda la Galia y solo la rapidez de Quinto Cicerón, primero, que elevó ciento veinte torres en una sola noche en defensa de su fortaleza, y de César mismo, después, que le llevó ayuda con la velocidad del rayo, conjuraron la que habría podido revelarse como una irreparable catástrofe, ideada para repercutir en cascada sobre todo el ejército romano en la Galia.

Los caídos en Atuatuca fueron vengados brutalmente y todo el pueblo de los eburones fue exterminado. Ambiórix huyó y desapareció en la noche de los tiempos hasta 1830, año en que Bélgica se hizo independiente y dedicó una estatua a su héroe nacional que hoy descuella en la plaza de Tongeren, la más antigua ciudad belga, cuyos orígenes se mencionan en *De Bello Gallico* con el nombre de Atuatuca Tungorum.

La estrategia de César, modificada desde aquel momento, le permitió vencer en el resto de la campaña contra las desunidas tribus gálicas, incluso cuando hicieron un frente común en Alesia bajo la guía de Vercingetórix.

César cuenta los acontecimientos que llevaron a esta derrota comentándolos con un: «... se hizo de todo para meterse en apuros», olvidando el hecho de que precisamente él había decidido dividir su ejército en ocho fortalezas, dispersándolas por un territorio demasiado extenso. Un área casi tan grande como un tercio de toda la Galia. Al escribir *De Bello Gallico*, César culpará a Sabino del desastre y, entre líneas, acusará a Cota de no haberse opuesto a esa decisión. Es un hecho que su resolución de mandar una legión de reclutas a la fortaleza más alejada del grueso del ejército, que era al mismo tiempo la más cercana al Rin, línea de frontera con la peligrosísima Alemania, sigue siendo absurda.

Nunca sabremos por qué puso a la cabeza de esta comprometida fortaleza a dos comandantes de igual grado, que en el momento de la acción se revelaron más propensos al conflicto que a la recíproca colaboración, llegando incluso a disputar abiertamente delante de la tropa.

A nosotros esto no nos interesa; al fin y al cabo sabemos perfectamente que *De Bello Gallico* es un documento político, y la política, como la propaganda, desde siempre ha alterado la verdad sobre los acontecimientos de cada época. A nosotros nos quedan los caídos de Atuatuca que pagaron sobre el campo esa decisión. Quedan los soldados que la Historia no recordará, los muchachos de aquella nueva legión recién enrolada más allá del río Po, que desde las más oscuras líneas de la obra de César nos llaman desde el pasado con su extremo sacrificio. No para preguntarnos la verdad, sino para indicarnos el camino del honor.

Agradecimientos

Poggio al Cerro, cota 421. Podría parecer cualquier colina perdida en medio de la campiña toscana, una de tantas, pero no es así. Si he escrito este libro lo debo principalmente a las enseñanzas que he extraído durante mi permanencia en aquella colina en 1988, cuando estaba destinado en el entonces 2.º Batallón de Paracaidistas Tarquinia. Ganar la cota 421 significa para un fusilero paracaidista haberlo conseguido, porque esa cumbre se alcanza solo después de un duro adiestramiento que no todos superan.

Poggio al Cerro, lejos de todo, aislado del mundo; muchachos jóvenes, despreocupados y rebeldes eran adiestrados para obedecer, para soportar la fatiga física y, peor aún, la psicológica. Allí, con cualquier condición meteorológica y a cualquier hora, se reptaba, se corría y se preparaban los asaltos de escuadra y de pelotón.

Fue en Poggio al Cerro donde conocí al subteniente Emilio Bertocchi, aquel que en la jerga militar es definido como *squad leader*, aquel que sabe motivar y conducir al grupo, aquel que empieza las maniobras donde los demás las terminan. Hay mucho de su modo decidido de afrontar las adversidades en las páginas de este libro, por lo que no puedo por menos que agradecer a ese combatiente que supo transmitirme, como oficial primero y como persona después, su sentido del deber y del honor. Me siento orgulloso de haber servido a las órdenes de este hombre, que en este momento, mientras escribo estas líneas, continúa desarrollando un trabajo impecable en Afganistán con nuestros muchachos.

Otra figura carismática que ha seguido este trabajo desde las primeras líneas es Andrea Giannetti, querido amigo, además de gran apasionado de la historia militar, quien ha conseguido que mi entusiasmo no decayera durante mi viaje en el tiempo hasta Atuatuca.

A él se añade Giovanni Saladino, la persona que dio el primer impulso a este manuscrito, transformándolo en un libro. Sin él, este trabajo habría permanecido en un archivo con el título provisional de «Lo intento», guardado quién sabe dónde en mi ordenador.

También hay dos figuras que me han influido particularmente y sostenido en los últimos años. Estoy hablando de Marco Lucchetti y Cesare Rusalen, ambos profundos conocedores de la historia de Roma. Saber que mi escrito ha tocado el ánimo de semejantes expertos me ha conmovido profundamente y me ha dado fuerzas para seguir adelante. Marco, propietario de una firma de figurines históricos, se ha convertido en mi asesor personal y me ha prestado una grandísima ayuda como corrector de pruebas, haciendo aún más atractivos los textos del libro. Cesare es quien ha permitido, gracias a su constancia, que este no fuera un escrito para unos pocos amigos íntimos, circunscrito a un reducido círculo de apasionados.

En resumen, si estáis leyendo *La legión de los inmortales* es precisamente gracias a Cesare Rusalen.

Notas

1. No está muy claro si Puerto Icio correspondía a la actual Boulogne, en Picardía, o a Calais, sobre el estrecho de Dover.

2. Provincia de la Galia romana correspondiente a las actuales Costa Azul y Provenza.

3. Típico collar celta de elaboración trenzada.

4. Pueblo que habitaba el sudeste de Britania, territorio situado en la actual Essex.

5. Támesis.

6. Capital de los vénetos, pueblo de expertos marineros que en aquel tiempo controlaban el estrecho entre el continente y Britania. Estaba ubicada en la bahía de Quiberon, actual costa sur de Britania.

7. Ciudad fortificada.

8. Cinturón que llevaban los legionarios, constituido por partes en cuero y placas de bronce ornamentales, que, además de sostener el arma, aligeraba y distribuía sobre la cintura el peso de la cota de malla. Tenía, además, la función simbólica de identificar a la persona que lo llevaba como un militar y era motivo de orgullo para los combatientes, dispuestos a gastar ingentes cifras para adornarlo.

9. La daga era el típico puñal corto y macizo de doble filo de los legionarios. El gladio era la espada de origen hispánico, pesada y de unos cincuenta centímetros de longitud. La hoja era ancha, formada por varias capas soldadas de hierro acerado, tenía doble filo y una punta aguda y cortante que, usada a la manera de los militares, producía heridas profundas y, en la mayoría de los casos, letales.

10. Pueblo que habitaba la costa septentrional de la Galia Belga, la actual Picardía.

11. Arqueros y máquinas de tiro de reducidas dimensiones que podían ser transportadas y, una vez colocadas, lanzar a gran distancia potentes dardos.

12. Naves a vela destinadas al transporte.

13. Pueblos germanos que habían sido masacrados por César a consecuencia de la violación de la frontera del Rin, confín natural no solo entre la Galia y Germania, sino también entre la cultura celta y la germánica que César, sin proponérselo, contribuyó a mantener divididas.

14. Músico encargado de la trompeta.

15. *Pilum*: jabalina de unos dos metros de altura, con la punta de hierro forjado, que tenía una enorme fuerza de penetración, pero se volvía inservible después del primer lanzamiento, de modo que no podía ser reutilizada por el enemigo. Había encargados de la recuperación de los *pila* y de la restauración de aquellos que podían ser arreglados.

16. Nombre de la tienda base de los legionarios, que medía tres metros de lado y un metro y medio de altura, y podía alojar en su interior a ocho legionarios. Sin embargo, los estudios han demostrado que en realidad la tienda podía ser utilizada por más hombres, dado que uno o dos de los ocupantes parece que estaban siempre de guardia en el exterior, en turnos alternos.

17. La fórmula está parcialmente tomada de un epígrafe del siglo I a. C., CIL 8403, de proveniencia campana: *Hospes, quod dico, paulum est: adsta ac perlege* [...]. «Huésped (extranjero), lo que tengo que decirte es poco: detente a leer hasta el final [...]. Concluye con *Dixi. Abi*: «He terminado. Vete.» El lector del epígrafe primero es invitado a detenerse y mostrar respeto, luego es despedido.

18. Portaestandarte de la cohorte de pertenencia.

19. Quinto Lucanio, heroico centurión mencionado por César en el relato de la trágica emboscada de Atuatuca.

20. Pueblo de Britania habitante del Cancio, nombre romano de la actual Kent.

21. Orden de apoyar en el suelo los escudos.

22. Orden de lanzar los *pila*.

23. Orden de desenvainar el gladio y cargar.

24. Cambio entre las filas. Sustitución de la primera línea de combatientes cansados por la segunda.

25. Tito Labieno Acio, legado de César y su fiel lugarteniente durante la campaña de la Galia. Gran combatiente y validísimo general, demostró varias veces su fidelidad al procónsul hasta la guerra civil, cuando se alineó del lado de Pompeyo. Encontró la muerte en Munda (Hispania) en el año 45.

26. Pueblo de la Galia septentrional que ocupaba las tierras entre el Marne, el Sena, el Rin y el mar del Norte.

27. Sena.

28. Pueblo belga de la costa situado entre el Escalda inferior y el Mosa.

29. Dispensado del servicio.

30. Cuartel general de la legión, normalmente situado en el centro del campamento, en la intersección de la Vía Pretoria y de la Vía Principal.

31. Encargados de la tala de árboles y la recogida de leña.

32. Operarios de los arsenales navales.

33. Poco después de las 18 horas. Los romanos medían el tiempo dividiendo en doce horas tanto el día como la noche. Las horas de la noche se calculaban basándose en los cuatro turnos de guardia nocturna de tres horas cada uno. El primer turno correspondía a las actuales 18-21, el segundo iba de las 21 a las 24, el tercero de las 24 a las 3 y el cuarto de las 3 a las 6, después de lo cual comenzaba la numeración de las horas diurnas, de uno a doce. Por tanto, las 6 de la mañana correspondían a la *prima hora*.

34. Local que custodiaba las enseñas de la legión.

35. Extensión de terreno abierto fuera del campamento fortificado usado para las maniobras militares y las concentraciones.

36. Décimo Junio Bruto Albino fue uno de los más importantes defensores del procónsul durante la guerra de las Galias y comandó su flota en la guerra civil. Se unió a la conjura que asesinó a César precisamente en el año en que este lo había designado cónsul y se pasó a la causa republicana, convirtiéndose en comandante en jefe de las fuerzas que combatieron a Antonio en la Italia septentrional. Después de la constitución del segundo triunvirato quiso reunirse con su hermano en Macedonia, pero fue traicionado por un amigo y entregado a Antonio, que lo hizo matar.

37. Maderas cruzadas formando una «T» sobre las cuales era acomodado el equipaje del legionario, la ración personal de comida y los utensilios para cocinarla durante la marcha.

38. Setecientos kilómetros, según la hipótesis tomada de Giuseppe Moscardelli, *Cesare dice... Una lettura del Bellum Gallicum*, redactada por la Oficina Histórica del Estado Mayor del Ejército, Roma, 1996.

39. Uno de los afectuosos apodos atribuidos a Cayo Julio César por sus soldados.

40. Capital del pueblo de los atrebates.

41. Cayo Julio César, *De Bello Gallico*, V, 27, tomado de Giuseppe Moscardelli, *Cesare dice... Una lettura del Bellum Gallicum*, redactada por la Oficina Histórica del Estado Mayor del Ejército, Roma, 1996. Las palabras del rey Ambiórix están directamente tomadas de la traducción del *De Bello Gallico*, como también la controversia entre Cota y Sabino que estas suscitaron.

Índice